DROEMER

Von Katharina Fuchs sind bereits folgende Titel bei Droemer erschienen:
Zwei Handvoll Leben
Neuleben
Lebenssekunden
Unser kostbares Leben

Über die Autorin:
Katharina Fuchs, geboren 1963 in Wiesbaden, verbrachte ihre Kindheit am Genfer See und in einer hessischen Kleinstadt. Nach ihrem Studium der Rechtswissenschaften in Frankfurt am Main und in Paris wurde sie Rechtsanwältin und Justiziarin eines daxnotierten Unternehmens. Katharina Fuchs lebt mit ihrer Familie im Taunus. »Zwei Handvoll Leben« und »Neuleben« basieren auf ihrer eigenen Familiengeschichte. »Unser kostbares Leben« ist nach »Lebenssekunden« ihr jüngster Roman.

KATHARINA FUCHS

LEBENS SEKUNDEN

ROMAN

Besuchen Sie uns im Internet:
www.droemer.de

Aus Verantwortung für die Umwelt hat sich die Verlagsgruppe
Droemer Knaur zu einer nachhaltigen Buchproduktion verpflichtet.
Der bewusste Umgang mit unseren Ressourcen, der Schutz unseres Klimas
und der Natur gehören zu unseren obersten Unternehmenszielen.
Gemeinsam mit unseren Partnern und Lieferanten setzen wir uns
für eine klimaneutrale Buchproduktion ein, die den Erwerb von
Klimazertifikaten zur Kompensation des CO_2-Ausstoßes einschließt.
Weitere Informationen finden Sie unter: www.klimaneutralerverlag.de

Vollständige Taschenbuchausgabe April 2022
Droemer Taschenbuch
© 2021 Droemer Verlag
Ein Imprint der Verlagsgruppe
Droemer Knaur GmbH & Co. KG, München
Alle Rechte vorbehalten. Das Werk darf – auch teilweise – nur
mit Genehmigung des Verlags wiedergegeben werden.
Redaktion: Antje Steinhäuser
Covergestaltung: Sabine Kwauka
Coverabbildung: getty images / Express; akg-images / Gert Schütz
Satz: Adobe InDesign im Verlag
Druck und Bindung: GGP Media GmbH, Pößneck
ISBN 978-3-426-30837-0

2 4 5 3 1

ERSTES BUCH

Kassel, 23. April 1956

ANGELIKA

Die Abendsonne stand genau zwischen der Kuppel des Pavillons und der hohen Baumgruppe im Westen. Ein paar diffuse Wolkenbänder hatten sich rechts und links von ihr an den Himmel geheftet. Nur noch wenige Minuten, dann würde die Sonnenkugel hinter dem halb zerstörten Westflügel der Orangerie untergehen.

»Warum erscheint die Sonne abends so viel größer und der Erde näher als am Tag?«, fragte Angelika. Sie lag neben ihrer Freundin im Gras, ihre Jacke zusammengefaltet unter dem Kopf, streckte die Hände in die Luft und formte mit ihren Fingern ein Viereck. Vor ihnen breitete sich die Symmetrie der Parkanlage aus. Sie kniff ein Auge zu und verharrte bewegungslos, als würde sie auf etwas warten.

»Das ist eine optische Täuschung«, sagte Irmgard, ohne von der Zeitschrift hochzusehen, in der sie blätterte. Sie lag auf dem Bauch, mit angewinkelten Beinen. »Herr Pfeiffer hat erklärt, es kommt durch den Bezug zu Objekten am Horizont, denn das Auge orientiert sich an ihnen. Durch den direkten Vergleich mit Bäumen oder Häusern erscheint uns die Sonne größer, aber das ist nur ...« Mitten im Satz hörte sie auf zu sprechen, denn sie hatte gemerkt, dass Angelika erstarrte. Irmgard klappte die Illustrierte zu und drehte sich auf den Rücken.

Herr Pfeiffer war der Direktor des Gymnasiums, gleichzeitig ihr Physiklehrer und erklärter Feind. Ihm schrieben sie jegliche schlechten Eigenschaften zu, die sie aus Romanen und ihren Groschenheften kannten. Alles, was er bei ihnen auslöste, waren Angst und Ohnmachtsgefühle. Bei Angelika waren diese Empfindungen noch ausgeprägter als bei ihrer Freundin. Irmgard war um einiges besser in der Schule, und was die beiden Mädchen vor allem unterschied: Sie war weniger aufmüpfig und nahm regelmäßig am Unterricht teil.

»Vergiss es einfach!«, sagte Angelika, bemüht sorglos.

Irmgard schlug die *Constanze* wieder auf und tippte mit dem Finger auf ein Foto, das eine junge Frau in engen Caprihosen und einer gepunkteten weiten Bluse zeigte. »Hier, sieh mal, das wäre was für dich!«

Angelika beugte sich darüber und betrachtete das Mannequin, das vor einem roten Sportwagen posierte. »Irgendetwas stimmt nicht mit der Perspektive«, murmelte sie. »Ich glaube, das ist nur eine Kulisse, vor der sie da steht, der Wagen ist gar nicht echt.«

»Das Mädel sieht dir sogar ähnlich«, setzte Irmgard hinzu, ohne auf ihre letzte Bemerkung einzugehen. »Sie hat die gleiche Haarfarbe und Figur, und du trägst doch auch am liebsten Hosen.«

»Du meinst, sie ist genauso eine dürre und flache Bohnenstange wie ich!«, ergänzte Angelika. »Gib dir keine Mühe, die Jungs werden sich nie nach mir umdrehen, sondern immer nur nach dir.« Dabei warf sie Irmgard einen bewundernden Blick zu.

Ihre Freundin war kleiner und kompakter als sie, betonte bereits seit einiger Zeit ihre schmale Taille mit einem breiten Gürtel aus Lackleder, was ihre fast schon frauliche Oberweite besonders gut zur Geltung brachte. Mit ihren schräg stehenden Katzenaugen und den geschwungenen Brauen entsprach sie ziemlich genau dem derzeitigen Schönheitsideal.

»Das bildest du dir ein!«, sagte Irmgard und legte die flache Hand auf das Foto. »Wir könnten uns die Sachen selbst nähen«, schlug sie vor. »Hinten im Heft sind die Schnittmuster drin.«

»Das kannst du vielleicht! Aber du weißt doch, dass ich das niemals hinbekäme.«

Der gleichmäßige Vogelgesang setzte plötzlich aus.

»Warte kurz!«, sagte Angelika. Sie konzentrierte sich wieder voll auf das Bild am Himmel und formte erneut das Viereck mit den Fingern. Dann hörten sie das laute unverwechselbare Schackern einer Elster, und im nächsten Augenblick sahen sie schon ihre Silhouette mit weit ausgebreiteten Flügeln, als sie sich von dem obersten Wipfel einer Eiche löste.

»Klick«, sagte Angelika leise.

Langsam ließ sie ihre Hände sinken und lächelte zufrieden. Sie wusste, dass sie mit einer Kamera genau den Moment eingefangen hätte, in dem sich der schwarz-weiße Vogel im Zentrum des roten Sonnenballs befand. Es fühlte sich an, als wäre die Zeit durch ihr Zutun für den Bruchteil einer Sekunde stehen geblieben.

»Ich hab es!«, murmelte sie vergnügt und stand auf. »Ich *hätte* es gehabt!«, verbesserte sie sich.

»Was hättest du gehabt?«, fragte Irmgard.

»Das perfekte Bild.«

Im nächsten Augenblick verdunkelte sich der Rasen, als habe jemand das Licht ausgeknipst. Die Sonne war hinter der notdürftig abgestützten Fassade der Orangerie verschwunden, und die langen, dunklen Schatten der Bäume legten sich über die kurz gemähten Rasenflächen der Kasseler Karlsaue. Die Stimmung war plötzlich eine andere. Mit gedeckteren Farben, violettem Licht über dem blaugrauen Erdschattenbogen. Der laue Frühlingsnachmittag war einer kühlen und melancholischen Abendstimmung gewichen.

Angelika und Irmgard schüttelten ihre Strickjacken aus und schlüpften in die Ärmel, klopften sich Hose und Rock ab, zogen sich die Strümpfe hoch. Es war schon längst Zeit gewesen, nach Hause zu gehen, doch sie hatten herumgetrödelt, zusammen in der neuen *Constanze* geblättert, sich nicht trennen können, und nun brach bereits die Dunkelheit herein.

»Woher hast du gewusst, dass die Elster in diese Richtung fliegen würde?«, fragte Irmgard, als sie nebeneinander über den Rasen gingen.

»Ich wusste es nicht, das war nur so eine Ahnung. Irgendwo hatte ich dieses Bild schon einmal gesehen.«

»Es wird wirklich Zeit, dass du einen Fotoapparat bekommst! Dann nähe ich die Kleider nach, und du knipst mich darin.«

»Und du wirst ein berühmtes Mannequin, ich eine weltbekannte Modefotografin, und zusammen gehen wir ganz weit weg, nach Berlin oder Paris ...« Angelika schloss kurz die Augen und legte träumerisch den Kopf in den Nacken. »Das wäre zu schön, um wahr zu sein!«

Irmgard sah ihre beste Freundin von der Seite an. Sie hätte nicht sagen können, was sie an Angelika so sehr anzog, seit sie zusammen am Lyzeum eingeschult worden waren. Vom ersten Tag an waren sie unzertrennlich gewesen. Angelika unterschied sich in so vielen Dingen von den anderen Mädchen ihrer Klasse. Sie gehorchte nicht, sie ließ sich nicht einschüchtern, und früher war sie damit durchgekommen, als ihr blitzgescheiter Verstand und ihr Gedächtnis die Lehrkräfte der Mädchenschule beeindruckt hatten.

»Kommst du morgen wieder in die Schule?«, fragte Irmgard, wie jeden Tag, wenn sie sich verabschiedeten, weil ihre Elternhäuser in verschiedenen Richtungen lagen.

Angelika zuckte mit den Schultern und antwortete wie immer: »Mal sehen!«

Dann tat Irmgard etwas, was sie noch nie gemacht hatte. Sie blieb stehen und griff nach Angelikas Hand. Ihre warme Haut fühlte sich ein wenig klebrig an.

»Bitte komm doch wieder. Es ist alles so ...«, sie suchte nach den richtigen Worten, »... farblos und langweilig ohne dich.«

Angelika sah nach unten auf die Spitzen ihrer Ballerinas. Das abgestoßene Leder war schon unzählige Male mit blauer Schuhcreme behandelt worden und davon ganz hart. In ihrem Kopf spielte sich eine Unterrichtsstunde im Schnelldurchlauf ab. Seit Beginn des letzten Schuljahrs gab es kaum noch ein Fach, das sie gerne mochte. Der Stoff erschien ihr trocken, jegliche neue Idee, alle Zeichen von Fantasie wurden im Keim erstickt. Angelika machte den neuen Direktor dafür verantwortlich. Nachdem ihr Mädchenlyzeum mit dem Jungengymnasium zusammengelegt worden war, hatte er die Leitung übernommen, und er machte keinen Hehl daraus, wie wenig er für die neuen Schülerinnen übrighatte, vor allem für Ungehorsame, die aus der Reihe tanzten. Seine drakonischen Strafen waren schon seit jeher berüchtigt gewesen. Die Mädchen fasste er keinen Deut sanfter an. Einmal hatte sie die Hälfte des Physikunterrichts auf Erbsen kniend verbringen müssen, weil sie Zweifel an einer Anwendung des Gesetzes zur Trägheit der Masse geäußert hatte. Irgendwann hatte sie begonnen, die Schule zu schwänzen. Was Irmgard da von ihr verlangte, bedeutete ein großes Opfer für sie.

»Du willst doch nicht am Ende noch sitzen bleiben und mich in der Klasse allein lassen?«, sagte Irmgard, und als Angelika den Kopf hob, sah sie direkt in die beschwörenden dunkelgrünen Augen ihrer Freundin, und ihr fiel auf, dass sie immer noch ihre Hand hielt. Auf einmal weiteten sich Irmgards Augen: »Oder legst du es etwa darauf an?«

Angelika wusste in diesem Moment nicht, ob das womöglich sogar der Wirklichkeit am nächsten kam.

»Versprich mir, dass du wieder kommst und dich anstrengst!«, flüsterte Irmgard beschwörend. Angelika nickte langsam.

»Na gut, ich komme, aber nur morgen und nur dir zuliebe!« Dann rannte sie los, so schnell sie konnte, durch die dunkle Parklandschaft. Mit einem Mal war es dort menschenleer, nur an den Wegen gingen elektrische Laternen an, die schmale Lichtkegel auf den Kies warfen. Sie überquerte den Küchengraben auf einer kleinen Brücke, um auf die Stadtseite zu gelangen. Nun führte ihr Weg noch einige Hundert Meter an der dicht überwucherten Böschung dieses schwarzen Kanals entlang, in dessen Schatten lauter Unwägbarkeiten zu lauern schienen. Sie hörte das träge Plätschern des Wassers, das ihr tagsüber kein bisschen unheimlich vorkam. Als sie noch jünger gewesen waren, hatte sie mit Irmgard stundenlang unter der Brücke gespielt, Dämme gebaut und alles an Unrat gesammelt, was in dem stehenden Gewässer herantrieb. Noch nicht einmal die großen Bisamratten, die an ihnen vorbeischwammen und gelegentlich an das befestigte Ufer kletterten, um ihren Damm zu umgehen, hatten ihnen Angst eingejagt. Zeitvergessen hatten sie täglich Äste, alte Schuhe, Topfdeckel und was sie sonst fanden, aufeinandergetürmt, Schicht um Schicht.

Ihre größte Trophäe war der abgebrochene Arm einer Schaufensterpuppe gewesen, daran musste sie jetzt denken. Damals war alles anders gewesen. Letztes Jahr zur Bundesgartenschau und Documenta 1955 hatte man die Karlsaue herausgeputzt, den schwarzen Kanal gesäubert, und das Material ihres selbst gebauten Damms war von einem Müllcontainer verschluckt worden. Das dichte Gestrüpp aus Brennnesseln, hinter dem sie früher ungestört gespielt oder ihre Heftchen gelesen hatten, war den Sensen der Heerscharen von Gärtnern zum Opfer gefallen. Angelika und Irmgard waren froh, die Karlsaue in diesem Jahr endlich wieder für sich zu haben, ohne die Besucherfluten der beiden Großereignisse. Aber die Zeit des Dämmebauens war ein für alle Mal vorbei.

Endlich näherten sich die Lichter der Stadt. Und sie hörte nicht mehr nur das Kanalwasser und ihr eigenes Keuchen, sondern das Bimmeln einer Straßenbahn. Als sie in die Menzelstraße einbog, die vertraute Häuserlinie sah, in der noch immer die Lücken der Kriegsruinen klafften, ließ ihre Furcht nach. Da unter dem grauen Schieferdach lag ihr Elternhaus, dessen Anblick Geborgenheit und Schutz ausstrahlte.

Durch die unverschlossene hohe Haustür trat sie in den Flur der kleinen Gründerzeitvilla und lehnte sich an die Wand mit dem verblichenen Anstrich. Sie hörte Töpfeklappern und erregte Stimmen aus der Küche, während sie darauf wartete, dass sich ihr Herzschlag beruhigte und sie wieder zu Atem kam. Erst dann ging sie über den abgetretenen Läufer in den hinteren Teil des Hauses. Von ihrer Mutter sah sie nur den Rücken. Die zierliche Gestalt, die ganz anders gekleidet war als die meisten Frauen, die in den neuen Stoffen schwelgten. Ihre weißen und taubenblauen A-Linien-Kleider aus Leinen umhüllten den zierlichen Körper wie einen Kokon. Wo doch sonst jede Frau in ihrem Alter, die es sich leisten konnte, sogar in einer so modernen Stadt wie Kassel ihre Taille besonders betonte und die neuen synthetischen Stoffe und bunten Drucke ausprobierte. Angelika hatte erst als Heranwachsende verstanden, dass ihre Eltern nicht wie andere waren. Es gab so viele Äußerlichkeiten, aber auch Ansichten, die sich von denen der Eltern ihrer Klassenkameradinnen unterschieden. Je älter sie wurde, umso deutlicher ließen die anderen Schülerinnen sie die Unterschiede spüren. Irmgard war ihre Verbindung zu dieser anderen Welt.

Unbemerkt an der Küche vorbeihuschen und zu ihrem Vater ins Atelier schlüpfen, das war ihr Plan. Durch die offen stehende Tür sah sie ihre älteren Brüder, ein Zwillingspaar, und ihre jüngere Schwester auf der Eckbank am Küchentisch knien und spielen. Clara war so eifrig und konzentriert damit beschäftigt, die winzigen Pappfische mit ihren kleinen Angeln, an deren Fäden jeweils ein Magnet befestigt war, aus dem aufgeklappten Aquarium zu holen, dass sie sie nicht bemerkte. Wie bei allem, was sie tat, legte sie auch hier einen überbordenden Ehrgeiz an den Tag, jeden, vor allem aber ihre älteren Geschwister, zu überflügeln. Mit ihren siebzehn Jahren waren ihre Brüder schon längst zu alt für ein albernes Kinderspiel, aber Clara und vor allem ihrer Mutter zuliebe spielten sie ab und zu mit und gaben sogar vor, Spaß daran zu haben.

Angelika hielt den Atem an, machte einen großen Schritt, und schon war sie an der Tür vorbei. Sie legte ihre Hand auf den Knauf des Treppengeländers, der in Form einer Artischocke geschnitzt war, dann stieg sie auf Zehenspitzen die Treppe hoch, darauf bedacht, kein Geräusch zu verursachen. Ihre Schulter streifte die Wand mit dem abblätternden Putz. Sie konnte sich nicht erinnern, dass ihr Haus jemals renoviert worden wäre. Lieber hängte man sich zeitgenössische Kunst an die Wände, als sie zu tapezieren. Einmal hatte sie ihre Eltern darüber sprechen hören. Sie zahlten kaum Miete, denn ihr Vater bekam die Unterkunft von der Staatlichen Kunsthochschule, an der er als Professor tätig war, zur Verfügung gestellt. Keiner fühlte sich für die Instandhaltung verantwortlich.

Ganz am Ende des Gangs im dritten Stock lag sein Atelier nach Osten zu, in das er größere bogenförmige Fenster hatte einbauen lassen. Es war das einzige Mal, von dem Angelika mit Bestimmtheit wusste, dass er selbst Geld in das Haus gesteckt hatte.

Normalerweise durfte ihn niemand bei der Arbeit stören, noch nicht einmal ihre Mutter. Angelika war die Einzige, die er nicht wegschicken würde. Und ohnehin konnte er bei nachlassendem Tageslicht nicht mehr weitermalen und würde jetzt bestimmt Leinwände grundieren oder seine Pinsel reinigen. Ganz vorsichtig drückte sie die Türklinke herunter, um ihn nicht zu erschrecken, und musste sofort die Augen mit der Hand abschirmen. Gleißendes, strahlend helles Licht traf so unvorbereitet auf ihre Netzhaut, dass sie einige Sekunden lang geblendet war und nur noch zuckende Blitze und Sternchen sah.

»Moment!«, hörte sie die tiefe Baritonstimme ihres Vaters. Dann war das Licht plötzlich aus, und sie öffnete die Augen. Langsam konnte sie wieder Umrisse erkennen und sah ihren Vater neben einem riesigen Strahler stehen, dessen Metallummantelung jetzt, nachdem er ausgeschaltet war, zu knacken begann.

»Alles in Ordnung, Geli, kannst du wieder richtig sehen?«, fragte ihr Vater besorgt und kam in seinem Kittel voller Farbkleckse, den er immer zum Arbeiten trug, auf sie zu.

»Was ist das?«, fragte sie, ohne auf seine Frage einzugehen. Neugierig musterte sie die drei gespreizten Metallbeine und die rauchende Glasscheibe.

»Mein neuer Scheinwerfer. Ich habe ihn aus einem Katalog bestellt. Man darf allerdings auf keinen Fall direkt in das Licht schauen, das ist sehr schädlich für die Augen.«

Als sie die Hand ausstreckte und das Metall berühren wollte, hielt er sie zurück. »Vorsicht! Es wird glühend heiß. Die Lampe ist eigentlich für Filmaufnahmen vorgesehen, aber ich habe mir gedacht, sie wäre durchaus auch für meine Zwecke geeignet.« Er schob die Hände in die Taschen seines Kittels. »Sonst musste ich bei Anbruch der Dunkelheit immer mit dem Malen und Zeichnen aufhören, und vor allem an den kurzen Wintertagen hat mich das stark eingeschränkt.« Er sah seine Tochter an, die immer noch wie gebannt den riesigen Scheinwerfer musterte. »Aber das weißt du ja.«

Sachte strich er ihr über die glatten schulterlangen Haare, die daraufhin sofort elektrisiert in alle Richtungen abstanden.

»An was hast du heute gearbeitet, Papa?«, fragte sie und sah sich in seinem Atelier um. Sog den Geruch aus Ölfarbe und Terpentin ein, der sie schon ihr Leben lang begleitet hatte und den sie so liebte. Unzählige Leinwände in Keilrahmen standen nach Größen geordnet an die Wände gelehnt und engten den Platz zum Arbeiten immer mehr ein. Der Raum wuchs langsam, aber sicher zu, und das Viereck, das ihrem Vater vor dem Fenster verblieben war, hatte nur noch die Ausmaße von zwei mal zwei Metern. Er hatte den Boden an dieser Stelle mit einem Bettlaken abgedeckt, das mit Farbsprenkeln nur so übersät war, noch weit mehr als sein Kittel, den er ab und zu austauschte.

Sie entdeckte eine großformatige Leinwand, auf der eine eigenwillige Komposition zu sehen war, und als Angelika näher trat und das Motiv genauer betrachtete, riss sie die Augen auf. Ein tieforangefarbener Kreis schwebte zwischen einem Dreieck und in die Höhe ragenden Pfeilen. Allerdings erschloss sich Angelika die Szene nur, weil sie im Betrachten der Bilder ihres Vaters geschult war. Denn seine abstrakten, flügelartigen Kalligrafien, kombiniert mit Piktogrammen, die anmuteten, als seien sie Teil von Höhlenzeichnungen, ließen für den Betrachter immer verschiedene Deutungen zu.

Für Angelika handelte es sich ganz klar um die schwarze Silhouette eines Vogels, der mit ausgebreiteten Flügeln vor der Sonne entlangzuschweben und sich über eine Baumgruppe zu erheben schien. Für den ungeübten Betrachter wäre es wahrscheinlich lediglich eine Ansammlung von Strichen gewesen. Außer der Sonnenkugel war auf dem Bild alles in Schwarz-Weiß gehalten. Angelika sah darin genau die Situation, die sie vor einer halben Stunde draußen beobachtet und mit ihrer imaginären Kamera festgehalten hatte.

»Hast du das heute gemalt?«, fragte sie.

»Ach, das!«

Ihr Vater kam näher. Er war hochgewachsen, hatte in den letzten Jahren an Gewicht zugelegt. Angelika konnte sich nur noch schemenhaft an die magere, sehnige Gestalt mit Stoppelbart erinnern, die aus dem Krieg zurückgekehrt war. Damals war sie sieben Jahre alt gewesen. Doch wie ihre Mutter seitdem mindestens einmal wöchentlich wiederholte, hatte er Glück gehabt. Er war nur zwei Jahre in französische Gefangenschaft geraten und auf dem Weingut nahe Straßburg gut behandelt worden. Im Herbst 1947 hatte er plötzlich wieder vor ihrer Tür gestanden, und seine Kinder hatten ihn nicht wiedererkannt.

Ihr Vater legte Angelika seinen schweren, kräftigen Malerarm um die Schulter. »Nein, Geli, erinnerst du dich nicht? Ich habe es schon vor einigen Wochen gemalt, aber jetzt erst den Firnis aufgetragen. Die Ölfarbe musste so lange trocknen.«

Angelika beugte sich ganz dicht nach vorne, sodass sie jedes Detail der dick aufgetragenen Ölfarbe, die sich aus dem Bild hervorhob, erkennen konnte. Sie betrachtete die Striche des stilisierten Vogels, an dessen Brust sie einige weiße Pinseltupfer ausmachte.

»Eine Elster?«

»Ja, genau. Sie sitzt doch immer in der mittleren von den drei Eichen. Ich denke, sie hat dort gebrütet.«

Er drückte liebevoll ihre Schulter. »Ein schöner Anblick, nicht wahr?«

Deshalb war ihr das Bild vorhin so seltsam vertraut erschienen, als sie es in natura gesehen hatte. Sie wusste, dass ihr Vater im Sommer häufiger mit seiner Staffelei im Park saß und malte. Nicht nur mit seinen Studentengruppen, sondern auch mit Künstlerkollegen oder alleine. Schon manches Mal hatte sie ihn begleitet. Aber was war es für ein Zufall, dass die Elster für ihn und für sie zur gleichen Stunde in dieselbe Richtung geflogen war und sie beide das Bild, jeder auf andere Weise, für so bemerkenswert gehalten hatten?

Angelika drehte sich zu ihrem Vater um. »Weißt du was? Genau die gleiche Szene habe ich vorhin beobachtet, als ich unten auf der Karlsaue gesessen habe. Und ich hätte sie fotografiert, wenn ich deine Kamera hätte benutzen dürfen.«

Ihr Vater hatte sich eine der ersten Kleinbildkameras angeschafft, eine Kodak. Die Kataloge über die technischen Daten der verschiedenen Kameras, die er sich zuvor hatte schicken lassen, war Angelika Seite für Seite, Zeile für Zeile durchgegangen. Sie hatte die Abbildungen, auf denen jedes einzelne Detail am Ende eines langen Strichs mit einer winzigen Zahl versehen und auf einer Liste bezeichnet war, immer wieder betrachtet, mit den anderen Modellen verglichen und schließlich seine Kaufentscheidung maßgeblich beeinflusst. Nach dem Kauf der Kamera hatte sie ihrem Vater zugeredet, sich eine eigene Dunkelkammer einzurichten. Wie bei allem, was er tat, hatte er Angelika in die neuen Techniken einweihen wollen, die er sich nach und nach selbst erarbeitete, stieß jedoch immer wieder auf die überraschende Erkenntnis, wie viel sie bereits darüber wusste. Das neue Medium schien auf sie eine größere Faszination auszuüben als auf ihn selbst.

»Fotografiert!«, wiederholte er leise. »Dabei muss man die Belichtungszeit berücksichtigen, denn es wäre eine Aufnahme gegen die Sonne, aber im Prinzip hast du recht: Die Szene eignet sich besser für eine Fotografie, denn es läuft alles nur auf den Augenblick hinaus ... Den Malern hingegen bleiben Stunden oder Wochen, um ihr Sujet zu erfassen und eine Idee, eine Komposition, ein Bild zu finden.«

Er räusperte sich und sah sie forschend an: »Zeichnen und Malen ist die Grundlage allen künstlerischen Schaffens. Und Kunst spiegelt die Wirkkräfte der Zeit wider wie kein anderes Medium. Möchtest du es auch einmal wieder mit einem Stift oder dem Pinsel versuchen? Du hast doch wirklich Talent!«

Angelika schüttelte den Kopf. Sie hatte einige Zeit Spaß am Zeichnen und Malen gehabt. Durch die geduldige und fachkundige Anleitung ihres Vaters hatte sie gelernt, die Sujets, wie er sie nannte, aus einem besonderen Blickwinkel zu sehen. Er hatte ihr beigebracht, sich auf die Details der Natur in der Stadt, auf Kleinigkeiten, außergewöhnliche Konstellationen oder bestimmte Bildausschnitte zu konzentrieren, die man sonst leicht übersah. Rote Beeren, halb bedeckt von Raureif vor einem alten Fensterrahmen, grün gesprenkelte Vogeleierschalen auf der Parkbank, frisch aufblühende Seerosen im Springbrunnenbecken, ein Spinnennetz in der Armbeuge der Karlsstatue, in dem Tropfen von Morgentau glitzern. Er hatte ihre kleinen Arbeiten ernst genommen, sie ermuntert, gelobt und gefördert, ihr Auge für Perspektive und Proportionen geschult, als sei sie eine seiner begabten Kunststudenten.

Im Mädchenlyzeum hatte ihre Lehrerin großes Interesse an ihrer außergewöhnlichen Sichtweise gezeigt. Wenn sie ihre Werke ablieferte, erntete sie dafür nichts anderes als Lob. Die aufgeschlossene Lehrerin hatte es besonders hervorgehoben, als ihr Porträt nicht nur die Person, sondern auch die Umgebung, den Hintergrund und die persönlichen Dinge auf dem Tisch davor mit der gleichen Detailverliebtheit abbildete.

Angelika bekam auf ihre Bilder durchweg die besten Noten, so wie in Geschichte und Geografie auch. In Deutsch machte sie zu viele Rechtschreibfehler. Naturwissenschaften und Mathematik waren nur Nebenfächer, die sie achtbar meisterte. Das alles hatte sich grundlegend geändert, als das Lyzeum zu Beginn des letzten Schuljahres mit dem Jungengymnasium zusammengelegt worden war. Der konservative alte Kunstlehrer ließ kein gutes Haar an ihren abweichenden Interpretationen. In Mathematik, das nun ein Hauptfach war, wurden ihre Gedankengänge zu Algebra als absurd und lächerlich abgetan, nachdem sie sich einige Male getraut hatte, den Lösungsweg des Lehrers infrage zu stellen. Ähnlich erging es ihr in Physik, Biologie und Chemie. Fächer, die nun plötzlich wichtig sein sollten, nachdem sie auf der Mädchenschule jahrelang hauptsächlich in Hauswirtschaftslehre, Musik und Kunst unterrichtet worden waren. Sie wusste nur zu gut, dass ihre Versetzung dieses Jahr gefährdet war, und hoffte, es noch so lange wie möglich vor ihrer Mutter verbergen zu können.

»Geli?« Ihr Vater hatte aus seinen vorgefertigten Malgründen eine dünne grundierte Pressspanplatte hervorgeholt, die genau die Größe hatte, die sie eine Zeit lang so gemocht hatte. Er stellte sie ihr auf eine kleinere Staffelei neben die seine. Aber Angelika starrte das weiße Brett nur mit leeren Augen an und schüttelte langsam den Kopf. »Ich kann das nicht mehr, Papa. Mir fällt gar nichts mehr ein, was ich malen könnte.«

»Schade. Es ist eine Vergeudung deines Talents, glaube mir.«

Als er sah, wie sehr sie dieser Satz traf, strich er ihr mit der Rückseite seiner Finger über die Wange und nickte ihr aufmunternd zu. Dann zog er seinen Kittel aus, hängte ihn an den Haken hinter der Tür. Darunter kam sein schwarzer Pullunder zum Vorschein, dem man deutlich ansah, dass er ihn fast täglich trug.

»Na, komm! Lass den Kopf nicht hängen. Dann gehen wir jetzt mal in die Küche und sehen nach, ob es schon Abendbrot gibt.«

»Geli!«, hörte sie die sanfte Stimme ihrer Mutter, als sie die Treppe herunterkamen. Sie hatte sich zu ihr umgedreht und kam auf sie zu. Gerda Stein war selten streng mit ihren Kindern. Auch das unterschied sie von den meisten anderen Müttern dieser Zeit. Angelikas Klassenkameradinnen litten fast ausnahmslos unter der autoritären Erziehung ihrer Eltern und der Lehrer, allerdings – und das wunderte sie am meisten – scheinbar ohne ihre Berechtigung jemals infrage zu stellen.

An diesem Abend war in dem Gesicht ihrer Mutter, das sonst stets zufrieden aussah, obwohl sie den Haushalt mit vier Kindern nahezu alleine schulterte, überdeutlich die tiefe Sorge um ihre älteste Tochter abzulesen. Aus der aufgesetzten Tasche ihres Kleides holte sie einen Brief hervor und faltete ihn sorgfältig auseinander, so als würde ihr sogar diese Bewegung schon Mühe bereiten.

Angelika erfasste sofort, dass ihre Besorgnis allein mit diesem Schriftstück zusammenhängen musste, und ahnte auch bereits, um was es sich handelte. Kurz bevor ihre Mutter den Text vorlesen wollte, besann sie sich und realisierte, dass Angelikas Geschwister am Tisch saßen und schon gespannt die Ohren spitzten.

»Peter, geh nachsehen, ob die Kaninchen noch Wasser und Futter haben, Eberhard, schau doch einmal, ob Clara alle Hausaufgaben erledigt hat.«

Der letzte Hinweis erübrigte sich, und das wusste sie. Denn Clara war die Strebsamste unter den Kindern, und der Tag, an dem sie einmal einen Teil der Schularbeiten vergessen sollte, würde in die Geschichte der Familie eingehen. Clara sammelte derweil stumm die Fischchen ein, faltete das Pappaquarium zusammen, und ihre Brüder legten ihre Angeln in den Karton. Dann klappte Eberhard den Deckel der Küchenbank hoch, und seine Schwester verstaute das Spiel in ihrem Inneren.

»Seht euch lieber mal diesen Artikel an!« Der Vater hielt eine Zeitschrift in die Luft, die er im Flur von der kleinen Konsole genommen hatte.

»Der *Spiegel* ist ein linkes Blatt, sagt unser Deutschlehrer!«, warf Eberhard prompt ein.

»Das ist schon möglich, aber das bedeutet nicht unbedingt etwas Schlechtes!«, antwortete sein Vater.

Eberhard presste die Lippen zusammen, und es war ihm anzusehen, wie er überlegte, ob er es auf eine Auseinandersetzung mit seinem Vater ankommen lassen sollte. Wilfried Stein blätterte das orangefarben eingefasste Titelblatt auf und schlug mit dem Handrücken auf die Seite. »Hier: Laut einer Umfrage des Allensbach-Instituts über den Kunstgeschmack der Deutschen bevorzugen zwei Drittel echte Ölgemälde mit naturgetreuen Landschaftsdarstellungen, dicht gefolgt von religiösen Motiven.«

Angelika schüttelte den Kopf und rollte theatralisch mit den Augen. Sie war froh, der ernsten Unterhaltung über den ominösen Brief noch einmal entkommen zu sein. Ihr Vater setzte hinzu: »Und das ein Jahr nach der ersten Documenta! Habe ich damit denn gar nichts bewirkt? Man fragt sich, ob das deutsche Volk eigentlich in den elf Jahren nach der letzten Zurschaustellung entarteter Kunst durch die Nazis nichts dazugelernt hat.«

»Sag bloß nichts gegen den röhrenden Hirsch über dem Sofa der Deutschen, Wilfried!«, warf seine Frau ein, während sie einen Teller mit Aufschnitt und die Butterdose auf den Tisch stellte.

»Bei Kleves hängen neuerdings Bilder von traurigen Clowns im

Wohnzimmer«, berichtete Clara und hoffte damit, alle mit dem Gipfel der Geschmacklosigkeit aus der Wohnung ihrer Klassenkameradin beeindrucken zu können. Aber Eberhard gab sich sofort alle Mühe, sie zu überbieten: »Und bei Brauns sind es feurige Zigeunerinnen mit tiefen Dekolletés über dem Ehebett!«

»Woher weißt du überhaupt, was Brauns im Schlafzimmer hängen haben?«, fragte Peter grinsend.

Eberhard errötete und beeilte sich zu erklären: »Die Tür stand offen, als wir durch den Flur in Martins Zimmer gegangen sind, um zusammen zu lernen.«

»Jetzt ist aber Schluss mit der Lästerei!«, rief ihre Mutter sie zur Ordnung und bat dann darum, sie vor dem Abendessen noch kurz mit Angelika allein zu lassen.

»Bei Lamballes hängt aber ein echter Trökes in der Bibliothek und sogar ein Baumeister im Esszimmer ihrer neuen Villa«, versuchte Peter die Unterhaltung über den Kunstgeschmack der Eltern ihrer Freunde in Gang zu halten, indem er mit den beiden bekanntesten abstrakten Künstlern der Nachkriegszeit auftrumpfte.

»Na, da hast du es! Arnaud Lamballe ist ja auch Franzose ... und noch dazu Architekt!«, warf sein Vater ein und schlug mit der flachen Hand auf die Zeitschrift. »Anscheinend gehört doch ein gewisser Bildungsstand dazu, um dem geschmacklichen Analphabetentum, wie Erich Kästner es so richtig bezeichnet hat, zu entgehen.«

»Dazu gibt es ja den Kunstunterricht ... damit unsere jungen Barbaren auf den richtigen Weg geleitet werden.« Gerda Stein breitete lächelnd die Arme aus, als würde sie eine Schar Gänse vertreiben, und wies ihren Kindern den Weg zur Tür. »Ihr könnt nachher beim Essen weiterdiskutieren.«

»Bestimmt geht es um ihre schlechten Noten«, flüsterte Clara mit einem Anflug von Schadenfreude, als ihre Brüder sie vor sich her aus der Küche schoben.

Peter warf Angelika einen mitfühlenden Blick zu. Er war ihr Lieblingsbruder. Äußerlich von Eberhard nur an einem Leberfleck hinter dem linken Ohrläppchen zu unterscheiden, ähnelte sein Charakter so gar nicht dem seines unberechenbaren Zwillingsbruders. Sondern er hatte das gleichmütige, stets um das Wohl seiner Mitmenschen besorgte Wesen eines Bettelmönchs. In seinem Leben, zumindest in seiner Wahrnehmung, gab es keine böswilligen Menschen. Niemand log, keiner schmiedete je hinterhältige Pläne oder wollte anderen übel. Peter sah an jedem nur die guten Seiten, und wenn ein Mensch keine besaß, fand er ihn mindestens einen »findigen Burschen« oder einen »passablen Kerl«. Er war selbst ohne jeden Ehrgeiz und hatte im Gegensatz zu Eberhard und Clara nur mittelmäßige Noten, doch das reichte ihm, und seine Empathie kannte keine Grenzen. Angelika sandte ihm ein verzagtes Lächeln, als er an ihr vorbeiging.

»Und schließt die Tür hinter euch!«, rief ihre Mutter ihnen hinterher.

»Was ist denn passiert?«, fragte Angelika und bedauerte es schon jetzt, der Anlass für den besorgten Ausdruck in ihren Augen zu sein.

Ihre Mutter holte den Umschlag wieder aus ihrer Rocktasche und redete nicht lange darum herum: »Ein Brief von deiner Schule, man schreibt uns, dass deine Versetzung gefährdet ist.«

Angelika folgte ihrem Blick zu ihrem Vater, der immer noch das *Spiegel*-Heft in der Hand hielt. Er konnte seine Überraschung nicht verbergen. Ganz offensichtlich wusste er noch nichts davon. Ihre Mutter sprach nun nur noch ihn an, so als sei Angelika gar nicht anwesend: »Ihre Leistungen sind in fast allen Fächern mangelhaft, außer in Turnen, und in den letzten Wochen ist sie an manchen Tagen gar nicht mehr zum Unterricht erschienen.«

Dann fixierte sie wieder Angelika, die ihrem Blick auswich. Fast verspürte sie so etwas wie Erleichterung, dass es endlich heraus war. Dass sie nicht mehr länger mit der Lüge leben musste und ihren Eltern vormachen, sie ginge gerne zur Schule, würde eifrig lernen und strenge sich an. Die Wahrheit hätte sich gut anfühlen können – wenn sie damit ihrer Mutter nicht solchen Kummer bereiten würde. Diese legte den Brief auf dem Küchentisch ab und fasste sie an beiden Armen, sah ihr in die Augen.

»Was ist bloß passiert, Geli! Letztes Jahr noch hat mich die Direktorin des Lyzeums zu sich gerufen und mir deine Zeichnungen vorgelegt. Ich solle mir das ansehen, diese Schraffierungen, dieses Talent. Du seist einfach in allem herausragend, fächerübergreifend.«

Angelika sah hilflos an ihr vorbei in Richtung der Küchentür. Fast beschwor sie sie, sich zu öffnen. Sie hatte keine Antwort darauf und war erleichtert und auch verwundert, wie schnell ihr Wunsch in Erfüllung ging, als Peter noch einmal die Tür aufriss und den Kopf in den Spalt steckte.

»Wann gibt es Abendbrot?«, fragte er, und jeder durchschaute seinen Versuch, Angelikas unangenehmes Gespräch abzukürzen.

»In einer halben Stunde«, lautete die Antwort ihrer Mutter, und als er in der halb geöffneten Tür verharrte und Angelika einen Blick zusandte, aus dem sie seinen unausgesprochenen Willen zum Beistand ablesen konnte, fügte ihre Mutter hinzu: »Du kannst ihr jetzt nicht helfen. Lass uns bitte noch einen Augenblick allein.« Mit sichtbarem Widerwillen zog er die Tür wieder zu.

Ihre Mutter sagte: »Wie soll es denn mit dir weitergehen? Du musst doch wenigstens die Mittlere Reife ablegen!«

Ihr Vater hatte sich inzwischen von seiner Frau den Brief geben lassen und ihn überflogen. »Mir scheint, das sind ein paar schlechte Noten zu viel«, murmelte er mehr zu sich als zu Angelika und ihrer Mutter. Er lehnte sich an den Küchentisch und rieb sich über das Kinn. Dann fragte er Angelika: »Glaubst du denn, dass du dich noch einmal verbessern kannst, um den Schulabschluss zu schaffen?«

Angelikas Gesicht war wie versteinert. Sie wusste nicht, was sie antworten sollte.

Zu seiner Frau gewandt, sagte ihr Vater leise: »Sie ist fünfzehn, Gerda. In drei Monaten wird sie sechzehn. Da muss man nicht unbedingt noch weiter zur Schule gehen!«

Doch seine Frau war ganz anderer Meinung. Wenn es etwas gab, wovon sie überzeugt war, dann war es die Tatsache, dass nicht nur ihre Söhne eine gute Schulbildung erhalten und einen Beruf erlernen sollten, sondern auch ihre Töchter. Von ihrem Kummer war nichts mehr zu spüren, als sie ihrem Mann fest in die dunklen Augen sah und auf ihrer Meinung beharrte.

»Kommt gar nicht infrage! Sie legt das Abitur ab!«

»Aber man kann es nicht einfach erzwingen. Sie hat sich erst derart verschlechtert, seit das Lyzeum mit dem Jungengymnasium zusammengelegt wurde. Es sind nun weit mehr Fächer und eine andere Gewichtung. Man hat den Mädchen damit nicht unbedingt einen Gefallen getan, so modern die Idee auch sein mag. Nicht jeder ist dazu geeignet, das Gymnasium zu besuchen und die Hochschulreife zu erlangen. Vielleicht sollte sie dann wenigstens auf die Realschule wechseln und die Mittlere Reife machen.«

Das Gesicht seiner Frau, das sonst oft so weich und unbedarft wirkte, zeigte in diesem Moment eine ganz ungewohnte Strenge. Sie schüttelte langsam den Kopf: »Wir dürfen nicht einfach aufgeben. Notfalls muss sie eben die Klasse wiederholen.«

Wilfried Stein wandte sich ab. Er wusste, dass jede weitere Diskussion im Augenblick zwecklos war. Sein Blick streifte seine Tochter, die die ganze Zeit kein Wort dazu gesagt hatte, obwohl es um ihre Zukunft ging. Sein Lieblingskind war im letzten Jahr in die Höhe geschossen. Lang und dünn stand sie da, überragte ihre Mutter bereits um einen halben Kopf. Ihr Körper begann sich gerade erst von dem eines Mädchens in den einer jungen Frau zu verwandeln, mit kaum sichtbaren weiblichen Rundungen. Die schulterlangen braunen Haare umrahmten ein schmales Gesicht, in dem die großen Augen auffielen. Sie ähnelten seinen, das wusste er. Tief in seinem Innersten verspürte er die Gewissheit, dass sie ihrer ältesten Tochter keinen Gefallen taten, wenn sie sie weiter auf das Gymnasium zwangen.

Er rieb sich die Hände und fragte: »Vielleicht sollten wir erst einmal zu Abend essen und dann eine Nacht darüber schlafen, wie es mit Geli weitergehen soll. Heute werden wir uns wohl nicht einigen.«

Angelika atmete tief ein und aus. Sie wusste, dass es nicht viele Eltern gab, die so verständnisvoll auf einen blauen Brief reagiert hätten und bei denen die Meinung einer Mutter genauso viel zählte wie die eines Vaters. Ihre Situation war nicht hoffnungslos, aber ihr wurde klar, dass sie erst einmal weiter zur Schule gehen musste. Allein der Gedanke an die endlosen, langweiligen und peinigenden Stunden, die sie morgen Vormittag dort absitzen würde, verursachte einen dumpfen Schmerz in ihrer Brust. Was sie während des Unterrichts vor allem empfand, war ein Gefühl der Schwäche.

Am nächsten Morgen hatten sich die traurigen Empfindungen noch verstärkt. Als ihre Mutter sie weckte, zog Angelika sich die Bettdecke über den Kopf und versuchte, nicht an den Tag zu denken, der vor ihr lag. Seit einer Woche war sie nicht in der Schule gewesen, und sie konnte sich sehr genau vorstellen, wie die Lehrer und ihre Mitschülerinnen sie empfangen würden.

»Aufstehen, Angelika! Du brauchst dich nicht zu verstellen, ich weiß, dass du wach bist.«

Ihre Mutter zog ihr die Decke weg und stemmte die Arme in ihre Taille. Bei ihrer zierlichen Statur wirkte die Geste nahezu rührend.

Sie hörten die Schritte und Stimmen ihrer Brüder, die schon aus dem Nachbarzimmer kamen und ins Badezimmer rannten. Keiner von ihnen hatte solche Schwierigkeiten in der Schule wie sie. Eberhard schüttelte die guten Leistungen mit seinem hellen Verstand aus dem Ärmel. Peter hielt sich wacker im Mittelmaß. Ihre kleine Schwester ging mehr als gerne zur Grundschule und war regelmäßig Klassenbeste, was sie sich mit emsigem Fleiß erarbeitete. Sie stand schon fertig angezogen vor dem ovalen Spiegel, der an ihrem gemeinsamen Kleiderschrank hing, und war längst dabei, sich mit geschickten kräftigen Fingern ihre langen Haare zu festen Zöpfen zu flechten. Ein zuversichtliches Lächeln umspielte ihre Mundwinkel, in dem die Vorfreude auf einen Tag voller kleiner glücklicher Momente lag.

»Heute darf ich zwei neue Schulhefte anfangen«, sagte sie und deutete mit dem Kinn in Richtung ihres Ranzens aus gewienertem braunem Leder, der auf dem Korbstuhl stand. Davor lagen zwei taubenblaue Hefte mit blütenweißen Aufklebern, auf die sie bereits mit ihrer akkuraten Kleinmädchenschrift ihren Namen geschrieben hatte: Clara Stein.

Angelika lag noch immer im Bett und schaute sie an, wie man ein exotisches Tier in einem Zoogehege betrachtet. Warum konnte sie nicht die gleiche Freude über ein neues, unberührtes Rechen- oder Schreibheft empfinden wie ihre Schwester, fragte sie sich. Alles wäre so einfach!

Clara war fertig mit dem Frisieren und machte einen Schritt auf den Stuhl zu. Ehrfürchtig nahm sie eines der Hefte in die Hand, hielt es sich vor das Gesicht und sog hörbar die Luft ein. »Es gibt keinen Geruch, den ich lieber mag!«

»Das ist der frische Leim!«, erklärte ihr ihre Mutter, und es war ihr anzusehen, wie sehr sie sich gerade selbst über die gravierenden Unterschiede zwischen ihren Kindern wunderte. Aber ein wenig gab sie auch ihrem Mann die Schuld. Er hatte Gelis Augenmerk und Interesse viel zu sehr auf die schönen Künste gelenkt. Sie als Einziges seiner Kinder für würdig befunden, in die Geheimnisse seiner Welt eingeweiht zu werden. Und das war nun das Resultat. Während Clara andächtig mit aller Vorsicht ihre Hefte in den Ranzen schob, um nur ja kein Eselsohr zu riskieren, legte sich Angelika die Hände vor das Gesicht. Der Eifer ihrer kleinen Schwester war in ihrer Situation kaum zu ertragen.

»Komm schon, Geli, jetzt wird es aber wirklich Zeit.«

Ihre Mutter griff nach ihrer Hand und zog sie von der Matratze hoch.

»Wenn du zu spät kommst, machst du es nur noch schlimmer!«

Es kam noch viel schlimmer, als sich ihre Mutter ihren avantgardistischen, glockigen Mantel anzog, der in keiner Weise der aktuellen Mode entsprach, den Hut auf den Kopf setzte, sich entgegen ihrer Gewohnheit vor dem Spiegel rosa Lippenstift auftrug wie ein kleines Mädchen, das sich zum ersten Mal schminkt, und sagte: »Ich begleite dich heute zur Schule.«

In einen Stoffbeutel packte sie eine Schachtel Pralinen und eine Flasche französischen Cognac, den ihr Vater einmal jährlich bekam, wenn er der Familie, bei der er während seiner Gefangenschaft im Elsass gelebt hatte, einen Besuch abstattete. Was hatte sie mit diesen Kostbarkeiten vor? Angelika wäre am liebsten im Erdboden versunken.

Der Weg über den Schulhof neben ihrer winzigen Mutter, deren Mantel sich im Frühlingswind weit aufblähte, glich einem Spießrutenlauf. Die Gespräche verstummten, alle drehten sich zu dem merkwürdigen Paar um, das auf den Eingang des Schulgebäudes zustrebte. Angelika konnte das Getuschel und Kichern der anderen Schülerinnen und Schüler hören. Dann wurde es von der Schulklingel übertönt. Ihre Mutter verschwand im Büro des Direktors, während sie die Treppen hinauf zu ihrem Klassenraum stieg. Heute kamen ihr die Stufen höher vor als sonst. Ihre Beine waren so schwer, als klebten Bleigewichte unter ihren Sohlen.

»Stein«, sagte Herr Riedel, kaum dass sich alle gesetzt hatten. »An die Tafel!«

Im Klassenraum breitete sich eine angespannte Stille aus. Angelika sah ihren Mathematiklehrer an und versuchte, ihm ihre Angst nicht zu zeigen. Irmgard, die neben ihr saß, sah sie mitleidig an. Sie bewegte tonlos die Lippen, und Angelika konnte die Worte: »Zeig's ihm!« ablesen. Widerstrebend stand sie auf und lief mit hölzernen Bewegungen den Gang zwischen den Bänken hindurch auf die Tafel zu.

»Das kann er sich sparen. Die weiß doch sowieso nicht die Lösung«, hörte sie eine Mädchenstimme flüstern.

»Nicht einmal ansatzweise!«, gab ein Junge zurück.

Einige kicherten.

»Ruhe!«, donnerte Riedel.

Als Angelika sich der Tafel näherte, schienen die Zahlen, Klammern, Zeichen und kleinen Potenzziffern, die er zuvor mit weißer Kreide daran geschrieben hatte, vor ihren Augen zu verschwimmen. Von ihrem Platz aus hatte sie die Gleichung wenigstens lesen können. Jetzt, wo sie so dicht davorstand, gelang ihr selbst das nicht mehr. Herr Riedel gab ihr die Kreide. Er sagte: »Fang an zu rechnen! Schreib die Lösung hin.«

Als Angelika nicht reagierte, holte er genüsslich sein Notizbuch aus der Westentasche und zückte einen Stift. Gleich würde er ihr eine Sechs notieren, und damit wäre ihr Schicksal besiegelt, durchfuhr es sie. War es nicht genau das, was sie wollte? Einfach nicht mehr zur Schule gehen müssen? Alle Sorgen los sein? Doch dann meldete sich ihr Stolz. Was wäre das für ein kläglicher Abgang. Fieberhaft suchten ihre Gedanken nach einem Ausweg, einer Lösung, mit der sie sich nicht vollkommen blamieren würde. Die Minute, die sie die Gleichung von ihrem Platz aus an der Tafel gesehen hatte, war lang genug gewesen, um sie im Gedächtnis zu behalten. Und mit einem Mal wusste sie, dass es nicht das erste Mal war, dass ihnen diese Aufgabe gestellt wurde.

Sie nahm allen Mut zusammen, hob langsam den Arm und berührte mit dem weißen Kreidestück die dunkelgrüne Tafelfarbe. Mit zitternder Schrift schrieb sie eine Zahlenfolge hinter die Aufgabe, manche Ziffer nicht ganz auf Höhe der anderen, manche schief, und setzte sie in Klammern. Aus dem Augenwinkel konnte sie die Überraschung im Gesicht von Herrn Riedel sehen. Er sagte kein Wort, stand mit verschränkten Armen in gebührendem Abstand neben ihr und beobachtete, wie sie hoch konzentriert schrieb und schrieb. Sie fügte Plus- und Minuszeichen hinzu, setzte das x für die Unbekannte immer wieder an eine andere Stelle. Zwischendurch hielt sie nur kurz inne, wenn sie überlegen musste. Die Spannung in der Klasse stieg. Nun weiß sie nicht mehr weiter, dachten die anderen gewiss. Doch die Unterbrechungen dauerten nicht lange. Ihre Schrift wurde sicherer, die Zahlen akkurater. Keine ihrer Mitschülerinnen sagte etwas, sie hatte ihre volle Aufmerksamkeit, nicht einmal ein Flüstern war zu hören. Nur das leise Quietschen der Kreide, als Angelika die Tafel nach und nach mit unzähligen Zeichen bedeckte. Der Platz auf den äußeren Flügeln reichte nicht mehr aus, und sie klappte sie auf. Es mussten einige Minuten vergangen sein. Schließlich schrieb sie in die unterste rechte Ecke ein Gleichheitszeichen und dahinter eine große Null. Sie richtete sich auf, legte den Kreidestummel in die Metallrinne unter der Tafel und strich sich den weißen Staub von den Händen.

Herr Riedel blieb einige Sekunden unbeweglich stehen und betrachtete ihre Arbeit. Dann machte er einen Schritt nach vorn, nahm ein neues Stück Kreide aus der Ablage. Er tauschte eine Drei gegen eine Sechs, wischte mit dem Finger eine Klammer weg. Durch eine Zeile ihrer Rechnung machte er einen dicken weißen Strich, hinter das Ergebnis unten rechts schrieb er einen Haken.

Er sagte: »Erstaunlich ... wirklich erstaunlich.«

Danach schrieb er etwas in sein kleines Notizbuch.

»Note Drei. Setzen.«

Angelika hätte aufjauchzen können, doch sie schluckte jeden Anflug von Triumph herunter. Mit durchgedrücktem Rückgrat ging sie zurück zu ihrem Platz. Sie begegnete den Blicken der Mädchen aus ihrer Klasse und konnte das ungläubige Staunen in ihren Augen ablesen. In manchen Gesichtern stand Neid, in manchen glaubte sie echte Anerkennung zu sehen.

Als sie zu ihrer Bank am Ende des Klassenzimmers kam, nickte ihr Irmgard zu. Sie war die Einzige, die zu ihr hielt, obwohl sie dadurch unter den anderen Schülerinnen einen schweren Stand hatte. Auch sie war überrascht über Angelikas Auftritt, aber ihr war deutlich anzusehen, wie sehr sie sich darüber freute.

Erst als die Mathematikstunde zu Ende war und sie ihre Pausenbrote unter den Pulten hervorholten, traute Irmgard sich nachzufragen.

»Wie hast du das gemacht? Du warst doch wochenlang nicht im Unterricht, und das war eine richtig schwierige Gleichung.«

Angelika wartete erst, bis sie alleine auf dem Gang vor ihrer Klasse waren. Dabei überlegte sie, ob sie ihrer Freundin ihr Geheimnis offenbaren oder sich lieber weiter in ihrer Bewunderung sonnen sollte. Sie entschied sich für Ersteres, denn sie mochte sie zu gerne, um unehrlich ihr gegenüber zu sein.

»Es war ganz einfach. Riedel hat fast genau diese Aufgabe bereits vor zwei Wochen gestellt. Es war das letzte Mal, dass ich im Mathematikunterricht war. Und die Streberin Mathilde hat den Lösungsweg an die Tafel geschrieben.«

Irmgard war gerade im Begriff, in ihr Leberwurstbrot zu beißen, ließ es aber sinken und machte große Augen. »Heißt das, du hast gar nicht gerechnet?«

Angelika schüttelte den Kopf: »Du weißt doch, dass ich dazu nicht in der Lage bin.«

»Aber das bedeutet ja, dass du dir alles genau gemerkt hast, was da stand.«

Angelika zuckte mit den Schultern. »Ja, fast!«

Sie wickelte langsam ihr Graubrot aus dem Pergamentpapier und klappte es auseinander, um nachzusehen, aus was der Belag bestand. »Offenbar bis auf die beiden Zahlen und die Zeile, die er durchgestrichen hat.«

Mit einer energischen Bewegung hielt sie Irmgard ihr Brot entgegen. Möchtest du tauschen? Ich habe Blutwurst drauf.«

Bereitwillig gab Irmgard ihr das Leberwurstbrot und sah sie dabei unverwandt an. »Weißt du eigentlich, wie außergewöhnlich das ist? Wer kann sich so eine lange Zahlenfolge schon merken, und das nach der langen Zeit?«

Angelika hatte darüber nie nachgedacht, denn was ihrer Freundin so bemerkenswert erschien, war für sie ganz selbstverständlich. Einen Satz, mehrere Sätze, eine Zahlenfolge, ein Bild, ein Arrangement sehen und sich alles merken, war ein und derselbe Prozess. Kein zweiter Schritt lag dazwischen. Da war kein zeitlicher Abstand, es war keine Wiederholung erforderlich. Das einmal Gelesene, einmal Gesehene, brannte sich ohne jede Anstrengung in ihr Gedächtnis ein, und meistens wusste sie deshalb auch, was als Nächstes kommen würde.

»Aber es ist kein Wunder! Deshalb bist du auch in Geschichte und Erdkunde so gut.« Irmgard presste die Mundwinkel zusammen und setzte bedauernd hinzu: »Wenn du denn mal regelmäßig in den Unterricht kommst. Würdest du das tun, hättest du nur die allerbesten Noten!«

Angelika betrachtete ihre Freundin. Was sie an Irmgard so beeindruckte, war ihre Art, immer das Beste in den meisten Menschen zu sehen, mit ganz wenigen Ausnahmen. Ein Charakterzug, in dem sie ihrem Bruder Peter glich und den Angelika noch dazu sehr häufig zu spüren bekam. Manchmal hatte sie geradezu den Eindruck, dass Irmgard sie anhimmelte.

»Für dich ist es eine Kleinigkeit, dir alle Namen, Zahlen und Bilder zu behalten!« Irmgard klang so begeistert, als habe sie gerade eine bahnbrechende Entdeckung gemacht.

»Das ist ja auch nicht weiter schwer«, wollte Angelika gerade antworten, aber sie merkte, wie hochmütig der Satz klingen konnte. Während sie nach einer unverfänglicheren Erwiderung suchte, hörten sie Schritte und sahen dann beide, wie jemand die Treppe heraufkam. Als sie erkannten, um wen es sich handelte, verschluckte Angelika ihre Antwort. Es war der gefürchtete Direktor persönlich. Seine harten Sohlen hallten in dem langen Gang, von dem die Klassenräume abgingen, als er im Stechschritt auf sie zukam. Erstens durften sich die Schülerinnen während der großen Pause nicht im

Gebäude aufhalten. Zweitens sah sein scharf geschnittenes Gesicht sie so streng an, dass Angelika sofort Bedenken kamen. Hatte Riedel ihren einfachen Trick durchschaut, als Täuschungsversuch angesehen und gemeldet?

Sie schluckte hastig den Bissen Leberwurstbrot herunter, wischte sich den Mund mit dem Handrücken ab und stand stramm wie ein Soldat.

»Guten Morgen, Herr Direktor«, grüßten beide Mädchen die Respektsperson, so synchron und monoton, wie es ihnen beigebracht worden war. In seiner Anwesenheit gab sich jeder Schüler des Gutenberg-Gymnasiums die größte Mühe, alle Verhaltensregeln aufs Peinlichste zu beachten, denn er war für seine Härte berüchtigt. Und heute bemühte sich sogar Angelika, nicht aus der Reihe zu tanzen.

»Stein«, sagte er, und seine kalten Augen sahen von einem Mädchen zum anderen.

»Das bin ich«, antwortete Angelika, als hätte er eine Frage gestellt.

»Das weiß ich natürlich! Mitkommen!«

Angelika drückte ihrer Freundin das angebissene Brot in die Hand, und alles, was sie noch wahrnahm, war deren mitleidiger Blick, bevor sie hinter dem Direktor herging. Sie betrachtete die Rückseite seines grauen Anzugs, sah von oben die Schuppen auf seinen Schultern, als sie die Treppenstufen hinunterstiegen, und durch ihren Kopf rauschten die verschiedenen Varianten dessen, was sie jetzt erwartete. Von draußen drangen die Geräusche der Schüler aus der großen Pause an ihr Ohr. Als der Direktor die Tür zu seinem Büro öffnete, vor dem die Schulsekretärin saß, fragte Angelika sich, weshalb er nicht sie geschickt hatte, um sie zu holen, sondern selbst gekommen war.

Auf seinem Schreibtisch stand noch die staubige Flasche Cognac, daneben lagen die Sarotti-Pralinen, und Angelika empfand den Bestechungsversuch ihrer Mutter als ausgesprochen peinlich, während Pfeiffer um den Tisch herumging und sich auf seinen Stuhl setzte. Er bot ihr nicht einmal einen Platz an, sondern ließ sie vor seinem Schreibtisch stehen.

Angelika hatte gleich gewusst, wie verheerend es sich auswirken konnte, ihn mit derartigen Geschenken milde stimmen zu wollen. Es würde bei einem Mann, der bekannt für seine strengen Grundsätze war, genau das Gegenteil bewirken. Pfeiffer blätterte in einer Mappe, und fast eine Minute lang tat er so, als sei sie gar nicht anwesend. Angelika betrachtete, wie schon so oft zusammen mit Irmgard während des Physikunterrichts, fasziniert die schwarzen Haare, die aus seinen Nasenlöchern sprossen. Als er endlich aufsah, lag in seinem Blick eine kalte Verachtung, deren Ausmaß Angelika überraschte. Ihr Mund wurde trocken.

Dann begann er zu sprechen: »Du hast an mehreren Tagen die Schule geschwänzt. Du stehst in fast allen Fächern auf der Note ungenügend. Du versuchst, deinen Lehrer darüber hinwegzutäuschen, dass du im Fach Mathematik den Anschluss völlig verloren hast, indem du eine auswendig gelernte Lösung an die Tafel schreibst, ohne auch nur ansatzweise zu rechnen, und als sei das Maß nicht längst voll, kommt deine Mutter mit Geschenken in mein Büro, ohne sich darüber im Klaren zu sein, was die Vorteilsannahme für den Direktor eines Gymnasiums bedeutet.«

Angelika sah auf ihre Fingernägel. Ihr fiel auf, dass sie sie heute früh nicht sauber geschrubbt hatte, wie sie es sonst jeden Morgen tat. Aber ihr hatte die Zeit gefehlt, und ihre Mutter hatte wohl in der Aufregung selbst vergessen, sie darauf hinzuweisen. Jetzt hatten sie einen hässlichen schwarzen Rand von ihrem gestrigen Tag auf der Karlsaue. Was würde er nun bloß von ihr denken? Beschämt verschränkte sie sie vor ihrem Schoß. Und warum hatte ihr Mathematiklehrer erst die Note Drei für sie aufgeschrieben, wenn er danach zu Pfeiffer lief und sie anschwärzte? Etwas musste ihn an ihrer Lösung doch beeindruckt haben.

Angelika war nicht bewusst, dass diese Nebensächlichkeiten für die Entscheidung des Direktors nicht mehr die geringste Rolle spielten. Er hatte seinen Entschluss schon lange gefasst.

Schuldirektor Pfeiffer war seit dem Tag nicht mehr glücklich, an dem sein Knabengymnasium zum Schuljahresbeginn 1952/53 mit dem benachbarten Lyzeum zusammengelegt worden war. Bis dahin war er ein zufriedener Zigarrenraucher mit einer Vorliebe für gute Hausmannskost und ausgefallene physikalische Experimente gewesen. Selbst verheiratet, aber kinderlos, hatte er die Gymnasiasten alle als seine Kinder betrachtet. »Meine Buben« hatte er sie immer gerne genannt. Aber als die Mädchen kamen, hatte er ihnen nicht die gleichen positiven Gefühle entgegenbringen können. Im Mädchenlyzeum hatte der Schwerpunkt der Bildung auf Zeichnen, Handarbeit, Religion und Hauswirtschaft gelegen. Naturwissenschaften, Mathematik und Latein galten als zu schwierig für die Schülerinnen und wurden nur am Rande unterrichtet. Pfeiffer war ein eifriger Verfechter der Theorie, dass durch allzu viel Bildung die eigentliche Aufgabe der Frau als Hausfrau, Gattin und Mutter zu sehr in den Hintergrund trat und die weibliche Demut Schaden nehmen könne. Und ausgerechnet ihm wurde die Aufgabe übertragen, das Lyzeum im Rahmen der neuerdings befürworteten Koedukation in sein geliebtes Jungengymnasium zu integrieren.

Er hielt die unscheinbare Schülerin mit den glatten braunen Haaren und dem schmalen Gesicht, die vor ihm stand und ihre Hände versteckte, gar nicht für dümmer als die anderen. Angelika Stein war in seinem Unterricht sogar mit überraschenden und fantasiereichen Ansätzen zur Erklärung physikalischer Phänomene aufgefallen. Doch sie hatte etwas an sich, das sie von den anderen Mädchen unterschied. Es war ein Funke des Aufbegehrens und Hinterfragens in ihrem Blick, den er nicht gutheißen konnte, schon gar nicht bei einer Angehörigen des weiblichen Geschlechts.

»Du kannst jetzt gehen«, sagte Pfeiffer, jede Silbe betonend.

Als sie den Kopf hob, ihn mit ihren großen Augen ansah und überlegte, ob er »zurück in die Klasse« meinte, setzte er von selbst hinzu: »Nach Hause.« Während sie sich schon umdrehte, stellte er klar: »Und du brauchst auch nicht wiederzukommen!«

Sie hätte sich freuen sollen, denn das war es doch, was sie gewollt hatte: nie wieder in die Schule gehen müssen! Aber ein Gefühl der Zufriedenheit stellte sich in diesem Moment nicht ein. Angelika drehte sich um und ging zur Tür, drückte die Klinke herunter, und gerade als sie sie öffnete und ihr der Geruch von Bohnerwachs entgegenschlug, fiel ihr etwas ein. Warum sollte sie die guten Sachen dort auf dem Schreibtisch lassen, wenn der Direktor sie ohnehin nicht haben wollte? Sie wusste doch, wie sehr ihr Vater den Cognac schätzte, den er jedes Jahr von der elsässischen Familie geschenkt bekam, bei der er als Kriegsgefangener gearbeitet hatte.

»Ich darf doch?«, sagte sie und merkte selbst ein wenig erschrocken, wie vorlaut ihre Stimme klang. Sie streckte die Hand aus, griff nach dem Cognac und der Pralinenpackung. Spürte das kalte Glas des Flaschenhalses in ihrer Handfläche und sah, wie Pfeiffer Luft holte und dazu ansetzte, sie zurückzuhalten, aber den Mund wieder schloss. Sah, wie sich seine Augen verengten, wie er die Lippen zusammenpresste, bis sie zu einem missbilligenden geraden Strich wurden. Diesen Blick spürte sie in ihrem Rücken, als sie mit den beiden Geschenken ihrer Mutter sein Büro verließ. Jetzt gab es endgültig kein Zurück mehr.

Angelika trat auf den Gang, atmete tief durch. Die von dem Geruch nach Bohnerwachs, Kreide und Tinte durchsetzte Luft füllte ihre Nasenflügel, verbreitete sich in ihren Bronchien.

Nie wieder Schule!, sagte sie sich und versuchte, sich damit Mut zu machen.

Bevor sie endgültig ihren Fuß in die Freiheit setzen konnte, stand ihr noch ein unangenehmer Weg bevor. Sie würde vor den Augen aller Schüler ihren Ranzen und ihre Jacke aus der Klasse holen müssen. Cognac und Pralinen stellte sie neben der Tür ab, bevor sie, ohne zu klopfen, den Klassenraum betrat. Die nächste Stunde hatte längst begonnen. Sie musste sich zusammenreißen, als ihre Deutschlehrerin mitten im Satz aufhörte zu sprechen, sich die Gesichter ihrer Mitschülerinnen mit fragendem Blick zu ihr umwandten. Nur Irmgard flüsterte sie die Worte zu: »Ich erkläre es dir später«, während sie ihre Ledertasche aus dem Fach unter der Bank zog, das Mathematikbuch einpackte, die beiden Messingschnallen schloss, ihre Strickjacke von der Stuhllehne nahm. Irmgard nickte ihr zu. Sie wussten in diesem Moment beide, dass ihre Kameradschaft das Einzige war, was Angelika an der Schule vermissen würde.

In den kommenden Jahren sollte sie noch oft an den Augenblick zurückdenken, als die hohe schwere Tür des Schulgebäudes das letzte Mal mit einem tiefen satten Poltern hinter ihr ins Schloss fiel, ohne zu ahnen, dass sie ausgerechnet ihre Versäumnisse im Physikunterricht einige Male bedauern würde. Sie hatte nun Zeit, Zeit, die es auszufüllen galt, und dennoch fiel es ihr schwer, langsam zu gehen. Die bange Frage, wie die Reaktion ihrer Eltern ausfallen mochte, vermengte sich mit dem Wegfall einer Last und ungeheurer Erleichterung. Angelika rannte über den Schulhof zum Haupttor heraus. Fast wäre sie mit einem Mann zusammengestoßen, der auf dem Bürgersteig seinen Dackel ausführte. Angelika murmelte eine Entschuldigung und rannte weiter. Sogar die Sorge und die Angst, die sie bei dem Gedanken an das Bedauern ihrer Mutter überkamen, konnten das Vergnügen nicht verdrängen, das unbeschreibliche Glücksgefühl, das sich in ihrem gesamten Körper auszubreiten schien. Es gab ein Wort, das alles ausdrückte, das sie spürte, und zudem erklärte, warum sie später, im Rückblick, diesen Tag stets als so bedeutungsvoll für ihr Leben ansehen sollte: Freiheit.

Ostberlin, 24. April 1956

CHRISTINE

Ihre Bluse war aus dickem königsblauen Stoff, und sie kratzte. Christine hatte sie feierlich überreicht bekommen, als sie vierzehn Jahre alt geworden und von den Thälmann-Pionieren zur Freien Deutschen Jugend gewechselt war. Um zwölf Uhr mittags stand sie mit durchgedrücktem Rückgrat neben den anderen Mädchen ihres Jahrgangs, exakt in Reih und Glied, beim Fahnenappell anlässlich der Einweihung des neuen Schulgebäudes.

»Pioniere und FDJ-Mitglieder: Augen geradeaus«, kommandierte eine harte weibliche Stimme. »Linksum ... stillgestanden!«

Der Schulhof der neu gebauten Polytechnischen Oberschule Berlin-Mitte lag ruhig im Sonnenschein, und Christine musste blinzeln, als sie die Augen der Flagge zuwandte, die vom Fahnenkommando herausgetragen worden war und nun am Mast in den Himmel emporgezogen wurde. Der Stoff im gleichen Blau wie ihre Bluse hing so träge herunter, dass das Emblem der aufgehenden Sonne darauf nicht erkennbar war. Auch die schwarz-rot-goldene Fahne flatterte heute nicht im Wind. Ein Junge trat nach vorne, streckte die Hand aus und sagte: »Ich grüße die Direktorin, Lehrer und Schüler der zukünftigen POS, das Volk der Pioniere und Freien Deutschen Jugend. Für Frieden und Sozialismus, seid bereit!«

Dann betrat die Direktorin das Podium und begann ihre Rede: »Wir dürfen bereits heute das Gebäude der POS einweihen, was eine besondere Ehre ist. In Kürze werden alle achtklassigen Grundschulen in die zehnklassige Polytechnische Oberschule umgewandelt. Wir sind also Vorreiter. Der unabdingbare Wille, unserem sozialistischen Vaterland zu dienen, ist das, was uns alle eint. Wer nicht bereit ist, in seinen Schuljahren fleißig zu lernen und sein gesamtes Streben darauf zu richten, eines Tages ein wertvolles Mitglied der Gesellschaft der Deutschen Demokratischen Republik zu werden, hat in unserer POS keinen Platz ...«

Christine hörte solche Worte nicht zum ersten Mal. Wie bei allen wöchentlichen Fahnenappellen lauschte sie angestrengt und versuchte, die Bedeutung der Worte zu verinnerlichen. Sie konzentrierte sich, streckte die Wirbelsäule, ballte ihre Hände zu Fäusten, presste die Pobacken zusammen, spannte jeden einzelnen Muskel ihres Körpers an und versuchte auf diese Weise, etwas zu erzwingen. Jedes Mal hoffte sie inständig, dass sich das Gemeinschaftsgefühl einstellen würde, dass der Glaube, den sie auf den verklärten Gesichtern ihrer Klassenkameradinnen sehen konnte, endlich auch von ihr Besitz ergreifen würde. Es war ihre Art, etwas zu erreichen. Der Weg, den sie von klein auf gelernt hatte: unbändige Willenskraft, die ihren Muskeln befahl, scheinbar Unmögliches zu erreichen. Ihr gesamter Körper zitterte leicht, und das Mädchen neben ihr neigte kaum merklich den Kopf, schielte zu ihr herüber. Christine atmete hörbar aus und ließ wieder locker, entspannte alle Muskeln, voller Enttäuschung. Es funktionierte einfach nicht, nichts geschah mit ihr, es gab keine Erhellung. Sie wohnte der Veranstaltung bei, als sei sie ein Fremdkörper und gehörte nicht dazu. Möglichst unauffällig sah sie auf die neue eckige Wanduhr, die an der Front über dem Haupteingang angebracht war. Es war zwanzig Minuten vor eins. Nervös trat sie von einem Bein aufs andere. Sie musste jetzt sofort nach Hause!

Als der Schulamtsleiter seine Rede beendet hatte und die Direktorin sie entließ, war sie eine der Ersten, die zum Haupttor hinausrannte. Ihr Weg führte sie über das holprige Pflaster an rußgeschwärzten Fassaden und Trümmergrundstücken des Bezirks Berlin-Mitte vorüber. Sie kam an der Versöhnungskirche vorbei, und die große Jesusfigur mit den zum Segen erhobenen Händen über der Kirchentür gab ihr jedes Mal das Gefühl, als sei er ihr wohlgesonnen. Das Schild, das vor dem Verlassen der Sektorengrenze warnte, nahm sie kaum noch zur Kenntnis. Der Haupteingang ihres Wohnhauses lag im französischen Sektor, das Haus selbst und der Hintereingang im sowjetischen. Seit zwei Jahren wohnten sie in der Bernauer Straße, direkt an der mitten durch Berlin verlaufenden Grenzlinie zwischen Ost und West. Rein geografisch war es allerdings die Südseite, die im Bezirk Mitte lag, und die Nordseite im Bezirk Wedding. Von ihrem Zimmer aus hätte sie in den französischen Sektor der Stadt spucken können.

Trotz Gründung der beiden neuen deutschen Staaten wurde der besondere Berliner Vier-Mächte-Status weiter aufrechterhalten, und man konnte ohne größere Kontrollen von Ost nach West gehen. An vielen Stellen war der Übergang völlig unbewacht. Ganz im Gegensatz zu der restlichen innerdeutschen Grenze, die schon seit 1953 nahezu abgeriegelt war.

Sie kam an dem kleinen Friseurladen im Souterrain vorbei. Mama Leisse wurde die beliebte Friseuse in der Nachbarschaft genannt. Sie stand gerade für eine kurze Zigarettenpause in der Tür und nickte Christine freundlich zu: »Na, Christinchen, heute bist du aber spät dran!«

»Ja, ich weiß! Wir hatten noch Fahnenappell zur Schuleinweihung«, antwortete Christine atemlos.

»Jetzt aber schnell!«

Mama Leisse hatte vor einigen Monaten lange mit ihr diskutiert, als sie sich nicht nur die Spitzen und den Pony schneiden lassen wollte. Bisher hatte sie die Frisur gehabt, wie sie die meisten Mädchen in ihrem Alter trugen. Glatte blonde Haare, gerade so lang, dass man sie in einen Pferdeschwanz fassen konnte, mit Pony. Aber sie wollte eben einmal anders aussehen.

»Pechschwarz? Bist du verrückt geworden? Schade um deine schönen blonden Haare!«

Sie hatte auf ihren eigenen herausgewachsenen dunklen Ansatz gezeigt, den sie immer viel zu spät nachfärbte, obwohl sie doch »vom Fach war«, wie sie betonte.

Doch dann hatte Mama Leisse zähneknirschend ihrem Wunsch entsprochen und ihr wenigstens eine Strähne gefärbt. Zur Probe. Einen halben Tag lang war Christine stolz mit der schwarzen Strähne hinter dem rechten Ohr herumgelaufen, hatte Getuschel und einen Eintrag in die Schulakte kassiert. Bis ihr Trainer sie ihr am Nachmittag eigenhändig, direkt am Haaransatz, abgeschnitten hatte. Christine griff sich an die Stelle. Inzwischen waren die Haare dort schon wieder ein Stück nachgewachsen.

Für die Wartenden hatte Mama Leisse die üblichen Zeitschriften ausliegen, darunter aber auch Hefte aus dem Westen, die als Propaganda galten und offiziell verboten waren. In den Laden waren deswegen schon Männer von der Staatssicherheit gekommen, doch wie durch ein Wunder waren die Hefte vorher ganz schnell verschwunden. Im dritten Stock des nahezu abbruchreifen Hauses lag die Zweiraumwohnung, die Christine mit ihrer Mutter, ihrem Bruder und ihrem Stiefvater bewohnte. Ihre Mutter hatte schon lange einen Antrag auf eine Dreiraumwohnung gestellt, aber bisher vergeblich. Seit sie nach Ostberlin gezogen waren, angeblich nur ihrem Sport zuliebe, musste sich Christine ein Zimmer mit ihrem Bruder teilen. Ihre Eltern schliefen auf einem Schrankbett im Wohnzimmer.

Gasgeruch hing in dem engen Treppenhaus und oft auch in der kleinen Wohnung. Als Christine die ausgetretenen Stufen hinaufrannte, nahm sie sich vor, zukünftig ihre Sporttasche gleich mit zur Schule zu nehmen, auch wenn ihr Stiefvater damit bisher nicht einverstanden war. Er bestand auf einem Mittagessen zu Hause, obwohl weder er noch ihre Mutter daran teilnehmen konnten. Gerade als sie das Band mit dem Schlüssel unter ihrem Hemd hervorzog, wurde die Tür aufgerissen, und ihr älterer Bruder kam herausgestürmt. Er war derart in Eile, dass er gegen ihre Schulter prallte.

»Kannst du nicht aufpassen!«, rief sie ihm nach.

»'tschuldigung, muss aber schnell zum Fußballtraining, bin schon zu spät«, rief er, ohne stehen zu bleiben, durch das Treppenhaus.

»Ist Mutti da?«, fragte Christine.

»Nee, sie hat doch heute Frühschicht! Essen ist auf dem Tisch, ich hab dir was von meiner Portion übrig gelassen, du weißt schon …!«

Christine wusste, was er meinte. Normalerweise bekam sie von den Mahlzeiten im Beisein ihrer Mutter nicht viel ab, denn sie musste Diät halten. Aber heute hatte ihr Bruder das Essen zubereitet, und er vergaß nie, extra für sie mitzukochen. Sie legte ihren Ranzen ab, ging durch den Flur in die dunkle Küche, in die kaum Tageslicht drang, und knipste die Deckenlampe an. Auf der braun schraffierten Wachstuchdecke war für eine Person gedeckt. Davor standen die alte Zuckerdose mit der Porzellanrose auf dem Deckel und der Zimtstreuer. Christine wusste sofort, was unter dem umgedrehten Teller war, und ihr lief das Wasser im Mund zusammen. Wenn sie den Teller jetzt hochhob, würde sie nicht mehr widerstehen können. Doch sie tat es: Da lagen drei goldgelbe Pfannkuchen, die sogar noch lauwarm waren und einen unwiderstehlichen Duft nach Margarine verströmten. Sie versuchte, sich einzureden, dass sie keinen Hunger hatte. Obwohl ihr Magen knurrte, stellte sie den Teller in den Kühlschrank und griff sich einen verschrumpelten kleinen Apfel aus der Obstschale. Sie wollte aus der Küche gehen. Doch dann holte sie den Teller wieder heraus, stellte ihn auf den Tisch, bestreute einen Pfannkuchen dick mit Zucker und Zimt, rollte ihn zusammen und schlang ihn in wenigen Sekunden herunter. Genauso verfuhr sie mit dem nächsten und dem übernächsten Pfannkuchen. Dann holte sie sich aus ihrem Zimmer ihre Sporttasche und öffnete die Badezimmertür. Von der Girlande mit Strümpfen, Unterhosen und Büstenhaltern, die dort zum Trocknen aufgehängt waren, schnappte sie sich einen noch feuchten Turnanzug und verließ die Wohnung.

Die Fahrt mit dem Autobus dauerte zwanzig Minuten. Sie kamen an schäbigen, halb zerfallenen Häusern, tristen Mietskasernen und Brachflächen vorbei. Doch als sie in die breit angelegte Stalinallee einbogen, änderte sich das Bild, fast so, als käme man in eine andere Stadt.

Ab 1951 war hier in der ehemaligen Großen Frankfurter Straße unter neuem Namen die Prachtstraße Ostberlins, sogar der gesamten DDR, entstanden. Das Aushängeschild des Ostens. Arbeiterpaläste nannte man die pompösen Plattenbauten, sie sollten Vorzeigeobjekte sein und suggerieren, dass eines Tages alle Einwohner der sozialistischen Länder in solchen modernen Gebäuden wohnen würden. In den letzten Jahren war die Bevölkerung in groß angelegten Kampagnen aufgerufen worden mitzuhelfen. Die Entrümpelung der noch immer von Trümmern blockierten Bauflächen wurde von freiwilligen Aufbauhelfern und dem dafür gegründeten Nationalen Aufbauwerk geleistet, in das die Bevölkerung einzahlte.

Als der Bus hielt, sah Christine schon die vier Monumentalplastiken, die man aus dem Schlüterhof des abgerissenen Berliner Schlosses kopiert hatte. Die Götter und Halbgötter Zeus, Meleagros, Antinoos und Herakles begegneten ihr täglich auf dem Weg zu ihren Trainingseinheiten. Anfangs hatte sie die schiere Größe der Kolosse noch beeindruckt. Und auch die breiten Freitreppen zum Haupteingang mit dem hohen Säulenportal waren ihr ungeheuer Respekt einflößend erschienen. Doch nun trainierte sie schon seit zwei Jahren täglich in der Deutschen Sporthalle und nahm die bewusst monumentale Architektur kaum noch wahr. Sie rannte an den breiten Stufen vorbei zum Seiteneingang und stieß die Tür auf. Als sie die Umkleidekabinen betrat, merkte sie, dass sie heute eine der Letzten war. Es waren schon fast alle Haken belegt.

Aus der Sporthalle konnte sie die Kommandos ihres Trainers Gregor Hartung hören: »Carola, das ist doch keine Brücke, du siehst aus wie ein verdrehter Mehlsack! Drück das Kreuz durch, Becken nach oben bis zur Decke, auch wenn sie achtundzwanzig Meter hoch ist!«

»Sabine, mehr Ausdruck! Du hast die Ausstrahlung einer alten Mähre! Ich will Feuer sehn!«

Christine zog sich aus und drehte sich dabei absichtlich mit dem Rücken zu dem mannshohen Spiegel an der Wand. Sie begann, sich eine elastische Binde um die Brust zu wickeln, so fest, dass sie ihr den Busen platt drückte, damit er wieder so flach war wie noch vor einem halben Jahr. Dann setzte sie sich auf die Bank und schlüpfte in die Gymnastikschuhe. Als sie aufstand, schloss sie kurz die Augen, merkte das Gluckern in ihrem Bauch und bereute es jetzt aus tiefstem Herzen, der Versuchung nachgegeben und die Pfannkuchen gegessen zu haben. Dann legte sie die Hand auf den Türknauf, holte tief Luft und öffnete die Tür zur Turnhalle.

Sofort spürte sie den vertrauten Dunst von schweißfeuchten Trikots, Seife, erhitzten Körpern, geleimten Sohlen und Magnesia. Sie lief zum Trainer, stellte sich kerzengerade vor ihm auf und grüßte ihn mit den Worten: »Guten Tag, Trainer!« Danach senkte sie sofort den Blick, denn auch er verbat es sich, von den Schülerinnen angestarrt zu werden.

»Warum so spät, Magold?«

»Der Fahnenappell zur Schuleinweihung hat länger gedauert.«

»Na gut!«, brummte er. »Aufwärmen!«

Christine begann an einer Stange alleine mit ihren Aufwärm- und Dehnungsübungen. Sie musste nicht darüber nachdenken, wie sie ihren Körper für das Training vorbereitete. Die Bewegungen waren ihr in Fleisch und Blut übergegangen, denn Christine war seit ihrem zwölften Lebensjahr Leistungsturnerin. Zuvor hatte sie sogar in der harten Nachkriegszeit Ballettunterricht gehabt. Das verdankte sie dem Umstand, dass die ausgebombte alleinstehende Frau, die sie bei sich aufnahmen, früher eine Ballerina der Staatsoper gewesen war. Als sie wegzog, wechselte Christine auf Vorschlag des Schulturnlehrers zum Kunstturnen. Es war ein guter Zeitpunkt, denn 1950 wurden nach Aufhebung des Nachkriegsverbots für Turnvereine wieder die ersten Betriebssportgemeinschaften und sogar Sportklubs gegründet. In der Turnabteilung des Sportklubs Dresden entdeckte man ihr schüchtern knospendes Talent. Ihre Mutter und die dortige Trainerin sorgten mit ernster Entschiedenheit dafür, es zur Blüte zu treiben.

Christine wusste bei ihren Dehnungen genau, welches ihre Schwachstellen waren, an welchen Stellen sie behutsam sein und wo sie aufpassen musste, welche Bänder schon gezerrt oder gerissen, welcher Knochen schon einen Ermüdungsbruch hatte und welches Gelenk mehrere Male ausgekugelt war.

Während sie sich zusammenrollte, um ihre Wirbelsäule zu mobilisieren, dann wieder streckte, richtete sie den Blick nach oben zur Decke. Das Dach der riesigen Halle, die über fünftausend Zuschauer fasste, war von Anfang an mit einer Hilfskonstruktion versehen worden, deren Säulen die Sichtverhältnisse im Innenraum beeinträchtigten. Es hatte in der DDR an den für die geplante Dachkonstruktion benötigten Stahlträgern gefehlt. Zwischen den Säulen hatte man graue Plastikvorhänge angebracht, um die Fläche außerhalb der Wettkämpfe aufzuteilen. Aus den hinteren Teilen hörte sie die anderen Sportler und die Kommandos ihrer Trainer. Cornelia trainierte Strecksprung, Schraubensalto, Landung. Roselore den Spagat auf dem Schwebebalken. Hartung stand daneben und korrigierte ihre Rücken-Nacken-Linie.

Hartung. Er war es, der die dicken Matten für sie aufgebaut hatte, als sie das erste Mal den Unterschwungsalto am Stufenbarren geübt hatte, ihre Handgelenke beim Pferdsprung gestützt hatte, sie bei dem freien Rad auf dem Schwebebalken anfangs angeleint hatte. Er hatte ihr gezeigt, wie man den Körper an jeder Stelle hart machte, wie man sogar Schmerzen in Kraft umwandeln konnte. Wie man gegen müde

Muskeln ankämpfte. Er war es auch, der ihr ein brennendes Feuerzeug unter die Waden gehalten hatte, als sie die Beine nicht mehr oben lassen konnte.

Erst jetzt bemerkte sie, dass auf einer Bank vor der Holzvertäfelung eine Frau in rotem Mantel mit einem Klemmbrett auf dem Schoß saß. Sie hatte sie noch nie zuvor hier gesehen, jedenfalls war sie ihres Wissens nach keine Mutter einer Turnerin aus ihrer Gruppe. Jetzt sah sie sie direkt an und machte sich gleich eine Notiz. Als Hartung gerade nicht zu ihr hinsah, fragte Christine eine der anderen, ob sie wisse, wer die Frau vor dem Fenster war.

»Sie ist vom LSK, mehr weiß ich auch nicht!«, flüsterte diese und zuckte mit den Schultern. »Komm mit, wir beide sollen heute nur an den Stufenbarren, mit Elisabeth und Rita.« Dann gingen sie gemeinsam in die Gerätegarage und schoben zusammen den Barren in die Halle.

Zwei Stunden später ließ Hartung seine Trillerpfeife schrillen und rief die zehn Mädchen zusammen: »Alle her zu mir!«

Wie gewohnt stellten sie sich in einer Reihe auf. In seinem engen weinroten Trainingsanzug mit den zwei weißen Streifen an der Seite sah er nicht schlecht aus. Die vollen braunen Haare zum welligen Seitenscheitel frisiert, im Nacken kurz geschoren. Sein ebenmäßiges Gesicht und ein Grübchen am Kinn ließen ihn zum Schwarm der älteren Turnerinnen werden, wie Christine schon häufiger beobachtet hatte. Doch ihnen gegenüber verhielt er sich auch ganz anders.

»Hast du's immer noch nicht begriffen, Rita«, fuhr er das Mädchen neben ihr an, mit dem sie eben am Stufenbarren war. Sie war die Kleinste und Zierlichste von ihnen. Obwohl Christine wusste, dass sie fünfzehn war wie sie, hatte sie immer noch den Körper einer Elfjährigen. Er packte ihr Kinn und den Oberkopf mit beiden Händen und schob ihn mit einer groben Bewegung nach oben, fast als wolle er ihr das Genick brechen. »Kopf etwas höher, das ist die Haltung, die ich von euch sehen möchte!«

Dann ließ er Rita los und lief vor ihnen auf und ab.

»Wenn du erst vor dem Salto den Kopf hochreißt, bremst du dich selber ab, dadurch drehst du dich zu wenig!«

Er blieb direkt vor Christine stehen: »Wie oft soll ich dir's noch sagen, Christine? Beim Sprung und Griff nach dem Holm nicht aus der Körperachse ausscheren. Der Arm geht nach vorne, in einer Linie mit der Schulter, denk an die Ellbogenvorhaltung!«

Christine presste die Lippen zusammen und nickte. Sie hätte ihm antworten können, was für höllische Schmerzen ihr die Bewegung verursachte, seit ihr Oberarmknochen dreimal aus der Pfanne gesprungen war. Doch sie wusste, dass er das nur als Schwäche sah. Er würde ihr entgegnen, dass die Mädchen inzwischen schon mit acht anfingen zu trainieren und in ihrem Alter technisch wesentlich ausgereifter und abgehärteter waren als sie. Wenn sie noch etwas erreichen wollte, bevor die Kinder aus der Grundschule sie überholten, müsse sie eben die Zähne zusammenbeißen. Das müsse jeder, der im Sport etwas werden wolle. Deshalb schwieg sie.

Während die anderen Mädchen neben ihr, eins nach dem anderen, ihre Einzelkritik erhielten, sah sie wieder zu der Frau im roten Mantel. Immer wieder schaute diese zu den Turnerinnen herüber, notierte sich etwas und schien jedes Wort des Trainers aufzuschreiben. Vom LSK sollte sie also sein! Dem staatlichen Leistungssportkomitee. Christine schlug die Augen nieder, als sich ihre Blicke trafen.

Ihr Trainer klatschte in die Hände: »So, Wiederholung! Noch mal alles von vorne!«

Weitere zwei Stunden später bemerkte Christine aus dem Augenwinkel eine Bewegung auf der Zuschauertribüne. Zu ihrer Überraschung war es ihre Mutter, die dort entlanglief, sich dann hinsetzte und den Rest der Übungen gespannt verfolgte. Sie kam nicht häufig zum Zuschauen, ihre Schichtarbeit als Krankenschwester war zeitraubend und anstrengend. Und es wurde vom Trainer normalerweise auch nicht gewünscht, dass die Eltern sich zu sehr einmischten.

Nach zwanzig Minuten blies Hartung in seine Trillerpfeife und rief die Mädchen wieder zusammen.

»So, jetzt noch ab auf die Waage und zum Messen. Gewicht und Größe in die Tabelle eintragen. Ihr kontrolliert euch gegenseitig!«

Bevor die Tür der Umkleidekabine zufiel, konnte Christine sehen, dass Hartung und die Frau im roten Mantel zusammen auf ihre Mutter zugingen. Sie blieb an der Tür stehen und öffnete sie wieder einen

Spalt weit. Gerade so viel, dass sie die Stimmen hören konnte, denn sie standen nur ein paar Meter entfernt.

»Frau Magold, schön, dass Sie gekommen sind!«, hörte sie den Trainer sagen. »Wie lange ist Christine jetzt in der Trainingsgruppe?«

»Etwa ein Jahr«, lautete die zögernde Antwort von Kerstin Magold. Sie war eine hübsche Frau, doch seit der Scheidung und der ständigen Schichtarbeit hatten sich neben den Nasenflügeln zwei tiefe Falten eingegraben, ihre aschblonden Haare wirkten stumpf, und ihre blauen Augen hatten ihren Glanz verloren.

»Entschuldigung, ich habe sie noch nicht vorgestellt.« Er deutete auf die Frau im roten Mantel. »Dies hier ist Frau Bauer von der Leistungssportkommission.«

Die beiden schüttelten sich die Hände.

Sie spreche ganz offen mit ihr, erklärte Frau Bauer, und Kerstin Magold erkannte in ihren Augen, dass genau das Gegenteil der Fall war.

»Wie Sie vielleicht gehört haben, hat das Politbüro des ZK der SED vor einiger Zeit beschlossen, der Sportförderung in unserem sozialistischen Vaterland besonderen Stellenwert beizumessen. Herr Hartung leistet hier im Sportklub Dynamo Berlin hervorragende Arbeit und hat uns einige Namen vielversprechender junger Turnerinnen genannt, die besonders förderungswürdig erscheinen.«

Sie beobachtete genau die Reaktion von Christines Mutter, doch diese wirkte nicht sonderlich beeindruckt.

»Noch dieses Jahr im November finden die Olympischen Sommerspiele in M E L B U R N E statt.« Sie sprach den Städtenamen deutsch aus und betonte das E am Ende.

Kerstin Magold riss die Augen auf, was Frau Bauer mit Genugtuung zur Kenntnis nahm. Sie war es gewohnt, dass bei der Erwähnung der Worte Olympia und der fernen australischen Stadt die Augen der Mütter zu leuchten begannen.

Scheinbar ungerührt sprach sie weiter: »Bei der Olympiade in M E L B U R N E wird ein gesamtdeutsches Team antreten. Es wird nicht unsere Nationalhymne gespielt werden, sondern Beethovens ›Ode an die Freude‹.«

»Olympiade«, wiederholte Christines Mutter leise, als würde sie ein neues Wort lernen. »Mit sechzehn zur Olympiade«, und wurde sofort von der Funktionärin angefahren: »Unterbrechen Sie mich nicht!«

Kerstin Magold kaute auf ihren Lippen, wie ein autoritär zurechtgewiesenes Schulmädchen. Sie war erschöpft von ihrer Schicht im Lazarus-Krankenhaus und dem stundenlangen Schlangestehen für Orangen, die angeblich gerade im Konsum eingetroffen waren. Als sie an die Reihe gekommen war, war die Kiste unter der Theke längst leer.

»Trotzdem geht es dabei um mehr als nur Medaillen für das Team … um viel mehr. Wir zeigen dort mit unseren Einzelergebnissen dem Rest der Welt, wofür wir stehen und was wir erreicht haben. Wir, das Volk der Deutschen Demokratischen Republik. Wir werden beweisen, dass wir uns nicht ins Abseits drängen lassen. Deshalb nehmen wir nur die Besten.«

Kerstin Magold schwieg und schluckte.

»Die Allerbesten!«

Jetzt ergriff der Trainer das Wort. Er müsse eines seiner Mädchen in der Spitzengruppe ersetzen. Er habe sich für Christine entschieden.

Kerstin Magold atmete hörbar ein.

»Die Zeit ist knapp. Wenn sie sich bei den Qualifikationen, insbesondere der Deutschen Meisterschaft bewährt, kann sie es noch in den Kader für die Olympischen Spiele schaffen.«

Christines Mutter schlug die Hände vor das Gesicht, um ihre Rührung zu verbergen.

Hatten ihr Frau Bauers Worte eine Ahnung davon gegeben, was ihre tatsächliche Antriebsfeder war? Ging es Hartung und ihr um den persönlichen Erfolg der Turnerinnen des Sportklubs Dynamo Berlin, um den eigenen, um den der DDR?

Gegen den Willen der Bundesrepublik war die DDR 1955 in das Internationale Olympische Komitee aufgenommen worden. Zunächst nur unter einer Bedingung: Zu den Olympischen Spielen 1956 sollte eine gemeinsame deutsche Mannschaft fahren. Kerstin Magold war linientreu, ohne sich bis in alle Einzelheiten mit den Ideen und

Grundlagen des Sozialismus auseinanderzusetzen. Sie hatte das Gefühl, es sei gerechter, wenn – simpel ausgedrückt – allen alles gehört und jeder die gleichen Chancen hatte, anders als in einem kapitalistischen Staat wie der BRD. Dass die internationale staatliche Anerkennung der DDR eines der wichtigsten Ziele ihrer Außenpolitik war und die Bundesrepublik ihr diese zunächst verwehrt hatte, wusste sie nicht, und sie hatte auch noch nie etwas von der Hallstein-Doktrin gehört, in der die Bundesrepublik 1955 ihren deutschen Alleinvertretungsanspruch manifestierte. Die Bundesrepublik drohte jedem Staat, der diplomatische Beziehungen mit der DDR einging, mit dem Abbruch der Beziehungen. Das schlug sich auch auf den Sport nieder. Die politische Führung der DDR setzte von nun an alles daran, mit seiner Auswahl der besten Sportler bei der Olympiade die ganze Welt zu beeindrucken. Die Überlegenheit des Sozialismus sollte dadurch vor aller Augen dokumentiert werden. Kerstin Magolds Tochter Christine war in diesem Plan nur ein kleines Rädchen.

»Ich kann verstehen, dass Sie sich über diese Ehre freuen. Aber Sie sollten die Anforderungen nicht unterschätzen, Frau Magold«, ergriff jetzt wieder die Funktionärin des LSK das Wort, und Christines Mutter ließ ihre Hände sinken. »Das Trainingspensum wird in bedeutendem Ausmaß steigen ... Acht Stunden täglich, sonntags Wettkampf, denn bis November bleibt nicht viel Zeit!« Frau Bauer spitzte die Lippen und wartete ihre Reaktion ab, dann fuhr sie fort: »Sechs Stunden Turnen, der Rest Theorie und weltanschauliche Erziehung.«

Sie kam näher und stellte sich so dicht vor Christines Mutter, dass diese ihren Atem spüren konnte. Begabung alleine reiche nicht aus. Was ihre Tochter brauche, sei Durchhaltevermögen und eine klare staatsbürgerliche Haltung. Ihre Augen verengten sich, als sie leise hinzufügte: »Da kennen wir kein Pardon.«

Kerstin Magold nickte und lächelte. Frau Bauer nahm ein Blatt Papier von ihrem Klemmbrett und hielt es ihr entgegen. Sie müsse diese Einverständniserklärung unterschreiben und dem Trainer bis morgen zurückgeben, sonst würde die Wahl auf eine andere fallen.

»Überlegen Sie es sich gut!«, sagte sie eindringlich. »Es ist eine große Verantwortung!«

Mit diesen Worten wandte sie sich um und wollte zum Ausgang

gehen, aber ganz plötzlich sagte Kerstin Magold mit fester Stimme: »Meine Christine wird Sie ganz sicher nicht enttäuschen. Dafür werde ich sorgen.«

Christine hatte von der halb geöffneten Tür aus alles mit angehört. Dann wurde sie aus der Umkleide gerufen: »Kommst du zum Wiegen, Christine? Alle warten auf dich!«

Christine drehte sich um. In einer Ecke saß Rita, die zusammen mit ihr am Barren vorgeturnt, den Salto und Abgang verpatzt hatte. Sie vergrub das Gesicht in den Handflächen. Christine ging zu der Waage am Ende des langen Raums. Ein Mädchen schob den Schieber hin und her, bis die beiden Metallzungen auf einer Höhe waren.

»56,5 Kilogramm«, sagte sie mit gedämpfter Stimme und sah noch einmal genauer hin, weil sie es nicht glauben konnte.

»Habt ihr das gehört? Christine hat über fünfundfünfzig!«, wiederholte eine von den anderen mit schriller Stimme.

ANGELIKA

Statt wie sonst den Omnibus zu nehmen, beschloss sie, heute zu Fuß nach Hause zu gehen. Schließlich hatte sie jetzt alle Zeit der Welt, sagte sie sich immer wieder und befahl sich, langsame Schritte zu machen. Sie würde ganz ohne Beeilung durch die Stadt schlendern und sich die Auslagen in den Geschäften ansehen.

Angelika passierte die hüfthohen Poller, die den Autoverkehr aus der Treppenstraße fernhielten. Mit der Mischung aus Nachkriegsarchitektur und Ruinen glich die Kasseler Innenstadt den meisten deutschen Städten, aber durch die allererste Fußgängerzone in Deutschland hatte sie bundesweite Berühmtheit erlangt. Die Kasseler liebten ihre ungewöhnliche, neu gestaltete Einkaufsstraße mit den Springbrunnen und hübsch bepflanzten Beeten in der Mitte. Ihre Einweihung im Jahr 1953 hatte sie so stolz gemacht, dass sie die Kränkung, die die Einwohner erfahren hatten, als die Mehrheit der Bundestagsabgeordneten 1949 nicht Kassel, sondern Bonn zur provisorischen Bundeshauptstadt gewählt hatte, fast vergessen machten. Sie dankten es den Städtebauern mit regen Besuchen der unzähligen Geschäfte, Cafés und Kinos, die sich seit ihrer Fertigstellung in den modernen lang gestreckten Gebäuden in Kammform angesiedelt hatten. Die Architektur war nüchtern und folgte der formalen Gliederung der Straße mit ihren über hundert Stufen.

Sofort fiel Angelika die Menschentraube auf, die sich ein Stück weiter oben vor dem Café Paulus gebildet hatte. Überdimensionale Scheinwerfer beleuchteten am helllichten Tag eine Szenerie, die sie sofort in ihren Bann zog. Denn als sie näher kam, realisierte sie, dass dort in diesem Moment eine Filmszene aufgenommen wurde. Um besser sehen zu können, kletterte sie auf die Einfassung des Springbrunnens.

Es hätte eine beliebige Alltagssituation sein können: Ein elegant gekleidetes Paar saß an einem der gut besetzten Kaffeehaustischchen, sie einen Milchshake, er einen Kaffee vor sich, und schien sich angeregt zu unterhalten. Hätte nicht im Abstand von zwei Metern ein junger Mann auf einer Leiter gestanden und das an einem Teleskop befestigte Mikrofon über die beiden gehalten und wäre die Situation nicht von einer riesigen kastenförmigen Kamera, die einen Meter vor den beiden platziert war, gefilmt worden. Angelika merkte jetzt erst, dass ihre Füße nass wurden, und stieg wieder von der Umrandung herunter. Sie fragte eine Frau mit einer blonden Wasserwelle, die am hinteren Rand der Zuschauer stand, ob sie wisse, was da gedreht wurde. Diese wandte sich nur widerwillig um und sah sie so ungläubig an, als sei die Antwort geradezu offensichtlich. »Na, ein Curd-Jürgens-Film ... ›Ohne Dich wird es Nacht‹! Mit Eva Bartok!« Als Angelika nicht so begeistert reagierte, wie die Frau es offenbar erwartete, legte sie die Stirn in Falten und schüttelte den Kopf. »Kennst du denn nicht die beiden berühmten Schauspieler?«

»Doch, doch«, antwortete Angelika. Sie hatte Curd Jürgens sogar schon im Kino gesehen, aber der Mann mit der hohen Stirn und den zurückgekämmten Haaren, der dort am Tisch saß, wirkte nicht annähernd so beeindruckend wie auf der Leinwand.

»Guten Tag, verehrtes Fräulein!«, hörte sie in dem Moment eine Stimme hinter sich, und die Frau, mit der sie sich gerade unterhalten hatte, riss die Augen auf. »Guten Tag«, antwortete sie wie aus der Pistole geschossen.

»Dürfte ich Sie etwas fragen?«

»Ja, aber immer doch!«

»Es tut mir leid, aber ich meinte nicht Sie, sondern ...«

Angelika drehte sich erst jetzt zu dem jungen Mann im grauen Anzug um, der seinen Hut zog und eine Verbeugung andeutete.

»... Sie.«

»Mich?«, fragte sie unsicher und warf einen Seitenblick auf die blonde Frau, die sie voller unverhohlenem Neid anstarrte. Angelika registrierte das Messingschild am Revers des Jacketts. Es war mit dem Emblem der UFA versehen, das sie aus ihren Kinobesuchen kannte.

»Ja, Sie! Sie sind genau der Typ, den ich suche: ein unauffälliges Mädchen von nebenan, das nicht unbedingt dem gängigen Schönheitsideal entsprechen muss«, sagte er mit so monotoner Stimme, als hätte er gerade die Regieanweisung aus einem Drehbuch vorgelesen.

»Na, wenn das so ist!«, hörte Angelika die Blonde neben sich sagen. »Jetzt verstehe ich auch, warum Sie die da fragen und nicht mich.«

Wo manches andere Mädchen beleidigt reagiert hätte, störte es Angelika nicht, wie der Mann sie einschätzte. Immerhin hatte er sie gesiezt, darin lag mehr Anerkennung, als sie es von den meisten Erwachsenen gewohnt war. »Und wofür suchen Sie diesen Typ?«, fragte sie jetzt selbstbewusster.

Der junge Mann warf einen Seitenblick auf die Blonde, die ihnen noch immer gespannt lauschte. Dann machte er eine Kopfbewegung, um Angelika zu bedeuten, ihm zu folgen: »Das werden Sie gleich sehen. Kommen Sie!«

Neugierig ging sie hinter ihm her. Er bahnte ihnen einen Weg durch die Menschenmenge, die inzwischen noch größer geworden war. Es hatte sich herumgesprochen, dass hier ein neuer Spielfilm gedreht wurde, und viele Kasseler wollten einen Hauch des Glamours spüren und ein kleines Stück von der großen weiten Welt abbekommen.

Vor einem Mann mit Stoppelhaarschnitt, weißem Hemd und Hosenträgern blieben sie stehen. In der einen Hand hielt er ein Megafon, mit der anderen drehte er einen Kugelschreiber. Als er von seinem Klappstuhl aufstand, sah Angelika das Wort »Regie« auf der Rückenlehne aus Stoff.

»Das ist sie!«, sagte der Mann im Anzug zu ihm.

Der Regisseur sah ihn voller Unverständnis an.

»Das Mädchen von nebenan«, erklärte ihr Entdecker.

Jetzt musterte sie der Regisseur von oben bis unten. Deutete mit einer Handbewegung an, dass sie sich drehen sollte, was sie ohne Widerspruch befolgte.

»Okidoki!«, lautete sein Kommentar.

Damit war Angelika engagiert. Sie bekam nur eine unbedeutende Nebenrolle. Dabei saß sie zwei Tische von Curd Jürgens entfernt, neben einem anderen Mädchen in ihrem Alter, das sie nie zuvor gesehen hatte. Ihre Aufgabe bestand darin, ab und zu am Strohhalm eines Schokoladen-Milchshakes zu saugen und dazwischen mit gedämpfter Stimme eine imaginäre Unterhaltung zu führen. Deren

Inhalt war nicht relevant, denn sie diente nur als Hintergrundgeräusch.

Für Angelika war die Rolle als Statistin nicht wichtig. Sie gehörte nicht zu den Teenagern, die die Filme im Kino schmachtend konsumierten. Dafür wurde in ihrer Familie viel zu offen alles, was nicht künstlerisch wertvoll war, als überflüssiger Kitsch und reine Unterhaltung abgetan. Viel wichtiger war ihr der Lohn, den sie für das kleine Engagement als Statistin erhielt. Die Aufnahmen dauerten nicht länger als eine halbe Stunde, im fertigen Film sollte die Sequenz später sogar nur eine halbe Minute ausmachen. Aber unmittelbar, nachdem sie fertig waren, zahlte ihr der Mann im grauen Anzug mit den Worten, das habe sie gut gemacht, den unvorstellbaren Betrag von zehn D-Mark auf die Hand. Sie sah den blauen Geldschein an, dann ihn und schüttelte ungläubig den Kopf. »So viel Geld für so wenig Arbeit?«

»Wenn es dir zu viel ist, gib es mir wieder zurück!«, sagte er und lachte.

Doch Angelika steckte den Schein rasch in ihre Tasche, bedankte sich und war auch schon in der Menge verschwunden. Wieder beschleunigte sich ihr Pulsschlag, und ihr wurde heiß. Denn auf einmal rückte das, was sie schon seit Langem aus tiefstem Herzen begehrte und ihr bisher unerreichbar vorgekommen war, in greifbare Nähe.

Das Geschäft lag in einer weniger belebten Straße in einem zweistöckigen Haus mit einer grün getünchten Fassade. Damit stach es aus dem grauen Nachkriegseinerlei heraus. Manches Mal hatte sie das Wackeln eines Gardinenstores im ersten Stock bemerkt, wenn sie wieder einmal unschlüssig auf dem Bordstein gegenüber verharrte und darüber nachdachte, ob sie heute hinübergehen sollte oder nicht.

Der Fotoladen im Erdgeschoss hatte erst vor einem Jahr eröffnet. Seitdem war sie immer wieder vorbeigegangen, hatte ausgiebig das Sortiment im Schaufenster studiert. Die unterschiedlichen Marken und Modelle betrachtet, die Preise verglichen und ihren Vater später nach den Unterschieden der einzelnen Kameras gefragt. Von ihm wusste sie, wie sehr die immer größere Verbreitung des 135er-Kleinbildformats in den letzten Jahren dazu geführt hatte, dass es zunehmend mehr Hobbyfotografen gab. Die Abkehr von den aufwendiger zu bauenden Klappkameras hin zur starren Sucherkamera verbilligte die Apparate. Sie waren mit einem Zentralverschlussobjektiv ausgerüstet. Und das hatte sie von ihrem Vater bereits gelernt: Bei der Frage, ob die Kamera ansehnliche Bilder produzieren konnte, kam es entscheidend auf die Qualität des verbauten Objektivs an.

Angelika setzte einen Fuß auf die Straße und konnte gerade noch im letzten Moment zurückspringen, als ein weißer Volkswagen an ihr vorbeiraste. Das nächste Mal war sie umsichtiger und versicherte sich, dass die Straße tatsächlich frei war. Sekunden später stand sie direkt vor dem Schaufenster.

In der Mitte der Auslage lagen, auf weiß schimmerndem Satinstoff, der in künstlichen Falten arrangiert worden war, die mit Abstand teuersten Kleinbildkameras, die Contax-Modelle von Zeiss Ikon. Mit bis zu zweihundertfünfzehn D-Mark für die Spitzenausführung kosteten sie mehr als ein durchschnittlicher Monatslohn und waren daher noch immer für die meisten Menschen unerschwinglich.

Rechts davon lag ein Modell aus der Werra-Serie. Schon lange vor dem Krieg hatte der Optik-Hersteller Carl Zeiss in Dresden die besten Kameras gefertigt, wie Angelika von ihrem Vater wusste. Bis er 1948 enteignet wurde. Der Sitz der Zeiss Ikon AG wurde rechtsgültig von Dresden nach Stuttgart verlegt. Damit waren alle Rechte, vor allem die Namensrechte, in Westdeutschland.

1954 war die neue Serie mit dem schlichten Design auf den Markt gekommen und unterschied sich vollkommen von allen anderen. Sämtliche Funktionen waren direkt am Objektiv untergebracht, auch das Spannen des Verschlusses und der Filmtransport, deshalb störte nichts das schlichte dunkelgrüne Gehäuse. Hatte man sich mit der Bedienung angefreundet, ließ die Kamera sich leicht mit einer Hand bedienen. Doch auch dieses Modell lag für Angelika weit außerhalb ihrer finanziellen Möglichkeiten. Sie wandte ihren Blick nach links zu den Kodak-Kameras. Da war die Retinette II B, die ihr Vater sich vor zwei Jahren gekauft hatte. Er hatte sie ihr schon ein paarmal überlassen, aber immer nur in seinem Beisein. Angelika kannte sich inzwischen gut mit ihr aus. Sie hatte einen Synchro-Compur-Verschluss, der Belichtungszeiten von einer Sekunde bis 1/500 Sekunden zuließ. Aber Angelika hielt sich nicht lange bei ihr auf, denn direkt dahinter lag der Apparat, den sie für sich ins Auge gefasst hatte. Das tiefschwarze Gehäuse, in das der Hersteller sein Firmenlogo mit dem typischen Rhombus aus silberner Schreibschrift aufgedruckt hatte, schien nur darauf zu warten, dass sie es endlich seinem Zweck zuführte. Die Chromringe des Objektivs glänzten in der Schaufensterbeleuchtung. Neben der Kleinbildkamera war ein dezentes Preisschild aus Metall aufgestellt: 48,50 *D-Mark*

Angelika rechnete nach. Mit den zehn Mark, die sie gerade verdient hatte, und ihrem Ersparten müsste sie den Betrag fast zusammenhaben.

Sie stand noch eine Weile unschlüssig und mit glasigem Blick vor dem Schaufenster und ging ganz in ihren Sehnsüchten auf. Deshalb erschrak sie, als plötzlich der hellgelbe Vorhang zurückgezogen wurde, der die Auslagen von dem Innenraum abtrennte, und zwei Hände ein rechteckiges, sorgfältig handgeschriebenes Schild ganz vorne in das Fenster stellten.

Lehrling gesucht – per sofort

Die beiden schmalgliedrigen Männerhände richteten das weiße Pappschild noch aus, schoben es weiter in die linke Ecke, als es umfiel, hoben sie es wieder auf und lehnten es an die Scheibe. Angelika überlegte, ob sie schnell verschwinden sollte, bevor der Mann sie bemerkte. Doch im selben Moment trafen sich schon ihre Blicke, und sein Mund, dessen Oberlippe von einem breiten Schnurrbart bedeckt war, aber auch seine tiefbraunen Augen lächelten sie an. Sie zögerte, er nickte ihr zu, sie gab sich einen Ruck und drückte die Klinke herunter und schob die Tür auf, worauf ein helles Dingdong erklang.

Angelika sah den kleinen Geschäftsraum zum ersten Mal von innen, denn sie hatte sich nie zuvor getraut, ihn zu betreten. Der Geruch, eine Mischung aus Entwicklerlösung, abgestandener Luft und Staub, hätte die meisten Menschen abgestoßen. Angelika sog ihn genussvoll ein. In einer Vitrine hinter der Theke waren noch mehr Kameras aufgereiht, Kleinbildkameras aller gängigen Marken, die Angelika bereits unzählige Male in einem Katalog ihres Vaters betrachtet hatte. Der Mann stellte sich hinter die Theke und sah sie erwartungsvoll an: »Nun, was kann ich für dich tun?«

Seine Stimme klang freundlich, aber gleichzeitig verriet der leicht desinteressierte Tonfall, wie wenig er sie als potenzielle Kundin einschätzte.

Angelika zögerte einen Moment. Sie hatte sich vorher einige schlichte und höfliche Worte zurechtgelegt, die ihr jetzt aufgrund ihrer Nervosität partout nicht mehr einfallen wollten. Da stand sie vor ihm, zupfte an den zu kurzen Ärmeln ihrer blauen Strickjacke und suchte nach einem Anfang.

Er schien Mitleid mit ihr zu haben und sagte: »Möchtest du vielleicht eine der Kameras sehen?«

Sie wunderte sich, dass er sie nicht einfach fortschickte, und nickte schüchtern. Da holte er einen Schlüsselbund aus seiner Tasche und schloss die Vitrinentür auf. Sie knarrte leicht, als er sie öffnete, aber Angelika holte Luft und sagte: »Nicht aus der Vitrine, sie liegt im Schaufenster. Die dritte von vorne auf der linken Seite. Direkt hinter der Kodak Retinette II B.«

Der Mann hielt inne und sah sie erstaunt an.

»Es ist die Agfa Silette!«, fügte sie jetzt mit fester Stimme hinzu.

»Ah, die Silette!« Er betonte das letzte »e« am Ende und sprach den Namen deutsch aus, nicht wie sie es von ihrem Vater gehört hatte, französisch.

»Hätte ich mir denken können«, murmelte er, und es war nicht erkennbar, ob er ihre Wahl für die Billigkamera guthieß. Er schloss die Vitrinentür wieder ab. Dann ging er in Richtung des Schaufensters und zog auch die andere Hälfte des gelben Vorhangs zurück. Jetzt fiel endlich mehr Tageslicht in den Verkaufsraum, und die schummrige Atmosphäre verflüchtigte sich. Er beugte sich nach vorne und angelte nach der Kamera. Dann ging er wieder um die Theke herum und legte sie auf ein mit weißem Satin ausgekleidetes kleines Tablett.

Angelika stand unbeweglich da.

»Nur zu! Du darfst sie gerne in die Hand nehmen.«

Nahezu ehrfürchtig streckte Angelika die Hände aus und strich sachte über das Chrom zwischen Sucher und Auslöser, dann über das schwarze Gehäuse.

»Die läuft gut. Davon verkaufe ich manchmal drei an einem Tag«, sagte der Geschäftsinhaber.

Angelika nahm die Kamera in die Hand.

»Sie hat einen Schnell-Schalt-«, wollte der Verkäufer ihr erklären, doch Angelika vollendete seinen Satz: »-hebel, mit dem der Verschlussaufzug an den Filmtransport gekoppelt ist.«

Erstaunt sah er sie an. Angelika hob sie jetzt vor ihr Gesicht und spürte das kalte Metall an ihrer Augenbraue, drückte auf den Auslöser und lauschte auf das geliebte Klick-Geräusch.

Er sagte: »Für eine Kamera zu dem Preis ist sie sehr solide verarbeitet.«

Sie ergänzte: »Die Bildqualität reicht zwar nicht an die einer Kodak, geschweige denn der Contax-Modelle von Zeiss Ikon heran. Himmel, nein! Deren Stabilität hat sie sicher auch nicht …« Obwohl sie merkte, wie der Ladeninhaber sie jetzt argwöhnisch musterte, weil sie so altklug sprach, wie sie es sonst nur von ihrer kleinen Schwester gewohnt war, konnte sie nicht aufhören. Sie redete im gleichen Tonfall weiter, während sie den Zeigefinger langsam über den Stahlring am Objektiv gleiten ließ: »Aber die Belichtungszeit der Silette hat eine Wahlbreite bis zu einer Drei-Hundertstel-Sekunde, und auf der Merkscheibe kann man die Filmempfindlichkeit manuell einstellen.«

Der Geschäftsinhaber riss die Augen auf.

Angelika sagte mehr zu sich selbst: »Kein Wunder, dass ihre Tagesproduktion zeitweise bei fast zweieinhalbtausend Exemplaren liegt.«

»Erstaunlich, ganz erstaunlich«, murmelte der Ladeninhaber und rieb sich über sein Kinn. Ein junges Mädchen, das sich mit Kameras auskannte. So etwas hatte er noch nicht erlebt.

»Auf jeden Fall ist sie eine leichte, handliche Kamera, die sehr ordentliche Fotos macht«, fügte Angelika hinzu, legte sie zurück auf das Tablett und sagte: »Ich nehme sie.«

Nach wenigen Minuten war Angelika sich mit ihm handelseinig. Er ließ ihr, ganz ausnahmsweise, weil sie so fachkundig sei, wie er betonte, drei Mark fünfzig von dem Kaufpreis nach. Sie gab ihm ihre zehn Mark als Anzahlung und versprach ihm, den Rest des Kaufpreises bei Abholung spätestens am nächsten Tag zu bezahlen. Im Stillen hoffte sie aber, die Kamera schon an diesem Nachmittag in Empfang nehmen zu können.

»Es wird kein Weg daran vorbeiführen, dass du die Klasse wiederholst, Angelika. Aber auch dann …«, hörte sie die Stimme ihrer Mutter schon, bevor sie sich überhaupt zu ihr umgedreht hatte, denn sie hatte sie, wie jedes ihrer Kinder, an den Schritten im Flur und der Art, wie sie ihren Ranzen ablegte, erkannt. Gerda Stein war dabei, die Einkäufe aus ihrem Netz auszupacken, und legte nach und nach einen großen Laib Brot, einen Kohlkopf und eine Papiertüte vom Metzger auf den Küchentisch.

»Weißt du, was der Direktor zu mir gesagt hat? Du seist einfach in allem schlecht … fächerübergreifend. Das genaue Gegenteil von dem, was mir noch vor einem Jahr die Direktorin des Lyzeums über dich mitgeteilt hat. Es ist nicht zu fassen.«

Angelika stand in der Tür und betrachtete ihre Mutter, wie sie immer noch ungläubig den Kopf schüttelte und immer weiter sprach, ohne sie anzusehen.

»Er hat zwar nicht besonders viel Hoffnung, dass aus dir noch eine gute Schülerin wird, aber er hat mir die Adresse von einem guten Nachhilfelehrer gegeben, und dann wird es …«

Sie machte eine Pause, richtete sich auf und sah ihr jetzt zum ersten Mal in die Augen.

»Warum bist du überhaupt schon zu Hause? Es ist doch gerade erst halb zwölf durch!«

Angelika kaute auf ihren Lippen und suchte, mehr aus Gewohnheit, nach einer Ausrede. Doch dann drang die Erkenntnis zu ihr durch, dass diese mit Beginn ihres neuen freien Lebens ein Ende haben mussten. Sie straffte ihren Rücken und sagte: »Der Direktor wollte, dass ich gehe.«

»Er wollte, *dass du gehst*? Wie meint er das?«

Angelika zuckte mit den Schultern. »Es hat sich für mich so angehört, als ob er … für immer meinte.«

Ihre Mutter faltete das Einkaufsnetz zusammen und legte es in die Schublade unter dem Tisch. Währenddessen ging Angelika in den Flur zurück und kam mit dem Cognac und den Pralinen zurück. Sie stellte die Flasche und legte die Schachtel mit dem blau-roten Sarotti-Mohren neben die Einkäufe auf den Küchentisch. In den nächsten Sekunden sagte niemand etwas. Dann fing ihre Mutter an, mehr zu sich selbst zu sprechen als zu ihrer Tochter. Sie verstünde das alles nicht, wo er doch die Geschenke von ihr angenommen habe und in ihrem Gespräch am Ende noch so entgegenkommend gewesen sei, ihr den Nachhilfelehrer empfohlen habe und sie so freundlich lächelnd verabschiedet habe. Ob sie das alles falsch gedeutet habe?

Sie redete so lange weiter, bis Angelika auf sie zuging und sich an sie schmiegte, ganz bewusst, ohne ihr in die Augen zu sehen. Es fühlte sich ungewohnt an, denn als sie sich das letzte Mal umarmt hatten, war ihre Mutter noch größer als sie gewesen. Jetzt reichte sie ihr nur noch bis zur Nase und war so zerbrechlich, dass sie, ohne es zu wollen, unter dem Leinenstoff jeden einzelnen Wirbel ihres Rückgrats an ihren Fingern spüren konnte.

»Mach dir keine Sorgen, Mutti. Die Schule war einfach nichts mehr für mich.«

Sie merkte, wie sich der magere Körper ihrer Mutter verspannte, kurz darauf löste sie sich von ihr. Angelika gab in diesem Moment ihre Absicht auf, ihr von ihrer kleinen Statistenrolle und den verdienten zehn Mark zu erzählen.

»Ich fürchte leider, dass du das eines Tages bereuen wirst«, sagte ihre Mutter mit einem Unterton, der Angelika einen Schauer über den Rücken jagte und jede Freude an ihrer neu gewonnenen Freiheit vertrieb. Die gewohnte Wärme verschwand vollends aus ihrer Stimme, als sie weitersprach: »Denn die Chance, auf das Gymnasium zu gehen, haben nicht viele. Dein Vater und ich hätten es gerne gesehen, wenn du Abitur gemacht und vielleicht sogar studiert hättest. Da wirst du lange suchen müssen, bis du in Kassel Eltern findest, die so eine Zukunft für ihre Tochter im Auge haben und nicht nur eine gute Partie und eine Hausfrauenehe.« Sie wandte sich wieder ihren Einkäufen zu, doch dann setzte sie hinzu: »Nun wirst du wohl früher erwachsen werden müssen, als dir vielleicht lieb ist.« Anschließend gab sie ihrer Tochter in ungewohnt nüchterner Weise Anweisung, die Wäsche aus dem Zuber zu holen, ordentlich auszuwringen und im Garten hinter dem Haus zum Bleichen auszulegen. Sie tat so, als sei die Angelegenheit »Schule« für sie erledigt.

Als Angelika einen der tropfenden Malerkittel ihres Vaters, auf dem die Farbspritzer kaum blasser als vor der Wäsche waren, zu einer Wurst drehte, um das Wasser herauszupressen, fragte sie sich, wie ihre Mutter das mit ihren zartgliedrigen Händen und schmalen Gelenken überhaupt schaffen konnte. Die große Wäsche war Knochenarbeit, für die sie jedes Mal einen kompletten Tag benötigte. Die schmutzigen Wäschestücke wurden meist schon am Vorabend eingeweicht. Den Flecken rückte man mit Soda oder Seife zu Leibe. Dann wurde die Wäsche in kochendes Wasser gegeben, bevor jedes einzelne Kleidungsstück minutenlang auf dem Waschbrett geschrubbt wurde, um den Schmutz aus den Fasern zu lösen. Die Haut an den Händen war danach tagelang rot und rissig, manchmal sogar blutig.

Angelika breitete die Kittel auf dem kleinen Wiesenstück hinter dem Haus zur Rasenbleiche aus. Im Sonnenlicht bildete das Wasser der feuchten Stoffe geringe Mengen an Wasserstoffperoxid, ein potentes Bleichmittel, das die Wäsche weißer machte. Erst dann konnten die Sachen zum Trocknen auf die Leine gehängt werden. Während Angelika den nächsten Kittel auswrang, fragte sie ihre Mutter, die aus der Waschküche mit einem Weidenkorb kam, warum sie sich nicht endlich eine Waschmaschine zulegen konnten.

»Irmgards Familie hat schon vor zwei Monaten eine angeschafft.«

Ihre Mutter stemmte sich die Hand in das Kreuz, als sie den Korb abstellte, und richtete sich auf: »Irmgards Vater ist aber auch Inhaber eines Haushaltswarengeschäfts, das weißt du doch! Er sitzt an der Quelle. Wenn jemand so eine neuartige Maschine hat, dann natürlich Frau Großkopff.«

Es stimmte, die Mutter ihrer besten Freundin hatte vermutlich jeglichen neuen Haushaltshelfer, den es zu kaufen gab, zur Verfügung. Wenn Christine manchmal nach der Schule bei ihr zu Mittag essen durfte, zogen sie schon an der Tür die Schuhe aus und schlüpften in

Pantoffeln. Irmgards Mutter war zwar Hausfrau durch und durch, aber sie trug die bunten Kittelschürzen, als seien es modische Kleider, mit breiten Gürteln. Ohne Tischdecke und Stoffservietten wurde selbst an Wochentagen nicht gegessen. Und jedes Mal führte sie ihnen voller Begeisterung eine neue Maschine vor. Vom Mixer bis zur elektrischen Brotschneidemaschine, das gesamte Sortiment ihres Geschäfts.

»Aber vielleicht könnten wir sie in seinem Laden billiger bekommen!«

»Erstens glaube ich das nicht, und selbst wenn es so wäre, Angelika, denk doch mal nach: Sie kostet mehr, als dein Vater in einem Dreivierteljahr verdient!«

Angelika hatte keine Ahnung davon, was ihr Vater als Hochschulprofessor verdiente, denn ihre Eltern sprachen in ihrem Beisein nie über Geld. Doch das Bewusstsein, dass man sparsam sein müsse, war in ihrer Familie immer spürbar. Im letzten Jahr war Wilfried Stein maßgeblich an der Organisation der größten deutschen Kunstausstellung der Nachkriegszeit, der Documenta, beteiligt gewesen. In dieser Zeit hatte sie den Eindruck gewonnen, er sei nun eine Art Berühmtheit. Doch seitdem war ein Jahr vergangen, und der kurzzeitige Ruhm hatte ihnen keinen finanziellen Wohlstand beschert.

»Und drittens ist mir so eine neuartige Maschine auch nicht geheuer. Am Ende explodiert sie noch!«

»Ach, Mutti, dann würde man sie doch nicht verkaufen dürfen!«

»Das ist mal wieder typisch für dich, Angelika!« Gerda Stein nahm ein Oberhemd aus dem Korb und besah sich im Oberlicht den Kragen. Angelika konnte den grauen Schatten an der Innenseite sehen, der beim Waschen nicht ganz verschwunden war. Als ihre Mutter weitersprach, klang sie leicht gereizt: »Kaum fängst du etwas an, schon willst du alles ändern, erneuern und verbessern!«

Sonst hatte sie sie immer für ihre neuen Ideen gelobt. Angelika kam ein unliebsamer Gedanke: Hoffentlich erwartete sie nicht von ihr, dass sie ihr von jetzt an den ganzen Tag im Haushalt zur Hand ging. Gleichzeitig meldete sich ihr Gewissen. Bisher hatte sie sich nie darüber Gedanken gemacht, was ihre Mutter täglich für sie und ihre drei Geschwister leistete, und nur beim Tischdecken und Abwaschen geholfen. Sie war geschont worden, denn die Schule stand an erster Stelle. Aber jetzt überkam sie eine erste undeutliche Ahnung, dass die Zeit der Träumereien, der vagen Vorstellungen vom Beginn ihrer späteren Lebensgeschichte für sie vorbei war. Von nun an würde es um die Gegenwart gehen, um das Hier und Jetzt und um die Frage, wie rasch sich Wendungen ergeben konnten, die nicht umkehrbar waren und für immer alles veränderten.

Nachdem sie mit der Wäsche fertig war, nutzte sie die Gelegenheit, holte sich einen Hammer aus dem Werkzeugkasten im Keller und huschte hinauf in den ersten Stock. Sie ging in das Zimmer, das sie mit ihrer Schwester Clara teilte, und nahm ihr Sparschwein von dem Regal über ihrem Bett. Kurz drehte sie das blau-weiße Porzellan in ihren Händen, strich über die erhabenen Blumen. Dann wickelte sie es in einen gehäkelten Bettüberwurf und schlug es mit dem Hammer entzwei.

Ihre Ausbeute reichte zusammen mit den zehn D-Mark für den Kauf der Kámera aus, sie hatte sich nicht getäuscht. Jede Woche hatte sie ihr Taschengeld hineingetan, sich niemals Süßigkeiten, Haarschleifen oder gar Wimperntusche, wie es Irmgard machte, davon gekauft, und jetzt erntete sie den Lohn für ihre eiserne Sparsamkeit. Es würde sogar noch für den ersten Film reichen. Ohne dass es ihre Mutter bemerkte, verließ sie das Haus, machte sich auf den Weg zu Foto Bethge und schnellstmöglich wieder zurück.

Den Riemen der nagelneuen Agfa Silette schräg um die Brust gehängt, umschloss sie das glatte rehbraune Lederetui ganz fest mit ihrer rechten Hand. Sie rannte den größten Teil des Weges, in der Hoffnung, dass ihre Mutter ihre Abwesenheit gar nicht bemerkte und sie nicht in Erklärungsnöte geriet, denn so gereizt, wie ihre Stimmung derzeit war, hätte sie sie damit nur weiter aufgebracht.

Erst am Nachmittag kamen ihre Geschwister nach Hause, zuerst Clara, dann die Zwillinge. Angelika verzog sich weiter nach hinten in das Halbdunkel des Hausflurs. Gerne hätte sie mit Peter alleine gesprochen und ihm alles erzählt. Sicher wären ihm sofort genügend begeisterte Kommentare zu ihrer Filmrolle und dem spontanen Kamerakauf eingefallen. Und ebenso viele Albernheiten, die den Ernst der Lage nach ihrem Schulverweis in den Hintergrund hätten treten lassen. Pfeiffer und Riedel als verbohrte, autoritäre Pauker hätten erscheinen lassen. Ihr Puls beschleunigte sich, wenn sie an den erbarmungslosen brüderlichen Spott von Eberhard dachte und wie ihre jüngere Schwester Clara womöglich jede letzte Achtung vor ihr verlieren würde, sobald sie alles erfuhren.

Sie verschwanden alle durcheinanderschwatzend in der Küche. Kurz darauf öffnete sich die Haustür, und ihr Vater kam aus der Kunsthochschule. Angelika hatte den restlichen Nachmittag damit verbracht, ihrer Mutter zu helfen, und insgeheim seiner Rückkehr schon entgegengefiebert. Er würde doch bestimmt Verständnis für sie haben.

Sie wartete noch eine Weile im Flur, um nicht ihren Geschwistern gegenübertreten zu müssen, und lauschte den Stimmen aus der Küche. Wenn ihr Vater und ihr Bruder Peter zu Hause waren, ordnete sich alles, wie um einen festen Mittelpunkt. Obwohl ihr Vater an den Vorgängen des Haushalts kaum Anteil nahm. Er fragte nicht nach Noten oder nach Hausaufgaben. Allein mit seiner Anwesenheit, ruhig und selbstbewusst, sorgte er für ein Gefühl der Wärme, und Peter verbreitete seine angenehme Sorglosigkeit. Jeder Streit unter den Kindern und jede Krise konnte so zu einer humorigen Begebenheit werden, über die man am Ende sogar lachen würde.

Und obwohl die beiden so viel Zuversicht verbreiteten, zögerte Angelika, sich in diesem Moment zu ihrer Familie zu gesellen, sondern lauschte mit schlechtem Gewissen vor der Tür. Zu ihrer Überraschung sprach ihre Mutter das Thema ihres Schulverweises gar nicht an. Sie fragte ihren Vater nur danach, wie seine Vorlesungen gewesen seien, wie sich die Meisterklasse gemacht, was er zu Mittag gegessen habe und ob er hungrig sei. Das heikle Thema sparte sie sorgsam aus, wohl auch mit Rücksicht auf ihre Geschwister.

Peter berichtete mit hoher klarer Stimme über einen Streich, den selbstredend nicht er, aber ein Mitschüler dem Geografielehrer gespielt hatte. »Er hatte den Auftrag, die Landkarte zu holen und aufzuhängen, aber sie hatte plötzlich lauter Löcher.« Worauf Eberhard prustend ergänzte: »Und genau da, wo früher Ostpreußen gewesen wäre, hatte er die deutsche Fahne aufgeklebt.«

»Ich hoffe, der Lehrer hat ihn entsprechend zurechtgewiesen!«, war sofort die Stimme ihres Vaters zu hören. »Ein Ewiggestriger ...«

Aber so eine Landkarte könne doch sicher sehr teuer sein, war der Einwand ihrer Mutter zu hören. Und wer das nun bezahlen müsse. Nach einer Viertelstunde belangloser Plaudereien verließ ihr Vater die Küche und zog sich, wiederum ohne Angelika im Flur zu bemerken, in das oberste Stockwerk zurück. Sie wartete einige Zeit, zählte langsam bis hundert und folgte ihm nach oben.

Als sie die Glühbirne über der Tür am Ende des Gangs gelb leuchten sah, musste sie lächeln. Genau das hatte sie gehofft! Es war das Zeichen dafür, dass ihr Vater in der Dunkelkammer war und seine neuesten Fotos entwickelte. Sie ging weiter, klopfte viermal an der Tür – zweimal kurz, zweimal lang –, das Zeichen, das sie vereinbart hatten, damit er wusste, dass sie es war.

»Es geht gerade nicht!«, hörte sie seine Stimme aus dem Inneren der kleinen Kammer. »Du musst kurz warten.«

Geduldig lehnte sich Angelika an die Wand mit der abgeschabten Tapete neben der Tür, ließ sich an ihr herunterrutschen und setzte sich mit angezogenen Knien auf den Boden. Sie war gespannt, was er heute fotografiert hatte, und hatte sich in ihren Gedanken schon gefragt, was wohl ihr erstes Foto mit ihrer eigenen Kamera sein würde. Welches Motiv würde sie sich aussuchen?

Ihr Vater beschäftigte sich seit zwei Jahren mit Fotografie. Seit er sich den teuren Apparat gekauft und die Ausstattung für die Entwicklung seiner Fotografien angeschafft hatte, verbrachte er häufig Zeit damit, zu fotografieren, zu entwickeln und die Abzüge zu sichten. Angelika war die Einzige in der Familie, die sich ebenfalls dafür interessierte und die er mit seiner Leidenschaft angesteckt hatte. Sie hörte ein blechernes Geräusch durch die Tür, ein Rascheln und dann seine Stimme: »Du kannst reinkommen.«

Vorsichtig drehte sie den Messingknauf und öffnete die Tür nur einen Spaltbreit, gerade so weit, dass sie mit ihrem schmalen Mädchenkörper hindurchpasste. Im ersten Augenblick erkannte sie überhaupt nichts. Hastig schloss sie die Tür wieder hinter sich und brauchte einige Zeit, bis sich ihre Augen an die Dunkelheit gewöhnten. Nur die kräftige Gestalt ihres Vaters, der sich immer einen weißen sauberen Kittel ohne Farbsprenkel überzog, wenn er mit den Chemikalien hantierte, war gut zu erkennen.

»Hier, sieh mal!«, sagte er und zog die alte Zeitung weg, mit der er den Abzug kurz vor dem Licht aus dem Flur geschützt hatte. »Meine Meisterklasse.« Er schwenkte die Schale mit der klaren Flüssigkeit hin und her, sodass immer wieder frische Entwicklerlösung über das Kontaktpapier lief. Angelika beugte sich nach vorne und betrachtete in dem gelblich grünen Licht das entstehende Bild. Genau diesen Moment fand sie so unsagbar spannend.

Trotz der Dunkelheit in der kleinen Kammer konnte sie nach und nach die Umrisse mehrerer über ihre Zeichenblöcke gebeugter Studenten sehen. Die meisten hatte er im Profil aufgenommen. Angelika betrachtete einen nach dem anderen, konnte aber nichts Besonderes an der Aufnahme erkennen und verlor das Interesse. An einer Wäscheleine, die an der langen Wand gespannt war, hingen noch weitere Abzüge. Es waren Fotos eines männlichen Akts aus verschiedenen Perspektiven. Von hinten, von der Seite, von vorne. Das Schattenspiel um die Muskeln des Gesäßes, der Oberschenkel und des Bizeps hatte eine eigentümliche Wirkung auf sie. Vor allem aber war es der Anblick des männlichen Geschlechtsteils, der sie unangenehm berührte. Was sie sah, wurde von dem geprägt, was sie bereits wusste oder wenigstens zu wissen glaubte. Und das war wenig. Es war mit erhitzten Gedanken und verbotenen Fantasien verbunden, die ihrer Welt noch ganz fern erschienen. Sie ahnte, dass sie damit eine Bühne erwachsener Gefühle betrat, die sie verwirrten.

Ihr Vater drehte sich um und stellte sich neben sie.

»Er stand meinen Studenten gestern und heute Modell.«

Angelika spürte, wie ihr Gesicht heiß wurde, und sie errötete, was ihr Vater in der Dunkelheit zu ihrer Erleichterung nicht bemerkte. Sie konnte den unbefangenen Umgang ihres Vaters mit der Nacktheit seiner Zeichenmodelle, ob männlich oder weiblich, nicht teilen. Und er verunsicherte sie. Dennoch spürte sie eine heftige und unbeherrschte Neugier auf die Technik, mit der er das so unterschiedliche Schattenspiel auf der nackten Haut des Akts eingefangen hatte, und hätte gerne mehr darüber gelernt.

Als sie nichts weiter sagte, wandte sich ihr Vater wieder der Fixierschale zu. »Wenn du dich für die Kunst der Fotografie interessierst, wirst du deine Schamgefühle überwinden müssen. Denn sie sind der Feind jedweder künstlerischen Entfaltung.«

»Warum hast du ihn so häufig fotografiert?«, fragte sie und versuchte, ihrer Stimme eine erwachsene Festigkeit zu geben, die ihre Unsicherheit überspielte. Er antwortete nicht gleich, sondern nahm das nächste Foto mit einer Zange aus der Wanne und befestigte es mit einer Wäscheklammer an der Leine. »Weil jede Perspektive ein neues Bild ergibt.«

»Sieh mal hier.« Er deutete mit dem kleinen Finger auf den Oberkörper des Modells und den angewinkelten Arm. Die Schatten umspielten dessen deutlich sichtbare Brust- und Bizepsmuskeln.

»Hierauf sieht er aus wie ein Krieger aus der Antike, der mit dem Wurfarm einen Speer hält. Er wirkt aus dieser Perspektive weit stärker als von vorne. Nahezu unangreifbar, unverwundbar.«

Dann deutete er auf ein anderes Foto, das nur die Taille und das Gesäß von hinten zeigte. »Hier entsteht ein anderer Eindruck, eher wie der eines weitaus zarteren, verletzlicheren Menschen, eines Opfers.«

Angelika glaubte ein fast zärtliches Timbre in der Stimme ihres Vaters zu hören, das sie unangenehm berührte, doch sie schob den Gedanken beiseite. Als sie etwas antworten wollte, war er schon mit dem nächsten Abzug beschäftigt, nahm das Fotopapier von der Platte des Vergrößerers und legte es in die Wanne mit Entwickler.

Beide sahen zu, als sich die Grauschattierungen des Bildes langsam aus dem Weiß des Chlorsilberpapiers schälten und es mit Leben füllten. Diesmal war es das Gesicht einer der wenigen weiblichen Kunstschüler, das mit halb geschlossenen Lidern nach unten auf ihr Blatt sah. Er hatte einen Augenblick voller Konzentration eingefangen.

»Die Kamera erfüllt die gleiche Funktion wie unser menschliches Auge. Sie entwirft ein Bild von der Natur. So wie das Auge auf unserer Netzhaut, wie unsere Zellen die Eindrücke des Lichts aufnehmen und dann unserem Bewusstsein vermitteln. Mit einem Unterschied allerdings: Wir sehen das Bild nur, solange wir es auch betrachten.

Sobald wir das Auge schließen oder uns abwenden, ist es Vergangenheit.«

Er legte seinen Arm um ihre schmalen Schultern. »Nicht jeder hat so ein famoses Erinnerungsvermögen wie du und vermag ein einmal gesehenes Bild exakt im Gedächtnis zu behalten. Deshalb ist der Unterschied einer Kamera zum Auge auch so revolutionär.«

»Denn bei der Kamera hält der Film das Bild fest«, ergänzte Angelika.

»Genau«, er hielt ihr die Zange hin. »Nachdem du das Negativ in das Fixierbad gelegt hast, ist es für immer gebannt.«

Angelika tat, was er sagte, und war besonders vorsichtig, um das Barytpapier an der Stelle, wo sie es mit der Metallzange berührte, nicht zu verknicken.

»Fast für immer zumindest«, ergänzte ihr Vater, krempelte unterdessen die Ärmel hoch, zog sich Handschuhe an und schüttete aus einer braunen Glasflasche neue Entwicklerflüssigkeit in eine der Wannen.

»Ich möchte Fotografin werden«, sagte Angelika völlig unvermittelt. »Ich möchte das alles lernen.«

Ihr Vater nickte, als hätte sie etwas ganz Selbstverständliches gesagt. »Das wird auch Zeit. Ich dachte schon, du fragst nie danach.«

CHRISTINE

Er sagt, wenn Christine bei den Qualifikationen gut abschneidet, kann sie es noch in den Kader für die Olympischen Spiele schaffen. Ist das nicht fantastisch, mit sechzehn wäre sie die jüngste Turnerin, die jemals teilgenommen hat.«

Christines Mutter sah ihre Familie reihum mit leuchtenden Augen an. Auf einmal hatte ihre blaue Iris wieder Glanz. Als nicht sofort eine begeisterte Reaktion kam, schmierte sie Margarine auf eine Brotscheibe, strich das Messer an der Kante ab, legte eine Scheibe Blutwurst darauf und schnitt sie in vier gleiche Teile. Dann schob sie den Teller zu ihrem Mann. Sie legte die Handgelenke auf die Tischkante neben ihrem Platz, öffnete die Hände abwechselnd nervös und ballte sie zu Fäusten. »Stell dir vor, Dietmar: Bis nach Australien käme sie, nach M E H L B U R N E.«

»Es heißt M E L L B Ö R N«, verbesserte sie ihr Sohn und sprach den Namen auch nicht viel englischer aus.

»Ach, wie auch immer, Roland!«

Sie richtete die Augen auf das schmale Küchenfenster, ganz so, als könne sie in dem abgeplatzten grauen Putz der nächsten Häuserwand die Lichter der australischen Stadt sehen. »Das ist auf der anderen Seite der Erde. Kannst du das glauben?«

Christine nahm erneut den zurückgekehrten Glanz in den Augen ihrer Mutter wahr: Sie strahlte so viel Euphorie und Begeisterung aus wie schon lange nicht mehr. Seit sie in Berlin wohnten, kannte sie sie nur angespannt, ruhelos und fordernd. Wie es in Dresden gewesen war, als noch ihr leiblicher Vater bei ihnen lebte, hatte sie nicht mehr genau in Erinnerung, nur endlosen Streit und bittere Debatten über ihre Trainingsstunden.

»Australien! Donnerwetter, da hast du es weit gebracht, Schwesterchen!«, war Rolands Kommentar, bevor er in eine dicke Stulle biss. Während er kaute, betrachtete er Christine wie ein exotisches Tier im Zoo.

Es dauerte eine Weile, bis Dietmar, ihr Stiefvater, antwortete. Meistens war er zurückhaltend und hatte es nicht eilig, sich zu äußern. Ihre Mutter hatte ihn erst kennengelernt, als sie ihren leiblichen Vater verlassen hatte und mit den Kindern nach Ostberlin gezogen war. Sie hätten es schlechter treffen können. Er behandelte Roland und Christine von Anfang an so, als seien sie seine leiblichen Kinder, und war weit weniger streng als ihre Mutter.

Diese plapperte weiter, voller Euphorie. Es sei ja noch ein harter Weg dahin, und man solle nicht voreilig sein, das bringe Unglück. Aber sie habe immer gewusst, dass das in ihrer Tochter stecke. Eigentlich habe sie nie daran gezweifelt. Christine streckte die Hand aus und wollte sich eine zweite Scheibe Brot aus dem Korb nehmen. Sofort zog ihn ihre Mutter aus ihrer Reichweite. Sie machte eine schnalzende Bewegung mit der Zunge. »Nicht doch, eine Schnitte reicht, Christine!«

»Und was ist der Preis dafür?«, fragte jetzt ihr Stiefvater unvermittelt und eine Spur zu laut, nachdem er das Wurstbrot mit einem Schluck Bier heruntergespült hatte.

»Hungern und sich so lange verbiegen, bis gar kein Knochen mehr heil ist in ihrem Körper? Sieh sie dir doch an!«

Er machte eine Bewegung mit dem Kinn in Richtung Christine.

Christine rutschte unbehaglich auf dem Stuhl hin und her. Es waren Kerstin Magolds nervöse Hände, ihre langen tiefen Seufzer, die zusammengepressten Lippen. Ihr angespanntes Wesen wollte niemand in der Familie gegen sich aufbringen.

»Ja, ich sehe sie mir an, tagtäglich. Und was ich sehe, ist ein Mädchen mit einem durchtrainierten Körper und einem Talent, um das sie viele andere beneiden. Ein Mädchen, das seit Jahren hart arbeitet und jetzt die Chance ihres Lebens bekommt. Sie wird reisen, die Welt sehen! Willst du ihr diese Möglichkeit verbauen, Dietmar? Ich weiß, dass du nicht so egoistisch bist, im Gegenteil.«

Alle schauten Dietmar an. Seine kräftige breite Hand griff nach dem Brotkorb und schob ihn über den Tisch vor Christines Platz. Christine sah hilflos von ihrem Stiefvater mit den gutmütigen Augen, der ihr aufmunternd zunickte: »Na, komm schon, wenn du Essen willst, dann iss«, zu ihrer Mutter, die wie versteinert auf ihrem Stuhl saß. Dann warf Kerstin Magold ihre Serviette auf den Tisch und stand auf. Alle wussten, was jetzt folgte. Von der strengen Mutter verwandelte sie sich zur Märtyrerin und zum Opferlamm. »Bitte schön, wenn du ihr unbedingt die Zukunft verbauen willst, dann mach nur weiter so.« Dann fuhr sie seufzend fort: »Dann war eben alles umsonst, was ich bisher für Christines Karriere aufgegeben habe!«

Später am Abend wollte Christine noch einmal ins Bad gehen, weil sie nicht schlafen konnte, und kam im dunklen Flur an der geschlossenen Wohnzimmertür vorbei. Sie hörte die erregten Stimmen ihrer Mutter und ihres Stiefvaters, die immer noch oder schon wieder stritten. Durch das geriffelte gelbe Glas konnte sie die Umrisse sehen. Anscheinend waren sie dabei, die Sessel wegzuschieben, um die Betten aus dem Schrank zu klappen.

Er könne wenigstens etwas mehr Begeisterung zeigen, war ihre Mutter zu hören.

Sie sollten nur nicht voreilig sein und sie nicht unter Druck setzen, entgegnete die weiche Stimme ihres Stiefvaters.

Aber sie wolle es doch selbst, das könne er doch nicht einfach ignorieren. Sie habe es in die Auswahl geschafft, als eine von Tausenden, sie werde die Welt sehen, das ändere alles.

»Für Christine oder für dich?«, fragte ihr Stiefvater nüchtern.

Man konnte hören, wie die Mechanik des Schrankbetts quietschte, wie es polterte, als es heruntergeklappt wurde. Dann wieder die Stimme ihrer Mutter, jetzt leiser: »Für uns alle.«

Christine ging weiter ins Badezimmer, stellte sich vor den Spiegelschrank. In dem kalten Licht der Neonröhre sah ihr blasses, schmales Gesicht noch fahler aus, verletzlich und zart. Ihr Hals war lang und schmal. Ihre Hände fuhren unter ihr grün geblümtes Pyjamaoberteil und tasteten nach ihren Brüsten. Sie musste einen Schmerzenslaut unterdrücken. Das unangenehme Ziehen hatte sie die ganze Zeit ignoriert. Dann knöpfte sie den Schlafanzug auf, löste die zwei Metallklammern vom Ende der elastischen Binde und wickelte sie langsam auf. Sie wollte nicht hinsehen und richtete die Augen die ganze Zeit auf das Spiegelbild ihres Gesichts. Doch ihr Blick glitt langsam weiter nach unten. Sie betrachtete die knospenden Ansätze ihrer

Brüste, drehte sich zur Seite. Was ihren Körper veränderte, sah sie an wie eine feindliche Macht. Ihr Bauch, noch immer nach innen gewölbt, die zwei Hüftknochen stachen heraus. Aber waren daneben nicht auch neue Rundungen zu sehen? Sie boxte sich gegen die kleinen Pölsterchen.

Plötzlich klopfte es so heftig an die Badezimmertür, dass sie erschrak.

»Christine, bist du da drin? Ist alles in Ordnung?«

»Ja, ich komme gleich.«

Kurz schloss sie die Augen, öffnete sie wieder und betrachtete die purpurroten, quer verlaufenden Striemen über ihren Brüsten. Wütend presste sie die Lippen zusammen, steckte sich die zusammengeknäulte Binde in die Hose, knöpfte den Pyjama zu und öffnete die Tür. Ihr Stiefvater stand direkt davor und sah sie voller Sorge an.

»Was ist denn los, Kleines? Hast du was?«

Er wollte ihr mit dem Handrücken über die Wange streichen, aber sie zog den Kopf zurück und ließ ihn mit den Worten: »Nein, es ist nichts! Gute Nacht, Vati«, im Flur stehen.

»Du musst nichts tun, was du nicht willst!«, sagte er leise, kurz bevor sie die Tür ihres Kinderzimmers hinter sich zuzog. Sie bückte sich unter dem Laken, das sie in der Mitte des Zimmers aufgehängt hatten, als sie vierzehn geworden war, kroch unter ihre Decke, legte sich auf den Rücken und lauschte auf die gleichmäßigen Atemzüge ihres Bruders. Schlaflos, mit offenen Augen. Der Schein des Vollmonds war zu hell. Er tauchte die gerahmten Urkunden und Medaillen, das Regal mit den Pokalen über ihrem Bett in fahles Licht. Seit Jahren sammelte sie einen Preis nach dem anderen. Musste sie ausgerechnet jetzt, wo sie in den A-Kader kommen sollte, dicklich werden? Es war einfach der falsche Zeitpunkt!

In der Nacht bekam sie zum ersten Mal ihre Periode.

ANGELIKA

Der erste Tag, an dem sie ihre Kamera zum Fotografieren in die Hände nahm, war ein Sonntag. Sie würde sich später daran erinnern, dass die Glocke des provisorischen Turms der zerstörten Karlskirche läutete, als sie ihr Gewicht in den Fingern spürte, über das blanke Metall strich und durch den Sucher schaute. Keiner in ihrer Familie war, solange sie sich erinnern konnte, jemals in die Kirche gegangen. Sie wusste nicht einmal, ob ihre Eltern katholisch oder protestantisch waren. Es spielte einfach keine Rolle in ihrem Leben, außer in den Momenten, wenn Mitschülerinnen von ihrem Kommunions- oder Konfirmandenunterricht erzählten und ihr zu spüren gaben, dass sie nicht dazugehörte. Aber auch das war jetzt Vergangenheit. Trotzdem verlieh die Kirchenglocke diesem Moment etwas Feierliches. Zusammen mit dem unvergleichlichen Gefühl des kalten Metalls an ihrer Augenbraue und ihrem Jochbein. Es war eine Sinneswahrnehmung, die diesen Augenblick für immer in ihrer Erinnerung begleiten würde. Aber vor allem war es das allererste Bild, das sie in dem viereckigen Sucher, der einmal ihr Leben bestimmen würde, sah, das sich in ihr Gedächtnis brannte.

Sie stand am weit geöffneten Flügel des Bogenfensters im Atelier ihres Vaters und musste den Ausblick, der sich ihr bot, schon eine ganze Weile lang gesehen haben, bevor sie ihn bewusst wahrnahm. Es war ein gedrungener Mann mit Schiebermütze, den weiten blauen Hosen, wie sie die Landarbeiter trugen, gehalten von Hosenträgern, der vor den zwei weiß-braun gescheckten Ochsen herlief. Die schweren Tiere zogen einen Wagen mit meterhoch aufgetürmten Heuballen, auf dem zuoberst zwei braun gebrannte Bauernkinder mit nackten Beinen und Armen saßen. Der Bauer mit dem Ochsenkarren kam von der Karlsaue her und fuhr ein Stück durch die Stadt, auf dem Weg zu seinem heimatlichen Hof. Und als er genau unter ihrem Fenster war, die Kinder sie bemerkten und zu ihr hochschauten, drückte Angelika auf den Auslöser.

»Klick« machte die Mechanik der Kamera.

»Heute an einem Sonntag bringt er das Heu ein? Das wundert mich!«, sagte ihr Vater, ohne dem Moment, in dem Angelika ihr erstes Foto mit ihrer eigenen Kamera machte, die nötige Bedeutung beizumessen, fand sie. Ebenso gelassen hatte er reagiert, als sie ihm von ihrem Schulverweis, der Statistenrolle bei dem neuen Curd-Jürgens-Film und dem Kauf der Silette erzählt hatte. Es widersprach seinem Naturell, den Ereignissen im Leben allzu große Bedeutung beizumessen. Alles, was für ihn zählte, war die Kunst. Sobald sie das Bild entwickelte, würde er sich ausgiebig damit befassen und es kommentieren.

Der Geruch von frisch gemähtem Gras stieg jetzt zu ihnen nach oben in den dritten Stock. Angelika ließ die Kamera sinken und nahm den intensiven Heuduft wahr, zugleich den milchigen Dunst, der das Blau des Himmels über der gegenüberliegenden großstädtischen Häuserlinie abmilderte. Eine ungewohnte Schwüle lag an diesem Vormittag in der Luft. »Wahrscheinlich gibt es ein Gewitter«, sagte sie. Sie fühlte sich mit einem Mal klug und glücklich und gar nicht mehr wie das dumme Kind, das durch den Direktor höchstpersönlich vom Gymnasium geworfen worden war.

Von diesem Tag an verbrachte Angelika jede freie Minute des Tages mit Fotografieren. Sobald sie die von ihrer Mutter aufgetragenen Arbeiten im Haushalt erledigt hatte, zog sie mit der Kamera los und nahm alles auf, was ihr vor die Linse kam und sie für würdig befand, festgehalten zu werden. Ihr Vater hatte ihr nochmals im Schnellverfahren die wichtigsten Grundsätze erklärt. Doch das war gar nicht nötig. Begriffe wie Brennweite, Objektiv, Farbempfindlichkeit, Perspektive und Verzeichnung, Blende und Tiefenschärfe waren ihr längst bekannt. Sie hatte sich von Anfang an jede einzelne Bezeichnung gemerkt, aber sie schwor sich innerlich, alles noch einmal genauestens nachzulesen. Zum ersten Mal in ihrem Leben nahm sie eine Aufgabe ernst und war begierig darauf, jede Einzelheit dazu zu lernen. Das Bildlehrbuch der Fotografie von Dr. Otto Croy, das ihr Vater ihr übergab, steckte sie in ihren kleinen grünen Feldrucksack, wenn sie zu ihren Streifzügen aufbrach.

»Aber etwas darfst du nicht vergessen«, sagte er zu ihr, bevor er sie mit ihrem Apparat ziehen ließ, auf den sie so lange gespart hatte: »Du musst die Technik beherrschen, es darf nie umgekehrt sein. Sie darf nicht im Vordergrund stehen. Alles muss leicht sein!«

Und so kam es ihr auch vor: Fotografieren war so einfach! Das Einfachste auf der Welt. Dabei so faszinierend wie nichts anderes. Landschaft, Architektur, Pflanzen, Tiere, Stillleben, Menschen, Straßenszenen … Angelika hielt den Sucher einfach auf alles und genoss den Augenblick, in dem sie den kleinen Widerstand überwand, den der metallene Auslöser bot, über alle Maßen. Das Geräusch, das der Verschluss des Objektivs und der Filmtransport verursachten, löste bei ihr jedes Mal eine Euphorie aus, die mit nichts vergleichbar war, die sie immer wieder überraschte und bisher nicht gekannt hatte. Nur die Abende in der Dunkelkammer waren mit ähnlichen Gefühlen verbunden. Sie begann den Augenblick herbeizusehen, wenn sie ihre Aufnahmen des Tages entwickelte und voller Spannung das Papier betrachtete, auf dem sich die Umrisse der Motive langsam aus dem Weiß schälten. Viele Aufnahmen missglückten ihr, obwohl sie so sicher gewesen war, das perfekte Foto geschossen zu haben. Sie waren verwackelt, unter- oder überbelichtet, oder der Gegenstand, den sie aufnehmen wollte, war einfach nicht zu sehen. Mit anderen, gelungenen Aufnahmen wiederum hatte sie gar nicht gerechnet. Sie waren Zufallsprodukte. Ihr Vater half ihr, beriet sie und machte ihr behutsam klar, dass sie mehr Konstanz und Professionalität lernen musste.

»Du musst warten können, meistens geduldig, und manchmal auch blitzschnell sein«, wiederholte er ein ums andere Mal und legte selbst eine Engelsgeduld an den Tag, wenn er ihr die physikalischen Techniken und chemikalischen Vorgänge erklärte. Und mehr als einmal sah er sie verwundert von der Seite an, wenn sie einen Satz, den er angefangen hatte, selbst zu Ende führte.

»Liest du immer noch in demselben Buch?«, fragte ihre Schwester eines Abends, als Angelika wieder unter der Decke mit einer Taschenlampe ganz in ihr Lehrbuch über Fotografie vertieft war. Ihre beiden weiß lackierten Metallbetten standen zwar nicht direkt nebeneinander, sondern an den zwei entgegengesetzten Wänden des

Kinderzimmers, doch das Licht ihrer Nachttischlampe hätte Clara dennoch gestört. Obwohl sie mit dem Lesen unter der Decke gerade Rücksicht auf ihre Schwester nahm, gab ihr diese nun mit ihrem altklugen Tonfall, den sie sich seit einiger Zeit angewöhnt hatte, zu bedenken, sie werde sich die Augen verderben.

»Und warum musst du das abends tun, du hast doch den ganzen Tag Zeit dazu, seit du nicht mehr zur Schule gehst!«

Nur widerstrebend löste sich Angelika von dem Kapitel über unterschiedlich lichtempfindliche Filme, um Clara zu antworten. Sie kannte ihre kleine Schwester gut genug, um zu wissen, dass sie nicht von selbst Ruhe geben würde, deshalb zog sie sich das Federbett vom Kopf und flüsterte: »Tagsüber muss ich das Licht ausnutzen.«

»Das Licht ausnutzen?«, wiederholte Clara. Sie schaltete ihre Nachttischlampe an, und der rosa Stoff mit den kleinen Elefanten darauf warf einen warmen Schein an die Zimmerwand. Voller gespielter Theatralik verdrehte Clara die Augen. »Du fühlst dich wohl wie etwas ganz Besonderes, seit du immer mit deinem neuen Fotoapparat herumläufst und in der Dunkelkammer hockst. Dabei ist es nur ein alberner Zeitvertreib, und die Oberschule hast du einfach nicht geschafft.«

»Was willst du damit sagen? Etwa, dass ich zu dumm war?«

Angelika klappte das Buch zu und dachte, wie sehr sich Clara doch verändert hatte. Früher hatte sie die Rolle des Kükens der Familie innegehabt und war von ihr und den großen Brüdern verhätschelt worden. Wenn sie nachts schlecht geträumt hatte, war es Angelika gewesen, die sie aus den Albträumen weckte und mit in ihr eigenes Bett nahm, um sie zu trösten. Aber sobald sie eingeschult worden war, hatte sie einen so großen Ehrgeiz gezeigt, war in kürzester Zeit zur Klassenstreberin geworden und hatte damit alle drei Geschwister überrascht.

»Vielleicht nicht zu dumm, aber auf jeden Fall zu faul!«, schleuderte Clara ihr jetzt entgegen.

Die Worte trafen Angelika tief, und sie verletzten sie. Woher hatte ihre kleine Schwester bloß diese Härte? Sie betrachtete Claras hübsches, rundliches Gesicht, das ihrem so wenig glich und das sie einmal als so niedlich und liebenswert empfunden hatte. Aber der Ausdruck, den sie jetzt in ihren weit auseinanderstehenden Augen sah, hatte nichts mehr mit dem süßen Schwesterchen gemein.

»Clara, warum bist du nur so abscheulich?«, war alles, was ihr einfiel, obwohl sie doch die Ältere war und etwas Sinnreicheres hätte sagen können. Aber vielleicht hatte Clara recht und sie war tatsächlich zu dumm, wie sie ihr unterschwellig zu verstehen gab?

Clara merkte, dass sie in dieser Unterhaltung nach Belieben den Ton angeben konnte. Die kleine Schwester holte Luft, sah an Angelika vorbei auf die zart gemusterte, alte Tapete, was ein Vorzeichen dafür war, dass sie über ein Fremdwort nachdachte, das sie gleich verwenden würde und das dem Wortschatz eines Mädchens ihres Alters in keiner Weise entsprach: »Ich bin nicht abscheulich, ich bin nur illusionslos.«

Sie wartete einen Moment lang die Wirkung des Ausdrucks ab, aber als Angelika so tat, als sei er ihr vollkommen geläufig, sprach sie mit einem leicht enttäuschten Ausdruck weiter. Es wirkte, als versuche sie, sie nun mit allen Mitteln zu verletzen: »Die Schwester von meiner besten Freundin war in deiner Klasse, und sie weiß genau, was passiert ist. Der Direktor hat dich rausgeworfen, weil du zu oft die Schule geschwänzt und den Mathematiklehrer veräppelt hast.«

Angelika öffnete den Mund, um sich zu verteidigen, doch dann beschloss sie, es dabei bewenden zu lassen. Es stimmte schließlich, wenn man es genau nahm, und eine Auseinandersetzung mit dem selbst ernannten Wunderkind Clara hatte schon seit Langem zu nichts mehr geführt. Sie klappte ihr Buch zu, knipste die Taschenlampe aus und drehte sich stumm, ohne wie sonst »Gute Nacht, schlaf schön« zu sagen, mit dem Gesicht zur Wand. Die angespannte Atmosphäre schwebte in der Luft des Kinderzimmers zwischen ihren beiden schmalen Betten, dem Bücherregal mit Else Urys »Nesthäkchen«-Reihe, der Käthe-Kruse-Puppe mit den langen blonden Zöpfen, die Clara gehörte, dabei fast ihr Ebenbild war, und Angelikas kleinem Stoffaffen.

Beide Mädchen fühlten sich aus unterschiedlichen Gründen ihrer Kindheit entwachsen, und beide brauchten an diesem Abend lange, um in den Schlaf zu finden.

Am nächsten Morgen, als sie das Frühstücksgeschirr abtrocknete, fragte Angelika ihre Mutter, ob sie ab sofort in der kleinen Kammer des Ateliers im dritten Stock schlafen dürfe. Sie müsse häufiger noch abends in der Dunkelkammer arbeiten und in ihren Lehrbüchern lesen und wolle Clara abends nicht stören, wenn sie erst spät ins Bett ginge. Ihre Mutter reichte ihr einen tropfenden Teller und ließ die Spülbürste im Wasser schwimmen.

»Was hast du in letzter Zeit nur für Flausen im Kopf! Nimmst du das Ganze nicht eine Spur zu ernst, Angelika?«, fragte sie voller Unverständnis. Gerda Stein war es von ihrem Mann gewohnt, dass die schönen Künste im Mittelpunkt seines Lebens standen, aber immerhin verdiente er mit seiner Stellung als Kunstprofessor auch ihren Unterhalt. Fotografie hingegen sah sie als reines Vergnügen an.

»Ganz im Gegenteil, Mutti. Ich habe es noch lange nicht in genügendem Maße durchdrungen.« Angelika merkte, dass der Satz gestelzt klang. Er passte eher zu ihrer neunmalklugen kleinen Schwester, und schnell verbesserte sie sich: »Es ist nun einmal das, was ich machen will, und nichts anderes.«

Bei ihrer Mutter traf diese Begründung nicht auf fruchtbaren Boden. Gerda Stein hatte ihren Mann schon einige Male darauf hingewiesen, was durch die Fotografiererei, wie sie sie unbewusst abfällig nannte, für Kosten entstünden: Die Filme, das Papier, die Chemikalien, all das wolle bezahlt werden. Ihr Haushaltsgeld sei knapp bemessen, sie müsse jede Mark zweimal umdrehen. Nicht dass sie sich darüber beschweren wolle, aber es sei doch nicht einzusehen, das Geld am anderen Ende für Überflüssiges zu verschwenden. Wilfried Stein hatte beschwichtigend reagiert und sie nicht weiter insistiert, schließlich war er das Familienoberhaupt.

Aber Angelika brachte sie mit ihrer Passion, oder vielmehr Verbohrtheit, als die sie sie stillschweigend bezeichnete, gleichwohl langsam zur Verzweiflung. Deshalb richtete Gerda Stein jetzt klare Worte an ihre älteste Tochter. Sie solle sich langsam mit den möglichen Berufen beschäftigen: Schneiderin, Kindergärtnerin, Krankenschwester, Stenotypistin, Verkäuferin, Drogistin beispielsweise. Denn spätestens nach den großen Ferien werde der Spaß vorbei sein und sie eine Lehre beginnen müssen.

Weil sie so unglücklich war, der Tag aber so schön, rannte Angelika die Kaskaden zu ihrem Lieblingsort rasend schnell hinauf, die Kamera in der Hand, mit dem Lederriemen um den Hals gesichert. Vorbei an der moosigen Mauer, dem Lauf des Wasserfalls in entgegengesetzter Richtung folgend. Der Schatten der Eichenbäume, die die Treppen flankierten, war um diese Zeit noch tief, und das scharf konturierte Geflecht der Äste bot ihr gleich eines ihrer ersten Motive an diesem Morgen.

»Klick«, machte der Auslöser, aber sie merkte sofort, dass sie das Bild verwackelt hatte, weil ihr Herz so stark klopfte, dass sie den Pulsschlag in den Ohren spürte. Sie ließ die Kamera sinken und verharrte so lange, bis sie wieder ruhiger wurde. Langsam wich das harte Hämmern in ihrem Gehör dem Plätschern und Gurgeln des Wassers, das über die Rinnen, Becken und Aquädukte achtzig Meter tief hinab bis in den Schlossteich sprudelte. Dort unten ließ der natürliche Wasserdruck die große Fontäne in die Höhe schießen. Es war eine monumentale Inszenierung aus den Zeiten des Sonnenkönigs.

Angelika stieg die Treppen weiter hinauf, diesmal mit langsameren, bedächtigeren Schritten, und richtete dabei den Blick auf das Oktogon und die mächtige Statue aus grünem Kupfer, die vor ihr in den Himmel aufragte. Sie war ihr Ziel.

Wie durch ein Wunder war die Herkulesstatue auf dem Karlsberg von den Bombenangriffen der Alliierten völlig verschont geblieben. Vielleicht war es das, was sie und ihre Brüder insgeheim so an dem Koloss fasziniert und angezogen hatte. An einem Abend im Oktober 1943 war die Altstadt von Kassel mit ihren Fachwerkhäusern innerhalb von eineinhalb Stunden eingeäschert worden. Die hessische Stadt war vor allem wegen ihrer Bedeutung als Rüstungszentrum in das Fadenkreuz der alliierten Luftwaffe geraten. Die Firma Henschel & Sohn produzierte im Stadtteil Nord-Holland hohe Stückzahlen an Panzern, Lastwagen und Lokomotiven. In anderen Stadtteilen war die Flugzeugindustrie stark vertreten.

In der Nacht des 22. Oktober 1943 hatte die Kasseler Zivilbevölkerung den Preis dafür bezahlt. In dem äußeren Stadtbezirk, in dem Angelika damals mit ihrer Familie wohnte, wurden mehr als drei

Viertel aller Häuser zerstört, Tausende von Menschen erstickten in dem durchgehenden Kellersystem unter der Stadt, aus dem es keine Ausgänge mehr zur Oberfläche gab. Die Überreste der Stadt brannten sieben Tage lang. Vierhunderttausend Brandbomben hatten die alliierten Kampfflugzeuge in weniger als zwei Stunden über Kassel abgeworfen. Angelika war damals drei Jahre alt gewesen, und das pfeifende Heulen der Stabbomben, die krachenden Einschläge und der beißende Rauch in den brennenden Straßen waren diffuse Eindrücke, die sie aus dieser Nacht und den Tagen danach für immer behalten würde. Doch sie hatten überlebt.

Gelassen stützte sich der starke, muskulöse Herkules auf seine senkrecht stehende Keule. Er hatte, seit sie sich bewusst erinnern konnte, und das war erst in Friedenszeiten gewesen, zu ihren Zielen gehört, wie sie es genannt hatten, an jedem zweiten Sonntag. Nach Kriegsende war der Weg durch den Bergpark Wilhelmshöhe und den Habichtswald für sie, ihre Mutter und ihre Brüder ein halb geliebtes, halb gehasstes Ritual geworden. Es waren Hamsterzüge. Unterwegs hatten sie von Bauern Lebensmittel erbettelt oder mit ihrer wenigen Habe zu tauschen versucht und Brennholz gesammelt. Den Leiterwagen abwechselnd hinter sich hergezogen. Wenn Angelika nicht mehr laufen konnte, durfte sie sich mit auf die Lore setzen.

Von der Plattform unter der Statue ließ der Besucher das Auge eine fünf Kilometer lange schnurgerade Allee, die Sichtachse, in Richtung Kassel entlanggleiten. Angelika kannte nur das Bild einer zerstörten Stadt, ein anderes hatte sie von hier niemals gesehen. Bis 1946 hatten die Überlebenden zweiundzwanzigtausend Kubikmeter Schutt weggeräumt, Trümmerberge aufgeschüttet und aus den Resten der Ruinen Baumaterial gewonnen. Das Stadtbild hatte sich seitdem immer wieder verändert. Jetzt, im Frühling 1956, war es noch immer lückenhaft, ragten Ruinen neben Brachgrundstücken und vereinzelten Neubauten auf.

Angelika richtete ihre Kamera auf die geschundene Stadt, die in bläulichem Dunst so friedlich dalag. Sie kniff ein Auge zu und entdeckte durch den Sucher einige höher aufragende Gebäude, die sie zuvor noch nicht gesehen hatte. Auf einmal kam ihr der Gedanke, von nun an wieder regelmäßig herzukommen und die Veränderungen im Stadtbild auf ihren Fotos festzuhalten. Ob schon jemand vor ihr auf eine derartige Idee verfallen war? Ob sich jemand dafür offiziell berufen fühlte, die Veränderungen Kassels für die Nachwelt auf Negativen und Papierabzügen zu konservieren? Was, wenn sie die Erste war? Vielleicht würde man ihre Bilder in das Stadtarchiv aufnehmen?

Dann hielt sie die Kamera nach oben in den Himmel und richtete sie auf die Statue. Es war die Kopie des Herkules Farnese, einer weltbekannten Skulptur der Antike. Das lernte in Kassel jedes Kind. Nachdem ihr Vater aus der Kriegsgefangenschaft zurückgekehrt war, waren ihre Hamsterzüge nach und nach zu Ausflügen geworden. Der Familie ging es etwas besser, sie waren nicht mehr halb verhungert und abgemagert. Endlich reichte ihre Kraft, um die mächtige Figur nicht nur aus der Ferne zu bewundern, sondern die Kaskaden hinaufzusteigen und die Plattform unter dem Sockel zu betreten. Als Achtjährige wusste Angelika bereits ganz genau, dass die Keule mit dem Fell des Nemeischen Löwen behängt war. Es war selbstverständlich nicht echt, sondern ebenfalls aus Kupfer getrieben. Der nackte Halbgott sah auf die Stadt herunter und sann angeblich über seine zwölf Heldentaten nach: Den Nemeischen Löwen hatte er mit bloßen Händen erwürgt, die neunköpfige Hydra besiegt und den Höllenhund Kerberus gefesselt.

Angelika hatte die Sagen der griechischen Mythologie in dem Buch ihrer Brüder immer wieder gelesen und halb an sie geglaubt, obwohl es so etwas wie Märchen waren.

Dadurch, dass Herkules, trotz des Bombenhagels, bis auf einige Einschusslöcher nahezu unversehrt auf seinem Platz stand, bestätigte er seinen Heldenstatus. Seine Größe von 8,30 Metern und sein Gewicht von 7,8 Tonnen hätte sie im Schlaf herunterbeten können.

Wie oft hatte ihr Vater ihr über die dünnen Kupferplatten erzählt, die das schmiedeeiserne Skelett umspannten, und von dem Augsburger Goldschmied, der die Arbeit im Jahr 1717 vollendet hatte. Vermutlich entsprach sie nicht unbedingt dem Geschmack ihres Vaters, darüber hatte er sich nie geäußert, obwohl er ja sonst kaum mit seiner künstlerischen Meinung hinter dem Berg hielt. Es war vielmehr ihre Monumentalität und die handwerkliche Kunstfertigkeit, die er ihnen immer wieder vor Augen führen wollte.

Angelika näherte sich ihr jetzt langsam und bedächtig. Wie anders hatte sie früher die Sonntage empfunden, wenn sie die Kaskaden hinaufgestiegen waren, mehr mit Kabbeleien und Spielen beschäftigt als mit der Ernsthaftigkeit der Kunst. Niemals hätte sie sich damals vorstellen können, die Skulptur eines Tages aus allen erdenklichen Perspektiven spannend zu finden. Ihr Vater war es gewesen, der sie immer wieder darauf hingewiesen hatte, wie detailreich die Statue gearbeitet war. Der Goldschmied hatte sogar Fingernägel und Adern ausgearbeitet. Und in seiner Hand hinter dem Rücken lagen die berühmten Äpfel der Hesperiden. Es war die elfte der zwölf Aufgaben des Herkules gewesen, die goldenen Äpfel aus dem Garten der nymphenähnlichen Wesen zu stehlen, obwohl der Apfelbaum von einem gefährlichen Drachen bewacht wurde. Und selbstverständlich war ihm auch diese Tat gelungen!

Angelika wollte die mit Grünspan überzogenen Äpfel in seiner Handfläche fotografieren, um das Bild ihrem Vater mitzubringen. Denn sie war sicher, ihm damit eine große Freude zu machen. Sie merkte jedoch, dass sie zu weit entfernt war und ihr Objektiv nicht gut genug, um sie scharf zu stellen. Sie hielt den Apparat hoch in die Luft, um mit ausgestreckten Armen ein Foto zu machen, ohne durch den Sucher zu sehen. Doch dafür war der Lederriemen zu kurz.

Inzwischen hatte sich die Plattform mit Kindern gefüllt, die sich rund um den Sockel drängten. Ehe sie es sich versah, war sie von den Schülern einer Grundschulklasse umgeben, deren Lehrerin mit herrischer Stimme die Daten herunterbetete, die Angelika längst alle kannte.

Nur schnell das Foto von den Äpfeln und dann nichts wie weg aus dem Getümmel, sagte sich Angelika und zog den Lederriemen über den Kopf.

Da passierte es: Ein Junge löste sich im Gerangel mit einem Klassenkameraden unversehens aus der Gruppe und taumelte rückwärts auf sie zu. Angelika sah ihn nicht rechtzeitig kommen, denn sie war auf ihr Foto konzentriert, und die Kamera fiel ihr aus der Hand. Der Junge und sie erstarrten.

Hilflos und mit vor Entsetzen geweiteten Augen sahen sie beide dem schwarzen, immer kleiner werdenden Viereck hinterher, beobachteten sprachlos, wie es zehn Meter in die Tiefe stürzte und in das Wasserbecken eintauchte.

»Nein!«, schrie Angelika gellend auf, als sie aus ihrer Erstarrung erwachte, und rannte die Treppen hinunter.

CHRISTINE

Ich kann es Ihnen nicht oft genug sagen: Der Leistungssport erfordert totalen Einsatz! In der Turnhalle und außerhalb der Halle. Dabei ist die Mitwirkung der Eltern unabdingbar!«

In den ersten drei Reihen der Zuschauerränge saßen die Mütter der zehn Kader-Turnerinnen, die noch minderjährig waren, mit angezogenen Beinen, die Handtaschen auf dem Schoß. Fast alle wirkten so eingeschüchtert, als würden sie wieder selbst die Schulbank drücken. Vor ihnen lief der Trainer in einem schmal geschnittenen dunkelroten Trainingsanzug auf und ab und hielt ihnen mit schneidender Stimme einen Vortrag.

»Vor uns liegt die Meisterschaft. Wie Ihre Tochter dort abschneidet, entscheidet darüber, ob sie sich für den A-Kader qualifiziert.«

Als sich die Tür in der Holzverkleidung öffnete und noch ein Vater verspätet die Halle betrat, wandten sich alle Köpfe zu ihm um. Hartung machte eine bedeutungsvolle Pause, strich sich über seinen Seitenscheitel, verschränkte die Arme und wartete, bis der Mann in dem weiten Trenchcoat in geduckter Haltung zu einem freien Platz huschte und sich gesetzt hatte. »Entschuldigung«, murmelte er.

Auch außerhalb des Trainings müsse das Übungs- und Ernährungsprogramm genauestens eingehalten werden, fuhr Hartung fort und begann wieder, vor den Eltern auf und ab zu gehen. Die Selbstmotivation müsse den Mädchen zur zweiten Natur werden, damit sie die nötige Wettkampfstärke erreichten. Es sei unbedingt darauf zu achten, dass die Turnerinnen ihr Gewicht hielten.

»Sie alle wissen ja, dass Tabellen geführt werden. Von nun an können keine Ausnahmen mehr gemacht werden. Jedes Überschreiten der Vorgaben wird unweigerlich zum Ausschluss führen.«

Hartung legte die Finger beider Hände vor seiner Brust zusammen, ließ seine Augen über die Reihen der Eltern gleiten. Christines Mutter hielt den Atem an, als sie bei ihr verharrten und sie sekundenlang fixierten. Sie wusste, dass genau dieses Thema bei ihrer Tochter schwer einzuhalten war, jetzt wo sie in die Pubertät kam. Sie hatte bereits voller Sorge beobachtet, dass ihre Hüften und ihr Becken in den letzten Monaten um einiges breiter geworden waren.

»Sollten Sie bei Ihren Töchtern in den nächsten Wochen körperliche Veränderungen wahrnehmen, die Sie sich womöglich im ersten Moment nicht erklären können, ist das kein Grund zur Sorge. Wenden Sie sich bei allen Themen immer zuerst an mich. Ich, der Trainer, bin unter allen Umständen der erste und einzige Ansprechpartner für Sie. Und Sie sollten auch niemals vergessen, dass ich, der Trainer, immer das letzte Wort habe.«

Aus dem Augenwinkel nahm Kerstin Magold eine Bewegung in den hinteren Rängen wahr und wandte sich unauffällig um. Da war sie wieder, die Frau vom LSK. Sie schien ihre Anwesenheit nicht verheimlichen zu wollen. Denn diesmal trug sie ein auffälliges grünes Kostüm.

Und zum Abschluss wolle der Trainer ihnen nahelegen, mit ihren Kindern jeden Abend vor dem Schlafengehen mehrfach folgenden Satz zu üben: »Ich bin eine Siegerin!«

Er hob die rechte Hand wie ein Dirigent, nickte den Eltern aufmunternd zu. Und jetzt alle: »Ich bin eine Siegerin!«

Die Eltern sprachen den Satz mit, manche murmelten ihn mit verkniffenen Lippen, einige artikulierten jedes Wort und strahlten den Trainer mit verklärtem Blick an. Aber Hartung war damit noch nicht zufrieden, ihm reichte ihr Engagement bei Weitem noch nicht. Er legte die linke Hand hinter die Ohrmuschel und forderte sie auf, lauter zu sprechen.

»Ich bin eine Siegerin.«

Er klatschte in die Hände: »Schon besser. Sorgen wir also alle gemeinsam dafür, dass Ihre Töchter Sie und Ihren Staat stolz machen ... als zukünftige Siegerinnen!«

Nachdem er fertig war und die Eltern alle aufstanden, winkte er Christines Mutter zu sich heran.

Weit hinten am anderen Ende der Halle bauten die Mädchen die Geräte ab. Christine löste gerade die Bremse des Stufenbarrens, um ihn zusammen mit einem anderen Mädchen in die Garage zu rollen. Aus der Ferne konnte sie sehen, wie Hartung jetzt alleine mit ihrer

Mutter vor den leeren Rängen stand und auf sie einredete. Er hielt ein aufgeklapptes großes Buch in der Hand und deutete mit dem Finger auf eine der Seiten. Sofort begann ihr Herz schneller zu klopfen: Sie war sich sicher, dass es um ihr Gewicht ging. Sie blieb stehen, blickte an sich herunter und umfasste mit beiden Händen ihre Taille. Erleichtert atmete sie auf, als sich ihre Fingerspitzen auf beiden Seiten berührten.

»Was ist, Christine, schiebst du nicht mit?«, fragte sie die andere Turnerin, die am hinteren Ende stand und ihre Geste bemerkt hatte. Natürlich kannte sie den Test, den sie sich alle angewöhnt hatten.

Roselore war mit ihren dreiundzwanzig Jahren eine der ältesten und erfahrensten Turnerinnen. Sie war erwachsener, runder und schöner. Man bewunderte sie, weil sie bereits Landestitel im Geräte-Achtkampf und sogar eine Weltmeisterplatzierung im Pferdsprung und Bodenturnen erreicht hatte. Doch die anderen hatten auch schon die eine oder andere Bemerkung fallen lassen wie »ihre Zeit sei vorbei« oder »die Grande Dame trete bald ab«. Trotzdem war sie noch immer eine gesetzte Größe im A-Kader.

»Doch, doch!« Christine straffte sich.

»Keine Sorge, deine Hände reichen noch drum rum«, sagte Roselore, »aber du solltest dich nicht so verrückt machen lassen.« Sie ließ den Holm los und kam näher. Sie war fast einen Kopf größer als Christine. An ihrer schlanken, aber durchaus weiblichen Figur hatte bisher niemand Anstoß genommen. Nur am Stufenbarren, der erst seit einigen Jahren zu den Disziplinen im Frauenturnen gehörte, wirkten ihre Bewegungen nicht grazil genug.

»Das ist doch alles Wahnsinn«, sagte sie mit gedämpfter Stimme und rollte die Augen in Richtung des Trainers. »Die können doch nicht allen Ernstes erwarten, dass man als Turnerin neuerdings aussieht wie ein magerer Knabe.«

Christine drehte den Kopf zur Seite, um sich zu vergewissern, dass sie niemand hören konnte. Für solche Äußerungen konnte man ganz schnell aus dem Kader ausgeschlossen werden. »Wusstest du, dass diese Frau von der Leistungssportkommission ziemlich berüchtigt ist? Ich kenne sie noch von früher. Sie war selbst Turnerin, allerdings nicht sonderlich erfolgreich, dann Trainerin bei Lokomotive Leipzig, und jetzt hat sie diese Position als Funktionärin in der LSK ergattert, weiß der Kuckuck, wie sie das geschafft hat.«

»Was meinst du mit berüchtigt?«, fragte Christine.

Roselore spitzte ihre Lippen und richtete ihr hübsches Gesicht in Richtung der provisorischen Deckenkonstruktion.

»Heike Bauer ist eine ganz Scharfe! Sie kennt keine Gnade. Es hieß, als Trainerin hatte sie ganz besondere Methoden, die nicht immer koscher waren. Nimm dich lieber vor ihr in Acht, Christine.«

Als sie sah, wie sich Christines Augen weiteten, legte sie den Finger auf die Lippen. »Aber von mir hast du das nicht.«

»Frau Magold, ganz im Vertrauen, so wird das nichts mit Ihrer Tochter.« Der Trainer hielt ihr sein aufgeklapptes Buch hin und deutete auf die Zahlen in einer Tabelle. »Sehen Sie, in den letzten drei Wochen hatte sie jeden Tag einige Gramm mehr, und jetzt wiegt sie schon über fünfundfünfzig Kilo. Bei einer Größe von 1,69 Metern. Völlig ausgeschlossen, dass sie mit dem Gewicht bei Wettkämpfen antritt. Sie müssen konsequent auf die Essbremse treten.«

Kerstin Magold nickte und sah ihn schuldbewusst an. »Es ist eben die Zeit, mit fünfzehn Jahren bilden sich frauliche Formen aus …« Sie sah verlegen zu Boden und umklammerte ihre abgestoßene Handtasche. Es war nicht üblich, solche Dinge laut auszusprechen.

In den braunen Augen des Trainers schien sie auf einmal ein verständnisvolles Lächeln zu sehen und war erleichtert. »Das ist richtig, ich weiß, was Sie sagen wollen. Ihre Tochter ist in der Pubertät!«

Kerstin Magold nickte und war froh, dass er es einsah. Doch dann veränderte sich Hartungs Gesicht, und seine Augen wurden wieder schmal: »Leider zum völlig falschen Zeitpunkt.«

»Aber das lässt sich doch nicht verhindern! Und sie isst wirklich nicht viel, Herr Hartung, und sie trainiert doch so hart!«

»Was hartes Training ist, können Sie gar nicht beurteilen, Frau Magold.«

Kerstin Magold schlug die Augen nieder und sprach leiser weiter: »Wir achten sehr darauf, glauben Sie mir, Trainer, nichts ist mir wichtiger, als dass sie alle Voraussetzungen für den Kader erfüllt.«

Sie bemerkte, wie er über ihre Schulter sah und mit jemandem einen Blick austauschte. Fast wirkte es, als hole er eine Zustimmung ein. Als sie sich umdrehte, um seinem Blick zu folgen, sah sie die Frau vom LSK auf der Tribüne sitzen, die sie unverwandt anstarrte. Dann nahm der Trainer Christines Mutter am Oberarm und zog sie ein Stück weiter in die Ecke. Aus seiner Jackentasche holte er ein Fläschchen aus braunem Glas und gab es ihr mit den Worten, sie solle Christine ruhig ab und zu zwanzig Tropfen nach einer zu üppig geratenen Mahlzeit auf einen Löffel tun und darauf achten, dass sie sie auch tatsächlich schlucke. Sie werde schon sehen, dann werde man das gemeinsame Ziel weitaus leichter erreichen.

ANGELIKA

»Wie konntest du nur so leichtsinnig sein«, sagte ihre Mutter mit bebender Stimme. »Das viele Geld einfach dahin!« Sie sprach leise, und die Anstrengung, die es sie kostete, ruhig zu bleiben, war ihr deutlich anzumerken.

»Wie kann man nur so dumm sein!«, war Claras Kommentar, und Angelika wartete auf eine sanfte Ermahnung ihrer Mutter wegen der offenen Beleidigung. Obwohl sie normalerweise nie streng war, legte Gerda Stein großen Wert auf ein rücksichtsvolles Benehmen unter den Geschwistern. Doch heute blieb sie aus.

»Aber, aber ...«, beschwichtigte ihr Vater mit dem Hinweis, das werde schon wieder, während sie alle wie gebannt den weißen Reisberg auf dem Küchentisch betrachteten. Er schien die Hoffnung zu haben, dass sein Sohn mit seiner Idee etwas retten könnte. Als Angelika nach Hause gekommen war, die tropfende, äußerlich unversehrte Kamera in der Hand, war Peter wortlos zum Küchenbord gegangen, hatte den Keramikschub mit dem losen Reis herausgezogen und seinen Inhalt über dem Fotoapparat ausgeleert. Mit seinen Händen die Reiskörner zusammengeschoben und so aufgehäuft, dass nichts mehr von dem schwarzen Gehäuse zu sehen war. Erst nach einer Weile gab er die Erklärung: »Der Reis zieht die Feuchtigkeit heraus. Ein physikalischer Vorgang. Vielleicht funktioniert sie wieder, wenn sie trockengelegt ist.«

Eberhard und Clara sahen ihn an. Fundierte wissenschaftliche Experimente waren nicht gerade das, was sie Peter zutrauten. Aber weil es ihr Bruder war, der immer verträglich war und für jeden ein tröstendes Wort übrighatte, setzten alle Gesichter auf, als würden sie am Erfolg seiner Idee nicht im Geringsten zweifeln.

»Man muss nur ein paar Stunden warten!«, fügte Peter voller Zuversicht hinzu.

»Das glaubst du doch selbst nicht!« Der verächtliche Ausruf kam von seiner Mutter, und alle sahen sie erschrocken an. Jeder war von ihr nur Sanftmut und Zurückhaltung gewohnt. Gerda Stein wandte sich an ihre Tochter: »Sechsundvierzig D-Mark einfach dahin! Was hättest du dafür alles kaufen können ... sinnvolle Dinge: Neue Schuhe zum Beispiel, deine haben ja schon Löcher!«

»Es war mein Geld!«, platzte Angelika, die die ganze Zeit geschwiegen hatte, ganz plötzlich heraus. »Es ist also ganz allein meine Sache!«

Einige Sekunden sagte niemand ein Wort. Auch ihr Vater und Peter versuchten diesmal nicht, die Gemüter zu beruhigen. Dann fuhr Angelika trotzig fort: »Ihr werdet sehen: Ich verdiene mir neues Geld, und dann kaufe ich mir wieder eine Kamera, auch wenn meine Schuhe noch so viele Löcher haben. Das ist mir nämlich egal!«

So dringend war ihr Wunsch, sich von ihrem Gefühl zu lösen, in der Familie als Pechvogel und Verliererin angesehen zu werden, dass sie die Worte einfach aussprach, allerdings ohne jede Vorstellung, wie und wo sie überhaupt Geld verdienen sollte. Die Augen ihrer Mutter zeigten ihr, wie genau sie ihre Gedanken erriet.

Erst einmal ging jeder seiner Wege. Angelika setzte sich auf die Treppe hinter dem Haus, die in den kleinen Garten führte, stützte beide Ellbogen auf die Knie und dachte darüber nach, in was für einen Scherbenhaufen sich ihr Leben verwandelt hatte. Gerade noch hatte sie sich frei gefühlt, glücklich darüber, endlich ihre ersten eigenen Fotos schießen zu können, sie selbst in der Dunkelkammer entwickeln zu dürfen – und im nächsten Moment war alles verspielt. Sie legte ihr Kinn in ihre Hände und wusste, sie sollte Pläne für ihre Zukunft schmieden, aber jeder Gedanke verlief im Sande. Wo in aller Welt konnte sie Geld verdienen? Ob Irmgard ihren Vater fragen könnte? Morgen Nachmittag war sie mit ihr verabredet. Vielleicht brauchte er eine Aushilfe in seinem Haushaltswarenladen. Es war zwar nichts Besonderes, nichts, was sie interessierte, aber darum ging es jetzt nicht mehr.

Sie sah nach oben in das rechteckige Stück Himmel, wo sich die hohen Wolken in einen verwaschenen, orangefarbenen Federstrich verwandelten. Ein Maler des Impressionismus mit einer Vorliebe für Pastellfarben hätte sich seinen Anblick nicht schöner ausdenken können. Ob man die Stimmung auf einer Fotografie festhalten könnte?

Aus den niedrigen Holzställen, die vor der nächsten grauen Hauswand standen, kam ein Rascheln, und sie sah die weiße Nase eines der Belgischen Riesen hinter dem Maschendraht. Doch noch nicht einmal der Anblick des weichen Kaninchenfells, der sie sonst so oft in Entzücken versetzte, konnte ihr Gemüt heute aufheitern. Sie fühlte sich nicht in der Lage aufzustehen, sein Türchen zu öffnen und ihn auf den Arm zu nehmen.

Immer wieder kehrten ihre Gedanken zu dem Geschehen auf der Plattform des Herkules zurück. Stets ließen sie, ohne dass sie es verhindern konnte, ein neues Detail Revue passieren, und jedes Mal spürte sie ein Zittern ihrer Unterlippe oder einen Kloß in ihrer Kehle. Die kupfernen Äpfel in der Hand der Statue. Die Stimmen der Schulkinder, die wie ein Bienenschwarm in ihren Ohren summten. Das Gefühl, als sie den Lederriemen der Kamera über den Kopf zog und er ihre Haare streifte. Die Spannung ihrer Bizepssehne, als sie den Arm hoch in die Luft reckte. Soweit sie konnte. Und dann der Moment, in dem ein Kinder-Ellbogen sie in die Magengrube traf, sich ihre Hand öffnete, sie die Kontrolle verlor. Hilflos. Ein Kribbeln in ihrem eingeschlafenen rechten Arm holte sie in die Gegenwart zurück, und sie begann, ihn zu reiben.

Jetzt fiel ihr die Stille an diesem Nachmittag auf. Niemand aus der Familie kam zu ihr, Eberhard und Clara saßen vermutlich über ihren Hausaufgaben. Ihr Vater war stumm in seinem Atelier verschwunden, ohne sie, wie so oft, zu fragen, ob sie eine kleine Leinwand bemalen möge. Sogar ihre Mutter bat sie nicht, ihr im Haushalt zu helfen, was sie regelrecht bedauerte. Keinen kümmerte es sonderlich, was sie tat.

Keinen außer Peter. Plötzlich saß er neben ihr auf der Stufe, und sofort konnte sie seine Wärme spüren, so als hätte er ihr einen Mantel um die Schultern gelegt.

»Läuft nicht gut, was?«

Sie schüttelte den Kopf. »Kann man nicht gerade behaupten.«

»Es war aber auch wirklich Pech mit dem Fotoapparat im Brunnen.«

Sie verharrten einen Augenblick schweigend, und Angelika dachte wieder an den Schreckensmoment. Leichtsinnig, unbedacht, niederschmetternd.

»Glaubst du, dein Versuch mit dem Reis kann die Kamera wirklich retten?«

Sie drehte ihm ihr Gesicht zu, sah in seine tiefblauen Augen. Anders als sie hatten die Zwillinge die Augenfarbe ihrer Mutter geerbt. Seine fein geschwungenen Lippen hätten die eines Mädchens sein können. Bei Peter hatte man den Eindruck, als würde sein Mund fast immer lächeln. Das kantige Kinn und die klassisch geschnittene Nase machten den weiblichen Eindruck wieder wett und gaben den Gesichtern ihrer Brüder die Anmutung gut aussehender Jungen. Sie wusste, dass die Mädchen in der Unter- und Oberprima heimlich für die Zwillinge schwärmten.

»Bestimmt! Man darf die Hoffnung nie aufgeben.«

Sie starrten beide geradeaus. In dem schwindenden Licht wurden die Umrisse der Kaninchenställe langsam zu einer tintenschwarzen Masse. Hinter ihnen zündete man Lampen im Haus an, und ihre eigenen Körper warfen in dem gelben Schein Schatten auf die kleine Rasenfläche.

»Unabhängig davon ... was willst du jetzt machen? Ich habe gehört, wie Mutti sagte, du würdest im Sommer eine Lehre beginnen.«

Angelika nickte und legte wieder die Arme um ihre Knie. Obwohl es ein lauer Frühlingsabend war, der Duft des Flieders, den ihre Mutter an die Mauer des Hauses ihrer Kindheit gepflanzt hatte, und die Anwesenheit ihres Lieblingsbruders zum Bleiben einlud, zog ihr langsam die Kälte von den Steinstufen in die Glieder. Sie würde sich eine Blasenentzündung holen. Bei der unangenehmen Aussicht stand sie, vernünftiger als gewohnt, abrupt auf und stellte sich vor ihren Bruder. Ganz dicht.

»Ja, als Drogistin, Schneiderin, Krankenschwester, oder etwas in der Art ...«, wiederholte sie die Vorschläge ihrer Mutter ohne jeden Enthusiasmus in der Stimme.

»Hattest du den Leberfleck da schon immer?«, fragte Peter ganz unvermittelt und deutete auf einen braunen Punkt auf ihrem Unterarm.

»Ich weiß nicht. Kannst du ihn überhaupt noch sehen, in dem Licht?«

Sie wunderte sich nicht über seine Frage. Die Zwillinge achteten schon immer besonders auf alle Formen von Pigmentflecken oder Muttermale bei anderen Menschen, weil es von Geburt an ihr einziges Unterscheidungsmerkmal war. Er nickte bloß und knüpfte wieder an das vorige Thema an: »Weißt du, Angelika, es gibt für Mädchen auch andere Stellen. Du könntest doch ebenso gut Anstreicherin oder Tischlerin werden ... oder etwas Ausgefallenes wie ... lass mich überlegen ...« Peter schwieg kurz und sagte: »Uhrmacherin, Tierpflegerin im Zoo, du magst doch Affen so gern, nein ... Schauspielerin oder Bühnenbildnerin, das würde Vater sicher mächtig gefallen.«

Angelika lachte auf. Natürlich hatte Peter die charmantesten Einfälle!

»Wie wäre es mit Zirkusartistin, Seiltänzerin oder Jongleuse?«

Er sprang auf und tat so, als würde er balancieren und mit den Händen Bälle jonglieren, dabei überlegte er sich schon die nächsten unmöglichen Berufe, die immer verrückter und fantastischer wurden. Jedes Mal unterstrich er sie mit einer passenden kleinen schauspielerischen Einlage. Sobald seine Ideen zu versiegen drohten, stachelte Angelika ihn an weiterzumachen. Ließ sich von ihm anstecken und schlug ihm selbst absurde Berufe vor, wie Bankdirektor, Zeppelinschaffner oder Pfarrer.

Süß wie die Luft des Maiabends plätscherte ihr Geplauder dahin und beschwor eine Welt herauf, in der sie jegliche Talente besaßen und ihnen alle Türen offen standen. Schulter an Schulter alberten sie miteinander herum, malten sich die komischsten Lebensläufe aus. Angelikas Schulrausschmiss wurde zu einem unterhaltsamen Intermezzo, Peters mittelmäßige Noten mit lauter guten Vorsätzen geschönt, der Vorfall mit der Kamera erschien wie ein unbedeutendes Malheur, das keinerlei ernste Konsequenzen nach sich zog. Irgendwann lief jemand am Fenster vorbei und öffnete die Tür zum Garten.

»Ach, da steckt ihr!«, hörten sie die nüchterne Stimme Claras. »Es gibt Abendbrot!«

»Wir kommen gleich!«, antwortete Peter.

Dann zog er Angelika am Jackenärmel und sagte auf einmal ungewohnt ernst: »Was viel näher liegen würde: Warum machst du nicht eine Lehre als Fotografin?«

Angelika sah ihn an und forschte in seinem Gesicht, das der Lichtschein aus den Fenstern nur unzureichend beleuchtete, ob das wieder eine seiner drolligen Ideen war oder ob er ihr das diesmal wirklich zutraute. Dann fiel ihr das Schild im Schaufenster des Fotogeschäfts ein: »Lehrling gesucht«. Was, wenn sie sich dort wirklich vorstellte?

Sie sagte: »Es ist genau das, was ich machen möchte.«

Aber noch während sie die Worte aussprach, kamen ihr Zweifel. Hatte sie dort als Mädchen überhaupt eine Chance? Sicher wollte man dort nur einen jungen Mann mit guten Noten anstellen und kein junges Ding ohne Schulabschluss. Doch sie wiederholte mit Nachdruck: »Das würde ich wirklich gerne tun!«

Erst nach dem Abendbrot bohrte Peter seinen Finger in den kleinen Reishügel, der inzwischen zu einem ziemlich festen Klumpen geworden war, und legte die Kamera vorsichtig frei. Mit einem Pinsel wischte er die letzten Reiskörner sorgfältig und sachte von dem Gehäuse, dem Objektiv und der Linse ab. Seine Eltern und alle drei Geschwister verfolgten jede seiner Bewegungen und hielten den Atem an. Vielleicht hatte sein physikalischer Trick ja funktioniert und alles würde wieder gut werden, dachte Angelika. Dann öffnete er ganz vorsichtig den winzigen Schieber und die Klappe, hinter der der Film eingelegt wurde. Im selben Moment kam Wasser aus dem Inneren des Gehäuses und floss auf den Tisch.

»Ich hab's gleich gewusst!«, kommentierte Clara trocken und warf sich mit wichtiger Miene einen ihrer langen Zöpfe über die Schulter.

Eberhard sagte: »Wie kann so viel Wasser in so einem kleinen Apparat Platz finden?«, und starrte die Lache auf der Tischplatte an. Er wirkte eher wissenschaftlich interessiert als betroffen.

Ihr Vater sah Angelika nur traurig an und schüttelte den Kopf: »Das war es wohl!«

Peter legte Angelika die Hand um die Schulter und drückte kurz ihren Oberarm. Sie sah ihn dankbar an, ohne dem Abend die Bedeutung beizumessen, die er verdiente. Denn da wusste sie noch nicht, dass diese mitfühlende Geste ihres Lieblingsbruders und ihr unbeschwertes Gespräch im Garten Momente waren, die sie niemals in ihrem Leben vergessen würde.

CHRISTINE

Von nun an hatte sie sechs Tage in der Woche Training und am Sonntag Wettkampf. Sie ging zur Schule, von frühmorgens bis mittags. Die große Pause und die Wartezeit an der Bushaltestelle waren die einzigen Minuten, in denen sie direktes Tageslicht sah. Inzwischen sparte sie sich mittags den Weg nach Hause und fuhr mit dem Omnibus direkt von der POS zur Deutschen Sporthalle in die Stalinallee. Meistens war sie erst um einundzwanzig Uhr zu Hause. Dann musste sie Schulaufgaben machen. Um zweiundzwanzig Uhr ging sie schlafen, am nächsten Tag um halb sechs klingelte der Wecker, um 6.15 verließ sie das Haus, und alles ging von vorne los.

Wenn sich ihre Klassenkameraden für den Nachmittag verabredeten, um sich zu treffen, Musik zu hören oder manchmal sogar nach Westberlin hinüberzufahren und über den Ku'damm zu bummeln, war sie nicht dabei. Anfangs hatten sie sie noch ab und zu gefragt. Inzwischen wusste jeder, dass sie niemals mitkam, sondern immer nur zur Antwort gab, sie müsse zum Turnen. Früher hatte sie noch manchmal Balladen oder Bill-Haley-Songs nachgesungen, die sie im verbotenen RIAS oder AFN gehört hatte. Passende Akkorde auf der Gitarre ausprobiert. Das Instrument hing nun eingestaubt neben ihren Urkunden an der Wand des Kinderzimmers.

Klaglos unterwarf sie sich den Übungen, die der Trainer ihr abverlangte. Es stellte sich immer mehr heraus, wie begabt sie am Stufenbarren war. Eine Disziplin, die nur eine andere Turnerin im Kader so perfekt beherrschte wie sie. Die meisten waren älter und schwerer, und um sich um die Holme zu schwingen, musste ein Körper leicht, biegsam und doch kraftvoll sein.

Am kommenden Sonntag war die zweite von fünf Qualifikationen für die Aufnahme in die gesamtdeutsche Mannschaft in Frankfurt am Main angesetzt, und sie hatte bereits die letzten beiden Wochen mit Metallmanschetten geturnt, damit ihre Muskeln ausdauernder wurden, so die Worte des Trainers. Seitdem hatte sie Schmerzen im

Rücken und in der Hüfte. Seltsamerweise wiederholte sie gerade jetzt häufig für sich die Worte Hartungs: »Das erste Gebot im Geräteturnen lautet: Alles muss leicht sein, niemals die Anstrengung merken lassen, die Schwierigkeit, das Gewicht ...«

Christine blickte sich um. Die Straße der Nationen lag ruhig im Sonnenschein, sie genoss die Wärme auf ihrem Gesicht. Ein Bäcker radelte in seiner weißen Arbeitskleidung vorbei, mit einem Brotkorb vorne am Lenker. Sie schloss kurz die Augen, als der Duft des frisch gebackenen Brots in ihre Nase stieg. Auch wenn es nur das haltbare Kommissbrot war, roch es für sie ein bisschen nach ihrem früheren Leben. Am Bauzaun vor dem Trümmergrundstück auf der gegenüberliegenden Straßenseite hing ein breites Banner:

Für Frieden und Sozialismus
Seid bereit!

Darauf die Köpfe von drei strahlenden Jungpionieren. Dann rollte der rote Omnibus heran und verdeckte es. Christine stieg immer vorne bei dem Fahrer mit dem gutmütigen Gesicht ein, der sie schon kannte und jeden Tag freundlich grüßte. Sie setzte sich rechts von ihm auf den ersten freien Kunstledersitz, öffnete ihre Brotbüchse aus Metall und holte die Karotte und den halben verschrumpelten Apfel heraus.

»Na, is' det etwa wieder alles, was du isst?«, fragte der Busfahrer.

Sie nickte. Das war ihr Mittagessen. Morgens gab es eine Scheibe Brot und ein Ei. Abends Wurstbrot. Wenn sie mehr als eines aß, nötigte ihr ihre Mutter zwanzig Tropfen aus der braunen Flasche des Trainers auf. Es war ein Abführmittel. Karotten durfte sie so viele essen, wie sie wollte, die Turnerinnen bekamen sie extra zugeteilt. Durch die Lebensmittelknappheit in der sozialistischen Planwirtschaft war zeitweise nicht einmal die Versorgung der Bevölkerung mit heimischen Produkten gewährleistet. Schlange stehen vor den Läden gehörte zum Alltag. Christine tangierte das kaum. Obwohl sie den Kalorienbedarf eines Schichtarbeiters hatte, musste sie strenge Diät halten, penibel jede karge Mahlzeit in ein

Buch eintragen. Mit einer Hand am Lenkrad, bückte sich der Fahrer und holte aus seiner Tasche links neben ihm eine eingewickelte Stulle heraus.

»Hier, nimm, da is' zwar keene Butter drauf, denn die gab's die Woche nicht im Konsum, aber richtig fette Blutwurst!«

Christine spürte, wie ihr das Wasser im Mund zusammenlief und ihr fast übel wurde vor Hunger. Aber sie presste die Lippen zusammen und schüttelte den Kopf. »Nein danke, ich darf nicht.«

»Na, da soll mir einer erzählen, dass det gesund is'! 'ne Schande ist det, was die mit dir machen, Mädchen.«

Als sie die Umkleidekabine der Deutschen Sporthalle betrat, wunderte sie sich, dass sie vollkommen leer war. Kein einziger Haken an der Wand war belegt, keine Tasche stand auf der Bank, keine Schuhe darunter. Sie sah auf ihre Armbanduhr und machte gleich die Schnalle auf, um sie in einem Seitenfach ihrer Sporttasche zu verstauen. Viertel nach eins. Normalerweise waren die meisten Kadermitglieder um diese Zeit schon da. Sie zog sich um und öffnete die Tür zur Halle.

Der Stufenbarren war schon aufgebaut, daneben kein anderes Gerät außer einem niedrigen Turnkasten, den sie noch nie benutzt hatten. Der Trainer stand mit dem Rücken zu ihr, neben ihm eine Frau in einem orangefarbenen Kleid und mit strengem Dutt. Als sie sich umdrehte, erkannte Christine sie sofort: Frau Bauer vom LSK. Sie war länger nicht beim Training gewesen, und keine Turnerin hatte die stets verkniffen dreinblickende Frau mit dem Klemmbrett vermisst. Heute hatte sie sogar Lippenstift auf ihren schmalen Lippen. In grellem Orange, passend zum Kleid.

»Da ist sie ja«, sagte sie, und ihre Gesicht verzog sich zu etwas, das wohl ein Lächeln sein sollte. Christine nahm Aufstellung, grüßte Hartung und die Funktionärin. Dann senkte sie den Blick, so wie es ihr beigebracht worden war.

»Christine, Frau Bauer ist heute extra gekommen, weil ich ihr von deinen Fortschritten am Barren erzählt habe«, sagte der Trainer. »Wärm dich in Ruhe auf, wie immer, und dann möchten wir von dir die Kür für Frankfurt sehen.«

Christine nickte und ging an die Stange an der Wand, begann mit den Dehnungen, versuchte, den Schmerz in ihrem Rücken zu ignorieren. Währenddessen zeigte der Trainer Frau Bauer die Metallmanschetten, die sie in den letzten Wochen an Armen und Beinen hatte anlegen müssen, und sie nickte, scheinbar beeindruckt.

»Bist du so weit? Lass dir nur Zeit, Christine.«

Christine nickte, wunderte sich, dass er sie beim Vornamen nannte, was er sonst nie tat. Sie zog ihre Trainingsjacke aus und ging zu dem Behälter mit Magnesia. Sie rieb ihre Hände ausgiebig damit ein, dann nahm sie Aufstellung. Drückte das Kreuz durch und grüßte. Trainer und Funktionärin nickten gönnerhaft.

Christine sprang nach vorne und fasste den unteren Holm. Von jetzt ab lief alles ab, ohne dass sie etwas dachte oder ihrem Körper bewusst Befehle erteilte. Sie holte Schwung und ließ ihren Körper weit nach oben schleudern, ihr Becken schlug hart an die Stange. Sie klappte zusammen wie ein Taschenmesser, spreizte die Beine, und ihre Zehenspitzen berührten die Stange. Wieder wirbelte sie um den oberen Holm herum. Mit dem Rückstoß flog sie in einer halben Schraube kopfüber durch die Luft. Ihre Hände bekamen die eine Stange zu fassen, dann die zweite. Ihre Beine zischten nur wenige Zentimeter oberhalb des Bodens entlang, sie gewann wieder an Höhe, ihr Gesäß wurde auf die Stange gestoßen, der Kopf hing nach unten. Dann drosch die Zentrifugalkraft ihren Körper mit voller Wucht gegen den unteren Holm, er wurde herumgewirbelt, und mit seitlich ausgestreckten Armen flog sie Richtung Boden. Sie landete auf den Fußsohlen, und ihre Arme wurden in die Luft gerissen, das Rückgrat drückte sie zum Hohlkreuz durch. Auf dem Gesicht ein künstliches Lächeln.

Frau Bauer beugte sich zu Hartung herüber und sagte leise etwas zu ihm, das Christine akustisch nicht verstand. Sie deutete auf ihre Beine, und Christine sah an sich herunter. Außer blauen Flecken konnte sie nichts Ungewöhnliches daran erkennen. Ihre Oberschenkel waren muskelbepackt, aber nicht unförmig. Sie hatte das Gefühl gehabt, die Kür besser denn je durchgeturnt zu haben, lediglich die Schraube war etwas zu hoch geworden, und sie hätte um ein Haar die untere Stange verpasst. Natürlich mussten die beiden es bemerkt haben.

Jetzt kamen sie näher.

»Es ist das, was ich schon von Anfang an bei ihr befürchtet habe. Ich habe echte Bedenken, dass die Kampfrichter in puncto Beweglichkeit Abstriche machen könnten«, sagte Frau Bauer und redete über sie, als sei sie gar nicht anwesend. »Das wäre wirklich schade, denn sie ist auf einem recht guten Weg.«

Dann wandte sie sich direkt an Christine. Sie solle sich auf den Boden legen und die Fersen auf den Turnkasten legen. Fragend blickte Christine zum Trainer.

»Tu, was Frau Bauer sagt!«, sagte Hartung, doch vorher nahm er den mit Leder bezogenen Deckel ab.

Christine hatte keine Ahnung, was das sollte, aber sie legte sich flach auf den Boden, die Waden hingen über den Rahmen des Kastens.

»Rutsch weiter nach hinten, nur die Fersen liegen auf dem Rahmen«, lautete die nächste Anweisung.

Sie rutschte über den Parkettboden, und es quietschte leicht. Die Haltung war nicht angenehm, denn der harte Holzrahmen drückte auf ihre Achillessehnen. Doch ihr blieb die Luft weg, als Hartung sich plötzlich ohne Vorwarnung mit großer Wucht und seinem gesamten Gewicht auf ihre Knie stemmte. Sie schrie gellend auf, während er ihre Bänder sekundenlang weit überdehnte. Während sie glaubte, vor Schmerzen ohnmächtig zu werden, sah sie durch einen Nebel, ganz nah über sich, das Gesicht von Frau Bauer, in dem ein vollkommen unbeteiligter Ausdruck lag.

Als Hartung endlich wieder von ihr abließ, hatte sie das Gefühl, ihre Beine nicht mehr bewegen zu können. Sie blieb einfach liegen, Tränen liefen ihr über das Gesicht. Doch Frau Bauer befahl: »Hoch mit ihr!«

Jetzt glaubte Christine das erste Mal, einen Zweifel in Hartungs Gesicht zu sehen. Doch er hielt nicht lange an. Als die Funktionärin eine ruckartige Bewegung mit dem Kinn machte, zögerte er nicht mehr, sondern griff nach ihrer Hand und zog sie hoch. Ihre Beine zitterten und drohten wegzuknicken, während sie vor ihnen stand wie ein Häufchen Elend. Eben noch hatte sie eine Kür am Stufenbarren der höchsten Schwierigkeitsstufe mit Bravour vorgeturnt und sogar eine Art von Stolz verspürt. Jetzt fühlte sie sich wie ein Krüppel. Hartung riss sie am Arm hoch, kurz bevor sie wegsackte. Frau Bauer aber nickte zufrieden.

»Na also. Jetzt hast du Säbelbeine, Magold, wie es sich für eine Kunstturnerin gehört.«

ANGELIKA

Am nächsten Tag stand Angelika um kurz nach neun Uhr morgens im Entenanger und betrachtete von der gegenüberliegenden Seite aus das grün getünchte Haus. Sie trug ihren Sonntagsrock, obwohl sie Röcke hasste, und dazu einen dunkelroten Pullover mit zierlichen Troddeln am umhäkelten Ausschnitt. Die glatten braunen Haare hatte sie heute früh extra lange gebürstet, damit sie glänzten. Die Bilder vom Sturz der Kamera in die Tiefe, das Aufklatschen im Becken und die nüchternen Worte ihres Vaters, das sei es wohl gewesen, waren ihr in ihre Träume gefolgt. Doch dazwischen hatte sie schemenhaft einen Mann mit Schnurrbart gesehen, den Inhaber des Fotogeschäfts, der ihr aufmunternd zulächelte.

Jetzt streifte ihr Blick sehnsüchtig die Aufschrift aus kursiven Buchstaben auf der Scheibe: »*Foto Bethge*«. Dann wanderte er rasch das etwa vier Meter breite Schaufenster entlang, übersah die Auslage, deren Anblick ihr einen schmerzhaften Stich versetzt hätte, glitt hin zu der rechten Ecke, in der immer noch das Schild stand mit der Aufschrift:

Lehrling gesucht – per sofort

Sie gab sich einen Ruck und überquerte die Straße. Wieder hörte sie das helle Dingdong, als sie die Tür aufdrückte. Der Verkaufsraum war leer, aber kurz darauf wurde ein hellgelber Vorhang beiseitegeschoben, und der Inhaber erschien. Er lächelte sie freundlich an, als er sie wiedererkannte.

»Ah, das junge Fräulein mit der Silette. Guten Morgen.«

»Guten Morgen«, antwortete Angelika.

»Ich hoffe, mit der Kamera ist alles zu deiner Zufriedenheit.«

Angelika war auf die Frage vorbereitet. Sie hatte sich zuvor überlegt, ob sie ihm von ihrem Malheur erzählen sollte, und sich dagegen entschieden. Wenn er hörte, wie ungeschickt sie sich angestellt hatte, würde er ihr vermutlich nur ungern seine teuren Kameras anvertrauen wollen. Also nickte sie und sagte, um nicht lügen zu müssen: »Ja, sie hat bisher einwandfrei funktioniert.«

»Was kann ich dann für dich tun? Brauchst du einen neuen Film?«

»Nein, im Moment noch nicht.«

Es entstand eine Pause, in der keiner sprach und nur das Ticken der Uhr zu hören war. Dann nahm Angelika ihren Mut zusammen: »Ich komme wegen der Lehrstelle.«

Sie drehte ihren Körper ein Stück weit und deutete auf das Schild im Schaufenster. Der Mann hob die Augenbrauen.

»Und ich wollte mich darauf bewerben.«

Jetzt verengten sich seine Augen, und der freundliche Ausdruck in seinem Gesicht war wie weggewischt.

»Als Lehrling? Wie alt bist du denn überhaupt?«

»Ich bin fünfzehn Jahre alt, aber ich werde in zwei Wochen sechzehn.«

»Und die Schule hast du schon abgeschlossen? Das Schuljahr ist doch noch gar nicht zu Ende!«

Auch darauf war Angelika gefasst.

»Ich bin nach der neunten Klasse abgegangen«, sagte sie, was letztlich auch der Wahrheit entsprach. Wer konnte sie zwingen, jeden über die genauen Umstände des Endes ihrer Schulkarriere ins Bild zu setzen?

Er nickte zwar, aber der Gedanke, sie einzustellen, schien ihm aus irgendeinem Grund nicht zu behagen, und schon einige Sekunden später sollte sie erfahren, warum.

»Wenn du dir das Schild einmal genauer angesehen hättest, wäre dir aufgefallen, dass ich einen Lehr-ling suche und kein Lehrmädchen. Ich dachte, das wäre unmissverständlich. Fotograf ist kein Frauenberuf.«

Angelikas Zuversicht und jeglicher Mut sanken schlagartig. Sie merkte selbst, wie wenig überzeugend sie klang, als sie ihn daran erinnerte, dass er doch selbst zugegeben habe, wie gut sie sich mit Kameras auskenne. Er presste die Lippen zusammen und schüttelte bedauernd den Kopf.

»Mag sein, dass du ein wenig Wissen über die gängigen Apparate gesammelt hast, woher auch immer du das hast. Aber was ich brauche, ist kein neunmalkluges Kind, auch kein Mädel, das dann doch irgendwann nur hübsche Kleider und Verehrer im Kopf hat, sondern einen fleißigen und lernbegierigen jungen Mann, mit echtem Interesse an der Fotografie.«

»Aber das habe ich doch! Mehr Interesse kann man daran gar nicht haben! Ich beschäftige mich mit nichts anderem. Ich lese das Bildlehrbuch von Dr. Otto Croy. Ich kenne jeden einzelnen Fachbegriff, der darin vorkommt, und kann Ihnen von allen die Bedeutung sagen. Sie können mich dazu fragen, was Sie wollen, und Sie werden sehen, dass ich es weiß: Belichtungsspielraum, Doppelschichtfilm, Lichthofschutz, Weichzeichner, Vorsatzlinsen … bitte, fragen Sie mich etwas!«

Ihr Tonfall klang bettelnd, und zugleich merkte sie, wie sehr sie übertrieb. Schon während sie sprach, konnte sie seinem Gesicht genau ansehen, wie wenig sie ihn überzeugte.

»Ich möchte unbedingt Fotografin werden. Nichts anderes interessiert mich, glauben Sie mir doch!«

Er hob die Hände, als wollte er einen aufdringlichen Vertreter abwehren, und sagte nachdrücklich: »Es tut mir leid.«

Kurz darauf stand sie wieder auf der Straße. Ihr Traum war zerplatzt. Sie fühlte eine Art Scham, weil sie sich so weit vorgewagt, ihr Innerstes offenbart hatte. Gleichzeitig stieg Wut in ihr auf angesichts der vehementen und endgültigen Zurückweisung des Inhabers. Jetzt wusste sie wirklich nicht mehr weiter. Ihre Fantasien, die sie mit Peter ausgetauscht hatte, wonach ihr jeder Beruf offenstünde, blieben eben nur eine Schwärmerei an einem lauen Sommerabend. Was sollte sie jetzt bloß tun? Sie würde wohl doch nach einer Lehrstelle in einem typischen Frauenberuf suchen müssen.

Während sie noch unschlüssig herumstand, kam eine alte, gebückte Frau mit einem Einkaufskorb in der einen Hand und einem Krückstock in der anderen auf sie zu. Angelika machte einen Schritt zur Seite, um ihr auf dem schmalen Bürgersteig Platz zu machen. Aber die alte Frau blieb direkt vor ihr stehen.

»Na, Mädchen, hast du denn keine Schule?«, fragte sie.

Angelika war überrascht, von ihr angesprochen zu werden. Das runzelige Gesicht der Frau sah freundlich aus. Ihre weißen Haare wirkten wie zerrupfte Wattebäusche, die grauen Augen musterten sie voller Interesse.

»Die ist heute schon aus«, schwindelte Angelika und spürte sofort, wie sie rot wurde. Die alte Frau antwortete nicht, sah sie aber aus ihren blassen Augen so durchdringend an, dass Angelika das Gefühl hatte, als wisse sie genau, dass das nicht stimmt. Ihre Augen folgten Angelikas Blick zur anderen Straßenseite. »Ich habe schon von Weitem gesehen, dass du dort mit ziemlich enttäuschtem Gesicht rausgekommen bist«, sagte sie.

Angelika zwirbelte die Troddel an ihrem Pullover zwischen den Fingern und war kurz davor, der alten Frau anzuvertrauen, was passiert war. Aber dann kamen ihr Bedenken. Warum sollte sie einer Wildfremden davon erzählen?

»Brauchen Sie vielleicht Hilfe?«, fragte sie stattdessen und deutete auf den Einkaufskorb.

»Würdest du das tun? Das wäre wunderbar, du musst wissen, ich habe nämlich schreckliche Arthrose …«

Beherzt hob Angelika den Korb hoch und staunte über sein Gewicht. Wie hatte die alte, gebrechliche Frau ihn überhaupt tragen können? Diese bewegte sich nur im Schneckentempo voran. Angelika folgte ihr, trug ihr geduldig den schweren Korb hinterher. Anfangs ging sie mit neugierigen Blicken die Straße entlang, vorbei an wieder- oder neu eröffneten Geschäften, an einigen Häusern mit leeren Fensterhöhlen, vereinzelten Neubauten und an unzähligen Baustellen. Die Stadt war belebt, Omnibusse, Automobile und Motorräder knatterten an ihnen vorbei, ein Pferdefuhrwerk mit Bierfässern auf dem Wagen überholte sie, und der Kutscher ließ die Peitsche knallen. Die Häuser wurden nach und nach immer schäbiger, hier gab es weit mehr Lücken und verwilderte Grundstücke. Darauf spielten Kinder, die schmutzig, halb verhungert und elend aussahen. Angelika hatte geglaubt, sich in Kassel gut auszukennen, doch in dieser Gegend war sie noch nie gewesen.

Schließlich blieb die alte Frau vor einem halb verfallenen Holzschuppen stehen und bedeutete ihr hineinzugehen. Sie solle nur noch rasch die Briketts für sie holen. Die stünden bereit. Angelika klopfte an die Tür, die aus zusammengenagelten Brettern bestand.

Schon wurde sie knarrend geöffnet, und ihr kam ein Mann entgegen, der so schwarz war, dass das Weiß seiner Augen zu leuchten schien. Er war über und über mit Kohlenstaub bedeckt. Die Alte rief ihm etwas zu, und ehe sie es sich versah, hatte Angelika einen Sack mit fünf Kilo Eierbriketts, an dem eine Schnur und ein Holzgriff befestigt waren, in der Hand.

»Ist es noch weit?«, fragte sie die alte Frau, doch die wiegelte nur ab. Es sei gleich um die Ecke. Mehrmals wechselten sie die Straßenseiten, Korb und Sack wurden immer schwerer, je länger sie gingen, denn die Alte bewegte sich wie eine Schildkröte. Sie bogen zweimal ab, standen nach weiteren zwanzig Minuten in einer Seitenstraße vor einem schiefen Haus mit rußgeschwärztem Rauputz an der Fassade, der an vielen Stellen abbröckelte. Die Frau stieß die Tür mit ihrem Gehstock auf und nickte Angelika aufmunternd zu. »Geh nur vor, zweiter Stock links.« Angelika sah in das Schwarz des Hauseingangs und konnte sich nicht entschließen, das hellgelbe Licht der Morgensonne zu verlassen.

»Na, was ist?«, fragte die Alte, und als ahnte sie, was Angelika dachte, setzte sie hinzu: »Da drin wohnen keine Geister!«

Angelika gab sich einen Ruck, tat, was sie sagte, und setzte den Fuß in das Haus. Zunächst sah sie nichts, atmete den aufdringlichen Geruch nach Kohl oder Wirsing ein und hatte nur einen Wunsch: sich auf der Stelle umzudrehen und das Weite zu suchen. »Nur zu!«, hörte sie die Stimme der Alten hinter sich.

Das Licht ging plötzlich an. Anscheinend hatte die alte Frau an dem Lichtschalter gedreht. Funzelig beleuchtete es den Eingangsbereich nur unzureichend und ließ weite Bereiche im Dunklen. Dennoch stieg Angelika die Treppen mit den durchgetretenen Stiegen hoch, die ihr höher vorkamen als die in ihrem Elternhaus. Die gebückte Frau folgte ihr mit sichtlicher Mühe, eingeschrumpft und rundschultrig, konnte sich kaum so weit aufrichten, dass sie mehr als eine Stufe sah.

Aus einer Wohnungstür drangen Kinderstimmen, und Angelika merkte, wie sich ihre Atmung beruhigte. Sie hörten sich nicht an wie Gespenster, sondern wie lebendige Menschen.

Als sie endlich oben vor ihrer Tür angekommen waren, sagte die Alte: »Du kannst den Korb und die Kohlen hier abstellen.«

Angelika gehorchte. Auf dem halb blinden Metallschild stand der Name F. Hellmann. Sie war nicht gerade erpicht darauf, mit in die Wohnung zu gehen, und sagte höflich: »Auf Wiedersehen, Frau Hellmann.« Alles, was sie wollte, war, das dunkle Treppenhaus so schnell wie möglich wieder zu verlassen. Sie drehte sich rasch um und stieg die Treppen in Windeseile hinunter. Als sie schon vier Stufen genommen hatte, rief die alte Frau: »Halt, hiergeblieben!«

Nur widerwillig blieb Angelika stehen. Umständlich kramte die alte Dame in ihrer Geldbörse. »Das ist nicht nötig«, stammelte Angelika. Aber Frau Hellmann machte eine Bewegung mit der Hand, die ihr bedeutete, näher zu kommen. Dann legte sie ihr einen Pfennig in die ausgestreckte Hand. »So jemanden wie dich kann ich brauchen. Am besten wartest du kommenden Dienstag wieder an der gleichen Stelle. Um neun Uhr!«

Angelika sah sie mit großen Augen an. Warum sollte sie das tun? Sie kannte die Frau nicht, und das Haus war ihr unheimlich. Nein, hierher wollte sie auf keinen Fall zurück.

»Ich glaube nicht, dass ich da Zeit habe«, sagte sie leise und setzte hinzu: »Leben Sie wohl, Frau Hellmann!«, während sie den Fuß auf die nächste Treppenstufe setzte.

»Wie heißt du, Mädchen?«, rief ihr die alte Frau hinterher, aber Angelika antwortete nicht mehr. Sie rannte die Stufen hinunter, zog die Haustür auf und atmete tief die Stadtluft ein, die ihr jetzt nach dem dunklen, schlecht gelüfteten Treppenhaus nahezu frisch erschien. Wenn sie sich das Innere der Wohnung vorstellte, bekam sie eine Gänsehaut. Warum war sie der Frau nur so unwidersprochen gefolgt? Sie sah auf ihre Uhr. Es war schon kurz nach zehn. Mit einem Mal wusste sie genau, was sie als Nächstes tun würde, sie musste nur den richtigen Weg finden. Hatte nicht Irmgard schon ein paarmal angeboten, ihren Vater wegen einer Aushilfsarbeit für sie zu fragen?

Eine Dreiviertelstunde später stand sie mit klopfendem Herzen vor dem Haushaltswarengeschäft Großkopff. Sie war immer daran vorbeigekommen, wenn sie Irmgard besuchte, deren Familie anfangs in einer kleinen Wohnung direkt über dem eigenen Ladengeschäft gewohnt hatte. Inzwischen waren sie in ein Einfamilienhaus am Stadtrand gezogen.

Angelika betrachtete die Auslagen. Die angebotenen Waren fielen so gar nicht in ihr Interessengebiet. Doch es war ihr wohl bewusst: Wenn sie hier wenigstens vorübergehend eine Stelle finden wollte, musste sie ein Mindestmaß an Begeisterung zeigen. Das Schaufenster war mehr als doppelt so breit wie das des Fotoladens. Es schien alle neuen Küchengeräte und -maschinen zu vereinen, von denen Hausfrauen träumten, doch die Ausstellungsfläche war vollkommen überladen. Auf weiß lackierten Metallpodesten waren sämtliche Kleingeräte ausgestellt: Schnellkochtöpfe, Siphons, Thermoskannen, Teekessel, Entsafter, Mixer, Kaffeemaschinen, Brotkästen und Brotschneidemaschinen. Annähernd so perfekt ausgestattet war nur ein Bruchteil aller Haushalte. Aber Irmgards Vater wusste die Sehnsüchte der deutschen Hausfrau zu wecken.

»Mehr Zeit für Freizeit«, war in großen Lettern auf dem Pappplakat gedruckt, vor dem elektrische Kaffeemühlen ausgestellt waren. Angelika betrachtete jedes einzelne Modell der Reihe nach und malte sich einige Sekunden lang den Moment aus, wenn sie ihre Mutter mit einer solchen neuen Erfindung überraschen konnte. Vielleicht wäre sie ihr dann endlich einmal wieder etwas gewogener. Es tat ihr weh, sie in letzter Zeit so häufig zu enttäuschen. Aber ihre Mutter hatte leider recht: Keine Familie, die sie kannte, außer der von Irmgard Großkopff selbst, konnte sich diese Geräte ohne Weiteres leisten. Alle mussten erst einmal lange dafür sparen.

Angelika trat einige Schritte zurück und warf einen zweiten Blick auf die Auslage. Diesmal betrachteten ihre Augen das Schaufenster unter einem anderen Aspekt – dem ästhetischen. Sie erfassten die übertriebene Fülle und Dichte der Waren, das Überladene, das Durcheinander, die wahllose Anordnung der Haushaltsgeräte und Werbeplakate, die keinerlei Sinn ergab. Es war die reinste Protzerei mit dem schier unerschöpflichen neuen Angebot. Und womöglich mochte eine deutsche Hausfrau der Nachkriegszeit darüber staunen, sich aber gleichzeitig von dem Sammelsurium überfordert fühlen. Hätte Angelika jetzt eine Kamera zur Hand, würde sie ein Foto aufnehmen, es entwickeln, abziehen und es sich zu Hause noch einmal in Ruhe ansehen. Angelika streckte die Hände aus und formte mit ihren Fingern ein Viereck. Ein Auge kniff sie zu und sagte leise: »Klick.«

Dann ging sie zum Eingang, strich ihren Rock glatt. Das Dingdong der Türglocke ging in dem ohrenbetäubenden Geräusch eines elektrischen Staubsaugers unter. Ein dunkelblonder junger Mann, bekleidet mit einem langen weißen Kittel, aus dessen Kragen eine Krawatte hervorschaute, gab sein Bestes, um eine Kundin mit seiner Vorführung zu überzeugen.

»Sehen Sie einmal hier«, schrie er aus Leibeskräften, um den Staubsaugermotor zu übertönen. »Wir haben für dieses Luxusgerät von Bauknecht sogar Aufsätze zum Mixen, Haareföhnen, Rühren, Mahlen und Duft zerstäuben. Er deutete auf ein breites Regal, das fast ein Viertel des Verkaufsraums in Anspruch nahm und auf dem die verschiedenen, teilweise abenteuerlich aussehenden Aufsätze ausgestellt waren. Der Schriftzug

»Bauknecht weiß, was Frauen wünschen«

stand auf dem weißen Kunststoffaufsteller und er wiederholte den Satz für die skeptisch blickende Dame. Sie war elegant gekleidet, das erkannte sogar Angelika, schien von den Verwendungsmöglichkeiten der sperrigen Teile aber noch nicht viel zu halten. Der junge Mann stellte den Staubsauger aus und stützte sich auf das Saugrohr.

»Eine so schöne Frau wie Sie weiß doch sicher die Vorzüge einer Trockenhaube für die frisch eingelegte Frisur zu schätzen.«

Seine Stimme hatte einen angenehmen weichen Klang, der nach dem Lärm des Motors geradezu Balsam für die Ohren war.

Angelika bemerkte das Blitzen in seinen Augen, als er die Dame ansah, und wünschte in diesem Moment ganz plötzlich nichts mehr, als dass es ihr gegolten hätte. Zumindest hatte der Verkäufer ihr bereits einen Seitenblick zugeworfen und sich ihrer Aufmerksamkeit versichert.

»Hieran können Sie direkt eine aufblasbare Haube anschließen.«

Er holte ein unförmiges Teil aus glänzendem Stahl von dem Ständer herunter, zog das Staubsaugerrohr ab und steckte den neuen Aufsatz fest. Als er wieder auf den Knopf drückte, pustete der Motor mit einem Mal so viel Luft in den Verkaufsraum, dass sofort alle Werbeschilder aus Pappe in den Regalen umfielen. Sogar einige Haushaltsgeräte stürzten von den Regalen und landeten scheppernd auf dem Linoleum. Die toupierte Lockenfrisur der Kundin, die eben noch adrett ihr Gesicht eingerahmt hatte, wurde in alle Richtungen gezerrt und stand der Dame plötzlich zu Berge. Sie stieß einen schrillen Schrei aus. Geistesgegenwärtig sprang Angelika hinzu und drückte auf den Knopf, um den Motor auszuschalten.

»Sind Sie wahnsinnig?«, fauchte die Dame den Verkäufer an und fuhr sich mit den Händen über die Haare. Sie versuchte, sie zu ordnen, doch ihre Frisur war nicht mehr zu retten. Das Zuviel an Festiger und Haarspray hatte sie in einer grotesken Lage zementiert. Wie gut, dass sie sich jetzt nicht im Spiegel sehen konnte, dachte Angelika und versuchte, ihr Grinsen zu unterdrücken. Und wie schade, dass sie den Anblick nicht auf einem Foto festhalten konnte! Rasch wandte sie sich ab, bückte sich und begann unaufgefordert, die heruntergefallenen Geräte vom Boden aufzuheben. Doch die Kundin hatte das Lachen in ihrem Gesicht offenbar gesehen.

»Unverschämtheit!«, schimpfte sie. Und zu dem Verkäufer gewandt: »Ich werde mich über Sie bei Herrn Großkopff beschweren.« Sie drehte den Kopf herrisch in Richtung der Theke: »Wo ist er überhaupt?«

»Es tut mir sehr leid, gnädige Frau, das wollte ich wirklich nicht ... Herr Großkopff ist heute bei einem wichtigen Außentermin ...« Er ging hinter die Theke und zog eine Schublade auf, hielt einen Kamm und einen Handspiegel in die Höhe. »Sie werden ihm doch hoffentlich nichts von diesem unangenehmen Vorfall erzählen.«

Er wollte ihr die Utensilien übergeben, doch die Dame bedachte ihn nur mit einem herablassenden Blick und stampfte zur Tür.

»Und ob ich das werde. Und den Bericht werde ich mit der dringenden Empfehlung verbinden, seinen impertinenten Verkäufer zu entlassen.«

Mit diesen Worten öffnete sie die Tür und trat zurück auf die Straße. Angelika kniete noch auf dem Boden, hatte einen Rührbesenaufsatz in der Hand und sah ihr nach. Schwungvoll schloss der Verkäufer die Tür hinter ihr, drehte sich um, und als sich ihre Blicke trafen, mussten sie beide gleichzeitig losprusten. Angelika traten die Tränen in die Augen, so sehr schüttelte sie der Lachanfall. Dem jungen Mann ging es genauso. Er ließ sich langsam auf die Knie nieder, bis er neben ihr hockte.

»Entschuldigung, junges Fräulein ...«, begann er zu sprechen, konnte aber wegen einer neuen Lachsalve nicht weitersprechen. Dabei angelte er nach den Pappschildern, die noch auf dem Boden lagen.

Nach einer Weile beruhigten sie sich und sahen sich an, während sie da zwischen all den verstreuten Werbetafeln und Küchenutensilien auf den grauen Linoleumfliesen voreinanderknieten. Er streckte die Hand aus, stellte sich mit den Worten: »Gestatten, Rudolph Wieland«, vor und schenkte ihr das hinreißendste Lächeln, das sie je gesehen hatte.

Keiner der beiden hätte später sagen können, ab wann sie eine Vorahnung hatten, dass sie füreinander so wichtig werden würden wie wenige andere Menschen in ihrem Leben, oder ob es ihnen bloß beim Zurückdenken so vorkam.

Eine Stunde später betrat Irmgards Vater den Laden. Er trug einen hellgrauen Anzug und eine blaue Krawatte, in der Hand hatte er einen schwarzen Koffer. Sein Gesicht glänzte vor Schweiß und als die Tür hinter ihm ins Schloss fiel, holte er ein weißes Taschentuch aus seiner Brusttasche, um sich die Stirn abzutupfen.

»Das war vielleicht ein Tag!«, sagte er zu Wieland. »Vier Außentermine! Aber ich habe Großaufträge von zwei Firmenkantinen an Land gezogen. Wieland, ich kann Ihnen sagen: Seien Sie froh, dass Sie hier im Laden eine ruhige Kugel schieben konnten.«

Dann fiel sein Blick auf Angelika, die im hinteren Teil des Ausstellungsraums gerade einen Karton mit einer neuen Lieferung auspackte.

»Nanu, dich kenne ich doch!«, rief er überrascht. »Wartest du auf Irmgard? Sie kommt normalerweise nicht ins Geschäft.«

Angelika richtete sich auf, kam ihm ein Stück entgegen und machte einen Knicks, so wie sie es gelernt hatte, wenn man Erwachsene begrüßte.

»Guten Tag, Herr Großkopff.«

»Angelika, nicht wahr?«, fragte er und streckte die Hand aus.

»Ja, Herr Großkopff.«

Sie fühlte seine schwitzige, weiche Haut und widerstand dem Drang, ihre Hand sofort wieder zurückzuziehen. Kurz sah sie ihm in die kleinen Augen, senkte dann artig den Kopf und hoffte, mit ihrem tadellosen Verhalten sein Wohlwollen zu gewinnen.

»Ich bin erst heute Nachmittag mit Irmgard verabredet.«

»Na, jetzt bin ich aber neugierig! Wieso bist du dann hier? Möchtest du deiner Mutter eine Freude machen?« Er machte eine ausladende Handbewegung, zog dann eine traurige Schnute und stemmte die Hand in die Taille. »Ich weiß allerdings nicht, ob unsere Haushaltsgeräte für ein Schulmädchen wie dich erschwinglich sind.«

»Deshalb bin ich auch gar nicht da.«

Als Großkopff sie ratlos ansah, kam ihr der junge Verkäufer zu Hilfe: »Sie sucht Arbeit, Chef!«

Großkopff zog die Augenbrauen hoch, und Wieland beeilte sich hinzuzufügen: »… und ich glaube, sie ist ganz patent. Sehen Sie? Hier!«

Er deutete auf drei leere Pappkartons auf dem Boden und die akkurat im Regal aufgereihten Mixer und Saftpressen.

»Das hat sie alles ausgepackt, perfekt eingeräumt, alles in Reihe, und zwar in null Komma nichts!«

Großkopff zog die Stirn in Falten und überlegte. Dann fragte er: »Und was haben Sie in der Zeit gemacht, Wieland? Däumchen gedreht? Oder gab es etwa irgendwelche besonderen Vorkommnisse?«

Angelika und Wieland warfen sich beunruhigte Blicke zu. Hatte Großkopff etwa schon von dem unangenehmen Vorfall mit der Kundin erfahren? Hatte sie sich bei ihm beschwert?

Beide pressten die Lippen zusammen und schüttelten gleichzeitig die Köpfe. Großkopff nickte und bohrte nicht weiter nach. Mehr zu sich selbst als zu Angelika murmelte er: »Eigentlich könnte ich tatsächlich noch eine Aushilfe gebrauchen, zu tun gibt es ja genug.« Sie schöpfte schon Hoffnung, da fiel ihm plötzlich etwas ein: »Wieso bist du eigentlich nicht in der Schule, Angelika?«

Er deutete auf seine Armbanduhr. »Jetzt ist doch Unterrichtszeit!«

Sie machte eine resignierte Geste mit den Armen, denn sie fürchtete, dass ihre Hoffnung auf eine Arbeitsstelle jetzt zerplatzen würde: »Das ist eine lange Geschichte.«

Wieder kam ihr Herr Wieland zu Hilfe: »Angelika hat eine Idee für das Schaufenster, Herr Großkopff.«

»Wieso? Stimmt etwas nicht mit meinem Schaufenster?«

Angelika schluckte: »Also, ich würde nicht sagen, dass *etwas* nicht stimmt. Wenn man es genau nimmt, stimmt damit gar nichts.«

Herrn Großkopffs Gesicht nahm eine rötliche Färbung an, und einen Moment lang glaubte Angelika, nun seine Sympathie verspielt zu haben. Bevor er antworten konnte, zählte sie ihm aus dem Kopf all die Geräte auf: »Also, Sie haben auf den weißen Metallpodesten im Fenster sowohl Schnellkochtöpfe, Siphons, Thermoskannen, Teekessel, Entsafter, Mixer, Kaffeemaschinen, Brotkästen als auch Brotschneidemaschinen ausgestellt.«

Er nickte: »Ganz genau!«

»Alles direkt nebeneinander und hintereinander, alles viel zu dicht beieinander.«

Sowohl Herr Großkopff als auch Herr Wieland hörten ihr jetzt gespannt zu.

»Und dann noch alle erdenklichen Modelle elektrischer Kaffeemühlen sämtlicher Hersteller, ganz zu schweigen von den unzähligen Pappaufstellern und Werbetafeln!«

»Dass du dir das alles gemerkt hast!«, murmelte Herr Großkopff, denn noch immer standen sie im Verkaufsraum, ohne die Auslage im Schaufenster dabei im Blick zu haben.

»Aber ich hätte da schon eine Vorstellung, wie man es so umgestalten könnte, dass zwar nicht mehr all Ihre Ware zu sehen ist, die Neugier der Kundin dafür aber umso mehr geweckt wird.«

Herr Großkopff stemmte die Hände in seine kaum vorhandene Taille und sagte: »Na, dann leg mal los!«

Eine halbe Stunde später stand sie mit einem kleinen Karton in der Hand wieder auf der Straße. Sie hob den Kopf und wandte das Gesicht in Richtung der Sonnenstrahlen, die jetzt am späten Vormittag schon über die gegenüberliegende Häuserlinie stiegen. Sie verharrte, um die Wärme in ihrem Gesicht zu spüren, schloss die Augen und atmete tief ein und aus, um sich gleichzeitig in dem Gefühl der Erleichterung zu sonnen. Endlich schien ihre Pechsträhne einmal abgerissen zu sein. Sie hatte die Stelle! Vorerst für zwei Wochen, aber zu einem beachtlichen Stundenlohn. Es war ein Anfang, der morgen früh, pünktlich um acht Uhr, beginnen würde.

Aus tiefem Herzen freuen konnte sie sich darüber nicht. Keine Vormittagssonne und auch sonst keine Art von Licht konnten sie darüber hinwegtäuschen, wie wenig sie die ausgestellten Geräte interessierten, aber die Umgestaltung der Ausstellung, das neue Arrangieren ihrer Präsentation schon eher. Sie zuckte mit den Schultern. Zumindest konnte sie ihrer Mutter heute mitteilen, dass sie nun etwas Geld verdienen würde. Und Großkopff hatte ihr sogar ein kleines Geschenk für sie mitgegeben: einen Eierschneider.

Als Angelika hochsah, bemerkte sie, dass sie die ganze Zeit beobachtet wurde. Es war der junge Verkäufer, Wieland, der im Laden stand und sie unverwandt ansah. Die Tatsache, dass sie ihn auch sah, schien ihn kein bisschen verlegen zu machen. Er blinzelte ihr sogar mit einem Auge zu. Angelika hatte keinerlei Erfahrung damit, wie man auf die offenen Avancen eines Jungen reagierte, denn bisher hatte noch keiner jemals Interesse an ihr gezeigt. Bei Irmgard war das etwas anderes. Sie war ein halbes Jahr älter und trug sogar schon einen Büstenhalter. Ihre Klassenkameraden hatten sie schon einige Male auf dem Nachhauseweg verfolgt und ihr mit schmachtender Stimme Sätze wie »Wir brauchen nur ein bisschen Liebe« nachgerufen. Die Worte hatten niemals Angelika gegolten. »Am besten nicht hinsehen und so tun, als ob man sie nicht hört«, hatte Irmgard jedes Mal geflüstert. Den Rat ihrer Freundin beherzigend, drehte sich Angelika jetzt abrupt um und stolzierte mit erhobenem Kopf davon. Sie würde sich heute Nachmittag, wenn sie Irmgard endlich wiedersah, noch genaueren Rat holen müssen.

Um die Mittagszeit kam sie auf ihrem Rückweg wieder durch die Karlsaue, wo sie später mit Irmgard verabredet war. Hätte sie sie vielleicht doch erst fragen sollen, bevor sie bei ihrem Vater vorsprach? Aber so war Irmgard nicht. Eigentlich konnte sie sich gar nicht daran erinnern, wann sie ihr einmal böse gewesen wäre.

Rechter Hand fiel ihr jetzt das erste Mal ein Eckstück des kurz gemähten Rasens auf, das die Gärtner übersehen hatten. Seit der Bundesgartenschau im letzten Jahr waren einige Beete wieder verwildert, der Rasen nicht mehr regelmäßig gemäht, was Angelika viel besser gefiel. Gelber Löwenzahn, blaue Glockenblumen und weiße Schafgarbe bildeten auf dem Wiesenstück einen Kontrast zu der gezähmten Natur, die in dem städtischen Park das Bild bestimmte. In einem Anflug von Überschwang bückte sie sich und begann, einzelne Blumen zu pflücken, an ihnen zu riechen und sie zu einem Strauß zusammenzufügen. Einmal angefangen, fand sie Spaß daran, und der Ehrgeiz erwachte, ihn möglichst bunt und vielfältig zu gestalten. Sie pflückte so lange, bis sie einen dicken Wildblumenstrauß zusammenhatte. Gerade streckte sie die Hand nach einer letzten, besonders prächtigen wilden Schwertlilie aus, als sie ein lauter Knall zusammenzucken ließ. Gleich darauf spürte sie die Druckwelle der Detonation in ihrem Körper. Angelika stand auf, schirmte ihre Augen gegen die Sonne ab, sah in Richtung Innenstadt. Auch die anderen Passanten auf den Wegen und Bänken, die in den Park gekommen waren, um hier ihre Mittagspause zu verbringen, schauten alle in dieselbe Richtung. Eine schwarze Rauchsäule türmte sich in etwa einem Kilometer Entfernung über den Dächern auf und zog hoch in den Himmel.

»Da brennt es!«, hörte sie jemanden rufen. Ängstliche und entsetzte Ausrufe begleiteten die Spekulationen. Angelika wusste nicht, was sie tun sollte, begann automatisch zu rennen, auf direktem Weg nach Hause zu laufen. Auf ihrem Weg durch den Park hörte sie die lauten Martinshörner der Feuerwehrwagen. Die auf den Automobilen montierten Warnsirenen waren erst in diesem Jahr deutschlandweit eingeführt worden, und man hatte den durchdringenden Warnton in Kassel erst selten gehört. Es mussten mehrere Löschzüge sein, die in Richtung Innenstadt rasten. So laut war ihr schriller Klang, dass es in den Ohren schmerzte.

Als sie den Park verließ und auf die Straße zurannte, begegnete sie Anwohnern, die aus ihren Häusern gekommen waren, und Passanten, die mit neugierigen und vor Schreck geweiteten Augen in Richtung der Rauchwolke starrten. Verschiedentlich schnappte sie Satzfetzen auf: Über eine explodierte Gasleitung oder einen Blindgänger spekulierten die Leute.

Mit dem Strauß in der Hand betrat Angelika ihr Elternhaus, rief schon im Flur laut nach ihrer Mutter. Doch es kam keine Antwort, und aus dem ganzen Haus war kein Geräusch zu hören. Normalerweise antwortete sie immer aus der Küche, in der sie jeden Tag pünktlich zur Mittagszeit das Essen kochte, selbst dann, wenn die

Kinder erst später aus der Schule kamen. Angelika ging über den abgetretenen Läufer, stieß die filzbespannte Tür zur Küche auf und sah sofort den dichten Dampf, der aus einem Topf kochenden Wassers auf dem Herd aufstieg. Die Kartoffeln waren nur noch halb mit Wasser bedeckt und mussten schon zu lange gekocht haben.

»Mutti?«, rief sie noch einmal, lauter als zuvor. Sie warf die Blumen auf den Tisch, griff sich einen Topflappen und zog den glühend heißen Topf von der Kochplatte. Drehte den Knopf des Elektroherds auf null. Ihr Blick fiel auf die Blumen, und sie sah sich nach einer Vase um, reckte sich, um vom Küchenbord einen großen Krug aus grauem Steinzeug herunterzuholen. Zur Hälfte füllte sie ihn mit Wasser, stellte den Strauß hinein, versuchte, die Blumen gleichmäßig zu verteilen, und brachte lauter kleine Korrekturen an, damit sie einen möglichst natürlichen Anblick boten. Es war sinnlos, einen Wiesenstrauß zu arrangieren, das wusste sie, doch unwillkürlich wollte sie ihre Gedanken damit fesseln. Währenddessen verwandelte sich ihr leichtes Magenflattern in ein Furcht einflößendes Unbehagen. Die Wahrheit lag in der Abfolge der Ereignisse, und der gesunde Menschenverstand sagte ihr unverblümt, dass etwas passiert war, das sie unmittelbar betraf. Wo war ihre Mutter? Falls sie wegen der Explosion auf die Straße gelaufen war, hätte sie ihr nicht begegnen müssen?

Angelika ließ von dem Strauß ab, ging in den Flur, die Treppen hoch, öffnete jede Tür, sah in jeden einzelnen Raum, obwohl sich das Ergebnis ihrer Suche schon längst aufdrängte: das Zimmer der Jungen: leer. Ihr Mädchenzimmer, das Schlafzimmer der Eltern, das sie normalerweise nie betrat: nichts! In dem Sonnenstrahl, der durch das Fenster schien, tanzten winzige Staubflusen. Die Betten mit dem gestärkten weißen Leinen waren ordentlich gemacht. Nachdem sie auch im Atelier, in der Dunkelkammer, in der Waschküche und im Garten nachgesehen hatte, kam sie zurück in den Flur, öffnete die schwere Haustür und trat wieder auf die Straße.

Auf der gegenüberliegenden Seite standen mehrere Frauen aus der Nachbarschaft beisammen. Sie trugen Kittelschürzen, hatten ihre Hausarbeiten unterbrochen und beobachteten die schwarze Rauchsäule, die noch immer über den Dächern in der Ferne aufstieg. Sie hielten sich die Hände vor die Münder, die Augen vor Entsetzen geweitet, denn manchen von ihnen waren die Bombennächte auch nach all den Jahren noch allzu gegenwärtig. Angelika setzte einen Fuß auf die unregelmäßigen grauen Pflastersteine der Straße und ging in ihre Richtung. Inzwischen hatte der Brandgeruch ihren Straßenzug erreicht, ätzte in den Schleimhäuten der Nase und der Luftröhre. Als sie näher kam, verstummten die drei, wandten sich ihr zu.

»Haben Sie meine Mutter gesehen?«, hörte sie sich fragen.

»Deine Mutter?«, wiederholte die mollige dunkelhaarige Frau, die Angelika schon von klein auf kannte. Frau Jakobs kam näher. »Sie ist sofort hingelaufen, obwohl wir versucht haben, sie zurückzuhalten.«

»Wohin?«

»Weißt du es denn nicht, Angelika?«, fragte die andere mit dem rosa Haarnetz über den Wicklern, die erst im letzten Sommer in ihre Straße gezogen war. Alle drei musterten sie mit einer Mischung aus Mitleid und Überraschung über ihre Unwissenheit.

»Was müsste ich denn wissen? Was ist passiert?«

»Die Schule brennt. Es heißt, ein Blindgänger ist im Schulhof explodiert.«

Die Worte trafen sie wie scharfkantige Splitter, und sofort setzte ein Schmerz ein, hervorgerufen von einer Vorahnung.

»Welche Schule?«, fragte sie und sah im nächsten Moment, wie sich die Augenbrauen von Frau Jakobs sorgenvoll zusammenzogen. Natürlich wusste sie, auf welche Schule die Nachbarskinder gingen.

»Doch nicht das Gutenberg-Gymnasium?«

Als die Frauen alle drei nicht antworteten, sondern sie nur stumm anstarrten, setzte sich Angelika in Bewegung.

»Warum bist du denn überhaupt schon zu Hause?«, fragte eine von ihnen.

Angelika ließ ihre Nachbarinnen stehen, hörte noch die Bitte von Frau Jakobs, sie solle lieber hier bei ihnen bleiben, sie könne ja doch nicht mehr helfen.

»Das ist gefährlich und erspar dir lieber den Anblick!«, rief ihr die Dritte hinterher. Aber sie rannte mitten auf der Straße in Richtung ihrer Schule. Die Route entlang, die bis vor Kurzem ihr Schulweg gewesen war, die sie meistens mit dem Bus gefahren war.

Je näher sie kam, umso deutlicher spürte sie das Brennen in den Lungen, der Nase und den Augen. Sie hatte das Gefühl, auf etwas Schreckliches zuzusteuern. Ein furchtbares Ereignis in ihrem Leben, das schon lange auf sie wartete. Angelika erreichte den Anfang der Straße, in der das Gymnasium lag, schon nach zehn Minuten. Ihr Herz klopfte ihr bis zum Hals, denn sie war die zweieinhalb Kilometer gelaufen, so schnell sie konnte. Weiter kam sie nicht. Die Polizei hatte das Gebiet weiträumig abgesperrt, und vor der Absperrung stand eine dichte Menschenmenge. Wer konnte, presste sich ein Taschentuch vor Mund und Nase, denn der Rauch war gefährlich ätzend.

Für Angelika schien es kein Durchkommen zu geben, und sie war nicht groß genug, um über die Köpfe hinwegsehen zu können. Doch dann tat sich eine Lücke auf, Angelika huschte rasch hindurch und stand auf einmal in vorderster Reihe zwischen den dicht gedrängten Körpern der Schaulustigen. Ihre Augen streiften umher und suchten den Ort nach bekannten Gesichtern ab. Ihre Mutter musste doch hier sein. Womöglich auch ihr Vater. Wo waren ihre Geschwister? Aber statt ihrer Mutter sah sie eine andere, still weinende Frau. Der tiefe Schmerz in ihren Augen war selbst auf die Entfernung für Angelika deutlich erkennbar. Unhörbar schien sie etwas zu murmeln, wieder und wieder, hatte die Hände fest vor der Brust gefaltet. Ein fülliger Mann mit grauem Hut beugte sich über sie. Offenbar hatte er ihr sein Jackett über die Schultern gehängt. Auf seinem weißen Hemd zeigten sich Schweißflecken unter den Achseln. In dem Moment hob er den Kopf und sah in ihre Richtung. Sein Gesicht war kreideweiß, und als ihn Angelika erkannte, begann sie auf einmal, am ganzen Körper zu zittern. Es waren Herr und Frau Großkopff, Irmgards Eltern.

Die Erinnerung an den Anblick der Eltern ihrer besten Freundin, der vielen eierschalenfarbenen Krankenwagen des Deutschen Roten Kreuzes, der unzähligen Sanitäter, die verletzte Kinder wegtrugen, der Feuerwehrleute in ihren blauen Uniformen, mit versteinerten

Gesichtern unter den Schutzhelmen, der drei Särge, der Leichenwagen, der weinenden Mütter, all das sollte sie in den folgenden Jahren längst nicht so quälen wie die Tatsache, dass sie selbst noch wenige Wochen zuvor Schülerin dieser Schule gewesen war. Sie hätte eine von ihnen sein sollen. Sie hätte selbst zu den vierhundertsiebenunddreißig Mädchen und Jungen gehören sollen, die um zwanzig vor eins auf ihren Stühlen in den Klassenzimmern saßen und auf den Mittagsgong hinfieberten. Aber wie sehr sich Schuldgefühle verschärften, wie sich die Einzelheiten der Geschehnisse überdeutlich in das Gedächtnis brannten, sodass ein Mensch sie sein Leben lang, wie ein als Kind gelerntes Vaterunser, niemals wieder vergessen konnte, wusste sie nicht, als sie die Szenerie wie durch einen Schleier betrachtete. Die Tragweite der Verkettung von unglücklichen Zufällen und Vorsehung würde sie erst viele Jahre später begreifen.

Die britische Fliegerbombe hatte fünf Meter tief in der Erde unter dem Schulhof geruht. Man vermutete, dass es sich um einen Blindgänger aus der Bombennacht des 23. Oktober 1943 handelte. Statistisch gesehen käme es einmal im Jahr vor, dass eine Weltkriegsbombe ohne Fremdeinwirkung detonierte, sollte der Oberbürgermeister später in einer Pressekonferenz nüchtern mitteilen. Keiner habe eine Erklärung dafür, warum nach dreizehn Jahren in der Erde, ausgerechnet an diesem Montag im Mai, die Zersetzung des Zelluloids am chemischen Langzeitzünder so weit fortgeschritten gewesen sei, dass er die dreihundert Kilogramm schwere Sprengladung detonieren ließ. Ausgerechnet fünf Minuten nach dem Mittagsgong.

Die Druckwelle ließ die Fenster der zum Hof gelegenen Klassenräume zerspringen. Die Schüler, die sich noch dort befanden, um in Ruhe ihre Hefte in die Ranzen zu packen, miteinander zu albern, mit dem Lehrer zu sprechen, die Tafeldienst hatten oder nachsitzen mussten, wurden zu Boden geschleudert. Manche deckten ihre Gesichter reflexartig vor dem Splitterhagel ab, anderen gelang es nicht rechtzeitig, Schutz zu suchen. Diejenigen, die schon im Treppenhaus waren, stürzten die Stufen hinunter, einige fielen über das Geländer. Am schlimmsten erwischte es diejenigen, die es am eiligsten hatten, die Schule zu verlassen. Es waren die Schüler, die die Schule lieber von hinten sahen oder die schnell zu ihrem Mittagstisch nach Hause wollten, die am Nachmittag mit ihren Freunden verabredet waren und vorher die Hausaufgaben erledigen mussten, die genau in dem Moment, als die Bombe explodierte, schon als Erste auf dem Schulhof waren. Sie waren alle sofort tot.

Es fand eine Selektion des Schicksals statt.

Eilig gegen gemächlich. Hungrig gegen satt. Befreundet mit anderen oder einzelgängerisch.

Clara hatte zu den Schülerinnen gehört, die noch im Klassenzimmer waren und freiwillig die Tafel wischten. Als die Druckwelle die Fenster zerplatzen ließ und Tausende Glassplitter in den Raum schleuderte, war ihr Oberkörper von der aufgeklappten Tafelseite geschützt. Sie reagierte sogar so geistesgegenwärtig und duckte sich nicht. Nur ihre Kleidung und das Stück nackter Haut zwischen Kniestrümpfen und Rocksaum wurde von den Scherben zerschrammt.

Eberhard hatte sich in einem der hinteren fensterlosen Materialräume in der Mittelachse des Schulgebäudes befunden, um zusammen mit dem Chemielehrer die Vorbereitungen für die erste Unterrichtsstunde am nächsten Tag zu treffen. Er blieb von den Folgen der Bombe vollkommen verschont.

Peter stand vor dem Schuleingang. Er wurde von der Druckwelle zurück in das Gebäude geschleudert, und von den auf ihn einhagelnden Glassplittern der hohen Fenster neben der Eingangstür bohrte sich einer tief in seinen rechten Augapfel.

Irmgard hatte zu denjenigen gehört, die sich beeilt hatten. Sie war um drei Uhr das erste Mal seit Langem wieder mit Angelika verabredet. Ihre strenge Mutter würde wie immer darauf beharren, dass sie vorher mit ihrer Familie zu Mittag aß und alle Hausaufgaben erledigte. Sie hatte es sich genau ausgerechnet. Wenn sie rannte, brauchte sie zwanzig Minuten für den Schulweg. Mindestens eine halbe Stunde musste sie am Tisch sitzen, und eine Stunde rechnete sie für die Schulaufgaben ein. Der Weg zur Karlsaue dauerte wiederum zwanzig Minuten. Um das zu schaffen, durfte sie nicht herumtrödeln. Sie hatte schon vor dem Gong ganz leise und mit zeitlupenhaften Bewegungen begonnen, ihre Stifte in ihr Federmäppchen einzusortieren, das

Heft und Federmäppchen in den aufgeklappten Ranzen unter der Bank zu schieben. Nur den Atlas hatte sie noch offen vor sich liegen, um nicht die Aufmerksamkeit des Lehrers auf sich zu ziehen. Denn er sah es nicht gerne, wenn die Schüler schon ihre Sachen einpackten, während er noch bis zur letzten Minute über die Verschiebung der Kontinentalplatten referierte. Als es gongte, schob Irmgard den Atlas unter die Bank, denn den durften sie in der Schule lassen, und klappte ihren roten Ranzen zu. Sie war die Erste, die den Klassenraum verließ und die Treppen hinunterrannte. Um zwei Minuten nach eins befand sie sich genau in der Mitte des Schulhofs.

Es war, als habe sich an einem lauen Frühlingstag eine schwarze Wolke vor die Sonne geschoben. Sie tauchte die gesamte Stadt in ihren dunklen Schatten.

CHRISTINE

Irgendwie hatte sie es nach Hause geschafft, obwohl sie vor Schmerzen nur humpeln konnte. Ihre Mutter hatte Nachtschicht, und die besorgten Fragen ihres Vaters beantwortete sie einsilbig. Mit kalten Umschlägen auf beiden Beinen war sie sofort zu Bett gegangen.

Vor dem wichtigen Wettkampf brauchte sie Schlaf.

Ihr rechtes Knie war nach der mutwilligen Überdehnung der Bänder durch Hartung am nächsten Morgen so stark angeschwollen, dass sie es kaum noch beugen konnte. Trotzdem ging sie morgens in die Schule, fuhr mittags zur Deutschen Sporthalle. Das Training ging unverändert weiter. Hartung erwähnte den Vorfall mit keinem Wort, ließ nur die Metallmanschetten ohne Erklärung weg. Christine murrte nicht, sie wusste, dass es jetzt darauf ankam. Entweder sie biss die Zähne zusammen und hielt durch, oder sie flog raus.

Als sie sich in einer Pause zwischen zwei Übungen auf die Matte setzte, kam Roselore auf sie zu und hockte sich neben sie. Sie hatte eine Zellophanpackung in der Hand und holte eine kleine Waffel heraus, steckte sie sich in den Mund und hielt Christine die Packung entgegen: »Hier, willst du eine? Es sind echte Grabower Fruchtwaffeln.«

Christine schüttelte energisch den Kopf. »Nein, nein, der Trainer würde mich umbringen.«

Roselore drehte den Kopf in alle Richtungen, Hartung war offenbar kurz aus der Halle gegangen. »Ich sehe hier aber gerade keinen Trainer.«

Zögernd griff Christine in die Packung: »Na gut, ein kleines Stück.«

Roselore lächelte, als Christine sich von einer der gefüllten Waffeln ein Stück abbrach und in den Mund steckte. Ihrem Gesicht war die Mischung aus Genuss und der Angst, entdeckt zu werden, deutlich anzusehen.

»Sieht ganz schön übel aus!«, sagte Roselore und machte eine Kopfbewegung in Richtung von Christines rechtem Knie, das noch immer stark angeschwollen war.

»Ach das, das ist nichts weiter!«

Roselores wissender Blick sagte alles. Der erfahrenen Turnerin konnte sie nichts vormachen.

»Deine Kür ist trotzdem eine Wucht! Es sieht unheimlich leicht aus! Als würde es dich gar keine Kraft kosten. Gegen dich sind wir alle plumpe Mehlsäcke.«

»Das stimmt nicht ... aber danke!«, sagte Christine, und sie merkte, wie ihr gegen ihren Willen Tränen in die Augen stiegen. Es war so lange her, dass ihr jemand etwas Nettes gesagt hatte.

»Ich weiß!«, sagte Roselore und legte ihr die Hand auf den Arm.

»Es tut wie verrückt weh, aber du musst das vergessen.«

Christine seufzte: »Das sagt sich so leicht.«

»Und du hast schließlich immer noch die Wahl!«

»Wie meinst du das?«, fragte Christine und sah sie von der Seite an. »Ich hätte die Wahl?«

»Man hat im Leben immer die Wahl, jederzeit, und die Wahl, die wir treffen, bestimmt über unser Leben.«

Ohne die geringsten Hemmungen griff Roselore in die Zellophanpackung und steckte sich zwei Waffeln auf einmal in den Mund. Sie hielt ihr die Tüte hin, aber Christine schüttelte bloß den Kopf.

»Aber wenn du dich dafür entschieden hast, alles zu tun, was sie von dir verlangen, solltest du wissen, dass Ulbricht und das Zentralkomitee eine neue Linie vorgegeben haben: Sie werden den Leistungssport viel stärker kontrollieren und sich dabei zukünftig vermehrt auf die Spitzensportler und nur besonders geförderte Sportarten konzentrieren ... Turnen gehört dazu ... und du gehörst dazu.«

»Und woher weißt du das?«

Roselore stützte sich mit den Händen nach hinten ab und legte den Kopf in den Nacken: »Ich bin lange genug dabei und habe meine Quellen. In der Hochschule für Körperkultur in Leipzig werden neuerdings auf dem Gebiet der Forschung und Lehre die Voraussetzungen geschaffen, um Leistungssportler planmäßig und wissenschaftlich zu steuern. Ulbricht will internationale Erfolge und damit vor der ganzen Welt glänzen. Es wird nichts, aber auch gar nichts mehr dem Zufall überlassen, wenn du verstehst, was ich meine.«

Christine verstand es nicht. Sie drehte sich zu Roselore um und wartete, ob sie es ihr erklären würde, ob sie ihr noch mehr verriet. Das Profil der erfolgreichen Turnerin wirkte selbst in dem kalten Kunstlicht attraktiv: ihr langer Hals, das perfekt geformte Kinn und die hohen Wangenknochen mit der glatten Haut. Sie war eine Schönheit, und sie wusste es.

Direkt neben ihnen öffnete sich plötzlich die Tür in der Holzvertäfelung, und Hartung betrat wieder die Halle. Christine richtete sich auf, hatte das Gefühl, bei etwas Verbotenem ertappt zu werden. Doch in diesem Moment beachtete er sie gar nicht. Er starrte nur auf Roselore, ohne die halb leere Waffelpackung in ihrer Hand mit einem Wort zu erwähnen. Da hatte Christine unvermittelt eine Eingebung: Entweder hatten die beiden eine Affäre, oder sie hatte ihn abblitzen lassen. Auf jeden Fall konnte er sein heftiges Begehren in diesem Augenblick nicht im Geringsten verbergen.

ANGELIKA

Als alle endlich in ihrem Haus in der Menzelstraße zurück waren, begann eine Zeit der erstickten Tränen, der gedämpften Stimmen, der verschlossen dreinblickenden Gesichter, der geschäftigen Schritte im Flur, durch die Angelika traumgleich zu gleiten schien. Sie war erwachsen genug, um zu wissen, dass sich alle um Claras und Peters Zustand sorgten. Aber gleichzeitig war sie vermutlich nicht alt genug, um es zu verkraften, am selben Tag die beste Freundin zu verlieren und den Lieblingsbruder schwer verletzt im Krankenhaus zu wissen. Man hatte sie nicht zu ihm gelassen, und keiner schenkte ihr größere Aufmerksamkeit, während sich nun alles um Clara drehte, deren oberflächliche Schnittwunden ärztlich versorgt worden waren. Niemand hatte Augen für das Leid und die Selbstfolter ihrer großen Schwester. Es war kein Wunder, denn aus dem Blickwinkel ihrer Eltern und Geschwister hatte sie durch ihren Schulverweis das große Glück gehabt, dem Unglücksort ferngeblieben zu sein. Und keiner konnte es ihnen verdenken, dass man ihr diesen Umstand, gewiss nicht einmal bewusst, zum unausgesprochenen Vorwurf machte.

So saß Angelika am Fuß der Treppe und sah Clara nach, als die Hände ihrer fürsorglichen Mutter die laut schluchzende Schwester nach oben zu den Schlafzimmern führten, behutsam auf sie einredend. Erst als sie schon fast am oberen Treppenabsatz war, schien sich ihre Mutter ihrer zu erinnern und drehte sich zu ihr um. Angelika schöpfte Hoffnung. Doch sie sagte nur: »Du könntest dich ruhig auch ein wenig nützlich machen, Angelika!«

Daraufhin stand sie auf und folgte den beiden zu ihrem Mädchenzimmer. Ihre Mutter war sehr geschäftig, legte Clara ins Bett, deckte sie vorsichtig zu, bat Angelika, eine Wärmflasche zu holen, denn Clara klapperte jetzt mit den Zähnen. Ob es echt war oder nur gespielt, konnte Angelika nicht beurteilen, aber sie hatte die Explosion auch nicht aus nächster Nähe erlebt und war nicht derselben Gefahr ausgesetzt gewesen wie die anderen. Deshalb nickte sie und lief in die

Küche, um im Kessel Wasser aufzusetzen. Dort war seit ihrem überstürzten Aufbruch alles unverändert: Der Topf mit den erkalteten Kartoffeln stand noch auf dem Herd, der Wildblumenstrauß in dem Krug auf dem Küchentisch. Es waren nur wenige Stunden vergangen, seit sie das letzte Mal hier war. Aber ihre kleine Welt war eine andere geworden.

Nachdem sie Clara die Wärmflasche nach oben gebracht hatte, die diese ohne jegliche Regung entgegennahm, kochte sie ihr noch eine heiße Zitrone, denn diese galt bei Steins als das Hausmittel, das gegen jedwedes Zipperlein zu helfen schien. Ihre Mutter saß an Claras Bett und hielt ihr die Hand. Sie nickte Angelika zu, vermied es aber, ihr in die Augen zu sehen. Wie lange sollte das nun so weitergehen?, fragte sich die zurückgewiesene große Schwester und kämpfte mit den Tränen. Sie fühlte sich unverstanden.

»Kann ich noch etwas tun?«, brachte sie hervor. Doch daraufhin schüttelte ihre Mutter nur den Kopf, während Clara teilnahmslos die Zimmerdecke anstarrte. Angelika zog sich zurück, in ihrem gemeinsamen Zimmer wollte sie keine Minute länger bleiben. Zögernd ging sie in den Flur, lauschte, ob sie von oben etwas hörte, stieg dann ganz langsam die Stufen in das oberste Stockwerk hoch. Die Lampe über der Tür der Dunkelkammer war aus, sie klopfte viermal, aber es kam keine Antwort. Als sie die Tür leise öffnete, starrte sie ins Dunkel, die Kammer war leer. Dann schlich sie auf Zehenspitzen über den Läufer mit dem verblichenen Muster bis zum Atelier ihres Vaters, drückte vorsichtig die Klinke herunter. Aber die Tür ließ sich nicht öffnen.

»Papa?«, fragte sie laut und klopfte. »Bist du da drin?«

Sie legte das Ohr an den vergilbten Lack. Es war ein ersticktes Stöhnen zu hören, aber es kam keine Antwort. Noch nie, seit sie sich erinnern konnte, hatte ihr Vater die Tür seines Ateliers abgeschlossen. Sie hätte gar nicht gewusst, dass dafür ein Schlüssel existierte. Es war offensichtlich, dass er niemanden sehen wollte – auch nicht sie.

Wieder einmal setzte sie sich auf die Stufen im Garten. Der süße Fliederduft ließ die Erinnerung an den letzten, nahezu unbeschwerten Abend mit Peter aufflammen. Wie erging es ihm wohl im Krankenhaus? Was sollte sie jetzt tun?

Am nächsten Morgen um acht Uhr hätte sie ihre neue Stelle im Haushaltswarenladen antreten sollen. So war es vereinbart. Es gab drei Möglichkeiten: Die erste war, sie erschien nicht und der Laden öffnete wie gewohnt. Dann galt sie gleich von Anfang an als unzuverlässig. Im zweiten Fall, wenn Großkopff wegen des tragischen Trauerfalls das Geschäft nicht öffnete, stand sie vor verschlossener Tür. Der schlimmste Fall war die dritte Variante: Herr Großkopff stand selbst im Laden, und durch die Anwesenheit der besten Freundin seiner Tochter würde ihm ihr Verlust umso mehr vor Augen geführt und unerträglich schmerzen. Waren diese drei Annahmen realistisch? Angelika fühlte sich überfordert. Sie traute sich nicht, mit ihren Eltern über ihr Dilemma zu sprechen, denn die waren viel zu sehr mit ihrer eigenen Trauer beschäftigt. Wenn doch Peter hier wäre – und gesund!, wünschte sie sich. Er hätte sicher einen Rat gewusst. So machte sie es selbst mit sich aus, entschied sich, dass sie nicht mehr viel zu verlieren hatte und es kaum schlimmer kommen könne. So fasste sie den simplen Entschluss, morgen pünktlich bei Großkopffs Laden zu sein.

Clara schlief noch, als Angelika um kurz vor sieben aufstand und auf Zehenspitzen mit ihrer zurechtgelegten Kleidung über den Armen aus dem Zimmer schlich. Da hörte sie ein Seufzen von dem Kopfkissen und blieb stehen. Die Decke raschelte, als sich Clara auf die andere Seite drehte und leise schnarchte. Angelika betrachtete im Halbdunkel die verwuschelten Haare, die unter der Decke hervorschauten, und spürte mit einem Mal eine warme Welle der schwesterlichen Zuneigung. Schlafend wurde Clara wieder zu dem Nesthäkchen, das sie vor allem Unbill beschützen wollte. Wenigstens war sie bei dem Unglück nicht ernsthaft verletzt worden. Auch wenn sie in letzter Zeit nicht besonders gut miteinander ausgekommen waren, blieb sie für immer ihre kleine Schwester. Angelika strich ihr ganz sanft über den Kopf, spürte nur die weichen Kinderhaare an ihren Handflächen und zog leise die Tür hinter sich zu.

Im Badezimmer wusch sie sich das Gesicht, zog sich an, kämmte ihre Haare besonders sorgfältig, genau wie gestern. Sah durch ihr bleiches Gesicht im Spiegel mit verschwommenem Blick hindurch, ohne es wahrzunehmen. Die Füße setzte sie ganz leise auf die knarrenden Treppenstufen, um niemanden zu wecken.

In der Küche wollte sie einen Zettel für ihre Eltern schreiben, setzte den Bleistift an, begann mit den Worten: *Ich fange heute meine Arbeit bei Großk...*, doch sie schaffte es nicht, den Namen zu Papier zu bringen. Sie zerknüllte den Zettel und warf ihn in den Mülleimer. Ganz leise ging sie in den Flur, zog sich ihre Strickjacke an und verließ das Haus.

Als sie auf den Bürgersteig der Menzelstraße trat, fielen ihr als Erstes die Stimmen der Singvögel auf. Sie kamen ihr lauter vor als sonst. Sie sah den Streifen der Morgendämmerung über den Dächern auf der anderen Straßenseite und atmete tief die kühle Luft ein. Ob es Einbildung war oder Wirklichkeit, wusste sie nicht, aber sie glaubte, immer noch schwach den Brandgeruch zu riechen, als sie sich auf den Weg zu ihrem neuen Arbeitsplatz machte.

Die Stadt schien unter Schockstarre zu stehen. Es waren weniger Automobile unterwegs als sonst. Alles erschien ihr leiser, gedämpfter. Als sie in die Innenstadt kam, hörte sie deshalb schon von Weitem die Stimme des Zeitungsverkäufers vor dem Kiosk, der die frisch gedruckten Ausgaben anpries. Sein kräftiger Ruf wirkte heute deplatziert, und sein Vater, der im Kiosk saß, hatte ihn deshalb schon einige Male ermahnt. Angelika hatte kein Geld dabei, blieb aber stehen, denn sie konnte den Blick nicht von der fett gedruckten Überschrift auf der Allgemeinen Zeitung abwenden, die in dem Ständer an der grün gestrichenen Kioskwand hing:

3 Tote, 49 Verletzte bei Explosion einer Weltkriegsbombe im Gutenberg-Gymnasium

Darunter zeigte ein Schwarz-Weiß-Foto die gestrige Szenerie: Krankenwagen, Feuerwehrleute, Sanitäter mit Bahren und im Hintergrund einige Personen, die sich aneinanderklammerten. Sie war so vertieft in die Betrachtung des Fotos, dass sie zusammenfuhr, als der Junge hinter ihr mit schnarrendem Tonfall rief: »Nicht nur gucken! Kaufen!«

»Lass nur, Hans, das ist doch die Angelika!«, kam eine Stimme aus dem Inneren der Bude.

»Guten Morgen, Herr Kressin!«, antwortete Angelika leise.

»Schlimme Sache, nicht wahr?«, meinte der Mann mit den schlohweißen Haaren jetzt in seinem gewohnt freundlichen Tonfall und beugte sich über die Zeitungsstapel nach vorne. Er hatte ihr früher manchmal Lakritze geschenkt, wenn sie vorbeikam, denn sie hatte ihm erzählt, dass sie ihr Taschengeld lieber spare. Was er nicht wusste, war, auf welche Schule sie gegangen war. Jetzt tippte er mit dem Zeigefinger auf das Foto der frisch gedruckten *Bild*-Zeitung, das einen auf dem Asphalt liegenden halb zerfetzten Ranzen und einen Mädchenschuh in Nahaufnahme zeigte.

»Die armen Kinder, und ihre Eltern tun mir so furchtbar leid, auch wenn es hauptsächlich die Wohlhabenden getroffen hat! Von uns einfachen Leuten schickt ja keiner sein Kind aufs Gymnasium. Aber ich bedauere sie trotzdem!«

Angelika schüttelte abwehrend den Kopf und starrte immer noch auf das Foto. Sie merkte, wie sich ihr leerer Magen hob und Übelkeit aufstieg. Es hätten Irmgards Schultasche und Schuh sein können. Nein, sagte ihr plötzlich eine innere Stimme: Es *waren* Irmgards Sachen!

Wie konnte man nur so ein Foto aufnehmen? Obwohl der Ausschnitt nichts weiter zeigte als einen Ranzen und einen Schuh, traf es sie wie eine scharfe Messerklinge mitten in ihr Herz. Um so vieles schmerzlicher als das Bild von der gesamten Szenerie vor dem Schulhof. Es ließ die Gedanken des Betrachters wandern und legte ihm die Tragödie, die dahinterstand, dadurch umso näher.

Sie hob den Kopf, und ihr Blick traf den des Zeitungsverkäufers. Eine Spur von Verständnis kam in seine Augen. Er schien ihr die tiefe Verzweiflung anzusehen. Dann griff er in eine bauchige Bonbonniere auf seiner Theke und zählte fünf Lakritzschnecken ab.

»Hier, für dich, Angelika!«

Als sie nicht reagierte, fügte er hinzu: »Vergiss nicht, junges Fräulein: Das Leben geht weiter, auch wenn es mitunter schwerfällt, das zu glauben.«

Zögernd streckte Angelika den Arm aus und ließ sich die Süßigkeiten in die Handfläche legen. Sie murmelte ein Dankeschön, er nickte ihr zu, und sie setzte ihren Weg fort. Während sie von der ersten Schnecke abbiss, kämpfte sie gegen das schlechte Gewissen an. Alles in ihr war in Aufruhr, ihre Gedanken tanzten durcheinander. Der Halbschuh auf dem Asphalt! Die Schultasche! Irmgard! Irmgard hatte Lakritze in allen Formen geliebt, auch wenn sie sich inzwischen schon zu alt dafür vorgekommen waren. Auf einmal musste sie hemmungslos schluchzen. Da war nichts, was sie dagegen hätte tun können. Sie drehte sich zu einer grauen Hauswand um, die sie nur durch einen Schleier sah, senkte den Kopf, presste sich die Handballen auf die Augenhöhlen. Ihr Körper wurde von Weinkrämpfen geschüttelt. Als eine Frau an ihr vorbeiging und sie fragte, ob sie ihr helfen könne, hörte sie sie nicht einmal. Auch das laute Knattern des Mopeds, das auf der Straße an ihr vorbeifuhr, anhielt, wieder umdrehte und dann neben ihr zum Stehen kam, nahm sie nur gedämpft wahr. Der Motor wurde abgestellt. Eine kühle Hand legte sich auf ihre Schulter, ein Arm auf ihren Rücken. Aus weiter Ferne hörte sie eine weiche Männerstimme: »Ich weiß, ich weiß! Es ist schlimm!«

Die einfachen Worte: »Weinen tut gut, das muss manchmal sein!«, drangen in ihr Ohr. Ein Stofftaschentuch aus frischer, gebügelter Baumwolle, das ihr nasses Gesicht abtupfte, fühlte sich glatt und tröstlich an. Es dauerte lange, bis sie wieder gleichmäßig atmen konnte, bis die Tränen endlich aufhörten zu laufen. Sie merkte nicht, wie die Stadt langsam erwachte, Passanten vorbeikamen und sie anstarrten. Das Mädchen mit den knallroten Flecken im Gesicht, der junge Mann, der sie im Arm hielt. Unter normalen Umständen hätte es womöglich empörte Bemerkungen gegeben, denn es galt als ungehörig für Männer und Frauen, umso mehr Mädchen, sich in der Öffentlichkeit so nahe zu kommen. Aber an diesem Tag herrschten keine normalen Umstände, und so gingen die Menschen an ihnen vorbei und pressten mitfühlend die Lippen aufeinander, weil sie sich einen Zusammenhang mit der gestrigen Tragödie denken konnten und Verständnis hatten. Nach einigen Minuten, vielleicht war es auch eine halbe Stunde, konnte Angelika wieder sprechen. Sie putzte sich die Nase und sah den jungen Verkäufer aus dem Haushaltswarengeschäft mit langsam erwachender Neugier an.

»Wieso sind Sie hier?«, fragte sie mit verheulter Stimme. »Müssten Sie nicht im Laden sein?«

»Das Geschäft bleibt heute zu. Großkopff hat ein Schild an die Tür gehängt: *Wegen Trauerfall geschlossen*.«

Er senkte die Lider, wohl um sein Mitgefühl zum Ausdruck zu bringen, und das gab Angelika die Gelegenheit, ihn kurz zu mustern. Seine Nase hatte einen kleinen Höcker, die Augenbrauen waren markant, die Lippen vielleicht eine Spur zu breit. In die dunkelblonden Haare hatte er sich, wie sie es bei ihren Brüdern beobachtet hatte, mit der nassen Handkante eine Welle gedrückt. Er trug einen schwarzen Lederblouson und sah dadurch weit weniger seriös aus als gestern in seinem weißen Kittel – jetzt wirkte er geradezu verwegen. Wie alt mochte er sein? Siebzehn oder achtzehn vielleicht? Einerlei! Der junge Verkäufer hatte ihr schon vom ersten Augenblick an gefallen, und daran hatte sich nichts geändert.

Sie sagte: »Ich war gerade auf dem Weg dorthin.«

Er nickte. »Das dachte ich mir!«

Nachdem sie eine Weile nur verlegen aneinander vorbeigesehen hatten, weil ihnen nichts mehr einfiel, was sie reden konnten, sagte er: »Nenn mich einfach Rudi.«

»Ich bin Angelika«, murmelte sie.

»Das weiß ich schon«, sagte er. »Soll ich Sie nach Hause fahren, Fräulein Angelika?«

Angelika wunderte sich, dass er sie siezte. Offiziell war das erst ab sechzehn üblich. Und sie sah nicht gerade älter aus, als sie war. Ganz im Gegenteil.

Er deutete auf seinen Motorroller, und sie schüttelte den Kopf.

»Verstehe! Sie wollen gar nicht nach Hause.«

Sie nickte.

»Woandershin vielleicht? Zum Herkules?«

Jetzt schüttelte sie den Kopf mit noch mehr Nachdruck. Den Ort wollte sie so schnell nicht wiedersehen. Obwohl ihre Ungeschicklichkeit mit der Kamera ihr im Nachhinein fast bedeutungslos vorkam. Es war so viel passiert seitdem.

Er zog die Augenbrauen voll Erstaunen hoch. »Sind Sie immer so wählerisch?«

Sie schüttelte wieder den Kopf.

»Also dreimal Nein!«

Er fuhr sich scheinbar ratlos mit der Hand über sein glatt rasiertes Kinn.

»Ich glaube, das Beste ist, Sie steigen jetzt einfach auf und überlassen den Rest mir!«

Angelika zögerte kurz. Eigentlich war es undenkbar, sich so mir nichts, dir nichts auf den Soziussitz eines Halbstarken zu setzen. Den Ausdruck »Halbstarke« hatte sie von der Nachbarsfrau aufgeschnappt, als eines Abends einige Jungs auf Vespas und Mopeds durch die Menzelstraße gefahren kamen. Zwei andere hielten sich von ihren Fahrrädern aus an ihren Schultern fest, um sich mitziehen zu lassen. Die Bedeutung des Worts war ihr gar nicht klar, aber Frau Jakobs hatte ihm eine abfällige Betonung gegeben und hinzugefügt, sie hätten bestimmt wieder nur Dummheiten im Kopf. In diesem Moment war das für sie kein Hinderungsgrund – ganz im Gegenteil. Sie stieg auf, er ließ den Motor an, und bevor er losfuhr, griff er nach ihrem Arm und legte ihn wie selbstverständlich um seine Taille.

»Gut festhalten«, befahl er.

Schüchtern legte sie auch den anderen Arm um seinen warmen Körper. Sie hatte ein merkwürdiges Gefühl. Eine Mischung aus Besorgnis und freudiger Erregung, so als stünde etwas ganz Neues, Gefährliches bevor, etwas angenehm Gefährliches. Der Wind fuhr ihr in die Haare, als er losrollte, die Straße entlang, vorbei an dem grünen Häuschen des Zeitungskiosks, wo sie eben noch das aufwühlende Foto betrachtet hatte. Gleich beschleunigte sich ihr Pulsschlag, und sosehr sie es zu verhindern suchte, traten ihr wieder Tränen in die Augen. Auf dem unebenen Pflaster, das immer noch auf vielen Straßen der Innenstadt lag, federten die Räder kaum eine Unebenheit ab, und sie wurden beide ordentlich durchgeschüttelt. Angelika war dennoch überrascht, wie unkomfortabel man auf einem Moped saß. Nach einer Weile ließ das Ruckeln nach, sie kamen auf geteerte Straßen, die Bebauung war aufgelockerter, die Häuser hatten Vorgärten. Der Fahrtwind trocknete Angelikas Tränen, und als sie außerhalb der Stadt auf die von hohen Pappeln gesäumten Alleen kamen, nahm sie das Lichtspiel in ihrem hellen Laub tief in sich auf. In einem Moment, als sie sich vollkommen unbeobachtet fühlte, legte sie ganz sachte die Wange an seinen Rücken.

Das Brummen eines Zweitaktmotors sollte sie von jenem Tag an ihr Leben lang mit dem Eintritt in die Erwachsenenwelt assoziieren. Doch erst Jahre später wurde ihr einer ihrer vielen Irrtümer während dieser Zeit bewusst: Als sie geglaubt hatte, ihr Schulverweis hätte das Ende ihrer Kindheit bedeutet, hatte sie sich getäuscht. Der entscheidende Einschnitt war der Moment, als sie Irmgards blauen Schuh und roten Ranzen in der Zeitung gesehen hatte.

CHRISTINE

Die Reise nach Frankfurt am Main dauerte zwölf quälende Stunden. Davon verbrachten sie alleine drei bei der Kontrolle an der deutsch-deutschen Grenze. Während die Beamten rollbare Spiegel unter den Boden schoben, jeden Winkel, jeden Hohlraum des blau-weißen Autobusses IFA H6B untersuchten und alle Gepäckstücke kontrollierten, warteten die Sportler in einer schäbigen Baracke. Überfüllt, schlecht beleuchtet, verwahrlost und mit dem unvermeidbaren Geruch zu vieler Menschen an einem engen Ort. Christines Gruppe reiste mit den Turnern zusammen, und trotz der widrigen Umstände beäugten sie sich das erste Mal. Durch die verschiedenen Trainingszeiten der männlichen und weiblichen Turner des Sportklubs waren sie sich vorher kaum begegnet. Als Hartung geschäftig mit den Pässen in den Raum kam, sah er sofort, was da vor sich ging, und es gefiel ihm ganz und gar nicht. Sie hatten sich gemischt. Neben fast jedem Mädchen saß einer der Turner. Sofort klatschte Hartung energisch in die Hände: »Weiter gehts! Marsch, marsch! Zurück in den Bus!«

Sie stellten sich in einer geordneten Schlange an, um wieder einzusteigen. Christine blinzelte in den Dunst. Der Horizont über dem Stacheldrahtzaun in Richtung Westen schien weit. Bevor die Fahrt weiterging, bat ein Junge Christine, mit ihm den Platz zu tauschen, denn er hatte ein Auge auf ihre Sitznachbarin geworfen. Sie tat ihm den Gefallen und setzte sich neben einen pickeligen Reckturner. Bald brannte die Mittagssonne unerbittlich auf das Blechdach des Autobusses, es wurde brütend heiß, und Christines neuer Nachbar, der darauf bestand, am Gang zu sitzen, schwitzte stark. Sie sah aus dem Fenster und versuchte, sich auf die Landschaft und die Ortsschilder zu konzentrieren, die an ihnen vorbeirauschten. Alles wirkte so grün, der Himmel viel höher als in Ostberlin. Das lange Sitzen war eine Pein. Christine konnte das Bein nicht ausstrecken, und ihre Knieschmerzen wurden unerträglich. Als sie endlich in dem Sportlerheim am Frankfurter Stadtwald ankamen, musste sie ihr rechtes

Bein mit den Händen hochheben, um aus dem Bus auszusteigen. Trotzdem schleppte sie sich weiter.

Während Hartung an der Rezeption die Zimmeraufteilung besprach, setzte sie sich auf eine Bank im Vorraum, wie ein Häufchen Elend.

»Seht mal hier!«, hörte sie eine begeisterte Stimme. »Ein Kaugummiautomat! Hat jemand ein Zehnpfennigstück?« Irgendjemand hatte eine passende westdeutsche Münze, die sie in den roten Automaten mit dem Drehgriff stecken. Wie entzückt sie sich auf die dicken Kugeln stürzten, grün, gelb, orange.

Sie teilte sich das Zimmer mit ihrer Klubkollegin Rita, der Kleinsten von ihnen, und zwei anderen Turnerinnen aus Erfurt. Sie gaben ihr eine der Kaugummikugeln ab und erklärten, dass man sie nicht runterschlucken durfte. Rita hatte kurze braune Haare, schwarze Knopfaugen, und alle nannten sie das Rehchen. Sie war ihre stärkste Konkurrentin am Stufenbarren. Die Riesenfelge turnte sie vorwärts wie rückwärts in atemberaubender Geschwindigkeit.

Als Christine auf dem unteren Bett in sich zusammensank, beugte Rita sich über ihr dickes Knie, das jetzt in der Beuge blau und violett angelaufen war. Keine von ihnen war zartbesaitet, aber auch Rita sah auf den ersten Blick, dass es schlimmer war als ihre üblichen Trainingsblessuren.

»Damit kannst du unmöglich antreten. Ich sage dem Trainer Bescheid, er muss einen Arzt holen.«

»Nein, kommt nicht infrage! Das wirst du nicht tun!«

Als die anderen beiden Mädchen, die das Doppelstockbett auf der gegenüberliegenden Seite belegten, neugierig zu ihnen hinübersahen, bedeutete Christine Rita mit einem Nicken, zu schweigen. Rita verdrehte die runden Augen und seufzte laut. Natürlich konnte sie Christine nicht zum vorzeitigen Aufgeben drängen. Es hätte ausgesehen, als ob sie die Konkurrentin ausschalten wollte. Sie marschierte mit ihrem Handtuch zur Tür hinaus und kam nach wenigen Minuten zurück. Es war nass und kalt, als sie es wortlos um Christines Knie wickelte.

»Du solltest es wenigstens eine Weile kühlen«, flüsterte sie. »Aber lange haben wir nicht Zeit. Wir müssen zum Abendbrot.«

Christine gab sich alle Mühe, nicht zu humpeln, als sie die Kantine betrat. Das ganze Gebäude war eine Art Provisorium, denn das neue Sportzentrum befand sich noch im Bau. Man hatte die Baracken dennoch ordentlich für die Sportler hergerichtet. Die Essensausgabe fand aus einer rollbaren chromglänzenden Vitrine heraus statt, aus der sie sich selbst bedienen durften.

Christine konnte es kaum glauben, als sie sah, was sie alles hinter den aufklappbaren Glasfenstern herausnehmen konnten: Fünf verschiedene Brotsorten, Aufschnitt und Käse, glänzende, rotbackige Äpfel, sogar Orangen und Bananen, und jeder erhielt ein Erdnusspäckchen und eine Tafel Vollmilchschokolade mit dem Sarotti-Mohren darauf. Die Mädchen warfen einen zweifelnden Blick auf Hartung, der an einem Tisch zusammen mit einer attraktiven Thüringer Trainerin saß und in ein Gespräch vertieft war. Sie hätten erwartet, dass er ihnen nur einen Bruchteil des Essens erlauben würde, aber im Moment schien ihn das nicht zu interessieren.

Rita stieß Christine mit dem Ellbogen an und flüsterte: »So viel habe ich in der ganzen letzten Woche nicht gegessen.«

»Sogar Erdnüsse!«, sagte ein Turner aus ihrem Klub in der Reihe hinter ihr.

Mit einem Anflug von schlechtem Gewissen luden sie sich ihre Kunststoff-Tabletts voll und gingen zu einem freien Tisch.

Christine begann sofort, ihre Orange zu schälen. »Sieh mal, wie saftig die ist!«, flüsterte sie und leckte ihre Finger ab. Wie gerne hätte sie den Genuss weiter hinausgezögert, aber sie hatte es zu eilig, sich die einzelnen tropfenden Schnitze in den Mund zu stecken. Hartung konnte man nicht trauen, und alle befürchteten insgeheim, dass er jeden Moment neben ihnen stand und das Tablett wegzog. Merkwürdigerweise geschah nichts dergleichen, sondern er schien von der hübschen Trainerin an seinem Tisch wie gebannt zu sein, hing förmlich an ihren Lippen. Heimlich steckten sie sich die übrigen Lebensmittel in die Taschen ihrer weiten Trainingsanzüge.

Rita blickte sich verstohlen um und musste plötzlich kichern. »Sieh nicht hin, aber das, was wir machen, tun gerade fast alle, natürlich nur die aus dem Osten ...«

Christine fand es auf einmal peinlich, so deutlich ihre Gelüste auf die Leckereien zu offenbaren, die in der DDR nicht zu kriegen waren. Was dachten wohl die westdeutschen Turner von ihnen? Sie ließ ihren Blick durch den nüchternen Raum wandern. Alle saßen getrennt nach weiblich und männlich, Ost- und Westdeutschland, wie es ihnen eingebläut worden war, und keiner schien von den anderen Notiz zu nehmen. Sie hatte die Hand noch in der Tasche, befühlte die kleine Packung mit den Ültje-Erdnüssen, die sie nur aus den Geburtstags- und Weihnachtspaketen ihrer Oma kannte. Wie gerne hätte sie die Größe gehabt, sie einfach zurück auf das Tablett zu tun und dort unbeachtet liegen zu lassen. Aber als sie an den unvergleichlichen Geschmack der gerösteten und gesalzenen Köstlichkeiten dachte, brachte sie es nicht über sich und beließ sie in der Tasche.

In dem Moment begegnete ihr plötzlich ein Augenpaar an einem der Tische gegenüber. Die hochgezogenen Brauen und das schiefe Lächeln machten ihr klar, wie genau jemand ihre Gedanken gerade erraten hatte. Der Junge mit den verstrubbelten blonden Haaren, dessen Frisur so ganz anders war als die übliche Schmalztolle der meisten jungen Männer, nickte ihr zu, und jetzt wurde aus seinem Lächeln ein breites Grinsen. Mit einer schnellen Bewegung zog Christine die Erdnusspackung aus der Jackentasche und legte sie auf das Tablett, dabei zog sie eine Grimasse in seine Richtung. Er nickte anerkennend.

Da stand Hartung auf, klatschte wieder einmal in die Hände und ließ seine Trainingsgruppe in einem Nebenraum zusammenkommen. Im Hinausgehen gab sich Christine die größte Mühe, nicht zu humpeln, wodurch ihre Bewegungen fast soldatenhaft wurden. Sie wollte es nicht, aber ihr Kopf drehte sich wie automatisch noch einmal nach dem westdeutschen Jungen um. Er wurde von zwei anderen verdeckt, die an ihren Tisch geeilt waren und versuchten, jeweils als Erster die Hand auf die Erdnusspackung zu legen.

Der Trainer hielt ihnen einen Vortrag über den Ablauf des Wettkampfs am nächsten Tag und die Erwartungen, die an sie gestellt wurden. Sie hätten Leistung zu zeigen, sobald sie den ersten Fuß auf die Matte oder das Sprungbrett setzten. Er verlange von Anfang bis Ende Olympia-Niveau, oder sie trainierten ab Montag täglich noch eine Stunde früher. Zum Schluss erging noch die eindringliche Mahnung: »Haltet euch von den westdeutschen Sportlern fern. Ihr wisst doch: keinen Kontakt zum Klassenfeind!«

Vor dem Schlafengehen wickelte Christine sich wieder das feuchte Handtuch um ihr Bein. Obwohl es seit Langem der erste Tag war, an dem sie keine Minute geturnt hatte, fiel sie, kaum dass sie im Bett lagen, in einen tiefen traumlosen Schlaf. Am nächsten Morgen wachte sie auf und wusste zuerst nicht, wo sie war, tastete auf dem Hocker, den sie für ihren Nachttisch hielt, nach ihrem Wecker, bis ihr einfiel, dass heute der entscheidende Wettkampf stattfand. Vorsichtig versuchte sie, ihre Beine zu bewegen, erst das linke, dann das rechte, und es ging fast ohne Schmerzen. Sie tastete nach dem Knie, schlug die Decke zurück. In der Kniekehle war die Haut noch immer blau und violett verfärbt, aber die Schwellung war ein wenig zurückgegangen. Rita war schon aufgestanden und wollte gerade mit ihrem Handtuch und Kulturbeutel in das Gemeinschaftsbad am Ende des Flurs gehen. Die Erfurterinnen waren schon vor ihnen aufgebrochen. Erstaunt sah Rita zu, wie Christine beide Beine aus dem Bett schwang.

»Es scheint dir besser zu gehen!«

»Alles wieder gut!«, sagte Christine voller Zuversicht und wollte genauso schwungvoll aufstehen, doch da sackte ihr das rechte Bein einfach weg. Rita ließ ihre Sachen fallen und stürzte von der Tür aus auf sie zu, versuchte, sie zu stützen, aber Christine lag schon der Länge nach auf dem Linoleumboden.

»Jetzt reicht es aber. Wir müssen einen Arzt rufen!«, sagte sie und wollte schon zur Tür rennen. Doch Christine packte ihren Arm und hielt ihn fest umklammert. »Wenn du das tust, sage ich dem Trainer, dass du dir die Taschen mit Schokolade vollgesteckt hast.«

Rita sah sie erschrocken an und nickte. »Kannst du alleine aufstehen?«, fragte sie. »Denn dann gehe ich jetzt duschen.«

Fünf Minuten später stürmte Hartung, ohne anzuklopfen, in ihr Zimmer. Was los sei, wollte er wissen, dass ihn Rita vom Frühstück holen müsse. Es schien ihn nicht im Mindesten zu stören, dass Christine in Unterwäsche war. Er besah sich ihr Knie, betastete es und meinte nur, sie solle sich nicht so anstellen, er sei früher mit ganz anderen Blessuren bei Wettkämpfen gestartet. Dann gab er ihr ein Tablettenröhrchen.

»Nimm jetzt eine und nachher noch mal zwei, bevor ihr ins Stadion einmarschiert.« Er gab ihr einen Klaps auf den Hinterkopf. »Und denk dran, dass die ganze Mühe umsonst war, wenn du heute nicht ablieferst.«

Das Waldstadion war erst vor einem Jahr eröffnet worden, und das Ziel, das mit dem Bau der großzügigen Sportstätte in Frankfurt am Main verbunden war, war offensichtlich. Nachdem man bei der Wahl der Hauptstadt der jungen Bundesrepublik übergangen worden war, hatte man dem Wunsch, die Olympischen Spiele in die Stadt am Main zu holen, Raum gegeben. Mit seinen gewaltigen Ausmaßen war das Stadion viel zu überdimensioniert für ihren Turnwettkampf. Von den einundsiebzigtausend Zuschauerplätzen waren so früh am Morgen nicht einmal tausend besetzt. Anscheinend war Kunstturnen im Westen nicht besonders populär. Aber als sie aus den Umkleidekabinen im Gleichschritt in die Arena einzogen, in ihren weinroten Trainingsanzügen des Klubs mit dem Abzeichen auf der Brust und die schwarz-rot-goldene Flagge vor dem blauen Himmel wehen sahen, ließ der Anblick keinen unter ihnen unbeeindruckt.

Nur Roselore, die neben ihr einmarschierte, bemerkte nüchtern: »Wir haben Glück, dass es nicht regnet, denn eine Halle haben sie hier bisher nicht zustande gebracht. Wenn du mich fragst: So kriegen sie jedenfalls nicht die Olympiade nach Frankfurt am Main.« Mit gedämpfter Stimme fügte sie leiser hinzu: »... und ich finde, sie hätten ruhig auch unser Wappen hissen können, es wäre ein Gebot der Höflichkeit gewesen, oder etwa nicht?«

Als Christine nicht antwortete, sah sie sie von der Seite an und merkte erst jetzt, dass sie die Lippen aufeinanderpresste und wie viel Mühe ihr schon das Gehen machte: »So willst du an den Stufenbarren? Sag mal, bist du von allen guten Geistern verlassen?«

»Es ist ganz alleine meine Sache, verstehst du?«, presste Christine in einem Tonfall hervor, der Roselore sofort zum Schweigen brachte. Es kostete sie fast genauso viel Kraft, die Warnungen und Hilfsangebote ihrer Klubkolleginnen so kalt abzuwehren, wie nach außen den Anschein zu wahren, alles sei in Ordnung. Sie hatte drei starke Schmerztabletten genommen, die jetzt zu wirken begannen. Als sie nach einer weiteren Viertelstunde behutsam mit den Dehnungs- und Aufwärmübungen begann, spürte sie weit mehr Beweglichkeit und weniger Schmerzen als noch am Morgen beim Beugen des Knies. Allerdings wurde durch die Medikamente gleichzeitig ihre Wahrnehmungsfähigkeit getrübt. Die Lautsprecheransagen hörte sie wie durch Watte.

In der Mitte der Arena machten sich Bodenturner warm und übten einzelne Figuren aus dem Programm. Ihre Wettkämpfe fanden gleichzeitig statt. Der Stufenbarren war am Rand des Ovals aufgestellt worden und mit im Rasen verankerten Seilen gesichert. Sie sah einigen westdeutschen Turnerinnen bei ihrem Pflichtprogramm zu, das jeweils neunzig Sekunden dauerte. Sie waren gut und bekamen ordentliche Noten im Achter-Bereich. Dann kamen drei Turnerinnen aus Chemnitz und zwei aus Leipzig, darunter eine 8,9 und eine 9,0. Aber keine war überragend. Fast fühlte sie eine Art Enttäuschung. Sie wusste, dass sie die Übung weitaus besser abliefern konnte, wenn sie nur halbwegs in Form war. Heute hingegen musste sie froh sein, wenn sie nicht vom Barren fiel. Aber was hatte sie schon zu verlieren? Neben sich hörte sie eine Stimme fragen: »Na, nervös?«

»Kein bisschen!«, antwortete sie, ohne nachzudenken. Womöglich wurde die plötzliche Sorglosigkeit durch die Medikamente hervorgerufen, aber sie sprach aus, was sie fühlte. Als sie den Kopf umwandte, sah sie dem blonden westdeutschen Turner vom Abend zuvor direkt ins Gesicht.

»Na, dann kann ja nichts mehr schiefgehen.«

Sie wollte sagen, es sei ein Scherz gewesen, doch da sah sie schon hinter seiner Schulter ihren Trainer im Stechschritt von der anderen Seite des Stadions auf sie beide zukommen. Er machte ihr ein Zeichen, deutete auf seine Armbanduhr und wirbelte den Zeigefinger im Kreis, um ihr klarzumachen, dass es losging.

»Wenn es nach mir gegangen wäre, hättest du die Erdnüsse gestern ruhig behalten können. Meine kannst du auch noch haben«, sagte der Junge und gab ihr ein kleines blaues Päckchen. Sie zierte sich nicht, murmelte ein leises Danke und ließ es blitzschnell in ihrer Jackentasche verschwinden, in der Hoffnung, dass Hartung es nicht sah.

»Wie heißt du?«

»Christine. Und du?«

»Thomas.«

»Bist du aus Berlin?«, sagte er und machte eine Kopfbewegung in Richtung des rot-weißen Abzeichens auf ihrer Brust, das ein D zwischen zwei goldenen Ähren zeigte.

Als Christine nickte, fragte er: »Ost oder West?«, obwohl er die Antwort natürlich längst wusste. Keiner der Sportler aus Westdeutschland stürzte sich so gierig auf Erdnüsse und Südfrüchte. In der Bundesrepublik bot das Warensortiment in den Läden längst alles, was das Herz begehrte – und das zu erschwinglichen Preisen.

»Ost«, antwortete sie.

Er suchte nach einer Antwort, öffnete den Mund und wurde jäh unterbrochen, denn Hartung hatte den Weg über den Platz zurückgelegt und kochte vor Wut: »Magold? Jetzt ist keine Zeit für Plaudereien. Die Startnummer 23 ist schon fast durch. Du bist gleich dran! Mach dich bereit! Zieh den Trainingsanzug aus!«

Hartung warf dem westdeutschen Sportler einen abschätzigen Blick zu, legte Christine die Hand zwischen die Schulterblätter und schob sie vor sich her.

»Hals- und Beinbruch!«, hörte sie Thomas noch rufen.

Hartung war außer sich. Müsse man ihr das eigentlich zehnmal sagen? Kein Kontakt zu den West-Sportlern! Wenn er das noch einmal sehe, habe es ernsthafte Konsequenzen für sie.

Wenige Minuten später stand sie vor dem Sprungbrett.

Sie schloss die Augen und ging im Geist ihr Pflichtprogramm durch. Leise murmelte sie vor sich hin: »Springen, halten, strecken, drehen, halten, spreizen, drehen, springen, Fokus auf die Stange, halten, halten, Salto und stehen, stehen, lächeln.«

Dann stieß sie sich vom Brett ab und bekam den oberen Holm zu fassen, hielt sich an ihm fest. Hart schlug ihr Unterleib gegen den unteren Barrenholm. Sie ließ sich mit den Füßen voran nach unten fallen, holte weit aus, zeichnete einen Bogen mit den Zehen und prügelte den Barren mit ihrem Körper. Es fühlte sich an, als würde sie ins Feuer geworfen. Sie stieß einen Schmerzenslaut aus. Einen kurzen hohen, gebrochenen Schrei. Aber sie ließ die obere Stange genau im richtigen Moment los und wickelte ihren Leib um sie herum. Glühender pochender Schmerz fuhr in ihr Knie, bahnte sich den Weg zu ihrer Kehle. Wieder ertönte ein lautes Stöhnen. Inzwischen hatte sich eine Menschenmenge um sie versammelt. Nicht nur ihre Klubkolleginnen, sondern viele der anderen Turner unterbrachen ihre Dehnungsübungen oder die Gespräche, wandten sich als Zuschauer vom Bodenturnen ab und kamen näher, angelockt von den Schreien auf dem Stufenbarren. Sie begriffen, dass sie gerade etwas nie Dagewesenes erlebten, aufregender als alle anderen Wettkämpfe. Freihändig rotierte Christines Rumpf um den unteren Holm und wurde nach oben katapultiert auf die obere Stange. Mit vollkommener Sicherheit griff sie nach dem Holm. Sie schrie gellend auf und verharrte im perfekten Handstand, griff um. Linke Hand, rechte Hand, linke Hand, rechte Hand. Sie ließ sich fallen, und kurz darauf schlug ihr Unterleib noch einmal gegen den unteren Holm. Ihr Körper warf sich nach hinten, die Arme seitwärts gestreckt, und landete mit beiden Beinen auf der Matte. Wieder ein gequälter Laut, und jetzt kam ein kollektives Stöhnen aus dem Publikum, als sie in die Knie ging. Das eine Bein, das verletzte, fühlte sich plump und reglos an. Die eine Hand suchte nach Halt, griff ins Leere. Sie taumelte. Atemlos verfolgten die Zuschauer, was passierte. Fiel sie? Nein, sie fing sich ab und stand. Streckte den Rücken durch ins Hohlkreuz, die Arme in die Luft und lächelte.

Als sie in den Bereich ging, der für die Wettkampfteilnehmer, die ihren Part absolviert hatten, reserviert war, sah sie in die versteinerten Gesichter ihrer Klubkolleginnen. Rita war als Nächste dran, und ihre runden Augen waren noch größer als sonst, als sie an ihr vorbei Richtung Sprungbrett ging.

»Viel Glück!«, wünschte Christine ihr, aber ihre Kollegin antwortete nicht. Sogar Roselore zog nur die Augenbrauen hoch und wandte den Blick ab. Ihr Trainer drehte ihr den Rücken zu. Keiner sagte etwas zu ihr, nicht ein Wort.

Sie warteten. Christines Pferdeschwanz war verrutscht, sie wirkte, als ob sie fröre, totenbleich kauerte sie sich zusammen, warf nicht einen Blick auf die Anzeigetafel. Im Kopf ging sie ihre möglichen Fehler durch, der Absprung, die große Felge, die Übergänge, die Landung beim Salto rückwärts hatte sie nicht sauber gestanden, das war klar, aber immerhin, sie hatte gestanden, und sonstige Patzer waren ihr nicht bewusst. Sie hatte die Pflichtübung wie in Trance abgeliefert. Ihr Knie hatte gehalten. Was um Himmels willen hatte sie angestellt, dass sie von allen geschnitten wurde? Würde sie gleich auch von den Kampfrichtern abgestraft werden? Und wenn ja, wofür?

Der Trainer lief in ihrer Nähe auf und ab. Ihre Klubkolleginnen, die schon fertig waren, tuschelten und warfen ihr dabei Blicke zu. Dann sah Christine, wie Hartung die Arme in den Himmel reckte, die Hände zu Fäusten ballte, sie in den Nacken legte und sich zu ihr umdrehte. Sie hörte den Applaus. Ein Grollen von den Turnern und Turnerinnen, den Zuschauern auf den Rängen, die sich inzwischen gefüllt hatten, erst verhalten, dann immer lauter und rhythmisch donnernd.

»9,2 … sie hat eine 9,2!«, riefen einige Sportlerinnen in ihrer Nähe wie aus einem Mund. »Unglaublich!«

Dann tanzten die Turnerinnen ihres Klubs um sie herum: »Liebes, du hast es geschafft! Du bist drin und das trotz der …!«

»Der was?«, fragte Christine.

»Wieso, weißt du es denn nicht?«, fragte Roselore, die am Stufenbarren selbst nicht antrat, sondern nur am Boden und Pferd. Sie legte sich die Hand vor den Mund und schüttelte ungläubig den Kopf. »Hast du denn nicht gemerkt, dass du dauernd laut geschrien, gejault und gestöhnt hast?«

Hartung kam auf sie zu. Auf seinem Gesicht war keinerlei Freude über das Ergebnis zu sehen.

»Du hast einen Riesendusel gehabt, dass die Kampfrichter dich nicht abgestraft haben für dein jämmerliches Gejaule! Ich an ihrer Stelle hätte dir nicht einen einzigen Punkt gegeben.«

Die anderen Mädchen rissen die Augen auf, starrten den Trainer ungläubig an und warteten auf Christines Reaktion. Aber sie hatte sich in der Hand. Sie nickte und senkte den Kopf. Anscheinend dämpften die Tabletten noch immer ihre Wahrnehmung.

Hartung beugte sich zu ihr herunter, hob ihr Kinn mit zwei Fingern an, und sein Gesicht war jetzt genau vor ihrem: »Wenn du das noch einmal machst, fliegst du sofort aus dem Kader«, zischte er und setzte leise hinzu: »Und aus dem Klub auch!«

Dann drehte er sich um und ließ sie stehen. Erst jetzt fing sie den Blick des westdeutschen Jungen von vorhin auf. Thomas stand ein wenig abseits. Er deutete auf sie, den Barren und formte mit Daumen und Zeigefinger ein O, um ihr zu zeigen, wie beeindruckt er von ihrer Vorstellung war.

Inzwischen hatte Rita ihre Übung begonnen, keiner hatte ihr viel Aufmerksamkeit geschenkt. Die Aufregung um Christines Vorstellung war zu groß. Doch eine der älteren Turnerinnen, die die Jüngste unter ihre Fittiche genommen hatte, war es, die sie jetzt darauf hinwies.

»Seht mal da!«, flüsterte Cornelia und deutete auf den Stufenbarren.

Alle wandten sich um. Der zarte Körper des jüngsten Mädchens ihrer Auswahl wirbelte um die Holme, trotzte der Schwerkraft, verdeutlichte den enormen Vorteil der kindlichen Figur gegenüber den schwereren, weiblicheren Turnerinnen. Ihr Becken knallte gegen die Stange, als sei es nichts, als könne ihr straffer Körper jedem Schlag und jeder Prellung trotzen. Unwillkürlich fasste sich Christine an ihren Hüftknochen. Alle Barrenturnerinnen hatten dort ständig blau angelaufene Haut. Rita rotierte um die Stange wie ein flinkes Speichenrad.

»Das wird mindestens eine 9,5«, flüsterte Cornelia atemlos. Und Christine wusste, dass sie recht hatte, dass sie wieder um ihren Platz im Kader bangen musste. Sie merkte, wie ihr Herz anfing, wild zu klopfen, knetete ihre Hände, bis die Knöchel weiß waren. Sie war so gebannt von der Vorführung, dass sie nicht daran denken wollte, welche Bedeutung sie für ihre Karriere hatte.

Die ganze Übung dauerte nur neunzig Sekunden, doch ihre kleine Rivalin schien in einem zeitfreien Raum zu turnen. Die Bewegung erschien Christine jetzt so langsam, als drehte Rita sich durch eine gallertartige Masse. Ihr Körper schnalzte nach hinten und beschrieb einen vollkommenen Kreis. Doch plötzlich verpasste Rita den Wechsel und bekam die Stange nur mit einer Hand zu fassen. Die Zuschauer stöhnten laut auf. Sie ruderte mit dem anderen Arm, es wirkte verzweifelt, schließlich sprang sie ab. Sie beendete ihre Übung steif wie eine Statue, in einer tragischen Pose. Die Turnerinnen und das Publikum applaudierten höflich. Dann versank Rita schluchzend in Cornelias Armen.

Roselore dagegen wirkte zufrieden. Sie lächelte Christine verschwörerisch zu. Offenbar hatten sich in ihrer Abteilung Fronten gebildet, von denen Christine bisher nichts gemerkt hatte. Der Blick, den Cornelia ihr über den Kopf ihres Schützlings hinweg zuwarf, gab ihr eine Ahnung davon, was für eine Lektion sie noch zu lernen hatte: Ein Triumph, und sei er auch noch so klein, brachte Feindschaften ein.

ANGELIKA

Zwei Wochen später hatte das Geschäft von Großkopff zwar wieder geöffnet. Aber nach der Trauerfeier für die Opfer des Unglücks in der Kirche hatte Irmgards Vater Angelika auf dem Vorplatz angesprochen. Sie waren übereingekommen, dass weder er noch sie unter den gegebenen Umständen an dem Aushilfsvertrag festhalten wollten. Zu sehr hätten sie sich beide andauernd an Irmgards Tod erinnert gefühlt. Als sie schon im Gehen begriffen war, hatte sie die Stimme des Pfarrers hinter sich gehört, gedacht, er meine sie, und sich umgedreht. Doch nicht Angelika, sondern Herrn Großkopff hatte er die Hand auf die rechte Schulter gelegt.

»Keiner kann je den Schmerz ermessen, wenn einem das Liebste genommen wird.«

Seine unter den Mundwinkeln verlaufenden Marionettenfalten ließen ihn schon bedeutungsvoll aussehen, ohne dass der Pfarrer irgendetwas tun oder sagen musste. Angelika beachtete er gar nicht. Aber woher sollte er auch wissen, dass Irmgard ihre beste Freundin gewesen war, und was zählte das für ihn? Hier ging es nur um die Trauer der nächsten Angehörigen, die Verwandten. Angelika wollte jetzt endlich fort von hier, denn sie merkte, dass sie die Tränen nicht mehr lange zurückhalten konnte.

»Angelika! Warte!«

Sie sah, wie Frau Großkopff sich aus der Traube der anderen trauernden Eltern löste. Als sie auf sie zukam, musste sie an die unbeschwerten Mittagessen bei ihr denken, wenn sie mit ihren adretten Schürzen und Kitteln in bunten Mustern um den großen ovalen Tisch getänzelt war, gespannt auf ihre Reaktionen nach dem ersten Bissen wartete, sie aufforderte, ordentlich zuzugreifen. Von dem Fernsehkoch Clemens Wilmenrod schwärmte sie unaufhörlich und probierte täglich neue Rezepte und Haushaltshelfer aus. Die Gerichte waren viel exotischer als zu Hause bei Steins: Hawaiitoast mit Ananas aus der Dose oder Hähnchenschenkel, die in dem neuen kleinen Ofen mit Grill zubereitet wurden, Tomatensuppe aus dem Schnellkochtopf oder sogar Pizza. Dazu hatten alle Orangensaft und Sprudel getrunken.

Frau Großkopff hielt eine braune Papiertüte in der Hand. Ihr Gesicht gezeichnet, die Augen gerötet, über der Nasenwurzel hatte sich eine tiefe Furche gebildet, die Angelika zuvor noch nicht bei ihr gesehen hatte.

»Ich habe etwas für dich!«, sagte sie. Aus der Tüte holte sie einen taubenblauen Stoff und hielt ihn ihr entgegen. »Den Rock hat Irmgard für dich genäht, und ich denke, du solltest ihn auch bekommen.«

Als Angelika zögerte, machte sie eine auffordernde Handbewegung und setzte hinzu: »Nimm schon, sie hätte es so gewollt!«

Angelika murmelte ein Dankeschön und konnte nicht anders. Plötzlich lagen sich beide in den Armen und drückten sich in ihrem geteilten Schmerz aneinander.

Angelika wusste nicht, wohin. Sie konnte die bedrückte Stimmung zu Hause nicht mehr ertragen, den unausgesprochenen Vorwurf. Und schon gar nicht den Anblick ihres Lieblingsbruders, nachdem er aus dem Krankenhaus entlassen wurde. Sie hatte sich gezwungen, dabei zu sein, als ihre Mutter, die ganz und gar in ihrer neuen Rolle als Krankenschwester aufging, seinen Verband wechselte. Sogar eine Schwesterntracht mit hellblauer Bluse, weißem gestärktem Rock und auf dem Rücken gekreuzten Trägern trug sie neuerdings. Das Häubchen auf dem Kopf gab ihr etwas seltsam Biederes, völlig konträr zu ihrem früheren Aussehen mit den ausgestellten Leinenkleidern in A-Linie.

Während Angelika Handreichungen machte und das Loch, wo Peters linkes Auge gewesen war, anstarrte, unterdrückte ihre Mutter tapfer ihre Verzweiflung und flüchtete sich in scheinbar routinierte Geschäftigkeit. Zum ersten Mal sah Angelika ein Glasauge, das der Arzt mitbrachte und das Peter angepasst werden sollte. Bei seinem Anblick entfuhr ihr der Satz über das Offensichtliche, das alle anderen nicht aussprachen: »Es hat ja eine ganz andere Farbe!«

Tatsächlich war es braun und nicht tiefblau wie sein verbliebenes rechtes Auge.

»Wenigstens wird es ihm die Wehrpflicht ersparen, die sie nun gerade wieder eingeführt haben!«, erklärte der Arzt nüchtern. Sein Zwillingsbruder hingegen werde wohl zum ersten Jahrgang gehören, der wieder dienen müsse.

Gerda Stein presste nur die Lippen zusammen. Auch Peter reagierte nicht darauf. Er wirkte, als sei ihm alles einerlei, sah nur apathisch an die Zimmerdecke.

Angelika wusste, das er litt, doch sie konnte ihm nicht helfen. Es schnürte ihr das Herz zu. Warum hatte es ausgerechnet ihn getroffen?, zermarterte sie sich das Gehirn. Ohne den Gedanken zu Ende zu denken: Hätten es Eberhard oder Clara eher verdient, ihr Leben lang gezeichnet zu sein, oder am Ende sie selbst?

Ihre Mutter schüttelte nur leise den Kopf, bedeutete ihr, still zu sein und das Thema der Augenfarbe nicht zu vertiefen. Später erklärte sie ihr mit gedämpfter Stimme und tieftraurigem Gesicht, dass es im Moment nicht möglich sei, die Farbe der künstlichen Iris auszuwählen. Man müsse froh sein, dass sie so schnell überhaupt ein Ersatzauge bekommen hätten.

Angelika entfloh ihrem Zuhause, sobald sie ihren Teil der Hausarbeiten erledigt hatte, wo sie nur konnte. Peter fehlte ihr, doch sie hatte nicht den Mut, nach ihm zu sehen. Sie glaubte auch nicht, etwas zu sagen zu haben, das Peter gern hören wollte. Es war, als sei eine Stelle ihres Körpers ständig kalt. Sie riss sich darum, die Einkäufe für die Familie zu tätigen, am allerliebsten ging sie alleine los. Dabei vermied sie es, ihren früheren Schulweg auch nur zu kreuzen. Sie nahm Umwege in Kauf und suchte sich immer wieder neue Varianten. Der Altmarkt an der Fulda, wo sie früher eingekauft hatten, war jetzt ein neuer Verkehrsknotenpunkt der Stadt. Das Wort hatte Angelika noch nie zuvor gehört. Aber inzwischen gab es so viele private Automobile, dass die Innenstadt zuweilen schon von ihnen verstopft wurde.

Der neue Markt fand in der Tischbeinstraße statt. Als sie an einem Donnerstagmorgen in aller Frühe dort ankam, um die frischen holländischen Matjes zu kaufen, die Peter früher immer so gerne gegessen hatte, war der Platz schon voller Menschen. Manche Marktstände wurden gerade erst mit Ware bestückt. Sie stellte sich in die

Schlange vor dem Fischwagen, schlenkerte das Einkaufsnetz hin und her und dachte darüber nach, ob Peter die jungen Heringe wohl anrühren würde. Sie waren jedes Jahr etwas Besonderes. Sie mussten Ende Mai bis Anfang Juni gefangen werden, bevor ihre Geschlechtsreife begann. Nur dann waren sie so zart und hatten den unvergleichlichen milden Geschmack. Ihr selbst lief das Wasser im Mund zusammen, wenn sie daran dachte, und sie spürte, dass ihr leerer Magen knurrte. Matjes mit saurer Sahne: Früher hatte Peter den Teller so lange mit einem Brotstück blank gewischt, bis er aussah wie unbenutzt. Früher!

Wie ihr die gemeinsamen Mahlzeiten mit ihrer Familie fehlten. Die Witzeleien ihrer Brüder, die Tischgespräche über Kunstrichtungen und Kitsch, über die Einrichtungen der Mitschüler. Im Rückblick kam ihr die Zeit vor dem Unfall wie der Inbegriff der Geborgenheit vor. Seitdem versuchten sie, Peter mit all seinen Lieblingsgerichten zum Essen zu bewegen, aber sie stießen nur auf stumme Ablehnung. Er verließ sein Zimmer nur noch selten, war furchtbar abgemagert, und nach den Untersuchungen flüsterte der Arzt ihrer Mutter regelmäßig zu, ihr Sohn müsse wieder mehr essen. Junge Matjes mit ihrem hohen Fettgehalt seien genau das Richtige, um ihn aufzupäppeln. Peters Bild stieg in ihr auf, wie er vor den Tellern mit den leckersten Speisen saß und sie nicht anrührte. Der Anblick mit dem starren andersfarbigen Auge war für Angelika kaum zu ertragen, und er wusste es. Ihre Anwesenheit, ihre Schuldgefühle verschlimmerten seinen Zustand. Alles an ihm strahlte nichts als Resignation aus. Peter war der Inbegriff der Verzweiflung.

Vom Stand nebenan hörte sie die barsche Stimme des Verkäufers: »Ein bisschen Beeilung, wenn ich bitten darf, Muttchen!«

Angelika drehte sich um und entdeckte vor dem Gemüsestand eine alte Frau mit Gehstock. Sie kannte sie, und gleich meldete sich ihr dauerhaft schlechtes Gewissen mit dem nächsten Anlass: Die Bitte der alten Frau Hellmann, ihr häufiger mit den Besorgungen zu helfen, hatte sie einfach in den Wind geschlagen und seit ihrer Begegnung nie wieder an sie gedacht. Sie war es tatsächlich, suchte in diesem Augenblick umständlich in ihrem Geldbeutel nach den passenden Münzen.

Der korpulente Gemüsehändler hatte offenbar längst die Geduld verloren: »Na, wird's bald, die anderen wollen auch noch drankommen!«, herrschte er sie an. Vor Eile ließ sie ihr Portemonnaie fallen, und die Münzen landeten klimpernd auf dem Pflaster. Angelika sprang hinzu, kniete sich auf den Boden, um sie aufzusammeln.

»Na, nun reicht's aber, noch eine, die den Weg versperrt. Geht mal beiseite und lasst meine Kundschaft vorbei«, schimpfte der Verkäufer.

Rasch suchte Angelika das Geld zusammen, fragte den Verkäufer, was die alte Dame ihm schulde, und zählte ihm die Münzen in die Hand. Dann ließ sie sich die Kartoffeln, Karotten und Kohlrabi in den Korb legen. Sie wollte sich gerade umdrehen, doch etwas musste sie noch loswerden: »Ich hoffe, Sie werden auch einmal so unfreundlich behandelt, wenn Sie alt sind!«, sagte sie dem Händler mit fester Stimme ins Gesicht, und vor Überraschung klappte ihm die Kinnlade herunter. Offenbar konnte er nicht glauben, dass dieses unscheinbare Mädchen sich Derartiges herausnahm.

»Vorlaute Göre! Sieh zu, dass du weiterkommst«, schnauzte er sie an und wandte sich dann betont freundlich der nächsten Kundin zu, die mit ihrem kleinen Sohn zusammen gerade einige Äpfel und Bananen ausgewählt hatte. Ob es noch etwas sein dürfe, die Dame. Doch die Frau mit dem kleinen Kind an der Hand hielt nun inne und steckte ihr Portemonnaie wieder weg.

»Sie können jetzt noch so zuvorkommend tun! Das Mädchen hat vollkommen recht!«, sagte sie. »So geht man nicht mit alten Leuten um!« Sie drehte sich zu den anderen Wartenden um. »Eine alte Frau, die zwei Kriege durchgestanden hat, hat wohl etwas mehr Respekt verdient.«

Von den wartenden Kunden kamen zustimmende Rufe: »Jawohl!« »Das stimmt!«

Doch die Frau ging noch weiter: »Hier kaufe ich nicht mehr!« Sie drehte sich demonstrativ um und setzte hinzu: »Da gehe ich lieber zu einem anderen Gemüsestand.«

Im Vorbeigehen raunte sie Angelika zu: »Das hast du gut gemacht!« Dann ging sie weiter. Die nächste Kundin hinter ihr zögerte nicht lange, sondern sagte: »Und ich gehe mit!«

Staunend beobachtete Angelika, wie sich die ganze Schlange auflöste und schließlich kein einziger Kunde mehr übrig blieb.

Der Gemüsehändler sah ihnen mit vor Wut rot angelaufenem Gesicht hinterher. Jetzt kam er um seine Auslage herum auf sie zu. Und Angelika wurde klar, dass sie besser das Weite suchten, bevor er sich noch auf sie stürzte. Sie wandte sich nach der alten Frau um, die die ganze Zeit geschwiegen hatte. Diesmal musste sie sie gar nicht erst um Hilfe bitten.

Die alte Frau Hellmann wartete geduldig, bis sie die Matjes für Peter gekauft hatte, dann trug Angelika ihr wie selbstverständlich den Korb mit den Einkäufen nach Hause. Unterwegs fragte sie sie, ob sie noch Kohlen bräuchte, aber die alte Frau verneinte diesmal, sie habe noch genug im Haus. Als die Sonne am Vormittagshimmel stand, kamen sie an.

An diesem Tag traute sich Angelika sogar, mit in die Wohnung zu kommen. Sie war auf einiges gefasst, als Frau Hellmann die Tür aufschloss, doch nicht auf das, was sie dort tatsächlich vorfand. Schon im Flur hörte sie das helle Gezwitscher von Vögeln. Die Voliere mit den zwei gelben Kanarienvögeln befand sich vor dem Fenster in der Küche. Gleich als sie eintraten, flatterten die Vögel aufgeregt in dem großen, weiß lackierten Käfig herum.

»Die Piepmätze wissen schon, dass sie jetzt Futter bekommen«, sagte Frau Hellmann und stieß selbst einige Pfiffe aus. Dann öffnete sie die kleine Gittertür und schüttete ihnen Körner aus einer Tüte auf den Boden, auf die sich die beiden Kanarienvögel gleich stürzten. Angelika stellte den Korb auf den Tisch.

»Sieh dich nur um!«

Angelika betrat den anderen Raum, der mit einem Sammelsurium von Möbeln eingerichtet war. An den hübsch tapezierten Wänden des Wohnzimmers hingen unzählige kleine Fotografien in ganz unterschiedlichen Rahmen. Darunter waren Landschaftsaufnahmen oder Bilder von Gebäuden, manches Straßenszenen. Auf einer Anrichte standen lauter gerahmte Porträts. Angelika blieb stehen und betrachtete sie alle lange, eines nach dem anderen. Das Bild eines kleinen Mädchens in einem Turnanzug, das ein Rad schlug, fesselte sie besonders.

»So viele Fotografien! Ist das alles Ihre Familie?«, fragte sie.

»Nein, nein, nur die auf der Kommode zeigen meine Enkel.«

»Leben Ihre Kinder und Enkel alle hier in Kassel?«

»Mein Sohn ja, meine Schwiegertochter lebt mit ihrem neuen Mann und den zwei Kindern in Ostberlin.«

Ihr Gesicht verfinsterte sich. »Ich habe sie alle lange nicht mehr gesehen.«

Angelika deutete auf die anderen Bilder im Flur.

»Warum haben Sie die aufgehängt?«

»Weil sie mir gefallen!«, lautete ihre schlichte Antwort, und dabei sah sie sie freundlich an. »Sicher möchtest du gleich wieder gehen, wie das letzte Mal.« In Frau Hellmanns Stimme schwang eine Art Resignation mit, dann fügte sie hinzu: »Aber vorher möchte ich mich bei dir bedanken: Es war besonders nett und vor allem auch mutig, was du heute getan hast.«

»Meinen Sie?«, fragte Angelika verlegen. »Ich fand es einfach nur so ungerecht, wie dieser Mann Sie behandelt hat.«

Frau Hellmann nickte: »Er hatte keinen Anstand.«

»Ich kann heute noch ein wenig bleiben«, sagte Angelika. »Setzen Sie sich besser hin, Sie müssen ja völlig erschöpft sein von dem langen Weg.« Mit diesen Worten schob sie ihr einen Stuhl hin. Der lang gezogene Seufzer, den Frau Hellmann von sich gab, als sie sich darauf niedersinken ließ, hörte sich erstaunt und gleichzeitig unendlich erleichtert an.

Angelika begann, die Einkäufe auszuräumen, und verstaute sie in der Speisekammer. Sie spülte das Geschirr vom Frühstück und setzte die Kartoffeln für das Mittagessen auf. Liebevoll deckte sie den kleinen Tisch. Das gute Blümchengeschirr aus der Vitrine hatte einen verblassten Goldrand, und sie lauschte der Erzählung darüber, wie Frau Hellmann das Porzellan durch den Krieg gerettet hatte. Es gab Pellkartoffeln mit Quark und Leinöl. Als sie aufgeräumt hatte, setzte sie sich noch ein Weilchen zu ihr.

Die alte Frau beugte sich vor, und ihre verblassten Augen sahen sie durchdringend an: »Seit dem letzten Mal, als du mir geholfen hast, ist etwas passiert, nicht wahr?«

Angelika nickte zögernd.

Frau Hellmann legte ihre faltige Hand auf ihre. »Das sehe ich dir an. Du hast gar kein Kindergesicht mehr.« Sie schwieg einen Moment lang. »Es muss etwas sehr Schlimmes gewesen sein.«

Angelika erzählte ihr alles. Von ihrem Schulverweis, ihrer gewonnenen und verlorenen Kamera, ihrer Abfuhr im Fotogeschäft Bethge, schließlich von der Bombenexplosion, Irmgards Tod und Peters Verletzung.

Frau Hellmann schwieg lange, dann sagte sie, das sei mehr, als ein so junger Mensch ertragen könne.

»Aber dein Plan, ihm sein Lieblingsessen zu kochen, ist genau der richtige Weg!«

Die Matjes! Angelika hatte sie ganz vergessen. Während sie die Einkäufe von Frau Hellmann alle ordentlich verstaut hatte, lag ihr eigenes Einkaufsnetz noch immer unberührt auf dem Küchenstuhl. Sie verabschiedete sich rasch mit der Begründung, sie werde zu Hause erwartet, um die Zutaten für das Mittagessen zu bringen, und nahm diesmal den Autobus, um schneller in der Menzelstraße zu sein.

Dort angekommen, hörte sie ein regelmäßiges schlagendes Geräusch und ging zur Hintertür. Ihre Mutter war im Garten und klopfte einen Teppich aus, der über einer Stange hing.

»Wir sollten endlich einen Staubsauger anschaffen, Mutti«, sagte Angelika statt einer Begrüßung und biss sich sofort auf die Lippen. Der Blick, den ihr ihre Mutter durch die graue Staubwolke hindurch zuwarf, sagte alles. Angelika zog den Kopf ein und ging in die Küche. Sie packte die Einkäufe aus dem Netz, schälte die Kartoffeln, setzte sie auf, kochte Eier. Dann schnitt sie den Schnittlauch auf einem Küchenbrett zu kleinen Röllchen. Sie schreckte die Eier ab, schälte sie und legte sie in die Vertiefung des neuen Eierschneiders aus Plastik, den Großkopff ihrer Mutter geschenkt hatte. Fasziniert sah sie zu, wie die Drähte das harte Ei in gleichmäßige Scheiben zerteilten.

Als alles fertig war, richtete sie die Matjes mit den Zutaten selbst auf einem Teller an. Sie holte eine Flasche Malzbier aus der Speisekammer, stellte alles auf ein Tablett und ging damit die Treppe hinauf.

Peter war schon lange nicht mehr im unteren Stockwerk gewesen. Er saß im Halbdunkel an dem kleinen Schreibtisch, mit Blick aus dem Fenster, als sie das Zimmer betrat. Die Läden waren geschlossen, nur durch die Lamellen fiel etwas Tageslicht.

»Ich habe dir frische holländische Matjes vom Markt mitgebracht, Peter«, sagte sie. »Weißt du noch, was du früher immer gesagt hast? Matjes, Frühkartoffeln, Schnittlauch und Ei sind das beste Sommeressen, das du kennst. Du konntest gar nicht genug davon bekommen.«

Mit diesen Worten stellte sie das Tablett auf seinem Tisch ab. Dann öffnete sie beide Fensterflügel, klappte die Läden nach außen. Als sie sich umdrehte, zwang sie sich, ihm ins Gesicht zu sehen. In dem gleißenden Licht der Mittagssonne schien die braune Iris seines Glasauges fast golden zu schimmern. Das echte blaue Auge kniff er halb zu, weil ihn die Sonne blendete.

Angelika zog den Vorhang ein Stück zu, fragte, ob es so besser sei, doch er reagierte nicht. Seine weißen Arme, die aus dem kurzärmligen Hemd schauten, waren dünner als ihre. Die Ellbogen wirkten knochig, der Hemdkragen stand weit von seinem Hals ab. Früher war er um diese Jahreszeit immer schon braun gebrannt, hatte gerne seinen muskulösen Bizeps gezeigt.

»Komm schon, Peter, du musst etwas essen. Bitte! Mir zuliebe! Du musst doch wieder zu Kräften kommen.«

Sie schnitt ein Stück Matjes ab, tunkte es in die saure Sahne und hielt ihm die Gabel vor den Mund.

»Nichts wird je so sein wie früher, Geli«, sagte er.

Er aß nicht einen einzigen Bissen.

Angelika ging von da an täglich zu Frau Hellmann. Sie schrubbte den Boden, kaufte für sie ein, kochte ihr Mittagessen, spülte das Geschirr, frisierte ihr die Haare, rieb ihr den schmerzenden Rücken mit Franzbranntwein ein. Es wurden immer mehr Aufgaben, die sie übernahm. Fast bildete sie sich ein, in den verblassten hellgrauen Augen der alten Dame wieder neuen Glanz zu sehen, wenn sie kam. Das allein reichte ihr als Lohn. Sie las ihr vor und hörte sich Geschichten aus ihrer Jugend an, die manchmal etwas wirr klangen, oft verband sie sie auch mit Warnungen vor einem allzu lockeren Lebenswandel, die sich Angelika geduldig anhörte.

Tief in ihrem Inneren ahnte sie, dass alles, was sie hier tat, eine Art freiwillige Fronarbeit war. Sie füllte ihren Vormittag und gab ihr das Gefühl, etwas von ihrer Schuld abzutragen, die sie sich an Irmgards Tod und Peters Verletzung gab. Trotzdem war es, als läge ein grauer Schleier über allem in ihrem Leben.

Nachmittags wartete sie auf Rudi. Oft saß sie schon auf der obersten der drei Stufen vor ihrem Elternhaus und lauschte auf das markante Brummen des Zweitaktmotors. Sie ahnte, dass sie ihren Bruder während seiner schwersten Zeit im Stich ließ und viel zu jung war, um sich mit einem Jungen zu treffen. Und sie vermutete auch, dass ihre Mutter womöglich interveniert hätte, wenn sie nicht so beschäftigt mit Peters Krankenpflege gewesen wäre. Deshalb und auch wegen der neugierigen Nachbarinnen ließ sie Rudi niemals vor ihrem Haus halten, sondern traf sich an der nächsten Straßenecke. Wenn sie hinter ihm auf dem Sozius des Mopeds saß und den Fahrtwind in ihrem Gesicht spürte, wurde der graue Schleier, der sich über ihr Leben gelegt hatte, für die Dauer der Fahrt hinweggeweht. Es gelang ihr, zu vergessen und einen Anflug von Glück und Leichtigkeit zu spüren. Ihr bisheriger Radius vergrößerte sich zusehends. Bevor sie Rudi kannte, hatte sie nicht viel mehr außerhalb Kassels gesehen als den Herkules und den Bergpark.

Am 21. Juni 1956 hatte Rudi früher Schluss. Sie fuhren an der Weser entlang, und die Strahlen der tief stehenden Sonne brachten das träge Wasser des Flusslaufs zum Glitzern. Die Luft war lau, sie schlüpfte zwischen Haut und Rock, fuhr geschmeidig ihre Beine hoch.

»Ein paar Tage Sonne, und die Menschen werden die reinsten Südländer«, kam Angelika der Satz von Frau Hellmann in den Sinn. Sie hatte ihn heute Vormittag bei dem Anblick ihres weiten Rocks ausgesprochen. Tatsächlich trug Angelika ihn zum ersten Mal. Irmgard hatte ihn ihr aus dem Stoff von einem alten Kleid ihrer Mutter genäht. Sie war erstaunt, wie richtig es sich anfühlte, endlich das Geschenk ihrer toten Freundin zu tragen.

Für den Ausflug ins Grüne, wie Rudi ihn nannte, hatte sie ein hellblaues Kopftuch im Nacken gebunden, er selbst fuhr heute nur im flatternden Hemd. Sie konnte seinen Herzschlag fühlen, als sie die Arme um ihn schlang. In Wahmbeck warteten sie auf die Gierseilfähre, um überzusetzen. Als sie schließlich kam, rollte er das Moped über die Rampe auf die klappernden Planken, und sie stellten sich nebeneinander an das Geländer. Sie besaß keine Sonnenbrille und musste in dem starken Sonnenlicht die Augen zusammenkneifen, als sie einen tief im Strom liegenden Kahn beobachteten, der der Fähre auswich.

»Was hast du jetzt vor?«, fragte er auf einmal, ohne sie anzusehen »Willst du dir nicht eine andere Arbeit suchen, oder eine Lehrstelle?«

Er klang ungewohnt ernst. Angelika hatte ihm einiges über sich erzählt, ihren Schulverweis, die Geschichte mit der Kamera, die ihr von der Herkulesplattform in das Becken gefallen war. Sie hatte beides mit witzigen Bemerkungen ins Lächerliche zu ziehen versucht, darum bemüht, es mit ein paar kleinen schauspielerischen Einlagen so leicht und unwichtig klingen zu lassen, wie es ihr zusammen mit Peter an dem Abend vor dem Unglück gelungen war. Ihr Umgangston mit Rudi vertrug keine allzu große Schwere, hatte sie das Gefühl. Doch die Scherze blieben ihr im Halse stecken, und an Rudis schräg hochgezogenen Augenbrauen hatte sie schnell gemerkt, dass ihr die Mühelosigkeit fehlte.

Jetzt drehte sie sich zu ihm um und sah ihn von der Seite an. Der kleine Höcker auf seiner Nase fiel aus dieser Sicht besonders auf, aber sie mochte ihn inzwischen schon zu sehr, um sich an ihm zu stören. Und auch seine ruhige, besonnene Art. Sollte sie ihm von ihrer Leidenschaft für die Fotografie erzählen? Doch vielleicht würde er sie dann wieder so ungläubig und amüsiert ansehen. Und dann stellte sie sich selbst die Frage, ob diese Passion überhaupt noch vorhanden war. Ob sie wirklich noch Fotografin werden wollte.

Seit sie das Foto von Irmgards Ranzen und Schuh in der Zeitung gesehen hatte, war sie sich dessen überhaupt nicht mehr sicher. Sie wandte sich wieder dem Wasser zu, starrte auf die kleinen Wellen des Fahrwassers und zuckte mit den Schultern. »Keine Ahnung! Ist doch auch nicht so wichtig.«

Nach zehn Minuten hatten sie den Fluss überquert, schwangen sich wieder auf das Moped und fuhren weiter. Erst als er die Decke auf einer Wiese ausrollte und näher an sie heranrückte, wurde ihr klar, dass sie den Augenblick, um wirklich von ihm für voll genommen zu werden, hatte verstreichen lassen.

Sie setzten sich nebeneinander. Er legte ihr sanft die Hand in den Nacken, und sie fragte sich: Ist das jetzt dieser eine Moment? Seine Haut fühlte sich kühl an. Als sich ihre Gesichter einander näherten, war sie unsicher, ob sie es richtig machen würde, er hatte vermutlich schon mehr Erfahrung. Sein Mund schmeckte nach Salz. Sie ließen kurz voneinander ab, dann beugte er sich über sie und schob ganz sachte ihren Oberkörper zurück, bis sie mit dem Rücken flach auf der Wolldecke lag. Sie küssten sich erneut, jetzt mit mehr Zutrauen. Genau in diesem Augenblick entfuhr Angelika ein merkwürdiger Laut, wie ein nachgebendes Seufzen. Sofort konnte sie in seinen Augen einen Wandel sehen. Bis dahin war er selbst noch unsicher gewesen, wie weit er gehen könne. Mutig wagte seine Zungenspitze sich vor. War er anfänglich noch gehemmt gewesen, wurde er jetzt forsch. Ihre Arme schmiegten sich um seinen Rücken, seine Hand fuhr hinauf zu den Knöpfen ihrer Bluse.

Angelika fühlte sich der Situation nicht gewachsen. Sie trug doch noch nicht einmal einen Büstenhalter, wie er vermutlich erwartete, sondern nur ein schlichtes Miederhemd, wie es kleine Mädchen anhatten. Es gab niemanden, mit dem sie über die Veränderungen ihres Körpers in den letzten Wochen hatte sprechen können. Ihre Mutter war viel zu beschäftigt mit Peters Pflege, und Irmgard war nicht mehr da. Rudi nestelte jetzt ungeduldig an den zierlichen Perlmuttknöpfchen. Dann endlich hatte er drei geöffnet, mit seinen Händen tastete er nach ihren Brüsten. Seine Berührungen lösten einen Schauder in ihr aus. Doch aus einem unerklärlichen Grund kamen ihr gerade jetzt die Worte der alten Frau Hellmann in den Sinn, wie sehr doch das warme Wetter bei den jungen Menschen eine lose Moral fördere. Rudi küsste ihren Hals und atmete schwer. Ihr unsicherer Blick spiegelte seine zunehmende Erregung, und ihr wurde bewusst, dass es gleich kein Zurück mehr gab.

»Spärliche Bekleidung und unzählige Orte, die man nur im Sommer aufsuchen kann, beschwören ungeahnte Komplikationen herauf«, hatte ihr Frau Hellmann ausgerechnet heute Morgen mit auf den Weg gegeben.

Angelika flüsterte seinen Namen, zuerst ganz behutsam. Das fasste er nicht als Signal zum Aufhören auf, ganz im Gegenteil, er wurde noch drängender.

»Nicht, Rudi!«, sagte sie jetzt lauter.

»Komm schon!«, raunte er heiser. »Da ist doch nichts dabei ...« Doch daran, wie sie jeden einzelnen Muskel anspannte und die Lippen aufeinanderpresste, merkte er, dass sie es ernst meinte, und richtete sich abrupt auf. Sie sah seinen enttäuschten Gesichtsausdruck, und fast bedauerte sie es, ihn abgewiesen zu haben. Vermutlich hielt er sie jetzt für ein kleines, prüdes Mädchen und hatte genug von ihr. Die Vorstellung machte ihr Angst. Ohne ihn zu sein, erschien ihr unendlich trostlos. Sie saßen eine Weile schweigend nebeneinander auf der Decke, Rudi angelte ein Zigarettenpäckchen aus seiner Brusttasche und zündete sich eine an. Zu ihrer Überraschung fragte er auf einmal, so als wäre nichts gewesen: »Wann musst du heute zu Hause sein?«

»Ich weiß nicht, so wie immer wahrscheinlich. Spätestens wenn es dunkel wird.«

Sie wusste es wirklich nicht. Die Vorgaben ihrer Eltern waren nie allzu streng, wenn auch nicht nachlässig gewesen. Doch seit dem Unglück achteten sie kaum noch auf die Einhaltung der üblichen Eckpunkte bei der Erziehung ihrer Tochter im Backfischalter. Ihr Vater hatte sich vollkommen aus dem Familienleben zurückgezogen, war lange in der Hochschule oder schloss sich im Atelier ein, ihre Mutter konzentrierte sich ganz auf Peters Genesung. Konnte sie da nicht wenigstens ein einziges Mal die Vorteile dieser Situation zu ihren Gunsten nutzen? Rudi sah sie von der Seite an und grinste: »Na, dann haben wir ja Glück, dass heute der längste Tag des Jahres ist.«

CHRISTINE

»Bitte recht freundlich!«
Das Blitzlicht des Fotoapparats flackerte auf und wurde von der bronzenen Medaille, die Christine in die Kamera hielt, reflektiert. Der Auslöser klickte. Ihre Mutter ließ den Apparat sinken und bat ihren Bruder, sich neben seine Schwester zu stellen.

»Und jetzt ihr zwei zusammen, an eurem großen Tag!«

Roland rollte die Augen zur Decke und stellte sich nur widerwillig vor die Anrichte.

»Jetzt zieh nicht so einen Flunsch, Roland! Heute ist ein Freudentag!«, rief Mama Leisse. Als Friseuse und Freundin der Familie war sie bei besonderen Anlässen immer mit dabei.

»Aaaachtung!«

Dietmar ließ den Korken knallen und goss den heraussprudelnden Sekt rasch in die bereitgestellten Gläser. Als sich Christine eines der Gläser griff, wurde sie sofort von ihrer Mutter ermahnt: »Aber doch kein ganzes Glas, Christine, nur einen winzigen Schluck!«

Gehorsam stellte sie das Glas sofort auf das Tablett zurück. Ihrer Mutter widersprach sie nicht. Meistens reichte einer ihrer vorwurfsvollen Seufzer. Aber heute war Christines Stiefvater anderer Meinung: »Na, komm schon, Kerstin, du hast doch selbst gesagt, heute ist ein Freudentag!«

»Bist du verrückt? Sie ist schließlich im Training! Ich bin hier wohl die Einzige, die noch einen Funken Verstand besitzt!«

Ihr Stiefvater brummte etwas Unverständliches, aber wie fast immer gab er nach, goss Christine ein neues Glas nur viertel voll und verteilte die restlichen Gläser. Dann reckte er seines in die Höhe.

»Also: Wir trinken auf Christine, ihre Bronzemedaille und ihre Aufnahme in den Eliteturnkader!«

Er tippte Christines Glas an, brachte es zum Klingen und sah ihr in die Augen. Auf seinem Gesicht spiegelte sich grundehrliche Freude: »Herzlichen Glückwunsch, Christine.«

Ihre Mutter tat es ihm nach, wenn auch mit dem üblichen nervösen Lächeln. Die Sektflöten klingelten, und sie rief eine Spur zu schrill: »Auf unsere Christine, das hast du großartig gemacht!«

»Auf dich!«, sagte Roland, stieß ebenfalls ihr Glas an und rang sich ein gequältes Grinsen ab.

»Sieh mal hier!« Ihre Mutter griff nach einer Ausgabe der Tageszeitung *Neues Deutschland*. »Sogar mit Foto!« Den Artikel über die Kunstturnmeisterschaft hatte sie mit blauem Kuli eingerahmt. »Die fünfzehnjährige Christine Magold (Dynamo Berlin) erreichte am Stufenbarren Platz 3 und bekam vom Frankfurter Oberbürgermeister Walter Kolb persönlich die Bronzemedaille überreicht ...«, las sie mit stolzer Stimme vor und wartete auf die Reaktionen.

»Wie dumm, dass sie da noch fünfzehn schreiben, ich war doch schon fast sechzehn!«, sagte Christine.

»Ganz im Gegenteil, es ist umso besser. Es zeigt, dass du es als Jüngste geschafft hast!«

Dietmar stellte jetzt sein Glas auf den Couchtisch und ging in die Knie. Seine Augen leuchteten, als er mit den Zeigefingern auf die Tischplatte mit dem Fransendeckchen trommelte: »Uuuund jetzt: zu Roland. Er hat nämlich sein Abitur bestanden, wie wir vor zwei Tagen erfahren haben.«

»Nicht nur bestanden!«, protestierte ihre Mutter. »Mit Bestnote sogar!«

»Bravo!«, rief Mama Leisse und prostete ihm zu. »Was habt ihr für erfolgreiche Kinder. Ihr könnt stolz auf sie sein!« Sie war die Einzige, die darüber Bescheid wusste, dass Dietmar nicht ihr leiblicher Vater war, was sie sich allerdings nicht anmerken ließ. Kerstin Magold hatte ihrem früheren Mann Mama Leisses Telefonnummer für Notfälle gegeben, und als er das erste Mal anrief, hatte sie sie einweihen müssen. Ansonsten hatte sie Roland und Christine vor allen Nachbarn und Bekannten als Dietmars Kinder ausgegeben.

»Und? Was hast du jetzt vor, Roland?«

Jetzt kam das erste Mal Leben in sein Gesicht.

»Ich studiere Maschinenbau an der TU in Karl-Marx-Stadt«, antwortete er wie aus der Pistole geschossen. »Das wollte ich schon immer!« Seine Augen blitzten jetzt. »Und es hat auf Anhieb geklappt.«

Christine wusste, dass es für ihn genau das Richtige war. Er hatte schon immer an allem Technischen herumgetüftelt, was er in die Finger bekam. Früher waren es auch Fotoapparate und Kameras gewesen, die sein Vater aus dem VEB Zeiss Ikon mitgebracht hatte. Deputate oder Schrottteile, die er günstig, oft sogar umsonst bekam. Aber sie wusste, dass Roland inzwischen Motoren und Automobile besonders interessierten.

»Soso, du verlässt also das Nest!«, war Mama Leisses Kommentar.

»Roland wird Ingenieur!«, sagte seine Mutter und platzte fast vor Stolz. »Aber ich werde ihn natürlich vermissen!« Zur Untermalung ihres ungewohnten Gefühlsausbruchs legte sie den Arm um seine Schultern und drückte ihn an sich.

»Und du?«, fragte Mama Leisse an Christine gewandt. Die kleine untersetzte Frau mit den blondierten Haaren und dem tiefschwarzen Ansatz erriet ihre Gedanken: »Bist froh, dass du endlich das Zimmer für dich alleine hast.«

Später lag Christine in ihrem geblümten Frotteepyjama auf dem Bett. Weil es so warm war, hatte sie die Decke zur Seite geschlagen.

Ihr Bruder war auf seiner Seite des kleinen Zimmers, zwischen ihnen das Laken, das es in der Mitte teilte. Der Schirm ihrer kleinen Nachttischlampe war mit einem Kinderstoff bespannt, auf den kleine Nussknackerfiguren gedruckt waren, die nun ihre Schatten an die Wand warfen. Sie war dem Alter längst entwachsen, aber sie mochte es zu gern und schlief am liebsten damit ein. Wehmütig musste sie an die Zeit in Dresden denken, als sie Ballettunterricht gehabt hatte und ihre Lehrerin, die ehemalige Primaballerina, ihr von den Aufführungen in der Semperoper vorschwärmte, so voller Leidenschaft. Sie hatte ihr die Melodien von Tschaikowsky vorgesummt und die Figuren mit ihr eingeübt.

»Ich kann nicht schlafen, wenn du die Lampe anhast«, beschwerte sich Roland von der anderen Seite.

»Seit wann willst du so früh schlafen? Es ist halb zehn!«, fragte Christine.

»Was geht dich das an? Sonst bist du doch immer diejenige, die darauf besteht, dass ich das Licht ausmache, damit dein holder

Sportlerschlaf nicht gestört wird. Hier dreht sich doch alles nur um dich.«

»Du bist ja nur neidisch.«

»Und du bist einfach nur eingebildet!«

Eine Weile schwiegen sie, die schönen Gedanken waren verflogen, jeder schmorte vor sich hin und war überzeugt, dass der andere mehr Aufmerksamkeit von ihrer Mutter bekam. Aber dann fing Roland wieder an: »Nur wegen dir sind wir aus Dresden weggezogen, aus der schönen großen Wohnung.« Sie konnte hören, wie er schluckte, bevor er den gemeinsten Vorwurf aussprach, der ihm einfiel: »Und nur wegen dir hat uns Vati verlassen.«

Christine griff nach dem Erstbesten, das in ihrer Reichweite war, ein Erich-Kästner-Buch musste herhalten, und sie warf »Das doppelte Lottchen« gegen das Laken, wo es nur einen dumpfen Laut verursachte, traurig abrutschte und auf den Boden platschte.

»Das stimmt gar nicht! Er hat uns verlassen, weil er es in der DDR nicht mehr ausgehalten hat und Mutti nicht mit in den Westen wollte! Du bist einfach nur ein feiger Lügner!«

Jetzt sprang Roland auf, riss das Laken ruckartig ab, sodass die Wäscheklammern durch das Zimmer flogen: »Zum Glück bist du mich ja bald los!«

Hastig griff Christine nach der Bettdecke und warf sie sich über das Knie. Doch Roland hatte es schon gesehen. »Was hast du da? Zeig mal!« Nur widerwillig klappte sie die Decke wieder zur Seite. Roland zuckte zurück. Das Knie war noch immer geschwollen, und die Verfärbung hatte sich weiter ausgebreitet. In dem Licht sah es fast schwarz aus. Er nickte mit dem Kinn in Richtung ihres Beins: »Und damit hast du eine Bronzemedaille am Stufenbarren gewonnen? Wie geht denn so was?«

Christine richtete sich langsam auf. Sie rutschte mit dem Rücken an die Wand, winkelte das eine Bein an und streckte das verletzte aus.

»Mit Willensstärke geht so was!« Und als Roland die Augenbrauen hochzog, fügte sie hinzu: »Und mit Tabletten.«

Jetzt wurden Rolands Augen auf einmal weit, voller Mitgefühl mit seiner Schwester, die dort regungslos saß, tapfer, mit ihrem geschundenen fünfzehnjährigen Körper.

Mit dem Zeigefinger pikste sie tief in die bläuliche Haut, neben der Kniekehle, drückte fest zu, atmete hörbar ein und aus, hielt dem Schmerz stand, bis die Stelle weiß wurde. Eine Marotte, die sie sich in letzter Zeit angewöhnt hatte und schon fast zwanghaft wiederholte.

»Weißt du was? Manche unterschätzen die Freude am Schmerz«, sagte sie und sah ihn mit einem Anflug von Triumph an.

Sie waren nur zwei Jahre auseinander und als Kinder unzertrennlich. Das war, bevor Christine mit dem Turnen begann und es immer mehr Zeit in Anspruch nahm, ihre Nachmittage füllte, erst jeden zweiten, dann drei in der Woche, bald jeden, dazu sonntags die Wettkämpfe. Sein Blick glitt über die vielen Urkunden, Pokale und Medaillen an der Wand und auf dem Regal, und sie sah zu ihm hoch. Er war nicht viel größer als sie, hatte die schmalen Gesichtszüge ihres Vaters, mit einer kräftigen geraden Nase. Roland deutete auf ihre Preise und sagte leise: »Du musst das nicht tun! Weißt du? Wenn du nicht willst, musst du das nicht tun.«

Sie schüttelte den Kopf: »Ich weiß!« Sie streckte die Hand aus und berührte seinen Arm. »Du wirst mir fehlen, aber mach dir keine Sorgen um mich!«

Ihr Bruder ging noch einmal ins Bad, und sie zog die kleine blaue Pappschachtel unter der Matratze hervor. Die gesalzenen Erdnüsse hatte sie schon während der Rückfahrt im Bus aufgegessen, aber sie verströmte immer noch ihren würzigen Duft. Und da war der handgeschriebene Zettel, den sie in der Schachtel gefunden hatte. Er war schon ganz zerknittert, so häufig hatte sie ihn seitdem angesehen. Es war kein Liebesbrief, nicht einmal eine Anrede enthielt er. Aber auf dem Karopapier, das vermutlich aus einem Schulheft gerissen war, standen drei Worte, die sie wieder und wieder las:

Auf ein Wiedersehen!

Die Adresse und Telefonnummer auf der Rückseite wusste sie inzwischen auswendig, sie hätte die Notiz längst wegwerfen können. Es wäre vernünftig gewesen, denn falls ihre Mutter sie zufällig bei ihr finden würde, brächte sie das in arge Erklärungsnöte. Doch etwas hinderte sie daran. Leise sprach sie seinen Namen aus: »Thomas

Merkle«, den Straßennamen: »Schellbergstraße«, die Hausnummer: »Fünfundzwanzig!«

Sie schloss kurz die Augen und erinnerte sich an sein Gesicht: braun gebrannt, breit, mit hohen Wangenknochen, seine strubbeligen Locken, die immer aussahen, als sei er gerade erst aufgestanden.

Als sie »Siebentausend Stuttgart« vorlas, hatte sie die eigentümliche, leicht nasale Betonung im Ohr, mit der Thomas sprach. »Schwäbisch« nannte man den Dialekt, so viel wusste sie, obwohl sie nie zuvor jemanden aus Baden-Württemberg kennengelernt hatte.

Schwäbisch gefiel ihr.

ANGELIKA

Schon von Weitem konnten sie die bunte Reihe von Glühbirnen sehen, die über der Hecke aufgehängt worden waren. Grün, gelb, rot. Die Lichterkette war bereits eingeschaltet, obwohl noch keine Dämmerung eingesetzt hatte. Vor dem fahlen Blau des Himmels leuchteten sie besonders einladend und verheißungsvoll. So kam es Angelika jedenfalls vor. Das erste Mal in ihrem Leben würde sie ein Tanzlokal betreten. Auch wenn es nur eine Gartenwirtschaft auf dem Lande war, klopfte ihr Herz schneller bei dem Gedanken.

Als der Motor ausging, hörten sie die flotte Musik, die ihr sofort in die Beine fuhr. Rudi bockte sein Zündapp auf den Ständer, neben einer Reihe von anderen Mopeds, Motorrollern und Fahrrädern. Angelika war neugierig und versuchte, einen Blick über die Hecke zu werfen, stellte sich dafür auf die Zehenspitzen.

Auf einer erhöhten Bühne sah sie fünf Musiker, die wie die Besessenen ihre Instrumente bearbeiteten. Sie trugen alle die gleichen groß karierten Anzüge und spielten schnellen Rock 'n' Roll. Daneben war ein Holzboden als Tanzfläche ausgelegt worden, der schon ziemlich gut besetzt war. Männer in Röhrenhosen und Ringelsocken, mit pomadigen Entenschwanzfrisuren und Schmalzlocken, Frauen in weit schwingenden Röcken, engen Pullovern und Turnschuhen oder flachen Ballerinas führten unglaublich schnelle, gesprungene, fast sportliche Bewegungen aus. Sie wirbelten sich gegenseitig durch die Luft, rollten sich über den Rücken ihres Tanzpartners ab, landeten auf den Fußballen und schienen durchweg Gummi in Armen und Beinen zu haben.

Auf einmal kamen Angelika Bedenken, ob sie hier nicht fehl am Platz war, denn so etwas konnte sie auf keinen Fall. Sie sah an sich herunter. Der Tellerrock, den Irmgard ihr genäht hatte, hing schlapp herunter. Ihm fehlte der Petticoat darunter, um ihn aufzubauschen. Und die ausgetretenen Schuhe mit den abgestoßenen Spitzen, die zerknitterte, viel zu weite Bluse? Als Rudi ihr die Pforte öffnete und eine einladende Bewegung machte, zögerte sie und sah ihn unsicher an.

»Worauf wartest du? Ab ins Getümmel, Prinzessin!«, sagte er.

»Ich weiß nicht! Sie sehen alle viel erwachsener aus, können gut tanzen und ...«

»Und was?«, fragte er.

»Kann ich denn so gehen?«

Rudi unterzog sie einem kritischen Blick.

»Pass mal auf!« Er kam näher, legte ihr die Hände in die Taille und zog ihre Bluse aus dem Rockbund heraus. Sie hielt ganz still, während er die untersten Knöpfe öffnete und die beiden Enden vor ihrem Bauch fest verknotete. Dann fragte er sie, ob sie eine Schleife oder einen Gummiring dabeihabe. Sie schüttelte den Kopf, doch dann fiel ihr das Zierband an ihrer Strickjacke ein. »Meinst du so etwas?«, fragte sie.

»Das müsste gehen.« Er zog es aus der Taille heraus, hielt es ihr hin und sagte: »Binde dir damit die Haare zu einem festen Pferdeschwanz, du weißt schon ...«, er berührte sie sachte am Hinterkopf. »Ganz da oben muss er sitzen. So tragen das die Mädchen jetzt beim Tanzen.«

Sie tat, was er sagte. Dann sah er sie an, hängte ihr die Strickjacke über die Schultern, knöpfte den obersten Knopf zu, legte ihr einen Finger unter das Kinn, um es anzuheben, und flüsterte: »Du wirst die Hübscheste von allen sein!«

Als sie neben ihm über den Kiesweg zwischen den Tischen und Stühlen hindurchging, fühlte sie ein angenehmes Kribbeln. Sie merkte, wie ihr die Jungs von der Band mit ihren Blicken folgten, sah aus dem Augenwinkel ihr Spiegelbild in der Scheibe und staunte über das Mädchen mit dem wippenden Pferdeschwanz und dem kurzen Pony in der Stirn, das sie dort sah. Rudi hatte recht: Heute war sie wirklich hübsch!

Er ließ ihr keine Zeit, zog sie mit festem Griff auf die Tanzfläche. Der Gitarrist trat an das Mikrofon, gab der Kapelle ein Zeichen, und sie stimmten ein neues Lied an, noch flotter als das davor. Angelika kannte es, wie jeder hier, denn sie alle hörten AFN-Radio. Der Rhythmus brachte die Menge zum Toben, begeistertes Jauchzen war zu hören.

»*Rock around the clock*«, schrie ein Mann aus der Menge, und eine helle Frauenstimme übertönte die Musik und befahl: »Jitterbug!«

»*One, two, three o'clock, four o'clock, rock*
Five, six, seven o'clock, eight o'clock, rock
Nine, ten, eleven o'clock, twelve o'clock, rock
We're gonna rock around the clock tonight ...«, sang der Gitarrist mit der Schmalzlocke voller Inbrunst und schlug wie verrückt auf die Saiten seiner Gitarre ein. Der Bassist drehte sein riesiges Instrument zwischendurch auf der Stelle wie einen Kreisel.

Rudi hielt ihre Hand und machte ihr die Schritte vor: »Rück, vor, kick, rück, vor, kick ...«, hörte sie ihn dabei sagen und legte den Finger auf den Mund, zum Zeichen, dass er still sein sollte.

Um sie herum wirbelten die Paare, sie wollte in diesem Augenblick nichts anderes, als das genauso zu können. Ihre Füße bewegten sich automatisch im Takt, vor, zurück, kick. Rudi hob den Arm und führte sie in die Damendrehung, sie machte es umgekehrt mit ihm. Neben ihr tanzte eine junge Frau mit Kurzhaarschnitt in einem ausladenden gestreiften Rock und einem engen Neckholder-Oberteil gekonnt zusammen mit einem ganz in Schwarz gekleideten Mann. Das Paar legte jetzt beide Hände auf den Rücken und sprang nebeneinander in synchronen, rasenden Bewegungen, als seien sie Stepptänzer. Die anderen bildeten einen Kreis um sie und begannen, rhythmisch in die Hände zu klatschen, was das Tanzpaar dazu anstachelte, ihre Vorstellung für das Publikum mit atemberaubenden akrobatischen Einlagen zu würzen, bei denen sie jedes Mal im festen breitbeinigen Stand landeten. Sie ernteten Applaus, dann mischten sie sich wieder unter die anderen, und alle tanzten weiter.

Angelika, deren Bewegungen anfangs noch hölzern waren, lernte, indem sie sich das Tanzen von Rudi zeigen ließ und es sich von den Könnern abschaute. Sie merkte, wie ihre Tanzschritte lockerer und athletischer wurden. Sie federte auf den Fußballen, fühlte sich leicht, bewegte die Arme zu den Kicks in regelmäßigen, immer passenderen Winkeln. Der weite Rock wirbelte um sie herum, wenn sie sich drehte. Die Anspannung, die Trauer, die bleierne Schwere der letzten Wochen fielen nach und nach von ihr ab, während der Vierviertaltakt der Musik und der Offbeat das Tempo immer weiter anzogen, bis alle nur noch in einem rasenden Rausch herumsprangen.

»*We're gonna rock, rock rock, til broad daylight*
We're gonna rock, gonna rock, around the clock tonight
When the chimes ring five, six and seven
We'll be right in seventh heaven
We're gonna rock around the clock tonight ...«

Das Lied war zu Ende. Doch die Band ließ ihnen keine Zeit. Sie spielte weiter, einen Titel nach dem anderen, keiner verließ die Tanzfläche, sie sprangen alle weiter, ohne Pause. Erst nach drei zusätzlichen Songs klang das Potpourri mit den letzten Takten der E-Gitarre und einem kurzen Schlagzeug-Solo aus.

Alle hielten plötzlich inne. Alle mit dem gleichen seligen Ausdruck im Gesicht: außer Atem, wild und glücklich.

Der Sänger kündigte eine kurze Pause an. Als sie sich zu einem Tisch begaben, legte ihr Rudi seine Hand auf den Rücken. Sie waren beide so erhitzt, dass ihre Haut zu glühen schien. Der Zauber der Dämmerung des langen Mittsommerabends hatte eingesetzt, und die unzähligen Glühbirnen, die an Kabeln über den Tischen hingen, verbreiteten ihren bunten Lichtschein.

»Das war herrlich!«, flüsterte Angelika und lächelte ihn an. Vielleicht war es dieser Moment, in dem sie sich in Rudi verliebte. Er war achtzehn, wirkte manchmal noch erstaunlich jungenhaft und dann wieder wie ein erwachsener Mann. Sie mochte seine Unbeschwertheit, seinen Lebenshunger und bewunderte gleichzeitig seine Disziplin, wenn er täglich, ohne sich je zu beschweren, seiner anspruchslosen Arbeit im Haushaltswaren nachging. Er sah gut aus, und sie fragte sich oft, was er an ihr fand. Er hätte viele andere Mädchen haben können. Auch jetzt hatte sie den Eindruck, von nicht wenigen weiblichen Gästen in dem Gartenlokal um ihn beneidet zu werden.

Neben ihnen am Tisch beugte sich eine junge Frau nach vorne, und Angelika durchzuckte es wie ein Stromschlag, als sie ihnen das Gesicht zuwandte: geschwungene Augenbrauen über schrägen Katzenaugen. Genau wie Irmgards Augen. Sie senkte die Lider und atmete tief ein und aus.

»Was hast du?«, fragte Rudi.

Aber sie schüttelte nur den Kopf: »Ach, nichts. Ich dachte nur ...«

Sie wollte sich setzen, doch er raunte ihr zu: »Dahinten sind ein paar Kumpel von mir«, und deutete in den dunkleren Teil des Gartenlokals. »Lass uns kurz zu ihnen gehen. Ich denke, ich muss mich mal wieder bei ihnen blicken lassen.«

Es waren die Jungs, mit denen sie ihn früher schon auf Mopeds und Fahrrädern durch ihre Straße hatte fahren sehen. Sie trugen Lederjacken oder Blousons und Jeanshosen, und sie schienen schon einige Bier getrunken zu haben, denn der eine rief mit schwerer Zunge: »He, Rudi, sieht man dich endlich mal wieder! Wo hast du denn die ganze Zeit gesteckt?«

Als sie näher kamen, musterten sie Angelika von oben bis unten, und sofort begann sie sich unbehaglich zu fühlen. »Anscheinend ziehst du nur noch mit der Kleinen da durch die Gegend. Willst du uns nicht wenigstens mal bekannt machen?«

Einer von ihnen stand jetzt auf, legte die rechte Hand auf seine Brust und deutete einen Diener an. »Ich bin Karl, genannt Kalli.«

»Lass den Quatsch, Kalli«, sagte Rudi in gereiztem Ton. Er legte Angelika fest den Arm um die Schulter. »Das ist Angelika. Wir gehen zusammen.«

Sie sah ihn von der Seite an. Dass er sich traute, sich vor diesen Halbstarken so deutlich zu ihr zu bekennen, schweißte sie zusammen.

Kalli machte übertrieben große Augen und pfiff durch die Zähne: »Donnerwetter.«

Ein anderer, der älter wirkte und am Tisch sitzen geblieben war, zog an seiner Zigarette und sagte: »Pass lieber auf, dass du keine Probleme kriegst, das Mädel ist doch noch keine sechzehn!«

»Was geht dich das überhaupt an, Martin?«, zischte Rudi zurück, doch er ließ ihre Schulter los.

»Gar nichts! Ist ganz und gar deine Sache!«, sagte Martin und sah nicht ihn, sondern nur Angelika an. Diese stand stumm daneben und kam sich ziemlich fehl am Platze vor. Sie hatte das Gefühl, von den drei Jungs genau taxiert zu werden, allerdings nicht besonders wohlwollend. Ihr neues Selbstbewusstsein, das sie eben noch gespürt hatte, als sie zur Tanzfläche ging, war wie weggewischt. Die Augen der drei schienen nur auf ihre flache Brust und die knochigen Hüften gerichtet zu sein, und ihr war klar, dass sie nicht die weiblichen Attribute zu bieten hatte, auf die es ankam. Am liebsten hätte sie sich umgedreht und wäre fortgerannt. Einer von ihnen hielt seine Zigarette mit Daumen und zwei Fingern, eine Geste, die sie bisher immer nur bei Angebern gesehen hatte. Über seiner Oberlippe wuchs ein unregelmäßiger Flaum. Ganz offensichtlich wollte er besonders männlich wirken.

»Ich kenn dich doch«, sagte er lispelnd. »Bist du nicht die kleine Schwester von den Zwillingen?«

»Welchen Zwillingen?«, fragte Kalli jetzt interessiert.

»Na, die neunmalklugen Stein-Zwillinge vom Gutenberg-Gymnasium!« Als es Kalli immer noch nicht dämmerte, fügte er mit einer hässlichen Geste hinzu: »… von denen der eine durch den Blindgänger im Schulhof sein Auge verloren hat!«

Angelika merkte, wie sie dieser eine Satz mit seiner unbarmherzigen Härte so tief traf, dass sie ein wenig taumelte. Doch da war wieder Rudis feste Hand und gab ihr Halt. Aber jetzt hatte auch Kalli begriffen, wen sein Kumpel meinte, und fragte gehässig: »Wie ist das eigentlich, hat er jetzt ein Glasauge, oder bleibt da für immer ein Loch?«

»Pass auf, was du sagst, Kalli!«

Angelika merkte, wie Rudi seinen Rücken straffte und die Muskeln anspannte. Er würde doch jetzt nicht eine Schlägerei anfangen? Drei gegen einen? Da hätte er keine guten Chancen! Sie wusste nicht, wie sie ihn davon abhalten sollte.

»Komm, Kalli, lasst die beiden in Ruhe!«, meldete sich der Älteste von den Jungs zu Wort. Er schien an den Provokationen der anderen nicht viel Interesse zu haben. »Seht euch lieber mal diese drei Grazien da drüben an.«

Er deutete mit dem Daumen über seine Schulter auf drei junge Damen, die gerade durch die Pforte kamen, und nickte mit dem Kopf in die Richtung. Für das einfache Gartenlokal waren sie viel zu aufgedonnert. Eine von ihnen hatte die Haare zu einer Farah-Diba-Frisur aufgetürmt und trug eine Perlenkette zu einem engen Etuikleid. Die andere hatte ein pfirsichfarbenes Kleid mit Pünktchen, die Dritte mit einer schönen Eieruhrfigur trug knallenge Caprihosen. Alle hatten hochhackige Pumps an, die völlig ungeeignet für den Untergrund waren, und staksten wie Störche durch den Kies. »Gutes Auge, Martin. Wie haben die sich denn hierher verirrt?«, fragte Kalli.

»Keine Ahnung, auf jeden Fall sehe ich keine Begleitung, ihr etwa?«

Martin strich sich mit der Handfläche über seine dunklen, pomadigen Haare. Der Jüngste fuhr mit den Fingerspitzen über seinen Oberlippenflaum und stammelte: »Sind die nicht eine Nummer zu groß für uns?« Er hauchte seine Hand an und holte dann eine kleine blaue Flasche mit der Aufschrift »Menthol« aus der Jackentasche, mit der er sich in den geöffneten Mund sprühte. »Für dich vielleicht, Milchbart!« Kalli setzte sich bereits in Richtung der Neuankömmlinge in Bewegung, und Angelika empfand Erleichterung darüber, dass die drei ihr keinerlei Beachtung mehr schenkten.

»Mach's gut, Rudi, man sieht sich!«, sagte Martin im Vorbeigehen.

Rudi und Angelika sahen hinter ihnen her, wünschten aus tiefstem Herzen, dass die Frauen sie abblitzen lassen würden, und Angelika fröstelte, obwohl es noch immer über zwanzig Grad warm war. Ihr eigener Tisch war inzwischen besetzt. Der Zauber des Abends war verflogen. Auf einmal juckten sie die vielen Mückenstiche an den Beinen, und die Kiessteinchen drückten sich unangenehm durch ihre abgelaufenen dünnen Sohlen. Die Musik, die wieder eingesetzt hatte, erschien ihr jetzt lärmig und aufdringlich. Selbst der schnelle Takt des »See You Later, Alligator« konnte sie nicht mehr packen.

»Es tut mir leid«, sagte Rudi und strich ihr eine Haarsträhne, die sich aus ihrem Pferdeschwanz gelöst hatte, hinter das Ohr.

Sie konnte ihn kaum verstehen, las die Worte eher von seinen Lippen ab, denn die Kapelle spielte jetzt noch lauter.

»Lass uns hier verschwinden.«

Sie nickte, und als sie auf den Ausgang zugingen, sahen sie, wie die drei herausgeputzten Damen zur Tanzfläche geführt wurden. Allerdings nicht von Martin, Kalli und dem Milchbart, die mit knallroten Köpfen neben ihrem Tisch stehen gelassen worden waren, sondern von anderen Verehrern.

Der frische laue Fahrtwind tat ihnen beiden gut. Angelika umklammerte Rudis warmen Körper und hielt ihr Gesicht in die Luft. Das dunkle Schwarz der Landstraße wurde nur dürftig vom Mondschein und dem Scheinwerfer des Mopeds erhellt, aber auf Rudis Sozius fühlte sie sich sicher. Wäre nicht an diesem Abend ihre Trauer erneut über sie gekommen, hätte sie die Fahrt zurück in die Stadt als leicht und glücklich erlebt. Als sie sich Kassel näherten, nahm der Himmel eine unwirkliche gelbliche Tönung an.

An der Ecke zur Menzelstraße hielt Rudi an, stellte den Motor aus, stieg ab und nahm ihr Gesicht in beide Hände. Er merkte, dass es nass von Tränen war, und sagte: »Ich kann dir deine beste Freundin nicht zurückgeben und deinem Bruder auch sein Auge nicht. Aber eines weiß ich: So kannst du nicht weitermachen. Ändere etwas in deinem Leben. Erstens: Du musst dir endlich eine Lehrstelle suchen!«

Angelika sah ihn im Schein der Straßenlaterne ungläubig an. So ernst hatte er noch nie mit ihr geredet.

»Du denkst, meine Arbeit im Laden ist eintönig und stupide, und so hat sie sich auch angefühlt, als ich dort als Lehrling anfing.«

»Nein ... das stimmt doch gar nicht ...«, wollte Angelika ihn unterbrechen, obwohl sie genau das gedacht hatte.

Doch er ließ sie nicht zu Wort kommen: »Aber ohne sie würde ich genauso nutzlos herumhängen wie die anderen, die du heute gesehen hast: Martin, Kalli, der Milchbart, mir fallen noch einige ein. Keiner von ihnen hat die höhere Schule besucht, sie haben nicht einmal die Volksschule abgeschlossen und erst recht keinen Beruf gelernt. Sie nehmen Gelegenheitsarbeiten an, mal hier, mal da, werden nie mit etwas anderem arbeiten als mit den Händen. Und dann treffen sie sich, trinken und pöbeln andere Leute an, weil sie mit sich selbst unzufrieden sind.«

»Aber ich hänge nicht herum, ich gehe jeden Tag zu Frau Hellmann und kümmere mich um sie.«

Er strich ihr mit dem Handrücken über die Wange. »Das ist nett und reizend von dir, aber ...«

Im ersten Stock des Wohnhauses, vor dem sie standen, ging das Licht an, und ein Fenster wurde geöffnet. »Ruhe da unten!«, rief eine wütende Männerstimme. »Sonst komme ich runter!«

»Entschuldigung, dass wir Sie gestört haben!«, antwortete Rudi mit genau dem richtigen Tonfall, um den Anwohner zu beruhigen. Sie seien gleich weg und würden es bedauern, ihn geweckt zu haben, wünschten noch eine angenehme Nacht. Dann zog er Angelika ein Stück weiter auf die andere Straßenseite.

»Angelika ... und zweitens ...«, sagte er mit gedämpfter Stimme. »Ich glaube, diese Frau Hellmann braucht dich nicht so sehr wie dein Bruder. Du musst dich um ihn kümmern. Sonst wirst du nicht mehr glücklich.«

Angelika dachte viel über Rudis Worte nach. Doch sie hielt sich nicht an seinen Rat. Stattdessen huschte sie auf Zehenspitzen durch den Flur an der Tür zum Zimmer der Zwillinge vorbei, vermied die Begegnungen, wie auch zu den übrigen Mitgliedern ihrer Familie. Sooft sie Peter mit seinem andersfarbigen Glasauge sah, brach es ihr fast das Herz. Der dumpfe Schmerz in ihrer Brust wurde täglich schlimmer, aber sie missachtete ihn, ging jeden Morgen, bevor es hell wurde und die anderen erwachten, zu Frau Hellmann. Immer mehr Zeit verbrachte sie in der Wohnung am anderen Ende der Stadt. Wischte Staub, fütterte die Kanarienvögel, schälte Kartoffeln, kochte ihr Kaffee, putzte das kleine Badezimmer.

Immer wieder stand sie vor den vielen Fotografien und betrachtete sie. Nach und nach hatte sie zu jedem einzelnen Bild und jeder abgebildeten Person eine Geschichte gehört, worauf sie es jeweils noch genauer anschaute und nach Einzelheiten fragte. Ein Mann und eine Frau blickten sie mit ernsten Gesichtern an. Sie wirkten steif und unglücklich. Inzwischen wusste Angelika, dass Frau Hellmanns Sohn geschieden war. Zu dem Zeitpunkt, als das Foto aufgenommen wurde, war die Ehe wohl schon zerbrochen. Das radschlagende Mädchen im Turnanzug war auch noch auf einer anderen Fotografie zu sehen. Sie mochte zwölf Jahre alt sein und stand zuoberst auf einem Podest, zwischen zwei anderen. Alle hatten die gleiche Frisur, Rattenschwänze, wie Angelika sie früher auch getragen hatte, die kleinen Turnerinnen allerdings mit großen Schleifen über den Haargummis. Jede eine Medaille auf der Brust und einen kleinen Blumenstrauß in der Hand.

»Die in der Mitte ist Ihre Enkelin?«, fragte Angelika.

»›Die‹ sagt man nicht! Das ist unhöflich, Angelika.«

»Ich meinte, das Mädchen in der Mitte ist Ihre Enkelin?«, verbesserte sich Angelika.

Frau Hellmann winkte sie zu sich heran, nahm den kleinen silbernen Rahmen in die Hand und berührte mit ihrem gekrümmten Finger zärtlich das Kindergesicht. »Ja, das ist Christine. Da hat sie einen Wettkampf gewonnen, frag mich nicht, in was genau, Pferdsprung, oder auf dem Schwebebalken, sie turnt, weißt du?«

»Das dachte ich mir.« Nach einer kurzen Pause fügte sie hinzu: »In meiner Familie sind alle unsportlich. Bei uns drehte sich alles immer um Zeichnen, Malen, Kunst, Literatur und so etwas.«

»Das ist doch auch viel vernünftiger, als die Kinder so zu drillen. Kultur hat noch niemandem geschadet. Zu viel Sport hingegen schon. Oder findest du vielleicht, dass Christine auf den Fotos glücklich wirkt?«

Angelika beugte sich über die Fotografie und schüttelte den Kopf: »Ich weiß nicht. Aber warum sollte sie es denn sonst tun, ich meine das Kunstturnen.«

»Nun, ihre Mutter, meine Schwiegertochter, hat es sehr forciert, man könnte sagen, der sportliche Ehrgeiz wurde Christine eingeimpft. Erst Ballett, dann das Turnen.«

Die alte Dame schloss kurz die Augen und öffnete sie wieder: »Ich versuche, mir vorzustellen, wie sie jetzt wohl aussieht. Ich habe sie so lange nicht gesehen. Sie ist ja in deinem Alter. Am fünfzehnten Juli wird sie sechzehn.«

»Und ich am achten August«, platzte Angelika heraus und biss sich auf die Lippen, sie wollte nicht vorlaut sein.

Frau Hellmann tippte sich plötzlich an die Schläfe: »Wie gut, dass du es angesprochen hast: das Paket!«, sagte sie. »Fast hätte ich es vergessen ... ich schicke Roland und Christine doch immer zu Weihnachten und zu den Geburtstagen ein Paket. Aber natürlich tue ich immer nur die Waren hinein, von denen man weiß, dass es sie in der Zone nicht zu kaufen gibt. Sie können zwar immer noch nach Westberlin, den Vorteil haben sie ja in Berlin gegenüber den anderen DDR-Bewohnern, aber was man so liest, sind die Waren in Ost-Mark dort zehnmal so teuer.«

Angelika sah sie an und wartete, was sie wohl sagen wollte. »Ich weiß natürlich nicht, was ein Mädchen in eurem Alter heutzutage wohl so braucht oder sich wünscht, aber vielleicht könntest du mir da helfen?«

Angelika nickte und ging gedanklich sofort die Dinge durch, über die sie selbst sich freuen würde. Letztlich kreisten ihre Ideen doch immer nur um einen neuen Fotoapparat, sosehr sie sich auch dagegen wehrte. Und das war es vermutlich nicht, was sich Frau Hellmanns Enkelin wünschte.

»Das mache ich gerne. Ich werde bestimmt etwas für sie finden!«, sagte sie trotzdem und musste auf einmal daran denken, was sich Irmgard wohl gewünscht hätte. Sicher etwas Hübsches zum Anziehen, nach der neuesten Mode. Einen weit schwingenden Rock und einen Petticoat vielleicht? Das wäre genau nach Irmgards Geschmack gewesen. Ihre beste Freundin fehlte ihr so sehr, dass es ihr jedes Mal die Brust abschnürte, wenn sie sich an sie erinnerte.

Angelika stellte den Rahmen zurück auf die Kommode und betrachtete wieder die anderen Fotos. Versuchte, sich von den Gedanken an Irmgard abzulenken und sich auf die Bilder zu konzentrieren. Es waren nicht nur Porträts, sondern auch Straßenszenen, architektonische Bauwerke und Landschaftsaufnahmen. Sie stand unbeweglich davor und wurde dabei von Frau Hellmann beobachtet. Minutenlang sprach keine von ihnen ein Wort. Nur das Gezwitscher der Kanarienvögel war aus der Küche zu hören. Plötzlich sagte die alte Dame: »So geht das nicht weiter, Angelika. Wir müssen dir eine Stelle besorgen.«

Angelika drehte sich zu ihr um. Wie wach und energisch die alte Dame auf einmal wirkte. Ihre Augen blitzen vor Unternehmungslust.

»Wie kommen Sie darauf? Wollen Sie mich nicht mehr hier haben? Bin ich zu neugierig?«

»Ach, darum geht es doch gar nicht, Angelika!«, sagte Frau Hellmann mit so resolutem Tonfall, wie sie ihn noch nie zuvor von ihr gehört hatte.

»Setz dich zu mir und hör mir zu. Hier geht es ausschließlich um dich und deine Zukunft!«

Das Gesicht mit den vielen Fältchen nahm vor Aufregung eine so purpurne Farbe an, dass Angelika sich fast um die Gesundheit der Dreiundsiebzigjährigen sorgte. Sie kniete sich vor ihren Sessel, nahm ihre Hand mit der pergamentartigen Haut zwischen ihre Handflächen, hörte ihr zu.

»Du weißt, dass ich seit Jahren nicht mit meinem Sohn gesprochen habe, nachdem er ...« Sie verstummte abrupt, räusperte sich und sagte ohne weitere Erklärung: »Aber für dich werde ich eine Ausnahme machen.«

Ihre Stimme klang jetzt nicht mehr streng, sondern sie zitterte leicht.

»Aber warum?«, fragte Angelika.

»Weil er ein sehr guter Fotograf ist.«

CHRISTINE

Hartung war den ganzen Nachmittag mit ihnen in der Halle, wie immer korrekt frisiert, nach Rasierwasser duftend, und sein sauberer weinroter Trainingsanzug leuchtete. Christine beachtete er nicht, ignorierte sie, sah über sie hinweg, selbst wenn sie genau vor ihm stand. Er lachte mit Roselore und lobte Rita. Sie führte ihm vor, wie weit sie mit ihrer Dehnung gekommen war. Ihren mühelosen Spagat, sogar im Stand konnte sie ein Bein senkrecht in die Höhe strecken.

»Gutes Mädchen!«, hörte ihn Christine sagen, während Rita wieder mit den schönsten Ballettschritten zum Stufenbarren zurückrannte.

Dann klatschte er in die Hände und rief alle Mädchen zusammen. Sie unterbrachen ihre Übungen an den verschiedenen Geräten und sammelten sich, bildeten einen Halbkreis um ihn herum.

»Große Ereignisse werfen ihre Schatten voraus. In wenigen Wochen ist es endlich so weit und wir fahren zum Leipziger Turn- und Sportfest.«

Er spreizte die Hände, legte die Fingerspitzen vor seinem Kinn aneinander und ging, wie es immer seine Art war, wenn er etwas erklärte, vor ihnen auf und ab. »Für die Formation haben wir unseren Part eingeübt, ich hoffe, dass ihr euch gut in das große Ganze einfügen werdet. Schließlich wird die Aufführung zur Eröffnungsfeier im neuen Zentralstadion mit zwanzigtausend Sportlern stattfinden, es werden siebzigtausend Zuschauer erwartet.«

Er deutete auf die älteren Turnerinnen. »Roselore und Cornelia waren schon beim letzten deutschen Turn- und Sportfest dabei, dieses wird aber an Größe und Wirkung alles je Dagewesene übertreffen, denn wie ihr sehen werdet, ist das neue Stadion eine Sportstätte der Superlative.«

Wie immer in letzter Zeit stand Cornelia neben der kleinen Rita wie eine Glucke und schwärmte ihr jetzt so laut vor, dass es alle hören konnten: »Glaub mir, es ist ein unbeschreibliches Gefühl, wenn so ein Stadion bis zum letzten Platz gefüllt ist und man Teil des Ganzen wird.«

Ihr Gesicht bekam einen verklärten Ausdruck, und Roselore prustete verächtlich: »Pfff, es mag eine beeindruckende Schau sein, aber kein besonders bedeutender Wettkampf. Weltmeisterschaften sind noch mal ein ganz anderes Kaliber.«

Hartung schob den Unterkiefer vor, und ihm war anzusehen, wie er mit sich kämpfte. Doch das konnte er sogar seiner Favoritin nicht durchgehen lassen: »Dem deutschen Turn- und Sportfest wird natürlich unsere geschätzte Staatsführung beiwohnen wie auch ranghohe Politiker der BRD. Es wird eine Fernseh- und Rundfunkübertragung geben. Unsere Aufgabe ist es, Deutschland und der Welt den hohen Leistungsstand der sozialistischen Körperkultur zu demonstrieren.«

Als die Mädchen begannen, miteinander zu tuscheln, rief er sie sofort zur Ordnung. »Ich darf doch um Ruhe bitten, wenn ich rede!«

Er sah sie der Reihe nach an. Sofort verstummten sie.

Wenn er eines hasse, dann sei das Tratsch, Überheblichkeit, gepaart mit Disziplinlosigkeit, fuhr er fort. Roselore funkelte ihn wütend an. Doch er sprach ungerührt weiter: Und auch wenn es sich um ein gesamtdeutsches Sportfest handele, werde er ein besonderes Auge auf jede Einzelne von ihnen haben. Er hob den Zeigefinger: »Merkt euch: Begegnungen mit dem Klassenfeind sind auf das dringend erforderliche sportliche Minimum zu reduzieren!«

Christine hatte das Gefühl, dass er sie in diesem Moment ganz besonders eindringlich ansah. Offenbar hatte er ihr Gespräch mit dem westdeutschen Turner in Frankfurt am Main nicht vergessen, genauso wenig wie sie selbst. Natürlich würde Thomas dort sein, und sie hoffte inständig auf die Gelegenheit, ihn zu treffen. Aber wie sollte das gehen, wenn sie ständig unter Beobachtung stand?

»Einen Tag vorher wird es zwei Proben geben, deshalb reisen wir schon am 1. August an. Ihr bekommt alle Trikots in dem Schaubild entsprechenden Farben ausgeteilt ... das ist der eine Part. Der andere ist eure sportliche Leistung! Am 3. August beginnen die Wettkämpfe. Dies wird wieder eine der Qualifikationen für Olympia sein. Ich erwarte Leistung auf höchstem Niveau und nichts anderes. Wir sind alle gut vorbereitet, wir haben täglich eine Stunde länger trainiert, nun könnt ihr bald zeigen, was ihr gelernt habt ...«

Den Satz kannten sie alle zur Genüge. Vor jedem Wettkampf schärfte ihnen Hartung das Gleiche ein. Christine verlagerte ihr Gewicht ungeduldig von einem Bein auf das andere, denn ihr Knie war noch immer nicht so belastbar wie zuvor. Ein Sportarzt, zu dem ihre Mutter schließlich mit ihr gegangen war, hatte einen verschleppten Bänderriss diagnostiziert. Ihre Gedanken schweiften ab. Sie hatten alle einen harten Trainingstag hinter sich und wollten nur noch unter die Dusche, nach Hause, ein karges Abendbrot essen und ins Bett. Hartung schien diesen Drang niemals zu haben. Christine wunderte sich oft darüber. Er hatte keine Familie, schien in der Sporthalle zu wohnen. Nur einige Male hatte sie beobachtet, wie Roselore zu ihm in seinen grauen IFA F 80 gestiegen war. Nach der kleinen Auseinandersetzung würde daraus wohl heute nichts werden.

Plötzlich hörte sie ihren Namen: »Magold?« Sie hob den Kopf.

»Magold, du bleibst hier, ich habe noch etwas mit dir zu besprechen.«

Sofort merkte sie, wie ihre Hände feucht wurden. Sie murmelte ein leises »Ja, Trainer« und suchte unwillkürlich mit den Augen die Umgebung ab. Ob wieder die schreckliche Frau vom LSK in der Halle war? Doch zu ihrer Beruhigung war von ihr nichts zu sehen. Die anderen Mädchen verließen schwätzend und tuschelnd die Halle, und schon war sie allein mit Hartung. Die anderen Mannschaften, die in den hinteren Abschnitten trainiert hatten, waren bereits gegangen und hatten in diesem Teil und über den Zuschauerrängen das Licht ausgeschaltet. So leer wirkte die Halle fast gespenstisch. Nur der Geruch von Magnesia und Schweiß, der noch in der Luft hing, zeugte von den vielen Körpern, die hier bis vor Kurzem in Bewegung gewesen waren und sich das Letzte abverlangt hatten.

Da flammte plötzlich ein Feuerzeug im dunklen ersten Rang auf. Gleich darauf klackerten die Absätze von Stiefeln durch die Halle, und ihr Schall wurde vielfach von den Wänden zurückgeworfen. Christine lief ein Schauer über den Rücken, als Frau Bauer die Treppe herunterkam. Ihr Gesicht mit dem grellroten Lippenstift sah in der Beleuchtung seltsam fahl aus.

»Guten Abend, Magold.«

»Guten Abend, Frau Bauer.«

»Wie geht es deinem Bein?«

»Gut.«

»Herr Hartung hat mir von deiner Vorstellung in Frankfurt am Main berichtet. Ordentliche Leistung, schlechtes Benehmen.«

Christine hätte sie anschreien mögen, ihr ins Gesicht sagen, dass sie mit der heftigen Überstreckung der Beine die Schuld an allem trug. Es herausbrüllen, was sie ihr angetan hatte, aber ihre Kehle war trocken, und es kam nur ein seltsamer, krächzender Laut heraus. Sie fühlte sich hilflos und klein.

»Wir sehen großes Potenzial in dir. Du hast es in den Elitekader geschafft, aber um dort zu bleiben, um es wirklich an die Spitze zu schaffen, musst du bereit sein, Opfer zu bringen und dich unter allen Umständen unterzuordnen.«

Hartung und Frau Bauer tauschten einen Blick aus, und die Funktionärin zog an ihrem Zigarillo. Normalerweise war Rauchen in der Halle strengstens verboten. Aber das galt offenbar nicht für sie.

»Deshalb haben wir beschlossen, dich diesmal nicht am Stufenbarren antreten zu lassen, sondern nur beim Bodenturnen und am Pauschenpferd.«

»Was?« Christines Stimme klang laut und schrill, das Echo wurde von den Wänden zurückgeworfen. »Aber ich habe doch diesmal die Kür eingeübt. Ich habe so hart dafür gearbeitet. Am Boden und Pferd bin ich nicht einmal halb so gut!«

»Du hast dich aber am Barren schon qualifiziert. Und Rita noch nicht!«

Christine öffnete den Mund, um zu widersprechen, aber Frau Bauer streckte ihr die Handfläche entgegen, wie ein Fürst, der einen Bann gegen einen Bauern ausspricht.

»Hast du dir schon einmal überlegt, warum dein Bruder so einfach einen Studienplatz für Ingenieurwissenschaften an der TU in Karl-Marx-Stadt bekommen hat? Genau seinen Wünschen entsprechend?«

»Schließlich ist euer leiblicher Vater ein Republikflüchtling. Du kennst doch sicher die Regeln«, ergänzte Hartung. »Oder muss man dir den Zusammenhang genauer erklären?« Frau Bauer zog an ihrem Zigarillo, spitzte die Lippen und blies den Rauch in die Luft.

Christine schüttelte langsam den Kopf. Plötzlich merkte sie, wie kühl es in der hohen Turnhalle war, obwohl draußen hochsommerliche Temperaturen herrschten. An ihren nackten Armen und Beinen bekam sie eine Gänsehaut und hätte sich gerne ihre Trainingsjacke angezogen. Alles hätte sie ausgehalten, eine neue Tortur zur angeblichen Herstellung ihrer Beweglichkeit, noch härteres und längeres Training, noch weniger Essen. Aber sie ertrug es nicht, schuld daran zu sein, wenn ihr Bruder wegen ihr nicht studieren durfte.

ANGELIKA

Sie stand auf der anderen Straßenseite und wartete, dass das Fotogeschäft öffnete. Dabei fühlte sie sich an die Szene vor ziemlich genau drei Wochen erinnert. An den Tag, als sie die kalte Abfuhr von Herrn Bethge erhalten hatte. Ob es heute am Ende wieder so ausgehen würde?

Vor dem Schaufenster war noch das engmaschige Gitter heruntergelassen und verdeckte die Auslagen. Um Punkt acht wurde die Tür aufgesperrt, und ein schlanker Mann, klein gewachsen, aber aufrecht, kam heraus. In der Hand hielt er eine lange Stange, an der ein Haken befestigt war. Er sah Angelika kurz an, sagte aber nichts und bückte sich, um das Vorhängeschloss, mit dem das Gitter im Boden verankert war, aufzuschließen. Mit lautem Rattern schob er es schwungvoll nach oben. Dann ging er wieder zur Tür und sagte im Vorbeigehen in ihre Richtung: »Wollten Sie zu mir?«

Angelika nickte schüchtern. Sie nahm es erstaunt zur Kenntnis, dass er sie siezte.

»Na dann, immer hereinspaziert!«

Sie folgte ihm zögernd, und anstatt sie zu begrüßen, ging er sofort zu einem Regal. Er hatte leuchtende Augen, als er einen der Fotoapparate aus seinem Ständer nahm und mit beiden Händen vor seine Brust hielt. Die Kamera hatte ein rechteckiges schwarzes Gehäuse, in dem zwei Linsen übereinander angebracht waren. Er fasste sie ganz anders an, als sie es bei Herrn Bethge gesehen hatte. Nicht wie ein rohes Ei, nicht so, als sei sie eine kostbare Ware, sondern so, wie man eine Tasse oder ein Zahnputzglas oder einen anderen ganz alltäglichen Gebrauchsgegenstand in die Hand nahm.

»Darf ich vorstellen?«, fragte er.

»Eine Rolleiflex 3,5 B«, flüsterte Angelika voller Ehrfurcht in der Stimme.

»Genau so ist es. Und Sie sind also Angelika Stein?«

»Die bin ich.«

»Angenehm. Meinen Namen kennen Sie ja sicher ...« Er schluckte, und sein Ausdruck verdunkelte sich, bevor er den Satz zu Ende sprach: »... von meiner Mutter.«

Angelika wusste nicht, wie sie auf seine veränderte Stimmung reagieren sollte. Was war bloß zwischen ihm und seiner Mutter vorgefallen? Sie sagte schlicht »Ja« und wandte sich ab, betrachtete den hellen Verkaufsraum. Hier waren weit mehr Kameras ausgestellt als bei Bethge. Mit einem Blick erfasste sie, dass in den weiß lackierten Regalen nahezu jedes Modell jeder Marke akkurat aufgereiht war.

Als sie Hellmann wieder ansah, wirkte er wie zuvor, nickte und bestätigte, was sie dachte: »Ganz recht. Das Sortiment ist vollständig. Nennen Sie mir eine Kamera und Sie werden sie hier finden.«

Doch gleich winkte er ab und meinte, die Aufforderung sei nicht ernst gemeint, denn darum ginge es ja gar nicht. Er betreibe den Laden nur zu seinem Lebensunterhalt.

»Sehen Sie sich einmal die Rollei hier an. Was halten Sie von ihr?«, sagte er und verschränkte die Arme.

Angelika betrachtete das kastige Gehäuse und legte los: »Die zweiäugige Rolleiflex ist mit ihrem typischen, weil quadratischen 6x6-Mittelformat für die Anforderungen professioneller Fotografen am besten geeignet.«

»Aha!«, sagte Herr Hellmann und machte eine fordernde Handbewegung: »Und weiter?«

»Das üppige Aufnahmeformat erlaubt im Labor nämlich auch großzügiges Ausschnittvergrößern.«

Hellmann fuhr sich mit der Hand über das Kinn und sah sie aufmerksam, aber nachdenklich an: »Bitte, fahren Sie fort.«

»Außerdem bietet sie Potenzial für ausgiebige Variationen mit Perspektiven, Tiefenschärfe und Bildgestaltung, weshalb sie auch von ambitionierten und künstlerisch interessierten Fotografen gerne gewählt wird.«

Ohne sie zu berühren, fuhr sie die Form der Kamera auf der Theke mit ihren Fingern nach. »Ihre kompakten Abmessungen, ihre hervorragende Abbildungsleistung, ihre erstaunlich leise Funktion machen ihren Erfolg aus.«

Als Angelika fertig war, standen sie sich eine Weile schweigend gegenüber. Hellmann sah sie an wie eine Erscheinung.

»Kann es sein, dass Sie gerne Lehrbücher über Fotografie und Kataloge über Kameras lesen?«
Angelika nickte.
»Und dann lernen Sie sie auswendig?«
Angelika schüttelte den Kopf.
»Nicht absichtlich.«
Sie erwartete, dass er die Antwort hinterfragte, sie nun über ihren Werdegang und ihren Schulabschluss aushorchen würde. Aber entweder hatte er diese Informationen von seiner Mutter bereits alle bekommen, wobei sie sich nach ihren Andeutungen nicht vorstellen konnte, dass sie ein längeres Gespräch geführt hatten, oder es spielte für ihn keine Rolle.

»Warum möchten Sie Fotografin werden, Fräulein Stein?«
Angelika überlegte. Wollte sie das überhaupt noch? Aber diese Antwort konnte sie ihm auf keinen Fall geben. Wenn sie ihm Zweifel zeigen wollte, hätte sie gar nicht erst herkommen müssen.

Um etwas sichtbar zu machen, was den meisten Menschen nicht präsent sei, erklärte sie stotternd.

Hellmann zog die Augenbrauen weit hinauf, um seine Skepsis zu zeigen. Er hatte gemerkt, dass sie nur ein Zitat nachplapperte.

Sie schlug die Augen nieder, versuchte, sich zu erinnern, was sie so sehr an dem Medium fasziniert hatte, bevor sie Bedenken bekommen hatte. War es die pure Freude an der Technik der Kamera gewesen? Oder die Leichtigkeit, mit der ein gutes Bild entstehen konnte, wenn man es gar nicht erwartete? War es die besondere Wirkungskraft, die plötzlich von einem ganz gewöhnlichen Gegenstand ausgehen konnte? In ihrem Kopf mischten sich echte Erlebnisse und Erkenntnisse mit den Sätzen berühmter Fotografen, die sie aus Büchern kannte. Sie hatte Mühe, ihre eigene Ansicht herauszufiltern. Doch dann erinnerte sie sich auf einmal und hob den Kopf: »Es ist der Moment, wenn man in der Dunkelkammer steht und sich im Entwicklungsbad nach und nach die Umrisse und Konturen aus der Gelatineschicht schälen, die Spannung, wenn man merkt, man hat einen besonderen Augenblick für immer festgehalten und ihm Dauer gegeben.«

Hellmann trat vor und zurück, machte ein brummiges Geräusch, schaute auf die Rolleiflex vor ihnen auf dem Tresen. Dann streckte er die Hand aus und sah Angelika an.

»Sie sind ja offenbar eine kluge junge Dame, und ich habe das Gefühl, gemeinsam könnten wir Großes in der Fotografie erreichen. Oder haben Sie nicht das Gefühl?«

Es klang ein bisschen gestelzt. Angelika wusste nicht, was genau er damit meinte. Doch dann lachte er und streckte die Hand aus: »Willkommen!«

Sie schlug ein und besiegelte damit ihren Lehrvertrag.

Am Abend klopfte sie an die Tür zum Atelier ihres Vaters, drückte die Klinke herunter und erwartete, sie verschlossen vorzufinden. Zu ihrer Überraschung ließ sie sich öffnen, und ihr kam ein Schwall stickiger heißer Luft entgegen. Während der heißen Hochsommertage brannte die Sonne auf das Dachgeschoss, und obwohl sein Fenster nach Osten lag, verwandelte sie den Raum tagsüber in einen Backofen. Trotzdem machte sie einen Schritt in den Raum hinein. In den letzten Wochen hatte sie sich oft gefragt, an was ihr Vater wohl jeden Tag arbeitete, wenn er wortkarg aus der Hochschule kam und nach oben ging. Die Fotografie schien er jedenfalls genauso aufgegeben zu haben wie sie selbst. Seine Dunkelkammer blieb seit dem Unglück vollkommen ungenutzt.

Er saß vor dem bogenförmigen Fenster auf einem Klappstuhl und starrte hinaus. In der gleichen Haltung, in der sein Sohn seit Wochen genau ein Stockwerk unter ihm saß. Auf der Staffelei stand eine leere grundierte Leinwand. Angelika bemerkte, dass die Farben an den Pinseln und auf der Palette eingetrocknet waren. Selbst der Geruch nach Terpentin und Firnis war kaum noch spürbar. Offenbar hatte er seit Wochen nichts mehr gemalt.

»Papa?«, fragte sie, und er zuckte zusammen, als hätte er zuvor gar nicht bemerkt, dass sie den Raum betreten hatte. Dennoch drehte er sich nicht einmal nach ihr um. Sie kniete sich neben ihn, um auf seine Augenhöhe zu kommen und nachvollziehen zu können, was er betrachtete. Doch von seinem Platz aus sah man nur die Tauben auf den gegenüberliegenden Dächern und die Wolkenschlieren an dem blassen Osthimmel.

»Siehst du den Tauben zu?«

Er nickte.

»Ich mag Tauben, ihr Gurren hat etwas sehr Tröstliches.«

»Papa, ich muss dir etwas sagen.«

Jetzt drehte er den Kopf zu ihr um und sah sie an. Seine Augen hatten die gleiche dunkelblaue Farbe wie Peters. Aber er sah schlecht aus: Es wirkte, als sei er in den Wochen seit dem Unfall um Jahre gealtert.

»Ich habe eine Lehrstelle bei einem Fotografen angenommen«, sagte Angelika.

»Das klingt doch vernünftig!«, antwortete ihr Vater mit einer merkwürdigen Munterkeit und drehte das Gesicht wieder in Richtung des Fensters, ganz so, als sei die Unterhaltung damit für ihn beendet. Angelika zog sich einen Holzschemel heran, pustete den Staub von der Sitzfläche und setzte sich neben ihn.

»Aber ich weiß gar nicht, ob ich überhaupt noch fotografieren will«, murmelte sie.

Eine Weile schwiegen sie beide und hörten nur die Geräusche des Straßenverkehrs, der in letzter Zeit stark zugenommen hatte, dazwischen den Balzlaut der Tauben.

»So geht es mir mit dem Malen.«

Er machte eine Kopfbewegung in Richtung der leeren Leinwand.

Das heiße, nein, er wisse schon, dass er noch malen wolle, aber es entstünde einfach kein neues Bild, sosehr er sich auch anstrenge, in seinem Kopf sei eine Leere.

»Weißt du, es war dieses Foto in der *Bild*-Zeitung, am Tag nach der Explosion.« Angelikas Stimme klang brüchig. »Darauf waren nur ein Mädchenschuh und ein Ranzen zu sehen. Die Sachen lagen verstreut auf dem grauen Asphalt.«

»Das ist ungewöhnlich für die *Bild,* mich wundert, dass sie nichts Schlimmeres gezeigt haben.«

Angelika schüttelte den Kopf. »Für mich war es das Schlimmste und Traurigste überhaupt, denn ich glaube seitdem, es waren Irmgards Sachen, auch wenn es vielleicht gar nicht so ist.«

Sie legte die Hände übereinander auf ihren Brustkorb und presste sie auf ihr Herz. »Und das tut einfach nur weh!«

Er hob den Kopf und sah seine Tochter jetzt an. In seinen Augen Verwunderung. Als würde er erst jetzt erkennen, wie sehr sie sich in den letzten Wochen vom Mädchen zur jungen Frau entwickelt hatte. Und er nahm zum ersten Mal ihre Trauer wahr.

»Sie war deine allerbeste Freundin, nicht wahr?«

Angelika nickte und verschränkte die Hände im Schoß.

»Seit wir zusammen eingeschult wurden.«

Ihr Vater griff nach ihren Händen und sagte: »Bitte verzeih mir! Ich war so mit meiner eigenen Wehleidigkeit beschäftigt, dass mir gar nicht bewusst war, was du erst für einen Verlust erlitten hast.«

»Aber kannst du dann auch verstehen, wie wenig ich noch fotografieren möchte?«

»Der Schmerz wird verblassen, Geli!«

Es war auch das erste Mal seit dem Unglück, dass er sie wieder mit ihrem Kosenamen ansprach. Eigentlich konnte sie sich gar nicht erinnern, wann er seitdem überhaupt mit ihr geredet hatte. Doch jetzt sprach er weiter: »Er wird niemals ganz verschwinden, aber das ist auch gut so, denn er gehört von jetzt an zu dir. Du wirst damit leben müssen, und das wirst du auch können.«

Sie wollte antworten, aber sie hatte keine Stimme. Ihre Kehle und ihre Augen brannten. Stattdessen sagte ihr Vater, das Erlebnis solle sie keinesfalls von dem Ausleben ihrer Leidenschaft und Bestimmung abhalten. Er deutete auf den Himmel über den Dächern, der sich jetzt langsam violett verfärbte.

»Es gibt einen Kodex in der Kunst, den du auch für die Fotografie beherzigen musst. Beides darf man niemals verwenden, um Menschen bloßzustellen, zu demaskieren oder ihre Gefühle zu verletzen.«

Angelika hustete, ihr war heiß und ein wenig schwindelig. Die Luft hier oben unter dem Dach war viel zu stickig. Wie hielt ihr Vater das bloß die ganze Zeit aus? Sie stand auf und öffnete das Fenster. Der Windhauch tat gut, und dann spürte sie seine Hand auf ihrer Schulter.

»Du solltest diese Lehre beginnen, das Handwerk lernen, Geli, und aus dir wird eine gute Fotografin. Denn eines weißt du jetzt schon besser als die meisten Menschen: Jeder Moment ist Ewigkeit.«

CHRISTINE

»Dreh doch das Radio leiser, oder stell es am besten ganz aus, Dietmar«, sagte Kerstin Magold zu ihrem Mann, während sie die Kerzen auf dem Kranzkuchen anzündete. »Wir singen jetzt!«

»Gleich«, sagte Dietmar und legte den Finger auf die Lippen. »Du bist ja noch nicht mal bei der dritten von sechzehn.« Obwohl er sonst meistens tat, was seine Frau von ihm wollte, drehte er den Lautstärkeknopf des klobigen Stern-Apparats jetzt in die entgegengesetzte Richtung, und die monotone Stimme der Sprecherin des Berliner Rundfunks hallte klirrend durch die kleine Küche.

»Vom 10. bis 16. Juli fand der fünfte Parteitag der SED statt, auf dem Walter Ulbricht die zehn Gebote der sozialistischen Moral und Ethik verkündete.«

In dem Moment klingelte es an der Wohnungstür, und Roland sprang in den kleinen Flur, um zu öffnen. Gleich darauf erschien Mama Leisse und füllte mit ihrem massigen Körper fast den Raum aus: »Na, det is' aber eine Freude, dass ihr mich zu Christinchens Geb–«, redete sie wie immer fröhlich drauflos, aber diesmal war es Kerstin, die den Finger auf die Lippen legte und mit dem Kopf in Richtung des Radioempfängers nickte.

»Schscht! Ulbricht spricht!«

Mama Leisse riss theatralisch die Augen auf, was in ihrem runden Gesicht besonders drollig wirkte. Ihre Grimassen beim Haareschneiden waren im Kiez geradezu legendär. Jeder wusste, dass in ihrem Salon meistens RIAS Berlin lief, obwohl der westliche Rundfunksender in der DDR offiziell verboten war. Sie kümmerte sich nicht darum und kommentierte alle Nachrichten weniger mit Worten als mit bedeutsamen Gesichtsausdrücken.

»Viertes Gebot: Du sollst gute Taten für den Sozialismus vollbringen, denn der Sozialismus führt zu einem besseren Leben für alle Werktätigen!«, war die sächsische Fistelstimme des Vorsitzenden des Zentralkomitees der SED zu hören.

Mama Leisse schnaufte verächtlich, beugte sich zu Roland hinüber und flüsterte: »Was passiert, wenn in der Wüste der Sozialismus eingeführt wird?«

Roland machte eine hilflose Geste.

»Zehn Jahre nichts. Dann wird der Sand knapp.«

Während Roland ein Lachen unterdrückte, schrie seine Mutter plötzlich laut: »Aua!«, und pustete schnell das Streichholz aus, schüttelte ihre Hand. Ihr missbilligender Blick glitt zu Mama Leisse und Roland, so als seien sie schuld daran, dass sie sich die Finger verbrannt hatte.

»Die Parteiführung erklärte, dass zum Jahr 1961 der Lebensstandard Westdeutschlands weit übertroffen werde«, schepperte jetzt wieder die Stimme der Radiosprecherin durch die Küche.

Dietmar sprang zum Radioempfänger und stellte ihn aus, wodurch Mama Leisses trockene Bemerkung »Dass ich nicht lache!« unerwartet scharf auf die plötzliche Stille im Raum traf. Keiner wagte eine Reaktion. Roland nicht, weil er den Unmut seiner Mutter fürchtete, Dietmar nicht, weil er zwischen den Stühlen saß, und Kerstin verkniff sich ihre Missbilligung, weil sie Mama Leisse eigentlich mochte.

»Christine!«, rief sie stattdessen laut in den Flur. »Du kannst kommen!«

Christine hatte die ganze Zeit auf ihrem Bett gesessen und geduldig auf ihre Geburtstagsbescherung gewartet. Viele Geschenke hatte sie noch nie zu erwarten gehabt, und es war eher die feierliche Stimmung, die aus ihren Kindertagen geblieben war, auf die sie sich freute. Alle würden nett zu ihr sein und sie hochleben lassen. Sie öffnete die Tür ihres Kinderzimmers.

»Zum Geburtstag viel Glück, zum Geburtstag viel Glück!«

Auf dem Marmorkuchen brannten sechzehn Kerzen, ihre Mutter, ihr Stiefvater, Roland und Mama Leisse standen um den kleinen Küchentisch herum.

»Herzlichen Glückwunsch, meine Große!«, sagte ihre Mutter strahlend und umarmte sie. Als alle gratuliert hatten, übergab sie ihr ihr Geschenk, einen neuen Gymnastikanzug sowie warme Strick-Gamaschen. Christine nahm es mit einem artigen Lächeln entgegen, richtig freuen konnte sie sich darüber nicht. Mama Leisse schenkte ihr zwei Haargummis, an denen rot-weiße Strasswürfel befestigt waren, passend zum Abzeichen von Dynamo, und bekam von Christine dafür einen Kuss auf ihre schwabbelige Wange gedrückt.

Doch dann ging ihre Mutter plötzlich in die Hocke und zog unter dem Tisch ein großes Paket heraus. Mit geröteten Wangen rief sie: »Und jetzt, ein Trommelwirbel und Tusch: Seht mal, was ich hier habe!«

Alle erkannten an der Farbe des Packpapiers sofort, dass es ein Westpaket war.

»Ein Paket von Oma!«, stellte Roland fest, und sein Gesicht hellte sich auf. Ihre Großmutter bedachte ausnahmslos beide Enkel, wenn sie etwas schickte, und auch für ihre Mutter tat sie immer etwas mit hinein, obwohl der Kontakt ansonsten abgerissen war.

Christine öffnete es, und sofort stieg ihr der betörende Duft der Orangen in die Nase. Sie schloss kurz die Augen. Roland griff inzwischen hinein und angelte sich gleich eine.

»Sieh mal, Bohnenkaffee ... und zwei Fahrradschläuche!«, sagte Dietmar und hielt sie in die Höhe.

»Und Schokolade!«, rief Roland begeistert.

»Aber für Christine höchstens ein Stückchen am Tag!«, warnte ihre Mutter sofort. »Und warte damit lieber bis nach dem Wettkampf!«

Dietmar stöhnte auf: »Es ist ihr Geburtstag, da wird sie wohl mal eine Rippe Schokolade essen dürfen, oder auch zwei!«

»Bist du verrückt? Weißt du nicht, was auf dem Spiel steht?«

Mama Leisse rollte wieder mit den Augen. Sie nahm ein Päckchen Kaffee, wog es in ihrer Hand und sagte mit ironischem Tonfall: »Und det und noch viel mehr gibt es ja laut der geschätzten Parteiführung in drei Jahren bei uns in Hülle und Fülle! Dann schicken wir nachher Ostpakete in den Westen!«

Christine hörte gar nicht mehr zu. Sie war damit beschäftigt, ein großes, in rosa Seidenpapier eingewickeltes Geschenk auszupacken. Es fühlte sich voluminös und weich an. Was hatte ihre Großmutter wohl für sie ausgesucht? Normalerweise schickte sie nur Lebensmittel und Waren, die hier fehlten oder in Westberlin für sie unerschwinglich waren. Durch den Tauschkurs von vier zu eins für Ostmark in D-Mark konnten sie sich die meisten Dinge drüben nicht leisten. Sie löste die breite, rote Schleife und faltete das knisternde Papier auseinander.

»Ohhh!«, machten alle, als sie den weißen Stoff mit schwarzen Polka Dots sahen. Christine nahm ihn heraus, hielt ihn hoch, realisierte erst jetzt, dass es ein Tellerrock war, genau so einer, wie sie ihn in den Magazinen bei Mama Leisse gesehen hatte, drückte ihn sich an die Taille.

Es war Roland, der sich bückte und das zusammengefaltete Papier aufhob, das aus dem gefalteten Rock auf den Teppich gefallen war.

»Hier, sieh mal«, sagte er und gab es Christine. Sie nahm den Brief und überflog die Worte darauf in einer ordentlichen Mädchenhandschrift:

Liebe Christine, deine Oma, die ich manchmal besuche, hat mich gebeten, etwas für dich zum Geburtstag auszusuchen. Ich hoffe, der Rock gefällt dir! Ich heiße Angelika und bin fast genauso alt wie du, nächste Woche werde ich 16. Ich habe gehört, dass du Kunstturnerin bist, das finde ich grandios! Herzlichen Glückwunsch zum Geburtstag, Angelika Stein.

»Was ist das?«, fragte ihre Mutter und beugte sich über ihre Schulter, um mitlesen zu können.

»Nichts!«, sagte Christine und faltete den Brief schnell zusammen. Ihre Mutter würde es sowieso nicht gutheißen, wenn ihr ein Mädchen aus Westdeutschland schrieb.

»Und da ist sogar noch ein Petticoat!«, flüsterte ihre Mutter jetzt und deutete auf den weißen Unterrock aus Tüll.

»Damit wirst du aber Staat machen!«, sagte Dietmar.

»Wo soll sie denn das anziehen, sie geht doch sowieso nur zum Turnen!«, warf Roland kauend ein und brach sich die zweite Rippe Nussschokolade ab.

»Sie wird schon einen Anlass finden, Junge, sei nicht so unfreundlich zu deiner hübschen Schwester!«, tadelte ihn Mama Leisse.

»Oh, schon zwanzig vor acht!«, rief Kerstin Magold plötzlich schrill und deutete auf die hellblaue Wanduhr. »Du musst längst in die Schule!«

»Ich fahre dich!«, schlug Dietmar mit einer Bestimmtheit vor, die keiner von ihm gewohnt war. Er fuhr jeden Tag mit dem Moped zur Arbeit, aber normalerweise wollte ihre Mutter nicht, dass er sie mitnahm. Sie fand es zu gefährlich und hatte Bedenken, dass sie sich ein Bein brechen könnte und ihre Turnkarriere vorzeitig beendet wäre. Aber heute nickte sie ausnahmsweise.

»Prima, warte bitte noch einen Moment. Ich bringe nur noch meine Geschenke ins Zimmer.«

»Halt!«, rief ihre Mutter. »Du musst noch deine Kerzen auspusten!«

Der warme Wachsduft erfüllte die kleine Küche und wehte in den Flur. Christine schloss die Tür hinter sich und überlegte kurz. Sollte sie es wirklich wagen und den Rock in die Schule anziehen? Sie sah an sich herunter. Heute war Fahnenappell, und sie trug die kratzige blaue FDJ-Bluse, die überhaupt nicht zu dem modischen Rock passen würde, aber Christine konnte der Versuchung nicht widerstehen. In Windeseile tauschte sie ihren schlichten braunen Rock gegen den neuen, dann ging sie auf Zehenspitzen durch den Flur, damit ihre Mutter sie nicht sah, und rief erst an der Haustür: »Bin fertig, kommst du, Vati?«

Er machte große Augen und lächelte ihr dann verschwörerisch zu. »Na, wenn das mal keinen Ärger gibt!«

Der Fahrtwind fuhr ihr unter den Rock, die nackten Beine entlang und streichelte ihre Haut. Sie hielt das Gesicht in die Morgensonne, als sie die Bernauer Straße entlangfuhren. Mama Leisse schloss gerade ihren Friseurladen auf und winkte ihnen zu. Als sie über den Zonenübergang kamen, legte er zwei Finger an die Stirn und grüßte die Grenzer, die heute am Kontrollpunkt Dienst taten. Man kannte sich. Schließlich kam man hier mindestens zweimal am Tag durch. Einer der Beamten nickte ihnen zu, deutete auf Christines Rock und hielt den Daumen in die Höhe. Christine winkte ihm lachend.

»Wenn du aus Leipzig zurück bist, gehen wir zwei beiden mal zusammen über den Ku'damm!«, rief Dietmar und drehte dabei den Kopf zur Seite, damit sie ihn hören konnte. Jetzt waren sie im sowjetischen Sektor. Dietmar musste einige Schlaglöcher umfahren. »Darfst dir was aussuchen, vielleicht ein passendes Oberteil zu dem Rock? Hast ja noch gar kein Geschenk von mir bekommen.«

Um 8.30 Uhr stand Christine pünktlich mit durchgedrücktem Rückgrat neben den anderen Schülern ihres Jahrgangs beim wöchentlichen Fahnenappell.

»Pioniere und FDJ-Mitglieder: Augen geradeaus«, kommandierte die harte weibliche Stimme. »Linksum ... stillgestanden!«

Ein kräftiges, hochgewachsenes Mädchen mit langen Zöpfen, das drei Plätze weiter rechts neben ihr stand, reckte den Kopf ein Stück nach vorne, wandte ihr das Gesicht zu. Dann stieß sie ihre Nachbarin an, deutete auf Christines Beine und tuschelte etwas. Diese stieß die Nächste an, und die wiederum die Übernächste. So ging es weiter, bis die Direktorin auf die Bewegung und Unruhe in der dritten Reihe aufmerksam wurde und mit durchdringender Stimme fragte: »Was ist da los?«

Das Mädchen mit den Zöpfen antwortete, ohne zu zögern, laut und deutlich: »Als Gruppenratsvorsitzende melde ich gehorsamst: Magold trägt einen Tellerrock mit Petticoat!«

»Magold! Vortreten!«, befahl die Direktorin, und Christine tat, was sie sagte.

Als einige Schüler kicherten, wurden sie von der strengen Direktorin zur Ordnung gerufen. Dann kam sie von ihrem Holzpodium herunter, bückte sich ein wenig und inspizierte genau den aufgebauschten Rock aus festem Popeline, unter dem der Petticoat hervorblitzte.

»Soso, Magold: oben Osten, unten Westen. Das ist nichts anderes als eine Provokation!«

Sie baute sich vor Christine auf und stand so dicht vor ihr, dass diese jedes einzelne der kleinen dunklen Härchen ihres Damenbarts unter der scharfen dünnen Nase zählen konnte.

»Verlassen Sie auf der Stelle die Formation und verfolgen Sie den Appell dort hinten von der Mauer aus ... aus der Distanz! Wegtreten!«

Christine gehorchte und sah aus dem Augenwinkel, wie ihr das große Mädchen mit den Zöpfen einen Blick voller Häme zuwarf. Als der Fahnenappell beendet war, wurde sie zur Direktorin gerufen. Sie wünschte sich an einen anderen Ort, während sie ihr in dem nüchternen neuen Büro gegenübersaß. Ihr fielen die vier Buntstifte auf, die exakt im rechten Winkel zu der lindgrünen Schreibtischauflage aus PVC angeordnet waren.

Wo sie diesen Rock herhabe, fragte die Direktorin.

Christine blickte ihr in die kalten Augen, erinnerte sich, dass sie sie nicht direkt ansehen sollte, und senkte die Lider.

Aus dem Westpaket meiner Oma zu meinem Geburtstag.

Der Satz formte sich in ihrer Kehle, doch kurz bevor er ihrem Mund entwich, fragte sie sich, ob es sinnvoll war, Frau Link die Wahrheit zu sagen, und sie entschied sich, besser zu schweigen.

Ihr sei aufgefallen, dass sie – Magold – schon häufiger in solche Situationen geraten und mehrmals unangenehm aufgefallen sei.

Sie blätterte in einer Akte, die von einem ockerfarbenen Pappdeckel gehalten wurde.

Christine schwieg.

»Es wurde Westpropaganda in Form von journalistischen Erzeugnissen bei dir gefunden, ein Blatt mit düsteren Zeichnungen von fehlenden Gliedmaßen im Schulheft … Südfrüchte … eine schwarz gefärbte Strähne im Haar, aber dann seit einigen Monaten nichts. Man hätte glauben können, du seist geläutert.«

Frau Link sah sie an und schien zu überlegen. Nach einer Weile sagte sie leise: »Zu meinen Aufgaben gehört es, schädliche Einflüsse des Westens auf die Jugend zu bekämpfen.«

Die Direktorin rollte bedeutungsvoll die Augen und blickte an die grau gestrichene Decke. Christine versuchte, keine Angst zu zeigen, und lenkte sich ab, indem sie innerlich ihren Pferdsprung repetierte. Wenn sie beim Leipziger Turn- und Sportfest nicht an den Stufenbarren durfte, würde sie sich eben darauf fokussieren. Und das stellte eine ganz besondere Herausforderung dar, denn viel Zeit blieb ihr nicht mehr. Rückwärtssprung: Beine und Arme zusammen lassen, mit beiden Händen aufkommen, Spannung halten, Beine anziehen, Beine strecken und ans Kinn ziehen, dann auf die Landung konzentrieren. »Genau so muss es ablaufen und nicht anders!«

Für einen Moment war sie so konzentriert, dass sie zusammenzuckte, als Frau Link sie anfuhr: »Wagst du es etwa, in meiner Gegenwart über mich zu spotten, Magold?«

Christine zuckte zusammen. Hatte sie das womöglich laut gesagt?

»Entschuldigung, das wollte ich keinesfalls!«, stotterte sie. Doch die Antwort strahlte aus Sicht der strengen, linientreuen Direktorin noch immer zu viel Arroganz aus.

»Du hältst dich für etwas Besseres, weil du in den Elitekader aufgenommen wurdest. Ich bin natürlich darüber informiert worden. Sportliche Spitzenleistungen besitzen in unserer sozialistischen Gesellschaft einen ganz besonderen Stellenwert. Aber denke nicht, dass du dir deshalb alles erlauben kannst. Gerade weil du zu diesen Auserwählten gehörst, Weltklasseleistungen erzielen kannst und womöglich ins Ausland fahren darfst, hast du eine Vorbildfunktion. Du genießt Privilegien!«

Christine hatte bisher nicht das Gefühl gehabt, für ihre Leistungen besonders bevorzugt behandelt zu werden. Als Entschädigung für ihre Mühen und Schmerzen reichte es ihr, wenn sie Medaillen erhielt und ihre Erfolge in der Parteipresse gefeiert wurden.

»Du repräsentierst unser sozialistisches Vaterland, und da ist kein Platz für jugendliche Subkultur. Es gibt Tausende Jungen und Mädchen da draußen ...«, sie deutete aus dem Fenster, hinter dessen Scheibe Christine nichts anderes erkennen konnte als grauen Beton, »... die sich glücklich schätzen würden, deinen Platz in einem Elitekader und auch an der POS einnehmen zu können.«

Christine nickte, um Zustimmung zu mimen. In Gedanken spielte sie durch, was ihre Mutter sagen würde, wenn sie heute der Schule verwiesen würde, und zweifellos würde es ihr Trainer erfahren und Frau Bauer vom LSK. Sie fragte sich, wann die Direktorin endlich zum Ende kommen und den Satz laut aussprechen würde. Immer das lange Gerede und die Umschweife, die verlorene Zeit. Ein kurzer Prozess wäre ihr lieber gewesen.

»... deshalb wirst du die nächste Woche vom Unterricht fernbleiben. Zu Hause hast du die Gelegenheit, über deinen heutigen dekadenten Aufzug, deine Haltung und deine Position gegenüber deinem sozialistischen Vaterland nachzudenken und einen zehnseitigen Aufsatz darüber zu verfassen.«

»Einen Aufsatz«, wiederholte Christine.

»Ich habe meine Zweifel, ob du dieser Schule und der Deutschen Demokratischen Republik noch eines Tages zur Ehre gereichen wirst«, sagte die Direktorin kühl.

Christine war klar, dass sie in jeder Beziehung zu weit gegangen war.

»Aber wir sind keine Unmenschen. Ich gebe dir noch eine allerletzte Chance. Wenn es noch einen derartigen Vorfall gibt, wirst du der Schule verwiesen. Und nun geh, los, geh schon!«

Christine machte einen Knicks, antwortete: »Jawohl, Frau Direktorin«, und verließ ihr Büro. Als sie die Tür hinter sich schloss, ballte sie die Hände zu Fäusten und legte den Kopf in den Nacken. Sie hätte ihre Erleichterung laut hinausschreien mögen: Frau Link gab ihr, ohne zu ahnen, was sie ihr damit für einen Gefallen erwies, genau die Zeit, die sie brauchte, um den Pferdsprung zu trainieren.

ANGELIKA

Joachim Hellmann war einundvierzig Jahre alt, und wer ihn schon länger kannte, sagte über ihn, er sei eine angenehme Erscheinung und ein guter Charakter. Die Melancholie in seinen Augen brachte manche Kriegswitwe oder alleinstehende Frau ins Schwärmen. Heiratsfähige Männer waren Mangelware, doch ausnahmslos musste jede Einzelne erfahren, wie offensichtlich sein Interesse an Frauen erloschen war. Kassel war keine Kleinstadt, aber man kannte sich. Der Krieg hatte viele Ehen, viele alte Freundschaften auseinandergerissen. Manche Männer waren in die zerstörte Stadt zurückgekehrt, zu viele hatten nicht überlebt, manche ließen sich an anderen Orten nieder.

Joachim Hellmann hatte es nach dem Krieg nach Dresden verschlagen, denn dort wohnte die blutjunge Krankenschwester, das Mädchen, in das er sich während seines Aufenthalts in einem Feldlazarett hinter der Ostfront verliebt hatte, und noch bevor sie heirateten, hatte er eine Stellung in der Fabrikation des Volkseigenen Betriebs Mechanik Zeiss Ikon gefunden.

Seit Joachim Hellmann vor zwei Jahren in seine Heimatstadt Kassel zurückgekommen war, hatte sein Gesicht einen strengeren, freudlosen und verschlossenen Ausdruck angenommen. Als er eine neue Wohnung suchte und im selben Haus das Fotogeschäft eröffnete, sagten die Menschen, die ihn noch von früher kannten, er müsse gute Gründe gehabt haben, um seine Familie zu verlassen.

Die meisten hatten Verständnis: »Wenn man seine Kinder nicht mehr sehen darf, wird man eben verhärmt.«

Manche alte Bekannte waren weniger wohlwollend: »Eine Schande, dass er sich nun auch noch mit seiner Mutter überworfen hat.«

Es war an Weihnachten 1953 gewesen, als er zu der Überzeugung gelangt war, es in der DDR nicht mehr auszuhalten. Kerstin, seiner Frau, schien alles nichts auszumachen. Im Gegenteil, sie zeigte sich sogar empfänglich für die Ideologien, lobte die Vorzüge des sozialistischen Staats, jeder habe seine Grundversorgung, niemand sei arbeitslos, es ginge gerechter zu als in der kapitalistischen Ellbogengesellschaft. Sie störte sich nicht einmal an der immer noch herrschenden Mangelwirtschaft in der DDR.

Während im Westen inzwischen schon nahezu alles wieder zu kaufen war, stand sie Schlange vor dem Konsum, um einen Blumenkohl und Kartoffeln zu ergattern. Immerhin hatte es in der letzten Woche Trockenfrüchte und Mandeln gegeben, Zutaten für den Stollen. Wenn Joachim seine Kinder unter dem Weihnachtsbaum betrachtete, wie sie sich mit glänzenden Augen auf das Westpaket seiner Mutter stürzten, zerschnitt es ihm das Herz. Man sang die alten deutschen Lieder, wie man es an Heiligabend immer getan hatte, aber Kerstin tat sich schwer mit Weihnachten. Christliche Festivitäten passten nicht mehr in den atheistischen Arbeiter-und-Bauern-Staat. Die SED versuchte, es in ein »Fest des Friedens« umzudeuten, und Kerstin war linientreu. Joachim sang besonders laut. Wie konnte man nur so vermessen sein und annehmen, der jahrtausendealte Glaube und die Traditionen ließen sich so ohne Weiteres ausrotten? Das Christkind durch das russische Väterchen Frost zu ersetzen, erschien ihm besonders lächerlich.

Seine kleine muskulöse, durchtrainierte Christine mit den Rattenschwänzen sang ebenso inbrünstig mit: »Alle Jahre wieder kommt das Christuskind auf die Erde nieder«. Voller Leidenschaft, wie bei allem, was sie tat. Beinahe jede freie Minute verbrachte sie im Turnklub und wurde schon im Alter von zwölf bis zum Umfallen von einer strengen Trainerin getriezt. Sie wolle es selbst so, war Kerstins Antwort, wenn er ihr Vorhaltungen machte. Man habe ihr Talent erkannt, gefördert, und sie könne es vielleicht richtig weit bringen. Sie habe gehört, dass es in Ostberlin einen Trainer gebe, der seinen Fokus besonders stark auf die Ausbildung junger Spitzensportlerinnen im Turnen lege. Und es gebe neue Leistungszentren, die Sichtungen durchführten, Christine sei bereits auf der Liste.

Joachim wollte davon nichts hören. Nicht umsonst seien die Turnvereine durch die Besatzungsmächte verboten gewesen. Der militärische Drill, der dort stattfand, habe zu nichts Gutem geführt. Die FDJ, der Roland angehörte, erinnerte seinen Vater nur an die verhasste Hitlerjugend mit ihren Fahnenappellen, Zeltlagern und Gruppenabenden. Wie sie das nur hinnehmen könne, hatte er Kerstin mehrfach gefragt, dass sie die Kinder derart verbogen. Sie sei doch intelligent genug, um die Strategie dahinter zu durchschauen, die Indoktrinierung, die Einschwörung auf das sozialistische System, die Linientreue, die sie ihnen von klein auf einpflanzten.

»Wir leben nun mal in diesem Land, Joachim. Warum willst du unsere Kinder unbedingt zu Oppositionellen erziehen? Damit machst du es ihnen doch nur unnötig schwer!«

Er hatte Kerstin geliebt und verehrt, aber als sie sich so blind und taub stellte, hatte sein Vertrauen Risse bekommen. In Verbindung mit seinem wachsenden Hass auf das Regime wurde seine Verbitterung immer größer. Als die Kinder im Bett waren, blieben sie im Wohnzimmer sitzen, und er sah Kerstin müde an, wie sie an ihrem Sektglas nippte. Ihre Ergebenheit und Gläubigkeit an den neuen Staat brachten ihn so auf, dass er begann, sie zu verachten, und auf einmal war er sicher, dass die unterschiedlichen Auffassungen ihre Liebe zerstören würden.

»Sollen wir langsam schlafen gehen?«, fragte sie. Joachim stand auf, schob den Store zurück und sah hinaus in die Dunkelheit. Es hatte angefangen zu schneien. Die Flocken tanzten im Lichtkegel der Gaslaterne. Es sah romantisch aus, aber er war nicht in Stimmung, Kerstin darauf aufmerksam zu machen, sie in den Arm zu nehmen und gemeinsam mit ihr das Schneetreiben zu beobachten. Nicht einmal elektrische Straßenbeleuchtung hatten sie hier zustande gebracht, dachte er verärgert. Und das in einer ehemals reichen Industriestadt.

»Kerstin«, sagte er und drehte sich zu ihr um. Sie sah von der roten Schallplattenhülle auf, die sie in der Hand hielt, auf der der Rote Platz im Schnee abgebildet war: Russische Weihnachten.

»Ich kann hier nicht mehr bleiben. Ich gehe in den Westen.«

»Schatz … es ist spät, wir sind beide müde und vielleicht auch ein bisschen betrunken«, gab sie zurück.

»Nenn mich jetzt nicht Schatz! Ich meine es ernst.«

Kerstins Züge verhärteten sich, als sie sagte: »Dann verlierst du deine Kinder.«

Diese Vorgeschichte kannte Angelika nicht, als sie am 3. August 1956 bei Joachim Hellmann ihre Fotografenlehre antrat. Die Sonne schickte ihre ersten Strahlen über die Dächer der Stadt, als sie im Autobus durch die Kasseler Straßen fuhr. Sie stieg aus, und im selben Moment fuhr auf der Gegenfahrbahn ein Wasserwagen vorbei, um den Bordstein und die Straße zu sprengen. Das verdunstende Wasser sollte die Hitze in der Stadt erträglicher machen. In diesem Sommer brannte die Sonne täglich aus einem immer blauen Himmel herunter und brachte den Asphalt an vielen Stellen zum Aufplatzen. Die Risse in den frisch geteerten Straßen hatten schon an verschiedenen Stellen zu Sperrungen und Verkehrsstaus geführt. Angelika blieb einen Moment stehen und spürte die kühlen Wassertröpfchen in ihrem Gesicht. Dann holte sie tief Luft und betrat das Geschäft.

Joachim Hellmann hatte sie schon erwartet und sich lange überlegt, wie er mit einem Mädchen umgehen sollte, das genauso alt war wie seine Tochter und bereits weit mehr über Fotografie wusste als die meisten Hobbyfotografen, die in seinen Laden kamen. Um die Distanz zu halten und ihr seinen Respekt zu zeigen, bestand er auf der höflichen Anrede mit Sie und Fräulein Stein. Um sie nicht von Anfang an zu langweilen, begann er nicht mit der Theorie, sondern mit der Praxis.

Auf der Theke lagen drei verschiedene Kameras, davon durfte sie sich eine aussuchen. Eine davon war die Agfa Silette, genau das Modell, das sie im Becken unter dem Herkules versenkt hatte. Sie wollte schon danach greifen. Der Apparat war ihr vertraut, und sie hätte damit rasch wieder an dem Kenntnisstand anknüpfen können, den sie vor dem Missgeschick erreicht hatte. Seither hatte sie schließlich nicht mehr fotografiert. Doch plötzlich hielt sie inne. Hellmann beobachtete sie genau und schien ihr anzumerken, wie sie umschwenkte. Sollte sie die Contina 1a wählen, das Einsteigermodell von Zeiss mit der Chromfront und dem besonders leisen Verschluss, der unbemerkte Schnappschüsse erlaubte? Als sie schließlich zu der Kodak-Kamera griff, hörte sie, wie Hellmann neben ihr hörbar Luft ausstieß, und sie sah ihn fragend an.

»Ich weiß nicht, warum, aber irgendwie hatte ich es im Gefühl, dass Sie die Retinette wählen, Fräulein Stein.«

Angelika nahm den Apparat in die Hand und hielt sich den Sucher vor das Auge.

»Können Sie Ihre Entscheidung begründen?«

»Die Retinette II B hat einen Synchro-Compur-Verschluss, der Zeiten von 1 Sekunde bis 1/500 Sekunde erlaubt ...«, begann sie die Beschreibung im Katalog aufzusagen, aber sie merkte auf einmal, dass ihre Wahl einen einfachen Grund hatte. Sie unterbrach sich mitten im Satz und sagte stattdessen: »Mein Vater hat genau die gleiche, und die Bilder, die er mit dieser Kamera gemacht hat, sind durchweg gelungen.«

Hellmann musste lachen. »Na, das ist doch die allerbeste Begründung, und jetzt gehen wir raus und fotografieren die Welt.«

Joachim Hellmann erwies sich als ein guter Lehrherr. Er tastete sich an ihren Kenntnisstand heran und setzte da an, wo sie noch nichts oder nicht genug wusste, langweilte sie nicht mit Prozessen, die ihr schon geläufig waren. Er fand genau die richtige Mischung aus Anleitung und Motivation, war begeistert von ihrer schnellen Auffassungsgabe und blühte dabei selbst sichtlich auf. Schon nach wenigen Wochen sagten die Leute über ihn, er sehe viel jünger aus, es sei wieder Leben in ihm. Angelika lernte alles über Brennweiten, Perspektive und Verzeichnung, Blende und Tiefenschärfe, über Belichtung und Gradation. Gemeinsam verbrachten sie Stunden in der Dunkelkammer. Mit dem Vergrößern, Abstimmen des Entwicklers, Fixierbädern, Wässern und Trocknen von Abzügen.

Häufig wartete Rudi nach Geschäftsschluss mit seinem Moped auf der anderen Straßenseite vor dem Laden. Zweimal in der Woche besuchte Angelika die alte Frau Hellmann und erzählte von ihren Fortschritten. Angelika merkte, wie gut es ihr tat, einen geduldigen Lehrer zu haben, der auf ihre Fähigkeiten und Interessen einging, und sie schwärmte Frau Hellmann von ihrem Sohn vor, was diese sich still anhörte, aber selten kommentierte.

Unbewusst brachte Angelika ihre neue Motivation mit nach Hause und nahm endlich ihre Bemühungen um Peter wieder auf. Die aufopfernde Pflege durch ihre Mutter schien ihn langsam gegen diese aufzubringen, die Unversehrtheit seines Zwillingsbruders war das andere, was er kaum ertrug. Er merkte, wie ungerecht und launisch er ihnen gegenüber war, und fühlte sich dadurch nur umso schlechter. Warum konnte er Eberhard sein normales Leben nicht gönnen? Er war verzweifelt, verjagte sie allesamt aus seinem Zimmer und wusste selbst, wie wenig ihm das beschäftigungslose Dasein auf Dauer guttat.

In den langen Wochen seit seinem Unfall hatte er, obwohl er lesen konnte, vom Arzt die Anweisung erhalten, das ihm verbliebene Auge möglichst wenig anzustrengen. Peter, der früher wöchentlich mindestens einen Roman verschlungen hatte, ließ also das Lesen sein. Mit der Zeit werde sich das gesunde Auge an den Verlust des anderen gewöhnen, hatte der Arzt ihm vorausgesagt. Nun, nach mehr als drei Monaten, hielt seine Mutter die Zeit für gekommen und hatte einige Bücher besorgt, von denen sie glaubte, sie könnten ihm gefallen. Doch keines schien Peter zu interessieren. Er zog es vor, weiter im Dunkeln zu sitzen und vor sich hinzubrüten.

Angelika sorgte als Erstes dafür, dass die Klappläden tagsüber geöffnet wurden, ob er es wollte oder nicht. Durch sein Fenster hatte er einen schönen – wenn auch nunmehr einäugigen – Blick auf den Trompetenbaum im Garten. Anfangs beschwerte er sich über das Sonnenlicht, aber bald erzählte er ihr von zwei Rotkehlchen, die er nun den ganzen Tag beobachtete.

Die Abende verbrachte Angelika immer häufiger in seinem Zimmer und begann, ihm vorzulesen. Er protestierte und sagte, er wolle nichts hören, hielt sich die Ohren zu, aber Angelika las einfach weiter. Irgendwann wurden ihm seine Arme lahm, und er legte sie in den Schoß. Dabei setzte er ein derart abweisendes Gesicht auf, dass Angelika es vermied, ihn anzusehen, wenn sie von den Büchern hochsah. Nach einer Woche fragte er das erste Mal, als sie ein Buch mit einem grünen Leineneinband, »Der Fänger im Roggen« von J. D. Salinger, zuklappte, wie es weiterginge. Es war schon halb zehn, Angelika war eigentlich müde, ihr taten die Augen weh. Sie hatte den ganzen Tag Negative von Brautpaaren und ihren Angehörigen vergrößert, abgezogen und retuschiert. Hochzeiten, Kommunionen und Konfirmationen waren eine lukrative Einnahmequelle für Hellmann, und gerade in den Sommermonaten hatte er dadurch viele Aufträge. Aber Peters Frage machte sie wieder hellwach. Es war das allererste

Mal, dass er an etwas Interesse zeigte, außer neuerdings an den Rotkehlchen im Garten.

»Soll ich weiterlesen, oder willst du es selbst probieren?«

»Lies du ... bitte!«

Also hielt Angelika das Buch näher an die Lampe und las so lange weiter, bis ihr die Augen zufielen. Als ihre Mutter den Kopf zur Tür hereinsteckte, lag sie mit dem Gesicht auf der Tischplatte und schlief. Peter hatte das Buch in der Hand und las selbst darin. Auf Gerda Steins Gesicht erschien das erste Mal seit langer Zeit ein Lächeln.

An einem Nachmittag, als Angelika schon früher hatte gehen dürfen, weil sie am Wochenende Überstunden gemacht hatte, überredete sie Peter, sich mit ihr in den kleinen Garten zu setzen.

»Wie hältst du das nur aus, Peter, immer eingesperrt zu sein, in deinem Zimmer, wie in einem Gefängnis. Möchtest du nicht einmal wieder weiter rausgehen? Zum Beispiel in die Karlsaue und irgendwann vielleicht sogar wieder in ...«, sie räusperte sich, »... eine Schule, um dein Abitur zu machen?«

»Das sagst ausgerechnet du?«, erwiderte er eine Spur zu laut.

»Ja, ich glaube, es würde dein späteres Leben leichter machen, dir den Weg ebnen. Bei mir war es jetzt einfach nur ein glücklicher Zufall, dass ich die Lehrstelle gefunden habe, sonst hätte ich es womöglich doch bereut, keinen Abschluss zu haben.«

»Ich kann nicht.«

»Was kannst du nicht?«

»Rausgehen!« Er stand auf und lief einige Schritte durch den Garten, breitete dabei die Arme aus und tat, als balanciere er wackelig auf einem Seil. Ganz anders als damals im Garten, als er ihr zum Spaß eine Zirkuskarriere vorgeschlagen hatte.

»Es fühlt sich so tollpatschig an. Selbst beim Laufen stört mich das unzureichende periphere Sehen.«

Mit einem großen Schritt, als müsse er einen Graben überspringen, war er wieder bei ihr und setzte sich neben sie auf die Treppenstufen.

»Ach, Peter, du musst dich einfach daran gewöhnen«, sagte sie leise, weil sie fürchtete, ihn zu verletzen, aber er antwortete nur schwach, das sage sich so leicht.

Sie sahen auf den Trompetenbaum mit den großen herzförmigen Blättern, und Peter meinte, dass er vermutlich bald zu groß für den kleinen Garten würde. Als Angelika nicht antwortete, folgte er ihrem Blick nach oben zu einer Taube, die auf der Regenrinne saß. Angelika hatte eine Kamera dabei, die ihr Hellmann ausgeliehen hatte, und hielt sie jetzt vor ihr Gesicht, drehte an der Blende, kniff ein Auge zu und drückte auf den Auslöser.

»Warum kneifst du ein Auge zu?«

»Weil man nur mit einem Auge durch den Sucher schauen kann.«

»Darf ich auch mal?«, fragte er.

»Natürlich!«

Bereitwillig gab sie ihm die Kleinbildkamera und erklärte ihm mit wenigen Worten die Funktionsweise.

Er hielt den Sucher vor sein gesundes Auge, schaute nach einem Motiv, fand eine rosa Stockrose an der Hauswand und drückte ab, dann sprang er plötzlich auf, baute sich vor Angelika und fotografierte sie.

»Halt, du musst erst spannen! Der Film wird sonst nicht weitertransportiert, und außerdem stehst du viel zu nah vor mir.«

Sie gab ihm die Kamera zurück, und er machte einige Schritte rückwärts, fotografierte sie erneut. Peter betätigte danach gleich selbst den kleinen Hebel, hielt die Kamera nach oben in Richtung Baumkrone und drückte wieder auf den Auslöser. Dann drehte er den Fotoapparat in seinen Händen hin und her und zeigte auf sie: »Ich wollte eigentlich deine hübschen neuen Sommersprossen aufnehmen. Deshalb hätte ich das Foto lieber aus der Nähe gemacht. Geht das nicht?«

Angelika fuhr sich mit der Hand über die Nase. Sie wusste selbst, dass sie in diesem Sommer noch mehr der winzigen braunen Pünktchen im Gesicht bekommen hatte. Keinem war es bisher aufgefallen, nicht einmal Rudi hatte etwas gesagt.

»Dir entgeht so etwas ja nie!«, sagte sie gespielt verärgert.

In Wirklichkeit konnte sie ihr Glück kaum fassen, dass Peter seine frühere Marotte zeigte und jeden einzelnen Leberfleck, jede Sommersprosse bemerkte.

»Doch, das geht«, antwortete sie dann auf seine Frage.

Sie zeigte ihm, wie er die Blende verstellen musste, stellte sich ins Licht und hielt still, damit er seine Porträtaufnahme von ihr machen konnte. Als er ein Geräusch hörte, sah er hoch, und auch Angelika drehte sich um. Voller Überraschung sahen sie ihre Mutter mit einem Korb Geranien in den Garten kommen. Die leuchtend rote Farbe der Blumen ergab einen hübschen Kontrast zu ihrem taubenblauen Leinenkleid. Zum ersten Mal seit langer Zeit trug sie keine Schwesterntracht. Sie stellte den Korb auf der obersten Stufe der kleinen Treppe ab, murmelte nur ein leises: »Lasst euch nicht stören!«, und begann, die Pflanzen in Blumenkästen zu setzen. Peter und Angelika beobachteten sie und hatten dabei beide das Gefühl, als würde auch ihre Mutter mit vorsichtigen Schritten ins Leben zurückkehren. Peter hielt die Kamera vor sein Auge und fotografierte ihre geschickten Handgriffe beim Umtopfen. Er hatte es rasch gelernt, mit dem Fotoapparat umzugehen.

»Kannst du den Film entwickeln und mir zeigen, ob die Fotos etwas geworden sind?«, fragte er Angelika.

»Ja, wenn er voll ist, mache ich dir Abzüge. Aber erwarte nicht zu viel, sie könnten alle verwackelt sein.«

Er nickte und betrachtete die Kamera immer noch so, als hielte er zum ersten Mal einen Fotoapparat in der Hand.

»Wenn man sich daran gewöhnt, nur ein Auge zu haben, ist es fast so, als würde man sich damit vertraut machen, die Welt von nun an immer durch die Linse einer Kamera zu sehen.«

Angelika sah ihn nachdenklich an. »Es könnte sein, dass es sogar Parallelen bei der Tiefenschärfe gibt.«

Nach einer Weile fügte sie hinzu: »… und Entsprechungen beim Blickfeld. Ich könnte Herrn Hellmann dazu befragen.«

Am nächsten Tag sprach sie Hellmann darauf an, allerdings ohne ihm zu schildern, was der genaue Hintergrund ihrer Frage war. Sie fürchtete, dass es so wirken könnte, als wollte sie sein Mitleid wecken.

»Kann es sein, dass ein einäugiger Mensch genauso sieht wie wir durch die Linse der Kamera?«

»Ein einäugiger Mensch?«

Hellmann schien überrascht, hob die Augenbrauen, fuhr sich mit der Hand über das Kinn. »Ich denke, die Frage lässt sich beantworten.« Er sah sich in dem Laden um, stand eine Weile vor dem kleinen Regal mit den Fachbüchern, holte eines heraus, blätterte darin und schlug eine Seite mit zwei Zeichnungen auf. Dann legte er es auf den Ladentisch, tippte mit dem Zeigefinger auf die eine der beiden Zeichnungen. »Sehen Sie mal hier: Der linke Teil der Abbildung zeigt einen Querschnitt durch das Auge. In der Augenhöhle vorn ist die Linse eingebettet, während sich auf der gegenüberliegenden Seite die lichtempfindliche Netzhaut befindet, die im Sehnerv nach unten endet.«

Angelika beugte sich über das Buch und hörte ihm aufmerksam zu. Sie erinnerte sich daran, dass auch ihr Vater schon davon gesprochen hatte.

»Das Auge hat einen glasigen Körper, die Linse. Und die Kamera hat auch eine Linse. Sie erzeugt das Bild und wirft es durch einen Hohlraum des Auges, das dem Hohlraum des Kameragehäuses entspricht, rückwärts auf eine lichtempfindliche Fläche, nämlich die Netzhaut.« Er deutete auf die Zeichnung mit dem Querschnitt des Fotoapparats. »Bei der Kamera liegt an der Stelle der Netzhaut ein Film. Sie arbeitet genau nach dem gleichen Prinzip. Vorne sitzt das Objektiv, das aus mehreren Linsen besteht, und hinten der lichtempfindliche Film.«

Dann sah er Angelika an.

»Sie haben also vollkommen recht, Fräulein Stein: Eine fotografische Kamera erfüllt haargenau die Funktion des Auges, mit einem Unterschied allerdings ...« Er machte eine Pause und sah sie fragend an.

»... dass der Film das Bild auch festzuhalten vermag«, vollendete sie seinen Satz.

Er nickte: »Das ist der Grund, weshalb sie erfunden wurde.«

Angelika starrte auf die Abbildungen. Ihr war klar geworden, dass die Fotografie nicht nur ihr Beruf werden würde, sie würde ihr auch helfen, Peters neues einäugiges Leben zu verstehen.

CHRISTINE

Schon als sie auf dem Leipziger Bahnsteig aus dem Zug ausstiegen und Richtung Ausgang liefen, sah sich Christine unwillkürlich nach allen Seiten um. Ihre Augen flogen über die Anzeigetafel. Wo kamen die Züge aus dem Westen, aus Stuttgart, an? Aber es wäre ein viel zu großer Zufall gewesen, dem westdeutschen Turner schon hier, in der riesigen Bahnsteighalle, zu begegnen.

Über der gigantischen Glaskuppel, die erst im letzten Jahr wieder aufgebaut worden war, drehten sich noch immer die Baukräne. Der ehemals größte Kopfbahnhof Europas war 1944 fast vollständig zerstört worden. Zehn Jahre lang war die Bahnsteighalle ohne Bedachung ausgekommen. Der unhaltbare Zustand war erst im letzten Jahr durch einen Beschluss des Ministerrats der DDR beendet worden, der den vollständigen und möglichst originalgetreuen Aufbau für die unvorstellbare Summe von sechzig Millionen Mark vorsah. Der Hintergrund war ein ähnlicher wie für den Bau des neuen Zentralstadions, in dem ab morgen das Deutsche Sport- und Turnfest stattfinden würde: Seine Schaufenster- und Repräsentationsfunktion für westliche Gäste, besonders Messegäste aus dem Ausland, machten ihn so wichtig für die DDR-Führung. Man wollte den neuen sozialistischen Staat vor der Welt im allerbesten Licht erscheinen lassen und seine Überlegenheit demonstrieren.

Obwohl Christine seit zwei Jahren in der Hauptstadt lebte, die auch einige neue monumentale Bauten vorweisen konnte, war sie von der Höhe der Halle, deren Ausmaße man gar nicht mit einem Blick erfassen konnte, tief beeindruckt.

Hartung lief zackig und wie aus dem Ei gepellt vor ihnen her, als wisse er genau, wo es langging, so schnell konnten sie ihm in dem Gedränge gar nicht alle folgen. Er trug ausnahmsweise nicht seinen Trainingsanzug, sondern einen hellbraunen Lederblouson und ein weißes Hemd. Seine Rasierwasserwolke hing noch drei Meter hinter ihm in der Luft, wenn er schon in der Menge verschwunden war.

Diesmal waren sie nicht mit einem gemieteten Bus gefahren, weil die Kapazitäten durch die vielen Turnvereinigungen und Betriebssportverbände, die ihre Leistungsträger alle gleichzeitig nach Leipzig entsandten, ausgeschöpft waren. Sogar die Volkspolizei hatte Athleten aus ihren Reihen nach Leipzig zu den Wettkämpfen geschickt. Der Bahnhof wimmelte von Menschen, Sportlern und Sportlerinnen, Funktionären aus allen Teilen Deutschlands, aus Ost und West. Fast durchweg lebenshungrige, junge Menschen, die die harten Kriegs- und Hungerjahre vergessen wollten und neugierig auf die Begegnungen waren.

»Sieh mal da, Radfahrer sind offenbar auch dabei«, sagte Cornelia und deutete auf die jungen Männer mit dem Aufnäher von Dynamo Dresden auf den Anzügen, die ihre Sportgeräte aus dem Waggon luden. Es schien, als kämen alle gleichzeitig an: Gestählte Leichtathleten und Gewichtheber, ausdauernde Rennradfahrer, gewiefte Schützen, wendige Handballer, die die Köpfe nach der Truppe Ostberliner Turnerinnen verdrehten und sie neugierig beäugten.

Über den Bahnsteigen waren Schnüre mit unzähligen bunten Wimpeln gespannt. An den Wänden waren dicht an dicht Plakate geklebt, die alle den gleichen ganz in Weiß gekleideten Turner am Reck zeigten – das offizielle Bild des Leipziger Sportfests. Christine ging neben Roselore her. Auch sie hatte keine Sportkleidung an, wie eigentlich üblich. In ihrem dunkelblauen Kostüm mit dem engen knielangen Rock, das sie das erste Mal an ihr sah, war sie kaum wiederzuerkennen. Was für eine Anmaßung! Alle anderen trugen ihren wenig vorteilhaften, sackigen Trainingsanzug. Roselore bahnte ihnen selbstbewusst mit erhobenem Kopf den Weg durch das Gedränge. In ihrem weiblichen Kostüm, mit den frisch eingelegten blonden Haaren, einen zierlichen Reisekoffer in der Hand, den sie hin und her schlenkerte, wirkte sie keck und elegant zugleich. Und ihr Gesichtsausdruck verriet, wie sehr sie sich dessen bewusst war. Christine kam sich dagegen unscheinbar und geradezu kindlich vor mit dem vollgepackten Feldrucksack auf dem Rücken, so als sei sie auf einem Schulausflug.

Gleich als sie den Bahnhofsvorplatz betraten, spürten sie eine heftige Windböe, die an Roselores Frisur zerrte. Die vielen überdimensionalen Fahnen blähten sich auf, und ihre schwarz-rot-goldene Farbe dominierte den Platz voller Menschen. Darüber zeichnete sich der stahlblaue Himmel des wolkenlosen Hochsommertages ab. Hartung blieb vor ihnen stehen, schirmte die Hand mit den Augen ab und hielt nach dem Bus Ausschau, der sie zu der Jugendherberge bringen sollte. Vor dem Busparkplatz hatten sich schon lange Schlangen gebildet, aber die vielen Freiwilligen mit roten Armbinden, die als Ordner eingesetzt worden waren, hatten die Situation unter Kontrolle.

Alle Athleten verhielten sich diszipliniert. Manche marschierten in Zweierreihen in die Richtung, in der ihre Unterkunft lag, um den Busverkehr zu entlasten. Die anderen standen geduldig an. Als sie endlich einsteigen konnten, war Christine zu weit hinten, um einen Sitzplatz zu ergattern. Sie stand im Gang, während der voll besetzte Autobus durch die Leipziger Straßen rollte, beugte sich nach vorn, um durch die Fenster etwas von der Stadt zu sehen. Ein wenig enttäuschte sie der Anblick. Womöglich, weil das Leipziger Turn- und Sportfest als einmalig auf der Welt angekündigt worden war, hatte sie sich auch von der Stadt selbst mehr erwartet. Doch die rußgeschwärzten Fassaden und lückenhaften Häuserlinien sahen nicht anders aus, als sie sie von Dresden und Ostberlin her kannte. Die Spuren der Zerstörung waren noch lange nicht beseitigt. Vor vielen Häusern waren Fahnen mit dem weiß gekleideten Reckturner, der die Fußspitzen in den Himmel streckte, gespannt worden und verdeckten das traurige Grau.

**LEIPZIG BEGRÜSST DIE DEUTSCHEN TURNER UND SPORTLER:
FÜR FRIEDEN UND VERSTÄNDIGUNG!**

stand in Blockbuchstaben auf ausgerollten Bannern.

Auch hier rumpelte der Bus über geflicktes Kopfsteinpflaster und umfuhr die tiefen Schlaglöcher im Zickzack. Die Stadt erstickte im Verkehr der vielen Sonderbusse, und es bildeten sich immer wieder Staus.

Die Fahrt dauerte über eine Dreiviertelstunde, obwohl ihre Unterkunft in der Innenstadt lag. Dann konnten sie endlich ihre eisernen Stockbetten im Schlafsaal beziehen. Roselore bestand darauf, unten zu schlafen, weil sie angeblich Angst hatte, nachts aus dem Bett zu fallen. Christine zuckte nur mit den Schultern, als sie die kleine Leiter hinaufkletterte, und erkannte sofort den wahren Grund: Zwischen Matratze und Decke waren höchstens dreißig Zentimeter Platz. Die Luft war schwül und stickig. Aber sie konnte ohnehin die ganze Zeit über nur an zwei Dinge denken: ihren Pferdsprung und den verstrubbelten blonden Schopf des Stuttgarter Turners. War es überhaupt sicher, dass sie sich über den Weg laufen würden? Bei den vielen Sportlern?

Am nächsten Morgen zogen sie in goldgelben Trainingsanzügen die Jahnallee entlang auf das neue Stadion zu. Aus allen Richtungen strömten die Teilnehmer auf die nagelneue Sportstätte zu. Teilweise sangen sie Lieder im Chor, »Das Wandern ist des Müllers Lust« oder »Im Frühtau zu Berge«. Schon von Weitem war der viereckige gelbe Turm zu sehen, der den Eingang markierte. Sie folgten Hartung, marschierten in Viererreihen durch das Haupttor zu ihrem Planquadrat J55 auf die Rasenfläche. Heute war die Generalprobe. Sie kannten den Ablauf, hatten ihren eigenen Beitrag unzählige Male zu Hause in Berlin geübt, an einem Tag sogar zusammen mit Teilnehmern aus den verschiedensten Städten der DDR, die extra in die Deutsche Sporthalle an die Stalinallee gereist waren. Aber jetzt waren alle Beteiligten auf einmal vor Ort.

Das gerade fertiggestellte Bauwerk hatte gigantische Ausmaße. Seine Dimensionen übertrafen alles, was Christine bisher an Sportstätten gesehen hatte. Die riesigen Masten für die Flutlichtanlage ragten so weit hinauf in den blauen Himmel, dass man meinen konnte, sie stießen jeden Moment an die hellen Wolkentürme. Mit dem neuen Leipziger Zentralstadion besaß die DDR nun eines der größten Stadien der Welt.

Als Christine sich umblickte, sah es nach einem ungeordneten Gewimmel von Körpern aus, die in roter, schwarzer und gelber Kleidung steckten. Die vielen Stimmen verursachten ein Summen und Rauschen wie in einem Bienenkorb. Doch von »ungeordnet« konnte nicht im Entferntesten die Rede sein. Alles lief nach einem exakten Plan ab, der von den Arbeitsgruppen und Komitees schon zwei Jahre im Voraus bis in jede kleinste Einzelheit festgelegt worden war. Und der Entwurf schien zu funktionieren. Jedes Planquadrat hatte einen Vorturner oder eine Vorturnerin, die ihnen entsprechende Zeichen gaben. Am Anfang der Vorführung würden sie als Schaubild, dicht an dicht stehend mit den unzähligen anderen Teilnehmern, die deutsche Flagge bilden. Unter den gelben Anzügen trugen sie weiße Trikots. In ihnen sollte kurze Zeit später das Bild des Sportlers am Reck, das Wahrzeichen des Leipziger Sportfests, dargestellt werden.

Während sie Aufstellung nahmen, stieß Rita Christine an, deutete nach oben auf die leeren Zuschauerränge und sagte: »Ist es nicht schade, dass wir uns nicht gleichzeitig von der Tribüne aus sehen können? Wenn man mittendrin ist, hat man gar kein Gefühl für die Wirkung als Ganzes.«

Christine sah sie an, während sie, wie alle, ihre Arme nach oben streckte, ihren Oberkörper gleichzeitig mit den Tausenden anderen nach links und rechts neigte. Rita hatte sich die Haare kurz schneiden lassen. Ihre großen dunklen Rehaugen dominierten ihr Gesicht durch die neue Frisur noch deutlicher, ließen sie unschuldig und jung wirken. Obwohl sie ihre Konkurrentin war und sie sogar zu ihren Gunsten auf den Wettkampf am Stufenbarren verzichten musste, konnte Christine nicht anders, als sie zu mögen.

»Wir müssen uns eben damit abfinden, dass wir nur winzige unbedeutende Puzzleteilchen sind. An so einem Tag wird einem das besonders bewusst.«

»Ihr könnt es später auf Fotos oder sogar in einem Film sehen, der über das Sportfest gedreht wird«, meinte eine Sportlerin mit sächsischem Einschlag, die ihre Unterhaltung mit angehört hatte.

»Das ist nicht das Gleiche!«, zischte Roselore. »Die da oben, auf den teuren Plätzen dürfen den Anblick genießen, während wir uns hier unten abplagen.« Sie sandte einen sehnsuchtsvollen Blick zu der Ehrenloge. »Ich sage euch was: Vielleicht werde ich eines Tages da oben sitzen und dem Fußvolk zusehen, wie es sich neben Tausenden anderen auf den Rücken legt und zur Belustigung der Funktionäre simultan eine Kerze macht.«

»Warum bist du nur immer so unzufrieden. Ich finde es ein herrliches Gefühl, mit der Masse von Sportlern aus Ost und West zu einer Einheit zu verschmelzen!«, schrie Cornelia, um die Marschmusik aus dem Lautsprecher zu übertönen, während sie die gelbe Jacke auszog und sich daraufsetzte, damit die Farbe im Schaubild nicht mehr sichtbar war.

»Wie du wohl weißt, solltest du das Verschmelzen mit Sportlern aus der BRD nicht allzu wörtlich nehmen.«

Christine und die anderen um sie herum lachten auf. Cornelias Gesicht färbte sich purpurrot. »Du weißt genau, dass ich es nicht so gemeint habe!«, keifte sie.

»Und außerdem hast du schließlich auch kein Problem damit, unter deinem Hintern das Goldgelb vollkommen verschwinden zu lassen!«, legte Roselore gleich noch einmal laut und deutlich nach, als sie merkte, wie viele ihr zuhörten. »Aber wie soll das beispielsweise Rita mit ihrem zierlichen Popöchen hinbekommen, oder meine Wenigkeit?«

Wieder gab es einige Lacher von den Sportlern aus dem Planquadrat neben dem ihren. Cornelia antwortete nicht, sondern legte sich, so wie alle anderen es jetzt taten, auf den Rücken. Für einen Moment sah sie aus wie ein unbeholfener Käfer, als sie in den vorgegebenen vier Sekunden versuchte, die gelbe Hose loszuwerden. Dann streckte sie die Beine nach oben, stützte ihre Hüften ab, stieß die Fußspitzen in die Luft.

»Das Ganze ist schon ziemlich kindisch!« Roselore betrachtete von oben herab Cornelias für eine Turnerin etwas zu plumpen Körper und schien sich nicht im Mindesten daran zu stören, die Einzige der siebenundzwanzigtausend Athleten zu sein, die zwischen all den weißen Kerzen aufrecht in ihrem gelben Anzug stand. Christine bewunderte sie in diesem Augenblick mehr als jeden anderen. In den letzten Jahren ihres DDR-Lebens hatten Anpassung und die Unterdrückung jeglicher Individualität ihren Alltag zunehmend bestimmt. Jedes Aufbegehren wurde hart geahndet, und die Unerbittlichkeit des Systems hatte sie selbst immer wieder zu spüren bekommen. Umso überraschter war sie, als sie Roselores rebellische Seele erkannte. Selten hatte sie jemanden gesehen, der es so gelassen wagte, aus der Masse auszuscheren. Fast wünschte sie sich, sie hätte den Mut gehabt aufzustehen, und sich neben sie zu stellen.

»Na, die wird jetzt aber mal richtig ins Gebet genommen!«

Cornelias Stimme war die Schadenfreude deutlich anzumerken, und Christine wurde die ältere Turnerin aus ihren Reihen immer unsympathischer. Ungläubig beobachtete sie, wie Cornelia ganz geniert ihr Ohr an die Tür legte und zu den anderen flüsterte: »Recht geschieht es ihr!«

Sie waren zurück in der Jugendherberge und hatten den Weg vom Stadion alle zu Fuß zurücklegen müssen, als eine Art Kollektivstrafe für die ganze weibliche Turnabteilung von Dynamo Berlin. Hartung war im Stechschritt vorangegangen. Schweigend, mit unterdrückter Wut und rotem Kopf. Kaum dass sie nach dem einstündigen Marsch angekommen waren, hatte er Roselore beiseitegenommen und war mit ihr in einem Raum neben der Rezeption verschwunden.

»Zu deinem Glück war das nur die Generalprobe, aber was glaubst du, was ich zu hören bekommen habe!«

Selbst durch die geschlossene Tür und drei Meter Abstand war jedes Wort deutlich zu verstehen, so unbeherrscht war er. Seine Ausbrüche olympischen Zorns, wie es die Turnerinnen nannten, waren unter ihnen allen gefürchtet. Aber dass er auch gegenüber Roselore so unbeherrscht war? Bei seinem nächsten Satz überschlug sich seine Stimme: »Beinahe hätte man unseren gesamten Klub von der Teilnahme an der Meisterschaft ausgeschlossen.«

Christine und einige der anderen Turnerinnen standen mit versteinerten Gesichtern in dem schmucklosen Eingangsbereich, wo sich außer einer harten Holzbank und einigen Kleiderhaken an der Wand kein Möbelstück befand. Der Herbergsvater hinter dem Rezeptionspult machte große Augen und raufte sich die Haare.

»Ja, nu, da hat das hübsche blonde Mädel wohl was ausgefressen?«, fragte er ratlos. »Das tut mir fast ein bissel leid für sie!«

Als eine Gruppe von bayrischen Schützen mit ihren langen Waffenkoffern und -taschen an ihnen vorbeistürmte, rief er sie sofort zur Ordnung und deutete auf die Koffer. »Ich hab euch schon mal gesagt, dass eure Gewehre in meinem Schrank eingeschlossen werden müssen. Wartet hier so lange, im Moment geht das gerade nicht. Der Raum ist nämlich besetzt.«

Er deutete mit dem Daumen in Richtung der Tür, hinter der Hartung seinem Wutausbruch freie Bahn ließ, und die jungen Burschen machten lange Gesichter.

»Wir haben es eilig! Wollten noch ein Bier trinken gehen«, sagte einer von ihnen ungeduldig. Mit seinem tiefen bayrischen Bass, den kurz rasierten roten Haaren und einer zerschlagenen Boxernase wirkte er ziemlich ungehobelt. »Vielleicht wollen die Damen uns ja begleiten!« Er und seine Kumpane musterten Christine und die anderen Turnerinnen eine nach der anderen mit unverhohlener Neugier.

»Werdet mal nicht frech«, antwortete ihm der Herbergsvater und hob warnend das Kinn. »Hier habe immer noch ich das Sagen!«

Wieder war Hartungs Stimme überdeutlich durch die geschlossene Tür zu hören: »Musst du wirklich die eine unter Zigtausenden Sportlern und Sportlerinnen sein, die aus der Reihe tanzt und den Unmut aller Organisatoren und Funktionäre auf sich zieht?«

Jetzt pfiff der Rothaarige leise durch die Zähne, steckte die Hände in die Hosentaschen und sagte: »Nun wird mir einiges klar ... ist das eure Kollegin da drin?«

Die Mädchen nickten betreten.

»Na, die hat ja Mut!«

»Vielleicht ist sie auch nur zu dämlich, um im richtigen Moment eine Kerze zu machen«, war der unfreundliche Kommentar eines Kumpans, der mit seinem schmalen Gesicht und nach hinten gekämmter Tolle nicht ganz so urwüchsig aussah.

»So ein Verhalten schlägt Wellen bis ganz nach oben. Ewald ist mit Sicherheit schon informiert worden, wenn nicht sogar das gesamte Politbüro!«, brüllte Hartung immer noch viel zu laut.

Roselores Stimme hingegen war leise, ab und zu hörte man einen erstickten Schluchzer.

Christine biss sich auf die Lippen. Manfred Ewald war der Staatssekretär für Körperkultur und Sport. Wenn sein Name genannt wurde, stand vermutlich sogar diese schreckliche Frau Bauer vom LSK stramm. Ihr tat ihre Mannschaftskollegin leid. Hartung schien vollkommen vergessen zu haben, dass sie für ihn einmal mehr bedeutet hatte als nur eine Turnerin von vielen aus dem Sportklub, die er trainierte. Vielleicht hatte sie sich aber auch getäuscht, und die beiden hatten gar keine echte Affäre gehabt. In jedem Fall hätte sie Roselore jetzt gerne Beistand geleistet. Aber wie?

»Ja, wie schaut's denn aus, dauert das jetzt noch lange?«, fragte der Rothaarige barsch.

Christine schloss kurz die Augen und fasste sich ein Herz. Sie klopfte an die Tür, drückte, ohne abzuwarten, die Klinke herunter und stieß sie auf. Der Raum war nicht größer als eine Abstellkammer, wozu er wohl auch diente. Von der Decke baumelte eine einzelne Glühbirne in der Fassung. Außer dem Schrank, von dem der Herbergsvater gesprochen hatte, befanden sich einige auseinandergebaute Stahlbettgestelle darin. Die muffige Luft raubte ihr den Atem.

Hartung funkelte sie böse an: »Was gibt's denn? Du siehst doch, dass du störst, Magold!«

Schnell zog Christine die Tür hinter sich zu, um die verheulte Roselore damit vor neugierigen Blicken zu schützen.

Sie machte einen Schritt auf Hartung zu, der sie mit verschränkten Armen ansah. Dabei war er es gewesen, der mit ihr in den letzten Wochen unermüdlich den schwierigen Pferdsprung eingeübt hatte. Der die Idee gehabt hatte, etwas Neues und Riskantes auszuprobieren, etwas, das auf die Kampfrichter Eindruck machte. Ihr das Gefühl gegeben hatte, wie sehr er an sie glaubte, wie sehr ihm persönlich ihr Erfolg am Herzen lag, und ihr Selbstbewusstsein gestärkt hatte. Jetzt standen sie dicht an dicht voreinander, und sein Blick war feindselig.

»Habe ich etwas davon gesagt, dass du reinkommen sollst?«, polterte er im selben Tonfall los, den er die ganze Zeit schon gegenüber Roselore an den Tag gelegt hatte.

»Ich muss Ihnen etwas sagen, Trainer, und es duldet keinen Aufschub!«

Hartungs Mundwinkel wiesen nach unten. Obwohl er erst Mitte dreißig war, nahm Christine jetzt das erste Mal die vielen roten Äderchen auf seinen Wangen wahr. Auch seine Augen waren blutunterlaufen. Er sah aus, als würde ihm vor Wut gleich der Kopf platzen. Von der stets frisch geduschten und gepflegten Erscheinung, die er sonst selbst dann noch abgab, wenn seine Schützlinge ihm den letzten Nerv raubten, war nicht viel übrig.

»Was in aller Welt könnte das sein?«, zischte er. »Erst blamierst du mich in Frankfurt am Main bis auf die Knochen, und jetzt macht deine Kollegin mich beim größten Turn- und Sportfest aller Zeiten in Leipzig vor aller Welt zum Affen. Wisst ihr eigentlich, was auf dem Spiel steht? Das kann mich meine Trainerlizenz kosten. Mal ganz abgesehen davon, dass ihr meine Karriere gerade ohnehin in den Staub getreten habt.«

»Es war doch nur eine Probe, nicht die eigentliche Eröffnungsfeier, das kann doch nicht so schlimm ...«, begann Christine zögernd und mit schwacher Stimme.

Hartung schnappte nach Luft.

»... und eigentlich war es meine Schuld, denn ich hatte einen Wadenkrampf, und Roselore hat mir meine Zehen hochgebogen, um ihn zu lösen«, beeilte sich Christine hinterherzuschieben. Es kam ihr gar nicht in den Sinn, dass sie damit ihren eigenen Ausschluss riskierte, und es war eine glatte Lüge.

»Deshalb konnte sie sich nicht gleichzeitig mit allen anderen den Anzug ausziehen und die Kerze machen!«

»Und wieso konntest du das dann?«, fragte Hartung jetzt auf einmal sachlich.

In dem Moment wurde ungeduldig und heftig an die Tür gehämmert. Wie lange das denn noch dauern solle, rief eine Stimme mit bayerischem Einschlag von draußen. Christine erkannte sie als die von dem rothaarigen Schützen.

»Es dauert so lange, wie es dauert!«, schrie Hartung zurück.

»Weil ich den Anzug schon ausgezogen hatte, als es passierte, und nachdem sie gegen meinen Fuß gedrückt hatte, war der Krampf sofort weg«, erklärte Christine hastig. Ihr war klar, dass die Schützentruppe den Raum vermutlich gleich stürmen würde.

Sie bemerkte, wie Roselore sie mit offenem Mund anstarrte. Aber als Hartung sie fragte, ob das stimme, nickte sie, ohne zu zögern, mit dem Kopf. Warum sie das dann nicht gleich gesagt habe, insistierte der Trainer.

Roselore erklärte ihm, er habe sie ja gar nicht zu Wort kommen lassen. Sie hatte schon fast ihre Fassung wiedergefunden. Hartung schwieg einen Moment lang. Aber die einfache Ausrede schien zu funktionieren. Ein Krampf in der Wade oder in den Oberschenkeln war unter Turnern ebenso gefürchtet wie alltäglich. Jeder kannte den scharfen Schmerz, wenn sich der Muskel plötzlich zusammenzog und nicht von selbst wieder entspannte. Und alle wussten natürlich auch, wie man Erste Hilfe leistete. Es war ihnen in Fleisch und Blut übergegangen. Der Trainer sah von der Hoffnung schöpfenden Roselore zu Christine, die seinem Blick standhielt, und sagte schließlich: »Na schön! Dann will ich diese Version mal glauben und werde sie so weitergeben, wenn es noch Nachfragen von oben gibt, wovon ich ausgehe.«

Christine atmete erleichtert ein und aus und wollte sich schon umdrehen.

»Aber eins sage ich euch!« Hartung verengte die Augen und hob drohend den Zeigefinger. »Wenn es während der Eröffnungsfeier oder während der Wettkämpfe noch einen einzigen Vorfall mit euch gibt, schmeiße ich euch beide raus. Dann werdet ihr in diesem Land nirgendwo mehr turnen, höchstens noch in eurem Wohnzimmer.«

»Ich bin überzeugt, dass das Festival vom hohen Leistungsstand der sozialistischen Körperkultur Zeugnis ablegen wird!«, schepperte die Stimme Manfred Ewalds aus den unzähligen Lautsprechern des Stadions. Sie hatten die Massenchoreografie mit siebenundzwanzigtausend Sportlern tatsächlich ohne besondere Vorkommnisse hinter sich gebracht und saßen jetzt dicht an dicht auf der Rasenfläche. Die Rede des DDR-Staatssekretärs war der letzte Part der Feier, wie sie alle wussten, und wohl kaum einer der Sportler, die aus der ganzen Bundesrepublik und DDR angereist waren, fieberte nicht ihrem Ende entgegen. Christine sah sich der Reihe nach die vielen unterschiedlichen Jungen und Mädchen, Männer und Frauen an, die in ihrer Nähe saßen. Das Altersspektrum reichte von fünfzehn bis fünfunddreißig. Sie selbst war bei den jüngsten Teilnehmerinnen. Manche schienen mit verklärten Gesichtern an Ewalds Lippen zu hängen, obwohl er auf seinem Podium vor der mit siebzigtausend Menschen gefüllten Tribüne von unten nur als winzige Figur im grauen Anzug zu erkennen war. Unter ihnen gab es offenbar genügend glühende Verehrer der sozialistischen Werte, die er vertrat.

Die vielen jungen Menschen waren mit hohen Erwartungen nach Leipzig gekommen. Alle hatten den Krieg und die Hungerjahre erlebt. Sie hatten genug von den Ruinen, den schrecklichen Erinnerungen an die Toten, die Vertreibung, die Schuld. Keiner mochte mehr zurückschauen. Keiner mochte daran denken, dass beide deutschen Staaten in diesem Jahr wieder die Wehrpflicht eingeführt hatten. Was sie sich wünschten, war ein Stück unbeschwerte Jugend zurückzuerhalten, sie suchten ein neues Lebensgefühl, und das gemeinsame Sportereignis sollte ihre Sehnsucht befriedigen. Alle brannten darauf, endlich mit den Wettkämpfen beginnen, sich mit ihren Konkurrenten messen, Gleichgesinnten zu begegnen, Freundschaften zu schließen, Momente des Erfolgs, des Glücks oder gar des Schmerzes zu erleben.

Christine betrachtete das klassisch schöne Profil von Roselore. Es war ihr nicht anzusehen, was in ihr vorging. Sie hatte die Übungen, den Anzugwechsel und die Kerze diesmal klaglos mitgemacht, wie eine stumme Soldatin. Christine wusste von sich selbst, dass so eine Drohung des Trainers nicht spurlos an einem vorüberging. Dass man daran zu knabbern hatte, zwischen Gefühlen der Wut, Scham, Reaktionen noch größerer Auflehnung oder Trotz und völliger Unterwerfung hin- und hergerissen war. Äußerlich beugte sich die Rebellin dem unerbittlichen System.

»Die Verbundenheit der Sportler mit ihrem Staate wird nun und hier ihren begeisternden Ausdruck finden!«, sprach Ewald weiter. »Das Leipziger Turn- und Sportfest wird der Gesunderhaltung und Lebensfreude dienen. Elf Jahre nach dem Ende des Zweiten Weltkrieges ist es unser sowie das Anliegen aller, die sich für Frieden, Verständigung und Achtung des Lebens einsetzen, ein Bild der Schönheit und eine Manifestation der Einheit unseres deutschen Sports zu zeigen. Hiermit erkläre ich das Fest für eröffnet!«

Jubel und Applaus von einhunderttausend Menschen brandete auf. Die Athleten sprangen in die Luft, trippelten auf der Stelle, gebärdeten sich wie nervöse Rennpferde. Endlich war es so weit.

Die Sonne stand jetzt im Zenit über dem Stadion, und die Mittagshitze machte fast allen zu schaffen. Es gab keinen einzigen Schattenplatz. Wo man hinsah, nur purpurrote Köpfe, sonnenverbrannte Nasen, Arme und Beine. Obwohl man im Freien war, hing der Schweißgeruch der vielen Körper, die trotz der Hitze ihre Gelenke lockern, ihre Muskeln auf der Aschenbahn warm laufen mussten, dampfig in der Luft. Athleten, die sich auf dem Rasen anschickten, ihre Höchstleistung abzurufen. Bei Weitem nicht alle Wettkämpfe fanden im Zentralstadion statt. In zweiundzwanzig verschiedenen Sportarten wurden die besten Sportler Deutschlands ermittelt. Heute fanden hier im Stadion die Turnwettkämpfe und die Vorausscheidungen in einigen Leichtathletikdisziplinen statt. Die Koordination forderte eine organisatorische Meisterleistung.

Christine versuchte, für sich allein zu bleiben, sich mit niemandem unterhalten zu müssen, nicht auf die Konkurrentinnen zu achten, während sie sich erneut dehnte und lockerte. Das Pflichtprogramm hatte sie mit einer Leichtigkeit absolviert, die sie selbst erstaunt hatte. Mit der Note 9,4 war sie im Moment Dritte. Nur eine Turnerin aus Leipzig und die mehrfache deutsche Meisterin, Grit Landauer aus Nürnberg, hatten bessere Noten als sie bekommen. Gleich war die Kür an der Reihe. Die Anforderung, die auf sie zukam, rief alles in ihr wach, Muskeln, Gefühl, Nerven, das innerste Zentrum ihres Turnerdaseins. Ihr Vorhaben war riskant, das wusste sie. Den Sprung hatte bisher noch keine weibliche Turnerin bei einem anerkannten Wettkampf ausgeführt. Wenn er gelang, konnte sie sich damit an die Spitze katapultieren, wenn nicht, würde sie ganz hinten unter »ferner liefen« landen.

Nur noch eine Startnummer war vor ihr, es war die Leipziger Turnerin, die auf dem zweiten Platz lag. Christine drehte ihr den Rücken zu, schloss die Augen, um sich nicht von ihrer Leistung beeinflussen zu lassen, hörte, wie ihre Füße das Brett trafen, das Aufklatschen ihrer Hände auf dem Leder. Wenige Sekunden später brandete der Applaus auf, der Stärke nach zu urteilen, war die Vorstellung gelungen. Als Christine sich umdrehte und auf das Pferd zuging, spürte sie die vielen Augenpaare, die sich auf sie richteten. In dem riesigen Stadion gab es keine Ruhe, etliche Wettkämpfe liefen gleichzeitig ab, doch sie merkte, dass sie die volle Aufmerksamkeit eines großen Teils der Zuschauer, Turner und Turnerinnen hatte.

Jetzt kam es darauf an. Christine grüßte die fünf Kampfrichter, die mit unbeweglicher Miene hinter dem weiß verhängten Tisch saßen und sie fixierten. Dann lief sie, so schnell sie konnte, um Kraft aufzubauen. Das Sprungbrett kam mit zwanzig Stundenkilometern auf sie zugeschossen, und im letzten Augenblick erkannte sie, dass es verschoben war. Fast quer und viel zu nah am Pferd. Zu spät! Mit geschlossenen Beinen sprang sie schräg auf das Brett. Ihre Hände klatschten mit voller Wucht auf das Leder des Turngeräts, zu weit hinten, um ein Haar hätte sie danebengegriffen, ihre Sehne am linken Handgelenk wurde ruckartig überdehnt. Der Schreck fuhr ihr in die Glieder. Im Bruchteil einer Sekunde erfasste sie die Situation und drückte sich ab. Der Handstützüberschlag rückwärts, dann die Flugphase mit der gebückten halben Längsachsendrehung, und schon konzentrierte sie sich auf die Landung. Der Aufprall, mit durchgedrückten Knien. Sie stand sicher auf zwei Beinen und bog den Rücken ins Hohlkreuz, breitete die Arme aus. Sie wusste, sie hatte es geschafft, trotz des verschobenen Sprungbretts.

Applaus und Jubel brachen über sie herein. Mit ihrer Begeisterung brachten die Zuschauer die ohnehin schon aufgeladene Luft zum Flirren, sprangen von ihren Sitzen auf. Christine wurde von Fotografen und einem Kameramann umringt, dann von ihren Kameradinnen, die um sie herumtanzten. Sie keuchte noch immer von der Anstrengung, ihre Stirn war voller Schweißperlen, und nur langsam drang das pulsierende Gefühl zu ihr durch, dass ihr gerade etwas Großes gelungen war. Was sie nicht merkte, war, dass Cornelia etwas abseits blieb und sich nicht am Jubel der anderen Turnerinnen beteiligte.

»Das war unglaublich, Christine!«, riefen sie begeistert. »Du bist die Beste!«, und: »Damit schreibst du Turngeschichte!«

»Großartig!«, sagte sogar Hartung und klopfte ihr auf die Schulter. Doch gleich wandte er sich wieder geschäftig ab und gab vor, sich um den nächsten seiner Schützlinge zu kümmern.

Plötzlich hörte sie jemanden hinter sich sagen: »Musst du uns Männern eigentlich unbedingt die Schau stehlen? Das war mein Sprung!«

Der angenehm raue Klang berührte jeden ihrer Nervenstränge, ließ ihre Bauchdecke zittern. Seit zwei Tagen hatte sie darauf gewartet, diese Stimme zu hören, sich jedes Mal umgedreht, wenn sie jemanden mit schwäbischem Singsang sprechen hörte. Immer wieder enttäuscht, wenn sie einen fremden Sportler aus Baden-Württemberg vor sich hatte, der sich über ihre Aufmerksamkeit wunderte. Manche hatten sie daraufhin gleich angesprochen, worauf sie immer nur abweisend reagiert hatte. Aber diesmal war sie sicher, dass er es war. Der Akzent war nicht so stark ausgeprägt, wie sie ihn in Erinnerung hatte. Als sie ihren Kopf drehte, sah sie direkt in sein braun gebranntes Gesicht. Wie bei ihrer letzten Begegnung waren seine blonden Haare verstrubbelt, und da war wieder dieses schiefe Grinsen.

»Den Sprung turnen normalerweise keine Frauen!«

»Ich weiß!«, sagte Christine und hob das Kinn. »Genau deshalb habe ich ihn ja eingeübt.«

Jetzt ging ein Raunen durch die Zuschauer, und Roselore packte Christine am Arm. »Sieh mal, deine Bewertung!«

Sie deutete auf die Anzeigetafel.

»Du hast eine 9,6 und von dem einen Richter außen rechts sogar die 9,8! Christinchen, ich fresse einen Besen, wenn das nicht für den Titel reicht!«

»Gratuliere!«

»Du hast ihn in der Tasche!«

Die bewundernden Kommentare der anderen Turnerinnen rauschten in ihren Ohren.

»Aber einmal nur eine 8,9«, sagte sie leise. Es war die Kampfrichterin, die sie schon ein paarmal so schlecht bewertet hatte. Eine Frau in mittleren Jahren mit kurzen Haaren, die wie eine schwarze Haube auf ihrem Kopf saßen, die in der Turnszene so bekannt wie berüchtigt war. Es schien Christine, als verteilte sie ihre Punkte willkürlich immer an die anderen und überging sie, in welcher Disziplin auch immer sie antrat.

»Es hängt jetzt alles von der Vorstellung der Landauer ab«, flüsterte Roselore. »Aber ich glaube nicht, dass sie einen solchen Sprung hinlegt wie du.«

»Bitte sag so etwas nicht. Wenn es jemand kann, dann sie!«

Alle hielten den Atem an, als Grit Landauer Aufstellung nahm. Normalerweise sprang sie den gestreckten Überschlag vorwärts. Wenn sie fehlerfrei blieb, was anzunehmen war, hätte sie immer noch gewinnen können. Christine schloss nur ganz kurz die Augen. Sie durfte nicht wegsehen. Sie musste es hautnah miterleben!

Während ihre Konkurrentin Anlauf nahm, spürte sie plötzlich eine Berührung, die sie elektrisierte. Es waren die blonden Härchen von Thomas' Unterarm, die wie unbeabsichtigt ihre Haut streiften. In der nächsten Sekunde beobachtete sie, wie sich der schlanke Körper von Grit Landauer in der Luft befand. Ihre Darbietung bot keine Überraschung. Es war die gewohnte Qualität, wie sie sie immer ablieferte. Auch die Landung war in jeder Hinsicht perfekt. Der Applaus war achtbar, aber nicht so begeistert wie nach Christines Vorstellung. Jetzt hieß es warten und hoffen.

Eine Bewertung durch die Richter war immer subjektiv. Es existierten Vorgaben für die einzelnen Elemente einer Übung. Bei der Ausführung des Sprungs wurden, ausgehend von 10,0 Punkten, Abzüge für eventuelle technische oder Haltungsfehler, fehlende Höhe oder Weite in Ansatz gebracht. Aber jeder Wettkampfrichter hatte bei seiner Wertung selbstverständlich die Platzierung vor Augen. Wen wollte er auf der obersten Stufe des Treppchens sehen und wen auf der zweiten oder dritten?

Alle beobachteten gebannt die Wettkampfrichter, drei Männer und eine Frau, ihre Mimik und Gestik, auf der Suche nach einem Zeichen, wie sie wohl abstimmen würden. Christine konnte sehen, wie Hartung gebannt auf die Hände der Richterin in der Mitte starrte, die ihr für die Pflicht eine 8,8, für die Kür eine 8,9 gegeben hatte. Auf der anderen Seite der Rasenfläche begannen die männlichen Reckturner ihren Wettkampf und wurden von Gemurmel und Beifall begleitet.

»Musst du nicht rüber?«, fragte Christine.

Thomas nickte stumm, machte aber keine Anstalten zu gehen. Im selben Moment bewegten sich die Zahlen auf der Anzeigetafel.

»Neun Komma drei, neun Komma drei, neun Komma zwei, neun Komma drei und neun Komma null«, las er vor. »Damit hat sie Silber ... und du Gold.«

»Du bist Erste!«, hörte sie die Stimmen der anderen wie durch Watte. Der Jubel drang kaum zu ihr durch. Die Mädchen umringten sie. Über ihre Schultern hinweg suchte sie nach einem einzigen Gesicht, dem einen Menschen, den sie kaum kannte, den sie jetzt aus einem ihr unerfindlichen Grund am liebsten bei sich gehabt hätte. Aber Thomas war verschwunden.

Jetzt kam Hartung auf sie zu, ein zufriedenes Lächeln auf den Lippen, die anderen Mädchen wichen automatisch zur Seite und machten ihm Platz. Der Trainer legte den Arm um sie, so fest, dass sie seine Kraft und seinen von der Sonne und Anspannung erhitzten Körper durch das Hemd spüren konnte. Er flüsterte: »Ich wusste immer, dass du es schaffst! Es war perfekt!« Und Christine wusste, dass er es war, der ihr das Fliegen beigebracht hatte. Nur durch ihn hatte sie das erreicht, was sie nie für möglich gehalten hätte: die Goldmedaille im Pferdsprung. Hartung allein hatte sie das unbeschreibliche Hochgefühl zu verdanken, das nun von ihr Besitz ergriff: Sie war dieses Mädchen, das gerade ein solch unvorstellbares Kunststück gewagt und – gewonnen hatte.

Und dann wurde es Abend. Es war einer dieser Hochsommertage, die erst, wenn die Sonne tiefer an dem milchblauen Himmel steht, ihre wahre Pracht entfalten. Unter den langen Schatten der Stadt, den nachlassenden Temperaturen wurde die Luft samtig, begann das Herz, wieder schneller zu klopfen, das Blut wurde dünner und floss leichter durch die Adern. Das Leben zog in die Straßen und Plätze der grauen DDR-Stadt ein wie ein unaufhaltbarer Schnellzug. Leipzig war vor dem Krieg für seine Freisitzkultur bekannt gewesen. Von den wenigen Restaurants verfügten auch jetzt wieder einige über Fußweg-Tische. Doch ohne Reservierung bekam man keinen Platz. An den Eingängen bildeten sich Schlangen neben den Schildern mit der Aufschrift:

Sie werden platziert!

Die jungen Menschen waren ohnehin alle knapp bei Kasse. Sie ließen sich überall nieder, auf Bänken, Bordsteinen, Mauervorsprüngen, auf kleinen Rasenstücken, unter Bäumen. Im Barfußgässchen standen sie eng zusammen, lachten, tranken mitgebrachtes Weißbier oder gar Wein. Es herrschte Schwipslaune, Vorfreude auf Flirts, ohne die im Alltag gewohnte Enge und Prüderie. Eins-achtzig-Männer mit hochgekrempelten Ärmeln und Hosenträgern pirschten sich an Weitspringerinnen mit ihren Gazellenbeinen heran. Schwimmerinnen in schwingenden Pünktchenkleidern und hohen Sandaletten tänzelten um Radfahrer in karierten Hemden. Fast alle waren in Gruppen da, zu viert, zu acht, manche mit Papiertüten voller Flaschen. Jeder war hier willkommen, wenn er bloß sorglos war.

Man bedauerte die Sportler, die mit sehnsüchtigen Augen gehorsam hinter ihren Trainern herliefen, ohne an dem ausgelassenen Treiben teilhaben zu dürfen, und wandte sich wieder dem hinreißenden Mädchen gegenüber zu. Die Tristesse der Leipziger Nachkriegsfassaden wurde von den bunten Lichtflecken der letzten Sonnenstrahlen und den Orangetönen der einsetzenden Abenddämmerung weggewischt, so wie vielerorts die Unterschiede zwischen ost- und westdeutschen Athleten. Keiner wollte an diesem lauen Sommerabend daran denken, wie unterschiedlich ihr Alltag inzwischen war. Man war jung, hatte die gleichen Interessen, fühlte sich zusammengehörig.

Nicht alle ostdeutschen Sportler wurden so streng behütet wie die Turnerinnen des Sportklubs Dynamo Berlin. Sie waren erst zusammen in einer einfachen Gastwirtschaft auf der Karl-Liebknecht-Straße gewesen, hatten zur Feier des Tages alle einen Teller sächsisches Würzfleisch mit Leipziger Allerlei bekommen, bevor sie, immer in Begleitung ihres Trainers, der sie nie aus den Augen ließ, durch die Straßen schlenderten. Die Mädchen hätten sich zu gerne unter die anderen gemischt. Es war ein Gefühl, das Christine nur zu gut aus ihrer Kindheit kannte. Die anderen durften spielen, sich vergnügen – und sie musste abseits bleiben. Wie eine einsame Königstochter, eine Nonne, die auf ein geweihtes Leben vorbereitet wurde. Sie befand sich in einem Stadium zwischen Euphorie und Schwermut. Wie eine Fata Morgana schwebte das Gesicht von Thomas in ihrem Kopf herum, irrte und wirrte, bis es schließlich wieder zerfiel.

Nach ihrem Sieg war sie hinüber zu den Wettkämpfen der Männer gegangen und hatte ihm bei seiner Pflichtübung am Reck und am Boden zugesehen. Die Entscheidung im Mehrkampf stand noch aus. Er war mit seiner Leistung nicht ganz zufrieden gewesen, hatte selbstkritisch seine Schwächen mit seinem Trainer analysiert, dabei immer wieder zu ihr hingesehen, Blicke ausgetauscht. Doch bevor sie miteinander sprechen, sich womöglich für den Abend verabreden konnten, war Hartung wie aus dem Nichts neben ihr aufgetaucht und hatte sie fortgezerrt. Von Minute zu Minute wartete sie darauf, ihm wieder zu begegnen, zufällig in dem Gewimmel der Menschen auf den Straßen. Die Gruppen lösten sich bereits auf, die Ehrgeizigen, Disziplinierten und Folgsamen machten sich auf den Heimweg. Die meisten Sportlerheime und Jugendherbergen schlossen schon früh ihre Türen ab. Hartung hatte nicht die Absicht, seine Schützlinge auch nur einen Moment lang den Abend genießen zu lassen. Er drängte unumwunden auf Rückkehr in die Jugendherberge, noch bevor es dunkel wurde. Morgen stünde ein wichtiger, ein anstrengender Tag bevor, um zweiundzwanzig Uhr hätten alle im Bett zu liegen.

Nachts lag Christine lange wach, fühlte ein unerträgliches Sehnen, quälte sich unter der niedrigen Zimmerdecke in dem stickig heißen Raum.

Roselore fiel es am nächsten Morgen gleich auf, als sie nebeneinander in dem Waschraum standen und sich die Zähne putzten. »Was ist denn mit dir?«, fragte sie. »Du siehst so unglücklich aus, obwohl du doch gestern gewonnen hast!«

Doch Christine winkte ab und schob ihr dunkles Gemüt auf das unbequeme Bett und die Hitze.

Roselore schüttelte den Kopf: »Es ist wegen des westdeutschen Strubbelkopfs, nicht wahr?«

Als Christine nur die Lippen zusammenpresste, drückte Roselore ihren Arm. Sie sah sich nach allen Seiten um, aber die anderen Mädchen waren alle mit ihrer Morgentoilette beschäftigt.

»Mir brauchst du nichts vorzumachen«, sagte sie mit gedämpfter Stimme. »Mit Hartung an der Backe hast du keine Chance, ihn alleine zu treffen. Lass mich nur machen! Du hast mir geholfen, und jetzt helfe ich dir.«

»Danke«, flüsterte Christine, da griff Roselore so fest zu, dass ihr Arm schmerzte. »Und noch etwas ...« Ihr Gesicht war so dicht vor ihrem, dass Christine ihren frischen Pfefferminzatem spüren konnte. »Nimm dich vor Cornelia in Acht. Ich glaube, sie führt nichts Gutes im Schilde!«

Sie sahen beide in Richtung der kräftigen Turnerin, die sich gerade mit einem Stück Seife unter den haarigen Achseln wusch.

»Gestern ein verschobenes Sprungbrett und heute?« Roselore legte vielsagend die Stirn in Falten.

»Meinst du wirklich, dass sie es war?«, fragte Christine. »Aber wie sollte sie das geschafft haben, unter den Blicken der Richter, Turner und so vieler Zuschauer?«

Roselore zog die Augenbrauen hoch: »Siehst du nicht die glitzernden Messerchen in ihren Augen ...?«

Christine musste lachen, wollte etwas antworten, als zwei Turnerinnen mit ihren Kulturbeuteln dicht an ihnen vorbei Richtung Tür gingen.

»Was tuschelt ihr denn da?«, fragte Constanze. »Nichts!«, antwortete Roselore und machte ein unschuldiges Gesicht.

»... und all die Stecknadeln in ihrem Mund?«, raunte sie Christine zu.

An diesem Tag fand ihr Wettkampf nicht im Zentralstadion, sondern in einer Vorstadtturnhalle statt, die schon bessere Zeiten gesehen hatte. Sie wurden in eine Umkleidekabine geführt, die nach kaltem Rauch stank und viel zu klein für die vielen Turnerinnen war, die sich dort fertig machten. Dann drückten sie die Schwingtür auf, und dahinter lag eine dunkle, schwüle Halle, die aus allen Nähten platzte.

Hartung blätterte hektisch in seinem Notizbuch. Er schien zu hoffen, dass er sich in der Adresse getäuscht hatte, im Datum. Sollten sie nicht in der neuen Vorzeigehalle der Leipziger Hochschule für Sport- und Körperkultur starten? In der Kaderschmiede der DDR, die neuerdings auch Kunstturnen förderte? Hatte Frau Bauer vom LSK das nicht für ihn gedeichselt? Um Himmels willen, möchte ihm doch bitte jemand bestätigen, dass es sich hierbei um einen Irrtum handelte!

Er rief eine Ordnerin zu sich, zeigte auf seine Turnerinnen, die er als internationale und deutsche Meisterinnen betitelte, dann auf die Halle und meinte, dass dies nicht ernst gemeint sein könne. Die Ordnerin im Trainingsanzug schüttelte indessen bedauernd den Kopf.

Christine sah sich um: Man hatte die Halle womöglich für den Anlass sogar frisch gestrichen und bunte Wimpel vor die Wände gespannt. Was man nicht erneuert hatte, war die spärliche Beleuchtung, die eine eigenartig bedrückende Atmosphäre erzeugte. Natürlich passten auf die steile Tribüne, die offenbar extra für den Anlass an der einen Längsseite aufgebaut worden war, weit weniger Zuschauer. Kein Vergleich zu den überwältigenden Publikumszahlen von gestern im Zentralstadion. Um sie herum wuselten die Turnerinnen aus ganz Deutschland in den unterschiedlichsten Trikotfarben. Die Mädchen aus den verschiedenen Mannschaften grüßten einander höflich. Manche standen noch herum, warteten auf Anweisungen, andere begannen, sich einzuturnen, liefen von einem Gerät zum anderen, die komplexeren Elemente vermeidend, um sich nicht im letzten Moment zu verletzen. Weit und breit sah Christine nicht einen einzigen männlichen Turner.

»So, Mädchen, sie sagen, nicht alle können an jedem Tag des Wettkampfs im Stadion auftreten. Das wussten wir natürlich vorher ...« Hartung räusperte sich. »Uns ist gestern diese Ehre zuteilgeworden. Heute müssen wir hiermit vorliebnehmen und das Beste daraus machen!«

Christine merkte erst in diesem Augenblick, wie die Enttäuschung sie fast überwältigte. Der Grund war nicht etwa die alte, dunkle Turnhalle, Derartiges war sie aus Dresden und von früheren Landeswettkämpfen gewohnt. Sondern hier sank die Wahrscheinlichkeit, Thomas zufällig wiederzubegegnen, gegen null.

Mit versteinertem Gesicht nahm sie ihre Startnummer für die Bodenübung in Empfang. Die Sprecherin verkündete das Ende des Einturnens. Alle kamen in den neutralen Bereich zurück. Gegenseitig halfen sie sich, die Nummern am Trikot zu befestigen.

Ob es doch noch eine Chance für ein Wiedersehen mit Thomas gab?, fragte sich Christine. Sicher nicht, wenn Hartung sie weiterhin mit Argusaugen bewachte. Morgen bei der Abschiedsfeier? Und ob

Thomas sich überhaupt ebenso danach sehnte, sie wiederzusehen? Sie war so abwesend und niedergedrückt, dass sie nicht merkte, wie Cornelia ihre Nummer vertauschte und Sabine ihr statt der 3 die Nummer 27 an das Trikot heftete. Zehn Minuten später hörte sie Hartungs Stimme, deren Schärfe ihr signalisierte, dass es nicht die erste Ermahnung war: »Magold! Wo bleibst du denn? Du bist längst aufgerufen worden!«

»Startnummer 3! Christine Magold vom Sportklub Dynamo Berlin«, hörte sie jetzt ihren Namen aus dem Megafon widerhallen.

Sie hatte die falsche Startnummer, sie war nicht vorbereitet, ihr blieb keine Zeit, ihre Gelenke beweglich zu machen. Hartungs fester Arm schob sie vor.

»Sie hat ja die 27 und nicht die 3 auf dem Trikot!«, rief jemand laut, als sie vortrat und ein Geraune und Getuschel in der Halle anhob. Der oberste Wettkampfrichter winkte ihr, sie solle vor den Tisch treten. Sie wurde nach ihrem Namen gefragt, die Startnummer in der Liste verglichen. »Richtig: Christine Magold, Nummer 3.« Man rief die Turnerin mit der 27 auf, doch niemand meldete sich. Hartung legte Protest ein, gestikulierte mit den Armen, lief rot an. Doch die Richter hatten kein Einsehen. Christine musste jetzt sofort starten oder gar nicht.

»Auf geht's! Konzentrier dich!«, flüsterte Hartung ihr zu.

Verwirrt stand sie in der Ecke des aufgezeichneten Vierecks, dort, wo ihr Bodenprogramm beginnen sollte. Die Kampfrichter, die anderen Turnerinnen, Hartung, die Zuschauer, ihre Gesichter verschwammen zu einer einzigen Fratze aus aufgerissenen Augen und Mündern mit riesigen Zähnen. Sie grüßte in die Richtung, in der sie die Kampfrichter vermutete, setzte schüchtern einen Fuß nach vorne, stellte ihn auf die Fußspitze. Die Startposition sollte graziös wirken, aber sie fühlte sich in diesem Moment wie eine plumpe Ente. Ihr Turnanzug kniff auf einmal am Beinansatz, genau an der Stelle, wo ihre Mutter ihr Hutgummi eingenäht hatte, nachdem sie geklagt hatte, er liege nicht richtig an. Jetzt war er verrutscht. Sie konnte sich aber unmöglich vor aller Augen in den Schritt greifen und den Bund zurechtziehen. Nicht daran denken!, befahl sie sich.

Ihr Körper schien plötzlich aus Holz zu sein. Sie nahm Anlauf, merkte auf ihrer Bahn, dass sie keinen Rhythmus fand. Es war ihr bei den Proben so leichtgefallen, sich gleich zu Anfang in die drei aufeinanderfolgenden Flickflacks zu werfen, ohne einen Gedanken daran zu verschwenden, ob ihre Füße je den Boden wieder berühren würden. Aber jetzt fühlte sie sich an wie ein Mehlsack. Der Ansatz der Bewegung, die Rotation, sie schaffte nur zwei Überschläge, und sogar die Stelle, an der sie ankam, war nicht die richtige. Die folgenden tänzerischen Elemente gerieten ungraziös, in ihrem Inneren baute sich die Angst vor den Salti auf, mit denen die Übung endete, sie fürchtete, sich nicht genug zu drehen und auf dem Bauch zu landen. Ihr Herz klopfte laut und hörbar. Sie reihte einen absurden Fehler an den anderen.

Schließlich kam der Anlauf für den ersten Salto, bei dem sie versuchte, Kraft aufzubauen, denn der Schwung musste für zwei reichen. Sie stieß sich ab, und plötzlich erkannten ihr Gehirn und die Muskulatur den Bewegungsablauf des Elements, das sie Tausende Male geübt hatte. Sie reagierten so, wie sie sollten, und sie turnte den ersten Salto vollkommen sicher, die Zwischenschritte und der zweite Salto folgten geschmeidig und ohne jede Mühe. Federleicht landete sie auf beiden Füßen. Die Salti zum Abschluss der verpfuschten Vorführung waren fehlerfrei. Als sie kurz vor der Linie am Ende ihrer Bodenübung zu stehen kam, pulsierte ihre Halsschlagader so stark, dass man es aus der hintersten Zuschauerreihe sehen konnte. Aber sie drückte den Rücken durch, legte den Kopf in den Nacken und lächelte wie eine Siegerin. Sie bekam großen Applaus und wusste gleichzeitig, dass die Bewertung vernichtend sein würde.

Zusammengekauert saß sie am Rand auf dem abgeschabten Hallenparkett, versuchte, den Schock ihrer Fehlleistung zu verdauen. Sie wischte sich die Nase mit dem Handrücken ab und hob nicht einmal den Kopf, als die Wertung der Wettkampfrichter auf der Anzeigetafel erschien. Rund um sie die ratlosen anderen Turnerinnen. Hartung würdigte sie keines Blickes, kümmerte sich nur um Rita, die in Kürze mit ihrer Stufenbarrenübung an der Reihe war. Die verschiedenen Prüfungen mussten gleichzeitig ablaufen, um bei den vielen Teilnehmerinnen mit dem Programm durchzukommen. Und das, obwohl in der Halle kaum Platz für alle Geräte war.

Jemand setzte sich neben Christine auf den Boden: »Meine Güte, ich glaube, hier drin sind es jetzt mindestens 38 Grad! Und von der Magnesia wird die Luft noch trockener.« Sie hielt Christine eine Glasflasche entgegen: »Möchtest du? Es ist Zitronenlimonade.«

Ohne zu fragen, woher sie das herrliche Getränk hatte, nahm Christine einen Schluck, merkte, wie mit der warmen klebrigen Flüssigkeit wieder Leben in ihre Glieder kam.

»Siehst du, wie sie die Nase kräuselt?«, fragte Roselore und deutete auf Rita, die jetzt die Kampfrichter grüßte. »Wie ein Goldhamster!«

Tatsächlich hatte das Reh, wie sie Rita sonst nannten, jetzt ein putziges Schnütchen aufgesetzt.

»Also ich finde das ein bisschen zu kokett!«, fügte Roselore hinzu. Christine hatte allerdings nicht vor, gemeinsam mit Roselore über ihre Konkurrentin zu lästern. Sie mochte die kleine, drahtige Turnerin, auch wenn sie selbst lieber am Stufenbarren angetreten wäre als am Boden.

»Ich weiß, wer die Startnummern vertauscht hat«, flüsterte Roselore.

Christine glaubte, sich verhört zu haben, und wandte ihr den Kopf zu. »Wie meinst du das, vertauscht …«

Roselore stieß verächtlich die Luft aus, um ihr zu bedeuten, wie offensichtlich das war. »Glaubst du etwa, das war Zufall?«

Christine hörte jetzt, wie jemand hinter ihr sagte: »Sieh mal, die flennt wohl!«

»Kein Wunder bei einer 7,0!«

Sie wollte es gar nicht wissen. Auch nicht, ob jemand ihr das absichtlich angetan hatte. Reiß dich jetzt zusammen!, sagte sie sich und hob den Kopf, richtete ihren Blick auf Rita, die vorbildlich ihre Pflichtübung am Barren turnte. Zuckte zusammen, als sie am Ende des Unterschwungsaltos nach dem oberen Holm griff. Der Moment, in dem sie in Frankfurt am Main versagt hatte. Christine spannte unwillkürlich ihre Armmuskeln an und formte die Hände zu Fäusten, fieberte mit ihr mit. Da! Sie schaffte es und ging sofort in eine perfekte Grätsche. Erleichtert atmete Christine auf. »Gott sei Dank!«, flüsterte sie. »Diesmal hat es geklappt!«

Roselore sah sie erstaunt von der Seite an und sagte leise: »Du willst, dass sie gewinnt?«

»Natürlich will ich das!«

Abends, als sie erschöpft unter der Dusche stand, musste sie gegen die Tränen ankämpfen. Nicht nur wegen ihres verpfuschten Auftritts. Sie hatte sogar eine gute Kür hingelegt und war insgesamt noch Fünfzehnte geworden. Aber es hatte sich keine Gelegenheit mehr ergeben, Thomas zu treffen. Die Wettkämpfe der Turner hatten heute auf einem Sportplatz am anderen Ende der Stadt stattgefunden, wie ihr ein Ordner bereitwillig Auskunft gab. Heute Abend würden sie wieder mit Hartung in die Gastwirtschaft gehen, für die sie einen Gutschein mit einer Nummer bekommen hatten, ein schnelles Abendessen und dann zu Bett, wenigstens nicht hungrig. Sie musste sich damit abfinden, musste den blonden Strubbelkopf vergessen!

Sie legte den Kopf in den Nacken und ließ sich das rostige Wasser aus der Brause über den Kopf laufen, damit die anderen Mädchen neben ihr in der Gemeinschaftsdusche sie nicht für zimperlich hielten und damit es schnell ging.

»Komm schon, du hast es doch noch allen gezeigt mit deiner Kür!«, versuchte sie Sabine aufzumuntern. Sie selbst hatte im Mehrkampf den sechsten Platz erzielt, was keiner erwartet hatte. Roselore war Neunte geworden und Rita Zweite am Stufenbarren.

»Danke, das ist nett von dir!«, antwortete Christine und versuchte zu lächeln. »Du warst richtig gut! Gratuliere dir!«

Vor dem Duschraum hatte sich eine Schlange gebildet. Als Rita an die Reihe kam und das Handtuch ablegte, wurde Christine wieder ihrer knabenhaften Figur gewahr. An ihrem fünfzehnjährigen nackten Körper war nicht der kleinste Ansatz von Brüsten oder Hüften zu sehen. Die meisten anderen Turnerinnen waren älter und hatten ganz normale weibliche Rundungen, manche wirkten sogar etwas dicklich und suchten nach Ausreden, um die neu eingeführten Gewichtskontrollen zu umgehen. Aber gerade heute hatte man bei der Barrenübung wieder sehen können, wie viel leichter es einem grazileren Körper fiel, sich um die Holme zu schwingen, wie viel überlegener er der Schwerkraft trotzte. Womöglich würde Hartung recht behalten, wenn er behauptete, die Zukunft der Turnerinnen liege im Abbau von Körperfett. Man werde sehen, dass sich in den nächsten fünf Jahren ein gravierender Wandel im Leistungsturnen vollziehen werde. Bald würden es nur noch kleinwüchsige, dünne Mädchen sein, die die Medaillen holten.

Verschämt sah Christine an sich herunter. Noch war sie nicht sicher, wie weit sie ihre Formen unter Kontrolle halten konnte. Sie hatte das Abschnüren ihrer Brüste seit Wochen unterbrochen, weil die Schmerzen nachts zu schlimm geworden waren. Sie schraubte den quietschenden Hahn zu und wickelte sich in ihr Handtuch. Roselore stand weiter hinten in der Schlange auf dem Gang. Die Neonröhre an der Decke ließ ihr gerötetes Gesicht fleckig wirken.

»Wo warst du?«, fragte Christine. »Du bist plötzlich verschwunden, als wir zum Bus gelaufen sind. Ich hatte dir einen Platz frei gehalten.«

Roselore sah erschöpft aus, als wäre sie gerade gerannt. Statt zu antworten, steckte sie Christine einen kleinen Zettel zu. Als Christine ihn auseinanderfalten wollte, schüttelte Roselore nur den Kopf. Deutete mit dem Kinn zum Ende des Gangs.

Allein sein, nur für einen Moment! Das war leichter gedacht als getan: Durch die Jugendherberge strömten die Sportler, es ging zu wie in einem Taubenschlag. Jeder hatte es eilig, sich frisch zu machen, umzuziehen und in die Stadt zu kommen. Im Mädchenstockwerk gab es nicht einen einzigen Ort, an dem man ungestört war.

Christine frottierte sich die Haare, schlüpfte in eine weiße ärmellose Bluse und entschied sich für den gepunkteten Tellerrock, den ihr ihre Großmutter aus Kassel geschickt hatte. Im allerletzten Moment hatte sie ihn noch eingepackt, und wann sollte sie ihn überhaupt noch anziehen, wenn nicht heute? Er war ziemlich zerknittert, weil sie ihn so klein zusammengefaltet hatte, damit er überhaupt in den Feldrucksack passte. Jetzt schüttelte sie ihn aus und fuhr mit der Hand über den Stoff, um ihn zu glätten. Als sie die mit grauem Linoleum belegten Stufen hinunterrannte, kamen ihr wieder die bayerischen Schützen entgegen, die offenbar erst jetzt mit ihren Wettkämpfen fertig waren.

»Hoppla! Wohin so eilig? Habt ihr schon wieder was ausgefressen?«, erkundigte sich der Rothaarige.

»Ich hätte die kleine Berlinerin fast nicht erkannt, so rausgeputzt!«, meinte ein anderer.

Der Dritte stieß einen anerkennenden Pfiff aus.

Christine ließ sich nicht aufhalten.

Es war ein ungewohntes Gefühl, als sie auf den Vorplatz trat und ihr eine warme Brise über die Haut der nackten Arme und Beine fuhr. Einige Leichtathletinnen aus Münster standen neben einem Baum und zogen abwechselnd an einer Zigarette, hielten sie verstohlen hinter den Rücken.

»Hast du unsere Trainerin gesehen? So eine zierliche Brünette mit einem Muttermal auf der rechten Wange«, fragte eines der Mädchen, das offenbar Schmiere stand.

»Sie ist gerade in die Dusche gegangen, als ich raus bin«, sagte Christine. »Da habt ihr noch ein paar Minuten!«

Das Gesicht der Sportlerin hellte sich auf. »Danke! Hübscher Rock!« Sie musterte Christines nackte Waden und fügte neidvoll hinzu: »Ohne Strümpfe dürfen wir leider nicht.«

Christine lächelte zurück. Sie wunderte sich, dass es etwas gab, das in der DDR erlaubt und den Westdeutschen verboten war. Dann sah sie sich nach einer Stelle um, an der sie endlich ungestört den Zettel lesen konnte. Sie ging um das Gebäude der Jugendherberge herum. Der abgeplatzte Putz und das Rinnsal von ausgekipptem, braunem Spülwasser waren wenig einladend. Trotzdem stellte sie sich hinter die Mülltonnen, die so voll waren, dass die Blechdeckel nicht mehr ganz schlossen. Kurz ging es ihr durch den Kopf, dass dies der falsche Ort war, um eine Liebesbotschaft zu lesen, falls es eine war. Dann faltete sie den Zettel auseinander und las:

Bitte komm heute Abend um 21 Uhr zum Lipsia-Brunnen!
Thomas

Das war alles. Aber immerhin wollte er sie sehen, hatte sie noch nicht vergessen. Bei den vielen hübschen jungen Mädchen, die aus ganz

Deutschland zur gleichen Zeit hier in Leipzig waren, wollte das schon etwas heißen! Wie sollte sie es bloß anstellen, ihn zu treffen?

Ihre Haare waren noch feucht, und sie spürte, wie die Abendbrise ihr den Nacken hochfuhr und ihr einen angenehmen kleinen Schauer den Rücken hinauftrieb. Die Welt fühlte sich auf einmal so an, als wartete sie nur auf sie.

Den Zettel zerriss sie in viele kleine Schnipsel, damit er nicht in falsche Hände geriet, warf ihn in eine der Mülltonnen und ging zurück zu dem Haupteingang. Die Vorfreude pochte heftig in ihren Adern, und sie überlegte fieberhaft, wie sie sich später unbemerkt von Hartung und der Gruppe wegstehlen konnte. Sie musste an Thomas denken, ihre kurzen Begegnungen, seine leuchtenden Augen, seine verstrubbelten Haare. Vor der Jugendherberge hatten sich jetzt die meisten Sportler versammelt, frisch geduscht und ausgehfein, warteten sie, dass ihre Gruppen vollzählig waren. In einigen Augen leuchtete Abenteuerlust. Der nächste laue Abend in Feierstimmung war wie ein Versprechen. Alles Mögliche konnte passieren. Auch die Turnerinnen vom Sportklub Dynamo Berlin warteten in einem Kreis am Rand des Vorplatzes. Offenbar war sie die Einzige, die noch gefehlt hatte.

»Da ist sie ja, unsere …!«, sagte Hartung und schluckte den Rest des Satzes herunter. Seinem Gesichtsausdruck zu urteilen, wäre es keine nette Bemerkung gewesen.

»Dann können wir ja gehen!«

Das Essen in einem schmucklosen Saal verlief nicht besonders munter. Roselore war immer noch ungewohnt still, die Standpauke vom ersten Tag hatte sie Hartung nicht verziehen. Die Spannung zwischen ihnen war fast mit Händen greifbar, aber Hartung gab sich betont gut gelaunt. Es wirkte aufgesetzt, als er mehrfach einen Toast auf die Erfolge der Gruppe aussprach, Ritas zweiten Platz hervorhob, leidenschaftslos Christines ersten von gestern erwähnte.

Als sie jeder einen eilig zusammengestellten Teller mit Königsberger Klopsen und Kartoffelbrei serviert bekamen, wurde gleichzeitig der Nachtisch auf den Tisch gestellt. Für jede ein Schälchen Apfelmus. Der gehetzte Kellner wies schroff darauf hin, dass ihre Schicht gleich abliefe und die Nächsten warteten. Die lange Schlange der

Hungrigen im Eingang war nicht zu übersehen und verursachte allen Sitzenden ein schlechtes Gewissen.

Schon um 20.15 Uhr verließen sie das Lokal. Sie standen unschlüssig auf dem Bürgersteig vor den schlierigen Scheiben, Hartung rieb sich die Hände und schlug einen kleinen Bummel vor, als sei dies das höchste aller Vergnügen. Die Gruppe der Turnerinnen setzte sich in Bewegung, immer noch besser, als gleich ins Bett geschickt zu werden. Roselore hakte sich bei Christine ein, sie ließen sich zurückfallen, und sie fragte leise, ob sie die Nachricht gelesen habe und ob sie ihn treffen wolle. Natürlich, aber wie?, lautete Christines Antwort, ohne zu hinterfragen, wie ihre Freundin überhaupt an den Zettel gekommen war.

»Ich weiß nicht, wie das gehen soll. Bestimmt lässt uns Hartung bis dahin nicht aus den Augen«, gab Christine mit gedämpfter Stimme zu bedenken.

»Lass mich nur machen, ich lenke ihn schon ab.« Roselores Lächeln war schlau, vielsagend und sehr anziehend. Offenbar war sie sich Hartungs Gunst immer noch sicher. Sie ließ Christines Arm los, ging etwas schneller, schloss sich Hartung an, deutete auf etwas, brachte ihn zum Lachen, dirigierte ihn unmerklich in die von ihr gewünschte Richtung. Die Gassen und Straßen von Leipzig waren voller Menschen, die Amateursportler aus allen Regionen Deutschlands genossen den dritten Abend. Freundschaften, Liebschaften, Konkurrenzen waren in den letzten beiden Wettkampftagen entstanden. Keiner wollte an Abschied denken. Sie waren echte Kinder ihrer Zeit: Ihnen waren Krieg, Hungersnot und Elend selbstverständlicher als Normalität, und für viele war es das erste Mal, dass sie sich so ausgelassen, sorg- und zwanglos mit so vielen Gleichaltrigen treffen konnten.

Die fröhliche Gruppe der breitschultrigen Handballer um den Lipsia-Brunnen ergab ein schönes Postkartenmotiv. Im silbrigen Abendlicht warfen sie sich den Ball spielerisch, voller akrobatischer Einlagen zu. Streiften um ein Haar die nackten Knaben aus rotem Granit, über die das Wasser sprudelte. Einige hatten die Hosenbeine hochgekrempelt und standen mit den Füßen im Nass. Die Mädchen bildeten einen Kreis und feuerten sie an. Und sogar Hartung ließ der Anblick nicht kalt. Roselore nutzte den Augenblick und sprach leise auf ihn ein. Christine beobachtete ihn. Er neigte den Kopf zur Seite, sagte etwas, dann wurden seine Züge weich, und er nickte. Als sei es seine Idee, fragte er seine Turnerinnen, ob sie jede noch eine Limonade trinken wollten, dann würde er sich anerbieten, sie zu »organisieren«, wie er sich ausdrückte.

Natürlich sagte keine Nein, und er stellte sich bei einem Straßenverkauf an. Die anderen Turnerinnen sahen immer noch fasziniert den Handballern zu. Roselore gab Christine ein Zeichen, dessen es nicht bedurft hätte. Natürlich hatte sie längst verstanden. Es war kurz vor halb neun. Mit den Augen suchte sie den kleinen dreieckigen Platz ab. Wenn sie Thomas jetzt nicht fand, war die Gelegenheit ungenutzt verstrichen. Da war das alte Leipziger Kaffeehaus mit der bröckelnden, ehemals weißen Barockfassade, die beiden Einmündungen der Kleinen Fleischergasse und des Barfußgässchens. Doch weit und breit sah sie keinen blonden Strubbelkopf in der Menge der Menschen, die sich über den Platz schoben.

Mit einem Mal deutete Roselore über Christines Schulter. Sie drehte sich um, und etwa in zehn Metern Entfernung stand er, an eine Hauswand gelehnt. Er hatte sie längst entdeckt und schien sie schon eine Weile zu beobachten. Wut stieg in ihr auf. Wusste er eigentlich, in was für eine Situation er sie brachte? Für ihn war das alles leicht, eine Art Spiel. Sie sah sich nach dem Straßenausschank um, zählte ab, wie viele Leute noch vor Hartung anstanden. Als Thomas sich von der Wand löste und auf sie zukam, schüttelte sie den Kopf und deutete auf die Mündung der Fleischergasse. Er verstand und ging um die Ecke. Und dann stand sie endlich vor ihm, und schlagartig traf es sie wieder, dieses heftige Sehnen, das sie sich nicht erklären konnte, der wilde Drang, ihm ganz nah zu sein, obwohl sie ihn kaum kannte. Thomas' Gesicht zeigte keine Spur von Zurückhaltung. Seine Augen leuchteten, sein Mund mit den blitzenden weißen Zähnen lachte.

»Wie ist es heute gelaufen?«

»Frag lieber nicht, es war grauenhaft! Ich hatte die falsche Startnummer auf meinem Trikot, statt der 3 die 27, und war nicht fertig, als ich gleich zu Anfang aufgerufen wurde. Dann habe ich die Pflicht im Bodenturnen vermasselt.«

»Oh, das tut mir leid!« In seinen Augen sah sie echtes Bedauern. Ein herzlicher Blick, voller Mitgefühl. »Wie konnte das passieren?

Ich meine das mit der Startnummer?« Christine presste die Lippen zusammen. Sie senkte die Lider. »Ich weiß es auch nicht!« Über Roselores Verdacht wollte sie nicht nachdenken. Dann sah sie ihn wieder an. »Und bei dir? Wie ist der Mehrkampf ausgegangen?«

»Ich bin Dreizehnter geworden. Das ist nicht schlecht für mich. Ich bin nicht so ein Ausnahmetalent wie du!«

»So ein Quatsch! Ich finde, Dreizehnter bei so vielen Teilnehmern ist ein achtbares Ergebnis. Ich gratuliere dir!«

In ihrem Kopf tauchte eine Frage auf, von der sie nicht wusste, ob sie sie ihm so unverblümt stellen konnte. Aber sie rang sich dazu durch. »Bist du damit qualifiziert? Oder warst du es schon? Ich meine, für Olympia?«

Er wurde rot und nickte. »Und du ja hoffentlich sowieso, alles andere wäre verrückt!«

»Ja, für den Stufenbarren war ich schon nominiert und für den Pferdsprung jetzt auch!«

Eigentlich hätten sie sich am liebsten in den Armen gelegen, vor Freude über diese ungeheuerliche Aussicht. Sie würden beide gleichzeitig auf die andere Seite der Erdkugel fliegen. Beide fühlten es mit solcher Macht, dass ihnen schwindelte.

»Wie lange hast du Zeit? Kannst du noch mitkommen, ein bisschen mit mir bummeln?«, fragte er.

Christines Augen glitten rasch über den Platz, die Luft war zwar noch rein, doch das Risiko war groß, dass Hartung jeden Moment ihre Abwesenheit entdeckte. Zu groß! Weiß der Himmel, was passieren konnte, wenn er sie zusammen mit Thomas sah, in seinen Augen der personifizierte Klassenfeind.

»Unmöglich!«, sagte sie. »Wir haben nur die paar Minuten, bis mein Trainer die Limonade für uns gekauft hat.«

»Der hält euch ja wirklich an der kurzen Leine!« Als Thomas sah, dass Christine die Bemerkung zu verletzen schien, beeilte er sich, das Thema zu wechseln: »Übrigens war unser Wettkampf heute in der Halle der Hochschule für Sport und Körperkultur ... sehr beeindruckend! Riesig, gut gedämpfter Linoleumboden, bestens ausgestattet mit den neuesten Turngeräten«, schwärmte er ihr in dem Glauben vor, sein Loblied auf eine Einrichtung der DDR würde sie freuen.

Sie verzog das Gesicht zu einer Grimasse, die er nicht deuten konnte.

»Das klingt nach dem Gegenteil von der Halle, in der wir heute aufgetreten sind. Hartung hat zuerst geglaubt, er hätte sich in der Adresse geirrt. Seine ›Deutschen Meisterinnen‹ in einer Abbruchbude.«

»Hartung? Heißt so euer unerbittlicher Trainer?«

»Hhhm, so heißt er, du hast ihn ja schon kennengelernt.«

Sie forschte in Thomas' Augen nach dem Eindruck, den Hartung auf ihn gemacht hatte, und sah nicht den geringsten Anflug von Respekt.

»Du siehst so hübsch aus heute Abend!«, sagte er heiser und griff nach ihrer Hand. »Der Rock steht dir ...«

Christines Inneres glühte, ihre Zurückhaltung bröckelte, und sie wurde übermütig. »Kämmst du dir eigentlich nie die Haare?«, fragte sie und lachte.

Er fasste überrascht an seine blonden Strähnen. Doch, doch, das tue er, jeden Morgen. Er kam näher, beide spürten die unerklärliche gegenseitige Anziehungskraft und den Drang, sich zu umarmen. Christine wandte den Kopf. Hartung stand etwa zwanzig Meter entfernt. Er war jetzt an der Reihe, zeigte dem Verkäufer gerade, wie viele Limonadenflaschen er wollte, indem er zehn Finger in die Höhe hielt. Offenbar waren die Stimmen um ihn herum zu laut, um sich mit Worten zu verständigen. Gleich würde er sich umdrehen.

»Ich muss zurück!«, sagte sie.

Da nahm Thomas ihre Hand, zog sie hinter einen Mauervorsprung und küsste sie.

»Gibst du mir deine Adresse?«, fragte er, als sie schon im Gehen begriffen war.

Und sie flüsterte sie ihm zu.

Sein Gesicht hatte sie noch vor sich, als sie im Zug zurück nach Hause saßen. In seinen Augen hatte sie ein Versprechen gesehen: Er würde sie nicht vergessen, sie würden sich wiedersehen, spätestens im November in Australien!

Die Turnerinnen des Sportklubs Dynamo Berlin konnten sich glücklich schätzen, auf der Rückfahrt in ihre Heimatstadt ein Abteil für sich zu haben, denn der Zug war restlos überfüllt. Viele Reisende standen in den Gängen. Sie quetschten sich zu sechst auf die Bank, auf der sonst vier in einer Reihe saßen. Sie schwatzten, freuten sich darauf, ihren Eltern von den Erlebnissen, ihren Erfolgen zu erzählen, hätten ausgelassenerer Stimmung sein können, wäre da nicht ihr Trainer gewesen. Hartungs Ausdruck war müde, er wirkte wie gelähmt, und das, wo die Ausbeute an guten Platzierungen sowie Christines überragender Meistertitel beim Pferdsprung doch durchaus achtbar waren. Sie hatten ihre Klasse vor dem großen Teilnehmerfeld deutlich gezeigt, was er ihnen noch an dem Abend, als er die Limonadenflaschen unter ihnen verteilte, gut gelaunt verkündet hatte. Was war inzwischen passiert? Die Schlussceremonie am nächsten Tag war diszipliniert verlaufen. Bunte Massenchoreografien, Spielmannszüge, selbst beweihräuchernde Reden von Ulbricht und Ewald, Politparolen, Chorgesänge. Die Stimmung unter den Athleten und Funktionären gelöst. Die DDR hatte sich selbst gefeiert und ganz Deutschland gezeigt, wie gut sie funktionierte, zu welchen organisatorischen Leistungen sie in der Lage war, wie sie die Jugend einte und aus welchen der beiden deutschen Staaten die erfolgreichsten Athleten stammten. Einzig der Aufruf durch Ulbricht an die Militärangehörigen unter den Sportlern zum Übertritt von der Bundesrepublik in die DDR hatte kurz vor Ende zu einem politischen Eklat geführt. Doch das allein konnte doch kaum für den desaströsen Zustand ihres Trainers verantwortlich sein.

Roselore versuchte, Hartung aufzuheitern, bot ihm eine ihrer klebrigen Waffeln an, von denen sie einen unerschöpflichen Vorrat besaß, deutete auf einen hübschen kleinen See mit Ruderbooten, der vor dem Fenster vorüberglitt. Er lehnte ab, verzog das Gesicht, als habe er Schmerzen. Das kannte keiner von ihm. Er war hart gegen die Turnerinnen und hart gegen sich selbst.

Plötzlich hob er den Kopf und sagte: »Ihr müsst es ja doch erfahren. Es betrifft nicht alle von euch, aber vor allem die Leistungsträgerinnen.« Dabei streifte sein trüber Blick über die Gesichter der Mädchen, die ihn erwartungsvoll ansahen, und verweilte länger bei Christine, Rita und Sabine.

»Ich hatte heute noch eine Unterredung mit Manfred Ewald, dem Vorsitzenden des Komitees für Körperkultur und Sport, und dem DTV-Präsidenten, Erich Riedenberger.«

Er ließ den Kopf hängen, fuhr sich mit der Hand über das Gesicht. Eine resignierte Geste, die Christine noch nie bei ihm gesehen hatte. Dann holte er tief Luft. Die Überwindung, die ihn die folgenden Worte kosteten, war ihm deutlich anzusehen: »Ich will es kurz machen: In der gesamtdeutschen Olympiamannschaft, die dieses Jahr nach M E L B U R N E entsendet wird, gibt es keine einzige Kunstturnerin, sondern nur männliche Kunstturner. Aus nicht näher bezeichneten Gründen haben sie sämtliche Nominierungen von Frauen zurückgezogen.«

Es war entsetzlich. Alle Hoffnungen, alle Träume zerplatzten mit diesem einen Satz. Von einer Sekunde auf die andere lösten sie sich in nichts auf. Christine saß in dem Zugabteil, bleich, gefroren, trotz der stickigen Hitze. Alles, was sie spürte, war Kälte, von den Haarwurzeln bis zu den Zehenspitzen.

Zurück in Berlin, hatte Hartung es eilig, sie in ihr normales Leben zurückzubringen, ein Leben, das er Christine vorschrieb, seit sie mit dreizehn in seine Obhut gekommen war. Er ließ ihr keine Zeit für Trauer oder Enttäuschung. Niemand erfuhr die Gründe für das Zurückziehen ihrer Nominierung durch das Nationale Olympische Komitee. Das nächste Ziel waren die nächsten Meisterschaften, Kreismeisterschaften, Deutsche Meisterschaften, Europameisterschaften. Das fernere Ziel die Weltmeisterschaften 1958 in Moskau.

Hartungs Rezept war die Verschärfung der Trainingseinheiten. Mit dem Umzug in das Sportinternat Hohenschönhausen auch die Kontrolle aller Mahlzeiten, die Optimierung ihres Körpers, die Lenkung ihrer Gedanken. Ihre ruhige Unterwerfung unter all diese Einschränkungen hatte ihn manchmal überrascht, aber genauso wie er wusste sie, dass jeder Hauch von Vergnügen, jede mögliche Ablenkung, ein Samstag auf dem Ku'damm, eine Sahneschnitte im Kranzler, jede kleinste Abweichung von seinen Vorgaben in ein anderes Leben wies.

In seinen Augen war es das Leben gewöhnlicher Jugendlicher, ohne Ziel und ohne Zukunft. Er ahnte nicht, dass sie inzwischen immer häufiger von einem anderen Leben träumte, einem freien Leben mit einem jungen Turner aus Stuttgart.

ZWEITES BUCH

Berlin, 1. Dezember 1958

ANGELIKA

Im Licht eines kristallklaren Wintermorgens stand sie vor der Fassade des *Tagesspiegels* in Westberlin und betrachtete die vielen Stockwerke. Das Nachkriegsgebäude des Verlagshauses in der Potsdamer Straße war ein Ausdruck der Modernität, eines Aufbruchs in eine neue Zeit. Und sie hatte sich vorgenommen, ein Teil davon zu werden, als sie sich auf die freie Stelle einer Pressefotografin beworben hatte.

Angelika war achtzehn, gertenschlank, trug ein schmal geschnittenes, knielanges Kleid und dünne Feinstrumpfhosen. Ihre braunen kinnlangen Haare waren zu einem flotten Bubikopf mit toupiertem Hinterkopf geschnitten.

Sie stieg die Treppen zu der verglasten Eingangstür hoch. An der Pförtnerloge sagte sie ihren Namen und fragte nach dem Büro des Chefredakteurs, wurde in den dritten Stock geschickt und ging durch das Drehkreuz. Sie schenkte den Journalisten hinter ihren Schreibtischen kaum einen Blick, als sie selbstbewusst das helle und großräumige Redaktionsbüro durchquerte. Diese folgten ihr mit den Augen, während sie mit hochgekrempelten Hemdsärmeln auf ihre Schreibmaschinen einhämmerten, rauchten, lauthals telefonierten. Es waren ausnahmslos Männer. Angelika schnappte Satzfetzen auf wie: »Ich brauche die Akkreditierung für die Außenministerkonferenz in Paris!« Und von einem anderen: »Wenn Sie mir die Biografie von Nikita Chruschtschow nicht schicken können, hole ich sie eben bei Ihnen ab ... verdammt noch mal, morgen ist zu spät!« Einer stand mit in die Hüfte gestemmten Händen vor dem weit kleineren Schreibtisch und fragte die Redaktionsassistentin, deren übergroße, fleischige Nase sofort ins Auge fiel: »Ich fahre zur Pressekonferenz von Adenauer nach Bonn und brauche natürlich einen Fotografen, ist der Lorenz frei ...?« Schließlich blieb Angelika vor einem kleinen Schreibtisch stehen, der im rechten Winkel vor einer Tür mit geriffeltem Glas aufgestellt war. Dahinter saß die Sekretärin des Chefredakteurs. Sie war hübsch, trug eine Brille in Schmetterlingsform, eine frische weiße Bluse, hatte hellrosa Lippenstift aufgelegt und die Haare zu einer eleganten Banane hochgesteckt.

»Sie wünschen?«, fragte sie mit geschäftsmäßiger Freundlichkeit.

»Ich möchte zu Herrn Rüthers«. Und als die Sekretärin sie weiterhin fragend ansah, fügte sie hinzu: »Angelika Stein. Ich bin die neue Fotografin.«

Das Gesicht der jungen Frau wurde ein wenig verbindlicher.

»Der Name wird Rüüühters mit Betonung auf dem langen ›ü‹ ausgesprochen«, verbesserte sie sie. »Vermeiden Sie lieber von Anfang an solche kleinen Ungenauigkeiten. Dafür hat er nicht viel übrig.« Sie machte eine Bewegung mit dem Kinn in Richtung des Chefbüros und zog die Augenbrauen hoch. Dann kam sie um ihren Schreibtisch herum und gab ihr die Hand. »Freut mich, Sie kennenzulernen. Leonore Bach. Ich bin hier die Chefsekretärin. Nehmen Sie doch bitte einen Augenblick Platz.«

Sie deutete auf eine Sitzgruppe auf der anderen Seite der Tür. Angelika setzte sich auf einen der schicken gelben Schalensessel, und ihre Augen flogen über die Köpfe der Journalisten. Wo würde wohl ihr Arbeitsplatz sein? Hier sah sie jedenfalls keinen einzigen freien Schreibtisch. Dann blickte sie wieder zu der Chefsekretärin, die nun mit voller Konzentration etwas von einem kleinen Block auf ihrer großen grauen Schreibmaschine abtippte. Sie bewunderte die Schnelligkeit, mit der ihre Finger über die Tasten flogen, und betrachtete ihre perfekte Frisur. Ob sie jedem Neuling hier wohlmeinende Hinweise gab? Schließlich wandte sie sich dem druckfrischen *Tagesspiegel* zu, wovon ein Stapel vor ihr auf dem kleinen Couchtisch lag. Sie las die Meldung des Tages und bewegte dabei die Lippen:

Berlin-Ultimatum: Bundeskanzler Konrad Adenauer bezeichnet das Chruschtschow-Ultimatum vom 27. November als gegen die Einheit des Westens gerichtet. Der sowjetische Ministerpräsident wolle den Westen dahin bringen, sein Bündnis mit der Bundesrepublik zu lockern.

Kurz darauf öffnete sich die Tür neben ihr, und zwei Männer kamen aus dem Zimmer. Angelika stand auf. Einer davon trug ein weißes

Hemd mit einer Anzugweste darüber und – im Gegensatz zu allen anderen in der Redaktion – eine Krawatte. Das musste Rüthers sein. Ein hochgewachsener Mann um die vierzig, der nicht ganz dem Bild entsprach, das sie sich von dem Chefredakteur einer Tageszeitung gemacht hatte. Er sah eher aus wie ein erfolgreicher Rechtsanwalt, ein konservativer Bankier. Ein sorgfältig gekleideter Herr mit einer angenehmen Stimme und etwas zu ehrlichen grauen Augen hinter einer Hornbrille.

»Wir brauchen bis morgen ein Interview mit Willy Brandt. Eine exklusive Stellungnahme von Berlins Regierendem Bürgermeister ... Wie reagiert er auf die Drohung aus Moskau? Ich hoffe, ich kann auf Sie zählen, Häusermann!«, sagte er zu dem anderen Mann mit einem dunklen Krauskopf.

»Mir wird schon was einfallen, Herr Rüthers!«, antwortete dieser in jovialem, aber flapsigem Ton, während er Angelika von oben bis unten musterte. Sie überlegte, ob die Wahl des schlichten kurzen Kleids gelungen gewesen war. Da wandte er sich wieder Rüthers zu: »Sie können sich auf mich verlassen!«

»Das ist Fräulein Stein!«, stellte die Chefsekretärin Angelika vor. Sie war ebenfalls aufgestanden. »Die neue Fotografin.«

Rüthers drehte sich zu ihr um, aber im selben Moment drängte sich einer der Journalisten aus dem Großraumbüro ziemlich rüpelhaft zwischen sie. »Chef! Ich muss unbedingt wegen der Akkreditierung für Moskau mit Ihnen sprechen! Können Sie da nicht mal Ihre Beziehungen spielen lassen?«

Er rauschte an Angelika vorbei in Rüthers Büro, ohne sie auch nur eines Blickes zu würdigen. Die Tür schloss sich hinter den beiden, und die Chefsekretärin zuckte nur bedauernd mit den Schultern.

Daran müsse sie sich gewöhnen. Die Manieren der meisten hier in der Redaktion seien nicht gerade dem Knigge entsprungen. So sei das in diesem schnelllebigen Geschäft.

Angelika verkniff sich eine Erwiderung, setzte sich wieder auf den gelben Sessel und wartete.

»Und eitel sind sie auch noch!«, sagte Fräulein Bach, nickte mit dem Kopf in Richtung eines Journalisten, der den anderen einige

Meter entfernt stolz seinen neuen versilberten Kugelschreiber zeigte. Angelika musste lächeln.

Als sich die Tür erneut öffnete und der Journalist, der Rüthers vorhin abgefangen hatte, herauskam, stand Angelika erneut auf und sah fragend zu Leonore Bach. Sie winkte sie durch, machte sie aber gleich darauf aufmerksam, dass sie nur drei Minuten habe, da dann schon der nächste Termin anstehe.

Angelika betrat Rüthers Büro und sah sich um. Der Raum wirkte durch die überfüllten Bücherregale an den Wänden eher wie das Arbeitszimmer eines Gelehrten als die Schaltzentrale eines Chefredakteurs einer Tageszeitung. Auf dem Schreibtisch herrschte allerdings Ordnung. Rechts von der Auflage aus schwarzem Leder waren mindestens zehn verschiedene Tageszeitungen so akkurat übereinander angeordnet, dass man von jeder die erste Überschrift lesen konnte. So wie sie dalagen, hatte er sie offenbar noch nicht angerührt.

Rüthers stand kurz der Höflichkeit halber auf und wies Angelika einen der Besucherstühle zu, setzte sich aber, ohne ihr die Hand zu geben, gleich wieder hinter seinen ausladenden Schreibtisch in den Drehsessel, hieß sie in geschäftsmäßigem Ton willkommen beim *Tagesspiegel*. Angelika bedankte sich. Rüthers bemerkte ihren neugierigen Blick und deutete auf die Zeitungen.

»Das ist die Dienstagslage, eine repräsentative Auswahl der Tagespresse.«

Dann lehnte er sich zurück, faltete die Hände vor der Brust und fragte: »Fräulein Stein, Sie haben sich einen ziemlich turbulenten Tag ausgesucht, wie Sie vielleicht gemerkt haben. Wir sitzen hier in Berlin gerade haargenau im Zentrum einer der womöglich gravierendsten politischen Krisen der Nachkriegszeit. Ich habe wenig Zeit, normalerweise erledigt so etwas ...«, jetzt machte er eine schlenkernde Handbewegung in ihre Richtung, als würde er eine lästige Fliege verscheuchen, »... die Personalabteilung des Verlags.«

Angelika fühlte sich unbehaglich. Ihr war schriftlich mitgeteilt worden, sie solle sich am 1. Dezember um acht Uhr im Büro des Chefredakteurs einfinden. Offenbar wusste er gar nicht, was er mit ihr anfangen sollte, und dachte sich nun eine Frage aus: »Warum haben Sie sich ausgerechnet beim *Tagesspiegel* beworben und nicht beispielsweise ...«, er sah sich um und hob von der anderen Seite des Schreibtischs eine außergewöhnlich dicke Zeitung mit einem großformatigen Foto, »... bei der BILD AM SONNTAG.« Dann warf er sie vor sie auf die Teak-Tischplatte. »Wäre das nicht eher etwas für eine junge Fotografin, die zur Presse will? Wie der Titel schon sagt ... ein Blatt voller Bilder.«

Angelika sah ihn verunsichert an. War das nur eine Verlegenheitsfrage, oder war sie ernst gemeint? Man hatte ihr die Stelle bereits schriftlich bestätigt. Der Arbeitsvertrag war von ihren Eltern unterschrieben worden, da sie noch nicht volljährig war. Von der Antwort konnte ja wohl nicht mehr ihre Anstellung abhängen?

»Weil ich einen anderen Anspruch an Ästhetik und Inhalt habe als diese *Bild*.«

Sie kniff einen Mundwinkel ein, und es wirkte ein klein wenig verächtlich. Niemals würde sie das Foto von Irmgards Ranzen und Schuh in der *Bild*-Zeitung vergessen.

Rüthers lachte auf und legte die Fingerspitzen aneinander. »Na gut! Dann sind wir gespannt auf unsere neue Fotoassistentin mit ›Anspruch‹.«

Angelika entging die feine Ironie seiner Worte keineswegs. Sie hätte es vielleicht gut sein lassen sollen, aber sie fühlte sich nun herausgefordert: »Außerdem gefällt mir das lateinische Motto, das unter der Weltkugel im Kopf des *Tagesspiegels* steht.« Sie erhob sich von ihrem Stuhl und tippte mit dem Finger auf das Deckblatt der Zeitung auf seinem Schreibtisch.

»Rerum cognoscere causas.«

Er trommelte mit den Fingerspitzen auf die Schreibtischplatte und zog belustigt die Augenbrauen hinter den Brillengläsern hoch: »Und Sie können Latein?« Jetzt legte er auch noch den Kopf schief. »Wenn ich mich recht entsinne, haben Sie nicht mal einen Schulabschluss.«

Angelika schluckte und merkte, wie sie errötete. »Das stimmt. Ich habe es mir von meinem Bruder übersetzen lassen. Das Zitat stammt von Vergil und kann mit ›Die Ursachen der Dinge erkennen‹ oder freier mit ›Den Dingen auf den Grund gehen‹ übersetzt werden.« Als Rüthers schwieg, fügte sie mit unsicherer Stimme hinzu: »Ein kluger Leitsatz, mit dem ich mich identifi–« Ihre Stimme erstarb. Sie sah sich auf einmal mit Rüthers' Augen: ein keckes Mädchen in einem zu kurzen Rock, ohne höhere Bildung, das sich anmaßte, über einen lateinischen Satz von Vergil zu urteilen.

Er räusperte sich, sah auf seine Armbanduhr und stand auf. »Und jetzt gehts zur Redaktionskonferenz, jeden Morgen um neun, da werden die Termine für den Tag verteilt.«

Angelika erhob sich ebenfalls, bereit, ihm zu folgen, aber er drehte sich zu ihr um und sagte: »Am besten lassen Sie sich von Fräulein Bach herumführen. Sie wird Ihnen auch zeigen, wo unser Fotolabor, die Klischeeherstellung und das Archiv sind. Denn dort wird fürs Erste Ihr Arbeitsplatz sein.«

Damit war die Unterredung für ihn beendet. Er rückte seinen Krawattenknoten gerade, griff sich ein Notizbuch, einige Mappen und verließ mit schnellen Schritten das Büro.

Angelika sah hinter ihm her und war so perplex, dass sie gar nichts mehr sagen konnte. Was blieb ihr übrig? Sie stellte sich wieder vor den Schreibtisch seiner Sekretärin, die gerade telefonierte.

Nein, Herr Rüthers sei jetzt nicht zu sprechen ... Redaktionskonferenz ... da müsse er sich gedulden, flötete sie ins Telefon und rollte mit den Augen, um Angelika zu zeigen, wie lästig der Anrufer war. »Ich nehme Sie gerne auf die Rückrufliste, Herr Theobald, aber ich kann nichts versprechen.«

Dann legte sie den Hörer auf die Gabel.

»Nun, es sieht so aus, als ob wir zwei noch ein wenig Zeit miteinander verbringen werden«, sagte sie zu Angelika gewandt und stand auf. Sie durchquerten wieder die Redaktion, die jetzt wie leer gefegt war, denn alle saßen hinter einer Glaswand im Konferenzraum. Angelika sandte einen sehnsüchtigen Blick zu dem langen ovalen Tisch, um den die Journalisten in ganz unterschiedlicher Haltung herumsaßen. Manche lässig zurückgelehnt, einige mit gespitztem Bleistift, jedes Wort notierend. Die Redaktionsassistentin, die Kaffee ausschenkte, ging von Platz zu Platz, ohne dass sie jemand beachtete. Rüthers am Kopfende wild gestikulierend. Was für ein Motiv!

»Wie kommt es, dass *Die Welt* ein Interview mit dem ehemaligen US-Präsidenten vorweisen kann? Warum ist da keiner von uns drangekommen?«

Er hielt eine Zeitungsausgabe hoch, tippte mit dem Finger auf das Titelblatt und las dann laut vor: »Hier: Der US-Präsident Harry S. Truman erklärt, eine Preisgabe Berlins würde zugleich eine Preisgabe Europas an die Sowjetunion bedeuten. Das ist ein Satz, der um die ganze Welt geht – so was macht Auflage!«

Rüthers' laute, aufgebrachte Stimme war durch die halb offene Tür zu hören. »Wir brauchen die Stellungnahmen von Brandt und am liebsten auch von Strauß für die morgige Ausgabe, sonst sind andere schneller! Aber auf jeden Fall sollten wir die Ersten sein, die den Regierenden Bürgermeister zu fassen kriegen. Den dürfen wir nicht der restlichen Presse der Republik überlassen.«

So überraschend sei der Vorstoß von Chruschtschow nun auch nicht, wandte einer der Journalisten mit einer provozierenden Lässigkeit ein. Immerhin habe Ulbricht Ostberlin schon am 27. Oktober zum Hoheitsbereich der DDR gehörig erklärt. Da sei man doch bereits hellhörig geworden. Rüthers schlug so plötzlich mit der Faust auf den Tisch, dass Angelika zusammenzuckte.

»Das spielt jetzt keine Rolle! Ich will die Stellungnahmen für die morgige Ausgabe!«

Angelika schluckte die Enttäuschung herunter. Von alldem war sie ausgeschlossen. Sie hatte sich nie besonders für Politik interessiert. Was sie spannender fand, waren die Menschen dahinter, ihre Gesichter, ihre Stimmung, ihre Gesten in ungewöhnlichen Situationen. Sie nahm ihre Kamera aus ihrer Tasche. Fräulein Bach sah sie erstaunt an, sagte aber nichts, und die Journalisten achteten nicht auf sie, als sie ihre Rollei vor das Auge hielt und mehrfach auf den Auslöser drückte, um die heutige Redaktionskonferenz des *Tagesspiegels* für immer festzuhalten. Dann ging sie mit einer kleinen inneren Befriedigung weiter.

Sie hatte sich auf die Stelle beworben, weil ihr Lehrherr, Joachim Hellmann, die Anzeige gesehen hatte und glaubte, es sei eine Chance für sie. Sowohl fachlich als auch persönlich. Er war die treibende Kraft gewesen, hatte ihr gut zugeredet, ihr den Gesellenbrief sogar vor den üblichen drei Jahren erteilt. Nicht um sie loszuwerden, wie er immer wieder betonte, sondern weil er ihr nichts mehr beibringen könne und sie ihr Talent nicht weiter bei der Ablichtung von Hochzeitspaaren und Kommunionskindern verschwenden solle.

Angelika wusste, dass Hellmann es gut mit ihr meinte, die Fotografenlehre bei ihm war bisher das Beste, was sie in ihrem Leben an Bildung erfahren hatte. Aber dennoch hatte sie während ihrer Gespräche immer wieder das Gefühl, dass es einen Grund gab, den er nicht aussprach, weshalb er sie so sehr zu der Stelle in Berlin drängte. Sicher: Allzu viele Möglichkeiten gab es nicht für eine achtzehnjährige ausgelernte Fotografin. Und bei einer renommierten Tageszeitung gleich mit einer Festanstellung anzufangen, war solide. Der Schritt, zum ersten Mal ihre Heimatstadt Kassel zu verlassen, ihre Familie, die alte Frau Hellmann, ihren Lehrherrn, Rudi, mit dem sie seit zweieinhalb Jahren ging, nur noch bei vereinzelten Besuchen zu sehen, war ihr schwergefallen, weit schwerer, als sie es sich hatte vorstellen können.

Von ihren Eltern, Clara und Eberhard hatte sie sich zu Hause verabschiedet. So blieb ihr vor allem Peters Gesicht mit den zwei verschiedenfarbigen Augen in Erinnerung, als er ihr am Bahnsteig zum Abschied gewinkt hatte. Er hatte das Glasauge niemals ausgetauscht. Selbst als es die Möglichkeit gab, eines in seiner echten Augenfarbe zu bekommen, hatte er es abgelehnt. Es war sein neues Selbstbewusstsein. Er stand zu seiner Andersartigkeit. Sie war mit dem Gefühl abgefahren, ihn wieder mit beiden Beinen im Leben zu wissen. Er hatte das Abitur nachgemacht und war zur Überraschung aller in die Fußstapfen ihres Vaters getreten, indem er ein Kunststudium begonnen hatte. Schon im letzten Sommer hatte er bei der Documenta II mitgewirkt, der Weltkunstausstellung, die ihr Vater mit initiiert hatte und die nun alle vier Jahre in Kassel stattfand.

»Zeig's ihnen allen in Berlin, Schwesterchen. Du wirst bestimmt die beste aller Pressefotografen!«, lauteten seine Worte auf dem Bahnsteig. »Bald können wir deine Bilder jeden Tag in der Zeitung sehen!« Dann hatte er grinsend zugesehen, wie Rudi sie völlig ungeniert umarmte und küsste und hoch und heilig versprach, bald zusammen mit Peter nach Berlin zu kommen.

Als sie hinter der Chefsekretärin das Treppenhaus betrat, hallten ihre klackernden Absätze auf den glänzenden Terrazzostufen. Ein Schild mit der Aufschrift »Frisch gebohnert« stand auf jedem Treppenabsatz. Angelika fragte sie, ob bei der Zeitung außer ihr und der Redaktionsassistentin noch andere Frauen beschäftigt seien.

»Nur in der Buchhaltung«, lautete die knappe Antwort, weiter ging sie nicht darauf ein, und Angelika ließ es dabei bewenden.

»Eben haben Sie das Herz der Zeitung gesehen, die Politikredaktion, jetzt zeige ich Ihnen sozusagen den Darm«, erklärte Fräulein Bach, und sie stiegen die Stufen bis ganz hinunter in die hauseigene Druckerei im Kellergeschoss. Unterwegs wies sie auf die Eigenwilligkeit der Schriftsetzer hin: »Das ist ein stolzer Berufsstand, nicht so einfach zu handhaben. Sie sind traditionell links und manchmal ziemlich herablassend gegenüber den Journalisten und Redakteuren.«

»Hat das einen bestimmten Grund?«, fragte Angelika.

Fräulein Bach blieb stehen, nahm ihre Brille ab und putzte sie mit einem Zipfel ihrer Bluse.

»Rüthers hat mal behauptet, sie waren schon in der Nazizeit berüchtigt.«

Angelika war überrascht. Es war ungewöhnlich, dass jemand das Wort »Nazizeit« in den Mund nahm. Über die Jahre des Nationalsozialismus wurde normalerweise bedächtig geschwiegen. Aber Fräulein Bach sprach unbeeindruckt weiter und gab Rüthers' Vermutung zum Besten.

»Und der Stand der Journalisten hat sich nach ihrer Ansicht in dieser Zeit nicht gerade mit Ruhm bekleckert. Schon gar nicht die Schreiberlinge, wie die Schriftsetzer sie abfällig nennen, der konservativen und meinungsscheuen Generalanzeiger-Presse, zu der der *Tagesspiegel* gehört.«

Bevor sie die massive, schwarz gestrichene Metalltür öffnete, drehte sie sich noch einmal zu Angelika um und fügte leise hinzu, als ob sie hier jemand hören könnte: »Deshalb schicken die immer ganz gerne mich hier runter, wenn es um heikle Dinge geht, wie beispielsweise kurzfristige Änderungen oder die Schlussredaktion.«

Angelika sah sie voller Unverständnis an. Sie hatte keine Ahnung, wovon sie sprach. Zur Erklärung stellte Fräulein Bach einen Fuß auf die Treppe und zog ihren Rocksaum etwas höher, bis knapp über das Knie. Dann nickte sie in Richtung von Angelikas Rock, der, auch wenn sie gerade stand, nur das halbe Knie bedeckte. »Kann sein, dass Rüthers dann in Zukunft Sie hinschickt.«

Zum zweiten Mal an diesem Tag stieg Angelika die Röte ins Gesicht, und sie nahm sich vor, das kurze Kleid ab sofort aus ihrer kargen Garderobe zu verbannen. Wie hatte sie nur so dumm sein können, es ausgerechnet zu ihrem Arbeitsantritt anzuziehen?

»Und warum nicht die Redaktionsassistentin?«, fragte sie, doch bevor Fräulein Bach sich vielsagend an ihre eigene wohlgeformte Nase tippte, war sie schon selbst auf die Antwort gekommen. Sie war einfach zu unattraktiv. Dann schob Fräulein Bach die schwere Tür auf, und sie standen in einem hohen Raum von beachtlicher Größe mit unverputzten Backsteinwänden.

Er wirkte nicht wie ein Kellerraum, sondern so, wie sich Angelika den Maschinenraum eines Ozeandampfers vorstellte. Nur dass es hier nicht nach Schiffsdiesel, sondern intensiv nach Leim, Tinte und Druckerschwärze roch. Die Köpfe der Setzer, die hinter einer Glaswand mit schwarzen Metallsprossen saßen, wandten sich zu ihnen um, und sechs Augenpaare musterten sie. Zwei weitere waren über ihre schräg stehenden, breiten Kästen mit den Bleibuchstaben gebeugt und arbeiteten scheinbar konzentriert. Doch der eine stieß dem anderen den Ellbogen in die Rippen, und als dieser den Kopf drehte, fielen ihm die Bleibuchstaben aus der Hand. Offenbar verirrte sich außer Fräulein Bach nur selten ein zweites weibliches Wesen nach hier unten. Von einem der Arbeiter sah man nur die ausgestreckten Beine in ehemals blauen Arbeiterhosen. Er lag zwischen allerhand Werkzeug unter einer der mächtigen Druckmaschinen. Doch jetzt pfiff einer der anderen durch die Zähne, und sofort rollte er sich auf seinem Brett unter der Maschine hervor. Ganz unterschiedliche Gesichter, Glatzen, Vollbärte, hochgezogene Augenbrauen, schmale Augen oder weit aufgerissene starrten sie an. Eines hatten sie alle gemeinsam: hängende Schultern und runde Rücken. Fräulein Bach hatte offenbar nicht die geringste Scheu vor den Männern.

»Guten Morgen, die Herren!«, flötete sie.

Und diese antworteten im Chor, als seien sie in der Schule und Fräulein Bach ihre Lehrerin. »Guten Morgen, Fräulein Bach.«

Sie griff Angelikas Oberarm und zog sie mit sich auf den langen Tisch zu, an dem die meisten Männer saßen. »Darf ich Ihnen Fräulein Stein vorstellen. Sie ist unsere neue Pressefotografin.«

Zwei der Männer nahmen ihre Mützen ab, alle nickten ihr zu. Angelika hätte gerne gewusst, was sie über sie dachten.

»Es kann sein, dass sie in Zukunft ab und zu etwas aus der Redaktion zu Ihnen herunterbringt.«

»Na, da sind wir aber gespannt wie die Flitzebogen, was das wohl sein wird!«, sagte einer mit einem breiten Gesicht und eng stehenden Augen. Aber seine Stimme klang freundlich, und er grinste.

Trotzdem fühlte sich Angelika unbehaglich und war froh, als sie wieder die Treppen nach oben stiegen. Sie betraten das erste Stockwerk. Eine Tür zu einem zweckmäßig eingerichteten Raum mit grau geschlemmtem Mauerwerk wurde geöffnet. Das einzige Fenster war schmal und hatte einen Ausblick zum Hof. An den grauen Metallregalen und Schubladenschränken, den Stapeln von Negativen und Abzügen war leicht zu erkennen, dass es sich hierbei um das Archiv handelte. Ihr wurde der Leiter vorgestellt: Herr Stutz. Ein trinkfester Kriegsversehrter mit einer morgendlichen Schnapsfahne und nur sechs Fingern, der stark berlinerte. Sie musste ihn siezen, er duzte sie. Fräulein Bach verabschiedete sich und hatte es plötzlich sehr eilig. Sie müsse nun dringend zurück an ihren Platz, sonst würde das Telefon heiß laufen.

Nach einem Moment des Schweigens sagte Stutz: »Du hast Glück, dass du hier gelandet bist.«

Als Angelika ihn ungläubig ansah und sich fragte, ob das ein schlechter Scherz sein sollte, fügte er hinzu: »Das hier ist der einzige Ort in diesem Irrenhaus, an dem man sich denken hören kann.«

Dann deutete er auf die Negative, die Bögen mit Kontaktabzügen und leeren Karteikästen.

»Sortieren und archivieren!«, lautete seine knappe Anweisung. »Ich mache Kaffeepause!«

Als sie fragen wollte, wonach sie sie sortieren solle, war er schon mit seiner Brotbüchse und einer Thermosflasche verschwunden.

Angelika sah sich in dem Raum um. Warum wählte man Grau als Wandfarbe?, fragte sie sich. Und warum um Himmels willen hatte sie zweieinhalb Jahre jegliche praktischen und theoretischen Finessen der Fotografie erlernt, wenn sie nun hier in einer Art Abstellkammer Negative sortieren sollte? Sie atmete tief durch und sah sich nach einem Lichtkasten und einer Lupe um. Tatsächlich fand sie beides, und sie hielt das erste braune Negativ vor das weiße Licht. Es war eine Szene mit mehreren Männern in Anzügen und einem Wachposten vor dem Brandenburger Tor. Einer der Männer kam ihr bekannt vor, es musste ein Politiker sein, aber sie wusste seinen Namen nicht. Sie sortierte es unter B wie Brandenburg ein, denn man hatte ihr nicht gesagt, nach welchem System sie vorgehen sollte. Dann nahm sie das nächste Negativ und legte es auf den Lichtkasten. Gleichzeitig beschwor sie die Zeiger auf der gelben Wanduhr, sich schneller zu bewegen. Sie musste an ihre Zukunft denken, von der sie so viel erwartete, und an Peters Satz, sie solle es allen zeigen. Was würde er wohl sagen, wenn er sie jetzt sehen könnte?

Pünktlich um siebzehn Uhr packte Stutz die leere Brotbüchse und Thermoskanne in seine braune Aktentasche und sagte mit durchdringender Stimme: »Feierabend!«

Mit hängendem Kopf ging Angelika durch das Drehkreuz. Mit welchen Hoffnungen und hohen Erwartungen war sie heute Morgen in die entgegengesetzte Richtung gegangen. Nichts davon hatte sich bisher erfüllt. Draußen war es schon dunkel, als sie die Potsdamer Straße betrat. Es hatte angefangen zu nieseln, und der kalte Wind kroch ihr unter den zu leichten Mantel und die Beine mit den feinen Strumpfhosen entlang. Sie holte die durchsichtige Regenhaube aus ihrer Tasche und band sie sich um den Kopf.

Noch am Morgen war sie den Weg von der Kleiststraße zum Verlagssitz mit federnden Schritten mehr gehüpft als gegangen und hatte es genossen, mit jedem Atemzug die Atmosphäre der Großstadt in sich aufzunehmen. Aber jetzt machte sie sich auf den Weg zur U-Bahn-Station Kurfürstenstraße. Der Feierabendverkehr auf der Straße war durch die nasse Fahrbahn besonders laut, die Menschen hasteten an ihr vorbei. Jeder hatte es eilig, ins Trockene und Warme zu kommen. Als sie die Treppen hinunterstieg, war sie halb erfroren.

Da war dieser eigentümliche Geruch nach den getränkten Holzbremssohlen, von dem sie nicht wissen konnte, dass er der typische U-Bahn-Tunnel-Duft war, denn in Kassel gab es keine Untergrundbahn.

In der Bahn setzte sie sich an ein Fenster und starrte ihr Spiegelbild an, während der Schnellzug durch die dunkle Röhre raste. Mit der neuen Frisur, die sie sich kurz vor der Abreise hatte schneiden lassen, sah ihr Gesicht moderner aus, erwachsener. Innerlich fügte sie hinzu: erwachsener, als sie war. Heute Abend wirkte ihre Nase spitz, und ihre großen neugierigen Augen hatten sich verdunkelt. Vielleicht lag es an der letzten schlaflosen Nacht in der ungewohnten Umgebung. Das kahle Zimmer, das sie zur Untermiete bewohnte, war wenig anheimelnd. Unter der dünnen Bettdecke hatte sie gefroren. Oder es lag an ihrer Desillusionierung nach dem ersten Arbeitstag.

Ihr Blick glitt über die anderen Mitfahrenden. Die meisten sahen ebenso müde und niedergeschlagen aus wie sie, manche hatten die Augen geschlossen. Die Frau auf dem Platz gegenüber von ihr strickte, ohne hinzusehen, Pulswärmer mit vier Nadeln, die unaufhörlich leise klapperten. Für wen?, dachte Angelika. Fremde Menschen, die nach Hause fuhren. Warteten dort ihre Lieben auf sie? Ehemänner, Kinder, Eltern? Plötzlich überfiel sie ein Sehnen nach Wärme, Freundschaft und Liebe, dass sie hätte heulen können. Heimweh, nach nur einem Tag, schimpfte sie sich innerlich und schluckte.

Der Zug fuhr jetzt aus dem Tunnel heraus in den oberirdischen Bahnhof am Nollendorfplatz ein. Angelika stieg aus und ging den schmuddeligen Bahnsteig entlang, auf die Eisentreppen zu, die nach unten zur Straße führten. Auf einer Bank lag ein Obdachloser. Der Regen war jetzt in Graupel übergegangen, und sie schlug den Kragen ihres Mantels hoch, tastete in ihrer übergroßen Handtasche nach der Regenhaube und fühlte die Lederhülle ihres Fotoapparats. Eigentlich hatte sie sich auf Berlin gefreut. Der Name der Großstadt mit ihrer berühmten Einkaufsstraße, dem Kurfürstendamm, und dem Kaufhaus des Westens wurde häufig in einem Atemzug mit dem Begriff des Wiederaufbaus, des Aufschwungs und des Wirtschaftswunders genannt. Rudi hatte ihr von den berühmten Jazzklubs wie der Badewanne an der Nürnberger Straße vorgeschwärmt, in dem schon Berühmtheiten wie Evis Presley aufgetreten waren, der in diesem Jahr als Soldat in Wiesbaden stationiert war. Sie hätte gar nicht den Mut gehabt, alleine dorthin zu gehen. Es schickte sich auch nicht für eine alleinstehende junge Frau, wie sie Frau Hellmann zum Abschied nachdrücklich gewarnt hatte.

Aber hier war von diesem »Wohlstand für alle«, wie ihn der deutsche Wirtschaftsminister Ludwig Erhard ausrief, nichts zu spüren. Sie blieb stehen und ließ die anderen Fahrgäste vorbei, wartete, bis die Schritte auf den Metallstufen nicht mehr zu hören waren. Die Telefonzelle mit ihrer postgelben Lackierung erinnerte sie daran, dass sie sich längst bei ihren Eltern hätte melden sollen. »Fernsprecher« stand über der Tür, die sie wegen eines Windstoßes kaum öffnen konnte. Wenigstens war es im Inneren wieder etwas weniger zugig. Sie warf zwei Zehnpfennigstücke in den Schlitz und drehte die Wählscheibe. Wie ungewohnt es war, die Vorwahl von Kassel einzugeben. Wenn sie früher einmal aus einer Zelle angerufen hatte, dann war es immer ein Ortsgespräch gewesen.

»Papa, ich bin es, ich bin da!«, rief sie in die Sprechmuschel, viel lauter, als nötig gewesen wäre. »Ja ... nein ... ich weiß, es tut mir leid!« Sie wechselte den Hörer von einer Hand in die andere.

»Ich weiß schon, Papa, es tut mir leid, dass ich mich nicht früher gemeldet habe und ihr euch Sorgen gemacht habt.«

Sie drehte sich um, als die nächste Bahn kam, beobachtete die Menschen, die ausstiegen. »Ja, die Stellung ist gut. Der Chefredakteur ist sehr nett ... und alles ist aufregend und neu und gerade jetzt, wo Berlin im politischen Mittelpunkt steht ...« Ein Mann mit Hut klopfte an die Tür, und Angelika drehte sich zu ihm um. Er deutete auf seine Armbanduhr, um ihr zu bedeuten, dass sie sich kurzfassen solle, und sie nickte.

»Was sagst du?«

»Fotografieren ist mehr als nur auf den Auslöser drücken, Geli!«

»Ich weiß, Papa!«

»Du musst härter arbeiten, tiefer bohren ...«

Als der Zug wieder aus der Station fuhr, wurden die Worte, die aus der Ohrmuschel drangen, verschluckt. Alles, was sie verstand, war:

»… nach Bildern schauen, die sonst niemand machen kann …!«
Dann war die Leitung tot, sie hätte längst noch mehr Geldstücke einwerfen müssen. Als der Wartende durch die Scheibe sah, dass sie den Hörer auf die Gabel legte, zog er sofort die Tür auf.

»Das wurde aber auch Zeit«, schimpfte er.

Ein Fernsprecher am Bahnhof sei nicht für Endlosgespräche da, und Angelika entschuldigte sich. Dann fiel die Tür zu.

Für einen kurzen Moment trat Stille ein, bevor der nächste Zug einfuhr. Der Blick durch die Eisensprossen zu den dicken Schneeflocken, die sich im Lichtkegel der Bahnhofsbeleuchtung auf die Gleise und die Pflastersteine der Kleiststraße legten, vermittelte eine ganz besondere Stimmung. Dies hier war ein anderes Berlin als das, von dem sie gehört hatte, das sie in Illustrierten gesehen hatte. Es war die graue und schmutzige Seite der Stadt ohne Schaufensterpuppen, ohne Lichtreklame.

Sie holte den Fotoapparat heraus, öffnete die braune Lederhülle und verstellte die Blende. Auf ihrem Film waren noch sechs Bilder, und sie fragte sich, ob es ihr auf einem davon gelingen würde, diese nüchterne Melancholie einzufangen. Als sie durch den Sucher schaute, verschiedene Perspektiven ausprobierte, spürte sie, wie sich ihre Niedergeschlagenheit in Kreativität wandelte. Ihr Vater hatte recht: Schließlich war es das, was sie wollte und weshalb sie nach Berlin gekommen war: Fotografieren. Momenten Dauer geben, etwas sichtbar machen, das den meisten Menschen sonst nicht präsent war. Und niemand, auch nicht der Chefredakteur des *Tagesspiegels,* würde sie davon abhalten.

CHRISTINE

Das Sportforum Hohenschönhausen war ein Komplex mit mehreren Sportstätten im Bezirk Lichtenberg. 1956 war das Internatsgebäude fertiggestellt worden. 1958 folgte die Dynamo-Sporthalle. Es wurde zum größten Sport- und Trainingszentrum Berlins und damit zu einer der wichtigsten Trainingsstätten des Leistungssports und der olympischen Kader der DDR. Mit der Gründung des Deutschen Turn- und Sportbunds, abgekürzt DTSB, im Jahr 1958 als Dachorganisation sämtlicher Sportverbände hatte man die Leistungssportförderung noch straffer bis in die untersten Linien durchorganisiert. Der Klassenkampf wurde in die Sportstätten verlagert. Es war erwünscht, Kinder und Jugendliche möglichst frühzeitig zu sichten und die Talente in die Sportinternate zu überführen, sogar wenn sie in der Nähe wohnten. Das Ziel war eine weit stärkere Kontrolle in allen Lebensbereichen.

Christines Tagesplanung im Sportinternat sah von 6 bis 8 Uhr Training vor. Von 8 bis 12 Uhr Schule. Von 12 bis 13 Uhr Mittagessen. 13 bis 14 Uhr Mittagsruhe, von 14 bis 16 Uhr Hausaufgaben, 16 bis 21 Uhr Training, 21 bis 22 Uhr Abendessen. Danach Schlafengehen.

Was sie zu sich nahm, war genau berechnet worden. Es waren nicht mehr als neunhundertfünfzig Kalorien, die über den Tag verteilt wurden. Mittags und abends je achtzig Gramm mageres Fleisch, Gemüse, eine Kartoffel oder etwas Reis, morgens zwei Tassen Milch, eine Scheibe Brot, keine Marmelade. Außerdem drei Früchte, keine Süßigkeiten. Nachts träumte sie von Brathähnchen. Ihr Gewicht wurde täglich kontrolliert. Einmal im Monat wurde ihr Blut abgenommen.

Seit sie vor zweieinhalb Jahren nach Hohenschönhausen umgezogen war, gab es kein Entkommen mehr aus dem System. Gaben die Erfolge diesem System recht? Bei der Kunstturn-Weltmeisterschaft im August dieses Jahres hatte die weibliche Mannschaft der DDR zwar nur den neunten Platz belegt. Die Turnerinnen der Sowjetunion, Tschechoslowakei und Rumänien zu überlegen, zierlicher und jünger. Aber sie selbst war Dritte am Stufenbarren und Fünfte beim Sprung geworden. Der Parteikader dankte ihr im Namen der gesamten Deutschen Demokratischen Republik. Sie schüttelte die Hand von Walter Ulbricht, bekam von einem kleinen Kind mit Rattenschwänzen und Schleifen einen Strauß roter Nelken überreicht. Hartung schwor, seine Mädchen würden die Russinnen, Tschechinnen und Rumäninnen beim nächsten Mal erledigen, und schrieb es auf eine Papierserviette im Moskauer Sportlerheim, setzte mit Nachdruck seine Unterschrift darunter.

Sie war jetzt achtzehn Jahre alt und würde nächstes Jahr das Abitur ablegen. Von der Wirklichkeit und dem Alltag in der DDR bekam sie kaum etwas mit. Über politische Entwicklungen wurde sie durch ihre Lehrer informiert. Sie teilten den Schülern Erfolgsmeldungen mit, beispielsweise, dass am 16. November Wahlen zur Volkskammer stattgefunden hatten. Laut offiziellen Angaben stimmten 99,7 Prozent der Wahlberechtigten für die Einheitsliste.

Der Forumsleiter sorgte mithilfe der Hausmutter für ein konformes Verhalten aller Internatsschüler. Man ließ den Kindern und Jugendlichen keinen Raum für Individualität. In diesem Jahr hatte die DDR-Führung eine neue Initiative zur Bekämpfung westlicher Dekadenz in der Tanzmusik gestartet. Seitdem wurden die Zimmer regelmäßig nach Schallplatten durchsucht, die Einstellung der Frequenzen des Radiosenders im Gemeinschaftsraum akribisch überwacht.

Christines Haare waren zu einem praktischen blonden Bob geschnitten. Nur sonntags toupierten sich die Mädchen manchmal gegenseitig den Hinterkopf und zogen enge Hosen an. Wie durch ein Wunder war sie knabenhaft geblieben, weder ihr Busen noch ihre Hüften hatten sich ausgeprägt, wie man es hätte befürchten müssen, als sie fünfzehn war.

Hartung besaß die Schlüssel zu den Türen, durch die sie bisher gegangen war. Er übte mit ihr die schwierigsten Übungen am Stufenbarren und Pferd. Das Herzstück ihrer neuesten Kür war die Latynina-Rolle, die halsbrecherische Lektion, bei der sie sich vom oberen Holm abstieß, und dann – für Hartung war es jedes Mal eine Genugtuung zu sehen, wie das Publikum und sogar die Kampfrichter in dem Moment zusammenzuckten – prallte ihre Hüfte hart gegen die Stange. Traf sie die richtige Stelle und spannte rechtzeitig die Bauchmuskeln an, war die Lektion nicht so schmerzhaft, wie sie aussah. Danach wirbelte sie in einer perfekten Linie in höchstem Tempo freihändig um den unteren Holm. Für die Zuschauer verschwammen dabei ihre Konturen. Auch hier bestand die Kunst darin, haargenau die Linie an den Hüften treffen, wo der Körperschwerpunkt saß, um bei geringstem Widerstand diese Geschwindigkeit zu erzeugen. Viele waren dabei gescheitert, die Lektion zu kopieren, die anderen Mädchen aus ihrer Mannschaft, die vielfach zu Statistinnen wurden.

Roselore und Cornelia waren längst zu alt für die großen Wettkämpfe. Cornelia arbeitete als Trainerin in Rostock, Roselore hatte dem Kunstturnen den Rücken gekehrt und einen Westberliner Kinobesitzer geheiratet, woraufhin Hartung wochenlang ungenießbar gewesen war. Die kleine Rita hatte ein Riss der Achillessehne aus dem Leistungssport gekickt. Nur Sabine war aus ihrer ursprünglichen Mannschaft noch dabei und natürlich etliche aus anderen Sportklubs. Der Trainer versuchte, sie ebenso zu motivieren, sie aufzubauen, zu fördern, doch bei manchen scheiterte es am Talent, bei einigen am Körperbau und bei den Dritten am Mut. Die Angst vor Gefahren, Schmerz oder Stürzen ließ sich nicht bei jedem Mädchen nehmen. Bei der letzten Weltmeisterschaft in Moskau boten einige nur noch Kulisse, ihre Kür war vorhersehbar und langweilig, ohne Höhepunkte. Für Hartung war die Kunstturnerin Christine Magold immer wieder überraschend: Ihr Körper, zäh und drahtig, führte aus, was er ihr vorschrieb, und kratzte an der Überwindung physikalischer Gesetze.

Sie war gerade dabei, ihren abendlichen Apfel sorgfältig in acht Teile zu schneiden, um länger etwas davon zu haben. Die Säure brannte ein wenig auf ihrer von der Magnesia aufgeplatzten Haut an den Fingern, aber das vertraute Gefühl steigerte nur ihre Vorfreude auf den ersten Bissen.

»Wetten, dass ich am längsten warten kann?«, fragte das Mädchen neben ihr und deutete auf die sechzehn schmalen Schnitze, in die sie ihren Apfel geschnitten hatte.

Eine der Älteren holte einen Wattebausch aus einer kleinen Zellophantüte und tauchte ihn in die Milchtasse. Die anderen sahen zu, wie sie ihn genüsslich aussaugte und kauende Bewegungen mit dem Kiefer machte. Das taten manche, um das Gefühl zu haben, etwas zu essen und nicht nur zu trinken. Sie hielt Christine einen ihrer kostbaren Wattebäusche hin, als sei es ein großer Schatz.

»Du bist ja verrückt!«, sagte Christine. »Ehe ich auf Watte kaue, beiße ich mir lieber die Zunge ab!«

»Achtung!«, flüsterte Sabine und deutete über Christines Schulter. Die Hausmutter kam mit schnellen Schritten auf sie zu, trat an den Tisch, beugte sich zu ihrem Ohr und sagte leise: »Besuch für dich, Christine. In der Eingangshalle.«

Christine blickte erstaunt zu ihr auf. »Um diese Zeit? Wer ist es denn?«

Das Gesicht der mittelalten Frau, die streng war, aber dennoch von den meisten Mädchen gemocht wurde, verriet keinerlei Missbilligung. Frau Kammerer war stets bemüht, nicht das Vertrauen der Internatsschülerinnen zu verspielen. Keines der Mädchen sollte ahnen, dass sie regelmäßig tadellose Berichte über jede Einzelne von ihnen für ihren Verbindungsoffizier des Ministeriums für Staatssicherheit tippte. Und ein Besucher außer der Reihe wurde selbstverständlich genauestens vermerkt. Normalerweise durften sie nur sonntags Kontakt zu ihren Familien aufnehmen und sie einmal im Monat einige Stunden besuchen. Das mörderische Heimweh, das Christine in den ersten Wochen verspürt hatte, nachdem sie in das Internat gezogen war, hatte sich irgendwann gelegt. Sie war eines Morgens aufgewacht und hatte zu ihrem eigenen Erstaunen gemerkt, dass sie eigentlich gar nicht zu ihrer Mutter zurückwollte. Gefehlt hatten ihr anfangs eher ihr Stiefvater, Mama Leisse und ihr Bruder Roland. Doch der wohnte ohnehin nicht mehr in Berlin. Die Ansprüche, die ihre Mutter von klein auf an sie gestellt hatte, waren nie erfüllbar gewesen.

Christine erinnerte sich noch an den Tag, als Frau Bauer vom LSK und ein Verbandsfunktionär der höchsten Ebene in ihrem Wohnzimmer Platz genommen hatten. Das brandneue Internat, die hochkarätige Polytechnische Oberschule und die ultramoderne Turnhalle anpriesen. Wie stolz ihre Mutter auf diese Unterredung war – alles nur für ihre Tochter und ihre Zukunft. Als dann auch der Oktober verging und das Jahr auf Weihnachten zusteuerte – die Schulferien durften die Internatsschüler zu Hause verbringen –, hatte Christine begriffen, dass sie das Heimweh endgültig bezwungen hatte. Es war nicht mehr da, ebenso wie die abendlichen Tränen und der dumpfe Schmerz in ihrem Magen. Hier hatte sie wenigstens die anderen Mädchen, mit manchen freundete sie sich an, soweit das unter Konkurrentinnen möglich war.

Sie durchlitten fast alle das Gleiche. Christine begriff irgendwann, dass sie nie wieder in ihr altes Leben zurückkehren würde, obwohl die Wohnung in der Bernauer Straße, in der Kerstin und Dietmar immer noch lebten, gar nicht so weit entfernt war. Der Einzige, den sie vermisste, nach dem sie sich sehnte, wenn sie nachts manchmal wach lag und vor Überanstrengung nicht schlafen konnte, war Thomas. Sie hatte ihn immer wieder bei gesamtdeutschen und internationalen Wettkämpfen getroffen. Wie groß war ihre Enttäuschung, als die Austragungsorte der Turn-Europameisterschaften für Männer und Frauen getrennt wurden. 1957 maßen sich die weiblichen Kunstturnerinnen in Bukarest, die männlichen Turner in Paris. Ausgerechnet Paris! In ihren Träumen sah sie sich Hand in Hand mit Thomas auf dem Eiffelturm stehen. Auch die anderen Mädchen hatten über die verpasste Chance, die legendäre französische Hauptstadt zu sehen, gejammert. Aber Hartung versuchte, ihnen Bukarest schmackhaft zu machen, und seine Turnerinnen schluckten es.

Sie hatten sich geschrieben. Immer donnerstags wurden ihr die Briefe ausgehändigt, von ihren Eltern, sporadisch von Roland, jede zweite Woche von Thomas. Aber mehr als einmal hatte sie den Verdacht, dass die Briefe von der Heimleitung geöffnet wurden, denn das Papier war häufig so wellig und die Tinte teilweise verlaufen, als sei es feucht geworden. Einmal war Thomas nach Westberlin gekommen, und sie hatten den Sonntag dort gemeinsam verbracht, waren über den Kurfürstendamm und die Tauentzienstraße gebummelt, deren Geschäfte allerdings geschlossen waren, hatten Buttercremetorte im Café Kranzler gegessen, sich gegenseitig schüchtern ihre Liebe beteuert, sich im Tiergarten hinter dem dicken Stamm einer alten Kastanie geküsst. Das erste Mal hatte Christine das Kribbeln und die Leidenschaft gespürt. Wenn man achtzehn ist, gibt es kein

Ende, wenn Liebe beginnt, auch die örtliche Trennung kann sie nicht verhindern. Seit der Weltmeisterschaft in Moskau, bei der sie ihn zuletzt getroffen hatte, war aber kein Lebenszeichen mehr von ihm gekommen. Ihre Briefe an ihn, die sie weiterhin jede Woche schrieb und der Hausmutter übergab, blieben alle unbeantwortet. Und doch konnte sie ihn nicht vergessen, sein Bild schlief mit ihr ein, irgendwo im Dunkel des Internatszimmers, und wachte mit ihr auf, wenn sie morgens in das flirrende Kunstlicht blinzelte. Überzeugt von der Einmaligkeit und Ewigkeit seiner Liebe, holte sie es heraus, wann immer sie es brauchte.

»Christine, ich möchte dir raten, deinen Besuch nicht zu ermuntern, noch einmal hier zu erscheinen. Das nächste Mal muss ich Meldung machen, dass du außerhalb der erlaubten Zeit Besuch empfängst …«, raunte ihr die Hausmutter zu, als sie neben ihr den Gang zur Eingangshalle entlanglief. »… und noch dazu aus dem Westen.« Sie gab ihren Worten einen empathischen Klang, so als sei sie nur um Christines Wohlergehen besorgt, aber es schwang dennoch eine klare Warnung mit.

Christine wollte sie nicht hören. Sie merkte, wie der banale Satz in ihr eine Resonanz erzeugte, auf die sie nicht gefasst war. »Besuch aus dem Westen!« Wie ihr Herz auf einmal schneller klopfte und ihre Gedanken anfingen zu tanzen. Sie bewegten sich gefährlich nahe am Abgrund. Thomas! War Thomas hier? Konnte das wirklich sein, so überraschend? Unwillkürlich beschleunigte sie ihren Schritt, trippelte neben der Hausmutter her und unterdrückte den Impuls zu rennen.

Die Gestalt, die mit dem Rücken zu ihnen in der Eingangshalle stand und die Pokale in der langen Vitrine betrachtete, war ganz und gar nicht das, was sie erwartet hatte. Kein blonder Strubbelkopf, sondern ein ausrasierter Nacken und ein streichholzkurzer Haarschnitt, wie sie ihn nur von den Volkspolizisten und Grenzern kannte. Die Haarfarbe auf dem gewölbten Hinterkopf eher hellbraun als blond. Die Kleidung war unauffällig: eine regennasse schwarze Jacke, graue Hose, nicht als Westler zu erkennen. Nur die breiten Schultern, die aufrechte Körperhaltung verrieten den Leistungsturner. Den jungen Mann, der sich jetzt umdrehte und in einer Wasserlache seiner tropfenden Kleidung stand, hätte sie fast nicht wiedererkannt.

»Guten Abend, Christine«, sagte Thomas mit seinem unverkennbaren schwäbischen Tonfall, den sie genauso sehr mochte wie er ihren sächsischen Einschlag. »Ich hoffe, ich habe dich nicht aus dem Bett geholt.«

»Nein, ich war gerade beim Abendessen.« Christines Stimme klang zögernd. Voller Skepsis blickte sie zur Hausmutter, die keinerlei Anstalten machte, sich zurückzuziehen. Was wusste sie alles, und was würde das für sie beide für Folgen haben? Immerhin senkte Frau Kammerer kurz die Lider, und als sie sie wieder hob, wirkte ihr Blick warmherzig und signalisierte Verständnis.

»Ihr könnt euch in meinem Büro unterhalten. Ich habe im Haus zu tun. Aber nur eine halbe Stunde.«

Sie ging vor ihnen her, an ihrem Rock klimperte der dicke Schlüsselbund. Thomas griff nach Christines Hand. Sie fühlte seine steif gefrorenen Finger, fragte sich, wie lange er wohl draußen in der Kälte gewartet hatte. Am liebsten hätte sie sie angehaucht, an ihr Herz gedrückt, um sie zu wärmen. Was war bloß der Grund, dass er so plötzlich und ohne Vorwarnung hier auftauchte und so verändert aussah?

Endlich waren sie im ersten Stock angelangt, und Frau Kammerer schloss ihnen die Tür zu ihrem karg möblierten Büro auf. Ein Schrank, ein Schreibtisch, zwei Stühle.

»Wie gesagt, eine halbe Stunde, dann komme ich wieder …« Sie wandte sich an Thomas. »Und du musst dann sofort verschwinden!«

Als die Tür hinter ihr ins Schloss fiel, stürzten sie aufeinander zu. Thomas nahm Christines Gesicht zwischen seine Hände, in die langsam die Wärme zurückkehrte. Küsste ihre Lippen, erst zart, dann gierig. Sie erwiderte seine Liebkosungen, schlang die Arme um seinen Hals. Zum ersten Mal spürte sie ein noch nie erwachtes Verlangen, die Sehnsucht, ihn heute nicht wieder loszulassen, mit ihm die Nacht zu verbringen. Dass der Wunsch so übermächtig sein würde, hatte sie nicht erwartet, und der Gedanke machte ihr Angst. Wie oft hatte sie sich diesen Moment ausgemalt, alles im Kopf durchgespielt, wie ihr Wiedersehen wohl ablaufen würde, wann und wo.

»Was hast du mit deinen Haaren gemacht?«, fragte sie atemlos und fuhr ihm mit der Hand über den ausrasierten Nacken, die kurzen Stoppeln am Hinterkopf.

Er ließ von ihr ab, wurde auf einmal ernst. Eine Weile standen sie nur heftig atmend voreinander, durchströmt von dem Gefühl, dass sie zusammengehörten.

»Ich wurde eingezogen«, sagte er nüchtern. Als Christine ihn nur mit großen Augen anstarrte, fügte er hinzu: »Zwölf Monate Grundwehrdienst. Genau in vier Wochen, am 2. Januar 1959, muss ich mich bei der 11. Panzergrenadierdivision in Rothenburg melden und meinen Dienst antreten.«

Als Christine weiter schwieg, senkte er den Kopf und begann, mit seiner Fußspitze ein Muster auf den hellbraunen Linoleumboden zu zeichnen. »Ich weiß nicht, wann wir uns wiedersehen können. Jedenfalls werde ich nicht mehr zu Wettkämpfen fahren, Turnen ist für mich erst einmal passé.«

Turnen ... passé? Zwei Worte, die Christine wachrüttelten.

»Aber was ist mit Rom? Du musst dich doch für die Olympischen Sommerspiele qualifizieren!«

»Die sind doch erst in zwei Jahren.«

Sie wussten beide, dass eine einjährige Pause im Leben eines Leistungsturners das Aus bedeutete. Rom 1960 gemeinsam zu erleben, war das Ziel ihrer Sehnsucht gewesen. Es hieß, die Anlage für die Turner würde in der Mitte der berühmten Caracalla-Thermen errichtet. Und nun sollte sie dort allein sein, ohne ihn? Kein Ausweg? Keine Gnade? Es kam noch schlimmer: »Als Angehöriger der Bundeswehr und Geheimnisträger darf ich zukünftig keinen Kontakt mehr zu Staatsangehörigen der DDR haben.«

Christine gingen widersprüchliche Gedanken durch den Kopf. Sie kam sich vor, als müsste sie völlig durchdrehen. Und Thomas ging es ähnlich. Sie war schön, als fast erwachsene junge Frau war sie verführerischer denn je, aber nie würden sie zusammen sein können, es sprach alles dagegen. Ihr ganzes Begehren führte nur in Ausweglosigkeit.

»Es sei denn, du kommst zu uns in den Westen!«

Er sah sie mit einem verkrampften kleinen Lächeln an.

»In den Westen? Du bist ja verrückt!«

»Warum denn nicht? Die Sektorengrenze in Berlin ist doch offen! Du kannst ganz einfach rüberspazieren. Aus Westberlin nach Stuttgart zu kommen, ist ein Leichtes ... am besten natürlich mit dem Flugzeug, da bist du unangreifbar.«

Christine sah sich auf einmal im Zimmer um und fragte sich, ob sie jemand hören konnte. Auf Republikflucht standen mehrere Jahre Zuchthaus.

»Aber wo soll ich denn hin, wenn ich im Westen bin, vor allem, wenn du jetzt zur Bundeswehr gehst ...«

»Das würde sich alles finden, wenn du nur erst da wärst. Du könntest bei meiner Mutter wohnen und in unserem Verein trainieren. Die wären froh, wenn sie so eine erfolgreiche Turnerin bekämen.«

Christine presste die Lippen zusammen und schüttelte nur ganz langsam den Kopf. Er ließ die Hände sinken, mit einer resignierten Geste, so als ließen sie etwas fallen, das sie nicht festhalten konnte.

»Warum hast du meine Briefe nie mehr beantwortet?«, fragte er plötzlich.

»Ich deine Briefe nicht beantwortet? Du warst es doch, der nicht geantwortet hat. Ich habe dir jede Woche mindestens einmal geschrieben ... und von dir nichts! Nicht eine Zeile!«

Thomas' Hand hob sich, er fasste ihr Kinn, sah ihr in die Augen und sagte mit ganz ruhiger Stimme: »Christine, mir ging es umgekehrt ganz genauso.« Christine schob seine Hand weg, schüttelte den Kopf: »Das kann nicht sein!«

Da blitzte ihnen beiden gleichzeitig die Lösung durch den Kopf, und als ihre Blicke sich trafen, hatten sie dieselbe Überzeugung: Jemand hatte die Briefe abgefangen. Christine sah auf ihre Armbanduhr. Wie lange hatten sie schon in dem Raum verbracht? Zehn Minuten, zwanzig Minuten? Mit hastigen Schritten ging sie um den Schreibtisch herum, öffnete Türen und Schubladen, durchsuchte sie fieberhaft mit zittrigen Fingern. Doch was sie fand, waren nur Stifte, Radiergummis, Büroklammern, Stunden- und Essenspläne, leere Briefumschläge und Bögen aus grauem Papier, eine Reiseschreibmaschine. Thomas machte sich auf der anderen Seite an einer verschlossenen Schublade zu schaffen. Vor dem Schreibtisch kniend, sah er sich nach etwas Spitzem um, womit er das Schloss aufbrechen konnte. Als er nach dem Brieföffner greifen wollte, hielt ihn Christine zurück.

»Nein! Sie darf auf keinen Fall merken, dass wir danach gesucht haben.«

Er wusste natürlich, dass Christine recht hatte, und stand wieder auf, klopfte sich die Hose ab. Christine versuchte, alles wieder an seinen Platz zurückzulegen. Dann warf sie einen kurzen Blick in den großen rechteckigen Spiegel an der schmalen Seite des Raums, prüfte, ob sich noch Spuren der Küsse in ihrem Gesicht ablesen ließen. Aber sie sah nur ein blasses Mädchen mit zittrigen Lippen und Lidern.

Als es an der Tür klopfte, schrak sie zusammen. Wie sollte es jetzt weitergehen? Sie hatten gar nicht darüber gesprochen, die Zeit war viel zu knapp. War das nun wirklich der Abschied für ein ganzes Jahr? Die Tür ging auf, Frau Kammerer stand in dem Türrahmen, sah die beiden an. Täuschte sie sich, oder waren ihre Augen jetzt schmal und kühl? Ihr Blick glitt über ihre Schultern hinweg in den Raum, fast so, als wüsste sie über alles Bescheid, was sie gerade getan hatten.

Christine schloss die Lider, senkte den Kopf, versuchte, ruhig zu atmen. Die Hausmutter durfte das Flackern in ihren Augen nicht sehen, die Angst, die Wut, die in ihr hochstiegen. Frau Kammerer hatte es jetzt eilig, Thomas nach draußen zu eskortieren.

Es sei spät, die anderen schon zu Bett gegangen, sie könne es nicht mehr auf ihre Kappe nehmen, wenn Christine noch länger aus ihrem Zimmer fernblieb, der späte Besuch sei ohnehin schon allen aufgefallen, und sie hätten Fragen gestellt.

Wieder gingen Thomas und Christine hinter ihr her, den von kaltem Licht beleuchteten Gang entlang. Er fasste ihre Hand, hielt sie ganz fest, jetzt fühlte sie sich warm an. Noch vor einer Dreiviertelstunde hatte Christines Seele jubiliert, sich überschlagen, nun wurde ihr fast übel bei dem Gedanken an die vielen Widerstände. Sie sog zum letzten Mal seinen Geruch in sich ein. Mit einer nachdrücklichen Vehemenz drang er in ihre Nase. Thomas roch noch immer nach der kalten Schneeregenluft, aber auch blumig, holzig, fast zu schön. Ganz anders als Hartung, wenn er ihr bei den Hilfestellungen im Training nahe kam, immer von einer künstlichen Wolke seines Rasierwassers umgeben. Christine versuchte zu erraten, an welches Gewürz sie Thomas erinnerte, so vertraut, sie hatte es immer schon gekannt, aber wie lächerlich wenig kannte sie damals. Hatten sie bis vor Kurzem noch Zweifel an seiner Liebe geplagt, glaubte sie nun fest daran. Und während sie noch Seite an Seite die Treppen hinuntergingen, fühlte sie schon den tiefen Trennungsschmerz. Gleichzeitig hatte sie die Gewissheit: Sie würde auf Thomas warten, ganz egal, was die Zukunft brachte.

ANGELIKA

Als Angelika am nächsten Morgen die Gardine zur Seite schob, waberten Nebelschwaden vor dem Fenster, und der Asphalt der Straße war mit braunem Schneematsch bedeckt. Das Wetter hatte sich zwar nicht gebessert, aber ihre Gemütslage. Sie hatte noch am Abend unter der Bettdecke ihre letzten Fotos in eine Entwicklerdose eingebracht, auf dem kleinen Tisch einen langsam arbeitenden Tank-Entwickler eingefüllt. Es dauerte länger als in einer Dunkelkammer, aber es war für ihre Situation die beste Lösung. Nach dem Wässern und Fixieren hatte sie die Negative in einem kleinen Holzrahmen auf Papierabzüge kopieren können und über das Ergebnis gestaunt: Da waren Peter und Rudi einträchtig nebeneinander auf dem Bahnsteig in Kassel, ihr Anblick hatte sie gerührt. Aber vor allem die Qualität ihrer Aufnahmen aus der Redaktion und am Bahnhof Nollendorfplatz war für sie selbst überraschend. Wie gut, dass Herr Hellmann so vorausschauend gewesen war und ihr alle erforderlichen Utensilien zur Entwicklung in kleinen Mengen zu einem handlichen Paket geschnürt hatte.

Sie beugte sich über die vier Abzüge, die die Journalisten an dem Konferenztisch zeigten: Rüthers mit einer starken Geste, die Handflächen parallel vor der Brust, als hielte er einen Backstein, alle Gesichter auf ihn gerichtet, intensiv und scharf. Sie fragte sich, wie ihr das so einfach gelingen konnte, biss von einem Zwieback ab, trank ihren zu heißen Pulverkaffee in kleinen Schlucken, schmeckte die Bitterkeit und nahm sich vor, heute Büchsenmilch zu kaufen.

Einem spontanen Einfall folgend, steckte sie die Abzüge in ihre Handtasche. Als sie den engen Gang der dunklen muffigen Wohnung entlangging, wünschte sie, sie könne sich ein besseres Zimmer leisten. Fünf Mieter teilten sich ein Bad und eine Küche, die Toilette für zwei Wohnungen lag auf dem nächsten Treppenabsatz. Doch an einen schnellen Umzug war gar nicht zu denken. Und noch etwas wurde ihr klar, während sie die ausgetretenen Holzstufen hinunterlief: Mit ihrem kargen Fotografensalär von hundert Mark im Monat würde sie sich weder neue Filme noch Fotopapier leisten können. Unter dreißig Pfennig je Blatt war es nicht zu haben, zehn Abzüge bedeuteten ein kleines Vermögen. Sie musste einen anderen Weg finden, neue Fotos zu schießen, zu entwickeln und abzuziehen. Aber wie nur, wenn sie bei der Zeitung in das Archiv verbannt wurde?

Wegen der Glätte auf dem Bürgersteig entschloss sie sich, auch heute Morgen wieder die eine Station mit der U-Bahn zu fahren. Unzählige Angestellte strebten um diese Zeit eilig auf das Verlagsgebäude in der Potsdamer Straße zu. Angelika beobachtete, wie zwei Männer in Mänteln und mit Hüten auf dem Kopf vor ihr plötzlich ins Rutschen kamen und mit den Armen ruderten, um sich abzufangen. Der Schneematsch hatte eine glitschige Schicht auf den großen quadratischen Steinplatten gebildet.

Da könne man sich ja den Hals brechen, schimpfte der eine und machte dem Straßenkehrer auf der anderen Straßenseite ein Zeichen.

»Hier muss mal Salz gestreut werden!«, rief er im Befehlston und deutete auf den Boden. Der Mann in dem zerschlissenen Blaumann verzog keine Miene.

Wieder kam sie durch das Drehkreuz, grüßte freundlich den Pförtner, worauf dieser sich an seine Kappe tippte. Auf der Treppe verlangsamte sie ihren Schritt. Die Aussicht, einen weiteren Tag mit der Archivierung von Negativen und Kontaktabzügen zu verbringen, wirkte jetzt wie ein bleischweres Gewicht, das sich auf ihre Schultern legte. Sie musste sich zwingen, weiterzugehen, gab sich einen Ruck und öffnete die Tür in der ersten Etage. Stutz stand mit dem Rücken zu ihr vor einem der Metallregale, und sofort, als sie eintrat, bückte er sich mit einer hastigen Bewegung.

»Kannst du nicht anklopfen!«, herrschte er sie an. Schon im ersten Moment fiel ihr der scharfe Geruch auf. Es war nicht etwa Entwicklerlösung, das Labor lag auf der anderen Seite des Flurs, sondern Alkohol. Ein scharrendes Geräusch, eine Flasche klirrte, und Stutz versuchte sich an einem scheinheiligen Gesichtsausdruck.

»Entschuldigung, ich habe etwas vergessen, komme gleich wieder«, sagte Angelika geistesgegenwärtig, drehte sich auf dem Absatz um und verließ den Raum so schnell, wie sie ihn betreten hatte. Sie wollte dem Mann Gelegenheit geben, seine Schnapsflasche wegzuräumen und ein Pfefferminz zu lutschen, um sein Gesicht zu wahren. Denn ihr war klar, dass sie ihn nicht von Anfang an zum Feind haben wollte. Draußen vor der Tür zählte sie langsam bis fünfzig und wartete, als einer der Journalisten mit schnellen Schritten die Treppe herunterkam. Es war einer der Jüngeren, trotzdem hatte er schon Geheimratsecken über der hohen Stirn, aber das stand ihm, gab ihm einen intelligenten Ausdruck. Angelika fiel der Grauschleier seines ehemals weißen Oberhemds auf, das aus einem abgetragenen Sportsakko herausschaute. Sie hatte einen Blick dafür, seit sie mit ihrer Mutter die große Wäsche erledigt hatte.

»Sind Sie die neue Fotografin?«, fragte er.

Angelika schöpfte Hoffnung und nickte heftig. »Ja, die bin ich – Angelika Stein.«

Vielleicht hatte er ja einen Auftrag für sie oder wollte sie mit zu einem Außentermin nehmen. Sie streckte die Hand aus und strahlte ihn an, aber statt ihre Hand zu schütteln, legte er ihr eine Mappe hinein.

»Hier: Das soll in die Druckerei gebracht werden, für ein Extrablatt. Die Bach meinte, dass Sie jetzt dafür zuständig sind.«

Zuständig wofür?, fragte sich Angelika, aber sie nahm die Mappe entgegen. Er blätterte sie noch einmal auf, um ihr die einzelnen Seiten zu erläutern, und die Schlagzeile jagte ihr einen Schrecken ein:
BAHNT SICH EINE NEUE BERLINBLOCKADE AN?
stand da in Großbuchstaben.

Sie erinnerte sich noch gut an die letzte Blockade Berlins durch die Sowjetunion vor zehn Jahren. Obwohl sie in Kassel nicht direkt betroffen waren, hatte sie das Bild noch klar vor Augen, wie ihre Eltern angespannt vor dem Radioapparat gekauert und mit den Einwohnern Westberlins mitgefiebert hatten. Als Folge hatten die Westalliierten die eingeschlossenen Bewohner nicht mehr über die Land- und Wasserverbindungen versorgen können. Was für ein Aufatmen ging durch die Bevölkerung, als die Amerikaner damals die Luftbrücke aufbauten und die Berliner mit Lebensmitteln aus Flugzeugen – den berühmten Rosinenbombern – versorgt hatten. Sie wurden in ganz Westdeutschland als Helden gefeiert.

Als der Journalist, der sich immer noch nicht mit Namen vorgestellt hatte, bemerkte, wie betroffen Angelika war, senkte er die Stimme und sagte: »Diesmal wird es noch viel schlimmer: Die amerikanische Regierung hat unter Eisenhower schon 54 beschlossen, einer neuen Berlin-Blockade mit militärischen Mitteln statt mit einer Luftbrücke zu begegnen.«

Angelika riss die Augen auf.

»Und er wird sich vermutlich daran halten!«

»Aber heißt das nicht, es könnte wieder ...«, sie machte eine Pause, »... Krieg geben?«

Das Wort brachte sie kaum über die Lippen. Es war mit zu vielen schrecklichen, lange verdrängten Erinnerungen aus ihrer frühesten Kindheit verbunden. Bewusst erlebt hatte sie vor allem die Hungerjahre danach. Der Journalist sah sie ernst an, zog die Stirn in Falten und nickte. Seine braunen Augen wirkten besorgt. Aber Angelika wurde das Gefühl nicht los, als genieße er es fast ein wenig, sie so in Angst und Schrecken zu versetzen.

Er kam ein wenig näher und fügte mit gedämpfter Stimme hinzu: »Über unseren Informanten wissen wir von dem Plan Eisenhowers, durch kleinere bewaffnete Konvois den Durchbruch zu versuchen. Bei anhaltender Blockade durch die Sowjets will die US-Regierung sogar mit einem Atomschlag drohen.«

Angelika überflog den Schreibmaschinentext in der Mappe und sagte leise: »Aber diesen Plan der USA darf man doch nicht veröffentlichen!«

»Tun wir ja auch nicht, wenn Sie mal genauer hinsehen. Wir deuten nur an, was die möglichen Reaktionen sein könnten.«

Sie hörten, wie weiter oben im Treppenhaus eine Tür geöffnet wurde, Schritte erklangen, und der Journalist sah auf seine Armbanduhr.

»Jetzt aber flott! Das Extrablatt muss in spätestens zwei Stunden im Vertrieb sein!«

Angelika stand mit der Mappe in der Hand da und fragte sich, warum er sie nicht einfach selbst nach unten in die Druckerei brachte, da kam er noch einmal zurück und sagte bedeutungsvoll: »Und lassen Sie sich von denen nicht ins Bockshorn jagen!«

Während sie die Stufen hinunterstieg, sinnierte sie darüber, was er wohl gemeint hatte. Bevor sie die schwere Eisentür öffnete, sah sie an sich herunter. Heute hatte sie wohlweislich einen weit schwingenden Rock an, der die Knie deutlich bedeckte, und einen hochgeschlossenen warmen Pullover in Altrosa. Normalerweise hätte sie sich darin zu bieder gefunden, aber es war genau der richtige Aufzug, um den Setzern und Druckern zu begegnen.

»Guten Morgen«, sagte sie so leise, dass niemand reagierte. Erst als sie sich räusperte und ihren Gruß, so laut sie konnte, wiederholte, hoben die Männer ihre Köpfe.

»Ach, guck mal, die kleene Fotografin!«

Der eine stieß den anderen an: »Sei nicht so unhöflich.«

Angelika machte drei Schritte auf ihn zu und legte ihm die Mappe auf den Tisch, denn er erschien ihr nun als der Freundlichste.

»Ein Extrablatt! Es muss in zwei Stunden im Vertrieb sein«, wiederholte sie die Worte des Journalisten.

»Wat denn, jetzt noch? Wir ham gleich Frühstückspause!« Er deutete mit seinen schwarz verschmierten Fingern auf die Wanduhr, deren Zeiger auf Viertel vor Neun standen.

»Da jeht erst mal jar nüscht!«

»Stimmt!«, sagte der andere mit einem Dreitagebart und stülpte die Lippen nach vorne. Zwei weitere mit Schiebermützen auf dem Kopf verschränkten demonstrativ die Arme: »Pause ist Pause! Det is' 'ne Errungenschaft der IG Druck. Die lassen wir uns nicht so einfach nehmen.«

Angelika sah sie ratlos an und kam sich auf einmal völlig deplatziert vor. Warum hatte ausgerechnet sie die Aufgabe, diese Männer dazu zu bringen, den Auftrag der Redaktion auszuführen?

»Und außerdem ist die große Roland 500 kaputt!« Der Dicke mit dem Schnurrbart zeigte mit dem Daumen hinter sich auf die riesige grau lackierte Maschine. Angelika übersah das Zucken im Gesicht der anderen.

»Was ist denn daran kaputt?«, fragte sie unschuldig.

»Da ist eine Zange oben reingefallen und hat sich verklemmt!«

»Eine Zange?«, wiederholte sie ungläubig, blickte in die scheinheiligen Gesichter der derben Männer und begann, etwas zu ahnen.

»Ja, die steckt jetzt da drin, und nüscht jeht mehr!«, pflichtete ihm der andere bei. »Fräulein Stein, könnten Sie vielleicht mal nachsehen? Die Luke ist so klein, da kommen wir mit unseren dicken Händen nicht rin.« Demonstrativ hielt er seine breite Pranke in die Höhe und drehte sie mehrfach hin und her. Angelika bemerkte das unterdrückte Lachen, aber ihr war klar, dass sie hier nicht unverrichteter Dinge einfach wieder weggehen konnte. Irgendwie musste sie diese handfesten Kerle dazu bringen, sich an die Arbeit zu machen. Sie wusste nicht, was sie vorhatten, doch sie ahnte, dass es ein böser Scherz auf ihre Kosten werden würde.

»Na gut, ich sehe nach der Zange, aber dann verzichten Sie auf Ihre Frühstückspause«, forderte sie und blickte der Reihe nach in jedes der Gesichter. Nach kurzem Zögern nickte der Dicke mit dem Dreitagebart, der wohl der Vorarbeiter war. Sie stieg die Stahlleiter hoch, und jetzt hatten es die Männer auf einmal eilig, aufzustehen, stellten sich unter den Metallsteg und sahen feixend zu ihr hoch, als sie sich über die Maschine beugte. Ihr war nur zu gut bewusst, dass sie versuchten, ihr unter den Rock zu gucken. Aber wegen der Kälte hatte sie an diesem Morgen keine dünnen Strümpfe mit Strumpfhaltern, sondern eine dicke wollene Strumpfhose angezogen. Viel würden sie also nicht zu sehen bekommen.

Sie stellte sich auf die Zehenspitzen, streckte den Arm aus, um die Stahlklappe zu öffnen, die wohl die besagte Luke sein sollte. Dann tastete sie in ihrem Inneren, spürte, wie sie in etwas Warmes, Schmieriges griff, gab einen spitzen Schrei von sich und zog erschrocken die Hand zurück. Die Männer johlten auf und hielten sich die Bäuche vor Lachen, als sie ihre schwarze Hand in die Höhe streckte. Auch ihr Ärmel hatte einiges abbekommen. Hätte sie ihn doch nur hochgekrempelt, nun war der Pullover ruiniert, ging es ihr durch den Kopf. Offensichtlich hatten die Männer den Streich mit der Druckerschwärze extra vorbereitet, ob für Fräulein Bach, den Journalisten oder sie, würde sie vermutlich nie erfahren. Aber sie wusste, dass sie sich jetzt überwinden musste, sonst war alles umsonst. Wieder streckte sie sich und tauchte ihre Hand erneut in die klebrige, zähe Flüssigkeit und tastete darin nach der Zange. Einige Sekunden vergingen, jemand sagte mit tiefer Stimme: »Na, det wird wohl heute nischt mehr!« Doch dann auf einmal fühlte sie die Umrisse des

Werkzeugs, bekam die Zange zu fassen und hielt sie triumphierend in die Höhe. Die Männer waren außer sich, johlten, applaudierten, pfiffen auf den Zähnen.

Vorsichtig stieg sie die Treppe wieder rückwärts hinunter, warf dem Vorarbeiter scheppernd die tropfende Zange auf den Tisch, dass die Druckerschwärze nur so spritzte, und sagte mit fester Stimme: »Ich habe meinen Teil der Abmachung eingehalten, jetzt sind Sie dran!«

Der Vorarbeiter und auch die anderen Männer kamen näher, betrachteten einige Sekunden lang schweigend abwechselnd die Zange und die junge Frau, die vor ihnen stand und deren ehemals altrosafarbener Ärmel nun schwarz war. Angelika hielt ihrem Blick stand, denn was sie in ihren Augen sah, bereitete ihr Genugtuung. Es war ganz offensichtlich Anerkennung.

»Wo sie recht hat, hat sie recht!«, sagte der Schriftsetzer mit dem Dreitagebart.

»An die Arbeit, Männer!«, rief der Vorarbeiter plötzlich und klatschte in die Hände. Und die anderen nickten zustimmend, gingen alle, ohne zu murren, an ihre Plätze. Keiner beharrte mehr auf seiner Kaffeepause.

Angelika hatte es nicht besonders eilig, zurück in ihr todlangweiliges Archiv zu kommen. Vielmehr sah sie zu, wie der Darm des Verlags, wie Fräulein Bach die Druckerei genannt hatte, in Gang gebracht wurde. Beobachtete, wie die Setzer die Artikel Buchstaben für Buchstaben auf die Platten übertrugen. Wie ein Rolltor geöffnet wurde und mit dem Gabelstapler eine Papierrolle von gewaltigen Ausmaßen an den hinteren Teil der Maschine gefahren wurde. Wie die Rotationsmaschine angeworfen wurde. Mit ernstem Gesicht wurden ihr von dem Vorarbeiter der Bleisetzer die fertig gesetzten Platten zur Kontrolle vorgelegt. Dann der erste Probedruck, über den sie sich beugte und ihn Wort für Wort durchlas. Ganz so, als sei es das Selbstverständlichste der Welt, dass die jüngste Angestellte, die noch dazu nicht einmal ausgebildete Journalistin, sondern Fotografin war, an ihrem zweiten Tag das Extrablatt der ersten Berliner Tageszeitung abnahm. Die anfängliche Nervosität fiel von ihr ab, als sie merkte, wie ihr gutes Gedächtnis ihr zu Hilfe kam. Hatte sie einen Satz in dem Schreibmaschinentext gelesen, blieb er ihr exakt im Kopf, und sie realisierte es sofort, wenn der Druck nicht damit übereinstimmte. Dadurch kam sie rasch voran.

»Hier fehlen zwei Worte!«, sagte sie laut und machte sich eine Notiz. Sie war so konzentriert, dass sie nicht merkte, wie sich die Tür hinter ihr öffnete und Rüthers eintrat. Er blieb stehen, die Hände in den Hosentaschen, und beobachtete die Szene, die sich ihm bot: Die derben Kerle, mit denen keiner im Verlag zurande kam, sprangen um die Neue herum und schienen ihr aus der Hand zu fressen.

»Was tut sie da, Sandmeyer?«, fragte er den Vorarbeiter.

»Fräulein Stein macht die Schlusskorrektur«, sagte dieser und setzte ein Gesicht auf, als hätte sie das schon immer getan.

Rüthers war anzusehen, wie überrascht er war, doch er hatte sich im Griff und fragte: »Und wo ist Grunert? Der sollte doch eigentlich hier unten sein!«

»Grunert!« Sandmeyer tat so, als habe er den Namen noch nie gehört, und kratzte sich am Schädel. Nach einer etwas zu langen Pause tat er so, als erinnerte er sich: »Ach, Sie meinen den kleinen Schreiberling mit der hohen Stirn, der immer so wichtigtut!«

Als aus der Halle ein unterdrücktes Lachen zu hören war, sandte Rüthers einen strengen Blick zu den anderen Arbeitern. Aber die gaben alle vor, geschäftig ihrer Tätigkeit nachzugehen, obwohl sie dabei gespannt jedem Wort der Unterhaltung lauschten.

Rüthers kniff die Mundwinkel ein und schüttelte den Kopf. »Mann, Mann, Mann, sagen Sie bloß nicht, der hat das alles diesem Mädel da überlassen?«

Sandmeyers Wangen mit den roten Äderchen wurden noch ein wenig purpurner, denn es bereitete ihm eine diebische Freude, den Chefredakteur und den herablassenden Journalisten gleichzeitig vorzuführen.

»Sieht ganz so aus!«, sagte er und betonte jedes Wort voller Wonne.

Rüthers schnaufte, doch dann fragte er nüchtern: »Wann können wir das Extrablatt rausschicken, Sandmeyer?«

Dieser drehte sich zu Angelika um, als sei sie die Chefin. »Wann sind Sie mit der Abnahme fertig, Fräulein Stein?«

»Jetzt!«, sagte Angelika und stand auf. »Hier sind die Änderungen, viele sind es nicht.« Sie gab ihm ihre Notizen und bemerkte den unverhohlenen Blick, mit dem Rüthers sie jetzt musterte, während Sandmeyer sich ihre Korrekturen ansah.

»Wir können in zehn Minuten drucken!«

Rüthers nickte: »Na gut! Dann sind wir noch in der Zeit. Wenn die anderen Blätter schon ihre Sonderausgaben rausschicken, können wir unsere einstampfen. Ich lasse die Fahrer gleich an die Rampe fahren.«

Er wandte sich zur Tür, machte einige Schritte und blieb noch einmal stehen: »Ich kann nur inständig für Sie alle hoffen, dass unser Extrablatt am heutigen Tag wegen der Schlagzeile und nicht wegen der vielen Druckfehler in die Geschichte eingeht. Sonst werden Sie das alle bereuen.«

Die Männer sahen ihn vollkommen unbeeindruckt an. Dann deutete er auf Angelika: »Und Sie, Fräulein Stein, kommen jetzt sofort mit!«

Angelika tat, was er sagte, und ging mit ihm zur Tür, doch dann blieb auch sie noch einmal stehen, drehte sich zu den Druckern und Schriftsetzern um und sagte schlicht: »Danke!«

CHRISTINE

Es war der 6. Dezember, und jede von ihnen hatte am Abend zuvor ihre Schuhe blank geputzt und vor die Tür gestellt. Mit spitzen Stimmen fielen sie über den Schokoladennikolaus, die Nüsse und ihre zwei Clementinen her.

»Jahresendfigur« nannte die Hausmutter den Nikolaus, weil ein Brauch des Christentums nicht in die Ideologie der Sozialistischen Einheitspartei passte und ein neues Wort dafür in ihrem Sprachgebrauch heimisch werden sollte. Christine wusste, dass die Schokolade mehlig war und nicht den zarten Schmelz haben würde wie die aus den Westpaketen ihrer Oma. Vielleicht bekam sie ja auch dieses Jahr wieder eines. Vielleicht wurde aber auch das abgefangen.

Kurz danach füllte sich die Dynamo-Turnhalle, während draußen noch nicht einmal die Morgendämmerung eingesetzt hatte. Im grellen Kunstlicht rieben sie sich die Hände mit Magnesia ein, begrüßten Hartung, begannen mit ihren immer gleichen Aufwärmübungen. Christine verstand sich gut mit Beate, obwohl über sie gesagt wurde, sie sei die Tochter eines einflussreichen Parteigenossen. Sie war wohl ihre beste Freundin, was in einer Mannschaft von Leistungssportlern nun einmal so die beste Freundin hieß. Beate war schön, silberblond, grauäugig, langbeinig, aber bei Weitem nicht so erfolgreich wie Christine. Sie war eine freigiebige Freundin, die immer mit Ratschlägen und Gefälligkeiten, manchmal sogar kleinen Geschenken aushalf. Sie hatte Christine in die Geheimnisse des Geschlechtslebens eingeweiht, kannte alle möglichen ordinären Ausdrücke und schützte viel Erfahrung vor. Sie brachte ihr Schminktricks für die Schaukämpfe bei, und Christine zeigte ihr, wie man trotz Anstrengung und Schmerzen Grazie und Leichtigkeit vermittelte.

Christine stand jetzt neben dem Schwebebalken, während Beate das freihändige Rad versuchte, und musste daran denken, wie Hartung sie selbst damals angeseilt hatte. Wie lange das schon her war!

Der Ruck an ihrer Hüfte, wenn sie fiel, und die Einschnitte des Riemens in ihre Haut konnte sie noch immer spüren.

In der nagelneuen Turnhalle entfernte man zwei Bodenplatten, links und rechts des Balkens, und es taten sich Gruben auf, die mit dicken bunten Schaumstoffballen gefüllt waren. In unbeobachteten Augenblicken machten sich die Turnerinnen einen Spaß daraus, absichtlich hineinzuspringen. Unbeobachtete Momente waren allerdings selten. Christine wusste, dass als Nächstes nur ein Schaukampf anstand. Anlässlich der Weihnachtsfeier der SED würde sie ihre Stufenbarrenkür aus Moskau vorturnen. Nichts, was sie unbedingt zu Höchstleistungen motivierte.

Die Parteifunktionäre des Politbüros waren Laien und würden eine perfekte Darbietung nicht von einer weniger brillanten unterscheiden können. Anschließend hieß es artig knicksen, sich auf die Wangen küssen lassen, Nelken geschenkt bekommen. Bisher war sie gerne zu solchen Veranstaltungen gegangen, hatte den Jubel, die Huldigungen und Belobigungen der Obrigkeiten mit Stolz entgegengenommen. Seit dem Abend, als Thomas sie besucht hatte, konnte sie nur noch an eines denken: die verschwundenen Briefe und wann sie ihn wiedersehen würde.

»Hast du das gesehen?«, fragte Beate und lachte glücklich auf, als ihr das Rad gelang. »Ich glaube, ich bin doch nicht so untalentiert, wie Hartung immer tut.«

»Und ich hab's immer gewusst: Du hast mehr Talent als die meisten hier!«, sagte Christine und freute sich mit ihr. Dabei hatte sie nicht bemerkt, dass die Tür sich geöffnet hatte und Frau Bauer in die Halle gekommen war. Da saß die Funktionärin vom LSK plötzlich auf der Bank, diesmal in einem blauen Mantel. Wie eh und je mit rotem Lippenstift auf ihrem schmalen Mund, die Haare zu einem strengen Knoten gebunden.

Christine wusste nicht, ob sie sie grüßen sollte. Sie nickte in ihre Richtung, aber Frau Bauers Gesicht verriet nicht einmal, ob sie sie wahrnahm. Wie immer hatte sie ihre Kladde auf den Knien, und ihre Finger drehten einen Kugelschreiber. Christine fragte sich, warum sie gerade jetzt wieder auftauchte. Hatte es etwas mit dem Besuch von Thomas zu tun, hatte sie davon erfahren? Sie beobachtete, wie

Hartung sich neben sie stellte und mit ihr sprach. Sie waren nicht nahe genug, als dass sie jedes Wort hätte verstehen können, aber einige Satzfetzen schnappte sie auf.

»Kreismeisterschaften?«, hörte sie Frau Bauer sagen. »Wollen Sie mich langweilen?«

»Was zählt, sind Weltmeisterschaften, solange die Kunstturnerinnen nicht zur Olympiade zugelassen sind. Nichts anderes! Natürlich muss sich das ändern. Wir setzten uns mit allen Mitteln dafür ein und ...«

Der Rest des Satzes ging in einem lauten Quietschen unter, das die Rollen des Stufenbarrens auf dem Boden verursachten. Als Hartung antwortete, konnte Christine hingegen alles hören. Seine Stimme schien durch die vielen Jahre als Trainer und Einpeitscher keine leise Nuance mehr zu kennen.

»Ist es nicht endlich Zeit für eine eigene olympische Mannschaft der Deutschen Demokratischen Republik? Diese gesamtdeutsche Truppe ist nur ein Hemmschuh für uns, die BRD mit ihren plumpen Mehlsäcken von Turnerinnen ist lachhaft.«

Christine war überrascht. Ihr Trainer war nicht zimperlich, das wusste sie, aber so abfällig hatte sie Hartung selten über andere Athletinnen reden hören. Er beugte sich näher zu Frau Bauer, die ihn mit unbeweglichem Gesicht ansah, dämpfte seine Stimme aber dennoch nicht: »Wir haben die Leistungsträgerinnen, wir haben die Medaillenanwärterinnen, die Siegerinnen. Sehen Sie sich meine Goldmädchen nur an!«

Sein Blick kreiste durch die Halle und schien nach etwas zu suchen.

»Wie klein und armselig sind diese halb lahmen westdeutschen Milchkühe im Vergleich zu ...« Als er Christine entdeckte, blieben seine Augen an ihrem Körper hängen, der inzwischen so wahnsinnig dünn war, dass keine überflüssige Masse ihn mehr bremsen konnte. »... ihr.«

Frau Bauer folgte seinem Blick, und Christine merkte, wie sie rot wurde. Die alterslose Funktionärin war erfahren genug. Sie hatte längst bemerkt, dass Christine ihre Unterhaltung mit anhörte. Dann stand sie auf und flüsterte Hartung etwas ins Ohr, dessen Miene Bestürzung zeigte.

»Magold, komm doch einmal zu uns!«, sagte Frau Bauer.

Christine, die gerade dabei war, sich die Gewichtsmanschetten um die Sprunggelenke zu schnallen, stand vom Boden auf und versuchte, trotz der Gewichte graziös zu gehen. Sie blieb vor den beiden stehen, und Frau Bauer fragte ungewohnt freundlich: »Wir haben uns lange nicht gesehen. Wie geht es dir, Christine?«

Etwas an der Frage versetzte sie in Alarmbereitschaft. Sie hatte sie noch nie mit ihrem Vornamen angeredet und sich auch noch kein einziges Mal nach ihrem Befinden erkundigt.

»Mir geht es gut«, antwortete Christine knapp.

»Das freut mich!«

Sie schwiegen ein paar Sekunden. Hartung hatte die Hände in die Hüften gestützt und verfolgte die stockende Unterhaltung mit wachsender Ungeduld. Er wollte längst mit dem Training beginnen.

»Du kannst ruhig mit den anderen weitermachen, Genosse Hartung!«, sagte Frau Bauer zu ihm. Er zögerte kurz, da er gerne gewusst hätte, was Frau Bauer mit Christine zu besprechen hatte. Doch dann drehte er sich um und ging hinüber zum Schwebebalken.

»Ich höre nur Gutes von dir«, wandte sich Frau Bauer an Christine. »Bronze und Silber in Bukarest, beachtliche Platzierungen in Moskau bei stärkster Konkurrenz, eine neue Barrenkür der höchsten Schwierigkeitsstufe in Arbeit, beste körperliche Verfassung.« Ihr Blick ruhte auf ihrem konkav gewölbten Unterleib und den herausstechenden Rippen. »... gute Schulnoten, alles fein, alles bestens ... einer Medaille bei den Europameisterschaften in Krakau steht nichts im Wege.«

Sie blätterte in ihrem Notizbuch weiter nach hinten und biss sich auf die Lippen, dann sah sie Christine mit einem bitteren Lächeln an.

»Übrigens hört man von deinem Bruder Roland auch nur das Allerbeste. Er steht kurz vor der Abgabe seiner Diplomarbeit zum Maschinenbauingenieur. Deine Mutter kann sicher in Kürze sehr stolz auf ihn sein, und du auch.«

Ihr Blick war eiskalt, als sie mit gesenkter Stimme hinzufügte: »So eine Diplomarbeit muss natürlich erst einmal angenommen werden, sie muss den akademischen und technischen Anforderungen genügen, Täuschungs- und Plagiatsversuche müssen ausgeschlossen sein ...«

Mehr musste sie nicht sagen. Christine hatte von einer Sekunde auf die andere das Gefühl, als lege sich eine Art Raureif auf ihre Haut. Eine kalte Schicht, die von den Zehenspitzen ihre Beine entlangschlich, von den Fingerspitzen zu ihren Achseln hin ausbreitete und sie in eine tiefe Kälte hüllte.

Das war es also! Sie versuchte, sie einzuschüchtern, sie auf Linie zu halten, indem sie ihr, wie früher schon einmal, als sie noch in der Deutschen Sporthalle trainierte, vor Augen hielt, wie weit die Befugnisse und Möglichkeiten der Sportfunktionäre, der Partei, der Stasi reichten. Aus dem Augenwinkel sah Christine, wie Hartung nach seiner Trillerpfeife griff und sie sich in den Mund steckte. Gleich darauf ließ er einen lang gezogenen Pfiff ertönen, der so schrill und laut war, dass Christine sich unwillkürlich die Hände auf die Ohren hielt. Sie sah, wie Frau Bauer die schmalen roten Striche ihrer Lippen bewegte, las die Worte ab: »Keinen Kontakt zu westdeutschen Staatsangehörigen.« Sie nahm die Hände von den Ohren und hörte die Worte dennoch nur verzerrt: »Bei einem einzigen Brief, Telefonat, geschweige denn Treffen mit dem Stuttgarter Turner Thomas Merkle ist sowohl deine als auch die Karriere deines Bruders beendet – für immer.«

ANGELIKA

Statt eines Lobs hatte Angelika eine Standpauke von Rüthers erhalten, in der er ihre Eigenmächtigkeit und Anmaßung kritisierte. Sie hätte das Extrablatt niemals alleine in Auftrag geben und erst recht nicht mutterseelenallein die Schlussabnahme durchführen dürfen. Dass die Ausgabe fehlerfrei und pünktlich ausgeliefert wurde, erwähnte er mit keinem Wort. Kurz und knapp dirigierte er sie wieder zurück in das Archiv. Sie konnte es nicht anders deuten denn als Strafarbeit. Und ihr blieb nichts anderes übrig, als ihre Zeit dort so sinnvoll wie möglich zu nutzen.

Sie arrangierte sich mit Stutz, indem sie von Zeit zu Zeit den Raum verließ und lange genug vor der Tür wartete, bis er unbeobachtet seinen Pegel halten konnte. Im Gegenzug ließ er sich darauf ein, das bislang desaströs geordnete Archiv vollkommen neu zu organisieren. Sie brachte ihn dazu, Hängeregisterschränke zu bestellen, führte Stichworte und Daten ein, die in einem Katalog aus Karteikarten vermerkt waren und durch den die einzelnen Negative und Kontaktabzüge unter ganz verschiedenen Aspekten auffindbar wurden. Viele der Negative lagen nur in Stapeln aufeinander, manche waren nummeriert. Einige der Papierabzüge waren auf der Rückseite mit Bleistift beschriftet.

Immer wieder begegnete ihr ein Name, der ihr nicht mehr aus dem Kopf ging: Christoph Reiß. Sie begann, sich innerlich einen Spaß daraus zu machen, erst die Fotografie zu betrachten und zu erraten, ob auf der Rückseite dieser Name stehen würde, und dabei wurde sie immer treffsicherer. Seine Fotos hatten eine ganz eigene Handschrift, sie hatten Wiedererkennungswert, sie erweckten den Moment, den sie einfingen, zum Leben. Fieberhaft suchte sie die Negative, um sie unter seinem Namen zu archivieren. Sie ging so in ihrer neuen Aufgabe auf, dass sie gar nicht reagierte, als sie am Montag, dem 8. Dezember, gleich morgens von der Redaktionsassistentin geholt wurde. Als diese den Raum betrat, rümpfte sie demonstrativ ihre Nase. Angelika nahm die Ausdünstungen nach Schnaps und Bier, die in der Luft hingen, kaum noch wahr, wenn sie eine Weile darin verbracht hatte.

»Wat verziehste so deinen Zinken, Schröder?«, fragte Stutz. Aber die ging gar nicht auf seine freche Frage ein. Zumindest wusste Angelika jetzt ihren Namen.

»Fräulein Stein? Rüthers möchte, dass Sie heute an der Konferenz teilnehmen.«

Angelika sah offenbar so überrascht aus, dass sie den Satz noch einmal wiederholte. Stutz, der gerade die Kartons mit den neuen Hängeregistern auspackte, brummte: »Geh nur! Ich komm schon auch mal 'ne Stunde allein klar.«

Als Angelika den großen Raum mit der Glaswand betrat, ließ sie jenen anderen Planeten, in dem sie seit einer Woche auf engstem Raum mit einem Trinker hauste, weit hinter sich. Zumindest glaubte sie das, denn das Glas- und Stahlskelett, das mitten in die Redaktion gebaut worden war, strahlte eine so andersartige Modernität aus als der Rest des Verlagshauses. Der Raum war voller Menschen, Stimmen, Zigarettenrauch, Tassen, dem Geruch nach Bohnenkaffee, Flaschen. Alle Plätze waren besetzt, bis auf den Stuhl am Kopfende. Rüthers war noch nicht da. Angelika stand unbeholfen da, keiner nahm Notiz von ihr, alle waren untereinander in Gespräche vertieft. Lauter Stimmen, die gleichzeitig argumentierten, diskutierten oder einfach tratschten.

»Doch, doch, meine Vermieterin hat mich vor die Tür gesetzt, einfach so!«, hörte sie einen Mann sagen, der mit dem Rücken zu ihr saß. Er lümmelte lässig auf dem Stuhl und betrachtete seine manikürten Fingernägel. Angelika sah nur einen Dschungel aus glänzenden schwarzen Haaren, einen starken Nacken.

»Vielleicht lag es an den vielen Damenbesuchen, Pietsch«, erwiderte sein Sitznachbar, und einige lachten. Angelikas Blick glitt über die Zigarettenasche auf Untertassen und auf dem Teppich, über die vielen gestikulierenden Hände, die durch die Rauchschwaden schnitten. Eine Art behagliches Chaos, in dem sich alle hier zu Hause zu fühlen schienen – alle außer ihr. Sie war die Außenstehende, die Beobachterin, und hätte am liebsten ihre Kamera aus der Tasche geholt und die Szene festgehalten. Doch das wäre vermutlich nicht gut angekommen.

»Also was jetzt?«, schnappte sie eine andere Unterhaltung auf.
»Wisst ihr schon, wer nächste Woche zur Konferenz der Außenminister nach Paris reisen wird?«, fragte einer der jüngeren Journalisten.

»Na, ich natürlich!«, sagte ein Mann, der deutlich älter war und einen schwarzen Wollpullunder trug, auf dem sich einige weiße Schuppen abzeichneten. Er sprach mit halb geschlossenen Augen, aber seine Stimme war ein tiefer Bariton, der alle übertönte. Grunert, der Journalist, der ihr das Extrablatt aufgedrückt hatte, saß neben ihm. Er war der Einzige, den Angelika mit Namen kannte. Er zog die Brauen hoch, legte seine hohe Stirn in Falten, kratzte sich am Hals, sah den Bariton mit sarkastischem Blick von der Seite an und fragte: »Und das steht schon fest?«

Der Ältere wiederum öffnete nur zur Hälfte seine Lider, so als würde es ihn zu viel Anstrengung kosten, die Augen aufzumachen. Er zerwühlte sein dünnes Haar, bohrte in seiner großen Ohrmuschel und antwortete schließlich: »Was denken Sie denn?«

Auf einmal verstummten die Gespräche, Angelika drehte sich um und sah, wie Rüthers den Raum betrat. Er klopfte im Vorbeigehen zweimal kurz hintereinander an die Glaswand. »Herr Rüthers!«, rief einer und stand auf, einige applaudierten sogar. »Ein großartiger Coup mit dem Interview so kurz vor der Wahl!«

»Wir waren die Ersten!«

Er stand eine Weile da und sagte nichts, sein Blick glitt über jedes einzelne Mitglied seiner Redaktion und blieb schließlich an Angelika hängen, die immer noch vor der Glaswand stand. Sie hatte gehofft, dass er sie nun den Journalisten und Redakteuren vorstellen würde, doch stattdessen sagte er nur: »Herr Grunert, haben wir denn noch einen freien Stuhl?«

»Seit wann sitzen hier Fotografen mit am Tisch und noch dazu Frauen?«, hörte sie den älteren Journalisten mit den Schuppen murmeln.

Immerhin hatte sich ihre eigentliche Funktion bis zu ihm herumgesprochen. Rüthers räusperte sich, und Grunert stand endlich auf, um ihr aus dem Großraumbüro einen Stuhl zu holen. Er stellte ihn allerdings nicht an den Tisch, sondern etwas abseits in eine Ecke.

Angelika bedankte sich leise und setzte sich. Rüthers stand immer noch mit verschränkten Händen am Kopfende. Ohne weiter auf die Anwesenheit von Angelika einzugehen, fragte er: »Wer traut sich anzufangen? Wer hat was zum Wahlausgang, außer dem Ergebnis, das uns allen bekannt sein dürfte?«

Angelika wusste, dass am Tag zuvor die Wahl zum Abgeordnetenhaus in Westberlin stattgefunden hatte. Und natürlich hatte sie sich auch angewöhnt, gleich morgens den *Tagesspiegel* zu überfliegen. Willy Brandt, der Regierende Bürgermeister, war erstmals als Spitzenkandidat der SPD angetreten.

»Es war zu erwarten, dass Brandt so ein Ergebnis einfährt.« Die Köpfe wandten sich zum anderen Ende des Tischs. »Seine Popularität ist durch sein entschlossenes Auftreten gegenüber der sowjetischen Besatzungsmacht noch einmal enorm gestiegen!«

Diese Worte hätte Angelika dem Mann am anderen Ende des Tischs nicht zugetraut. Eigentlich hätte sie ihm überhaupt nichts zugetraut. Alles an ihm war grau, und sein Gesicht wirkte verwischt wie ein zu oft benutztes Löschblatt. Aber als er weitersprach, hatte er die ungeteilte Aufmerksamkeit aller im Raum: »Das Chruschtschow-Ultimatum ist just zehn Tage her, die sowjetische Bedrohung so real wie zuletzt 48, da ist es nicht verwunderlich, wenn die Menschen jemanden wählen, der ihnen Sicherheit gibt. Nun hat die SPD von einer politischen Krise und einem klugen Kopf an der Spitze profitiert.«

Ein anderer Journalist, Pietsch, der dunkle und sehr männliche Typ, der vorhin davon erzählt hatte, dass ihm seine Vermieterin gekündigt hatte, pflichtete ihm bei: »Sie sagen es, Eberle! Ein Stimmenzuwachs von 8,0 Prozentpunkten und damit die absolute Mehrheit gibt dieser Einschätzung uneingeschränkt recht.«

»Seine in der Wochenschau übertragene Rede, mit der er an die Sowjets appellierte: ›Hände weg von Berlin! Berlin ist die Hauptstadt Deutschlands‹, war genau das, was die Berliner hören wollten! Der Mann trifft den richtigen Nerv!«

Zustimmendes Gemurmel setzte ein, aber jetzt ergriff ein kleiner Mann mit dicken Brillengläsern das Wort. Mit der ruhelosen Nervosität eines typischen Neurotikers zupfte er sich unsichtbare Fusseln von seinem grauen Hemd, während er in nörgelndem Tonfall seine

Kritik anbrachte: »Machen wir uns doch nichts vor: Die Wahlen zum Berliner Abgeordnetenhaus kamen einer Abstimmung der Bevölkerung gegen das Ultimatum der Sowjetunion gleich.«

Seine Hand zupfte und zupfte. Angelika konnte gar nicht hinsehen. »Ich muss mich allerdings wundern, dass der *Tagesspiegel* inzwischen so offen politisch Farbe bekennt und die Linie der objektiven Berichterstattung immer mehr verlässt.«

Einige andere murrten sofort, Grunert machte eine wegwerfende Handbewegung und rief: »Ach, kommen Sie schon, Dr. Kessel, nicht wieder dieser kalte Kaffee!«

Die Köpfe wandten sich unisono zu Rüthers um, der sich inzwischen gesetzt hatte.

»Was erlauben Sie sich?«, fuhr der kleine Dr. Kessel Grunert an.

»Welches Blatt kann es sich denn in diesen Tagen noch leisten, ohne jede eigene Meinung dazustehen. Wozu haben wir unsere Leitartikel vergrößert, wenn wir dann immer noch den Schwanz einziehen, Herr Dr. Kessel?«

Angelika fragte sich, warum er wohl einen Doktortitel trug. Sie hätte gerne mehr über die einzelnen Redaktionsmitglieder gewusst. Zumindest versuchte sie, sich jeden einzelnen Namen zu merken, den sie aufschnappte, während nun auf einmal alle gleichzeitig redeten und sich Argumente an den Kopf warfen.

So lange, bis Rüthers wieder aufstand und mit einer beruhigenden Geste die Hände ausbreitete.

»Ich glaube, es steht Ihnen nicht zu, die politische Ausrichtung unserer Zeitung infrage zu stellen, Dr. Kessel, sondern das bestimmt allein der Herausgeber.«

»Bravo!«, applaudierte Pietsch.

Rüthers sandte ihm einen Blick, mit dem er deutlich zu erkennen gab, wie wenig er auf seine Zustimmung angewiesen war. Dann teilte er lapidar mit, dass Eberle für morgen den Leitartikel verfassen werde. Damit war die Angelegenheit für ihn beendet. Die Redaktionsassistentin ging leise von Platz zu Platz und schenkte frischen Kaffee aus. Angelika wurde von ihr geflissentlich ignoriert. Scheinbar hielt sie sie nicht für würdig, von ihr bedient zu werden. Die anwesenden Männer hielten ihr beiläufig ihre Tassen entgegen. Nur Pietsch bedankte sich freundlich bei ihr. Angelika wurde der attraktive Journalist immer sympathischer.

»Was haben wir noch?«, fragte Rüthers und blickte in die Runde seiner Journalisten.

»Es gibt eine neue Studie: Die atomare Bewaffnung der Bundeswehr stößt auf zunehmende Ablehnung in der Bevölkerung«, meldete sich ein hohlwangiger Kettenraucher, der bisher noch nichts beigetragen hatte.

Rüthers schlug die Hände zusammen: »Sind Sie wahnsinnig, Fischer? Das können wir jetzt gerade überhaupt nicht gebrauchen! Auf so etwas warten die Sowjets doch nur!«

Fischer blies einen Ring in die Luft und rollte die Augen zur Decke, als er in die Höhe schwebte.

»Die Freie Universität baut ihre Zusammenarbeit mit israelischen Hochschulen aus. Darüber sollten wir berichten.«

Rüthers wirkte nachdenklich, legte zwei Finger an die Nasenwurzel. Dann sagte er: »Gut, dafür kriegst du zwanzig Zeilen! Was noch?«

»Die Randale bei dem Konzert von Bill Haley Ende Oktober hat leider ein trauriges Nachspiel!«, meldete sich Grunert und hielt seinen Kugelschreiber in die Höhe.

Als Angelika den Namen des Rock-'n'-Roll-Stars aus Grunerts Mund hörte, horchte sie auf. Sie musste an Rudi denken, und wie gerne sie mit ihm bei einem der Konzerte gewesen wäre.

»Aha, und welches?«, fragte Rüthers leicht gereizt.

»Weil der Schaden im Sportpalast mit fünfzigtausend Mark fast doppelt so hoch war wie die Versicherungssumme, bläst der Veranstalter die geplante Tour des Sängers Elvis Presley in Deutschland ab. Und das, obwohl er seit Oktober als GI in Friedberg stationiert ist.«

»Von wegen ›traurig‹!«, rief der Mann mit dem schwarzen Wollpullunder und den Schuppen. »Wir brauchen ganz bestimmt nicht noch so einen halbstarken Massenaufpeitscher, der unter der deutschen Jugend einen neuen Hexensabbat anzettelt.«

»Das wird den Erfolg des Rock 'n' Roll in Deutschland und Europa vielleicht verzögern, aber nicht verhindern!«, erwiderte Grunert aufgebracht.

Jetzt merkte Angelika zum ersten Mal, wie Grunert ihren Blick suchte. Offenbar vermutete er bei diesem Thema in ihr – als einer der Jüngsten hier – eine Verbündete. Sie gab ihm stillschweigend zu verstehen, dass er damit richtiglag.

Rüthers überlegte einen Moment, dann nickte er Grunert zu: »In Ordnung: Finden Sie raus, ob noch mehr Konzerte abgesagt wurden, und bringen Sie ein wenig Hintergrund darüber, was die Jugend so an diesen Schmalzlocken fasziniert, was diesen Nihilismus auslöst ... Fünfzig Zeilen!«

»Da helfen nur Güsse mit kaltem Wasser, wenn Sie mich fragen!« Der Einwurf kam von dem Mann mit den Schuppen.

»Sie fragt aber keiner, Simon!«, sagte Rüthers.

Er blickte wieder in die Runde: »Was noch?«

»Vandalismus in der Gedächtniskirche.«

Rüthers warf einen vernichtenden Blick kummervoller Verachtung auf denjenigen, der das gesagt hatte, und flüsterte: »Das gehört in den Lokalteil!«

»Ich gehe zur Pressekonferenz ins Rathaus Schöneberg. Wen kann ich als Fotografen mitnehmen? Ist der Lorenz frei, oder wie wär's mit Reiß?«, fragte Pietsch.

Der Name Reiß ließ Angelika aufhorchen. Handelte es sich um den Christoph Reiß, dessen Abzüge ihr im Archiv aufgefallen waren? Die herausragenden Schwarz-Weiß-Aufnahmen? Sie hatte nicht gewusst, ob er noch für die Zeitung arbeitete, denn die vorhandenen Datierungen auf den Abzügen waren alle nicht aktuell.

Einige zuckten mit den Schultern.

»Lorenz ist auf einer Außenreportage, weiß nicht mehr, wo«, sagte jemand.

»Also dann den Reiß?«, fragte Pietsch. »Seine Fotos sind immer erster Güte!«

Rüthers widersprach: »Immer? Da wäre ich mir nicht so sicher. Sie wissen ja ...« Er breitete die Handflächen aus, als sei das Ende des Satzes darin zu finden.

»Fragen Sie doch mal bei Stutz im Archiv nach, ob Reiß gerade nüchtern ist?«, rief Fischer und prustete in seine Faust. Einige andere mussten ebenfalls lachen.

Angelika riss die Augen auf. Ausgerechnet Stutz, dem sie jeden Tag gegenübersaß, sollte etwas mit dem von ihr bewunderten Fotografen zu tun haben?

»Na, na, na!«, machte Eberle, das blasse Löschblatt vom anderen Tischende. »Wir sollten doch einen gewissen Respekt gegenüber unseren verdienten Mitarbeitern haben!«

»Das sehe ich genauso!«, meinte Rüthers und drehte jetzt den Kopf zu Angelika um. »Mir kommt da eine Idee ... wodurch wir zwei Fliegen mit einer Klappe schlagen könnten ... Fräulein Stein.«

Sie hob den Kopf und straffte sich.

»Ja?«

»Erstens quetschen Sie den Stutz aus, ob Reiß vielleicht gerade verfügbar ist!«

Sie nickte.

»Zweitens, falls nicht, begleiten Sie Pietsch zum Abgeordnetenhaus und schießen Fotos, wenn er es Ihnen sagt.«

Auf einmal war es still im Konferenzraum und alle Augen richteten sich auf Angelika. In diesen Sekunden waren das Hämmern der Schreibmaschine von Fräulein Bach und das Schrillen der Telefone aus der Redaktion so laut zu hören, dass Rüthers selbst aufstand und die Tür schloss.

»Aber es gibt doch auch noch den Redlhammer!«, hörte Angelika jemanden sagen. Pietsch war es aber nicht, von dem der Einwurf kam. Er musterte sie jetzt unverhohlen, und sie hatte das unangenehme Gefühl, dass er sie eher als Beute denn als Pressefotografin wahrnahm. In den Gesichtern der meisten Anwesenden spiegelte sich genau dieselbe Annahme.

»Geht klar. Ich brauche keinen Reiß ... ich nehme sie!«, sagte er, und jemand lachte auf, als Pietsch mit drei Fingern auf Angelika zeigte. Ein anderer hüstelte.

»Ich sorge schon dafür, dass sie es nicht vermasselt«, setzte Pietsch hinzu.

Ihr rann ein Schauer die Schulterblätter herunter, und sie erbleichte, als sie auf seine glänzenden schwarzen Haare schaute, seine hitzige Intensität wahrnahm. Er war das genaue Gegenteil des immer gut gelaunten, aber braven Rudi. Ihr wurde klar, dass Pietsch mit allen Mitteln darum kämpfen würde, sie zu verführen und zu überwältigen, sie zu zwingen zu tun, was er von ihr wollte. Ganz unerwartet reagierten Angelikas Nerven mit einem merkwürdigen Vibrieren. Sie hatte plötzlich Angst vor sich selbst und davor, durch den unter den Redakteuren offenbar als Schürzenjäger berüchtigten Journalisten gleich zu Anfang in einen zweifelhaften Ruf zu geraten.

Rüthers schien der Einzige im Raum zu sein, der die eigenartige lauernde Stimmung im Raum voller Männer nicht wahrnahm.

Gut, dann sei das ja geklärt.

Mit diesem Satz ging der Chefredakteur zur Tagesordnung über.

Eine Stunde später befand sich Angelika mit Pietsch auf dem Weg zum Schöneberger Rathaus. In der schwarzen Ledertasche, deren breiter Gurt quer über ihrer Brust verlief, lag eine ihr unbekannte Fotoausrüstung. Fräulein Schröder hatte sie ihr mit den Worten ausgehändigt, es sei der Apparat von Reiß. Wenn damit etwas passiere, werde er seinem Namen Ehre machen und ihr dafür den Kopf abreißen.

Vorsorglich hatte Angelika auch noch ihre eigene Kamera, die zweiäugige Rolleiflex, dabei, die Hellmann ihr zum Abschied geschenkt hatte. Es war ihr vertrautes Modell, das sie häufig verwendet hatte, um Hochzeitsfotos aufzunehmen. Sie sah nach, ob genügend Bilder auf dem Film waren.

Pietsch saß ihr gegenüber, beobachtete sie und begann, davon zu sprechen, was sie zu erwarten hatte: »Bei der Pressekonferenz wird ein Pulk von Fotografen sein. Die sind nicht gerade zartbesaitet. Du musst versuchen, dich nach ganz vorne zu arbeiten, sonst hast du bei deiner Statur keine Chance auf ein gutes Foto. Setze deinen Körper ein.«

Aus dem Mund von Pietsch bekam das Wort »Körper« einen ganz besonderen Klang. Aber offenbar hatte er eine feine Antenne, bemerkte ihre Verunsicherung und drückte sich anders aus: »Die Ellbogen! Du musst die Ellbogen einsetzen! Siehst du …« Er machte eine Bewegung mit den Armen nach hinten und stieß sie fest gegen die steile Holzrückenlehne. »… so! Sei rücksichtslos, die anderen nehmen auch keine Rücksicht auf dich!«

Ihr fiel eine der Filmdosen auf den Boden und rollte in den Gang.

Angelika bückte sich danach, doch als sie sie greifen wollte, legte sich seine Hand auf ihre. Pietsch kniete vor ihr, und seine Augen suchten ihren Blick.

»Rüthers hat eine interessante Wahl getroffen. Jeder hat mal angefangen und war ganz verschüchtert. Am besten bist du sehr ...« Er machte eine kurze Pause, als suche er nach dem richtigen Wort: »... aufmerksam.«

Er ließ ihre Hand los, und Angelika setzte sich wieder auf ihren Platz. Sie legte den Film in die Kamera ein. Dann wurde es plötzlich hell, die Bremsen quietschten, und sie fuhren in die Station Rathaus Schöneberg ein.

Als sie die Treppen hinaufliefen, fragte Angelika: »Was ist eigentlich mit Reiß, ich meine, mit dem Fotografen?«

Pietsch schlug den Kragen seines dunkelblauen Tuchmantels hoch und wandte ihr den Kopf zu: »Ich dachte, das hättest du mitbekommen!« Er führte mit der Hand zweimal eine Bewegung aus, als würde er einen Schnaps herunterkippen. »Leider unverbesserlich! Aber ich werde ihm nachher einen Besuch abstatten. Ich hab's dem Chef versprechen müssen.«

Angelika kam nicht dazu, genauer nachzufragen. Sie gingen auf das mächtige Gebäude aus hellem Sandstein zu. Auf dem hohen Turm wehte die Fahne mit dem Berliner Bären. »Bereit?«, fragte Pietsch, dann betraten sie die über zwei Stockwerke reichende Eingangshalle. Angelika wollte stehen bleiben und sich umsehen, die umlaufende Galerie und die ungewöhnlichen Figuren, Terrakotten, die in die Wände eingearbeitet waren, genauer betrachten. Sie hatte so etwas noch nie gesehen. Aber Pietsch griff ihren Arm und hielt sie zur Eile an. »Los, wir müssen uns einen Platz ganz vorne sichern.«

Statt die ausladende Treppe, die mit einem dicken roten Läufer bedeckt war, zu benutzen, zog er sie durch die Halle hindurch zu zwei Öffnungen in der Wand, in denen sich jeweils eine Kabine nach oben und eine nach unten bewegte.

»Wir nehmen den Beamtenheber!«, sagte Pietsch und grinste, als er sah, wie sie den Mann anstarrte, der in zwanzig Zentimetern Höhe aus einer der schwebenden Kabinen heraussprang. »Noch nie einen Paternoster gesehen?«, fragte Pietsch.

Wieder griff er ihren Arm, und gleichzeitig machten sie einen großen Schritt in die nach oben fahrende Kabine. Ihren Arm hielt er etwas zu lange als nötig fest. Es fühlte sich merkwürdig an, fast verheißungsvoll, in der kleinen Kabine langsam nach oben zu gleiten und dabei dicht an dicht, nahezu vertraut, mit einem Mann zu stehen, den sie heute zum ersten Mal gesehen hatte.

Als sie zwischen zwei Stockwerken waren, streckte er auf einmal die Hand aus, legte sie ihr in den Nacken, fuhr mit seinen Fingern in ihre Haare, mit der anderen zog er ihren Körper an sich. Angelika wusste nicht, wie sie reagieren sollte, fühlte sich wie erstarrt, als sein Mund sich ihrem näherte. Jeder würde sie sehen können, wenn sie in der nächsten Etage ankamen. Doch Sekunden später ließ er schon von ihr ab, stand neben ihr, als seien sie nur Kollegen.

Als sie oben ausstiegen, biss er sich plötzlich auf die Lippen. »Verdammt, wieso ist das hier so leer?«, fragte er.

Die Türen des Sitzungssaals waren geschlossen. Als eine Frau in einem Kostüm eilig an ihnen vorbeilief, hielt er sie an und fragte: »Sollte nicht um zwölf Uhr die Pressekonferenz von Brandt beginnen?«

Sie lächelte. »Die hat schon um halb zwölf begonnen. Aber Sie haben Glück, er selbst tritt erst in wenigen Minuten auf.«

Pietschs Gesicht zeigte nur ganz kurz seine Fassungslosigkeit, dann hatte er sich wieder im Griff und bedankte sich für die Auskunft. Er machte einen geschmeidigen Schritt auf die Frau zu und fragte mit gedämpfter, warmer Stimme, ob es womöglich einen Seiteneingang gebe, mit dem man näher an das Podium gelangen könne. Sie erlag seinem Charme und bedeutete ihm, ihr zu folgen. Mit einer Kopfbewegung zu Angelika, die sich etwas abseits gehalten hatte und sich in dem Vorraum mit den übergroßen Fenstern umgesehen hatte, forderte Pietsch sie auf, mitzukommen. Von ferne sah sie eine offen stehende Tür, aus der erregte Stimmen drangen, und sie trat näher. Da standen drei Männer und schienen heftig miteinander zu diskutieren. Der eine hielt einige Blätter in der Hand und schlug mit der anderen auf das Papier. »So kann ich das nicht sagen! Das ist viel zu vage! Unmöglich! Die Botschaft an die Sowjets und an die Berliner Bevölkerung muss unmissverständlich sein.«

Die Stimme klang so markant, Angelika erkannte sie sofort aus den Radioübertragungen und der Wochenschau wieder. Sie überlegte fieberhaft, ob sie es wagen könne, ein Foto von den Männern zu machen, die Willy Brandts Rede besprachen. Sie waren etwa vier Meter entfernt, unbemerkt würde sie also nicht bleiben. Schon tasteten ihre Hände nach der Hülle ihrer Rollei. Der schwere Apparat mit dem Blitz, den ihr die Redaktionsassistentin mitgegeben hatte, wäre zu auffällig gewesen. Sie pries sich innerlich dafür, einen hochempfindlichen panchromatischen Film in ihre Kamera eingelegt zu haben, genau richtig für das schwache Kunstlicht. In ihrem Kopf schätzte sie die Stärke der Deckenbeleuchtung ein, die weit mehr Rotaneile enthielt als Tageslicht.

Hier konnte die Lichtstärke sogar 1/60 weniger betragen, nahm sie an. Ohne hinzusehen, öffnete sie die glatte Lederhülle, spannte und hielt den Sucher an das Auge, drehte an der Blende. Sie hatte oft genug ihre Notizen studiert und wusste aus ihrer Erfahrung heraus genau, wie sie in dieser Situation zu belichten hatte.

»Wir müssen vorsichtig sein. Es könnte dir als zu provokativ ausgelegt werden«, gab einer der Berater zu bedenken. Der andere stimmte ihm zu.

»Nichts da! Meine Haltung ist klar: Berlin bleibt frei!«, sagte Brandt mit einem Ton in der Stimme, der keinen Widerspruch duldete. Dennoch redeten die anderen leise auf ihn ein. Die drei ins Gespräch vertieften Männer sahen erst auf, als sie das Klicken des Auslösers hörten.

»Was um alles in der Welt …«, polterte einer von ihnen los, Brandt machte eine Handbewegung, und der Mann verstummte. Erstaunlicherweise schien der gerade wiedergewählte Regierende Bürgermeister Berlins zwar überrascht, aber nicht verärgert. Er nahm die schwarze Hornbrille ab und musterte die junge brünette Frau mit der Kamera in der Hand. Für einen Moment standen sie sich gegenüber, ohne ein Wort zu sagen. Dann nickte er ihr fast unmerklich zu und wandte sich wieder seiner Rede zu. Er hatte ihr seinen Segen für das Foto gegeben.

Angelika drehte sich um, suchte Pietsch, der auf der anderen Seite mit der Sekretärin gewartet hatte. An deren Körperhaltung war deutlich zu erkennen, wie sehr sie es gerade genoss, von ihm umgarnt zu werden. Als er Angelika sah, setzte er sich in Bewegung: »Da bist du ja endlich. Wir müssen jetzt unbedingt in den Goldenen Saal. Fräulein Schmidt bringt uns weiter nach vorne, sonst hast du gar keine Chance auf ein Foto.«

Sie gingen einen dunklen Gang entlang, dann öffnete sie eine Tür und ließ sie seitlich in den überfüllten Saal hinein, etwa drei Reihen vor dem Podium mit dem Rednerpult. Dicht an dicht standen die Journalisten und Fotografen, während ein schmaler Mann mit unbewegtem Gesicht ihre Fragen beantwortete. Angelika versuchte, sich weiter in die Mitte zu schieben, aber jetzt bekam sie genau das zu spüren, was ihr Pietsch in der U-Bahn vorhergesagt hatte. Die Männer fuhren die Ellbogen aus und verteidigten ihren Platz ohne jede Rücksicht, auch gegenüber einer Frau.

Dann betrat Willy Brandt das Podium, und sofort schien er den riesigen Raum bis hoch zu der vergoldeten Stuckkassettendecke mit seiner Präsenz vollkommen auszufüllen. Das Blitzlichtgewitter und stakkatohafte Klicken der Auslöser ließ er geduldig über sich ergehen, er schien es sogar zu genießen. Angelika hielt ihre Kamera hoch, sah durch den Sucher, aber immer versperrte ihr ein Kopf, ein Arm, ein Blitz, ein Mikrofon oder eine andere Kamera die Sicht. Trotzdem drückte sie immer wieder auf den Auslöser.

Brandt öffnete die Lippen, und die Gespräche verstummten. Souverän hieß er die Journalisten willkommen und erzeugte den charmanten Eindruck, dass sie für ihn Kollegen geblieben seien. Angelika ließ die Kamera sinken und spürte, wie von ihm ein Fluidum ausging. Es war schwer zu definieren, woraus es bestand. Er war kein mitreißender Volksredner, dazu war seine Stimme zu spröde, seine Sprache zu bedächtig, die Gedankenführung nicht simpel genug. Und doch wirkte er so gewinnend. Das lange Gesicht mit dem energischem Kinn, den intelligenten Augen, den Krähenfüßen strahlte Sinn für Humor und gleichzeitig Entschlossenheit aus. Er formulierte frei, sah nicht in sein vorgeschriebenes Manuskript und vermochte seine Zuhörer zu packen, Gleichgültige von seinem Mut und seiner Aufrichtigkeit zu überzeugen, ohne dass der Inhalt seiner Rede allein entscheidend gewesen wäre. Die Rede hatte es jedoch in sich, und ohne dass sie es darauf angelegt hätte, gruben sich viele seiner Sätze in ihr Gedächtnis ein, während Pietsch neben ihr verzweifelt versuchte, jedes Wort in Steno auf einen kleinen Notizblock zu bannen.

Jetzt lehnte Brandt sich über das Rednerpult nach vorne und sprach besonders eindringlich zur versammelten Presse: »Es ist das erkennbare Ziel der kommunistischen Politik, ganz Berlin in die sogenannte DDR einzugliedern. Alles Gerede kann davon nicht ablenken!«

Es herrschte Totenstille im Saal.

»Ich fasse die Wahl zum Abgeordnetenhaus als Abstimmung der Bevölkerung gegen das Ultimatum der Sowjetunion auf.«

Angelika drehte sich zu Pietsch um und fing seinen Blick auf. Es war genau der Satz, den der nervöse Dr. Fischer heute in der Redaktionskonferenz gebraucht hatte. Pietsch nickte. Auch er erinnerte sich.

»Wir, die Berliner, sind uns einig und rufen den Sowjets zu: Hände weg von Berlin! Berlin ist die Hauptstadt Deutschlands! Berlin bleibt frei!«

Es brach tosender Beifall los. Und dann bückte sich der Fotograf, der Angelika am meisten die Sicht versperrt hatte. Es tat sich endlich eine Lücke auf, die sie nutzte, um Willy Brandt, den Sieger, am Tag nach seiner gewonnenen Berliner Wahl im Halbprofil auf ihren Film zu bannen.

CHRISTINE

Christine lag immer noch auf dem Bett, sie konnte sich nicht dazu durchringen, aufzustehen, obwohl es längst sechs Uhr durch war. Um sie herum waren zwei der Mädchen, mit denen sie das Zimmer teilte, schon aus dem Waschraum zurück. Sabine und Kathrin flüsterten leise miteinander.

»Willst du es noch einmal versuchen? Auf mich hört sie nicht!«
»Was hat sie denn bloß?«
»Wie bleich sie ist!«

Ihr kam auf einmal ein seltsamer Gedanke. Vielleicht verlief das Leben gar nicht auf einem vorgegebenen Zeitstrahl von der Geburt bis zum Tod ab. Womöglich waren die wichtigen Dinge gleich alle von Anfang an da, und man nahm sie nur nach und nach bewusst wahr. Ihren Muskelkater hatte sie vorher nie gespürt. Die innere Rebellion gegen die Dehnungsschmerzen ihrer Bänder und Sehnen, die geschwollenen Sprunggelenke, die blauen Flecken an den Hüften, den Oberschenkeln, die verstauchten Finger oder Handgelenke war womöglich schon immer vorhanden gewesen. Aber bestimmte Mechanismen in ihrem Körper, ihrem Gehirn hatten verhindert, dass sie angemessen darauf reagierte. Gab es dafür nicht sogar einen wissenschaftlichen Namen? Sie versuchte, sich daran zu erinnern. Irgendein Wort mit dem Anfangsbuchstaben E. Wie leicht war ihr bis vor Kurzem alles gefallen. Natürlich – sie hatte unendlich viele Stunden hart gearbeitet, sich kasteit, jeden neuen Übungsteil bis zur Perfektion wiederholt. Die Hochgefühle, wenn sie glückten, wenn sie gut war, auf den Punkt Leistung brachte, Medaillen holte und Hartung sie lobte, ließen sie Grenzen überschreiten. Sie war so beweglich, sie hatte fliegen können, ganz real, nicht nur in ihren Träumen. Im letzten Jahr hatte sie sich nahezu unverwundbar gefühlt. Doch wie fragil die Wirklichkeit war, merkte sie erst jetzt.

»Sollen wir die Kammerer holen? Oder Hartung?«
»Bist du verrückt? Der schläft im Männertrakt.«
Verschämtes Kichern.

»Der ist doch längst auf!«

Eine Viertelstunde später stand die Hausmutter an ihrem Bett. Auch ihr fiel auf, wie bleich Christine war, wie mager. Sie hatte schon vieles gesehen. Keines der Mädchen hier wirkte rosig und pumperlgesund. Aber Christines Gesicht sah nackt und zerquält aus. Nach Frau Kammerers Erfahrung war der Wille einer Internatsinsassin, wenn sie erst einmal dieses Stadium erreichten, gebrochen. Der Grat zwischen Unterwerfung unter die harten Regularien, das zermürbende Training, die andauernde Diät und dem Verlust des individuellen Kampfgeists, der persönlichen Anmut, des Zaubers war schmal. Es war schwer zu sagen, wie lange sie noch durchhalten würde. Ein paar Tage? Einige Wochen? Aber auf längere Sicht waren die Mädchen mit zerbrochener Seele für den Leistungssport nicht mehr zu gebrauchen.

»Was ist los mit dir, Christine?«, sagte sie und gab ihrer Stimme einen mitfühlenden Klang.

Christine schrieb ihn dem Umstand zu, dass ihre Zimmergenossinnen noch im Türrahmen standen und über die runden Schultern der fülligen Hausmutter äugten. Frau Kammerers Speiseplan beinhaltete mindestens die dreifache Kalorienmenge von dem der Turnerinnen.

»Bist du krank?«

Sie schüttelte den Kopf.

»Was dann?«

Frau Kammerer drehte sich zu den beiden Mädchen um, die neugierig zuhörten. »Ihr könnt jetzt gehen. Es gibt keinen Grund, dass ihr auch noch dem Training fernbleibt. Ich kümmere mich um sie.«

Nur widerwillig machten sich Sabine und Kathrin auf den Weg zur Turnhalle. Sie mochten Christine, trugen sogar geflochtene Freundschaftsbändchen, obwohl sie die Beste von ihnen war und sie alle zu Einzelkämpfern erzogen wurden. Außerdem hätten sie zu gerne ihre Neugier gestillt.

Als die beiden außer Hörweite waren, stimmte Frau Kammerer einen anderen Ton an. Sie beugte sich vor und schlug die Decke zurück.

»Stell dich nicht so an! Glaubst du, du bist die Erste, die so etwas erlebt? Liebeskummer vergeht. Aber Erfolg bleibt!«

Bei ihr glaubte sie das zwar nicht mehr. Christines gute Tage im Sport lagen wohl hinter ihr.

»Steh jetzt gefälligst auf!«

Christine tat, was sie sagte. Es war schon fast sieben. Der kleine eckige Reisewecker auf ihrem Nachttisch erinnerte sie daran, dass sie schon eine Stunde des Morgentrainings verpasst hatte. Was würde Hartung dazu sagen? Sie fuhr mit den Füßen in ihre Pantoffeln und tappte zu dem Stuhl, auf dem sie abends ihr warmes Wolltrikot bereitgelegt hatte. Sie warf einen Seitenblick auf Frau Kammerer. Es war ihr peinlich, sich vor ihr auszuziehen. Aber die Hausmutter machte keine Anstalten, sich umzudrehen oder gar das Zimmer zu verlassen. Sie würde sie jetzt keine Sekunde mehr aus den Augen lassen, denn sie wusste, dass die Mädchen in dieser Gemütsverfassung zu drastischem Verhalten neigten, Selbstverletzungen waren keine Seltenheit, bis hin zu Suizidversuchen.

Also zog Christine ihre Pyjamahose unter den Augen der Hausmutter herunter. Sie merkte, wie der Blick der Frau, die schon so vieles gesehen hatte, die blauen und violetten Flecken an ihren Hüftknochen, ihren Oberschenkeln streifte und wie sie hörbar schluckte. Dann rollte Angelika die Strumpfhosen auf und schlüpfte nacheinander mit den Beinen hinein, zog das Pyjamaoberteil aus, merkte, wie Frau Kammerers Blick ihre flache Brust streifte, und beeilte sich, voller Hast in das Trikot zu steigen.

»Ich muss noch auf die Toilette ... und Zähne putzen.«

»Ich komme mit!«

Erst als sie die holzvertäfelte Tür zur Dynamo-Halle öffnete und sicher sein konnte, dass Christine ohne Umweg in die Obhut des Trainers kam, drehte sich die Hausmutter um und ging.

Hartung löste sich von einer Dreizehnjährigen, der er mit Händen auf dem flachen Bauch und am Schenkel bei ihrem aktiven Spagat im Stand assistierte. Die Kleine stand die Übung in perfekter senkrechter Linie von der linken Ferse auf dem Boden bis zur in die Luft gereckten rechten Zehenspitze, ohne jedes Zittern. Sie benötigte seine Hilfe gar nicht.

Die Jungen werden immer besser, dachte Christine. Kleine dressierte Püppchen mit großartigen Anlagen. Noch viel besser, als man es vor ein, zwei Jahren erwartet hatte. Die frühe Auslese in den Schulen und Sportklubs durch die regionalen Bezirks- und Kreisvorstände des DTSB machte sich bezahlt für die SED-Führung. Jetzt wurde die zierliche Figur von der Silhouette Hartungs verdeckt. Sein Gesicht zeigte ihr, dass Sabine und Kathrin ihn über ihre Verfassung informiert hatten. In seinem Blick lag etwas, das sie nicht häufig an ihm gesehen hatte: Er strahlte kummervolle Sorge aus, legte väterlich den Arm um ihre Schultern: »Komm, Liebes! Du musst nicht trainieren, wenn es dir nicht gut geht!«

Womit sie nie gelernt hatte umzugehen, war seine Unberechenbarkeit. Er konnte in dem einen Moment Verständnis zeigen, loben und im nächsten verspotten, strafen, wie aus dem Nichts heraus.

»Ach, ich glaube, ein paar Übungen werden mir guttun.«

Ihre Glieder waren schwer wie Blei, in jedem Winkel ihres Körpers nistete Niedergeschlagenheit. Aber Hartung hatte immer gewusst, welche Hilfsmittel sie brauchte. Wo er eine Matte hinlegen, an welche Stelle er sie schieben musste, wie er ihren Körper halten musste, und Christine wusste, wie sich seine kräftigen Hände anfühlten, wenn er sie hielt. Er konnte sie zu einem Doppelsalto in die Luft wirbeln und ihr mit seinen Händen einen so kräftigen Schwung mitgeben, dass er für beide Umdrehungen reichte. Er war in der Lage, sie nach einem schwierigen Sprung aufzufangen und zuverlässig zu halten.

Christines Herz war so traurig, so voller Schuldgefühle, dass sie nicht alleine damit zurechtkam und sogar daran dachte, sich Hartung anzuvertrauen. Seine Augen folgten ihrem Blick an seiner Schulter vorbei zu der jungen Turnerin, die jetzt den aktiven Spagat genauso perfekt mit dem anderen Bein vorführte.

»Nicht schlecht, die Kleine, nicht wahr? Du musst erst einmal ihre Flickflacks sehen!«

Statt zu antworten, legte sich Christine flach auf den Bauch. Ohne auf die Blicke und das Getuschel der anderen Mädchen zu achten, hob sie die Beine vom Boden ab, winkelte sie langsam nach hinten ab, führte die Füße in Richtung ihres Kopfes, immer weiter und weiter, rollte ihren Rumpf Wirbel für Wirbel auf und setzte ganz gelassen beide Fußsohlen neben ihren Ohren auf den Boden. Dann verschränkte sie die Hände über dem Spann ihrer beiden Füße, als sei dies für sie die bequemste Haltung überhaupt. Es war eine Dehnungsübung der Zirkusartisten, die ihr Hartung einmal mehr zum Spaß beigebracht hatte. Ihr Körper bildete ein perfektes O.

»Ich wusste es! Du kämpfst dich durch!«, hörte sie Hartung sagen, bevor er wieder zu der Kleinen zurückging. »Wärm dich nur das nächste Mal vor so einer Dehnung besser auf!«

Ja, dachte sie. Er hatte ihr beigebracht, sich durchzukämpfen, und ihr dabei jede Fähigkeit genommen, gegen irgendetwas anderes anzugehen als das, was er bestimmte.

Nach dem Mittagessen, bei dem sie kaum etwas angerührt und zugesehen hatte, wie die anderen Mädchen ihre Portion unter sich aufteilten, kam Frau Kammerer mit ihrem klimpernden Schlüsselbund auf sie zu.

»Besuch für dich! Deine Mutter ist da.«

Eines war neu: Christine freute sich.

Kerstin Magold stand in der Eingangshalle und betrachtete die Pokale in der Vitrine. Genau an der Stelle, an der Thomas vor einer Woche gestanden hatte. Eine schmale Gestalt mit einem grauen Mantel, der an ihr schlabberte wie ein Sack. Als sie sich umdrehte, sah ihr ungeschminktes Gesicht blass und müde aus.

Diese tiefen Linien, dachte Christine. Dabei ist sie nicht mal vierzig!

Schlagartig wurde ihr klar, dass sie selbst im Alter ihrer Mutter vermutlich noch viel schlechter aussehen würde. Sie fühlte sich ja jetzt schon erschöpft und verbraucht.

»Mutti ...«, sagte sie.

»Was ist denn bloß los mit dir, Kind? Es ist ja das erste Mal, dass ich geholt wurde. Sie haben bei Mama Leisse angerufen, und die war auch schon ganz besorgt!«

Am Rande ihres Blickfelds nahm Christine eine Bewegung von Frau Kammerer wahr und ein leises Klimpern ihrer Schlüssel.

»Sie können mit Ihrer Tochter in meinem Büro sprechen, wenn Sie möchten. Da sind Sie ungestört.«

Kerstin Magold sandte ihr einen dankbaren Blick. Wieder gingen sie hinter der Hausmutter die Treppen hinauf in den ersten Stock. Christine kam es vor, als hätte sie ein Déjà-vu, nur dass diesmal die blasse Wintersonne durch die Oberlichter schien und sie nicht die halb erfrorene Hand von Thomas hielt. Wieder blieb Kammerer vor ihrem karg eingerichteten kleinen Büro stehen und sagte den gleichen Satz wie vor einer Woche.

Sie habe eine halbe Stunde im Haus zu tun, dann käme sie zurück.

Was sie nicht hinzufügte, war diesmal, dass der Besuch dann sofort verschwinden müsse.

Kerstin Magold setzte sich auf einen der beiden Stühle an der Wand. Christine blieb stehen und sah sich um. Erst heute fiel ihr auf, dass der Spiegel an der schmalen Seite mit seinen Proportionen gar nicht zu denen des winzigen Raums passte. Er war viel zu überdimensioniert und mit einem Rahmen in die Wand eingelassen, wie ein Fenster. Sie machte zwei Schritte, stellte sich direkt davor und sah hinein, erschrak über die zwei tief in den Höhlen liegenden Augen, die ihr entgegenstarrten. Ihre eigenen Augen. In einem bleichen Gesicht.

»Was hast du denn?«, fragte ihre Mutter.

»Ach, nichts.«

»Du siehst krank aus. Vielleicht müsstest du mal wieder an die frische Luft. Macht ihr nicht mehr eure Dauerläufe auf der Tartanbahn des Sportzentrums?«

»Um diese Jahreszeit nicht. Die kalte Luft ist nicht gut für die Lungen. Und die Bahn kann glatt sein.«

Christine lehnte den Rücken an die Wand mit dem Spiegel und hatte das Gefühl, als würden sich aufmerksame Augen auf ihren Hinterkopf richten. Sie sah ihre Mutter an, wie sie in sich zusammengesunken auf dem harten Holzstuhl saß. Die Bluse mit dem dunkelroten Rautenmuster hatte sie schon vor Jahren häufig getragen. Sie kannte das Muster so in- und auswendig, dass sie, sogar ohne hinzusehen, wusste, an welcher Stelle neben der rechten Achsel die Kunstfaser einen kleinen Webfehler hatte.

»Mutti, ich bin nicht krank. Es war nur eine kleine Unpässlichkeit, ich habe meine Periode bekommen.«

Kerstin Magold lachte trocken. »Was? Das ist alles? Und deshalb holt man mich aus dem Bett? Ich habe fünf Nachtschichten hinter mir.«

Seufzend stand sie auf. Christine überlegte, ob sie ihr die Wahrheit sagen sollte, ihr von Thomas erzählen, von der Drohung, Roland das Diplom zu verwehren, von den abgefangenen Briefen.

Die Briefe! Jetzt fielen sie ihr wieder ein. Jetzt hatte sie die Gelegenheit. Sie ging um den kleinen Schreibtisch herum, nahm den Brieföffner aus dem Stiftehalter und bückte sich. Ohne nachzudenken und ohne ihre Mutter zu beachten, bohrte sie seine scharfe Spitze in das Schloss der Schreibtischtür.

»Was tust du da?« Ihre Mutter war aufgesprungen. »Bist du jetzt vollkommen übergeschnappt?«

Das Schloss gab kein bisschen nach. Christine griff nach einer Büroklammer und begann, sie zurechtzubiegen.

»Christine! Hör auf damit!«

Jetzt ging Christine wieder in die Hocke. Sie bohrte den Draht in das Schloss, stocherte darin herum, und auf einmal klickte es und die Lade sprang tatsächlich auf. Ihre Mutter stand stocksteif mit klopfendem Herzen neben ihr, unfähig, sie davon abzuhalten, sich ins Unglück zu stürzen. Natürlich würde die Hausmutter den Einbruch bemerken. Christine zog die Schublade heraus, wühlte sich durch zwei Packungen West-Schoko-Katzenzungen und mehrere große braune Umschläge mit den Namen von Turnerinnen darauf.

Sabine Dunkler, Nora Kern, Anke Bell ... auch ihr Name war darunter, und sie nahm den Umschlag an sich. Die anderen legte sie wieder zurück und schob die Schublade zu. Sie öffnete den Umschlag und sah mit einer Mischung aus Befriedigung und Entsetzen, dass sich darin alle von ihr in den letzten Monaten an Thomas gerichteten Briefe und seine Antworten befanden. Dann hörten sie Schritte auf dem Gang.

Entsetzt sahen sich Mutter und Tochter in die Augen.

»Los, gib mir den Umschlag!«, sagte Kerstin Magold und nickte ihr zu, deutete auf ihre Handtasche.

Christine zögerte. Was würde ihre Mutter wohl denken, wenn sie die Briefe las? Und was würde sie unternehmen? Im letzten Augenblick, bevor die Tür geöffnet wurde, gab sie ihrer Mutter den Briefumschlag, und geschickt ließ diese ihn in der Tasche verschwinden. Das Klickgeräusch des zuschnappenden Verschlusses ging mit dem leisen Quietschen der Türklinke einher. Den unschuldigen Blick, den beide aufsetzten, um ihre Nervosität zu überspielen, schien Frau Kammerer nicht zu bemerken, als sie von einer zur anderen sah. Sie lächelte sogar.

»Sicher hat es Christine gutgetan, Sie endlich einmal wieder zu sehen, Frau Magold. Nichts geht über Mutterliebe.«

Fünf Minuten später verließ Kerstin Magold das Sportinternat Hohenschönhausen durch den Haupteingang und ging mit den Liebesbriefen ihrer Tochter und eines westdeutschen Sportlers in der Handtasche in Richtung U-Bahn-Station. Der Wind hatte aufgefrischt und raste durch den Weißenseer Weg, rüttelte die letzten welken Blätter von den vereinzelten Bäumen. Er ergriff alles, was nicht niet- und nagelfest war, wirbelte es über den Asphalt und zerrte an ihren blondierten Haarsträhnen. Sie wandte sich nach der Dynamo-Halle um. Die beeindruckende Frontseite mit den sieben hohen Fensterschächten, die bis unter das Dach reichten, lag friedlich in der Wintersonne.

Ihre Tochter werde in der modernsten Sporthalle weit und breit trainieren, klangen ihr die Worte der LSK-Funktionärin in den Ohren. Das Sportinternat biete ihr die Gelegenheit, schulische Bildung, Trainingszeiten, Wettkämpfe im richtigen Verhältnis zu optimieren, hatte sie damals gesagt, als sie auf dem abgewetzten schmalen Sofa saß und höflich die Löffelbiskuits ablehnte, die sie ihr anbot.

Ihr Blick glitt über den traurigen Drahtzaun, der das Sportforum begrenzte, und hin zu der nächsten Straße, an der die U-Bahn-Station lag. Sie war etwa fünfzig Meter entfernt. Auf einmal erschien es ihr so absurd, einfach wieder in ihre Wohnung zurückzukehren. Schlafen würde sie jetzt ohnehin nicht mehr können. Obwohl der kalte Wind so unbarmherzig über das weitläufige Gelände des Sportforums pfiff, setzte sie sich auf eine Bank und holte den braunen DIN-A4-Umschlag heraus. Ein Päckchen Briefe, das mit einer Metallklemme zusammengehalten wurde. Sie löste die schwarze Klammer und sah sich die Handschrift an. Das erste Dutzend der Briefumschläge aus grauem holzigem Papier trug die ordentliche Handschrift ihrer Tochter und war an einen Thomas Merkle in Stuttgart adressiert, frankiert, aber nicht abgestempelt. Das zweite Dutzend mit einer weniger leserlichen Handschrift, frankiert, abgestempelt in Stuttgart, adressiert an das Sportinternat Hohenschönhausen, zu Händen Christine Magold, bestand aus glattem, strahlend weißem Papier. Sie waren alle am oberen Falz mit einer scharfen Klinge aufgeritzt worden.

Kerstin Magold fuhr mit dem Finger in das graue Futter, um den ersten Briefbogen ihrer Tochter herauszuholen, doch dann fielen ihr noch zwei weitere Briefumschläge auf, beide aus holzfreiem Papier und mit westdeutschen Marken. Sie las die Adresse auf der Rückseite und spürte einen Stich. Die Briefe stammten von ihrem früheren Ehemann, Christines Vater, Joachim Hellmann, und waren in Kassel abgestempelt. Sie kämpfte gegen den Anflug von Eifersucht an und versuchte, rational zu denken. War es nicht ganz natürlich, dass ihr leiblicher Vater den Kontakt zu Christine suchte? Sollte sie nachschauen, was er ihr schrieb? Ging sie das etwas an?

Oder sollte sie die Briefe des Jungen aus Stuttgart lesen? Dabei würde sie womöglich Dinge erfahren, die nicht für ihre Augen und Ohren bestimmt waren. Sie blätterte die Kuverts durch, unschlüssig, ob sie sie öffnen sollte. Einer der oberen weißen Umschläge aus Stuttgart war dicker als die anderen. Sie konnte nicht widerstehen und fuhr mit dem Finger hinein, entnahm den Briefbogen, und da flatterte eine bunt bedruckte Karte heraus und landete neben ihren Füßen auf dem Schotter. Sie bückte sich danach und hielt sie hoch. Es war eine Eintrittskarte:

Bill Haley and the Comets
25. Oktober 1958
Beginn: 20 Uhr
Sportpalast Berlin

Jetzt war Kerstin Magolds Neugier zu groß. Sie faltete den Briefbogen auseinander und versuchte, die kaum leserlichen Buchstaben zu entziffern:

Liebe Christine,

ich habe es geschafft und zwei Karten für das Bill-Haley-Konzert in Berlin bekommen! Den magst du doch so gern! Du musst es unbedingt irgendwie deichseln, an dem Abend in Westberlin zu sein. Ich warte ab 17 Uhr an der U-Bahn-Station des Sportpalasts auf dich und bringe dich auch direkt danach zurück bis vor die Türen deines Internats – mein Ehrenwort.

Kerstin Magold ließ den Brief sinken. Was für eine ungeheuerliche Vorstellung: Ihre Tochter bei einem Konzert des berüchtigten halbstarken Musikers! Was maßte sich dieser Junge an! Jetzt erinnerte sie sich – sie hatte sogar in der Zeitung *Neues Deutschland* davon gelesen. Es hatte eine wüste Saalschlacht gegeben, mit zertrümmerten Stuhlreihen und Scheinwerfern. Das DDR-Staatsorgan hatte sich am Sittenverfall und der Raserei der dekadenten westdeutschen Jugend geweidet. Sie drehte die Eintrittskarte zwischen ihren Fingern. Dank Frau Kammerer war sie nie bei Christine angekommen. Voller Groll gegen diesen westdeutschen Jungen las sie den Brief weiter:

Ich kann einfach nicht aufhören, an dich zu denken. Als ich dich das erste Mal sah, hätte ich niemals geglaubt, dass du mir einmal so viel bedeuten würdest. Aber du bist für mich inzwischen der wichtigste Mensch in meinem Leben geworden, auch wenn uns so viele Kilometer und vor allem die Grenze trennen. Warum muss das bloß so sein? Wir sind doch beide Deutsche!
Ich hoffe, es geht dir gut und du musst nicht die ganze Zeit hungern und Hartung ist nicht zu streng! Ich kann die Vorstellung einfach nicht ertragen, dass sie dich so quälen.

Dein dich liebender Thomas

»Dich so quälen?«, wiederholte Kerstin Magold laut und lachte bitter auf. Was bildete sich dieser Junge nur ein? Sie ließ den Brief sinken und musste gegen eine innere Stimme ankämpfen, die Zweifel säte. Was, wenn es wirklich so war? Wenn der Tagesablauf in Hohenschönhausen über die übliche sportliche Härte und Disziplin hinausging? Wusste er mehr über Christine als sie, ihre Mutter? Wenn sie sich den Anblick ihrer bleichen Tochter von vorhin in Erinnerung rief, den besorgniserregenden Zustand, von dem Frau Kammerer gesprochen hatte, erschien ihr die Annahme nicht mehr so abwegig. Aber konnte denn eine staatlich kontrollierte Institution, die renommierte Kaderschmiede der DDR, so etwas zulassen?

Sie faltete den Brief zusammen, schob ihn und die Eintrittskarte zurück in das Kuvert und betrachtete nachdenklich die übrigen. Unter dem glatten weißen Papier des obersten Umschlags sah sie eine Unebenheit und zog zu ihrer Überraschung eine blonde Haarlocke heraus, die mit einem blauen Bindfaden zusammengebunden war. Sie drehte sie zwischen den Fingern. Das alles war verwirrend für sie. Über zwei Jahre hatte sie nur von Christines Erfolgen gehört, sie gelegentlich an einem Sonntag gesehen, wenn sie keine Wettkämpfe hatte, und wusste kaum etwas von ihrem Innenleben. Sie war ihre einzige Tochter, und sie hatte keine Vorstellung davon, was sie dachte, wen sie mochte, wen sie liebte, und nun hielt sie diese aufrüttelnden und berührenden Briefe eines Stuttgarter Kunstturners in der Hand.

Von der Konrad-Wolff-Straße hörte sie das Motorengeräusch eines näher kommenden Wagens und blickte auf. Vor der Kreuzung zum Weißenseer Weg hielt ein weißer Wartburg, zwei Männer in beigen Mänteln stiegen aus, und sie wunderte sich, dass sie direkt auf sie zumarschierten. Ihre festen Schritte knirschten im Kies. Sie sah sich um, ob noch andere Menschen in der Nähe waren, doch die Sportplätze des Forums, die im Sommerhalbjahr von den Stimmen der Athleten und Trainern erfüllt waren, wirkten im Dezember wie ausgestorben. Intuitiv stopfte sie die Briefe zurück in ihre Tasche, knüllte den braunen Umschlag zusammen und hatte ihn noch in der Hand, als die beiden Männer sich links und rechts von ihr auf die Bank setzten.

»Guten Morgen, Frau Magold«, sagte der Mann links von ihr in freundlichem Ton.

Zögernd erwiderte sie den Gruß und presste das harte Papier in ihrer Faust so fest zusammen, dass die Farbe aus ihren Knöcheln wich. Langsam wandte sie den Kopf ein wenig zur Seite und sah den Mann an, der sie angesprochen hatte. Über dem hellen Mantelrevers war der akkurate Knoten einer gestreiften Krawatte zu sehen. Er hatte ein schmales, glatt rasiertes Gesicht und wirkte gepflegt.

»Ich kenne Sie gar nicht«, antwortete sie.

»Aber wir kennen Sie!«

»Woher?«

Der andere machte ein Geräusch, das sich anhörte wie ein unterdrücktes Lachen. Als müsse sie doch wissen, wer sie waren. Sie sah jetzt zu ihm hin. Er war kleiner und gedrungener als der andere, trug eine schwarz gerahmte Brille mit dicken Gläsern.

»Sie haben zwei sehr gut geratene, erfolgreiche Kinder«, fuhr der andere fort. »Ein angehender Maschinenbauingenieur mit den besten Noten und eine Turnerin, die schon beachtenswerte internationale Erfolge erzielt hat und es sogar noch weiter bringen kann. Man kann Ihnen nur gratulieren.«

Kerstin Magold schwieg. Sie wusste nicht, was sie sagen sollte. Ein Dank kam ihr jedenfalls nicht über die Lippen.

»Und der Weg kann noch weiter gehen, Frau Magold: Die Olympischen Sommerspiele in eineinhalb Jahren, denken Sie nur: Ihre Tochter Christine in der Ewigen Stadt ... Rom, vielleicht sogar eine olympische Medaille als Krönung ihrer Karriere!«

Irgendetwas verbot Kerstin Magold, die Frage, die ihr auf den Lippen brannte, zu stellen. Sind Sie es nicht, die ihr diesen Traum zerstören wollen?

»Und das, obwohl ihr leiblicher Vater ein Republikflüchtling ist und in Abwesenheit wegen ungesetzlichen Grenzübertritts zu zwei Jahren Freiheitsstrafe verurteilt wurde.«

Kerstin Magold schluckte. Ihr Herz hämmerte so heftig in ihrem Brustkorb, dass sie glaubte, die beiden Männer müssten es hören können.

»Da muss man froh sein, dass sein Defätismus und politischer Irrglaube nicht auf die Kinder abgefärbt hat, nicht wahr?«

Als sie nicht antwortete, wiederholte er die beiden Worte mit mehr Nachdruck: »Nicht wahr?«

»Ja.«

Die ganze Zeit hatte er geradeaus geblickt. Jetzt rückte er ein Stück von ihr ab, wandte sich ihr zu und sah sie direkt an. »Frau Magold. Sie sind doch auf der richtigen Seite. Wir sind uns doch einig: Das Land muss gegen innere und äußere Feinde beschützt werden.«

Er gab seiner Stimme einen warmen, beruhigenden Klang, aber sie vermochte Kerstin Magold nichts von ihrer Angst zu nehmen. Sie starrte auf den Drahtzaun, die kahlen Pappeln und die Grasfläche dahinter, die für die Jahreszeit noch erstaunlich grün war. Doch auch daran konnte sie nichts finden, was ihre aufkommende Furcht besänftigt hätte.

»Arbeiten Sie mit uns zusammen, Frau Magold. Es kann nur zu Ihrem Vorteil sein.« Er räusperte sich. »Und natürlich zum Vorteil Ihrer Kinder.«

Durch diesen Satz setzte bei Kerstin Magold eine eigenartige Klarheit über das ein, was hier gerade passierte. Mit der kühlen Objektivität einer neutralen Beobachterin konnte sie plötzlich ihre eigene Situation analysieren. Sie sah eine achtunddreißigjährige Frau und Mutter, die der Deutschen Demokratischen Republik zwei Kinder geschenkt hatte. Die alles für deren Fortkommen, Bildung, Karriere getan hatte, ihre Ehe dafür geopfert, ihre Tochter den Funktionären des Leistungssports überantwortet hatte, alles immer im festen Glauben an die Ideologien der SED. Sportlicher Erfolg für Christine bedeuteten Ruhm und Ehre für das sozialistische Vaterland, und das hatte sie so gewollt. Doch nun war ihre Tochter aus dem Rahmen gefallen, hatte sich in einen westdeutschen Athleten verliebt, unterhielt dauerhaften Kontakt zum Klassenfeind. Sie hatte verbotenes Terrain betreten, wurde in den Augen der Partei sogar zu einer so großen Gefahr, dass das Ministerium für Staatssicherheit eingeschaltet worden war. Mit der neuen Klarheit sah sie die Dinge plötzlich deutlich und ohne Beschönigung.

»Was wollen Sie?«, fragte sie mit fester Stimme, drehte sich zu dem Mann mit der Krawatte um und suchte seinen Blick.

»Wir möchten, dass Sie Ihre Tochter zur Vernunft bringen!«

»Und wie stellen Sie sich das vor?«

»Sie darf am kommenden Sonntag nach Hause, da müssen Sie ihr klarmachen, was auf dem Spiel steht.«

»Wie meinen Sie das, was auf dem Spiel steht?«

»Frau Magold. Das Studium Ihres Sohnes hat den Staat viel Geld, ihn selbst einige Mühe und Jahre seines Lebens gekostet ...«

»Was hat mein Sohn damit zu tun?«

»Sie möchten doch, dass seine Diplomarbeit anerkannt wird, er das Studium ordentlich abschließen kann, nicht wahr?«

Sie kaute auf ihren Lippen. Alle Worte, die ihr einfielen, schienen ihr unpassend: Ja, Sie haben recht. Natürlich möchte ich das. Ich tue alles, was Sie verlangen. Lassen Sie meine Tochter und meinen Sohn in Ruhe!

»Bringen Sie Ihre Tochter wieder in die Spur. Machen Sie ihr klar, dass sie jeglichen Kontakt zu diesem Stuttgarter Turner von jetzt an unterlassen muss. Ausnahmslos und endgültig! Sorgen Sie dafür, sonst ...!«

Kerstin Magold nickte.

»Ich sorge dafür.«

Etwas zerbrach in ihr, als sie die Worte aussprach. Es war ihre Selbstachtung. Als sie aufsah, bemerkte sie die Befriedigung in den Augen des Stasi-Mannes. Sie wollte aufstehen. Aber eine kräftige Hand drückte sie an ihrer Schulter zurück auf die Bank.

»Da ist noch was: Sie haben etwas aus dem Haus der Athleten mitgenommen, das wir gerne zurückhätten. Würden Sie uns einen Blick in Ihre Handtasche gestatten?«

Sie presste die unförmige Tasche, an deren Kanten das hellbraune Leder schon lange abgeschabt war, an ihren Körper, fast so, als müsse sie ein Kind beschützen. Der Mann, mit dem sie die ganze Unterhaltung geführt hatte, beugte sich zu ihr herüber und sagte leise: »Je weniger Aufhebens wir machen, desto besser ... ist es nicht so?«

Alle ihre leise vorgetragenen Ausflüchte, es befänden sich nur ihre persönlichen Sachen darin und das sei doch ihre Privatsphäre, interessierten die beiden nicht im Geringsten.

Der Mann mit der Brille, der bisher nichts gesagt hatte, nahm ihr die Tasche einfach aus der Hand und schüttete den Inhalt auf den

Boden. Der andere klaubte die Briefe aus dem Sammelsurium, bestehend aus Geldbörse, Kamm, einer Haarlocke, Haarklammern, Taschentuch, Regenhaube und Schlüssel, heraus, und ohne ein weiteres Wort marschierten sie zurück zu ihrem Wagen. Wenige Minuten später schlugen sie die Autotüren zu, und der IFA Wartburg fuhr mit allen Briefen davon. Das Ganze hatte nicht mehr als zehn Minuten gedauert. Christines Mutter sah ihnen nach. Als der Wagen verschwunden war, glaubte sie für einen Moment, der Vorfall habe nur in ihrer Einbildung stattgefunden. Doch ein Blick auf ihr Hab und Gut, das vor ihren Füßen im Staub lag, holte sie zurück in die Realität.

ANGELIKA

„Und Sie haben wirklich nur ein Foto? Das kann ja wohl nicht wahr sein! Wozu nehme ich Sie da überhaupt mit?«

Pietsch blieb stehen, schlug sich die Hand vor das Gesicht, fuhr über seinen Bartschatten, der jetzt, um kurz nach eins, schon sichtbar nachgedunkelt war, und spielte seine Enttäuschung voller männlicher Theatralik.

Sie waren auf dem Rückweg vom Schöneberger Rathaus zum Verlagshaus und hatten nur noch wenige Meter bis zu den Treppen der Untergrundbahn-Station. Der Wind hatte aufgefrischt und blies ihnen ins Gesicht. Seine Böen hatten die grauen Wolken, den Regen und Graupel fortgeweht, aber seine Schärfe trieb ihnen die Tränen in die Augen. Neben der Spitze des Rathausturms stand die Wintersonne und schickte vergeblich ihre Strahlen aus, um dem kalten Ostwind die Stirn zu bieten.

An Angelika und Pietsch knatterte der Mittagsverkehr vorbei, Volkswagen-Käfer in neuem, leuchtend buntem Lack. Dazwischen etliche größere teurere Opel- oder Mercedes-Limousinen und natürlich die gelben Doppeldeckerbusse. Sehnsüchtig sah ihnen Angelika hinterher. Wie gerne hätte sie sich jetzt ganz oben in die vorderste Reihe gesetzt und wäre durch die Straßen der hektischen Großstadt gefahren – mit der Kamera im Anschlag. Doch Pietsch trieb zur Eile, und natürlich hatte er recht! Fußgänger strömten in verschiedene Richtungen. Manche strebten aus der Pause zurück zur Arbeit. Die Presseleute, Reporter, Fotografen mit übergroßen Kamerataschen hasteten vom Rathaus quer über den Platz. Rasch öffnete Angelika die Lederhülle ihrer Rollei, die sie um den Hals gehängt trug, hielt den Sucher an das Auge und drückte mehrfach auf den Auslöser. Sie erntete erstaunte Blicke der Kollegen und einen ungeduldigen Seufzer von Pietsch: »Muss das jetzt sein? Das ist doch was für Freizeitfotografen!«

Keiner hatte Sinn für die Straßenszene, keiner erkannte ihren Wert. Jeder hatte es eilig, zurück in die Redaktion zu kommen, seinen Artikel über den packenden Auftritt Brandts in die Maschinen zu hämmern, um ihn in der morgigen Ausgabe der Zeitung oder Rundfunksendung unterzubringen. Sie schnappte Satzfetzen auf.

Der Mann könne die Massen fesseln, der werde es noch weit bringen.

Endlich jemand, der den Sowjets die Stirn biete!

In der Krise brauche es Leute wie ihn, nicht nur 'nen ollen Adenauer!

Für Angelika waren es die Augenblicke, die zählten. Die Hoffnung und Bewunderung, die in den Augen der hartgesottenen Zeitungsleute lagen – ein Tag nach den Wahlen in Berlin –, war für sie ebenso fesselnd wie die Figur des charismatischen Politikers selbst.

»Wissen Sie, wie viele Aufnahmen des Hauptredners ich normalerweise von meinem Fotografen angeboten bekomme?«

Angelika konnte sich die Antwort denken. Sie ließ den Druckknopf ihrer Kamerahülle zuschnappen.

»Sicher mehr als ein Dutzend«, sagte sie leise.

»Eher zwei bis drei Dutzend!«

Pietschs Stimme klang ärgerlich, als er mit schnellen Schritten die Treppenstufen nahm, während Angelika kaum hinterherkam.

Aber er sei selbst schuld, warum nehme er sich auch eine Anfängerin mit? Da hätte er besser den Reiß aus seinem Rausch geweckt. Vermutlich hätte der nach zwei Tassen starkem Kaffee immer noch mindestens zwanzig verwertbare Bilder geschossen.

Er schien mehr zu sich als zu ihr zu reden, aber die Worte verfehlten ihre Wirkung nicht und verletzten Angelika tief.

Als er an einer Gabelung vor zwei Gängen einem Wegweiser zur U2 folgte, fragte sie: »Wollten Sie ihm nicht ursprünglich noch einen Besuch abstatten?«

Pietsch sah auf seine Armbanduhr, und Angelika registrierte zum wiederholten Mal das flache Gehäuse und das schimmernde Zifferblatt mit den schmalen goldenen Zeigern. Sie wirkte edel und wertvoll.

»Später vielleicht. Ich muss meinen Artikel fertigkriegen.«

In der U-Bahn mussten sie stehen. Pietsch drehte ihr den Rücken zu und schwieg. Sie hielt sich an der Stange fest.

Zurück im Verlagshaus, grüßte Angelika den Pförtner wie gewohnt freundlich, und er tippte sich lächelnd an die Kappe, während Pietsch den weißhaarigen Mann gar nicht beachtete. Dann trennten sich ihre Wege. Sie wollte direkt zum Fotolabor, er an seine Schreibmaschine.

Nach Pietschs Verstimmung plagte Angelika sich mit Selbstvorwürfen. Warum war sie so zurückhaltend gewesen? Hatte nicht einfach versucht, sich weiter nach vorne zu drängen? Ihre erste Chance als Pressefotografin genutzt, die nun möglicherweise ihre letzte blieb. Was, wenn ihr einziges Bild von Brandt auf dem Podium nichts geworden war?

Das Labor und die Dunkelkammer befanden sich im selben Stockwerk wie das Archiv, allerdings ganz am Ende des Flurs. Fräulein Bach hatte es ihr während ihres Rundgangs gezeigt. Nun würde sie es das erste Mal nutzen. Als sie den Gang entlanglief, hörte sie ihren Magen knurren, und ihr wurde bewusst, dass sie heute noch nichts gegessen hatte außer einem Zwieback am Morgen. Aber jetzt wollte sie keine Zeit mehr verlieren.

In dem Raum, den sie betrat, roch es durchdringend nach allen möglichen Chemikalien und einem anderen organischen Geruch, den sie nicht einordnen konnte. Die Wände waren mit Regalen voller brauner Glasflaschen und Blechbehältern mit aufgedruckten Warnhinweisen vollgestellt. Der Laborassistent, Stefan Kubin, mit dem Fräulein Bach sie vor zwei Wochen bekannt gemacht hatte, stand mit dem Rücken zu ihr an einem Spülbecken. Sie sah nur den weißen Kittel und die braunen kurzen Haare. Aber als er sich zu ihr umdrehte, schien er sich sofort an sie zu erinnern.

»Guten Tag, Fräulein Stein! Was bringen Sie? Soll ich es für Sie entwickeln?« Er deutete auf das rote Licht über der Tür zur Dunkelkammer. »Ist allerdings gerade schlecht. Die Kammer ist besetzt.«

Angelika zog den Riemen von der Schulter und stellte die schwere Tasche ab.

»Danke, ist schon gut, Herr Kuprin. Ich mache es selbst, ist nur eine …«, sie schluckte und verbesserte sich, »… sind nur wenige Aufnahmen.«

»Kubin, mein Name ist Kubin, nicht Kuprin.«

»Oh, Verzeihung, dann habe ich Ihren Namen wohl falsch verstanden, als Fräulein Bach uns vorgestellt hat.«

Mit einem Lächeln antwortete er: »Das bin ich gewohnt.«

Dann deutete er zu dem kleinen Tisch in der Ecke, auf dem ein Teller mit einem Wurstbrot und einer Essiggurke stand. Das war also der andere Duft, den sie gleich beim Eintreten wahrgenommen hatte.

»Bitte, setzen Sie sich doch, er wird sicher bald fertig sein.«

»Er?«, fragte sie. »Wer ist denn drin?«

»Reiß!«

Sie hob den Kopf und wiederholte: »Christoph Reiß? Der Fotograf?«

»Ja, natürlich!« Kubin klang belustigt. »Die Dunkelkammer wird hin und wieder von unseren Fotografen benutzt ... dazu ist sie da!«

Angelika nickte.

»Selbstverständlich! Ich meine ja nur den Namen des Fotografen, der ist mir nämlich mehrfach bei den alten Negativen im Archiv aufgefallen, und Pietsch scheint auch viel von ihm zu halten.«

»Ja«, antwortete Kubin mit gedämpfter Stimme. »Er ist schon so etwas wie eine lebende Legende, aber im Archiv ist er doch sowieso ...«

Sein Satz wurde von einem lang gezogenen Knurren ihres Magens unterbrochen. Peinlich berührt legte sich Angelika die Hand auf den Bauch.

»Entschuldigung!«

Kubin kam näher.

»Bitte, greifen Sie nur zu, wenn Sie Hunger haben.«

Als sie zögerte, fügte er lächelnd hinzu: »Ich hatte schon ein Brötchen mit Bulette. Das hier ist mein zweites. Aber ich sage es lieber gleich: Es ist von gestern!«

Ob von gestern oder nicht, das war Angelika jetzt vollkommen gleichgültig. Sie bedankte sich und biss in das Wurstbrot, schloss die Augen und hätte in diesem Moment nichts anderes essen mögen.

»Na, Sie haben aber Hunger!«

Kubin schien sich über ihren Appetit zu freuen und sah ihr zu, wie sie das Brot mit großen Bissen verschlang. Weil er sie so freundlich behandelte, war es ihr umso unangenehmer, dass sie ihn mit einem falschen Namen angesprochen hatte. Schließlich konnte sie sich normalerweise immer auf ihr gutes Gedächtnis verlassen.

»Was wollten Sie noch erzählen ... ich meine, über Reiß?«, sagte sie leise.

Im selben Moment ging das Licht über der Tür zur Dunkelkammer aus, und sie wurde geöffnet. Als Erstes fielen ihr die rot geäderten Augen auf, mit denen Stutz sie ansah. Er blinzelte ein paarmal und schien überrascht, sie hier zu sehen, dann dämmerte es ihm: »Ah, stimmt ja, du bist ja angeblich auch Fotografin!«

Seine wirren grauen Haare klebten an der Stirn. Die tiefen Falten neben seinen Nasenflügeln, die fahle gelbliche Haut und seine zitternden Hände zeigten, dass er einen harten Morgen hinter sich hatte. Angelika sah ihn an wie ein Phantom.

»Sie sind Reiß? Warum haben Sie das nicht gesagt, als ich Ihre Fotos im Archiv bewundert habe?«

Er winkte ab. »Man muss ja nicht gleich jedem alles auf die Nase binden.«

Er ging zu einem Regal.

»Der Behälter mit dem Fixiersalz ist leer, Kubin!«

»Ich bringe Ihnen welches, Herr Reiß!«

»Hm, schon gut, hier ist es ja!«, brummte dieser und nahm eine Dose mit der Aufschrift *Natron* in die Hand. Auf dem Rückweg zur Dunkelkammer fiel sein Blick auf die Tasche mit der Fotoausrüstung, die Angelika auf dem Boden abgestellt hatte.

»Kommt mir bekannt vor. Ist das nicht meine Tasche?«

Angelika machte eine entschuldigende Geste mit den Händen.

»Sie wurde mir von der Redaktionsassistentin ausgehändigt und im Grunde nahezu aufgedrängt.«

»Hm«, brummte er. »Anscheinend hat hier keiner mehr Respekt vor fremdem Eigentum!«

Kubin, der hinter ihm stand, schüttelte leicht den Kopf und senkte die Lider. Wohl um Angelika zu bedeuten, dass sie den Vorwurf nicht zu ernst nehmen solle.

»Es tut mir leid, Herr Reiß!«, sagte sie. »Ich wusste nicht, dass sie Ihnen gehört, und ich habe sie auch gar nicht benutzt, sondern ausschließlich meine eigene Kamera.«

»Ist egal, ich benutze die sowieso nicht mehr, viel zu schwer und unhandlich.« Er legte die Hand auf die Klinke und drehte sich wieder um: »Na schön, Stein. Hast du was zum Entwickeln? Dann nur zu! Komm mit rein!«

Angelika schüttelte den Kopf und schwindelte: »Das eilt nicht!« Es war aber auch zu peinlich! Warum musste sie mit ihrer schwachen Ausbeute ausgerechnet auf den Top-Fotografen des *Tagesspiegels* treffen? Sie konnte sich seine spöttischen Bemerkungen ausmalen, wenn er ihr lächerliches Ergebnis des heutigen Pressetermins zu Gesicht bekommen würde. Und als sie in seine geröteten Augen sah, hatte sie das Gefühl, als durchschaue er jeden einzelnen ihrer Gedanken.

»Eilt nicht?«, wiederholte er und lachte trocken auf. »Das wäre das erste Mal, seit ich für die Zeitung knipse!« Dann machte er eine einladende Handbewegung. »Nur keine Scheu, Stein! Ich kenne das, wenn man zurückkommt und glaubt, es ist alles schiefgegangen. Sehen wir uns mal an, was wir daraus machen können.«

Mit der Kamera in der Hand folgte sie ihm in die Dunkelkammer. Der Geruch in dem fensterlosen Raum war beißend, die chemikalien- und alkoholschwangere Luft raubte ihr den Atem. Ihr Blick streifte die Abzüge, die an der Wäscheleine zum Trocknen hingen. Porträtaufnahmen einer sehr populären Schauspielerin mit kurzen braunen Haaren.

»Das ist ja Ruth Leuwerik!«, rief sie aus. Gleich auf den ersten Blick erkannte sie die außergewöhnliche Qualität der Fotografien. Das Verhältnis von Licht und Schatten war auf ihrem schönen Gesicht perfekt austariert und ließ es selbst auf den Schwarz-Weiß-Aufnahmen leuchten.

»Jawoll«, brummte Reiß. »Auftragsarbeit aus der Redaktion. Ihr neuer Film ›Die Trapp-Familie in Amerika‹ ist rausgekommen, und es erscheint ein großes Interview im Boulevardteil.«

Er kam näher und deutete auf ein Foto, das die Filmschauspielerin im Profil zeigte. »Du siehst ihr ein bisschen ähnlich, auf jeden Fall hast du die gleiche Frisur!«

Angelika griff verlegen an ihren Hinterkopf. Es stimmte sogar. Der Haarschnitt war ähnlich, aber sie hatte ihre Haare nach dem letzten Waschen aus Zeitgründen nicht eingelegt, sondern nur an der Luft getrocknet. Deshalb hatten sich Locken gebildet, die sie überhaupt nicht an sich mochte.

Reiß machte eine Bewegung mit dem Kinn in Richtung ihrer Kamera, die sie immer noch in den Händen hielt. »Ah, du hast eine Rollei 3.3! Donnerwetter!«

Er nickte anerkennend.

»Eine gute Kamera, aber nichts für Anfänger!«

»Ich bin auch keine Anfängerin!«, rutschte es Angelika heraus, und sie erinnerte sich an das Sprichwort von Frau Hellmann: Hochmut kommt vor dem Fall. Ausgerechnet, wo sie Reiß gleich das Gegenteil vor Augen führen würde, war sie so forsch!

»Was zu beweisen wäre!«, antwortete er dementsprechend. »Dann mal her mit den Filmen. Panchromatisch oder orthochromatisch?«

»Ein Panfilm.«

»Dachte ich mir!«

Er knipste das helle Licht aus und schaltete eine schwache Glühbirne mit rotem Licht an. Angelika öffnete die Klappe an ihrem Fotoapparat, entnahm den Film und schnitt ihn in Streifen. Reiß schwenkte die Schale mit der klaren Flüssigkeit hin und her, sodass immer wieder frische Entwicklerlösung über einen den Negativstreifen lief. Obwohl er an der linken Hand nur den Daumen hatte, die anderen Finger fehlten, stellte er sich sehr geschickt an.

»Ich habe Rapidentwickler verwendet, damit wir hier nicht ewig sitzen.«

Angelika nickte, beugte sich nach vorne und betrachtete in dem grünen Licht, wie sich die Gelatineschicht mit Entwicklerflüssigkeit vollsaugte und aufquoll. Sie schwiegen beide, und nur das Ticken der Eieruhr, die Reiß zuvor gestellt hatte, war zu hören. Man konnte sehen, wie die Bromsilberkörner geschwärzt wurden und sich das Negativ langsam aufbaute. Nach einer Minute erschien schon die erste Bildspur, die dritte Minute ließ die Mitteltöne sichtbar werden. Sie sah genauer hin. Da waren Hände, die Kameras hochhielten, Hinterköpfe, ein schwarzes Viereck zu sehen, sonst nichts. Nach sieben Minuten klingelte die Uhr, das Negativ war ausentwickelt. Reiß nahm es mit einer Pinzette aus der Wanne, hielt es sich vor die Augen und sah Angelika an. »Na, das war ja wohl nichts!«

Sie legte den nächsten Streifen in die Wanne und hoffte, dass darauf die Aufnahme war, auf der niemand den Politiker verdeckte. Wieder sahen sie zu, wie sich das Negativ aufbaute.

»Obwohl ich das seit Jahrzehnten mache, hat dieser Moment für mich nichts von seiner Spannung eingebüßt!«

Angelika nickte, ohne den Blick von dem Negativ abzuwenden.

»Wenn sich die Mitteltöne aus dem braunen Film schälen, man eine Ahnung bekommt, ob es gelungen ist, ob es was Besonderes ist oder Durchschnitt, ob man eine Lebenssekunde festgehalten oder man nur Material verschwendet hat ...«

»Eine Lebenssekunde!«, wiederholte sie. »Das ist ein schöner Ausdruck!«

»Ah! Willy Brandt!«, rief er statt einer Antwort.

Zumindest waren Willy Brandts Gesichtszüge auf dem einen Bild gut erkennbar, dachte Angelika erleichtert, und kein Kopf, Mikrofon, Arm oder Blitz anderer Fotografen und Reporter verdeckte den Politiker.

»Das sieht doch schon mal ganz gut aus«, sagte er, aber ihm war deutlich anzuhören, dass er es nicht für außergewöhnlich hielt.

»Jetzt die anderen«, sagte er und streckte die Hand nach den restlichen Streifen aus.

Angelika atmete tief ein.

»Es gibt keine anderen.«

Sie hörte, wie Reiß sich räusperte. »Nur ein einziges Foto von Brandt? Und ansonsten nur Hinterköpfe und hochgereckte Arme?«

Sie schüttelte den Kopf. »Nein. Ich habe tatsächlich nur eines von ihm hinter dem Rednerpult schießen können. Ansonsten war er immer verdeckt.«

Er schnalzte mit der Zunge. »Deshalb wolltest du mir den Film nicht zeigen, ich hatte nicht geahnt, dass es so schlimm ist!«

Angelika senkte den Kopf.

»Kann passieren! Dann wollen wir dein Unikat mal lieber fixieren, nicht dass es uns noch durch die Lappen geht.«

Er schüttete das Natron in eine andere Wanne mit wässriger Lösung und legte den Streifen mit der Pinzette hinein. Während das Bromsilber aus dem Negativ gelöst wurde, um es lichtbeständig zu machen, schwiegen sie wieder. Diesmal empfand Angelika die Stille als unangenehm. Nach der Fixierung hielt Reiß das Negativ unter fließendes Wasser, um das Salz herauszuspülen. Angelika hätte die erforderlichen Handgriffe im Schlaf ausführen können, so oft hatte sie schon Negative ausgewässert. Es gab Tage bei Hellmann, da hatte sie acht Stunden im Labor gestanden. Sie wusste, dass der Spülvorgang gründlich sein musste und man ihn nicht abkürzen durfte, sonst blieben Reste des Fixiernatrons in der Schicht. Sie mochte diese handwerklichen Arbeiten an der Fotografie genauso wie das Aufnehmen selbst. Ihr wäre es jetzt lieber gewesen, es selbst zu tun und dabei allein zu sein. Gleichzeitig fragte sie sich, warum Reiß sich so viel Zeit für ihr eines Foto nahm, warum er es nicht einfach alles ihr oder dem Laborassistenten überließ.

Nach einer halben Stunde zog er den Film vorsichtig zwischen seinen nassen Fingern hindurch, um kleine Schmutzteilchen zu entfernen und die Bildung von Tropfen zu vermeiden. Schließlich befestigte er es mit einer Klammer an der aufgespannten Leine. Er drehte sich zu Angelika um.

»Nun kannst du bei Kubin warten, bis es getrocknet ist.«

Damit wandte er sich wieder seinen Abzügen zu und prüfte mit dem Finger, ob sie noch feucht waren.

»… vielleicht hat er noch ein Wurstbrot für dich«, fügte er hinzu.

Angelika wollte zur Tür gehen, zögerte, und ihr Blick fiel auf ihre restlichen Negative.

»Es gibt noch ein Foto von Brandt, aber das kann ich nicht verwenden.«

Ihre Stimme klang unsicher, doch Reiß reagierte sofort: »Und das sagst du erst jetzt? Warum kannst du es nicht verwenden?«

Statt zu antworten, nahm sie einen der anderen Negativabschnitte und legte ihn in die Schale mit der Entwicklerlösung, stellte die Eieruhr, und wieder sahen beide voller Spannung auf die braune Gelatineschicht. Ganz langsam zeichneten sich Konturen ab. Da waren die drei Männer in Brandts Büro, durch die offene Tür hindurch fotografiert. Angelika hielt den Atem an. Hatte die Belichtung ausgereicht? Hatte sie den richtigen Ausschnitt gewählt? Würden die Gesichter scharf sein? Nach sieben Minuten war sie sich dessen relativ sicher.

Als Reiß es wieder an der Pinzette in die Höhe hielt, sagte er: »Gut belichtet, war bestimmt nicht einfach, in den Raum hinein.«

»Danke!«

»Wie ist es entstanden? Hat er gemerkt, dass er fotografiert wurde?«

Sie konnte ihm anmerken, dass ihn die Szene weit mehr interessierte als das andere Foto mit Brandt hinter dem Rednerpult.

Mit ruhiger Stimme erklärte sie ihm die Situation.

»Verstehe! Und du bist sicher, dass er dich bemerkt und hinterher genickt hat?«

»Ja, das bin ich.«

Reiß schien jetzt nicht mehr so entspannt und lässig wie vorhin. Er wanderte in der kleinen Kammer auf und ab. Sie wartete geduldig, bis er mit einem Ruck vor ihr anhielt.

»Mit diesem Foto ist dir etwas Besonderes gelungen, Stein. Erstens: Du bist die Einzige, die diese Szene im Kasten hat. Zweitens: Es erzählt eine Geschichte, macht die Politik lebendig und greifbar. Gleichzeitig ist es nicht respektlos.«

Etwas Besonderes gelungen? Gab es noch andere Wünsche, andere Erfüllungen auf dieser Welt? Gierig saugte Angelika die großen Stücke von Nektar und Ambrosia in sich hinein.

»Ist das wahr …?«, flüsterte sie atemlos.

Sie zuckte jäh zusammen, als es plötzlich an die Tür klopfte.

»Jetzt nicht!«, rief Reiß mürrisch.

»Damit hast du eine Lebenssekunde eingefangen!«, sagte er ganz ruhig, und sie merkte, wie sich bei seinen Worten ihre Härchen an den Unterarmen aufrichteten.

Wieder klopfte es. Diesmal energischer.

»Herr Pietsch ist hier. Ich soll Sie fragen, wann er endlich sein Foto von Brandt bekommt!«

Angelika sah Reiß an.

»Was soll ich jetzt tun?«, fragte sie leise.

CHRISTINE

Christine saß am Tisch in der Internatsmensa. Es gab Suppe mit Siedefleisch, ein Gericht, das keiner mochte. Doch ihre Hungergefühle ließen ihnen nicht den Luxus, wählerisch zu sein. In der Mitte der Resopalplatte lag ein Adventskranz mit zwei brennenden Kerzen. Die Sterne aus Glanzfolie, auf der einen Seite golden, auf der anderen Seite blau, hatten die Schülerinnen selbst im Kunst- und Werkunterricht gebastelt. Eigentlich eine Aufgabe für Kindergartenkinder. Erst jetzt beim Mittagessen fiel ihr auf, dass fast alle Sterne unsauber gearbeitet waren. Manche waren schief geknickt, bei manchen quoll der Klebstoff an den Seiten heraus. Aber nur sie hatte deshalb ein »Ausreichend« auf die Arbeit bekommen.

»Deine Hände sehen schlimm aus!«, flüsterte Beate, die neben ihr saß und ihr Suppenfleisch auf einem Extrateller in winzig kleine quadratische Stückchen schnitt. Anschließend ordnete sie die Würfel zu einer geometrischen Figur an.

»Warst du damit beim Arzt?«

Sie fing rechts oben an, spießte den ersten Fleischwürfel auf einen Zinken ihrer Gabel und steckte ihn ganz langsam in den Mund.

»Mhmm, ist das köstlich!«, stieß sie aus und verdrehte theatralisch die Augen, als sei das zähe Suppenfleisch der Gipfel des Genusses. Christine musste grinsen. Dann sah sie auf ihre Hände, an denen sie sich große Stücke ihrer Hornhaut abgerissen hatte. Neuerdings verlangte Hartung von ihr, dass sie ohne die Reckriemchen trainierte, die die Handflächen sonst schützten. Er meinte, sie müsse mehr Hornhaut bilden. Auf ihre blutenden Wunden reagierte er mit Spott. Mehrmals hatte sie den Holm nicht mehr halten können und war gefallen. Der Internatsarzt hatte die Stellen lediglich mit Jod eingepinselt, was wie Feuer brannte. Sie versteckte die Hände unter dem Tisch und presste die Lippen zusammen.

»Es sieht schlimmer aus, als es ist!«

Beate blickte sich nach allen Seiten um.

»Was ist denn bloß los? Gestern hat er dich mit den blutenden

Händen stundenlang Kippen am Reck turnen lassen. Das kann man sich ja nicht mehr mit ansehen.«

Dabei ließ sie ihre Augen nach rechts und links wandern, um sicherzustellen, dass ihr niemand zuhörte.

»Du warst doch immer seine Vorzeigeturnerin! Offen gesagt, waren wir alle immer ein wenig eifersüchtig auf dich, du musst wenigstens nicht …«

Sie biss sich auf die Lippen. Christine hob den Kopf und sah Beate in die graublauen Augen.

»Was?«

»Ach, nichts!«

Beate senkte die Lider und schüttelte den Kopf. Christine wusste nicht, ob sie ihr trauen konnte, schließlich war ihr Vater ein hochrangiges SED-Mitglied. Sie hätte nicht sagen können, weshalb sie Beate trotzdem mochte. Vielleicht, weil sie sie mit ihrer vorwitzigen Art an Roselore erinnerte, die ältere Turnerin, die sie seit ihrer Heirat und dem Wegzug nach Westberlin mehr vermisste, als sie sich eingestehen wollte. Sie hatte ein so dringendes Bedürfnis nach Zuspruch, Wärme und Freundschaft, dass sie nicht mehr lange überlegte und den Satz sagte: »Ich halte es hier nicht mehr aus!«

»Wie meinst du das … hier?«

Beates Augen verengten sich, aber Christine sprach jetzt mit der Stimme einer Ertrinkenden weiter.

»Ich muss weg von hier, weg aus Hohenschönhausen, weg aus der DDR!«

Die letzten vier Worte gingen ihr plötzlich so leicht von den Lippen, als hätte sie gesagt, sie müsse nur mal kurz an die frische Luft.

Beate schwieg.

»Es ist wegen der Briefe. Sie wollen mich dafür bestrafen.«

»Was für Briefe?«

»Ein Briefwechsel mit einem Jungen aus der BRD. Er ist auch Geräteturner. Du hast ihn vielleicht auf einem der internationalen Wettkämpfe gesehen, zuletzt in Moskau. So einer mit blonden, verstrubbelten Haaren.«

Sie hielt beide Hände über ihren Kopf und ließ ihre Finger vibrieren, um Thomas' Frisur zu beschreiben. Dabei musste sie wehmütig daran denken, wie wenig von seiner schönen Mähne übrig war, seit ihm ein Militärhaarschnitt verpasst worden war.

»Ich glaube, ich erinnere mich: Der gut aussehende Reckturner ... er hat so einen sympathischen Dialekt«, flüsterte Beate mit dem typischen Blick eines Menschen, der gerade in das Geheimnis der besten Freundin eingeweiht worden war. In ihm lag eine Mischung aus Sensationslust, Mitgefühl und Vorwurf.

»Warum hast du mir nicht früher davon erzählt?«

Ohne auf ihre Frage einzugehen, sprach Christine mit gedämpfter Stimme weiter: »Die Briefe hat die Kammerer abgefangen. Das ist uns klar geworden, als Thomas, so heißt er nämlich, hier kurz zu Besuch war ... und als dann meine Mutter kam und wir noch einmal alleine im Büro der Hausmutter waren, habe ich den Schrank aufgebrochen und sie gefunden.«

Beate schnappte nach Luft. »Du hast den Schrank aufgebrochen? Das hätte ich dir gar nicht zugetraut, Gregor sagt immer, du bist ...«, der Rest ihres Satzes ging in einem Hustenanfall unter. Ein kleines Stück Siedefleisch war in ihre Luftröhre geraten. Die anderen Internatsschülerinnen drehten sich zu ihnen um.

»Sprich jetzt lieber nicht mehr davon!«, raunte Christine Beate zu. Sie stand auf und klopfte ihr auf den Rücken. Eine eisige Kälte griff nach ihr. Zuerst war es nur ein stumpfes Gelähmtsein, eine Schwäche, dann fühlte sie sich kurz vor einer Ohnmacht, musste sich setzen. Doch Hammerschläge holten sie zurück in die Wirklichkeit. Niemand nannte Gregor Hartung je bei seinem Vornamen. Sie musste den Verstand verloren haben, der neuen Geliebten ihres Trainers von ihren Fluchtgedanken zu erzählen.

Beate hörte auf zu husten. Die restliche Zeit des Mittagessens verbrachten sie schweigend. Beide grau im Gesicht. Nun kannten sie beide das Geheimnis der anderen und verarbeiteten es jede auf ihre Art. Die Vision des Mädchens in Hartungs Armen, dessen Körper ihr seit vielen Jahren vertraut war. Christine wusste, wie er roch, wie seine Hände sich anfühlten. Er war selbst ein exzellenter Turner gewesen, kräftig und beweglich, mit den strammen, glatten Muskeln eines Athleten. Doch er hatte sie niemals auf andere Art angerührt als in seiner Eigenschaft als Turnlehrer. Christine spürte in ihrer bitteren Verzweiflung dennoch eine merkwürdige Solidarität mit der siebzehnjährigen Beate, die von ihrem dreiundzwanzig Jahre älteren Trainer missbraucht wurde.

Im Anschluss an das Essen war in ihrem Tagesplan eine Stunde Mittagsruhe vorgesehen, die Christine, sooft sie konnte, nutzte, um allein zu sein und nach draußen zu gehen. Sie zog sich zwei Trainingsjacken übereinander an, wickelte sich einen Schal um den Hals und verließ das Gebäude durch den Hinterausgang, statt wie sonst direkt den verglasten Finger zur Turnhalle zu nehmen. Es war das Stück Himmel über dem Tartanplatz, das eine wichtige Rolle in den letzten zwei Jahren ihres Lebens gespielt hatte. Immer wenn es das enge Korsett ihres Stundenplans zuließ, war sie hier herausgekommen und hatte nach oben auf das von Pappeln begrenzte Viereck geschaut. Hatte hohe Wolkenprozessionen, kupferfarbene Sonnenuntergänge, messinggelbe Mondsicheln gesehen.

Am Anfang, als alles ganz neu war, hatte sie das flirrende Licht des Spätsommers genossen, das sich in dem hellgrünen Laub verfing. Die Luft durchsetzt von den hellen Stimmen der Leichtathletinnen, die andere Zeitpläne hatten und dort ihre Runden drehten. Ihr Leben hier im Sporteliteinternat war ihr verheißungsvoll erschienen. Ihre Augen waren über den Zaun hinweggeflogen, hoch zu dem weiten Himmel. Sie hatte den Gedanken genossen, die Karriereleiter einer Turnerin in der DDR womöglich bis ganz nach oben zu klettern, international bekannt zu werden, irgendwann doch noch in einer gesamtdeutschen Olympiamannschaft zu starten, im deutschen Haus des olympischen Dorfs zu wohnen, in Rom, unter einem Dach mit den westdeutschen Athleten, und mit Thomas. Sie hatte den Jubel der Zuschauer hören können und war verliebt in die Vorstellung, dass vielleicht ein kleines italienisches Mädchen unter ihnen saß und atemlos ihre Barrenkür verfolgte, von dem Wunsch beseelt, eines Tages auch diese halsbrecherischen Elemente der Christine Magold zu beherrschen.

Es hatte aber bereits ein Schatten über der Szenerie gelegen. Die Tage waren bald kürzer geworden, die Blätter der Pappeln gewelkt, und morgens war einem der Geruch feuchter Erde in die Nase gestiegen. Eine willkommene Abwechslung zu Magnesia und Schweiß – wenn sich auch die nasskalte Jahreszeit mit der üblichen Wehmut verband.

An diesem Dezembertag lag der Himmel in wintriges Grau gehüllt. Schnee auf dem Tartanplatz. Eine bläuliche Girlande von Eiszapfen hing an dem obersten Draht des Zauns, der das gesamte Sportforum umgab und es von der Außenwelt abschirmte. Wann wird aus »Irgendwann« ein »Jetzt«?, dachte sie. Eine feine Traurigkeit lag in dem Gedanken. »Irgendwann« war ein seltsames Wort. Wenn man nicht aufpasste, konnte es leicht zu »Niemals« werden. Auf einmal nahm sie den engmaschigen Zaun wahr, der vorher nie in ihr Blickfeld geraten war. Und sie realisierte: Die glitzernden Eiszapfen hingen an Stacheldraht.

JOACHIM

Joachim Hellmann hatte sich unzählige Male mit Selbstvorwürfen geplagt, erst seine leiblichen Kinder in der DDR zurückzulassen und nun auch noch seinen ersten Lehrling, die junge begabte Fotografin Angelika Stein, fortzuschicken. Weit fort von Kassel, nach Westberlin. Manchmal fragte er sich, ob er zu hartherzig und zu gar keinen Gefühlen mehr fähig war. Ob ihm seine Freiheit und sein Lebensstil mehr wert waren als seine eigene Tochter und sein eigener Sohn? Ob er tatsächlich nur das Wohl der kleinen Stein im Auge hatte, als er ihr vorschlug, sich auf die Stelle beim *Tagesspiegel* zu bewerben? Oder ob er sie ausnutzen wollte? Einen Fuß, ein Auge, ein Ohr in der Nähe seiner Tochter zu platzieren versuchte? Doch seit sie gegangen war, überwältigte ihn wieder die Kraftlosigkeit, die ihn nach seiner Flucht aus der DDR und vor der Einstellung des Mädchens als Lehrling so häufig gepackt hatte. Er hatte die Wirkung unterschätzt, die ihre pure Anwesenheit, ihre Wissbegierde und Intelligenz, ihre sichtbare Leidenschaft für die Fotografie, der Austausch mit ihrem wachen Geist auf seine Gemütslage ausgeübt hatten.

Mit ihrem Wegzug verschwand auch seine Energie, nichts schien mehr übrig. Mit mechanischen Bewegungen führte er die Laborarbeiten aus, wässerte Negative, vergrößerte die Abzüge eines Brautpaares, eines Blumengestecks, einer Hochzeitsgesellschaft, die er am Wochenende aufgenommen hatte. Sie hatten sich Farbfotos gewünscht, was bei der Entwicklung wesentlich aufwendiger war als Schwarz-Weiß. Man sah der schmalgesichtigen Braut an, wie sehr sie in dem Kleid aus Tüll und zarter Spitze fror. Die blauen Lippen hätte man auf Graubstufungen nicht bemerkt. Sie war jung, vielleicht achtzehn oder neunzehn, im selben Alter wie Christine und Angelika. Der Anblick der frierenden, aber glücklichen jungen Frau verschärfte die Trostlosigkeit. Mit harten Fingern griff die Einsamkeit nach ihm und ließ ihn nicht mehr los.

Er klemmte die Farbabzüge an der Wäscheleine fest, verließ die Dunkelkammer und ging die Treppe hinauf in seine Wohnung. Es gab einen aus rohen Steinen zusammengefügten Kamin, in dem er in den letzten Wintern gerne abends Feuer gemacht hatte. Doch statt die aufgeschichteten Holzscheite mit einem zerknüllten Zeitungspapier aus dem Korb anzuzünden, ging er zu einem wuchtigen Schrank und holte sich ein Glas und eine Flasche Weinbrand heraus. Wenn er wenigstens seine Mutter einmal hätte wiedersehen können. Sicher war sie genauso alleine wie er. Doch er konnte sich nicht überwinden, den tiefen Graben zwischen ihnen zu überqueren. Die Vorwürfe wogen zu schwer. Auch wenn Angelika ihn manches Mal darauf angesprochen hatte, auf eine Aussöhnung gedrungen hatte, war die Kluft zu tief.

Er hielt die Flasche gegen das Licht. Die bernsteinfarbene Flüssigkeit splitterte in verschiedenfarbige Prismen, die er eine Weile nachdenklich betrachtete. Dann füllte er das bauchige Glas zwei Fingerbreit und schwenkte den preiswerten Weinbrand mit kreisenden Bewegungen in seiner Handfläche, als handelte es sich um einen wertvollen alten Cognac. Fast hätte er die Flasche fallen lassen, als das Telefon laut schrillte. Es war der Anschluss seines Geschäfts, für dessen Klingel er sich einen Verstärker in die oberste Etage hatte legen lassen. Er stellte die Flasche ab, rannte die Treppe hinunter, stieß die Tür zum Laden auf und fragte sich dabei, welcher Kunde so spät noch anrief. Kurz bevor er glaubte, nun sei es zu spät, erreichte er das perlmuttfarbene Telefon und nahm den Hörer ab.

»Hellmann Fotografie?«, meldete er sich.

In der Leitung war ein Knacken und Rauschen zu hören und ganz weit weg eine leise Frauenstimme. Ein Ferngespräch! Hellmann war wie elektrisiert.

»Christine, bist du es?«, rief er in die Sprechmuschel. »Oder Angelika?«

Wieder nur ein Summen und Kratzen.

»Ich kann nichts verstehen! Wer ist denn da?«

»Ich bin es, Kerstin!«, hörte er eine schwache Stimme.

»Kerstin!«

»Joachim, es ist etwas passiert!«

»Um Gottes willen! Doch nichts mit den Kindern!«

Er merkte, wie seine Hand, die den Hörer hielt, anfing zu zittern.

Eine Weile hörte er nichts außer Knacken und Scharren und rief mehrmals »Hallo ... hallo ... bist du noch da?« in den Hörer.

»Wir müssen ... da rausholen ...«

Die abgehackten Worte ergaben für ihn keinen Sinn.

»Was meinst du damit? Wen müssen wir wo rausholen?«

»Weiß nicht weiter ... ihr helfen ... Christine ...«

»Wo bist du jetzt?«, fragte er.

Dann brach das Gespräch zusammen, und es war nur noch ein lang gezogener Ton zu hören. Joachim rief noch mehrmals in die Sprechmuschel, obwohl er wusste, dass es sinnlos war.

Er stand eine Weile mit dem Hörer in der Hand da. Fühlte sich wie benommen und versuchte, seine Gedanken zu ordnen. Es war etwas mit Christine. Christine war in einem Sportinternat untergebracht. Meinte Kerstin mit »da rausholen«, sie müsse weg von dort? Aber warum?

Nach einer Weile legte er den Hörer auf, als ihm klar wurde, dass Kerstin vielleicht versuchen würde, ihn ein zweites Mal zu erreichen, und dann nicht durchkommen würde. Er blieb noch eine Viertelstunde neben dem Telefon stehen, beschwor den Apparat, erneut zu klingeln. Doch als nichts passierte, ging er mit schweren Schritten die Stufen zu seiner Wohnung hinauf. Seine Hand zitterte, als er das Cognacglas nahm. Er war erschöpft. Er war immer erschöpft, seit er wieder ganz alleine war. In drei großen Schlucken trank er das Glas leer und merkte, wie ihm die hochprozentige Flüssigkeit warm die Kehle herunterlief und angenehm brannte. Der Alkohol tat zusammen mit dem alarmierenden Anruf schnell seine Wirkung, ließ ihn eine neue Tatkraft spüren, die er sonst nicht mehr kannte. Er sah auf die Uhr: Es war noch nicht einmal sieben Uhr durch. Nicht auszuschließen, dass an diesem Abend noch ein Schnellzug nach Berlin gehen würde.

Hastig ging er in sein Schlafzimmer, schob einen Stuhl vor den Schrank und holte den alten braunen Lederkoffer herunter. Er pustete den Staub weg, legte ihn auf sein ordentlich gemachtes Bett, ließ die beiden Messingschließen aufschnappen. Aus dem Schrank griff er wahllos ein paar Oberhemden, einen Pullover, eine Hose, Unterwäsche, Pyjama, Socken und legte alles in den mit kariertem Stoff ausgeschlagenen Koffer. Im Badezimmer schaufelte er mit der Handfläche sein Rasierzeug, Kamm, Zahnpasta und Seife von der Ablage in den schwarzen Kulturbeutel. Griff die Zahnbürste aus dem Glas, warf sie hinein, zog den Reißverschluss zu. Er klappte den Deckel des Koffers herunter, griff sich im Flur seinen Mantel und Schal von der Garderobe, blieb einen kurzen Augenblick stehen, um nachzudenken, ob er nichts vergessen hatte. Im letzten Moment fiel ihm sein Personalausweis ein, der in der Küchenschublade lag. Dann ging er die Treppe herunter, schrieb auf das Schild an der Tür das Wort »Betriebsferien«, schloss die Tür von außen ab, zog das Rollgitter herunter und machte sich auf den Weg zum Bahnhof, der seit der Anbindung an die Fußgängerzone über die Treppenstraße führte.

Zehn Minuten vor acht drängte er sich durch das abendliche Gewühl des Kasseler Hauptbahnhofs. Seit Jahren war der im Krieg stark zerstörte Bahnhof eine riesige Baustelle, und nur einige Gleise waren für den Zugverkehr freigegeben. Umso mehr drängelten sich die Fahrgäste. Wo er bis zum Zweiten Weltkrieg ein wichtiger deutscher Verkehrsknotenpunkt gewesen war, lag er infolge der Deutschen Teilung nun zu nah an der innerdeutschen Grenze und damit abseits der Nord-Süd-Strecke.

Er erkundigte sich am Schalter nach den Abfahrtzeiten eines Fernzuges nach Berlin, und erst während der Mann hinter der Glasscheibe in seinem dicken Kursbuch blätterte, wurde ihm klar, dass er sich auch auf der Transitstrecke für einige Stunden auf dem Hoheitsgebiet der DDR aufhalten würde.

»Sie haben Glück! Mit zweimal Umsteigen sind Sie in knapp vier Stunden in Westberlin. Der Zug nach Göttingen fährt aber in fünf Minuten ab!«

Joachim Hellmann überlegte nicht lange, er wischte seine Bedenken beiseite, bezahlte die Fahrkarte, und gerade als der Ruf »Einsteigen, alles einsteigen!« den Zug entlangschallte, fand er noch einen Sitz in einem der billigen Abteile.

ANGELIKA

Pietsch stützte sich mit durchgestreckten Armen auf den Tisch und beugte sich über die beiden großformatigen Schwarz-Weiß-Abzüge. Das eine zeigte Willy Brandt vor seiner Rede, im Gespräch mit den zwei anderen Politikern. Das andere bildete ihn im Halbprofil hinter dem Rednerpult stehend ab. Dem Politiker war die Befriedigung über die Reaktion der Presseleute auf seinen letzten Satz deutlich anzusehen. Er nahm das erste Foto hoch, hielt es sich näher vor die Augen und murmelte: »Zugegeben, das ist wirklich gut!« Er sah sich nach den anderen um, die hinter und neben ihm in dem engen Fotolabor standen. »Was meinen Sie, Reiß?«

Reiß fuhr sich mit der Hand über das Kinn und sagte: »Das ist es! Ganz ohne Frage. Sie hat eine gute Kamera, die zweiäugige Rolleiflex und deren üppiges Aufnahmeformat erlaubt im Labor auch großzügiges Ausschnittvergrößern. Die Belichtung war nicht einfach, da von außen in den Raum hinein fotografiert wurde, aber sie hat einen besonders lichtempfindlichen Film verwendet. Wir haben in der Dunkelkammer ein wenig an der Tiefenschärfe gearbeitet. Aber das Ergebnis kann sich sehen lassen.«

Angelika stand mit dem Laborassistenten hinter den beiden Männern, die sich über sie und ihre Aufnahmen unterhielten, als sei sie gar nicht anwesend. Erst als Reiß meinte, er hätte es nicht besser machen können, warf ihr Pietsch einen Seitenblick zu. Doch den nächsten Satz richtete er wieder nur an Reiß.

»Das sind Kramer und Jung, mit denen er da diskutiert. Wenn man jetzt noch wüsste, was sie genau gesprochen haben …!«

»Fragen Sie Fräulein Stein! Sie war schließlich dabei!«

Pietsch drehte sich um: »Haben Sie davon etwas mitbekommen?«

»Jedes Wort.«

Pietsch versuchte, sich seine Überraschung nicht anmerken zu lassen.

»Und?«

Angelika kam näher.

»Brandt hielt einige Blätter in der Hand und schlug mit der anderen auf das Papier.«

Sie deutete auf das Foto.

»Er wirkte aufgebracht, ja, wütend sogar, und wurde ziemlich laut: So könne er das nicht sagen! Das sei viel zu vage! Unmöglich! Die Botschaft an die Sowjets und an die Berliner Bevölkerung müsse unmissverständlich sein.«

Pietsch, Reiß und Kubin hörten ihr jetzt aufmerksam zu.

»Der andere, rechts von ihm ...!« Sie zeigte auf den Mann mit der breiten Nase auf dem Foto.

»Das ist Jung, einer seiner engsten Berater«, erklärte Pietsch.

»Also der hatte Bedenken. Er sagte: Wir müssen vorsichtig sein, Willy. Es könnte dir als zu provokativ ausgelegt werden.«

»Ja, so kennt man den, der ist immer sehr defensiv«, sagte Pietsch.

»War dieser Jung nicht kürzlich in der Boulevardpresse?«, fragte Reiß.

Pietsch kratzte sich an der Schläfe und nickte: »Stimmt, da war was.«

»Irgendeine Frauengeschichte, ich komme noch drauf.«

»Der andere links von ihm ...«, Angelika ignorierte Reiß' Bemerkung und deutete wieder mit der Hand auf das Foto, »... hat diesem Jung zugestimmt. Aber Brandt ließ sich von denen gar nichts sagen. Er hat sie in ihre Schranken verwiesen: Nichts da! Meine Haltung ist klar: Berlin bleibt frei!, hat er laut und deutlich gesagt.«

Pietsch nickte, und Angelika fuhr fort: »Die anderen beiden haben dann auf ihn eingeredet, das war aber leiser, die Worte konnte ich nicht verstehen.«

»Und sie haben Sie die ganze Zeit nicht bemerkt?«

»Sie haben erst aufgesehen, als sie das Klicken meines Auslösers gehört haben.«

»Jetzt kommen wir zum entscheidenden Punkt.« Pietsch verschränkte die Arme. Reiß räusperte sich, und Kubin verhielt sich ganz still, so als wolle er die anderen gar nicht an seine Anwesenheit erinnern. »Wie haben sie reagiert?«, fragte Pietsch.

Angelika sah zu Reiß, und der nickte ihr zu.

»Was um alles in der Welt ... hat der rechts, dieser Jung, gerufen, ziemlich überrascht und unfreundlich. Aber Brandt hat die Hand in seine Richtung gehoben, und da war der sofort still.«

»Und dann?«, fragte Pietsch.

»Er schien zwar überrascht, mich da plötzlich mit der Kamera in der Hand zu sehen, aber er hat gar nicht verärgert reagiert. Er hat die Brille abgenommen, mich gemustert ...«

»Hat er etwas gesagt?«

Angelika schüttelte den Kopf. »Nein, er hat nichts gesagt, die anderen beiden auch nicht. Aber er hat genickt.«

»Genickt? Sind Sie sich da sicher?«

»Ja, ganz sicher.«

Pietsch drehte sich wieder zu Reiß um. Doch der war zurück in die Dunkelkammer gegangen. Sie warteten einen Moment, der Journalist stellte Angelika noch weitere Fragen, machte sich Notizen, dann kam Reiß wieder zurück und roch deutlich nach Schnaps.

Pietsch verzog zwar verächtlich das Gesicht, doch die Einschätzung des renommierten Fotografen schien im Moment das Einzige zu sein, was für ihn zählte. »Was meinen Sie?«, fragte er ihn. Reiß hob den Kopf und überlegte keine Sekunde: »Das Bild ist gut, die Geschichte ist gut, worauf warten Sie da noch? So eine Gelegenheit hat man nicht jeden Tag!«

»Es ist nur ...«

»Ich weiß, der Ehrenkodex der Journalisten. Aber hätte Brandt genickt, wenn er nicht wollte, dass es veröffentlicht wird? Er wusste, dass sie von der Presse ist.«

»Sie haben recht. Wir bringen es.«

Angelika wachte auf, bevor der Wecker klingelte. Es war noch dunkel im Zimmer, aber sie konnte nicht mehr einschlafen. Die Vorstellung, dass jetzt bereits die frisch gedruckte Ausgabe des *Tagesspiegels* ausgetragen wurde, von Zeitungsboten in Briefkästen, Zeitungsröhren, auf Fußmatten und Theken der unzähligen Trinkhallen, wie die Berliner ihre Kioske nannten, gelegt wurde, ließ ihr keine Ruhe. Heute war der Tag! Heute sollte es so weit sein! Heute würde das allererste Mal ein von ihr aufgenommenes Foto in einer gedruckten Tageszeitung erscheinen! Auch wenn es einen Wermutstropfen gab. Bei Redaktionsschluss stand fest, man würde ihn drucken, aber es würde nur ein Artikel werden, und nur auf Seite drei. Pietsch hatte getobt, als er erfahren hatte, wie der ihm gewährte Platz von einer halben auf eine achtel Seite verkleinert und in der Ausgabe nach hinten gewandert war. Alles nur, weil er sich zu lange im Fotolabor aufgehalten hatte, wie er Angelika ohne Umschweife vorwarf. Er machte sie dafür verantwortlich.

Sie wehrte sich nicht. Für sie spielte es keine Rolle. Es war trotzdem ein großer Schritt, endlich von Sortierarbeiten im Archiv zur ernst zu nehmenden Pressefotografin zu avancieren, als die sie ursprünglich eingestellt worden war.

Sie knipste das Licht der kleinen Nachttischlampe an. Der gelbe Stoffschirm mit den Troddeln tauchte das Zimmer trotz der funzeligen Glühbirne in ein warmes Licht, und sie schlug die Bettdecke zurück. Inzwischen hatte sie es sich angewöhnt, abends ihren Mantel über die zu dünne Bettdecke zu breiten. Seitdem fror sie nachts so lange nicht, bis er herunterrutschte, dann wachte sie jedes Mal auf. Die Glut in dem kleinen Kohleofen erlosch in der Nacht, und gegen Morgen wurde es eisig. Rasch schlüpfte sie in ihre Pantoffeln und zog den Mantel über ihren Pyjama. Ob es am Kiosk an der nächsten Straßenecke nun schon die neuen Tageszeitungen gab? Hatte er überhaupt schon geöffnet? Sie sah auf den kleinen Reisewecker: Es war fünf vor sieben. Ohne lange weiterzugrübeln, öffnete sie ihre Zimmertür, schlich auf Zehenspitzen durch den Wohnungsflur, als ihr einfiel, dass sie gar kein Geld mitgenommen hatte. Schnell huschte sie zurück in ihr Zimmer, griff ihr Portemonnaie, lief die Treppen hinunter zur Haustür heraus. Der kalte Dezemberwind wirbelte ihre Haare durcheinander, und die Minustemperaturen ließen ihren Atem kondensieren.

Sie rannte los und stand eine Minute später vor der Trinkhalle, neben dem Inhaber, der sich gerade bückte und die Kordeln aufschnitt, mit denen die Zeitungsstapel zusammengeschnürt waren. Er trug Handschuhe, eine Kappe mit Ohrenklappen und eine derbe Wolljacke. Sein gutmütiges Gesicht zeigte tiefes Erstaunen, als er die nackten Füße in Plüschpantoffeln und die hellblauen Pyjamahosenbeine neben sich sah.

»Wat is' nu los?«, fragte er und richtete sich auf. »Sie sind aber früh dran, Frollein! Ham sich det Anziehen gespart, wie?«

»Guten Morgen. Den *Tagesspiegel*, bitte!«, sagte Angelika und merkte, wie ihre Zähne vor Nervosität und Kälte aufeinanderschlugen.

»Den *Tagesspiegel* ... Moment, wo hab ich den?«

Er sah sich um. Sein Kiosk stand nahe einer Straßenlaterne, unter einem Baum mit kahlen Zweigen, die ein feines Schattennetz über das schwach erhellte Trottoir warfen. Dort auf dem groben Pflaster waren die Zeitungspakete abgelegt worden. Die Straße war still, menschenleer, die Luft trocken und eisig. Angelika wurde klar, wie unvernünftig es gewesen war, sich nicht richtig anzuziehen, bevor sie vor die Tür gegangen war. Wenigstens Strümpfe und feste Schuhe hätte sie sich jetzt gewünscht. Sie wartete, während er in Seelenruhe die Kordel aufschnitt. Dann nahm er die oberste Ausgabe von dem Stapel und überreichte ihr die darunter liegende.

»Bitte schön, die oberste ist meistens verknickt, die unterste schmutzig. Sie kriegen eine tadellose!«

Voller Ungeduld wollte Angelika nach der Zeitung greifen, doch er hielt sie noch kurz zurück und schloss die Augen.

»Es ist jedes Mal wat Besonderes, als Erster die druckfrischen Blätter in die Hand und die Farbe in die Nase zu kriegen ... Hier, riechen Se mal, Frollein.«

Obwohl sie so erbärmlich fror, tat sie ihm den Gefallen, beugte sich vor und sog den Geruch der frischen Druckerschwärze ein. Sie sah ihn an und nickte. »Sie haben recht!« Doch dann riss sie die Augen auf und fragte: »Darf ich!«

»Nur zu!«

Aufmerksam beobachtete sie der Trinkhalleninhaber, als sie mit der Zeitung in der Hand ein Stück weiterging, um sie direkt unter den Lichtkegel der Laterne zu halten und aufzuschlagen. Ihr Herz klopfte bis zum Hals. Da war ihr Bild. Mitten auf der Seite drei. Im Großformat, gestochen scharf, in hervorragender Druckqualität.

»Das macht fünfzig Pfennige, Frollein.«

Angelika tastete nach dem Portemonnaie in ihrer Manteltasche.

Im Geist rechnete sie, wem sie alles ein Exemplar schicken musste: Ihren Eltern, Peter, Rudi, Herrn Hellmann, Frau Hellmann.

»Ich hätte gerne noch fünf, bitte!«

»Fünfe? Na, Sie gefallen mir!«

Er feuchtete die Finger an und zählte die fünf Zeitungsausgaben ab. Sie gab ihm zwei Mark fünfzig und begann, die restlichen Pfennige zusammenzukratzen, als er abwinkte. »Lassen Se mal, die eine Ausgabe schenk ich Ihnen ... Darf man fragen, was der Anlass für Ihr frühes Erscheinen und Ihren Großeinkauf ist?«

Angelika zitterte jetzt am ganzen Körper. Sie hatte das Gefühl, noch nie dermaßen gefroren zu haben, obwohl die Nachkriegswinter weit schlimmer waren, als das Brennmaterial ausging. Gleichzeitig war da dieses unbeschreibliche Hochgefühl, das sie ganz schwindelig machte.

Sie bedankte sich und tippte mit dem Zeigefinger auf das große Schwarz-Weiß-Bild von Brandt mit seinen Beratern.

»Dieses Foto ist von mir!«

Der Stolz, den sie fühlte, als sie die Worte aussprach, war unbeschreiblich.

»Mein allererstes Pressefoto!«

»Ah, det gefällt mir. Der Brandt ist ein guter Regierender Bürgermeister, gut für Berlin, gut für die kleinen Leute.«

Er nickte anerkennend und betrachtete sie jetzt genauer »Und Sie sind also von der Presse!«

»Ja, normalerweise laufe ich aber nicht in dem Aufzug draußen herum.«

Er nahm sich selbst ein Exemplar herunter.

»Dann sind Sie jetzt so etwas wie eine Berühmtheit und geben mir doch sicher ein Autogramm.«

Wie auf Watte schwebte Angelika zurück in Richtung ihrer Wohnung. Sie fühlte sich eigenartig entrückt. Die Geräusche im erwachenden Kiez, von einzelnen Automobilen, Mopeds, die vorbeifuhren, ersten Fußgängern auf dem Weg zur Arbeit, kamen ihr gedämpft vor. Einen Pritschenwagen mit Straßenkehrern, der einige Meter vor ihr anhielt und von dem die Arbeiter absprangen, nahm sie gar nicht richtig wahr. Ein Lebensmittelladen, der aufgeschlossen wurde, das alles sah sie wie durch eine dicke milchige Glasscheibe. Nicht einmal die Kälte spürte sie noch. Mit den sechs zusammengerollten Exemplaren in der Hand näherte sie sich dem Hauseingang und bemerkte den Mann in dem dunkelgrauen Mantel, der sich von dem Dunkel der Hauswand löste, erst, als er sie ansprach.

»Angelika ... Fräulein Stein!«

Sie zuckte zusammen und ließ vor Überraschung die Zeitungen fallen. Sofort bückte er sich und sammelte die auseinandergerutschten Ausgaben des *Tagesspiegels* auf. Zum zweiten Mal an diesem Morgen wunderte sich ein Mann über ihre nackten Füße in Pantoffeln. Sie sah auf den licht gewordenen Hinterkopf. Die schmalen, nach vorne gebeugten Schultern in dem weiten Mantel. Den Mann, der sich jetzt aufrichtete und zu ihr umdrehte, hatte sie hier nicht erwartet.

»Herr Hellmann! Was machen Sie denn in Berlin?«

Die Überraschung war ihrer Stimme deutlich anzuhören.

Er richtete sich auf und sah sie an. »Sie haben ja ganz blaue Lippen!«

Ihr Anblick erinnerte ihn an die frierende Braut vor der Kirche, von der er noch am Abend zuvor die Farbabzüge gemacht hatte, kurz bevor der Anruf kam und er sich in den nächsten Zug gesetzt hatte.

»Sie sollten besser gleich ins Warme gehen, sonst holen Sie sich hier draußen noch den Tod.«

»In meinem Zimmer ist es auch nicht besonders warm, ich habe den Ofen nicht angefeuert ... und ich glaube nicht, dass ich Sie mit hinaufnehmen darf.«

Sie sah verlegen zu Boden. »Herrenbesuch ist nicht gestattet.«

»Ich verstehe!«

Er sah kurz zur Seite und schwieg.

»Könnte ich dann im Treppenhaus warten, bis Sie sich etwas Warmes angezogen haben?«

»Da kann wohl niemand etwas dagegen haben. Ich beeile mich auch! Inzwischen können Sie sich in Ruhe mein erstes gedrucktes Pressefoto ansehen.«

Voller Stolz zeigte sie ihm das großformatige Schwarz-Weiß-Foto.

Sie nahm die übrigen Ausgaben mit und rannte die Treppen nach oben, gespannt auf die Reaktion ihres Lehrmeisters.

»Na, das ging ja schnell und gleich auf Seite drei!«, hörte sie ihn noch bewundernd hinter sich sagen.

Als sie die Stufen nach zehn Minuten wieder herunterkam, angetan mit dicken Wollstrumpfhosen und ihren Winterstiefeln, waren ihre Schritte lebendig, voller Euphorie. Während sie sich in Windeseile gewaschen, gekämmt, die Zähne geputzt hatte, hatte sich das Hochgefühl in ihren Adern ausgebreitet und ihr Blut schneller fließen lassen. Trotz des ungeheizten Zimmers war ihr jetzt wieder warm.

»Na, was sagen Sie, Herr Hellmann?«, rief sie ihm mit heller Stimme entgegen. Doch in seinem Blick suchte sie vergeblich nach Anerkennung. Er sah besorgt aus, ja, sogar eine Spur von Argwohn meinte sie in seinen Augen zu sehen, soweit das in der schummrigen Treppenhausbeleuchtung möglich war.

»Was ist denn?«, fragte sie. »Finden Sie das Foto nicht gut genug?«

Er schüttelte stumm den Kopf, ging neben ihr her nach draußen, wo jetzt das Licht der ersten Sonnenstrahlen über die graue Häuserlinie stieg. Es würde ein kalter klarer Wintertag werden, der die Hässlichkeit und Schmutzigkeit der geschundenen, geteilten Stadt Berlin genauso hervorheben würde wie die Strahlkraft ihrer wieder aufgebauten und neu entstandenen Prachtboulevards, seiner Theater, Hotels und Kaufhäuser. Angelika hatte sich, seit sie angekommen war, noch nie so sehr als Teil dieser besonderen Stadt gefühlt, die genau in diesen Tagen zum Spielball der Weltmächte wurde. Und ausgerechnet sie war es, die in dieser außergewöhnlichen Zeit einen so politisch bedeutsamen Augenblick für die Öffentlichkeit festgehalten hatte.

»Ich muss gleich in die Redaktion«, sagte sie geschäftig und so voll von neu gewonnenem Selbstbewusstsein. »Am besten begleiten Sie mich bis zum Verlagshaus, dann können wir uns auf dem Weg unterhalten, ich habe nur noch wenig Zeit bis zur Konferenz.«

»Eines nur …«, hob Hellmann an.

Sie setzte einen Fuß auf die Straße, doch ein grauer Volkswagen Käfer kam von links, und sie trat wieder zurück.

Erst jetzt fiel ihr ein, dass sie immer noch nicht wusste, warum Hellmann überhaupt nach Berlin gekommen war, und plötzlich verlangsamte sie ihre Bewegungen, hielt inne, und es wurde ihr bewusst, wie abscheulich sie sich gegenüber ihrem geduldigen Lehrherrn verhielt.

»Herr Hellmann, entschuldigen Sie, ich war schrecklich egoistisch! Sie müssen mir unbedingt erzählen, weshalb Sie hier sind, und haben Sie überhaupt schon eine Unterkunft?«

Statt zu antworten, griff Hellmann ihren Arm und streckte ihr mit einer fahrigen Bewegung die Seite des *Tagesspiegels* entgegen.

»Angelika! Das ist wirklich ein herausragendes Bild. Es zeigt ein besonderes Gespür für den richtigen Moment, den richtigen Ausschnitt, ganz abgesehen von der handwerklichen Brillanz.« Er schwieg einen Moment, als wisse er nicht, wie er zum Punkt kommen sollte. Immer noch standen sie nebeneinander am Bordstein. Ein junger Mann auf einer Vespa knatterte an ihnen vorbei, und ganz plötzlich musste Angelika an Rudi denken. Wie schön wäre es, wenn er dieser Mann auf dem Motorroller wäre, wenn er jetzt vor ihr anhalten würde! Rudi und natürlich Peter waren die Menschen in ihrem Leben, die sich kindlich, unbändig und ohne jede Missgunst mit jemandem freuen konnten, mit denen man ausgelassen feiern konnte. Endlich einmal das Berliner Nachtleben genießen, mit den beiden Jungs, die sie am meisten liebte, ihr erstes gedrucktes Foto begießen.

Hellmann holte sie zurück in die Wirklichkeit, tippte jetzt mit dem Zeigefinger auf den klein gedruckten Namen unter dem Foto und fragte: »Aber wenn Sie es geschossen haben, warum in aller Welt steht dann darunter nicht Ihr Name, sondern der eines gewissen Christoph Reiß?«

KERSTIN

Kerstin wartete bereits ungeduldig mit dem Abendbrot auf ihn. Sie hatte Dietmar zwei Tage lang nur gesehen, als er schon schlief. Das lag an ihren unterschiedlichen Arbeitszeiten. Seit zwei Jahren hatte Dietmar eine Stelle bei Schering im Wedding, pendelte jeden Tag mit seinem Moped in den West-Teil der Stadt und zurück. Er bekam dreißig Prozent seines Gehalts in West-Mark ausgezahlt, und wie so viele andere Grenzgänger kaufte er mit seiner harten D-Mark so manche begehrten Waren im Westen. Einen Teil tauschte er schwarz zum Wechselkurs eins zu eins in Ost-Mark um, und es ging ihnen dadurch finanziell viel besser. Dennoch arbeitete Kerstin sechs Tage die Woche im Lazarus-Krankenhaus, und die anstrengenden Früh- und Spätschichten zermürbten sie. Nun kam noch die Sorge um Christines Zukunft dazu. Es fühlte sich immer noch so an, als hätte sie die Szene mit den beiden Männern vor dem Sportforum nur geträumt. Als hätten die vielen Briefe niemals existiert, die ihre Tochter in dem Schrank der Hausmutter gefunden hatte. Aber als sie zu Hause den Inhalt ihrer Tasche auf den Tisch leerte, um ihn von dem Staub und Sand zu säubern, lag auf einmal eine blonde Haarlocke auf dem grünen Wachstuch. Sie war mit einem Bindfaden zusammengebunden. Es war die Locke aus Thomas' letztem Brief, die die Stasi-Männer nicht interessiert hatte. Kerstin nahm sie in die Hand, strich mit den Fingerkuppen sanft darüber. Solche auffälligen blonden Locken hatte also der Junge, oder junge Mann, der ihre Tochter liebte und in den sie vermutlich auch verliebt war.

Jetzt hörte sie den Schlüssel im Schloss der Wohnungstür.

»Guten Abend!«, rief Dietmar aus dem Flur.

»Ich bin hier, Schatz!«, antwortete Kerstin. »Im Wohnzimmer!«

Als wenn man in der kleinen Zweiraumwohnung nicht sofort gewusst hätte, wo sich jemand aufhielt.

Tagsüber nannten sie den Raum Wohnzimmer, abends Schlafzimmer. Sie hatte den Tisch hochgekurbelt, ihn mit einer weißen Tischdecke hübsch gedeckt und belegte Brote vorbereitet, mit aufgefächerten sauren Gurken darauf, so wie Dietmar es mochte. Er kam in Strümpfen, aber noch mit Jacke herein, gab ihr einen Kuss auf den Mund. Seine Lippen fühlten sich eisig an, sein Schnurrbart war gefroren.

»Gibt's was zu feiern?«, fragte er mit einem Blick auf den gedeckten Tisch.

»Ganz im Gegenteil!«

»War was bei deiner Frühschicht? Du siehst besonders blass aus. Ich kann es einfach nicht ertragen, dich so zu sehen, wenn ich weiß, dass du vor Erschöpfung umfallen möchtest. Kannst du nicht endlich ein wenig kürzertreten, Kerstin. Ich verdiene doch jetzt mehr Geld, du könntest weniger Stunden arbeiten.«

»Das ist es nicht!«

Sie folgte ihm zurück in den engen Flur, wo sie ihm seine Jacke und den Schal abnahm und an die Garderobe hängte.

»Greif mal in die Tasche!«, sagte er.

Kerstin sah seinen Blick, und obwohl ihr heute nicht danach war, seine kleinen Spiele mitzuspielen, fühlte sie in seiner Jackentasche und tat überrascht, als sie dort den kleinen Zellophanbeutel mit den Schokorosinen fühlte, die sie so mochte.

»Danke, du Lieber!«, sagte sie und drückte ihm einen Kuss auf die kalte Wange. Wenn es jemanden gab, mit dem sie die Situation besprechen konnte, auf Hilfe und Verständnis hoffen durfte, dann war es Dietmar. Sie liebte ihn noch so wie am ersten Tag, als sie ihn in der Notfall-Ambulanz des Lazarus-Krankenhauses kennengelernt hatte. Er hatte sich den halben Finger mit einem Brotmesser abgeschnitten, und sie war die diensthabende Krankenschwester gewesen.

Er wusste, welche Süßigkeiten sie mochte, dass sie weder Zucker noch Milch in ihren Kaffee tat, jedoch zwei Würfel in ihren Tee. Er hatte sogar ein kleines Notizbuch, in dem er eine Liste mit ihrer Schuh- und Konfektionsgröße verwahrte, um ihr ab und an ein neues Kleidungsstück mitzubringen, was sie allerdings meistens überflüssig fand. Dort hatte er den Namen ihrer Lieblingsseife und den Laden in Charlottenburg, in dem es die Schokorosinen gab, notiert. Er kannte sie in der vollen Vertrautheit des Ehemanns und Liebhabers. Sie waren sich in so vielem einig, verstanden sich blind, hatten nur manches Mal über Christines strenge Diät diskutiert, als sie noch zu Hause wohnte.

Seit sie im Internat war, gab es diese Differenzen nicht mehr. Nur dass er immer mehr von den Vorzügen des Westens überzeugt war und mehr als einmal versuchte, sie zu überreden, nach Westberlin zu gehen, war seit einiger Zeit ein Dauerthema. Es zeigte, dass er sie nicht wirklich kannte, denn er hatte nie verstanden, was ihr die sozialistische Ideologie bedeutete. Sie hatte schon einen Mann an die kapitalistische Welt da drüben verloren, die nur einen Steinwurf entfernt lag. Das durfte nicht auch noch mit ihrem Dietmar passieren. Sie war überzeugt, dass sie beide in dem »selbstzufriedenen besseren Deutschland« nicht mehr zusammen glücklich wären, dass ihre Ehe in dieser Ellbogengesellschaft zerbrechen würde.

»Es ist etwas passiert!«, sagte sie leise.

»Was denn?«

»Ich wurde gestern in Christines Internat gerufen, weil es ihr nicht gut ginge …«

»Nicht gut? Hat Hartung sie wieder zu sehr getriezt? Ich hoffe, du hast ihm ordentlich Bescheid gegeben, sonst muss ich mal mit ihm sprechen, ich möchte nicht, dass sie leidet …«

»Lass mich erst einmal ausreden, Dietmar!«

Sie erzählte ihm von dem niederschmetternden Zustand seiner Stieftochter, sah in seinen Augen sofort den mitfühlenden Schmerz, als sei sie sein eigenes Kind. Kerstin sprach von den Briefen, die sie im Schrank der Hausmutter gefunden hatten, von der Karte für das Rock-'n'-Roll-Konzert, die sie so gegen den Jungen aufgebracht, und dem berührenden Liebesgeständnis, das sie für ihn eingenommen hatte. Dietmars Pupillen folgten ihrem Mund, atemlos lauschte er der Schilderung über einen jungen Mann in Christines Leben, von dem sie nie etwas geahnt hatten.

»Ganz offenbar ist Christine schon lange in einen Kunstturner aus Stuttgart verliebt und hat uns nie etwas erzählt.« Kerstin sah Dietmar hilflos an.

»Sie ist ein hübsches junges Mädchen. Es musste eines Tages jemanden geben, aber wer hätte je gedacht, dass er aus dem Westen ist!«

»Nein, das hätte ich mir nicht träumen lassen!«

Schließlich kam sie zu den Geschehnissen mit den beiden Männern, die ihr die Briefe wieder abgenommen, die ihr sogar mit Konsequenzen für Roland gedroht hatten. Sofort änderte sich Dietmars Blick. Statt Anteilnahme zeigte sein Gesicht tiefstes Entsetzen.

»Ich kann mir nicht vorstellen, dass diese Männer vom Sportforum waren. Wenn mit staatlichen Schikanen hantiert wird, riecht das geradezu nach den Leuten von der Stasi!«

Kerstin nickte. Ihre müden Augen verrieten die Angst, die mit dem Wort und dem dahinterstehenden Ministerium für Staatssicherheit verbunden war. Fast jeder hatte schon davon gehört, zumeist nur hinter vorgehaltener Hand.

Sie setzte sich kurz auf den Hocker im Flur, ließ die Hände in den Schoß fallen, verschränkte ihre Finger und bot einen Anblick der Resignation. Dietmar lief ruhelos zwischen Küche, der Tür zum Kinderzimmer und ihrem Wohn-/Schlafzimmer hin und her. Stellte noch einige Fragen, wie sie ausgesehen, womit sie genau gedroht, was sie verlangt hätten, und Kerstin beantwortete alles geduldig.

»Vielleicht sollten wir erst einmal etwas essen«, sagte sie, setzte sich auf das mit grünem Filz bezogene Sofa gegenüber ihrem Schrankbett und deutete auf die vorbereiteten belegten Brote. Sie legte ihm eine Leberwurstschnitte auf den Teller, stellte den Senftopf daneben und öffnete eine Bierflasche. »Hoffentlich ist das Helle nicht schon zu warm geworden!«, sagte, sie und bückte sich, als der Kronkorken auf den Boden fiel. Sie tastete unter dem Tisch und kam mit dem Verschluss in der einen und einem Schraubenzieher in der anderen wieder hervor.

»Hast du deinen Schraubenzieher hier verloren?«, fragte sie und hielt ihn in die Höhe.

»Was? Nein, zeig mal her!«

Er nahm das zierliche Werkzeug mit dem gelben Kunststoffgriff in die Hand.

»So einen hatte ich noch nie!«

Beide blickten sich kurz an, hoben dann gleichzeitig den Kopf und sahen nach oben zu der Deckenleuchte.

»Du glaubst doch nicht, dass …?«

Dietmar legte den Finger auf die Lippen.

»Ach, ich glaube, der ist von Roland ...«, Kerstin sprach lauter als zuvor. »... der hat, als er das letzte Mal da war, an der Mechanik von unserem Wundertisch herumgeschraubt, weil die Kurbel so schwergängig war«, log sie geistesgegenwärtig.

Dietmar nickte und machte eine auffordernde Bewegung mit der Hand, sie solle weitersprechen, als wenn nichts wäre ... Gleichzeitig schob er möglichst geräuschlos einen Stuhl unter die Deckenlampe und schraubte ganz vorsichtig einen der Milchglasschirme ab. Bei dem zweiten wurde er schon fündig, deutete auf den kleinen metallenen Fremdkörper neben der Glühbirne: eine Abhörwanze.

Danach setzten sie sich auf das Sofa und taten so, als wenn nichts wäre, aßen die Wurstbrote ohne Appetit, ließen das Bier stehen, um nüchtern zu bleiben, spülten die Bissen mit viel Wasser herunter, denn sie wären ihnen sonst im Hals stecken geblieben. Sie unterhielten sich über belanglose Alltagsdinge. Anschließend taten sie deutlich hörbar ihre Absicht kund, sich noch einmal die Beine zu vertreten.

»Was sollen wir jetzt tun?«, fragte Kerstin, als sie in der klirrenden Kälte des sternenklaren Dezemberabends Hand in Hand die Bernauer Straße entlanggingen. Mit den Füßen standen sie im französischen Sektor – in Westberlin. Ihre Blicke glitten über die heruntergekommenen Fassaden, darin ihre Mietwohnung, Mama Leisses Frisiersalon, das alles lag in der sowjetischen Besatzungszone, in ihrer Heimat DDR – in Ostberlin. Der Personen- und Fahrzeugverkehr war offiziell nur über die einzelnen Kontrollpunkte mit ihren Grenzübergängen möglich. Die Schnell- und Untergrundbahnen fuhren ohne Behinderung von Ost nach West. Für sie selbst war es nur ein Schritt durch den Haupteingang ihres Mietsblockes, um von Ostberlin nach Westberlin von dem einen Deutschland ins andere zu kommen. Wie selbstverständlich und alltäglich ihnen das jahrelang vorgekommen war und wie deutlich bewusst ihnen diese besondere Lage in diesem Moment wurde.

Dietmar nahm ihre Hand und steckte sie zusammen mit seiner in die tiefe Jackentasche, um sie zu wärmen. Kerstin fühlte sich trotz der beängstigenden Umstände und der neuen Bedrohung bei ihm geborgen. Er war die Liebe ihres Lebens, und ihr kam der Gedanke, ob es richtig war, ihrer Tochter die Wahlfreiheit, sich für ihre große Liebe zu entscheiden, vorzuenthalten. Sie weiter dem harten Regiment des Sportinternats, des fordernden Trainers, der Wettkämpfe und des unbarmherzigen Systems zu unterwerfen, ihr ihre Jugend zu nehmen. Sie sah Dietmar an, und es kam ihr vor, als wisse er ohne Worte, was sie gerade dachte, als er sagte: »Wir dürfen nicht nur an uns denken. Jetzt geht es in allererster Linie um Christine. Aber das Beste wäre, wenn wir alle rübergingen.«

Als sie nicht antwortete, deutete er auf die Sichel des Halbmonds über dem dunklen Eckhaus an der Kreuzung Ruppiner Straße.

»Es ist ganz leicht, Kerstin. Hier drüben scheint dieselbe Sonne, derselbe Mond, und alle frieren in derselben Kälte!«

ANGELIKA

Sehr steif und aufgerichtet, vollkommen blind für die Handvoll Journalisten, die sie inzwischen beim Namen kannte, Fischer, Grunert, Dr. Kessel, und die um diese Zeit schon hinter ihren Schreibtischen saßen, durchschritt sie die Redaktion. Jeder hatte die heutige Ausgabe des *Tagesspiegels* vor oder neben sich liegen.

»Alle Achtung, Pietsch!«, rief Fischer gerade, hielt das Titelblatt mit der Schlagzeile hoch und nickte anerkennend.

»Willy Brandts Botschaft an die Welt: Berlin bleibt frei! Gute Hintergrund-Geschichte!«

Pietsch hob nur lässig die Hand. Angelika ging weiter, auf das niederträchtige Subjekt zu, das ihren Zustand der Ohnmacht und der Demütigung verursacht hatte. Er hatte sich in seinem Schreibtischstuhl zurückgelehnt, saß mit dem Rücken zu ihr. Was sie sah, war der Dschungel der glänzenden schwarzen Haare, die schöne Kraft seiner breiten Schultern, der muskulöse Nacken; all das, was sie beim ersten Anblick noch aufregend und männlich gefunden hatte, erschien ihr in diesem Moment entsetzlich abstoßend.

»Was ist jetzt mit meiner Akkreditierung für die Außenministerkonferenz in Paris, *ma chérie?* Sie geht nächste Woche los!«, sagte er mit weicher Stimme in den Hörer. »Hast du das schon arrangiert?«

Dann schirmte er den Hörer mit der Hand ab und murmelte etwas, von dem Angelika nur die Worte »Gestern Abend ... *ravissante* ...!« verstand. Sie verlangsamte ihren Schritt, blieb stehen, mit zitternden Beinen, von kaltem Schweiß bedeckt, wartete, bis ihr Herz sich beruhigt hätte.

Was hat das zu bedeuten, warum steht da nicht mein Name, sondern der von Reiß? Wer ist dafür verantwortlich? Das waren die Worte, die sie die ganze Zeit auf dem Weg zum Verlagsgebäude bis in den dritten Stock für sich wiederholt hatte. Wie konnte man ihr das antun? Ihr Foto mit dem Namen eines anderen versehen.

Der Aufruhr in ihrem Inneren legte sich, sie wurde ruhiger und folgte Pietschs Blick ganz an das Ende des großen Raumes zu dem kleinen Schreibtisch, der rechtwinklig vor der Tür zu Rüthers Büro stand. Da saß Leonore Bach, die Chefsekretärin, und umfasste den grauen Telefonhörer fast zärtlich, ein verträumtes Lächeln umspielte ihre hellrosa Lippen, als sie das Wort »Paris!« formten. Wie immer hatte sie eine frische weiße Bluse an, doch anders als sonst trug sie die schulterlangen Haare heute offen, und noch etwas unterschied sich von ihrem sonstigen Erscheinungsbild: Ihre schmetterlingsförmige Brille fehlte. Deshalb konnte sie Pietsch auch nicht vorwarnen, als Angelika jetzt hinter ihn trat und mit fester Stimme sagte: »Guten Morgen, Herr Pietsch.«

Pietsch fiel vor Überraschung fast der Hörer aus der Hand. Er duckte sich ein wenig, fast so, als erwarte er, von ihr tätlich angegriffen zu werden.

»Ich muss Schluss machen!«, sagte er kurz angebunden in die Sprechmuschel und legte auf.

»Guten Morgen, Fräulein Stein.«

Mehr wusste er nicht zu sagen. Es herrschte eine Minute Schweigen, das schließlich von Angelika unterbrochen wurde. Auf eine bestimmte Art fand sie ihn auch jetzt noch gut aussehend. Ein Journalist wie aus dem Kino, skrupellos, verwegen und geschickt.

»Wie schön, dass Sie nach Paris fahren. Ich nehme an, Reiß wird Sie als Fotograf begleiten, nachdem er gerade das viel beachtete Titelfoto geschossen hat«, sagte sie.

Es war ihm anzusehen, wie peinlich ihm die Situation war. Aber nicht etwa der falsche Name unter dem Foto, sondern vielmehr, dass sie sein Telefonat mit angehört hatte.

»Das ... steht noch nicht ganz fest«, sagte er voller Zurückhaltung in der Stimme und verschränkte die Arme. Für einen Moment wirkte er verunsichert, fand nicht gleich zu seiner übertrieben nonchalanten Art zurück. »Gestern ist er wieder einmal vollkommen abgestürzt.«

Er machte die Bewegung mit der Hand, als würde er mehrere Schnäpse herunterkippen, die sie schon einmal an ihm gesehen hatte. »Der wird erst mal einige Tage nicht einsatzfähig sein. Sie wissen schon« Dann zwinkerte er ihr verschwörerisch zu, doch Angelika ging nicht darauf ein. Pietsch sah sie an, schien fast darauf zu warten, dass sie ihn mit Vorwürfen bombardierte, ihn zur Rede stellte, wie sie es ursprünglich vorgehabt hatte. Doch etwas hielt sie davon ab.

»Hätten Sie denn Interesse, mich nach Paris zu begleiten?«, fragte er plötzlich. »Ich könnte bei Rüthers ein gutes Wort für Sie einlegen.«

Für einige Sekunden war Angelika in Versuchung. Die Aussicht, die französische Hauptstadt zu sehen, den Eiffelturm, den Louvre mit den Kunstschätzen, von denen ihr Vater ihr vorgeschwärmt hatte, und noch dazu bei so einem wichtigen Ereignis als Pressefotografin dabei zu sein, war überwältigend. Eine einmalige Chance! Sie merkte, wie einige der anderen Redakteure und Journalisten im Raum, der sich langsam gefüllt hatte, ihre Tätigkeiten unterbrachen und ihrer Unterhaltung lauschten. Wenn sie jetzt zusagte, konnte zumindest Pietsch kaum noch einen Rückzieher machen und einen anderen Fotografen mitnehmen.

»Und Willy Brandt wird eine Rede vor den Alliierten halten. Das könnte ein großer Augenblick werden.«

Doch genau dieser Satz über Willy Brandt und der lauernde Blick aus Pietschs dunklen Augen holte sie schnell wieder auf den Boden der Tatsachen zurück. Wie konnte er nur so dreist sein und den falschen Namen unter dem Foto mit keinem Wort erwähnen? Niemals wieder würde sie noch einmal freiwillig mit Pietsch zusammenarbeiten!

Außerdem hatte sie Hellmann ein Versprechen gegeben. Wenn sie mit nach Paris gehen würde, wäre sie am nächsten Sonntag noch nicht zurück in Berlin, und da wurde sie hier dringend gebraucht.

»Gute Reise!«, sagte sie nur, drehte ihm den Rücken zu und ging.

Als sie jetzt zwischen den Schreibtischen hindurchging, wurde sie das erste Mal wahrgenommen. Vielleicht hielten sie manche der Journalisten und Redakteure für dumm, so ein Angebot abzulehnen, aber in einigen Augen glaubte sie auch Hochachtung zu sehen. Pietsch war mit seiner arroganten Art nicht gerade beliebt unter ihnen. Grunert nickte ihr sogar zu, sie nickte zurück.

Sie betrat das Treppenhaus und ging hinunter in den ersten Stock, zurück in das Archiv, wo sollte sie sonst hin? Sich nach alledem einfach ungefragt in die Redaktionskonferenz setzen? Sie ging davon aus, dass Reiß nicht da war, sondern, wie Pietsch angedeutet hatte, seinen Rausch ausschlief. Ohne ihn kam ihr das Archiv fast wie ein heimeliger Ort vor. Doch als sie die Tür öffnete, saß er mit hängenden Schultern hinter dem langen Tisch, auf dem er Negative und Papierabzüge ausgebreitet hatte. Seine Augenringe und rot geäderten Wangen waren immer wieder erschreckend. Aber als er Angelika sah, hellte sich sein verhärmtes Gesicht so weit auf, dass er sogar erfreut wirkte.

»Stein! Da bist du ja wieder! Ich hab schon gedacht, du schwebst ab sofort nur noch in höheren Sphären ...« Mit seiner rechten Hand formte er eine spiralförmige Bewegung Richtung der Stockwerke über ihnen. »... und ich muss das ganze Durcheinander, das du hier angerichtet hast, allein in Ordnung bringen.«

Es klang weit weniger mürrisch als sonst. Angelika glaubte sogar, einen Anflug von Humor in seiner Stimme zu hören. Allerdings roch er beim Näherkommen immer noch so stark nach Alkohol wie am ersten Tag.

»Ich hab es angefangen und mache es auch zu Ende«, antwortete sie. Was dachte sich der alte Heuchler? Erst klaute er ihr Foto, und dann tat er auch noch katzenfreundlich?

Sie zog ihren Mantel aus, hängte ihn an den Garderobenhaken und schob sich die Ärmel ihres Pullovers hoch, damit sie nicht zu viel von dem Staub abbekamen, holte sich einen Lappen und wischte den freien Teil der Tischplatte erst einmal gründlich ab.

»Wo waren wir stehen geblieben?«, fragte sie und stemmte die Hände in die Hüften.

»Dort drüben, die Abzüge in den ersten beiden Kartons habe ich fertig eingeordnet.«

Er machte eine Kopfbewegung zu den acht Pappkartons, die an der langen Wandseite aufgereiht waren, und deutete dann mit der flachen Hand zu den Hängeregisterschränken. Angelika zog eine der Schubladen auf. »Da sind Sie ja schon ganz schön weit gekommen.«

Ordentlich hingen die Pappmappen hintereinander. Alle sorgfältig mit Karteireitern versehen. Ihr Blick fiel auf das Schildchen mit dem Namen Christoph Reiß, und unwillkürlich entfuhr ihr ein Seufzer. Reiß, der sich neben sie gestellt hatte, bemerkte es und sagte: »Übrigens: Ich kann das erklären!«

Angelika sah ihn an.

»Wie meinen Sie das? Sie können was erklären?«

Er drehte sich weg und ging zurück zu dem Tisch, setzte sich auf den Holzstuhl und lehnte sich zurück.

»Na, was da gelaufen ist, mit dem Foto von Brandt und so weiter.«

Angelika setzte sich auf den Stuhl auf der anderen Seite des Tischs ihm gegenüber und sah ihn erwartungsvoll an. »Und? Was ist denn da gelaufen?«

Er kratzte sich am Hinterkopf.

»Du denkst wahrscheinlich, es wäre meine Idee gewesen oder die von Pietsch, statt deinen Namen meinen darunterzusetzen.«

»Allerdings denke ich das! Vermutlich haben Sie das beide zusammen ausgeheckt.«

Reiß beugte sich nach vorne, schob die Fotografien vor sich ein Stück nach hinten und verschränkte die Arme auf der Tischplatte.

»So ist es aber nicht gewesen!«

Angelika schwieg und betrachtete seine entzündeten Augäpfel, gelb und rot wirkten sie wie halb transparente Glasmurmeln. Den ausgemergelten Hals, seinen schlecht rasierten Kehlkopf, durch den schon so viel Hochprozentiges geflossen sein musste.

»Es war Rüthers, der das entschieden hat«, ließ er mit einem Anflug von Triumph in der Stimme die Katze aus dem Sack.

»Er war der Meinung, dass unter so einem wichtigen Foto an derart exponierter Stelle nicht der Name einer Frau stehen kann.«

»Das ist ja absurd!«, stieß Angelika aus. »Das haben Sie sich ausgedacht, um sich rauszureden!«

»Nein, so ist das nicht. Ich mag zwar nicht immer ganz nüchtern sein, aber meinen Namen unter ein fremdes Bild zu setzen, so etwas verstößt gegen den Ehrenkodex.«

Was konnte man schon auf das Gerede eines alten Säufers geben?, sagte sich Angelika. Gleichzeitig begann es in ihr zu kochen, weil sie genau wusste, dass er recht hatte. Rüthers hatte ihr von Anfang an das Gefühl gegeben, sie als Fotografin nicht für voll zu nehmen, alleine aus dem Grund, weil sie eine Frau war. Das würde sie sich nicht bieten lassen. Sie krempelte ihre Ärmel wieder herunter, nestelte an den kleinen Perlmuttknöpfen. Strich sich den Rock glatt und ging zur Tür.

»Wo willst du hin?«, fragte Reiß. »Doch nicht etwa zu Rüthers?«

»Na, was glauben Sie wohl?«

Reiß kam näher. »Stein, du solltest jetzt nicht unüberlegt handeln.«

»Mir ist schon klar, dass Sie dagegen sind. Schließlich steht Ihr Name ja an bestens wahrnehmbarer Position.«

Jetzt hob Reiß die Stimme, und sein Gesicht rötete sich: »Du kannst mir glauben, dass ich es absolut nicht nötig habe, meinen Namen unter ein Foto zu setzen, das nicht von mir stammt. Ich habe in meinem Leben Tausende meiner Bilder in der Presse gedruckt gesehen und unzählige an exponierten Stellen. Glaubst du, da wäre ich auf solche Fisimatenten angewiesen?«

Sie sah ihn nur stumm an und schüttelte langsam den Kopf. »Nein, das glaube ich nicht.«

»Ich war auch einmal so wie du. So jung und ungestüm, leidenschaftlich von meiner Arbeit überzeugt, ich kann dich verstehen. Es ist eine Ungerechtigkeit! Aber ich kann dir nur raten, es dir mit Rüthers nicht zu verscherzen. Er ist ein mächtiger Mann in der Berliner ... ja, vermutlich sogar in der deutschen Pressewelt. Und er kann dir sehr schaden oder noch schlimmer ...«

Er machte eine Handbewegung, mit der er auf die bescheidene Umgebung des Archivraums hinwies. »... dich für immer in der Versenkung verschwinden lassen.«

Angelika ahnte, dass er recht hatte. Umso mehr überwältigte sie ein Anfall von bitterem Überdruss und Zorn. Sie lebte in den späten Fünfzigerjahren des 20. Jahrhunderts, aber sie stand da, wie eine Frau vor hundert Jahren auch hier gestanden hätte. Ihre Arbeit wurde einfach für die eines Mannes ausgegeben, und sie sollte dabei ruhig zusehen und schweigen. Aber offenbar hatte auch Reiß schon bittere Erfahrungen in der Pressewelt gesammelt.

»Also hat es nicht nur mit Ihrer Trunk-« Sie verbesserte sich. »... mit Ihren Gewohnheiten zu tun, dass Sie hier gelandet sind?«, fragte sie.

»Sprich es nur aus. Jeder hier weiß, dass ich gerne einen über den Durst trinke. Das ist kein Geheimnis!«

Sie wartete, ob er ihr noch mehr sagen, eine Erklärung hinzufügen würde. Doch er drehte sich um und setzte sich auf den Stuhl, schloss halb die Lider und murmelte, was immer sie täte, er rate ihr, es sich gründlich zu überlegen.

Im selben Moment klopfte es, und die Chefsekretärin steckte ihren Kopf zur Tür herein.

»Fräulein Stein, ich suche Sie überall!«

»Fräulein Bach. Ich werde aber gerade reich beschenkt mit dem Anblick liebreizender Weiblichkeit! Sie sehen ja so anders aus!«, rief Reiß.

Sie ignorierte seine Anspielung auf ihre offenen Haare und die fehlende Brille.

»Sie sollen sofort zu Rüthers kommen, Fräulein Stein. Es ist wichtig!«

»Na, wart's mal ab, Stein! Manchmal kommen die Dinge von selbst ans Licht«, murmelte Reiß.

Rüthers saß hinter seinem Schreibtisch, wie immer sorgfältig mit einem grauen Anzug gekleidet, wie letztes Mal die aufgefächerte aktuelle Tagespresse vor sich. Er blickte nur kurz auf, als Angelika sein Büro betrat, in dem kalter Zigarrenrauch hing.

»Guten Tag, Fräulein Stein. Schön, dass Sie gleich kommen konnten. Ich habe etwas mit Ihnen zu besprechen.«

Seine Hand spielte mit einem schmalen Zigarillo, eine nervöse Geste, die sie an ihm noch nicht gesehen hatte.

»Ich versuche, es mir abzugewöhnen«, erklärte er und steckte ihn zurück in die Schachtel. Die grauen Augen hinter den Brillengläsern, deren Blick sie bei ihrer ersten Begegnung als so ehrlich eingeschätzt hatte, wirkten heute unruhig.

»Ich hatte heute Morgen ein Telefonat mit dem Regierenden Bürgermeister von Berlin, Willy Brandt.«

Er schwieg einen Moment, schien zu erwarten, dass sie beeindruckt wirkte. Doch sie sah ihn nur abwartend an.

»Es ging um das Foto, das wir heute ins Blatt genommen haben. Er hat sich offenbar daran erinnert, wie Sie gestern vor seinem Büro gestanden haben, mit einer Kamera in der Hand, als er die Rede für die Pressekonferenz vorbereitete.«

Wieder machte er eine Pause, wartete auf ihre Reaktion. Doch was sollte sie darauf sagen? Sollte sie ihm jetzt etwa entgegenkommen?

»Er hat mich gefragt, wie es sein könne, dass der Name Christoph Reiß unter dem Foto stünde, den er schließlich kenne und von dem er sicher sei, dass er es nicht war, der gestern dieses Foto geschossen habe.«

Die Ehrlichkeit überraschte sie. Angelika spürte in diesem Moment fast eine Art Mitleid mit Rüthers.

»Fräulein Stein, ich denke, ich muss mich bei Ihnen entschuldigen.«

Sie nickte leicht mit dem Kopf.

»Als Entschädigung für diesen Fauxpas möchte ich Ihnen anbieten, Pietsch zur Außenministerkonferenz nach Paris zu begleiten, als offizielle Fotografin des *Tagesspiegels*. Willy Brandt kennt Sie ja nun bereits, und er wird dort eine Rede halten, um für die Rechte und Stellung Berlins einzutreten.«

Angelika schwirrte der Schädel. Pietsch hatte es also geschafft, kein Wunder, wenn die Chefsekretärin ein gutes Wort für ihn eingelegt hatte. Und sie sollte ihn begleiten? Als offizielle Pressefotografin, akkreditiert für die Konferenz der Alliierten in Paris. Konnte man sich noch mehr wünschen? Aber da war doch Hellmann, mit seiner Bitte, ihn am kommenden Sonntag zu treffen und ihm bei einer Sache mit seiner Tochter zu helfen, er hatte ernst geklungen, so als ginge es um Leben und Tod.

»Sie sagen ja gar nichts.«

Jetzt wunderte er sich langsam über ihre Zurückhaltung. »Jeder andere junge aufstrebende Journalist oder Pressemann würde sich um diesen Auftrag reißen.« Als sie immer noch nicht antwortete, fügte er hinzu: »Aber vielleicht ist das auch eine Nummer zu groß für Sie.«

»Nein, nein, das ist es nicht«, protestierte Angelika schwach.

In ihr stieg ein Bild auf, obwohl sie sich dagegen wehrte, es zu verdrängen versuchte, kam ihr das Foto ins Gedächtnis, das sie damals so gegen die Presse eingenommen hatte. Es hatte den Schuh und den Ranzen von Irmgard gezeigt, am Tag der Explosion des Blindgängers in ihrem Schulhof. Damals hatte sie ihrer besten Freundin nicht mehr helfen können, gab sich sogar selbst die Schuld daran, dass sie so früh den Klassenraum verlassen hatte und als Erste auf dem Schulhof war, um rechtzeitig zu ihrer Verabredung zu kommen. Fand das Foto am nächsten Tag in der *Bild*-Zeitung geschmacklos. Irmgard wäre heute im gleichen Alter wie Christine, Hellmanns Tochter, und er hatte sie nahezu angefleht, zu einer bestimmten Zeit mit ihm am Kontrollpunkt Nähe Potsdamer Platz zu stehen. Etwas in ihr sagte ihr, dass sie dort mehr gebraucht wurde als in Paris. Mit fester Stimme gab sie Rüthers eine Antwort, auf die er nicht gefasst war:

»Ich habe an diesem Wochenende eine wichtige Verpflichtung übernommen und muss in Berlin bleiben. Es tut mir wirklich leid, aber ich kann nicht nach Frankreich reisen.«

Das Erstaunen über die Abfuhr stand so deutlich in Rüthers' Gesicht, dass sie ihre direkte Antwort fast bereute. Doch gleich hatte er sich wieder im Griff und sagte kühl: »Da habe ich Sie wohl kurzzeitig überschätzt.«

Er wartete noch einen Moment, dann griff er zum Hörer, drückte die Taste für das Vorzimmer und sagte in die Sprechmuschel: »Fräulein Bach, bitte bereiten Sie unverzüglich die Akkreditierung von Lorenz für Paris vor. Er wird Pietsch als unser Fotograf vor Ort begleiten.«

CHRISTINE

Das Tapetenmuster des Wohn- und Schlafzimmers ihrer Eltern kannte sie so gut, dass sie die Augen hätte schließen können und die verschieden breiten Streifen exakt hätte nachziehen können. Bis hin zu der Stelle, wo die zwei verblichenen Strohkränze hingen, und der gelben, schwammigen Ecke, an der ein alter Wasserschaden die Tapete gelb gefärbt hatte.

»Möchtest du West-Limonade und Buttercremetorte vom Kranzler?«, fragte Kerstin Magold. »Dietmar hat sie extra für dich mitgebracht.«

Christine musste gegen ihren Willen lächeln. Sie saß auf der vorderen Kante des Sofas, stieß mit den Knien an den hochgekurbelten Couchtisch und sah zu, wie ihre Mutter ihr das schönste von den drei Stücken, das mit der Marzipanbiene, auf den Teller tat. Ganz vorsichtig, damit es nicht umfiel. Sie hatte weder Geburtstag noch einen großen Wettkampf gewonnen, und es war auch noch nicht Weihnachten. In den letzten Jahren wäre dies eine nahezu unvorstellbare Situation gewesen. Fanta und Kranzler-Torte an einem ganz gewöhnlichen Sonntag!

Sie sah ihre Mutter und ihren Stiefvater an. Dietmar hatte sich inzwischen einen Schnurrbart wachsen lassen und wirkte damit ganz ungewohnt jugendlich. Was Christine nicht wusste, war, wie sehr die letzten Tage der beiden von fieberhaften Vorbereitungen, zermürbenden Gesprächen, angstvollen Rückziehern geprägt waren. Die Grenze war offen, das Leben drüben so viel komfortabler, und seit die Sache mit Christines Briefen passiert war, wollte Dietmar sie und Roland, am liebsten aber sie alle vier unbedingt dem Zugriff der DDR-Behörden entziehen. Doch für Kerstin war es immer noch unvorstellbar, ihren Glauben an die sozialistischen Ideologien aufzugeben und selbst in den kapitalistischen Westen überzusiedeln. Zu sehr war ihr das überhebliche Gehabe, das Wirtschaftswundergerede der kapitalistischen Agitatoren verhasst. Nur hinsichtlich Christine hatte sie inzwischen ein Einsehen. Ihr depressiver Zustand, die Briefe, die

Begegnung mit den Stasi-Leuten hatten ihr weit genug die Augen geöffnet, sodass sie mit Dietmar übereinstimmte: Im Sportinternat würde man ihre Seele zerstören, sie würde niemals wieder ihrer großen Liebe begegnen können, und ein Zurück in die normale Schule gab es für sie in der DDR nicht. Nur deshalb hatte sie Kontakt zu ihrem früheren Ehemann, zu Joachim Hellmann, aufgenommen, und Dietmar hatte ihn in Westberlin getroffen.

Beide sahen zu, wie Christine sorgsam die gelb-schwarze Biene verschonte und sich eine Kuchengabel der höchsten Konditorkunst in den Mund schob. Der herrliche Geschmack weckte ihre Lebensgeister und die Erinnerung an ihren Ausflug in das Café Kranzler mit Thomas. Ihre Eltern wirkten angespannt, rührten ihre Tortenstücke nicht an. Keiner sagte ein Wort.

»Esst ihr nichts?«

»Doch, doch!«, antwortete Dietmar und schnitt sich ohne sichtbaren Appetit ein schmales Dreieck von der Torte ab. Erst als Christine das letzte Stück mit einem Schluck Fanta hinuntergespült hatte, fing Dietmar an zu reden: »Christine, wir haben etwas mit dir zu besprechen.«

Als sie nicht antwortete, sondern ihn nur ansah, sagte er ungewohnt laut, jeden einzelnen Buchstaben artikulierend: »Du kannst dir sicher denken, dass es etwas mit den Briefen und dem Jungen aus Stuttgart zu tun hat.«

Christine senkte den Kopf.

»Ja«, sagte sie leise. Dann sah sie ihre Mutter an. »Hast du die Briefe gelesen? Kann ich sie wiederhaben? Sie wurden ja abgefangen, bevor ich überhaupt in einen hineinschauen konnte.«

Kerstin Magold schüttelte langsam den Kopf.

Sie habe nur einen davon gelesen.

Dann legte sie den Zeigefinger auf den Mund und deutete auf die Deckenlampe. Christine hob die Augenbrauen, neigte den Kopf nach hinten. Betrachtete den messingfarbenen Lüster mit den vier Milchglasschirmen. Sie verstand nicht. Doch jetzt deutete auch Dietmar auf die Lampe und machte dann mit dem Zeigefinger eine kreisende Bewegung vor seinem rechten Ohr.

»Ihr meint, sie hören …«

Sofort sprang Dietmar auf, stand neben ihr, legte ihr die Hand auf den Mund, ehe sie weitersprechen konnte. Er nickte und legte wieder den Finger auf den Mund. Ihre Mutter hatte inzwischen einen Zettel geholt und schrieb etwas darauf, dann schob sie ihn Christine über den Tisch:

Die Briefe wurden mir von Stasi-Leuten abgenommen. Wir werden vermutlich abgehört. Du musst jetzt mitspielen und so tun, als würdest du dich fügen.

Christine brauchte einige Sekunden, bis sie verstand. Dann begann ihr Puls zu rasen.

Wieder sah sie nach oben zu der schlichten Deckenlampe, von der sie nicht hätte sagen können, wie lange sie da schon hing, vermutlich seit ihrem Einzug. Waren sie wirklich in ihrer Abwesenheit hier eingedrungen, um Wanzen zu installieren? Aber wer so weit ging, die ganz gewöhnlichen Briefe von zwei verliebten Jugendlichen abzufangen und wegzuschließen und sie ihrer Mutter abzunehmen, schreckte auch nicht davor zurück, die Wohnung einer ganz normalen Familie abzuhören. Trotzdem kam es ihr irreal vor.

Hast du das verstanden?

schrieb Kerstin auf den Zettel.

Christine nickte.

Als Dietmar und Kerstin den Eindruck hatten, dass sie mitspielen würde, begann Kerstin damit, sie im Sinne der beiden Stasi-Leute zu bearbeiten. Sie machte ihr klar, wie sehr sie ihre Karriere gefährdete, wie ungesund und schädlich der Kontakt zum Klassenfeind war, auch wenn sie vielleicht das Gefühl habe, in diesen Jungen verliebt zu sein. Aber womöglich nutze er sie nur aus. Man ahne doch gar nicht, wer ihn vielleicht auf sie angesetzt habe, um so eine Leistungsträgerin abzuwerben. Der kapitalistische Westen, der nicht in der Lage sei, seine Sportler entsprechend zu fördern. Sie wisse doch, wie viel schon in sie investiert worden sei. In ihr Training, ihre Schulausbildung, ihre Reisen. Das könne sie doch nicht alles einfach so ignorieren, ihre Zukunft aufs Spiel setzen und plötzlich derart undankbar gegenüber dem sozialistischen Staat und dem DTSB sein.

Christine spielte das Theater mit. Gab anfangs Widerworte, zeigte sich zuerst noch uneinsichtig und trotzig, weinte sogar und knickte dann nach und nach ein. Ihr Gespräch endete damit, dass sie laut und deutlich versprach, Thomas nie wiederzusehen, jeglichen Kontakt zu ihm zu unterlassen und sich nur noch auf ihr Training, ihre Erfolge und die Schule zu konzentrieren. Zum Schluss nickte ihre Mutter ihr zu. Dietmar sandte ihr einen vielsagenden Blick und hielt den Daumen in die Luft, um ihr zu signalisieren, dass sie es gut gemacht habe.

»Soll ich dich mit dem Moped zurück ins Internat fahren? Ist zwar kalt, aber ein bisschen frische Luft wird uns beiden guttun.«

Dietmar zog bedeutungsvoll die Augenbrauen hoch.

Christine sah fragend zu ihrer Mutter, die ihr zunickte.

»Aber zieht euch unbedingt warm an!«

Als sie sich an der Wohnungstür verabschiedeten, hielt Kerstin ihre Tochter fester und länger als sonst im Arm. Sie holte etwas aus ihrer Rocktasche und legte es ihr in die Hand. Es war die Haarlocke. »Von deinem Thomas« formte sie mit den Lippen. Christine drückte ihr einen Kuss auf die Wange und flüsterte: »Danke für alles, Mutti.«

Christine saß hinter Dietmar auf dem Moped und legte das Gesicht an seinen breiten Rücken, um es vor dem eisigen Fahrtwind zu schützen. Obwohl sie ihn auch nur noch so selten sah, seit sie im Internat war, war Dietmar ihr inzwischen näher als ihr leiblicher Vater, Joachim, an den ihre Erinnerung verblasst war, dachte sie. Aber Dietmar gab ihr immer das Gefühl, sie besser zu verstehen als andere. Er hatte sein Moped extra auf der Rückseite ihres Hauses vor dem Hintereingang stehen, also auf der Seite, die im sowjetischen Sektor lag. Denn auf der Vorderseite, der Bernauer Straße, parkte in letzter Zeit häufig ein weißer Wartburg oder ein grauer Trabant mit zwei Männern darin. Die Sonne stand niedrig, es war Nachmittag, und gleich würde sich die winterliche Dunkelheit über Berlins Straßen legen.

Christine fragte sich, ob sie nicht besser mit der Elektrischen gefahren wäre. Auf dem Weg raus nach Hohenschönhausen würde sie erfrieren. Während die halb zerfallenen Fassaden an ihr vorbeizogen, sie auf der holprigen Fahrbahn durchgerüttelt wurde, dachte sie an ihr spartanisches Internatszimmer, an das karge Abendessen, das harte, monotone Training, das morgen früh wieder auf sie wartete. Und nicht nur morgen, sondern auch übermorgen, überübermorgen, nächste Woche, übernächste Woche … unabänderlich würde nahezu jeder Tag des kommenden Jahres genauso aussehen, mindestens bis sie ihr Abitur hatte.

Die Straßenlaternen gingen in dem Moment an, als ihr auffiel, dass sie nicht den gewohnten Weg nahmen. Christine starrte auf die grauen Häuserfronten, die oberhalb der Lichtkegel der Laternen lagen und sich wie eine unheimliche dunkle Burg über ihr zusammenballten. Erst nach und nach gingen Lichter in den Fenstern an. Das Moped bog jetzt um eine Straßenecke, und ihr wurde klar: Sie fuhren genau in die entgegengesetzte Richtung, nicht wie sonst, wenn Dietmar sie nach ihren Besuchen im Sommer zurück ins Internat gebracht hatte. Er fuhr nicht weiter nach Osten, er fuhr nach Westen.

Christine beugte ihren Kopf zur Seite, um über seine Schulter hinwegsehen zu können. Ihre Augen begannen zu tränen, weil sie nicht mehr blinzelte und sie vor Anspannung starr geöffnet hielt. Der Zweitaktmotor dröhnte laut, als sie mit hoher Geschwindigkeit auf den Kontrollpunkt zufuhren. Christine klopfte Dietmar mit der Hand auf den Rücken und rief alarmiert: »Wo fährst du denn hin?«

Aber er reagierte nicht. Stattdessen gab er Vollgas. Sie krallte ihre Finger in seine Oberarme. Da war die niedrige Holzbaracke neben dem geöffneten Schlagbaum, in der meistens ein Grenzer saß. Ihr letzter Besuch in Westberlin war schon zwei Jahre her, da hatte in dem Verschlag ein sowjetischer Soldat gesessen, der ihnen nur freundlich zugenickt hatte. Bei der Rückkehr wurde stichprobenartig in die Taschen geschaut. »Zollkontrolle« hieß es damals. Heute stand hier ein anderes Schild

ENDE
**DES DEMOKRATISCHEN SEKTORS VON GROSS-BERLIN
in 7 m ENTFERNUNG**

Ostberlin nannte sich selbst nicht mehr sowjetischer Sektor, sondern demokratischer Sektor von Groß-Berlin.

Jetzt merkte Christine, wie sich ihr Körper verkrampfte, als der Mann in grauer ostdeutscher Uniform aus der Baracke kam und die Hand hob. Dietmar brachte das Moped zum Stehen. Sie wusste, dass jetzt der falsche Moment war, um Fragen zu stellen. Ihr Stiefvater griff in die Innentasche seiner Jacke, um die Ausweise herauszuholen. Der mittelalte Mann erkundigte sich aber nur freundlich nach dem Grund des Besuchs. Scheinbar war ihm langweilig. Trotz aller Gegensätze zwischen den drei Westsektoren und dem sowjetischen Sektor wurde der Personenverkehr normalerweise nicht behindert. Die Grenzgänger zwischen Ost und West gehörten seit Kriegsende zu Berlin wie der Funkturm und das Brandenburger Tor.

Christine musste jetzt dennoch schlucken, ihre Zunge fühlte sich pelzig an.

»Sonntagabend noch rüber? Bisschen spät für einen Ku'damm-Bummel, oder? Auch wenn die Neonlichter um diese Zeit sicher schön leuchten.«

»Wir wollen in die Camera-Lichtspiele am Potsdamer Platz!«, sagte Dietmar.

»Was wird denn gezeigt?«

Offenbar war Dietmar auf die Frage vorbereitet.

»Die Trapp-Familie.«

Ein Lächeln huschte über das Gesicht des Mannes. »Meine Frau ist auch eine große Verehrerin von Ruth Leuwerik. Ganz verrückt ist sie nach ihren Filmen.«

Er machte eine resignierte Geste. »Da ist kein Kraut dagegen gewachsen, wenn Frauen sich was in den Kopf setzen. Auch wenn es von oben nicht gern gesehen wird. Aber immerhin lassen sie Ostbesucher für eins zu eins rein.«

»So ist es!«, stimmte Dietmar zu. Die Kinos an der Sektorengrenze lockten die Ostdeutschen damit, dass sie, statt wie sonst vier Ostmark für eine Westmark zahlen zu müssen, den Eintritt eins zu eins in Ostmark zahlen durften.

»Und wenn meine Tochter ihren FDJ-Ausweis vorzeigt, kriegt sie an der Kinokasse sogar Rabatt, die Karte kostet dann nur fünfundzwanzig Pfennige«, fügte Dietmar hinzu.

Der Grenzer tippte sich an die Uniformkappe.

»Sagen Sie mir, wie der Film war, wenn Sie zurückkommen?«

»Machen wir!«, rief Dietmar ihm zu und fuhr an. Das Moped hüpfte so heftig über einen herausstehenden Pflasterstein, dass Christine vom Sitz hochgeworfen wurde. Nur flüchtig musste sie daran denken, welche Konsequenzen es haben würde, wenn sie jetzt einen Platten bekamen. Zehn Meter weiter schälten sich die Umrisse eines Mannes aus dem Dunkel der Hauswand. Christines Herz hämmerte so heftig, dass sie kaum normal atmen konnte. Wer war das?

In dem Moment, als sie die Gesichtszüge ihres Vaters erkannte, hörten sie von hinten ein Auto heranfahren. Sie drehte sich um. Mit höchster Geschwindigkeit raste es auf sie zu, die Scheinwerfer aufgeblendet, fuhr einen Halbkreis um sie herum und verstellte ihnen den Weg. Die Türen öffneten sich, zwei Männer sprangen heraus, packten Christine und Dietmar mit eisernem Griff am Arm. Dietmars Moped fiel zu Boden. Die Männer zogen sie in Richtung ihres weißen Wartburgs.

»Das dürfen Sie nicht!«, schrie Joachim Hellmann. »Das hier ist Westberlin!« Aus seiner brechenden Stimme sprach helle Panik. »Sie verstoßen gegen internationales Recht!«

Christine versuchte, sich zu wehren, ruderte mit den Armen und nahm während des Gerangels wahr, dass ihr Vater nicht alleine war. Eine Frau stand neben ihm, hielt eine Kamera hoch, drückte auf den Auslöser. Ein Blitzlicht flackerte auf, während ihr Kopf von einer Hand brutal nach unten gedrückt wurde. Es flammte nochmals auf, als ihr Körper unsanft in den Wagen gestoßen wurde. Und wieder, als die Tür zugeschlagen wurde.

»Christine!«, hörte sie ihren Vater, Joachim Hellmann, rufen, sah in sein leichenblasses Gesicht, bevor der Wagen anfuhr und ihre Augen von dem nächsten Blitzlicht geblendet wurden.

ANGELIKA

Nachdem der Wartburg mit Dietmar und Christine in Richtung Osten gerast war, standen Angelika und Hellmann einige Minuten wie benommen da. Zehn Meter weiter sahen sie die dunkle Silhouette des Grenzers neben dem kleinen Häuschen, der in ihre Richtung sah und fast genauso verloren wirkte wie sie selbst. Hellmann war es, der als Erster einen klaren Gedanken fassen konnte und ihn in abgehackten Sätzen aussprach: »Wir haben die Fotos. Angelika, die müssen in die Zeitung! Wir müssen das der Welt zeigen, was hier gerade passiert ist. Die Menschen müssen von diesem Unrecht erfahren!«

Angelika wusste, dass er recht hatte. Sie rannten auf direktem Weg in die Potsdamer Straße zum Verlagshaus, sahen linker Hand die Menschen, die vor den großen Lichtspielhäusern Schlange standen, die sich in der Nähe der Sektorengrenze angesiedelt hatten. Plakate mit Ruth Leuwerik in Großformat, umgeben von kleinen Mädchen in roten Dirndln, und Leuchtreklamen für den Film mit Romy Schneider und Lilli Palmer: »Mädchen in Uniform«. Die Kinos lockten die Ostberliner an, genauso wie die Verkaufsbuden und Stände, die davon profitierten, dass die Ostberliner sich, soweit möglich, mit den Waren aus dem Westen eindeckten. Es hatte angefangen, ganz leicht zu schneien, die Flocken blieben an ihren Wimpern hängen. Sie bogen in die breite Potsdamer Straße ein und sahen schon von Weitem das moderne Verlagshaus. Angelika registrierte erleichtert, dass in der dritten Etage noch ein Licht brannte.

»Da vorne ist es!«, rief sie Hellmann zu.

Die Pförtnerloge war nicht mehr besetzt. Sie rannten in den ersten Stock. Hellmann verschwand sofort mit ihrer Kamera in der Dunkelkammer. Währenddessen rannte Angelika im Laufschritt hinauf in die Redaktion. Sie lag im Dunkeln und war so gut wie ausgestorben. Nur an einem Schreibtisch in dem großen Raum, den sie durchquerte, brannte die Leselampe, und in dem kleinen gelben Lichtkegel hämmerte Grunert als Einziger noch auf seine Schreibmaschine ein.

»Ist Rüthers noch da?«, fragte Angelika atemlos im Vorbeigehen. Der junge Journalist machte nur eine Kopfbewegung in Richtung der Tür. »Sie haben Glück!«

»Danke!«, sagte Angelika, doch dann hielt sie plötzlich inne und kam noch einmal zurück. »Und wissen Sie, ob die morgige Ausgabe schon im Druck ist?«

»Doppeltes Glück! Was glauben Sie, warum ich hier noch sitze?«

Angelika wurde von einer warmen Welle der Hoffnung durchflutet. Es gab noch eine Chance!

»Könnten Sie noch einen kurzen Artikel für uns schreiben?«

Er rollte mit den Augen und machte laut: »Puhh! Ich bin froh, wenn ich das hier rechtzeitig zu Ende kriege!«

Als er ihre Enttäuschung sah, fügte er hinzu: »Na, von mir aus, Sie haben noch was gut bei mir, wegen der Sache mit den Druckern. Aber es muss alles schnell gehen.«

»Es kann gleich losgehen, ich muss nur kurz mit Rüthers sprechen.«

Grunert nickte nur, ohne noch einmal aufzublicken. Er hatte sich schon wieder seiner Maschine zugewandt und tippte mit dem »Zwei-Finger-System« erstaunlich flüssig weiter.

Hoffentlich war Hellmann schnell fertig! Sie hatten sich auf Kontaktabzüge geeinigt, die normalerweise nur zur ersten Qualitätsbeurteilung der Bilder eines Negativfilms dienten. Sie mussten ausreichen, um Rüthers zu überzeugen, alles andere würde viel zu lange dauern. Sie wollte gerade an die Tür klopfen, als sie schnelle Schritte hörte und am Ende des lang gezogenen dunklen Saals schemenhaft jemanden kommen sah. Es war Hellmann, der keuchend auf sie zukam.

»Hier!«, sagte er und gab ihr den Kontaktbogen. »In dem Tempo habe ich das noch nie gemacht, aber wir haben Glück! Einige sind sehr gut geworden, sie sind scharf, und die Gesichter sind genau zu sehen.«

Er zeigte mit dem Finger auf eines der kleinen Bilder, die nur so groß wie Passfotos waren, und sah sie an: »Als hätten Sie vorher gewusst, was passiert. Wenn man das Gespür dafür nicht hat, bekommt man so einen Moment nicht auf den Film gebannt.«

»Danke!«, sagte sie leise. »Jetzt versuchen wir unser Bestes!«

Sie klopfte an die Tür, hörte ein »Herein!« und drückte die Klinke hinunter. Doch Hellmann legte ihr die Hand auf den Arm. »Machen Sie das alleine, Angelika.«

Als sie ihn erstaunt ansah, murmelte er: »Ich wäre da nur hinderlich. Sie kriegen das hin, denken Sie nur daran, dass Sie dadurch ein Leben verändern können.«

Rüthers stand vor einem Regal und blätterte in einem Nachschlagewerk mit blauem Ledereinband. Er wirkte überrascht, als Angelika das Büro betrat.

»Fräulein Stein, so spät noch in der Redaktion?«

»Ich habe etwas, das sollte Sie interessieren. Es ist hochbrisant, aktuell ...«

Er legte ein Lesezeichen in den dicken Band und klappte ihn zu.

»... und von großer politischer Bedeutung!«

»Dann zeigen Sie mal her!«

Sie legte die Kontaktabzüge auf seinen Schreibtisch und klopfte mit dem Zeigefinger auf die Bilder.

»Das Mädchen wurde vor etwa einer Stunde auf offener Straße kurz hinter dem Kontrollpunkt auf dem Gebiet des französischen Sektors entführt!«

Rüthers kam näher, beugte sich über die Bilder, nahm den Bogen in die Hand, hielt ihn sich näher vor die Augen. Auf einem der Fotos sah man nur den Rücken des Mannes, der sie zum Wagen zog. Das andere zeigte, wie er Christines Kopf heruntergedrückt, um sie auf den Rücksitz zu stoßen. Doch sie hatte auch eines, auf dem sie von vorne zu sehen war, in dem Moment, als er sie packte. Das hübsche Gesicht, voller Panik, der Stasi-Mann im Profil, im Hintergrund die offene Wagentür. Das alles hatte das Blitzlicht gut ausgeleuchtet.

»Das ist Christine Magold«, erläuterte Angelika. »Sie ist eine achtzehnjährige, sehr hochdekorierte Kunstturnerin, Deutsche Meisterin am Barren, Vierte bei den Weltmeisterschaften, unzählige internationale Erfolge. Sie wurde von den beiden Männern, die vermutlich vom Ministerium für Staatssicherheit sind, zehn Meter hinter dem Kontrollpunkt in deren Wagen gezerrt.«

»Was mich an Ihrer Schilderung stört, ist das Wort ›vermutlich‹!«
»Aber das weiß man doch, dass die DDR-Führung ihre Leistungssportler nicht freiwillig ziehen lässt.«
Rüthers wandte ihr sein Gesicht zu.
»Weiß man das?«, fragte er.
»Und was haben Sie dort überhaupt gemacht, Fräulein Stein? Warum waren Sie genau um diese Zeit an der Sektorengrenze? Woher kennen Sie den Namen des Mädchens? Es sieht fast so aus, als hätten Sie gewusst, was passieren wird.«
»Das ist eine lange Geschichte.«
Rüthers legte die Abzüge hinter sich, zurück auf seinen Schreibtisch, lehnte sich an die Kante, verschränkte die Arme und sagte: »Ich höre.«
Sie begann nur zögernd zu erzählen, denn ihr Chefredakteur gab ihr nicht gerade das Gefühl, sie wirklich ernst zu nehmen.
»Christine Magold ist die Tochter von Herrn Hellmann, bei dem ich die Fotografenlehre gemacht habe, und ihre Großmutter kenne ich auch, für sie habe ich immer mal eingekauft, im Haushalt geholfen und so weiter, sie leben beide in Kassel, meiner Heimatstadt.«
Rüthers zog die Augenbrauen hoch.
»Warum heißt sie dann Magold mit Nachnamen und ihr Vater Hellmann? Ist sie unehelich?«
Angelika schüttelte den Kopf.
»Nein, nein. Herr Hellmann ist aus der DDR geflohen, und Christine ist bei ihrer Mutter Kerstin Magold geblieben.«
Als er sie skeptisch ansah, fügte sie erklärend hinzu: »Ihre Mutter hat wieder geheiratet, ist nach Ostberlin gezogen und ...«
»Langer Rede kurzer Sinn, dann fährt das Mädchen abends einmal nach Westberlin rüber und wird festgenommen? Das kann wohl nur ein Irrtum sein. Da fehlt mir die Relevanz.«
Angelika sprang jetzt so unvermittelt auf, dass Rüthers zusammenzuckte. »Nein, das sehen Sie ganz falsch! Sie wollte fliehen, weil sie in dem Sportinternat in Hohenschönhausen nur gedrillt und gequält wird, weil sie sich in einen Kunstturner aus Stuttgart verliebt hat, ihre Briefe von der Hausmutter abgefangen wurden, die Stasi sie ihrer Mutter abgenommen hat ...«

»Ja, was denn nun? Wurden die Briefe von der Stasi abgefangen oder von ihrer Mutter?«

Angelika merkte den sarkastischen Unterton, wie wenig er ihrer verworrenen Geschichte Glauben schenkte, und je mehr sie versuchte, den Chefredakteur zu überzeugen, umso weniger fand sie ihre Worte selbst noch klar und nachvollziehbar. Was, wenn Hellmann sich das alles nur zusammenfantasiert hatte?

Nein, da lagen doch die Fotos. Der klare Beweis!

»Möchten Sie wissen, was im Moment wichtig ist? Was die Welt aufwühlt und was die Leute sehen möchten?«, fragte Rüthers.

Er tippte auf das Titelbild des aktuellen *Tagesspiegels* mit dem Datum 16. Dezember 1958. Darauf war Brandt zu sehen, wie er durch die jubelnden Menschenmassen über die Champs-Élysées auf den Arc de Triomphe zuschritt.

Rüthers las die Schlagzeile laut vor: »Brandt, der Star der ersten Pariser Konferenztage.«

Angelika überflog die Zeilen des Artikels:

Noch nie hat sich die französische Massenpresse mit solchem Schwung auf einen deutschen Politiker geworfen wie auf Brandt. Er ist fotogen, was keine unwichtige Stärke im Fernsehalter ist, und übt sehr große Anziehungskraft auf die so wichtigen weiblichen Wähler aus. Er kann gut reden, spricht perfektes Englisch, mit Ruhe und ernster Betonung. Sein Gesicht eines aufmerksamen, nachdenklichen, aber entschlossenen Boxers begegnet der Presse mit entwaffnender Direktheit. Sein Auftreten vor den Alliierten verkörpert jugendliche Vitalität, Mut und Aufrichtigkeit. Und die Franzosen finden, der Neue habe, was den deutschen Politikern sonst nicht gegeben sei: Charme.

Angelika wurde von der Schilderung über Brandts Erfolg geradezu elektrisiert. Sie hatte ihn selbst erlebt und wusste, dass man ihn hier exakt beschrieben hatte. Aber gleichzeitig las sie die Worte mit einem tiefen Gefühl des Bedauerns. Die fein ziselierten Formulierungen Pietschs verdeutlichten ihr schmerzhaft, was für eine Gelegenheit sie verpasst, welche Chance sie womöglich leichtfertig vergeben hatte. Bei was für einer politischen Sensation sie hätte dabei sein können. Sie hätte mit ihrer Rollei diese Weltsekunden einfangen können. Stattdessen war sie im kalten Berlin geblieben, nur um Hellmann zu einer schlecht vorbereiteten Flucht seiner Tochter zu begleiten, bei der sie ohnehin nichts ausrichten konnte. Warum hatte sie sich bloß dazu überreden lassen? Warum hatte er überhaupt darauf gedrängt, sie dabeizuhaben?

»Unglaublich, wie Brandt vor der Welt auftritt und was er für eine Wirkung hat!«, sagte Rüthers. »So jemanden als Regierenden Bürgermeister zu haben, der derart vehement für die Freiheit und die Sonderstellung Berlins eintritt, ist ein reiner Glücksfall. Vielleicht sogar unsere Rettung!«

Die Sonderstellung, die Freiheit Berlins, dachte Angelika. Aber das war es doch gerade, was die Stasi-Leute, die Christine und ihren Stiefvater in das Auto zerrten, mit Füßen traten! Sie holten sie zurück, obwohl sie schon auf dem Gebiet des französischen Sektors waren. Deshalb hatte Hellmann auch so dringend gewollt, dass sie, Angelika, vor Ort war. Er wollte dort, auf die Bitte ihrer Mutter hin, seine Tochter in Empfang nehmen und sich zukünftig um sie kümmern. Angelika war nur für den Notfall da, für den Fall, der eingetreten war. Sie sollte es mit ihren Fotos für die Presse dokumentieren können, wenn etwas bei dem Fluchtversuch schiefging.

»Sie haben recht, Herr Rüthers«, begann sie leise zu sprechen. »Aber gehört es nicht auch zur Freiheit Berlins und seiner besonderen Stellung, dass die Grenze zwischen den Sektoren für jedermann offen ist?«

Der Chefredakteur sah Angelika schweigend an, und sie war jetzt überzeugter denn je, dass das Foto gedruckt werden musste, dass sie die Öffentlichkeit, die Politiker auf den Fall aufmerksam machen musste.

Er nahm die kleinformatigen Abzüge wieder in die Hand, holte eine Lupe aus seiner Schreibtischschublade, betrachtete eines nach dem anderen. Vor allem das, auf dem Christines Gesicht, ihre blonden, zum Bob geschnittenen Haare genau zu sehen waren, sah er lange an. Er schien zu überlegen, rieb sich mit der Hand über das Kinn.

Als er den Kopf hob und sie ansah, wirkten seine grauen Augen wieder so ehrlich wie an dem Tag, als sie ihn zum ersten Mal gesehen hatte. Angelika schöpfte Hoffnung.

»Das stimmt, Fräulein Stein. Und die eine Aufnahme scheint sehr gelungen, soweit man das bei einem Kontaktabzug beurteilen kann. Erstaunlich, wenn man die Lichtverhältnisse bedenkt und den Tumult. Aber was mich an der Sache stört, ist Ihre persönliche Befangenheit. Das Bild mag gut sein, die Geschichte des Mädchens tragisch. Aber ich muss Sie leider enttäuschen: Wir machen hier eine seriöse Tageszeitung, fundierten Journalismus und keinen Handel mit Gerüchten oder Gefälligkeiten im Bekanntenkreis.«

Er gab ihr die Fotos mit echtem Bedauern im Blick zurück: »Es tut mir leid, aber ich werde sie nicht drucken lassen. Keines davon.«

Angelika öffnete den Mund, wollte sagen: Aber Sie müssen es bringen!, doch er presste die Lippen zusammen, schüttelte den Kopf und gab ihr die Abzüge zurück.

»Bitte lassen Sie mich jetzt allein, ich habe noch zu tun.«

Als sie die Tür seines Büros hinter sich schloss, fühlte sie sich auf einmal unendlich müde und erschöpft. Was würde Hellmann sagen, was würde jetzt mit Christine passieren, wie sollte sie je wieder ihrer Großmutter, der alten Frau Hellmann, vor die Augen treten? Sie hatte kläglich versagt.

Das Klappern der Schreibmaschine holte sie zurück in die Realität. Sie hob den Kopf und sah die beiden Männer bei Grunerts Schreibtisch. Hellmann hatte sich neben ihn gesetzt. Als er sie bemerkte, sprang er auf und kam ihr entgegen, rieb sich die Hände.

»Und? Können wir loslegen? Ich habe deinen Kollegen schon mit allen wichtigen Informationen gefüttert.«

»Das wird nur eine ausführliche Bildunterschrift«, erklärte Grunert, ohne von der Schreibmaschine aufzublicken. »Und den großen Artikel lancieren wir dann in der nächsten Ausgabe.«

Er zog das Blatt aus der Maschine, drehte sich auf seinem Stuhl zu ihr um und fragte beiläufig: »Mit Rüthers ist alles geklärt?«

Angelika biss sich auf die Lippen. Doch er schien gar nicht auf ihre Antwort zu warten. »Wollen Sie die beiden Sachen zu den Setzern bringen? Die Männer da unten haben jetzt extra gewartet, und wenn die Überstunden machen müssen, ist mit denen nicht gut Kirschen essen.«

Er griff nach seiner Cabanjacke, die über der Stuhllehne hing, und schien froh zu sein, die unangenehme Aufgabe jemand anderem übertragen zu können.

Angelika stand mit den Blättern in der Hand da, und in ihrem Kopf arbeitete es. Grunert hatte ihr eine Tür geöffnet, die Tür zu etwas Verbotenem.

»Bis morgen!«, sagte er und ging Richtung Treppenhaus.

Hellmann sah sie erwartungsvoll an, er schien zu spüren, dass etwas nicht stimmte. Sie versuchte, ihre Hand ganz ruhig zu halten, als sie ihm den Kontaktabzug gab, ihrer Stimme Festigkeit zu verleihen, als sie zu ihm sagte: »Können Sie das eine Foto entwickeln und vergrößern? Sie wissen schon, das, auf dem Christines Gesicht und der Stasi-Mann im Profil zu sehen sind.«

Er nickte, aber sie merkte, wie er zögerte und schließlich fragte: »Der Chefredakteur hat also zugestimmt?«

»Natürlich hat er das!«, log sie, und ihr Herz klopfte ihr bis zum Hals. »Wir müssen uns nur sehr, sehr beeilen. Schließlich muss noch das Klischee von dem Foto erstellt werden.«

Sie wich seinem Blick aus, und er fragte nicht weiter nach.

»Am besten gehe ich schon runter, damit der Text gesetzt werden kann. Bringen Sie mir so schnell wie möglich den Abzug. Ich zeige Ihnen gleich, wo Sie die Setzerei finden.«

CHRISTINE

Was würde jetzt mit ihnen passieren? Würde man sie wegen versuchter Republikflucht anklagen? Für wie viele Jahre würden sie ihren Vater einsperren, wenn es ihm nicht gelang, die harmlose Absicht eines Kinobesuchs zu beweisen? Würden sie sie zurück in das Sportinternat bringen? Wie würde ihre Mutter davon erfahren, was passiert war? Warum hatten sie sie in ihren Plan nicht eingeweiht? Christine saß auf dem Rücksitz des Wartburg, der durch das abendliche Ostberlin fuhr. Neben ihr saß Dietmar, rechts neben ihm einer der Stasi-Männer. Keiner sprach ein Wort.

Christine merkte erstaunt, dass ihr Atem ruhiger wurde. So viele Fragen, die sie ihrem Stiefvater gerne gestellt hätte, musste sie in diesem eisigen Schweigen mit sich selbst ausmachen, dabei sah sie aus dem Fenster, das Stadtbild änderte sich, die hohen Häuserlinien wichen lockerer Bebauung, und sie erkannte linker Hand die dunklen Bäume des Volksparks Friedrichshain. Jetzt wusste sie wieder, wo sie waren: Sie fuhren durch die Landsberger Allee, die vierspurige Straße, die in den Bezirk Lichtenberg führte. Dietmar und sie waren sie oft mit dem Moped gefahren, als sie noch regelmäßig sonntags nach Hause kam. Dann bog der Wartburg von der Hauptstraße ab, wurde durchgerüttelt, als sie durch die vielen Schlaglöcher fuhren, und auf der anderen Seite tauchte im Mondlicht der Zaun auf, der das weitläufige Gelände des Sportzentrums Hohenschönhausen einfasste. Also brachte man sie zurück, dachte sie und spürte eine Art Erleichterung. Wenn das alles war, was geschah, würde sich an ihrem Leben nicht viel ändern. Es würde einfach so weitergehen wie bisher. Sie hatte ohnehin nicht daran geglaubt, dass es für sie noch viel Schönes bereithielt. Sie hatte die letzten zwei Jahre hier verbracht, das Jahr bis zu ihrem Abitur würde sie auch noch durchhalten, dann würde man weitersehen.

Der Wagen fuhr in die Toreinfahrt auf das hell erleuchtete moderne Internatsgebäude zu. Vor dem Haupteingang hielt er an. Der Fahrer stieg aus, öffnete ihre Tür und befahl: »Aussteigen!«

Christine tat, was er sagte. Als Dietmar Anstalten machte, mit auszusteigen, sagte der Mann: »Nicht Sie! Sie bleiben im Wagen!«

»Aber ich muss mich doch von meiner Tochter verabschieden ...«, setzte Dietmar an.

»Was Sie müssen und was Sie nicht müssen, entscheiden ab jetzt wir!«

Damit knallte der Mann die Wagentür zu.

»Christine!«, hörte sie diesmal ihren Stiefvater voller Verzweiflung rufen, so wie zuvor an diesem Abend ihren leiblichen Vater.

Sie sah noch, wie er mit der Faust an die Fensterscheibe trommelte, während der Mann neben ihr sie am Arm packte und wegzog. Im grellen Licht der Eingangshalle warteten schon Frau Kammerer und der Forumsleiter. Sie mussten bereits informiert worden sein. Der Fahrer sprach leise mit ihnen. Christine verstand nur die Worte: »Spezialbehandlung«, »Besondere Vorsichtsmaßnahmen« und »unter ständiger Beobachtung«.

Die Hausmutter nickte ein paarmal mit ernstem Blick, dann drehte sie sich zu Christine um und sagte: »Guten Abend, Magold. Na, dann wollen wir mal.«

Ihr großer Schlüsselbund klimperte an ihrem Rockbund, während Christine ihr durch den Gang zu dem Mädchenschlaftrakt folgte.

»Du bekommst jetzt erst einmal ein Einzelzimmer, bei guter Führung sehen wir weiter«, sagte Frau Kammerer, bevor sie im zweiten Stock die Tür zu einem fensterlosen Raum öffnete. Zögernd trat Christine ein, ihr Rückgrat, ihr Nacken, ihre Schultern waren mit einem Mal starr wie Metall, als sie das schmale Bett betrachtete, die zusammengerollte Matratze auf nackten Stahlfedern, den Stuhl und das niedrige offene Regal. All das fand in der engen Kammer gerade so Platz. In einer Ecke stand ein leerer Eimer und ein Emaillekrug mit Wasser. Christine hielt die Tränen zurück, mit aller Macht. Keinesfalls wollte sie vor der Hausmutter weinen. Ihr Ringen um Fassung fühlte sich an, als presste eine Faust ihr Herz zusammen.

»Deine Sachen lasse ich dir morgen bringen. Wecken ist ab jetzt um fünf«, sagte die Hausmutter.

Dann schloss sie die Tür von außen ab.

ANGELIKA

Sie legte die Hand auf die Klinke und sah kurz an sich herunter. Heute bot sie wirklich keinen besonders attraktiven Anblick mit den abgetretenen Stiefeln und den unförmigen warmen Wollhosen. Wenigstens einen Blick in den kleinen Spiegel sollte sie noch werfen, bevor sie den sogenannten Darm des Verlags und seine derbe Männerwelt betrat. Schließlich musste sie sie möglichst schnell überzeugen. Sie holte die kleine Puderdose aus ihrer Umhängetasche, bauschte sich die Haare mit der Handfläche auf und fuhr sich mit der kleinen Puderquaste über ihre gerötete Nase. Dann holte sie tief Luft und drückte die Klinke der übergroßen Stahltür herunter, legte sich mit ihrem ganzen Gewicht nach hinten, um sie aufzuziehen.

Bei dem quietschenden Geräusch der Türangel hob einer der Drucker den Kopf von der Tischplatte und blinzelte. Er hatte geschlafen. »Jungs! Hoher Besuch!«, sagte er mit tiefer Stimme.

Hinter dem schwarzen Stahlsprossenfenster, das die Setzerei abtrennte, erschien ein bärtiges Gesicht.

»Guten Abend, die Herren, es kann gleich losgehen!«, sagte Angelika und versuchte, ihre Stimme so normal wie möglich klingen zu lassen. »Ist Sandmeyer da?«, fragte sie nach dem Vorarbeiter.

»Dort hinten!« Der Bärtige deutete in den hinteren Teil der Setzerei und drehte sich um.

»Chef, det Steinchen ist hier, et jeht los!«

Sandmeyer hatte sich offenbar gerade die Hände gewaschen, denn er trocknete sie an einem Handtuch mit lauter schwarzen Flecken ab.

»Guten Abend, Herr Sandmeyer!«

»Fräulein Stein!«

Er zog kurz seine Schiebermütze ab und nickte höflich mit dem Kopf.

Sie gab ihm den Artikel von Grunert, auf den er gewartet hatte. Dann nahm sie allen Mut zusammen und sagte: »Und es gibt noch eine Änderung. Zeigen Sie mir bitte den Satz der ersten Seite.«

»Eine Änderung?«, fragte er und legte die Stirn in Falten. »Jetzt noch?«

Angelika merkte, wie sich ihr Pulsschlag beschleunigte. Ruhig bleiben, sagte sie sich.

»Es muss sein.«

Das schweißglänzende Gesicht des Mannes färbte sich rötlich. Er sah sie plötzlich so eindringlich und forschend an, dass sie fast den Satz hinterhergeschoben hätte, Rüthers habe es angeordnet, um ihn zu überzeugen. Aber im letzten Moment biss sie sich auf die Lippen und schwieg. Hielt seinem Blick stand. Sie wollte nicht noch eine zweite Lüge auf ihr Gewissen laden. Es war schlimm genug, was sie hier im Begriff war zu tun.

Er stampfte vor ihr her, durch die Sprossentür, zu den Setzern, zeigte ihr die Platte und die Druckvorlage. Jetzt musste sie schnell sein. Das Foto der Pariser Konferenz herauszunehmen fiel ihr schwer, aber es musste sein. Es gab niemals zwei Fotos auf der ersten Seite, das wäre Sandmeyer sofort aufgefallen. Sie erläuterte ihm die Unterschrift. Dann zeigte sie ihm den Kontaktabzug und sagte: »Die Vergrößerung ist noch in Arbeit, müsste aber jeden Moment kommen.«

»Und det Klischee? Wie soll det gehen. Es muss doch noch ein Klischee für den Druck geätzt werden. Sehn Se mal auf die Uhr!« Er deutete auf die große runde Wanduhr. »Es ist schon halb zehn! Meine Leute machen längst Überstunden, det gibt Ärger mit der Gewerkschaft.«

»Bitte, Herr Sandmeyer. Denken Sie doch mal an das junge Mädchen, das von der Stasi wieder zurück in die DDR geschleppt wird. Sie war schon zehn Meter in der französischen Zone.«

Er hielt sich das kleine Bild näher vor das Gesicht. Auch die anderen Setzer waren jetzt näher gekommen.

»Was is' det denn für 'ne Schweinerei!«

»Die schrecken auch vor nichts zurück!«, sagte der Mann mit dem Dreitagebart.

Sandmeyer sah Angelika jetzt wieder mit dem gleichen forschenden Blick an wie eben. Fast kam es ihr vor, als schien er etwas zu ahnen, als würde er sie womöglich durchschauen.

»Sie heißt Christine Magold. Sie ist erst achtzehn und eine begabte

Kunstturnerin«, sagte sie. »Stellen Sie sich vor, es wäre Ihre Tochter. Ist sie nicht in demselben Alter? Wahrscheinlich wird Christine Magold jetzt wegen versuchter Republikflucht eingesperrt.«

»Komm schon, Chef! So 'ne Ungerechtigkeit kann man doch nicht hinnehmen«, sagte einer der Drucker, der jetzt gekommen war, um nachzusehen, wann es endlich losging. Er war klein und gedrungen und seine Wangen voller schwarzer Farbe.

»Die Sektorengrenze muss offen für alle sein!«

Sandmeyer blies die Backen auf, ließ die Luft mit einem kleinen Plopp-Ton aus seinem Mund entweichen und sagte: »An die Arbeit, Männer.«

Dann beugte er sich so nah zu Angelika hinunter, dass sie seinen warmen Atem spüren konnte, als er flüsterte: »Ich hoffe, dass uns das nicht alle in Teufels Küche bringt, Fräulein Stein.«

23.30 Uhr, vier Stunden vor Beginn der Auslieferung, begannen die Gedärme des *Tagesspiegels* sich endlich zu rühren, sich mit den Geräuschen und Vorbereitungen für den Druck der neuen Ausgabe zu füllen. Sandmeyer streifte wachsam an der Druckerstraße vorbei, um sich zu überzeugen, dass alles seine Ordnung hatte. Angelikas Gefühle fuhren Achterbahn, als die mächtige Rotationsmaschine mit einem lauten Ächzen ansprang, sich die Walzen in Bewegung setzten. Der scharfe Geruch der Druckerschwärze stieg ihr jetzt wieder in die Nase. Der Tank war frisch befüllt worden. Normalerweise nahm man die Ausdünstungen nicht mehr wahr, wenn man einige Zeit in der Druckerei verbracht hatte. Genauso wenig, wie man noch auf die Flecken in der Kleidung achtete, die man sich unweigerlich einfing.

Keiner der Arbeiter war nach Hause gegangen, obwohl ihre Schicht längst vorbei war. Alle warteten sie, bis das erste Exemplar des *Tagesspiegels* vom morgigen Tag den Durchlauf beendet hatte und auf dem Kautschukband heranfuhr. Was getan werden musste, war getan, von jetzt an ließ man den Dingen ihren Lauf. Ihre Gesichter drückten eine Anspannung aus, wie sie sonst selten bei den abgeklärten Männern zum Vorschein kam. Falls sie am Inhalt der Zeitung, die sie täglich druckten, Anteil nahmen, hatten sie es Angelika kaum gezeigt, das heißt, vielleicht ein wenig bei dem ersten Extrablatt, das sie fast ganz alleine in Auftrag gegeben hatte. Sie fragte sich gerade, ob es die vereitelte Flucht der achtzehnjährigen Kunstturnerin war, die sie heute so berührte, als der Bärtige sie antippte und sein Kinn in Richtung der anderen Arbeiter hob: »Kieken Se mal, Steinchen. Die Überstunden ham wir nur wegen Ihnen gemacht.«

Sandmeyer machte einen Schritt nach vorne und nahm die erste Zeitung vom Band, betrachtete sie genau und hielt sie dann Angelika entgegen. Die anderen kamen näher, stellten sich dicht neben sie. Christines hübsches Gesicht, voller Panik, der Stasi-Mann im Profil, im Hintergrund die offene Wagentür. Das alles erstaunlich gut durch das Blitzlicht ausgeleuchtet. Angelika musste sich eingestehen, dass sie von ihrem eigenen Foto beeindruckt war.

»Det lässt niemanden kalt!«, murmelte einer der Drucker neben ihr.

Jetzt legte sich eine Hand auf ihre Schulter, und die Drucker wichen zurück. Es war Hellmann. Er hatte die ganze Zeit unbeweglich auf einem Stuhl gesessen, und fast hätte Angelika ihn vergessen.

»Es ist sensationell. Normalerweise kann Blitzlicht leicht Härte im Blick erzeugen, aber Christines Gesicht wirkt trotz ihrer Angst einfach nur weich und verletzlich. Das haben Sie gut gemacht, Fräulein Stein.«

Seine Stimme brach. Sosehr er sich auch bemühte, einen sachlichen Ton an den Tag zu legen und scheinbar objektiv die Qualität der Fotografie zu beschreiben, war ihm die persönliche Betroffenheit doch anzumerken. Die anderen Männer sahen verlegen zur Seite oder zu Boden. Sie alle wussten inzwischen, dass das Mädchen auf dem Foto Hellmanns Tochter war.

Sandmeyer räusperte sich. »Wenn die Politiker dieses Foto sehen, werden sie schon was unternehmen«, sagte er. »Das müssen sie!«

Angelika sah Hellmann in die Augen, die nichts als tiefe Sorge widerspiegelten, und sie musste an seine alte Mutter denken. Wie würde Frau Hellmann es aufnehmen, wenn sie von dem unsicheren Schicksal ihrer Enkelin erfuhr? Angelika konnte nur inständig hoffen, dass der Vorarbeiter der Drucker recht behalten würde und die Veröffentlichung des Fotos Wirkung tat.

»Ich gratuliere recht herzlich zu Ihrem neuesten Werk!«

Rüthers' Gesicht war rot angelaufen. Er rannte vor ihr auf und ab wie ein vergifteter Affe. Schließlich blieb er stehen und knallte die frisch gedruckte Ausgabe direkt vor sie auf die Tischplatte.

»Werk?«, wiederholte Angelika. Sie stand mit dem Rücken zur Redaktion, doch sie konnte die Blicke der Journalisten durch die Scheibe hindurch deutlich spüren. Wie Pfeile bohrten sie sich in ihren Rücken. Hatte Rüthers mit Absicht den Glaskasten des Konferenzraums für seine Standpauke gewählt?, ging es ihr durch den Kopf. Damit sich die versammelten Mitarbeiter an ihrer öffentlichen Hinrichtung weiden konnten?

»Sie überreden die Setzer und Drucker, ein Foto in meiner Zeitung zu drucken, das ich nur wenige Minuten zuvor ausdrücklich abgelehnt habe!«

»Ich konnte nicht anders, es war zu wichtig, es ging um mehr als ...«, setzte Angelika an.

Doch Rüthers ließ sie gar nicht ausreden. »Sie haben tatsächlich die Chuzpe, im Alleingang die Titelseite zu ändern, das Foto von der Außenministerkonferenz herauszunehmen und Ihr eigenes dafür einzusetzen?« Rüthers wurde plötzlich von etwas abgelenkt. Er sah an ihr vorbei, über ihre Schulter. Seine Augen weiteten sich. »Da ist er ja!«

Mit wenigen Schritten war er an der Tür und schrie durch den Redaktionsraum: »Grunert! Sofort her zu mir!«

Angelika drehte sich um. Grunert war offenbar eben eingetroffen und zog gerade seine Jacke aus, wickelte seinen Schal vom Hals ab. Doch als er sah, in welchem Zustand sich sein Chefredakteur befand, wurde er kreidebleich. Er kam in den Konferenzraum und warf Angelika einen fragenden Blick zu. Sie biss sich auf die Lippen. Jetzt tat es ihr leid, ihn nicht eingeweiht zu haben.

»Sie sind zwar noch nicht lange hier, Grunert, aber lange genug, um zu wissen, was dieser Alleingang für Sie beide bedeutet.«

»Ich ... ich ... weiß gar nicht, wovon Sie sprechen ...«, stotterte dieser.

Doch Rüthers hob abwehrend die Hand. »Kommen Sie mir jetzt nicht mit Ausreden! Mein Vertrauen in Sie beide ist erschüttert.«

Angelika knetete ihre Hände. Sie holte Luft und sagte: »Herr Grunert wusste wirklich nichts davon, dass Sie nicht einverstanden waren. Ich habe ihn angelogen.«

Rüthers' Augen wurden schmal. »Im Lügen scheinen Sie ja sehr talentiert zu sein. Aber das hilft Ihnen diesmal nichts.«

Er wandte sich an Grunert. »Stammt die Bildunterschrift von Ihnen? Ja oder nein?«

Grunert schwieg einen Moment lang, nachdem er erkannte, dass Rüthers ihm gerade die Gelegenheit gab, sich aus der Affäre zu ziehen. Doch dann hob er den Kopf und sagte: »Ja, sie stammt von mir. Und ich hielt es für genauso wichtig, das Foto von der missglückten Flucht einer jungen Frau aus der DDR zu drucken wie Fräulein Stein. Da können die Herren Außenminister in Paris tagen, soviel sie wollen. Wir sind immer noch eine Berliner Zeitung. Und ich finde, dem *Tagesspiegel* sollte die Freiheit der Berliner Bürger, ob Ost oder West – die Würde der Menschen hier, das Wichtigste sein.«

Angelika sah ihren Kollegen von der Seite an. Sein Profil mit der Adlernase und den Geheimratsecken wirkte jetzt so selbstgewiss und überzeugt, gar nicht mehr so unsicher, wie sie ihn sonst kannte. Sie musste zugeben, dass sie ihn unterschätzt hatte. Dann blickte sie zu Rüthers. Auch er schien von Grunerts klaren Worten beeindruckt zu sein, betrachtete ihn mit nachdenklichem Blick, sagte eine halbe Minute lang gar nichts. Aus der Redaktion war in diesem Moment kein Geräusch zu hören. Die Schreibmaschinen hatten aufgehört zu tippen, keiner sprach. Nicht einmal eines der vielen Telefone schrillte, als ahnten alle Anrufer, dass sie jetzt nicht stören durften.

Angelika wusste, dass man in der Redaktion jedes Wort ihrer Unterredung verfolgt hatte. So hatte es Rüthers ja offenbar gewollt. Jetzt war die Stille für sie alle mit Händen greifbar.

Rüthers berührte mit den Fingerspitzen sein Kinn, hob den Kopf. Er sah ihr in die Augen und formte den nächsten Satz, mit dem ihre Zukunft zu einer weiten weißen Leere wurde: »Sie sind beide gefeuert! Raus aus meiner Redaktion! Räumen Sie Ihre Schreibtische und lassen Sie sich nie wieder hier sehen!«

Im Luftraum über Frankreich, 17. Dezember 1958

»Dein Auftritt hat seine Wirkung nicht verfehlt, Willy. Du bist zum Liebling der französischen Presse geworden, und das achtzehn Jahre, nachdem die deutsche Fahne auf dem Arc de Triomphe geweht hat. Gratuliere.«

Der Mann, der das sagte, hatte es sich auf dem komfortablen Sitz in der ersten Klasse neben Willy Brandt bequem gemacht. Wohlwollend betrachtete er die junge schlanke Stewardess in dem dunkelblauen Kostüm, während sie ihm Rotwein servierte. Der Klapptisch vor ihm war bedeckt mit den aktuellen französischen Tageszeitungen und Magazinen: *Le Figaro, Paris Match, Le Monde, Le Parisien, La Tribune* …, nahezu auf allen Titeln war das Konterfei des Regierenden Bürgermeisters von Berlin zu sehen.

Er nahm eine der Zeitungen hoch, damit die Air-France-Stewardess das Glas abstellen konnte.

»Soll ich sie Ihnen hierlassen?«, fragte sie mit französischem Akzent und hielt die kleine Flasche hoch.

»Grand cru?«, fragte Jung.

Sie nickte. »*Bien-sûr*, Monsieur!«

»Mir ist es lieber, wenn Sie mir persönlich nachgießen!«, sagte Jung und gab seiner Stimme ein weiches Timbre.

Brandt hob die Augenbrauen.

Die Stewardess war Flirtversuche von Passagieren der ersten Klasse gewohnt. Sie lächelte den Mann mit der breiten Nase und dem selbstgefälligen Blick dennoch an, allerdings verhalten. So hatte sie es in ihrer Ausbildung gelernt.

»Ganz wie Sie möchten, Monsieur.«

»Bordeaux am frühen Morgen?«, fragte Brandt, nachdem die Flugbegleiterin zur nächsten Reihe gegangen war. Er trank einen Schluck seines *café au lait* und biss in das Croissant.

»Für mich ist es noch Nacht!«, lautete die Antwort seines Beraters. Zur Bekräftigung tippte er auf seine Armbanduhr, die 7.10 Uhr anzeigte. Dann schlug er mit der flachen Hand auf den Titel des *Figaro*.

»Wenn es dich nicht schon gegeben hätte, hätte man so einen

Mann wie dich erfinden müssen, um endlich wieder das Ansehen der Deutschen in Frankreich aufzupolieren! Ich hoffe, sie wissen, was sie dir schulden.«

Ohne zu antworten, zog Brandt zwei deutsche Zeitungen unter den französischen hervor. Auf der Titelseite der *Morgenpost* war ebenfalls ein Foto von ihm abgedruckt. Doch seine Aufmerksamkeit wurde von der zweiten Berliner Zeitung gefesselt, die ganz zuunterst lag.

»Ist das der heutige *Tagesspiegel?*«, fragte er und suchte nach dem Datum:

17. Dezember 1958

»Erstaunlich. Sie muss mit der ersten Maschine aus Berlin mitgekommen sein.«

»Es liegt an dem neuen Flugzeug«, erklärte Jung, während er genussvoll einen Schluck Rotwein trank. »Die Air France setzt seit August diesen Jahres zumeist die neue viermotorige Super Constellation auf der Linie Berlin–Paris ein. Das spart eine halbe Stunde Flugzeit. Bei Abflug aus Berlin waren die aktuellen Zeitungen dadurch schon ausgeliefert und konnten an Bord genommen werden.« Er wandte sich Brandt zu und schien auf Anerkennung zu warten. »Und so kamst du um diese Zeit in Frankreich zu deiner aktuellen deutschen Presse.«

Brandt antwortete nicht. Er hielt sich das Foto auf der Titelseite näher vor die Augen. Dann lehnte er den Kopf nach hinten, drückte auf den Knopf, um die Leselampe über seinem Platz einzuschalten.

»Erstaunlich und erschreckend zugleich«, murmelte er, während er das Foto der jungen blonden Frau betrachtete. Ihre mit Angst erfüllten Augen, das scharfe Profil des Mannes, der sie zu der geöffneten Autotür des Wartburg schob. Im Hintergrund waren schemenhaft das kleine Gebäude des Kontrollpunkts und ein am Boden liegendes Moped zu erkennen.

Er las die Bildunterschrift.

Entführung am Kontrollpunkt: Eine 18-jährige Leistungsturnerin aus Ostberlin wurde am gestrigen Abend von zwei Männern zehn Meter hinter der Grenze auf dem Gebiet des französischen Sektors verhaftet. Zusammen mit ihrem Vater zerrte man sie in einen weißen Personenkraftwagen der Marke Wartburg und verbrachte sie zurück in die DDR. Über ihren Verbleib gibt es derzeit keine Erkenntnisse.

Brandt nahm die Brille ab und sah aus dem Bordfenster in die Morgendämmerung. Am Horizont verfärbte sich der Himmel ganz langsam orange. Aus der Wolkendecke brach wie in Zeitlupe die blutrote Sonnenkugel hervor. Schweigend betrachtete er das Naturschauspiel. Er legte die Stirn in Falten und schloss die Blende.

»Zehn Meter im französischen Sektor!«, sagte er, jede einzelne Silbe betonend. »Sie nehmen sich immer mehr heraus! Hätte ich bloß früher davon erfahren …«

»Und was dann?«, fragte Jung.

»Vielleicht hätte ich den Vorfall dann direkt gegenüber Murville angesprochen.«

Jung trank einen großen Schluck Bordeaux und schüttelte übertrieben vehement den Kopf. »Den französischen Außenminister behelligen? Wegen einer kleinen DDR-Turnerin?«

»Einer Berlinerin, egal ob Ost oder West!«, widersprach Brandt.

»Willy, wir wissen doch alle, dass Frankreich kein Interesse an einer Konfrontation mit den Sowjets oder der DDR-Führung hat.«

Brandt rieb sich über sein Kinn, nahm wieder den *Tagesspiegel* in die Hand und sah sich das Foto erneut an. »Das stimmt nicht ganz. De Gaulle und sein Außenministerium haben zu keiner Zeit Zweifel daran gelassen, dass sie keine Zugeständnisse gegenüber Chruschtschow und der Sowjetunion machen würden. Frankreich war von Anfang an und durchgängig der beharrlichste Verfechter von Berlins Vier-Mächte-Status.«

Statt zu antworten, streckte Jung den Arm aus, um per Knopfdruck die Stewardess zu rufen. Als sie schon nach wenigen Sekunden vor ihnen stand, deutete er auf sein Glas, doch Brandt beugte sich ein wenig nach vorne und sagte: »*Un café double pour Monsieur s'il-vous-plaît!*«

Die Flugbegleiterin nickte, fragte freundlich, ob sie das Weinglas abräumen dürfe, woraufhin Jung eine unbestimmte Handbewegung machte. Nachdem sie verschwunden war, sah Jung Brandt von der Seite an. »Sind wir jetzt auf Kindergartenniveau, Willy?«

»Wir landen sicher bald, Harald, du willst doch nicht torkelnd vor die Berliner Presse treten?«

Ihm war längst klar, dass Jung sich zu einem Problem entwickelt hatte. Insgeheim hatte er schon beschlossen, sich von seinem Berater zu trennen. Er brauchte ein verlässliches Presse- und Informationsamt und jemanden, der, wie er, von der Journalistenseite kam, die Öffentlichkeitsarbeit und ihre Regeln spielend beherrschte. Dafür hatte er schon einen Kandidaten im Auge. Er wollte Egon Bahr ansprechen – Chefkommentator des RIAS und bekennender Sozialdemokrat.

Jung tat so, als hätte er den letzten Satz nicht gehört, und begann, geschäftig in dem Zeitungsstapel zu blättern. Brandt griff sich noch einmal den *Tagesspiegel,* betrachtete den klein gedruckten Namen der Fotografin und trommelte mit den Fingern auf die graue Kunststoffbeschichtung des Klapptischs. Er drehte sich zu Jung um.

»Womöglich hast du recht! Der offizielle Weg über Murville wäre vielleicht etwas zu hoch aufgehängt. Hast du eigentlich noch deinen Kontaktmann in der Ostberliner SED-Bezirksleitung?«

Harald Jung kochte innerlich vor Wut. Schon in Paris hatte ihn Brandt gemaßregelt, ihm den Besuch der Spätvorstellung des Varietés *Crazy Horse* untersagt, um nicht seinen eigenen Ruf zu gefährden, zudem mehrfach seinen Alkoholkonsum angesprochen. Ihm reichte es langsam. Schließlich schrieb er sich selbst einen maßgeblichen Anteil an der erfolgreichen Paris-Reise des Regierenden Bürgermeisters von Berlin zu. Doch er hatte sich im Griff und nickte.

»Vielleicht könnte der ja etwas über den Verbleib dieses Ostberliner Mädchens herausfinden?«, fragte Brandt.

»Natürlich, Willy. Das ist ein guter Weg. Er schuldet mir sogar noch einen Gefallen. Ich werde Kontakt mit ihm aufnehmen, sobald wir in Tempelhof gelandet sind.«

Als die Durchsage des Pursers erklang, hob er seine Stimme, um den Lautsprecher zu übertönen.

»Und den geordneten Ablauf vor der wartenden Presse garantiere ich dir selbstverständlich auch. Du kannst dich in allen Punkten auf mich verlassen – wie immer.«

Ostberlin, 13. August 1961

CHRISTINE

Der Augustmorgen war noch frisch, die langsam einsetzende Dämmerung verhieß einen sonnigen, heißen Hochsommertag. Im Radio waren 32 Grad vorausgesagt worden. Christine, die in der kleinen Küche auf einem Hocker am geöffneten Fenster saß und ihren Muckefuck trank, schwarz, ohne Milch und Zucker, eigentlich ungenießbar, fühlte sich miserabel. Die frühe Stunde war sie gewohnt. Seit sie vor einem Jahr ihr Abitur abgelegt hatte und aus dem Sportinternat entlassen worden war, hatte sie wieder einen längeren Weg zu ihrem täglichen Training. Und sie konnte, auch seit sie wieder zu Hause wohnte, ohnehin niemals länger schlafen als bis vier Uhr, dann holten sie ihre Schmerzen aus dem unruhigen Schlaf zurück in die Wirklichkeit.

Die Beschwerden im Rücken waren in den letzten Wochen immer schlimmer geworden. Seit dem letzten Trainingslager konnte sie nicht mehr gerade auf dem Rücken liegen. Anfangs hatte sie es mit einem Keilkissen unter den Knien noch ausgehalten. Inzwischen wälzte sie sich von einer Seite auf die andere. Sie hatte Hartung und den Sportarzt auf den kleinen Höcker an der Wirbelsäule aufmerksam gemacht, aber keiner hatte reagiert. Im Gegenteil: Der Sportarzt schrieb in seinem Bericht, Christines Rückenprobleme könnten nur durch Rheuma oder einen Tripper ausgelöst sein. Zu diesem Zeitpunkt war Christine einundzwanzig Jahre alt und immer noch Jungfrau. Es hatte Avancen junger Männer gegeben. Sie war hübsch, sie war immer noch erfolgreich, aber sie ließ sie alle abblitzen. Dachte immer nur an Thomas, verwahrte seine Haarlocke sorgfältig in einer kleinen Blechdose. Und über Mama Leisses Friseurladen konnten sie sich sogar ab und zu schreiben.

Thomas studierte inzwischen Betriebswirtschaft an der Freien Universität in Berlin, wohnte in einem möblierten Zimmer im Wedding, gar nicht weit weg von der Bernauer Straße. Einmal pro Woche, immer am Mittwochabend, löschte sie das Licht in ihrem alten Kinderzimmer. Und er stand auf der anderen Straßenseite vor ihrem Haus. Meistens hatte er eine Blume dabei, immer in einer anderen Farbe. Seine Haare waren längst wieder nachgewachsen, aber glatt und eher hellbraun als blond. Von Weitem warfen sie sich Blicke zu, mehr nicht. Ob er nicht längst eine Freundin in Westberlin hatte, fragte sie sich oft. In seinen Briefen beteuerte er ihr seine Liebe. Irgendwann würden sie zusammen sein, da sei er sicher. Christine war da keineswegs so sicher.

Wann würde aus irgendwann jetzt?

Dass nahezu alle anderen Ostberliner nach wie vor leicht hin und her konnten, war der Parteiführung längst ein Dorn im Auge, denn die Zahl der Flüchtlinge hatte in diesem Jahr einen neuen Rekord erreicht. Von Januar bis August hatten sich hundertachtzigtausend Menschen in den Westen abgesetzt. Die meisten davon waren jünger als fünfundzwanzig Jahre. Für den Arbeiter-und-Bauern-Staat war es ein Aderlass. Und dennoch sorgte der Vier-Mächte-Status, der auch die zweite Berlinkrise überstanden hatte, für die Beibehaltung des kleinen Grenzverkehrs. Noch immer pendelten dreiundsechzigtausend Ostberliner täglich zu ihren Arbeitsstellen im Westen. Die SED hatte jedoch eine Hetzkampagne gegen die Berufspendler begonnen. Sie mussten sich registrieren lassen, wurden von ärztlicher Behandlung in der DDR ausgeschlossen und zahlten ihre Miete in D-Mark.

Dietmar gehörte seit dem 17. Dezember 1958 ohnehin nicht mehr dazu. Ihm war es verboten worden, Ostberlin zu verlassen. Auch für Christine war es unmöglich. Sie wusste, was es für ihre Familie für Konsequenzen haben würde, wenn sie nur einen einzigen Schritt über die Sektorengrenze machte. Obwohl sie nur die Haustür öffnen musste und mit einem Schritt im Westen gewesen wäre, tat sie es nicht. Wo sie vor zweieinhalb Jahren noch glimpflich davongekommen waren, würden sie, ihre Eltern und sogar Roland mit aller Härte des sozialistischen Staates bestraft, sobald sie das »demokratische« Berlin nur für eine Sekunde verließ. Daran ließen die Stasi-Leute, die sie seitdem in unregelmäßigen Abständen aufsuchten, keinen Zweifel.

Wann würde aus irgendwann jetzt?

Ihr sehnlichster Wunsch, zusammen mit Thomas bei den Olympischen Spielen in Rom anzutreten, hatte sich jedenfalls nicht erfüllt. Wiederum hatte der DTSB 1961 kurzfristig und ohne offizielle Begründung entschieden, keine weibliche deutsche Kunstturn-Mannschaft zur Olympiade zu entsenden.

Wann würde aus irgendwann jetzt?

Würde man sie gehen lassen, wenn sie für den Leistungssport zu alt, zu erfolglos, für die DDR-Führung wertlos geworden war?

Sie stöhnte auf, als sie ihre aufrechte Haltung für einen Moment aufgab und sich an die Wand lehnte. Tatsächlich hingen der Höcker an ihrer Wirbelsäule und die Schmerzen mit der neuen Barrenkür zusammen, die eine komplizierte Lektion enthielt. Unter Fachleuten würde sie als Sensation gelten, versicherte ihr Hartung immer wieder. Höchster Schwierigkeitsgrad. Bei der Europameisterschaft in Krakau hatte die Astachowa aus der Sowjetunion schon mit dem einfachen Rückwärtssalto die Goldmedaille geholt, Christine war nur Vierte geworden. Jetzt galt es, die Astachowa zu überbieten. Doch beim Einüben des zweifachen Rückwärtssaltos im Leipziger Trainingslager war Christine mehrmals mit dem Rücken auf den unteren Holm geschlagen.

Keine Zeit für Selbstmitleid, sagte sie sich und nahm drei Schmerztabletten. Sie legte den Kopf in den Nacken und spülte sie mit dem Rest Kaffee herunter. Nur ganz kurz verzog sie das Gesicht, als sie sie zusammen mit den Krümeln von Kaffeeersatz in ihrer Kehle spürte. Sie setzte die Tasse wieder auf den Untersetzer, und nachdem sie sie losgelassen hatte, hörte sie sie leise klirren. Auch das Besteck in der Schublade schien Geräusche von sich zu geben. Gleichzeitig spürte sie eine merkwürdige Vibration, so als würden die alten Dielen des Küchenbodens unter dem Linoleum in Schwingung versetzt. Die Erschütterung wurde stärker, gleichzeitig hörte sie von draußen ein rasselndes Dröhnen. Sie stand auf, ging an das schmale Küchenfenster und beugte sich über das Fensterbrett, um auf die Straße sehen zu können. Die Küche ging nach Ostberlin raus, ihr Zimmer und das Wohn-/Schlafzimmer nach Westberlin.

Die Straßenlaternen waren ausgeschaltet, das Morgenlicht aber noch nicht hell genug, um etwas zu erkennen. Die starke Erschütterung und das Rasseln stoppten mit einem Mal. Doch jetzt sah sie

Scheinwerfer, hörte Dieselmotoren, nicht nur einen, viele. Es kamen Lastwagen von Süden her angerollt. Sie stoppten in gleichmäßiger Entfernung, einer direkt vor ihrem Haus. Männer sprangen ab. Sie hörte harte Stimmen, die durch die Straße hallten, kurze Befehle. Sie luden etwas ab, es sah nach Betonpfeilern aus, und Rollen, groß wie Wagenräder. Die Männer wurden angetrieben: »Beeilung«, »Los, los!«, »Hier herüber!«

Es ging alles ganz schnell und wirkte in dem fahlen Licht so unwirklich, fast gespenstisch. Christine war dermaßen gebannt, dass sie sich weit aus dem Fenster lehnte, als plötzlich einer der Männer nach oben zeigte und etwas rief. Rasch zog sie sich zurück, verbarg sich hinter der Wand, lauschte dabei den Stimmen, die immer neue Befehle riefen.

»Draht ausrollen, marsch, marsch!«

Ihr gut trainiertes Sportlerherz war normalerweise nicht so leicht auf einen schnellen Rhythmus zu bringen. Doch jetzt pochte es so heftig, als würde es gleich aus ihrer Brust springen. Sie presste sich beide Hände darauf. Was ging dort draußen auf der Straße vor? Sollte sie ihre Eltern wecken? Da fiel ihr ein, dass nur Dietmar zu Hause war, ihre Mutter hatte Spätschicht und würde erst in der nächsten Stunde nach Hause kommen. Was würden die Männer dort unten tun, wenn sie ihnen auf der Straße begegnete?

Plötzlich setzte wieder das rasselnde Dröhnen ein. Gleichzeitig hörte sie harte rhythmische Schläge. Ganz vorsichtig beugte sie sich zur Seite, sodass sie wenigstens mit einem Auge auf die Straße sehen konnte. Die Männer hatten begonnen, Pflastersteine herauszunehmen und mit Spitzhacken Löcher in den Boden zu schlagen. Gleichzeitig schob sich ein Panzerspähwagen die Straße entlang. Weitere Lastwagen rollten heran. Männer in den Uniformen der Volkspolizei sprangen von der Ladefläche und brachten ihre Gewehre in Stellung. Jetzt wurde es Zeit, Dietmar zu wecken, dachte sie, doch da erschien er schon hinter ihr in der Küche. Er hatte noch seinen gestreiften Pyjama an und rieb sich die Augen.

»Was ist das für ein Krach da unten?«, fragte er verschlafen.

Christines Stimme zitterte, als sie sagte: »Ich weiß nicht genau, aber so stelle ich mir Krieg vor.«

ANGELIKA

Angelika war am Abend von einer Auslandsreise nach Hause gekommen. Sie hatte ein Taxi vom Flughafen Tempelhof genommen und war auf direktem Weg zu ihrer Wohnung in Charlottenburg gefahren, obwohl sie wusste, dass sich in der Redaktion die Arbeit häufte und sie ihre Filme entwickeln musste. Wenigstens in den Briefkasten der *Berliner Morgenpost* hätte sie sie werfen können, damit das Labor sich gleich morgen früh daranmachen konnte. Aber sie war erschöpft von den vielen Terminen, dem Flug aus Prag mit starken Turbulenzen, wünschte sich nichts sehnlicher als ein laues Bad und einen gemütlichen Abend vor dem Fernseher mit Rudi.

Ja, Rudi.

Er war ihr vor eineinhalb Jahren nach Berlin gefolgt, hatte eine gute Stellung als Leiter der Haushaltswarenabteilung bei Hertie angenommen und ging darin auf. Schickte sich an, mit seiner überzeugenden, charmanten Art Karriere in dem Kaufhauskonzern zu machen, denn ihm war schon kurz darauf die Leitung einer Filiale in Charlottenburg angeboten worden.

Rudi passte viel besser nach Berlin als nach Kassel. Hier erschien ihm alles dynamischer, provokanter, jünger als in der beschaulichen nordhessischen Provinzstadt. Es gab Jazzklubs, Theater, Kinos, die Berlinale und Kneipen. Das erste Mal war Angelika in den Genuss gekommen, das Berliner Nachtleben der späten Fünfzigerjahre in vollen Zügen auszukosten. Im Mai 1961 hatten sie schließlich geheiratet. Rudi wurde der ruhende Pol in ihrem anstrengenden Leben, in dem sie von einem Termin zum anderen hastete, häufig genug Willy Brandt in seiner neuen Rolle als Sonderbotschafter Deutschlands um die halbe Welt begleitete. Im März war sie dabei, als er Präsident Eisenhower in Washington traf, und im Juni, als der neu gewählte amerikanische Präsident John F. Kennedy in Wien das erste Gipfeltreffen mit Nikita Chruschtschow hatte und dieser ihm ein neues Berlin-Ultimatum stellte.

Immer auf der Höhe des politischen Geschehens zu sein, kostete Kraft. Sich als einzige Frau unter den Journalisten und Pressefotografen zu behaupten, noch weit mehr. Inzwischen war es ihr zur Gewohnheit geworden, wenn es sein musste, ihre Ellbogen auszufahren, genauso, wie sich im richtigen Moment nahezu unsichtbar zu machen. Ihre Fotos hatten mittlerweile regelmäßig ihren Platz auf den Titelseiten. Ihr wurde nachgesagt, sie habe das richtige Gespür für den Moment, die Befähigung, eine gelungene Komposition schon durch den Sucher der Kamera zu erkennen. Sie war bekannt dafür, so präzise vorzugehen, dass sie treffsicher mit dem richtigen Licht die Atmosphäre, Spannung und Stimmung einfing. Und sie überraschte die Fachwelt immer wieder mit Bildern, die sonst niemand hatte.

Angelika Stein hatte sich als erste deutsche Fotojournalistin einen Namen gemacht. Er war in Fachkreisen so bekannt, dass sie ihn sich nach ihrer Heirat als Künstlernamen in den Pass hatte eintragen lassen. Sie hatte so viel in ihrem Beruf erreicht, sie führte eine glückliche Ehe, aber es gab einen schwarzen Fleck in ihrem Lebenslauf und zwei tiefe Schrammen in ihrer Seele.

Rudi war ihr in das Badezimmer gefolgt, krempelte sich die Hemdsärmel hoch, drehte den Wasserhahn für sie auf. Er wusste, wie sie ihr Bad an Sommerabenden mochte. Eine lange Sitzung im lauwarmen Wasser, danach ein Glas Rotwein vor dem Schlafengehen.

»Soll ich dir die Haare waschen?«, fragte er.

»Ja, bitte, Prag war so staubig, das kannst du dir nicht vorstellen.«

»Staubiger als Berlin?«

»Wenn du mich fragst, riecht ganz Prag nach Ruß, Kohle, Schwefelwasserstoff, grauem Dampf, dem Rauch schlechter Zigarren und filterloser Zigaretten.«

Sie legte den Kopf zurück und schloss die Augen, als er ihr mit der Brause vorsichtig die schulterlangen Haare nass machte. Sie hatte sie wachsen lassen und sah damit weicher und fraulicher aus. Dabei betrachtete er ihr abgespanntes Gesicht mit der hellen Haut und den blassen Sommersprossen.

»Aber es soll doch eine schöne Stadt sein!«

»Schön? Schön wäre Prag mit dir gewesen, wenn wir gemeinsam durch die Altstadt geschlendert wären, auf der Karlsbrücke gestanden und auf die glitzernde Moldau geblickt hätten, wie damals, als wir in Wahmbeck mit der Gierseilfähre übergesetzt sind, weißt du noch?«

»Mhmm«, brummte er. »Natürlich weiß ich das noch.«

»Aber wenn man von einem Termin zum anderen hetzt, immer auf der Jagd nach dem besten Foto, ist keine Stadt schön!«

Rudi hängte die Brause an den Haken, griff nach einer Flasche und füllte sich dunkelgrüne Flüssigkeit in die Handfläche. Dann begann er, Angelika den Kopf damit zu massieren.

»Hmmm, das duftet herrlich, was ist das?«

»Etwas Neues. Es heißt Schauma-Shampoo, und man benutzt es statt Seife.«

Er zeigte ihr seine Hand.

»Sieh mal, was für einen weichen Schaum das bildet.«

Angelika seufzte wohlig. »Was gibt es Besseres, als mit dem Leiter eines Kaufhauses verheiratet zu sein?«

»Besser wäre es, wenn du ihn auch öfter sehen würdest!«

Angelika wusste, dass es ihm lieber gewesen wäre, wenn sie weniger reisen würde. Es war einer der wenigen Punkte in ihrer Ehe, über den sie sich uneinig waren.

»Irgendwann möchte ich auch mal eine richtige Familie. Apropos Familie, Peter hat angerufen. Er wollte in zwei Wochen zu Besuch kommen und fragt, ob wir ihm das Gästezimmer herrichten könnten.«

»Aber wir haben doch gar kein Gästezimmer! Da muss er eben wieder auf der Couch im Wohnzimmer schlafen, wie beim letzten Mal. Aber ich freue mich, dass er kommt und ihr euch so gut versteht!«

»Siehst du, wir könnten uns doch jetzt auch eine größere Wohnung leisten, mit einem Zimmer mehr.«

Dabei rollte er bedeutungsvoll die Augen. Sie konnte ihn nicht sehen, aber sie wusste, was er meinte. Der zweite Punkt, in dem er in letzter Zeit nicht ihrer Meinung war. Er wollte endlich Kinder.

»Weißt du was?«, sagte sie so unvermittelt, als habe er den letzten

Satz gar nicht gesagt. »Im Ostblock hat man Zweifel, ob Kennedy diesem gewieften alten Taktiker Chruschtschow gewachsen ist. Sie sagen, der neue amerikanische Präsident sei zu sehr Sonnyboy als ein ernst zu nehmender Staatsmann.« Sie schloss wieder die Augen. »Zugegeben, er sieht wirklich sehr gut aus.«

»In der Damenkonfektion wird jetzt der Kleidungsstil seiner glamourösen Ehefrau kopiert. Wir verkaufen den Jacky-Look ziemlich gut!«

»Dann sollte ich vielleicht einmal vorbeikommen und mir die Modelle ansehen. Ich war lange nicht mehr dort!«

»An mir liegt es nicht!«

Rudi griff jetzt wieder nach dem Duschkopf und drehte das Wasser an. Ganz vorsichtig begann er, Angelika das Shampoo aus den Haaren zu spülen, fragte sie, ob es nicht zu heiß sei.

»Es ist perfekt. Man könnte meinen, du hättest das gelernt!«

Er zog ein Handtuch von dem Halter an der Wand und legte es ihr um den Kopf, schlang es zu einem Turban, der genau die richtige Festigkeit hatte, um nicht abzurutschen.

Angelika griff nach seiner Hand und zog ihn zu sich, küsste ihn zärtlich, strich ihm über die glatt rasierte Wange. »Was wäre ich ohne dich!«

Ihr wurde bewusst, was für ein Glück sie hatte. Aus ihrer Jugendschwärmerei war eine große Liebe geworden. Rudi kannte sie besser als die meisten Menschen. Er wusste von ihren Schrammen, von ihrer Verletzlichkeit, die sie nach außen vor allen verbarg. Vor allem seit der Sache mit dem Foto an der Sektorengrenze im Dezember 1958.

Angelika stieg aus der Wanne und wickelte sich in das flauschige Handtuch, das Rudi ihr reichte.

»Viele meinen, Kennedy habe es in Wien versäumt, mit Chruschtschow zu feilschen, und das sei gefährlich. Nikita halte ihn für einen schwachen Mann.«

Als Rudi nicht antwortete, sondern sich vor den Spiegel stellte und seine dunkelblonden, vollen Haare kämmte, stellte sie sich neben ihn, sah ihn von der Seite an. Sein Gesicht hatte sich verändert. Es war männlicher geworden, das Kinn kantig. Da waren immer noch seine typischen geraden Augenbrauen, die schmalen Linien neben seinen Nasenflügeln, der kleine Höcker auf der Nase.

»Du bist ganz schön eitel!«, sagte sie.

»Und? Darf man das als Mann nicht sein?«

»Doch, tatsächlich mag ich es an dir!«

Ihr wurde wieder bewusst, warum sie ihn geheiratet hatte, wie sehr sie seine ruhige, humorvolle Art liebte genauso wie sein überraschendes Temperament, wenn irgendwo Rock 'n' Roll gespielt wurde.

»Sogar sehr!«

Sie schlang die Arme um seinen Brustkorb und legte ihre Wange an seine Schulter.

»Ich erzähle dir nur, was man so hört, was die Presseleute, aber auch die Politiker der zweiten und dritten Linie im Ostblock so munkeln. Immer wieder wird gesagt, es sei äußerst brenzlig für Berlin.«

Rudi drehte sich zu ihr um, sah in ihr ernstes Gesicht, wischte mit dem Zeigefinger über die beiden winzigen Falten an der Nasenwurzel.

»Übertreibst du da nicht ein bisschen? Geli … du machst dir viel zu viele Sorgen. Als wäre es deine Aufgabe, die ganze Weltpolitik auf deinen schmalen Schultern zu stemmen.«

Sie sah ihn an. »Ach, Rudi, ich wünschte manchmal, ich könnte wegsehen, weghören, aber …«

»Aber was?«

»Was glaubst du wohl, warum ich keine Akkreditierung für die Moskauer Gipfelkonferenz bekommen habe? Kein westlicher Journalist oder Fotograf war zugelassen, als die Warschauer-Pakt-Staaten hinter verschlossenen Türen getagt haben. Keiner weiß, was Ulbricht und Chruschtschow ausgeheckt haben.«

Er nahm ihr Gesicht in beide Hände. Seine Stimme klang warm und zärtlich, als er sagte: »Mach dir nicht so viele Gedanken. Jetzt bist du hier, in unserer schönen Wohnung in Charlottenburg.«

»Und da ist noch etwas!«, sagte sie, ohne auf seine Worte einzugehen. »Das ist eigentlich das Erschreckendste!«

Er ließ die Hände sinken, schob die Tür zum Flur auf, zog sie mit sich in ihr Wohnzimmer.

»Bist du verrückt? Ich bin noch tropfnass!«, protestierte sie, ließ sich aber dennoch von ihm weiterziehen.

Die kleine Lavalampe auf dem Kunststofftisch war schon eingeschaltet, und der orangefarbene Tropfen bewegte sich ganz langsam von unten nach oben. Auf dem Couchtisch stand eine Flasche Rotwein neben zwei Stielgläsern.

»Wir machen uns eine Flasche Burgunder auf, hören einen flotten Beat oder sehen eine Quizshow an, genießen das Leben und vergessen die Welt da draußen einfach mal!«

Zum Beweis, dass er es ernst meinte, drückte er auf den Knopf des Fernsehapparats. Es dauerte eine Weile, bis ein Bild erschien: Hans Rosenthal stand breit lächelnd neben seiner hübschen Assistentin, während sie dem überdimensionierten weißen Glücksrad einen Schubs gab.

»Wir können aber auch ausgehen, wenn du dazu mehr Lust hast! Es gibt einen neuen Beatschuppen an der Nürnberger Straße.«

»Aber du hast mir nicht richtig zugehört, Rudi. Erinnerst du dich? Ich habe dir doch von diesen Pentagon-Papieren erzählt!«, sagte Angelika und stellte den Ton des Fernsehapparats ab.

»Unter den Presseleuten wissen es längst alle. Die USA haben schon die Evakuierung der amerikanischen Bürger aus westdeutschen und französischen Städten geübt und ihre Militärdivisionen in Deutschland verstärkt. Berlin ist vielleicht gerade der gefährlichste Ort der Welt.«

Um vier Uhr früh schrillte das Telefon im Flur. Angelika war als Erste wach, tastete mit den Füßen nach ihren Pantoffeln und tappte schlaftrunken in den Flur.

»Wieland«, meldete sie sich.

»Angelika, bist du es? Du musst sofort kommen. Es ist etwas passiert!«, hörte sie eine atemlose Männerstimme am anderen Ende der Leitung. Es war Grunert, der Journalist, der ihr nach ihrer beider Rauswurf im Januar 1959 vom *Tagesspiegel* zur *Morgenpost* gefolgt war. Inzwischen war er dort Nachrichtenredakteur, und sie arbeiteten eng zusammen.

»Hans! Jetzt? Mitten in der Nacht?«

»Ja, jetzt sofort!«

Als sie nicht gleich reagierte, begann er aufzuzählen: »Das Brandenburger Tor ist abgeriegelt ... Am Pariser Platz sind dreiundzwanzig Militärtransporter mit schwer bewaffneten Volkspolizisten gesehen worden ... Die DDR-Reichsbahn hat den S-Bahn-Verkehr eingestellt ... Auf der Bundesstraße 5 bei Staaken rollen Sowjetpanzer nach Berlin, das sind die Meldungen, die in der letzten Stunde eingegangen sind.«

»Oh mein Gott!«, entfuhr es Angelika, und sie merkte, wie ihre Knie weich wurden. Sie wusste, dass Grunert einen guten Draht zu zwei Polizeirevieren hatte, seine Informationen waren meistens hieb- und stichfest. Sie ließ sich auf den kleinen Hocker sinken, der neben der Konsole im Flur stand.

»Was ist denn los?«, fragte Rudi, der jetzt im Morgenmantel neben ihr auftauchte. Er knipste das Licht an, und die Glastüten der Deckenlampe tauchten den schmalen Gang in ein gelbes Licht.

»Wo treffen wir uns?«, fragte Angelika in die Sprechmuschel.

»Am Brandenburger Tor, beeil dich!«

Als sie schon auflegen wollte, hörte sie noch, wie er sagte, sie solle genug Filme und den Belichtungsmesser mitnehmen.

Es war eine Redensart unter ihnen. Er wusste genau, dass sie immer perfekt ausgerüstet war.

»Was ist los? Du willst doch nicht etwa mitten in der Nacht da raus?«

Mit mechanischen Bewegungen griff sich Angelika ihre Kleider vom Stuhl und schlüpfte in eine Jeans.

»Ich muss, es passiert etwas, an der Sektorengrenze, sogar Panzer sind unterwegs!«

Sie drehte ihm ihren Rücken zu, damit er ihr den BH schloss. Spürte seine warmen Hände auf ihrer Haut.

»Bist du verrückt geworden?« Rudis Stimme klang schrill. »Da willst du hin? Hast du mir nicht gestern gerade gesagt, dass Berlin der gefährlichste Ort der Welt ist!«

Angelika zog sich einen hellblauen Pullover über den Kopf und ging ins Bad, um sich die Zähne zu putzen.

»Rudi, das ist mein Beruf!«, rief sie mit der Zahnbürste im Mund durch die offen stehende Tür. »Ich kann doch jetzt nicht wieder zurück ins Bett kriechen und mir die Decke über den Kopf ziehen, wenn vor meiner Haustür die Lage eskaliert. Ich bin Fotojournalistin!«

Hastig schlüpfte sie in ihre Turnschuhe, band sie zu, griff sich eine Jacke, ihre Fototasche. »Ich nehme das Moped, dann bin ich schneller dort.«

»Versprich mir, dass du auf dich aufpasst!«, sagte er leise. Sie küssten sich zum Abschied.

»Ich bin keine Anfängerin, das weißt du doch!«, flüsterte sie, dann zog sie die Wohnungstür hinter sich zu.

CHRISTINE

Um kurz nach fünf war ihre Mutter nach Hause gekommen. Sie sah eingeschüchtert und verstört aus, berichtete über einen Panzer, der in einiger Entfernung Aufstellung genommen habe, über Männer, die im Beisein von Volkspolizisten Betonpfeiler in die Erde rammten, Meter für Meter dichten Stacheldraht entrollten, sie rüde aufgefordert hatten, schnell zu verschwinden. Durch den Hintereingang war sie ins Haus geschlüpft.

»Weißt du, ob die Haustür nach Westen noch offen ist?«, hatte Dietmar gefragt.

Sie hatte nur den Kopf geschüttelt. Sie habe es nicht ausprobiert.

»Die waren so ruppig zu mir! Ich habe doch gar nichts getan!«, murmelte sie.

Inzwischen war es hell geworden. Abwechselnd sahen sie aus dem Küchenfenster auf der Ostseite, beobachteten, wie die Volkspolizisten patrouillierten, dazwischen bohrten dunkel gekleidete Männer mit Presslufthämmern Löcher für die Betonpfeiler in die Erde. Längst war in der Mitte der Straße eine lückenlose meterhohe Stacheldrahtschlinge verlegt worden, die offenbar an den Pfeilern verankert werden sollte. Dann liefen sie wieder hinüber zum Kinderzimmer- und Schlafzimmerfenster, wo der Bürgersteig unter ihnen im französischen Sektor verlief. Dort war nichts Ungewöhnliches zu sehen. Die Straße war ruhig, es waren kaum Autos unterwegs. An einem normalen Werktag hätte um diese Zeit längst der Berufsverkehr eingesetzt, aber heute war Sonntag. Das durchdringende Rattern der Presslufthämmer war auf dieser Häuserseite kaum zu hören. Es schien, als würde Berlin noch schlafen und die Einwohner, die nicht unmittelbar an der Sektorengrenze wohnten, merkten nichts von dem, was vor sich ging.

»Sieh mal!«, sagte Dietmar und deutete auf die Haustür unter ihnen, die sich gerade öffnete. Eine Frau und zwei Kinder kamen heraus. Sie trug einen Koffer, der Junge und das Mädchen hatten Rucksäcke auf den Rücken und Pappkartons in den Armen.

»Das sind doch die Breuers aus dem zweiten Stock!«, sagte Christine und zuckte zusammen, als direkt neben der kleinen Familie ein Bündel landete, das aus dem Fenster geworfen wurde. Kurz waren der Hinterkopf und die Arme eines Mannes am Fenstersims direkt unter ihnen zu sehen. Gleich danach landete das nächste in Laken verschnürte Etwas auf dem Bürgersteig.

»Die setzen sich ab!«, sagte Dietmar leise. »Sie fliehen in den Westen.«

Der Mann hatte ihn offenbar gehört und drehte sich jetzt nach oben um.

»Die machen die Sektorengrenze dicht! Haut besser ab, solange ihr noch könnt!«, sagte er leise und sah sich nach allen Seiten um. »Und bevor die Vopos auf diese Seite kommen!«

»Die Grenze dicht? Bist du sicher, Otto?«, fragte Kerstin.

»Ich habe Augen und Ohren.«

Im nächsten Moment öffnete sich die Haustür, und die nächste Familie kam mit Koffern heraus.

»Bei vielen anderen Häusern hier in der Straße haben sie schon die Türen zum Westen verbarrikadiert«, sagte der Mann unter ihnen.

Er warf noch einen zusammengerollten Teppich nach draußen, dann war sein Kopf plötzlich verschwunden.

Kerstin und Dietmar gingen zurück ins Zimmer.

»Meinst du, es stimmt, was er sagt?«, fragte Christine.

Dietmar schwieg einen Moment lang.

»Was sollte das Ganze sonst bedeuten?«, sagte er.

»Das kann ich mir einfach nicht vorstellen, Dietmar! Es gibt doch die ganzen Pendler, die S-Bahn, die über die Grenze verläuft. Ich glaube das einfach nicht. Ulbricht tut das nicht, hat er nicht noch im Juni gesagt, niemand habe die Absicht, eine Mauer zu errichten?«

Sie sahen sich gegenseitig in die Augen, dann zu Christine, die sich auf die Kante des Sofas gesetzt hatte. Alle drei wussten plötzlich, dass genau das passieren würde und ihr Schicksal damit für immer besiegelt war.

»Wenn Roland jetzt nur hier wäre!«, murmelte Kerstin leise.

»... dann könnten wir einfach alle vier durch die Haustür in die Freiheit gehen!«, vollendete Christine ihren Satz voller aufkeimender

Hoffnung. Ihre Mutter und Roland waren in den letzten Jahren der eigentliche Grund gewesen, weshalb sie nie wieder einen Versuch unternommen hatte, in den Westen zu fliehen, obwohl er vor ihrer Haustür lag. Es war der Respekt vor den zu erwartenden Schikanen, die ihn bislang verschont hatten. Er hatte sein Diplom abgeschlossen, hatte eine Stellung als Ingenieur beim VEB Berliner Bremsenwerk und dort sogar eine Ein-Raum-Werkswohnung.

»Aber wir können ihn nicht hier zurücklassen, er müsste alles ausbaden, wird seine Stellung verlieren, er wird für uns büßen müssen, das weißt du doch!«

»Könnten wir ihn nicht anrufen? Über Mama Leisses Telefon? Damit er so schnell wie möglich herkommt?«, fragte Christine und sprang auf. Sie wusste, dass Roland zwar keinen eigenen Telefonanschluss hatte, genauso wenig sie sie, aber man konnte ihn in Notfällen über die Werksleitung erreichen.

»Es ist Sonntag, Christine. Und du weißt doch, dass er der Letzte ist, der freiwillig in den Westen geht«, sagte Dietmar. »Das hat er von deiner Mutter.«

Kerstin zog die Augenbrauen hoch.

Aber es stimmte. Roland hatte ihre frühere linientreue und kritiklose Einstellung gegenüber dem SED-Regime inzwischen übernommen.

Sie hörten jetzt Geschrei von der Straße unter ihnen. Christine trat wieder an das Fenster, sah, wie ein Mann und eine Frau mit Koffern über die Straße rannten. Bei ihrem Koffer hatte sich der Deckel geöffnet, und der Inhalt verstreute sich auf dem Asphalt.

Gleichzeitig kamen jetzt direkt unter ihnen drei Männer mit einer Schubkarre voller Ziegelsteine, einer Leiter, Eimern voll Mörtel und Maurerkellen aus der offen stehenden Haustür.

»Seht mal!«, sagte Christine leise.

Dietmar und Kerstin traten ans Fenster. Alle drei sahen zu, wie in Windeseile die Leiter aufgestellt, Mörtel in den Fensterrahmen geklatscht und die erste Reihe Backsteine vor dem Fenster im Hochparterre gemauert wurde.

ANGELIKA

Auf der Westseite des Brandenburger Tors standen ein Dutzend Polizisten. Auf der anderen Seite war in jedem der fünf Zwischenräume des Säulenportals ein Panzerspähwagen postiert. Soldaten in Kampfausrüstung hatten ihre Maschinengewehre in Stellung gebracht und richteten die Mündungen auf die Westberliner Polizei. Dahinter am Pariser Platz eine dichte Reihe von Volkspolizisten. Wo vorher West- und Ostdeutsche ungehindert in den jeweils anderen Sektor durch das Tor gelangen konnten, ging jetzt gar nichts mehr.

Angelika hatte sich auf eine Bank gestellt und schoss ein Foto nach dem anderen. Grunert stand neben ihr und schrieb in hektischem Steno in seinen Notizblock.

»Sie haben die gesamte Grenze der SBZ abgeriegelt. Nicht nur hier, sondern in ganz Berlin!«, rief ihnen ein anderer Reporter zu, während er eilig an ihnen vorbeirannte. »Keiner kommt mehr raus oder rein. Ich muss gleich zurück in die Redaktion. Das ist eine Sensation.«

Grunert und Angelika sahen ihm entsetzt hinterher. Grunert ging hinüber zu einem der westdeutschen Polizisten, um ihn zu befragen.

Angelika blickte ihm kurz nach, wandte ihr Gesicht wieder nach Osten. Über die Bronzeskulptur, den Streitwagen und die Hinterteile der stolzen Rösser der Quadriga auf dem Brandenburger Tor tasteten sich die ersten Strahlen der Morgensonne. Dann erschien langsam die rote Kugel, tauchte die gespenstische Szenerie auf dem Pariser Platz in ihr gleißendes Licht. Die Siegesgöttin Viktoria stand aufrecht und unbeeindruckt auf dem Wagen über dem geschichtsträchtigen Ort.

Angelika hielt die Kamera hoch, stellte die Blende ein: Gegenlicht! Sie drückte auf den Auslöser.

Angelika dachte über die Bedeutung der Worte nach, die ihnen der Kollege gerade zugerufen hatte.

Keiner mehr raus und keiner mehr rein! Eingeschlossen!

Sie dachte an Christine. Das Mädchen, das sie vor zweieinhalb Jahren mit dem ungenehmigten Abdruck ihres Fotos im *Tagesspiegel* hatte retten wollen. Wie naiv sie damals gewesen war. Was hatte sie erwartet? Dass westdeutsche Politiker sich für eine achtzehnjährige Turnerin einsetzen würden? Dass sie als kleine unerfahrene Fotografin persönliche Rechte einer Einzelnen aufgrund des Vier-Mächte-Status einfordern konnte, ungeachtet des Kalten Krieges? Wie kläglich sie damals gescheitert war! Für Christine Magold und ihre Familie hatte sie nichts bewirken können. Im Gegenteil, die Situation des Mädchens hatte sich vermutlich sogar verschlimmert. Ihre eigene Karriere hatte auf der Kippe gestanden, die von Grunert auch.

Aber was wurde jetzt aus Christine? Von Hellmann hatte sie gehört, dass sie immer noch Leistungsturnerin war, nur nicht mehr in dem Sportinternat wohnte, sondern wieder zu Hause bei ihrer Mutter und ihrem Stiefvater, dass die ganze Familie unter ständiger Beobachtung der Stasi stand.

»Los, wir müssen zurück in die Redaktion«, sagte Grunert neben ihr. »Das ist Stoff für eine Sonderausgabe!«

Er reichte ihr die Hand, und sie hüpfte von der Bank herunter, lief neben ihm her.

»Es ist wirklich alles dicht. An allen Sektorengrenzen ... Stacheldraht, S- und U-Bahnen unterbrochen, Straßensperren der Volksarmee rund um Berlin. An der Bernauer Straße springen sie sogar aus dem Fenster, um noch in den Westen zu kommen.«

Angelika blieb stehen, legte ihm die Hand auf den Arm.

»An der Bernauer Straße, sagst du?«

»Ja, die verläuft südlich zwischen Bezirk Mitte und Wedding. Auf der Vorderseite der Häuser liegt der französische Sektor, auf der Rückseite der sowjetische. Die Haustüren nach Westen wurden angeblich schon teilweise vernagelt.«

Angelika kannte den Straßennamen. Jahrelang hatte sie dorthin immer zu Weihnachten und im Juli zu Christines Geburtstag Päckchen und Pakete von ihrer Großmutter hingeschickt. Ihr war aber nie bewusst gewesen, dass die Straße so direkt an der Sektorengrenze lag.

»Springen aus dem Fenster ...«, wiederholte sie leise.

»Wir müssen dorthin.«

»Aber die Extraausgabe!«, gab Grunert zu bedenken.

»Die kann warten!«

CHRISTINE

Um acht Uhr sah Christine aus dem Fenster ihres Zimmers, und es durchzuckte sie wie ein Stromschlag, als sie einen Mann auf der anderen Straßenseite stehen sah, der unverwandt zu ihr hinaufstarrte. Es war Thomas. Sie trat zurück in das Dunkel des Zimmers, aber er hatte sie sofort erkannt und winkte. Diesmal ohne Blume.

Christines Herz raste. Er winkte ihr nicht wie sonst, sondern er bewegte die Handfläche in seine Richtung. Es war unmissverständlich. Sie sollte rüberkommen.

Christine beugte sich über das Fensterbrett. Die Männer mit den Backsteinen und dem Zement waren an ihrem Haus schon fertig und machten sich jetzt an den Fenstern des Nachbarhauses zu schaffen. Die Haustür hatten sie mit Brettern vernagelt. Ihr Haus hatte einen Hintereingang, manche Nachbarhäuser besaßen nur die Haustür zur Straße im Westen. Wurden die Menschen darin jetzt eingemauert?, fragte sie sich. Ihre Gedanken rasten. Sollte das heute das endgültige Aus sein? Das Ende aller Hoffnung, jemals mit Thomas zusammen sein zu können.

Wann wird aus irgendwann jetzt?

»Christine?«, hörte sie ihre Mutter hinter sich sagen. »Ist er das?« Sie nickte.

Ihre Mutter trat neben sie, legte ihr einen Arm um die Schulter und winkte. Thomas winkte zurück. Christine wurde bewusst, dass ihre Mutter ihn noch nie gesehen hatte. Immer wenn er sich mittwochs auf die andere Straßenseite gestellt hatte, war sie entweder im Krankenhaus oder bei Besorgungen gewesen oder hatte zwischen ihren Schichten geschlafen.

»Er sieht nett aus! Aber er hat keine blonden Locken mehr.«

»Nein, die hat er nicht mehr.«

Draußen herrschte eine eigenartige Stille. Die Presslufthämmer auf der anderen Seite hatten aufgehört. Es gab kaum Verkehr, die Stadt wirkte wie im Schockzustand. Dann hörten sie von der Ferne das Knattern eines Zweitaktmotors, und kurz darauf sahen sie eine

Frau auf einem Moped von Norden her die Straße entlangfahren. Hinter ihr saß ein Mann auf dem Sozius und hielt sich an ihrem hellblauen Pullover fest. Sie wurde langsamer, schien die Fassaden der Häuser auf ihrer Straßenseite zu betrachten, entdeckte sie und stoppte direkt neben Thomas. Der Mann und die Frau stiegen ab, sprachen etwas mit Thomas, sahen zu ihr hinauf. Die Frau winkte ihr zu. Zögernd winkte Christine ihr zurück.

»Wer ist das?«, fragte ihre Mutter.

»Ich weiß nicht.«

Ihre Mutter drehte sich jetzt zu ihr um. Sie strich ihr eine Strähne ihres Ponys aus der Stirn und sah sie forschend an.

»Du liebst ihn immer noch, nicht wahr?«

Christine senkte kurz die Lider, und als sie sie hob, blickte sie ihrer Mutter fest in die Augen: »Ja!«

Ihre Mutter nickte, mit einem Ausdruck im Gesicht, als hätte sie die Antwort schon gekannt.

»Wo ist Vati?«, fragte Christine.

»Im Schlafzimmer. Er knotet Laken und Betttücher aneinander, und ich glaube, wir sollten ihm dabei helfen.«

»Aber wir wohnen im dritten Stock. Das ist doch viel zu gefährlich!«

Ihre Mutter drehte sich um, öffnete die Tür ihres Kleiderschranks und holte aus dem obersten Fach die gemangelte Bettwäsche heraus, warf sie auf den Boden, faltete sie auseinander.

»Ich habe so etwas noch nie gemacht. Wie bekommt man die Knoten so fest, dass sie das Gewicht eines Menschen halten?«

Christine kniete sich neben sie.

»Und was wird aus Roland?«, fragte sie.

Ihre Mutter sah sie an und schluckte.

»Ich weiß es nicht.«

Ihre Augen röteten sich, als sie sagte: »Er ist jetzt erwachsen. Er muss selbst entscheiden, was er tut. Und ich glaube, du kannst nicht dein Leben lang nur um seinetwillen alles hinnehmen und ertragen.«

Dietmar erschien im Türrahmen, drängte sie zur Eile.

»Können wir nicht durch eines der anderen Häuser in unserer

Straße fliehen?«, fragte Christine. »Eines suchen, wo die Tür noch offen ist, oder durch eine Parterrewohnung?«

Vor allem die Vorstellung, ihre Eltern in dieser Höhe über dem harten Pflaster an einem Bettlaken hängen zu sehen, machte ihr Angst.

»Die anderen Häuser haben fast alle keinen Hintereingang, vielleicht einen Seiteneingang, aber den kenne ich nicht. Wenn wir danach suchen, machen wir uns verdächtig. Und wer weiß, wann die Vopos hier in die Häuser kommen. Ich habe den Verdacht, dass sie bei uns als Erstes sein werden.«

Kerstin fragte Dietmar, wie sie die Laken miteinander verknoten solle.

»Mit Kreuzknoten«, erklärte er. »Sie spannen sich unter Belastung fest.« Er nickte in Richtung der Bettwäsche, die sie aus Christines Schrank geholt hatte. »Mit den kleinen Laken von Christines Bett hat es wenig Sinn, sie sind zu kurz. Je mehr Knoten, desto mehr Unsi–«, er sprach nicht weiter, sondern sagte stattdessen: »Besser, wir nehmen nur die von unserem Doppelbett.«

Dietmar ging vor ihnen her in ihr Wohn-/Schlafzimmer. Auf dem Boden hatte er bereits zwei Betttücher ausgelegt und verknotet, ein drittes lag daneben.

»Ein doppeltes Leintuch sollte eine Seillänge von dreieinhalb Metern ergeben, ein Stockwerk ist etwa drei Meter hoch, also brauchen wir vier. Ich habe bisher nur drei gefunden, das von unserem Klappbett habe ich schon abgezogen.«

»Wir haben auch keine vier Doppelbettlaken«, sagte Kerstin und sah ihn mit einem verzweifelten Blick an.

Von der Straße waren jetzt wieder Stimmen zu hören. Christine sah aus dem Fenster. Wieder rannten zwei Personen mit Koffern auf die andere Seite. Sie waren aus dem übernächsten Haus gekommen, ob aus der Tür oder aus Fenstern, konnte sie nicht mehr sehen. Und dann kam eine kleine untersetzte Frau mit schwarzem Haaransatz aus ihrem Friseurladen, drei Häuser weiter. Sie hatte zwei Koffer in der Hand, stellte einen ab und verschloss sorgfältig ihr Geschäft. Mama Leisse.

Immer noch stand Thomas auf der anderen Straßenseite. Als sie ihn ansah, winkte er wieder. Sie beugte sich über das Fensterbrett, sah nach unten und merkte, wie sich ihr Magen hob: zwölf Meter.

»Christine? Sind da unten Vopos?«, fragte Dietmar.

»Nein, nur andere Leute, die rübermachen. Auch Mama Leisse.«

»Gut! Am besten stellst du dich ans Küchenfenster und beobachtest die Rückseite.«

Von ihrem Küchenfenster konnten sie zwar die Hauswand sehen, die in Ostberlin lag, aber nicht ihren Hintereingang, der durch einen Vorbau verdeckt weiter seitlich durch den Keller führte. »Da stehen fünf Volkspolizisten und scheinen miteinander zu reden, aber man versteht nichts. Jetzt deutet der eine auf unser Haus.«

»Und gleichzeitig solltest du ein Ohr darauf haben, ob du etwas im Treppenhaus hörst.« Seine Stimme klang beunruhigt.

Er holte jetzt doch ein kleineres Laken aus ihrem Zimmer und legte es im Flur aus, knotete es an das dritte Doppellaken, zog es, so fest er konnte, und sagte mehr zu sich selbst, als er die Enden betrachtete: »Acht Zentimeter Spiel an den Zipfeln, das sollte reichen.«

Noch einmal prüfte er die Festigkeit, indem er mehrfach daran ruckte.

»Eure Papiere habe ich schon zusammengesucht, nehmt lieber nichts weiter mit«, sagte er. »Wir müssen uns jetzt beeilen.«

Bisher hatte er ruhig und besonnen gewirkt, aber jetzt konnte Christine ein Zittern in seiner Stimme hören, das sie von ihrem Stiefvater nicht kannte.

»Schnell, hilf mir mal!«, sagte er zu Kerstin.

In ihrem Wohn-/Schlafzimmer klappten sie das Bett aus, rollten die Matratze ein und banden das eine Ende der Laken an dem Stahlrahmen fest. Er hängte sich mit seinem Gewicht daran. »Es muss, es wird halten!«, sagte er beschwörend. Als er das panische Flimmern in Kerstins Augen sah, flüsterte er: »Leinentücher sind so dicht gewebt, die Fäden halten besser als so manches Seil.«

Sie umarmten sich kurz. Dann legte er ein Kopfkissen auf die Fensterbank. »Damit es nicht durchscheuert!«, sagte er zur Erklärung.

»Ich glaube, sie kommen ins Haus«, rief Christine aus der Küche.

»Ich schaue, ob die Kette vorgelegt ist!«, sagte Kerstin und ging zur

Wohnungstür, prüfte das Schloss, die Kette, sah durch den Sucher, legte das Ohr an den abgeblätterten Lack. »Schritte!«, sagte sie leise. Gleich stand sie wieder im Schlafzimmer, sah, wie Dietmar sich aus dem Fenster beugte und ihr Tau aus Laken herunterließ. Als er sie ansah, merkte sie in seinem Blick, dass etwas nicht stimmte.

»Es ist zu kurz!«, sagte er.

»Es gibt kein Zurück! Sie kommen die Treppen herauf!«

Christine ging auf das Fenster zu. Auf der anderen Straßenseite standen Thomas und die Frau mit dem blauen Pullover. Sie winkten.

Nicht in die Tiefe sehen!, befahl sie sich. Wie oft in ihrem Leben hatte sie sich vor einer schwierigen Lektion Mut zugesprochen. Weit kompliziertere Übungen, als ein paar Meter an einem Bettlaken hinunterzuklettern.

Sie setzte sich auf das Fensterbrett, griff das Laken und schwang die Beine über die Brüstung. Das Letzte, was sie sah, waren die Gesichter ihrer Eltern. Dann schloss sie die Augen.

Wann wird aus irgendwann jetzt?

Jetzt!

ANGELIKA

Sie hielt den Sucher auf die Häuserwand gerichtet. Wählte im Bruchteil einer Sekunde den Ausschnitt – ein Stück blauer Himmel, blonde Haare, eine graue Fassade, ein weißes Seil aus Laken, darum geschlungene Beine –

Klick, machte der Auslöser ihrer Rollei.

Und noch einmal: Klick.

Wie konnte sie in dieser Geschwindigkeit nach unten gleiten?, dachte Angelika, als sie die Kamera sinken ließ.

Thomas und Grunert stürzten auf Christine zu. Die aneinandergebundenen Laken hatten nicht aus dem dritten Stock bis unten gereicht, die letzten Meter hatte sie springen müssen. Einen Augenblick lang dachten sie, sie hätte sich ernsthaft verletzt. Doch dann richtete sie sich langsam auf. Thomas schloss sie in seine Arme, küsste ihr Gesicht. Schlagartig traf es Christine wieder, dieses heftige Sehnen, das sie sich nie hatte erklären können, der wilde Drang, ihm ganz nah zu sein, obwohl sie ihn doch nie richtig kennengelernt hatte. Seine leuchtenden Augen, sein Mund gehörten ganz ihr.

Aber sofort wandte sie sich um, zeigte nach oben. Ihre Mutter war gleich nach ihr aus dem Fenster geklettert, klammerte sich verkrampft an das Laken und sah mit vor Angst geweiteten Augen in die Tiefe. Für Christine, die durchtrainierte Sportlerin, war es keine Schwierigkeit, sich daran festzuhalten und sich in rasender Geschwindigkeit abzuseilen, aber für ihre Mutter? Vor allem mussten sie sich beeilen. Jeden Moment konnte die Volkspolizei in die Wohnung kommen. Und oben wartete noch Dietmar, der sich über die Brüstung lehnte, stumm vor Entsetzen, aber er wirkte ruhig, wie immer.

Angelika hielt die Kamera wieder in die Höhe, sah durch den Sucher und wollte auf den Auslöser drücken, als sie plötzlich zögerte. Die Frau dort oben hatte Todesangst. Wie konnte sie das fotografieren? Hier bahnte sich eine Tragödie an, und sie hatte nur ein Bild vor

Augen: der Ranzen und der verlorene Schuh auf dem Asphalt, vor fünf Jahren in Kassel. Sie ließ die Kamera sinken.

»Los, worauf wartest du?«, fragte Grunert. »Das ist die Sensation!«

Angelika musste an die Worte ihres Vaters denken, damals, als sie ihm in seinem Atelier von ihrer Fotografenlehre erzählte. Es gebe einen Kodex in der Kunst, den sie auch für die Fotografie beherzigen müsse – beides dürfe man niemals verwenden, um Menschen bloßzustellen oder zu demaskieren.

Würde sie Christines Mutter in dieser Lage nicht bloßstellen, wenn sie ihre Verzweiflung und Furcht fotografierte?

Doch jetzt: ganz langsam, Zentimeter für Zentimeter hangelte sich Kerstin Magold an den Betttüchern nach unten, bis sie am letzten Zipfel dreieinhalb Meter über dem Bürgersteig baumelte. Ihr Gesicht zeigte auf einmal Entschlossenheit.

»Spring, Mutti!«, rief Christine. »Hab keine Angst, es ist niedriger, als es von oben aussieht!«

»Sie müssen es fotografieren!«, hörte Angelika eine Stimme direkt neben sich. Die Stimme des jungen Mannes, der vorhin auf der anderen Straßenseite gewartet hatte, der Christine Magold in die Arme geschlossen hatte. Sein schwäbischer Dialekt klang so ungewohnt für ihre Ohren.

»Sie müssen! Das ist unser Leben, es sind unsere Lebenssekunden! Und das gehört in die Presse!«

»Spring, Kerstin!«, rief Dietmar von oben aus dem Fenster.

»Klick!«, machte der Auslöser ihrer Rollei.

Am 13. August 1961 um zwölf Uhr mittags erschien die Extraausgabe der *Berliner Morgenpost* mit der Schlagzeile:

Ostberlin ist abgeriegelt

```
In der letzten Nacht hat Ulbricht die Sowjetunion
endgültig zum KZ gemacht. Um 2.30 Uhr riegelten
Volkspolizisten und Volksarmisten, die mit auto-
matischen Waffen ausgerüstet waren, die Grenzen
zwischen Ost- und Westberlin ab.
```

> Der kommunistische Rundfunk gab eine Erklärung der Sowjetzonenregierung bekannt. Demnach hat die Sowjetzone in Übereinstimmung mit den Regierungen der Warschauer Vertragsstaaten beschlossen, an den Grenzen der Zone einschließlich der Grenze zu den Westberliner Sektoren Kontrollen einzuführen, wie sie an den Grenzen jedes souveränen Staates üblich sind. Diese Grenze darf nach der Erklärung der Sowjetregierung von Bewohnern Ostberlins und der Zone nur noch mit einer besonderen Bescheinigung passiert werden.

Auf der zweiten Seite war ein Foto abgedruckt. Es zeigte eine junge Frau mit hellblonden Haaren vor einer grauen Häuserwand, genau in dem Moment, als sie ein zusammengeknotetes Bettlaken losließ.
Die Bildunterschrift lautete:

Sprung in die Freiheit. Eine einundzwanzigjährige Ostberlinerin rettet sich an der Bernauer Straße mit einem beherzten Sprung in den Westen.

Angelika stand neben Grunert in der Menge der Reporter und Pressefotografen, unterhalb des Balkons. Dessen Brüstung war in die weiß-rote Berliner Flagge eingehüllt, in der Mitte prangte das starke Wappentier, der Berliner Bär. Der Platz war mit Tausenden von Menschen gefüllt, die hinter Absperrbändern ungeduldig auf die Ansprache warteten. Sie wollten endlich die Stimme ihres Regierenden Bürgermeisters hören, der doch bisher so vehement und entschlossen für ihre Stadt eingetreten war. Willy Brandt war noch in der Nacht zum 13. August in seine Stadt zurückgekehrt und hatte die aufgebrachte Menge, die sich mittags am Brandenburger Tor versammelt hatte, zur Ruhe aufgerufen. Sein eigenes Entsetzen über die brutale Grenzschließung musste er hintanstellen, denn es galt, zunächst die aufgebrachten Berliner daran zu hindern, eine Lunte an das Pulverfass zu legen. Heute, drei Tage später, war seine Rede vor dem Schöneberger Rathaus angekündigt worden, und er richtete seine Worte vor allem an die Ostberliner Bürger:

»Noch niemals konnten die Menschen auf die Dauer in Sklaverei gehalten werden. Wir werden Sie nicht abschreiben! Wir werden uns niemals mit der brutalen Teilung dieser Stadt, mit der widernatürlichen Spaltung unseres Landes abfinden, und wenn die Welt voller Teufel wär.«

»Starke Worte«, sagte Grunert und schrieb wie immer alles in Steno auf seinem Block mit. Angelika hielt die Kamera in die Höhe und schoss ihre Fotos, allerdings fehlte ihr heute der sonst übliche Enthusiasmus. Weiter hinten in der Menge standen Christine, Kerstin, Dietmar und Thomas. Angelika hatte die drei Flüchtlinge provisorisch in ihrem Wohnzimmer untergebracht. In Thomas' möbliertem Zimmer war nicht genug Platz, und seine Zimmerwirtin duldete keinen Übernachtungsbesuch. Kerstin würde ihr eingegipstes Bein in den nächsten Wochen regelmäßig untersuchen lassen müssen, sie hatte sich bei dem Sprung eine Unterschenkelfraktur zugezogen. Dietmar hatte sich nur den Knöchel verstaucht und trug einen Verband. Auch Christine war im Universitätsklinikum Charlottenburg wegen ihrer Rückenschmerzen eingehend untersucht worden, mit der Diagnose: Wegen eines degenerativen Wirbelgleitens, hervorgerufen durch wiederholte Traumen, würde sie ihren Sport auf unabsehbare Zeit nicht mehr ausüben können. Sie trug vorerst ein Stützkorsett, ein späterer chirurgischer Eingriff wurde nicht ausgeschlossen.

Die erste Euphorie, es geschafft zu haben, wich vor allem bei Kerstin rasch der Angst vor einer ungewissen Zukunft im Westen, ohne jegliches Hab und Gut und vor allem mit dem schlechten Gewissen und der Sorge, wie es Roland allein in Ostberlin ergehen, welchen Schikanen er ausgesetzt würde. Gemeinsam mit der gesamten Berliner Bevölkerung begann man, sich über die Untätigkeit der Alliierten, das Desinteresse Adenauers zu wundern. Hinter der Absperrung standen die Menschen dicht an dicht und hielten Schilder hoch mit der Aufschrift:

**Wir sind empört über die Untätigkeit!
Alles nur Versprechungen?**

Man hatte erwartet, der Bundeskanzler werde sofort nach Berlin fliegen, stattdessen ließ er aus Bonn besänftigende Erklärungen veröffentlichen. Man hatte geglaubt, die westlichen Alliierten würden Berlin zur Seite stehen. Doch es war Ferienzeit. Frankreichs General de Gaulle blieb auf seinem Landsitz in Colombey les deux Églises, Großbritanniens Premier Harold Macmillan jagte Moorhühner in Schottland, Amerikas Präsident John F. Kennedy kreuzte mit seiner Motorjacht vor der Küste Massachusetts, während sich in Berlin dramatische Szenen abspielten. Die Westberliner fühlten sich von aller Welt im Stich gelassen. Wie konnten die Bürger angesichts des bevorstehenden Gettodaseins noch an die Zukunft glauben?

Willy Brandt bekam Beifall für seine Rede, und wie immer machte er eine gute Figur auf dem Balkon des Schöneberger Rathauses unter den bunten Bezirkswappen. Er war fotogen, er konnte gut reden, er wurde vom Volk geliebt, auch wenn er nichts an der Situation änderte.

»Wir treffen uns in der Redaktion!«, sagte Angelika zu Grunert, der sie nur erstaunt ansah und fragte: »Was hast du jetzt wieder vor?«

Doch sie hatte sich schon umgedreht und drängte sich durch die dichten Reihen aus der Menge heraus, Richtung Eingang des Rathauses. Dem Mann im schwarzen Anzug, der vor ihr am Ende der Stufen stand, zeigte sie ihren Presseausweis, und er ließ sie passieren. Sie durchquerte die hohe Eingangshalle. Diesmal nahm sie die Treppe, stieg die Stufen mit dem roten Läufer hoch. Die Erinnerung an Pietsch hielt sie davon ab, den Paternoster zu nehmen, obwohl es nun schon deutlich mehr als zwei Jahre zurücklag.

Angelika wusste natürlich, wo Willy Brandts Büro lag, hatte inzwischen einige Fototermine dort gehabt. Als sie den ersten Stock erreichte, sah sie schon die Tür zu seinem leeren Büro offen stehen. Von draußen hallte seine Stimme, die durch die Lautsprecher auf den Platz vor dem Rathaus geworfen wurde. Dann brandete Applaus auf. Angelika lief in dem leeren Flur auf und ab, der Balkon lag auf der anderen Seite, wenn er zu seinem Büro wollte, musste er hier vorbeikommen. Sie legte sich ihre Worte zurecht, versuchte, sich in seine Denkweise hineinzuversetzen. Wie würde sie ihn überzeugen können? Und plötzlich hörte sie die Schritte. Es war ein ganzer Tross, der ihn umgab, als er vom Ende des Gangs auf sie zukam. Hoch aufgerichtet, entschlossen, vital, so, wie man ihn kannte.

»Herr Brandt«, sagte Angelika und ging auf ihn zu. Er blieb stehen, aber gleich trat einer seiner Begleiter vor ihn und versuchte, ihn abzuschirmen.

»Bitte keine Presse mehr! Sie hatten eben Gelegenheit für Ihre Fotos!«

»Lassen Sie sie«, sagte Brandt zu ihm und machte eine Handbewegung, woraufhin der andere wieder zur Seite trat.

»Fräulein Stein!«, sagte Brandt.

»Bitte, Herr Brandt!«, sagte Angelika. »Nur eine Minute. Es ist etwas Persönliches.«

Er hob den Kopf, überlegte einen Moment, aber dann sagte er zu den anderen Männern und seiner Sekretärin, die direkt neben ihm stand: »Lassen Sie uns einen Moment allein.«

Er führte sie in sein Büro und bot ihr einen Sessel seiner Besuchersitzgruppe an, dann knöpfte er sein Jackett auf und setzte sich ihr gegenüber.

»Nun? Was haben Sie auf dem Herzen?«

Angelika holte Luft. »Um es kurz zu machen: Es geht um eine junge Frau, die vor drei Tagen im letzten Moment mit ihren Eltern aus Ostberlin geflüchtet ist.«

»Da kann ich ihr nur gratulieren!«, sagte er.

Angelika klappte ihre Umhängetasche auf und holte die zusammengefaltete Ausgabe des Extrablatts heraus, schlug die zweite Seite auf und deutete auf das Foto.

»Ist sie das?«, fragte er. »Das Foto kenne ich natürlich! Wer kennt es nicht! An der Bernauer Straße, der berühmte Sprung in die Freiheit!«

Er sah sie an. »Sie haben es also geschossen! Das passt zu Ihnen!«

Angelika nickte und legte die Zeitung auf den kleinen Tisch vor ihn hin.

»Hat sie sich verletzt?«

Sie schüttelte den Kopf. »Nein, nur ihre Mutter hat sich das Bein gebrochen, und ihr Vater hat sich den Knöchel verstaucht.«

»Das tut mir leid!«

Er sah sie an und schien zu warten, was sie nun von ihm wollte.

»Es ist nur ... Christine Magold war eine erfolgreiche Leistungsturnerin der DDR, mit zahlreichen Titeln. Sie hat schon einmal einen Fluchtversuch unternommen, vor zweieinhalb Jahren, und da wurde sie ...«

Jetzt klopfte es an die Tür. Einer der Männer, die ihn gerade begleitet hatten, steckte den Kopf herein und zeigte auf seine Armbanduhr. Er müsse zum nächsten Termin, es sei Zeit, der Wagen stünde bereit.

Brandt nickte und stand auf. »Wie Sie sehen, Fräulein ...«

»Frau Stein«, verbesserte Angelika ihn.

»... ist die Minute um.«

Sie griff wieder in ihre Tasche und holte die zerknitterte Zeitungsausgabe von damals heraus, hielt ihm das Foto vor das Gesicht. Er setzte seine Brille auf.

»Ich kenne dieses Bild«, murmelte er.

»Bitte, Herr Brandt!«, sagte Angelika beschwörend. »Christines Bruder ist noch in Ostberlin. Er heißt Roland Magold. Könnten Sie sich nicht für ihn einsetzen? Für ihn verwenden? Man muss befürchten, dass ihn die DDR-Führung ihre Flucht nun büßen lässt, ihn schikaniert, Sie wissen schon ...«

Brandts Gesichtsausdruck wurde starr. Er ging hinter seinen Schreibtisch und griff nach seiner Aktentasche.

»Ich glaube, da überschätzen Sie meine Möglichkeiten. Ich bin Regierender Bürgermeister von Westberlin.«

»Und einer der besten Außenpolitiker und Diplomaten, die ich kenne. Ich weiß es, ich war auf Ihren Reisen in den letzten zwei Jahren fast immer dabei ... bitte, Herr Brandt!«

Brandt ging zur Tür seines Büros.

»Ich kann Ihnen da leider gar nichts versprechen, Frau Stein! Wie Sie sagen, es ist etwas Persönliches, ein Einzelschicksal. Glauben Sie nicht, dass es mich kaltlässt, aber Christine Magold ist eine von Hunderttausenden, die von dieser drastischen Maßnahme betroffen ist.«

Angelika packte ihre Zeitungsausgaben zurück in die Tasche.

»Ich verstehe!«, sagte sie.

Brandt blieb stehen, hielt einen Moment inne, drehte sich noch einmal um und sagte unvermittelt: »Ich werde sehen, was ich machen kann.«

Angelika nickte: »Danke!«

Sie ging langsam den Gang entlang, die Treppenstufen hinunter, spürte den weichen Teppich unter ihren Sohlen. Die Angestellten, die ihr entgegenkamen, grüßten sie höflich. Sie hörte ihre Schritte auf den Steinfliesen der Eingangshalle. Blieb im Hauptportal stehen.

Der tiefblaue Augusthimmel hob sich von den Fassaden der Nachkriegsbauten gegenüber dem Rathaus ab. Flirrende Mittagshitze lag über der geteilten Stadt. Mitten auf dem leeren Platz sah sie ein junges Paar. Hellblond und hellbraun. In inniger Umarmung, schienen sie die Welt um sich herum vergessen zu haben.

Aus irgendwann war jetzt geworden.

NACHLESE

Christine Magold und Thomas Merkle heirateten noch im Oktober 1961. Nachdem Thomas sein Studium abgeschlossen hatte, zogen sie nach Stuttgart und bekamen zwei Kinder. Christine hat nie wieder geturnt.

Das Foto ihres Sprungs wurde zur publizistischen Ikone. Als Symbol gegen die Teilung und für die Freiheit ging das Bild um die Welt.

Dietmar und Kerstin Magold zogen ebenfalls nach Stuttgart und erwiesen sich als hingebungsvolle Großeltern. Dietmar fand eine Stellung als Mechaniker bei der Daimler Benz AG. Kerstin arbeitete bis zu ihrer Pensionierung als Krankenschwester.

Joachim Hellmann betrieb noch zwanzig Jahre lang sein Fotogeschäft in Kassel. Er versöhnte sich mit seiner Mutter. Regelmäßig fuhr er zu seiner Tochter und ihrer Familie nach Stuttgart, und auch Christine besuchte ihn und ihre Großmutter häufiger zusammen mit deren Urenkeln.

Roland Magold lebte bis zur Öffnung der Mauer 1989 unbehelligt in Ostberlin und wurde Leiter des VEB Bremsenwerke.

Wilfried Stein war bis zu seiner Emeritierung als Professor an der Kunsthochschule in Kassel tätig. Er und seine Frau Gerda konnten sich über sechs Enkel freuen.

Peter Stein war maßgeblich an der Durchführung der Documenta III beteiligt. Wie sein Vater wurde er Hochschullehrer, heiratete und bekam zwei Kinder.

Angelika Stein arbeitete ihr Leben lang als Pressefotografin für verschiedene Tageszeitungen. Viele Male hatte sie den Auftrag, die wichtigsten Ereignisse in Deutschland und der Welt festzuhalten. Sie leistete damit einen wertvollen Beitrag, ein Stück Zeitgeschichte lebendig zu bewahren. Ihre Ehe blieb kinderlos. Mit Joachim Hellmann und Christine Magold pflegte sie für immer eine enge Verbindung.

Die Bernauer Straße war in den Tagen unmittelbar nach dem 13. August noch häufig Schauplatz erschütternder Szenen. Volkspolizisten begannen, die Bewohner aus den Häusern zu vertreiben. Die Fenster zum Westen hin wurden zugemauert. Einige Menschen versuchten, in letzter Minute aus den oberen Fenstern zu entkommen, manche sprangen in den Tod. Keiner ahnte, dass es nur die ersten von vielen Todesopfern waren, die die Berliner Mauer noch fordern würde.

Die Gründung des Deutschen Turn- und Sportbunds in der DDR hatte 1957 den Beginn eines einzigartigen Auslese- und Leistungssystems – unter Ausübung der totalen Kontrolle über Körper und Geist seiner Athleten – markiert. Manfred Ewald bestimmte als sein Präsident siebenundzwanzig Jahre über die Geschicke der DDR-Leistungssportler. Die Erfolgsbilanz mit 755 Olympiamedaillen, 768 Weltmeister- und 747 Europameistertiteln brachte dem kleinen Siegerland unzählige Jubelbilder, Ruhm, Prestige und Identitätsgeschichte.

Ewald wurde im Jahr 2000 wegen Beihilfe zur Körperverletzung zum Nachteil von zwanzig Hochleistungssportlern durch das Landgericht Berlin zu zweiundzwanzig Monaten auf Bewährung verurteilt. Der Bundesgerichtshof lehnte Ewalds Revision ab.

Zwei starke Frauen.
Zwei deutsche Schicksale.
Zwei wahre Geschichten.

KATHARINA FUCHS

ZWEI HANDVOLL LEBEN

ROMAN

Berlin 1919: Das Kaufhaus KaDeWe sucht Verkäuferinnen – für die neunzehnjährige Schneiderin Anna die Chance ihres Lebens, der Armut des Spreewalds zu entfliehen.

Zur selben Zeit wird die Gutsherrentochter Charlotte von ihrer Tante und deren jüdischem Ehemann in die Leipziger Gesellschaft eingeführt. Beide begegnen der Liebe ihres Lebens und treffen falsche Entscheidungen. Als sie sich nach Kriegsende in den Trümmern Berlins begegnen, zusammengeführt durch die Ehe ihrer Kinder, sind sie durch denselben Schmerz verbunden – den sie erst einander wirklich offenbaren können.

»Ein Buch, das viele Leser faszinieren wird, nicht weniger fesselnd als ein Thriller.« Freie Presse

*Zwei Frauen leben ihren Traum –
die wahre Geschichte einer Emanzipation*

KATHARINA FUCHS

NEULEBEN

ROMAN

Deutschland 1953: Therese wird als Tochter eines Wehrmachtsoffiziers und einer Gutsbesitzerin ein Studium in der DDR verwehrt, das Familiengut in Sachsen wurde enteignet. In Westberlin beginnt sie als eine von zwei Frauen ihr Jurastudium und sieht sich den Repressalien ihrer Kommilitonen und Hochschullehrer ausgesetzt. Doch ihr Ziel steht ihr klar vor Augen:

Sie möchte eine der ersten Richterinnen im Nachkriegsdeutschland werden. Ihre hübsche Schwägerin Gisela hat dagegen ihren eigenen Traum in der neu gekürten »Modestadt« Westberlin …

Authentisch und einfühlsam erzählt Katharina Fuchs in diesem Roman über die Nachkriegszeit die wahre Geschichte ihrer Familie.